HEYNE <

Utta Danella

Das Hotel im Park

Roman

WILHELM HEYNE VERLAG
MÜNCHEN

FSC
www.fsc.org
MIX
Papier aus verantwortungsvollen Quellen
FSC® C014496

Verlagsgruppe Random House FSC® N001967
Das für dieses Buch verwendete
FSC®-zertifizierte Papier *Holmen Book Cream*
liefert Holmen Paper, Hallstavik, Schweden.

2. Auflage
Vollständige Taschenbuchausgabe 03/2015

Die Originalausgabe ist 1989 im
Hoffmann und Campe Verlag erschienen

Printed in Germany 2015
Umschlaggestaltung: Nele Schütz Design unter Verwendung von
© shutterstock/Vector pro
Satz: Buch-Werkstatt GmbH, Bad Aibling
Druck und Bindung: GGP Media GmbH, Pößneck
ISBN: 978-3-453-41808-0

www.heyne.de

Nun aber bleiben Glaube, Hoffnung, Liebe, diese drei.
Aber die Liebe ist die Größte unter ihnen …
1. Korinther 13,13

Mag sein, dass die Liebe das Größte ist,
und der Glaube das Innigste,
aber die Hoffnung ist das Notwendigste,
denn ohne Hoffnung
kann ein denkendes Wesen nicht leben.

Der erste Teil

September 1968

Deine verdammten Kneipen interessieren mich nicht«, schrie der Junge wild, seine Stimme überschlug sich, seine dunklen Augen blitzten. »Sie haben dich aufgefressen mit Haut und Haar. Nicht? So ist es doch? Hast du überhaupt noch etwas anderes im Kopf? Und sie haben Mutter kaputtgemacht. Da liegt sie, mit blauen Lippen und zitternden Händen. Ich will mein Leben leben. Richtig. Als Mensch, nicht nur als Arbeitstier für fremde Leute.«

Der Mann, der hinter dem Schreibtisch saß, blieb stumm. Er drückte sorgsam die Zigarette im Aschenbecher aus, dann stand er auf, ging zum Fenster, wandte dem Zimmer den Rücken zu und blickte hinunter auf den Platz, auf dem zu dieser späten Nachmittagsstunde der Verkehr hektisch kreiste. Die schalldichten Scheiben verschluckten den Lärm, er hatte sie erst vor einem Jahr im ganzen Haus einbauen lassen. Es war eine der letzten großen Investitionen gewesen, doch sie machte sich bezahlt. Ein Hotel in der Stadtmitte konnte nicht mehr existieren ohne Lärmschutz. »Es ist nicht üblich, dass man in meinem Büro herumschreit«, sagte er dann und drehte sich um. Er betrachtete seinen Sohn, der von seinem Sessel aufgesprungen war und nun dastand, selbst überrascht von seinem Ausbruch, doch trotzig den Blick seines Vaters erwidernd.

Das Mädchen saß mit gesenktem Kopf, das lange blonde Haar fiel nach vorn und verdeckte sein Gesicht.

»Entschuldige«, sagte der Junge schließlich und senkte den Blick. Er fuhr sich mit beiden Händen durch die Haare, die ihm, lang und strähnig, bis auf die Schultern reichten.

Cornelius Müller ließ den Blick weiterwandern, ein schmuddeliger Pullover, verblasste Jeans. Das Mädchen war genauso gekleidet. »Du siehst aus wie aus dem Müll gekrochen«, sagte er, und mit einem Seitenblick auf das Mädchen: »Es handelt sich wohl um eine Art Uniform.«

»Ich würde nie eine Uniform tragen«, konterte Andreas. »Du trägst eine. Man sieht sie oft genug.«

»In deinen schniekefeinen Laden hier würdest du Leute in solchem Aufzug gar nicht reinlassen.«

»Richtig.«

»Und es ist dir peinlich, dass ich hier so auftrete, was?«

»Allerdings. Du bist kein hässlicher junger Mann, du könntest besser aussehen.«

»Besser als was? Besser als ein Mensch?«

»Ich weiß nicht, ob Menschsein bedeutet, dass man schmutzig und ungepflegt aussieht. Du betrachtest das offenbar als eine Art Weltanschauung.« Er hob abwehrend die Hand, als Andreas antworten wollte. »Gut. Lassen wir das. Du willst in diesem Haus nicht arbeiten. Du hast nicht die Absicht, mein Nachfolger zu werden. Folglich kann mir egal sein, wie du herumläufst. Aber ich wünsche nicht, dass du noch einmal in diesem Aufzug hier erscheinst.«

»Ich werde gar nicht mehr hier erscheinen. Beruhigt dich das?«

»Und deine Mutter?«

Eine Weile blieb es still. Andreas setzte sich wieder. Dann sagte er: »Sie kommt demnächst in ein Sanatorium, hat sie mir erzählt. Ich werde sie dort besuchen.«

»Auch dort wirst du ihr in dieser Maskerade nicht gefallen, auch nicht den übrigen Patienten oder dem Personal.«

»Ja, ich weiß schon. Alles stinkfeines Establishment.«

Cornelius seufzte. »Langsam wirst du zu alt für so ein kindisches Geschwätz. Du wirst in diesem Jahr vierundzwanzig. In deinem Alter ...«

»Ja, ja, ich weiß schon«, unterbrach ihn Andreas. »In diesem Alter hast du bereits erfolglos das Vaterland verteidigt. Auch in einer Uniform.«

»Ich habe die Uniform nicht gern getragen, und ich habe nicht das Vaterland verteidigt, das Vaterland war nicht angegriffen, ich bin gezwungen worden, in den Krieg zu ziehen. Aber davon brauchen wir jetzt nicht zu reden. Du warst in der glücklichen Situation, weder das Unheil des Krieges noch die Not der Nachkriegszeit zu erleiden. Deine Mutter und ich, wir haben alles Böse von dir ferngehalten, du hast eine gute Schule besucht, du kannst studieren, aber wie du mir vorhin mitgeteilt hast, willst du dein Studium nicht fortsetzen.«

»Wir haben ihnen zwar in diesem Jahr energisch auf die Füße getreten, aber ich kann die Scheißuniversität wirklich nicht mehr von innen sehen.«

»Kein Studium mehr, kein Abschluss. Keine Lehre in meinem oder in einem anderen Hotel – was also gedenkst du zu tun?«

Andreas zog die Unterlippe zwischen die Zähne. »Für andere Zustände in diesem Land sorgen«, sagte er dann bombastisch.

»Nicht gerade neu. Das habe ich schon mehrmals miterlebt.« Cornelius hob wieder abwehrend die Hand. »Bitte, verschon mich mit diesem dummen Gerede. Hast du mit deiner Mutter auch so gesprochen?«

»Nein, natürlich nicht.«

»Und was also willst du wirklich tun, außer ein bisschen Revolution machen? Bisher lebst du von meinem Geld. Das Geld, das ich mit diesen verdammten Kneipen verdiene. Stellst du dir vor, dass das immer so bleibt?«

»Ewig das Gequatsche um das blöde Geld. Ich brauche kein Geld.«

»Sehr praktisch. Du wohnst seit Neuestem in einer Kommune, wie du mir vorhin mitgeteilt hast. So wie du rumläufst, brauchst du weder Geld für Kleidung noch für Seife. Vielleicht solltest du dir noch einen Bart wachsen lassen, dann brauchst du auch keinen Rasierapparat mehr. Und wie haltet ihr es mit dem Essen? Geht ihr betteln? Oder stehlen?«

Andreas fuhr sich wieder mit den Händen durch die Haare.

»Musst du so reden, Vater? Das ist unfair.«

»Ach ja?«

»Wenn du uns schon nicht verstehst, dann brauchst du uns wenigstens nicht zu verspotten.«

»Hast du deiner Mutter erzählt, wie du lebst?«

»Nein«, schrie Andreas unbeherrscht. »Nein, hab ich nicht. Gar nichts konnte ich ihr erzählen, als ich sie da sitzen sah.«

Cornelius setzte sich wieder in seinen Sessel hinter dem Schreibtisch.

»Bis jetzt also hast du ausreichend Geld von mir bekommen. Ich habe nicht die Absicht, deine Kommune zu ernähren.«

Sein Blick ging zu dem Mädchen, das noch kein Wort gesprochen hatte, seit es sich in diesem Raum befand. »Sie leben auch in dieser Kommune, Fräulein … eh …?«

»Sie heißt Helga«, sagte Andreas unwirsch.

»Sie leben auch in dieser Kommune, Fräulein Helga? Tun Sie das gern?«

Helga hob den Kopf, zum ersten Mal sah Cornelius ihre Augen, große, klare Augen von einem hellen Graublau. »Nein«, sagte sie, »eigentlich nicht.«

»Und warum tun Sie es dann?«

Sie hob die Schultern. »Es ist eben so.«

»Sie studieren auch?«

»Klar«, rief Andreas. »Wir kennen uns von der Uni.«

»Und was studieren Sie?«

»Soziologie«, sagte Helga.

»Sehr zeitgemäß«, sagte Cornelius, in seiner Stimme klang Spott.

»Und Geschichte«, fügte sie hinzu.

»Ein interessantes Studium.«

»Sie ist erst im zweiten Semester«, mischte sich Andreas wieder ein, »und am liebsten möchte sie von der Soziologie auf Germanistik umsatteln.«

»Du hast, soviel ich weiß, das sechste Semester hinter dir und hättest es ja wohl nicht mehr weit zu einem Abschluss. Aber gut, es ist dein Leben, Andreas.«

Er sah wieder das Mädchen an. Es war hübsch und wirkte unschuldig. Cornelius empfand Zorn. Musste man dieses halbe Kind auf diesen Weg treiben?

»Was verbindet euch beide?«, fragte er direkt.

»Wir lieben uns«, sagte Andreas mit Nachdruck.

»Aha. Sehr schön. Aber wie ich höre, lebt Helga nicht gern in einer Kommune. Vielleicht solltest du ihr ein anderes Leben bieten, wenn du sie liebst.«

»Das hat sie so gesagt. Natürlich gefällt es ihr. Sie ist bloß von zu Hause so engstirnig erzogen.«

Helga richtete sich auf, sie blickte Andreas an, sie wirkte nicht mehr kindlich.

»Bitte!«, sagte sie, es klang scharf.

»Ihr Vater ist Pastor. In Holstein«, erklärte Andreas, in seiner Stimme klang Verachtung. »Sie muss das richtige Leben erst kennenlernen.«

Unwillkürlich musste Cornelius lachen.

»Mein Sohn, du bist viel dümmer, als ich geahnt habe. Glaubst du nicht, dass man das Leben sehr gut in einem Pfarrhaus kennenlernen kann? Besser als unter einem Haufen jugendlicher Wirrköpfe, die für Mao und Ho Tschi Minh und wen weiß ich noch alles schwärmen. Wollen Sie das Studium auch abbrechen, Fräulein Helga?«

»Nein«, sagte das Mädchen entschieden. Ihre Stimme

klang bestimmt, doch Cornelius sah, dass in ihren Augen Tränen standen.

»Ihre Eltern wollen, dass sie Lehrerin wird«, erklärte Andreas, wieder mit dem Ton der Verachtung.

Cornelius übersah ihn.

»Und Sie, Fräulein Helga? Wollen Sie es nicht?«

»Doch. Ich will es auch.«

»Das ist noch ein langes Studium. Ein weiter Weg. Ich weiß bloß nicht, ob Sie sich momentan auf dem richtigen Weg befinden.«

»Willst du mich mies machen bei ihr?« fuhr Andreas auf.

»Gewiss nicht, wenn du dich so benehmen würdest, wie ich es erwarte. Was sollte ich dagegen haben, wenn du mit einem hübschen Mädchen hier ankommst? Noch dazu«, er lächelte, »mit einer Pastorentochter aus Holstein. Du bist einige Jahre älter, und wenn du behauptest, Helga zu lieben, dann trägst du doch eine gewisse Verantwortung. Oder bin ich in deinen Augen wieder einmal hoffnungslos altmodisch?«

»So kann man es nennen. Wir wissen schon, was wir tun.«

»Gut. Lassen wir das. Nur eines würde mich interessieren. Wenn du weißt, was du tust, was gedenkst du wirklich zu tun. Außer die Welt zu verbessern?«

Eine Pause entstand. Andreas warf einen Blick auf Helga, doch sie erwiderte seinen Blick nicht.

»Ich weiß schon, was ich will«, sagte er herausfordernd.

»Umso besser. Ist es ein Geheimnis?«

»Ich werde Schauspieler.«

»Aha.« Cornelius zündete sich eine Zigarette an und schwieg.

»Ich wollte es immer werden. Mutter weiß das. Wir waren immer viel im Theater. Aber du – du hattest ja dafür keine Zeit.«

Das stimmte. Es gab drei Theater in der Stadt, von denen eines hervorragend war. Andreas war mit Elfriede, seiner Mutter, oft in eine der Vorstellungen gegangen. Elfriede hatte diese Schwärmerei fürs Theater schon als junges Mädchen gehabt, das wusste Cornelius noch sehr gut. Er war eifersüchtig gewesen, wenn sie von einem Schauspieler begeistert war. Auch ins Kino war sie mindestens dreimal in der Woche gegangen, sogar noch während des Krieges. Oder gerade während des Krieges, als sie allein war.

»Wenn du das gewollt hast, schon immer, wie du sagst, warum hast du mir das nicht früher gesagt? Warum hast du dann erst ein Studium begonnen?«

»Ich hätte mich nie getraut, dir das zu sagen.«

»Du willst doch nicht behaupten, dass du eine unterdrückte Jugend gehabt hast? Habe ich dir nicht alle Wünsche erfüllt?«

»Ja, schon. Aber ich wusste ja, was du willst. Dass ich hier in den Laden einsteige.«

»Du bist mein einziger Sohn, es ist naheliegend, dass ich das wünsche. Aber wenn du mir gesagt hättest, dass du eine künstlerische Begabung hast, glaubst du, ich hätte dich gezwungen, gegen diese Begabung zu leben? Du kannst mir doch gewiss nicht den Vorwurf machen, dass ich kein Verständnis für dich hatte.«

»Nein«, sagte Andreas widerwillig. »Sofern du Zeit hattest, dich um mich zu kümmern.«

»Soviel ich weiß, braucht ein Schauspieler eine gewisse Ausbildung. Bist du nicht zu alt, um damit zu beginnen?«

»Ich habe schon Schauspielunterricht genommen.«

»Anstatt zu studieren.«

»Das musste ja kommen. Du hast mich zu diesem Studium gezwungen. Die blöde Betriebswirtschaft hat mich nie interessiert.«

»Du hast mir nicht mitgeteilt, Andreas, dass du dich überhaupt für etwas interessierst. Du hättest gleich bei mir in die

Lehre gehen, dann eine Hotelfachschule besuchen können, aber ich dachte mir, ein paar Semester Betriebswirtschaft könnten nicht schaden. Ich konnte nicht studieren. Ich gebe zu, es war ein Traum meiner Jugend. Was ihr, die heutige Jugend, aus diesem Studium macht, das ist ebenso töricht wie sinnlos.«

»Das verstehst du nicht.«

»Gut, versteh ich nicht. Aber vielleicht erklärst du mir jetzt endlich mal, wie es nun weitergehen soll.«

»Das kann dir doch egal sein«, sagte Andreas trotzig. »Kein Geld mehr, okay, ich brauch dein Geld nicht. Ich habe Freunde, und wir halten zusammen. Ich habe Helga, sie gehört zu mir. Und eines Tages werde ich berühmt sein, das wirst du sehen.«

»Soll mich freuen.« Cornelius blickte auf die Uhr. »Ja, tut mir leid, ich habe noch zu tun mit diesem Laden hier. Ich würde euch ja gern zum Abendessen einladen ...«

»Aber nicht in dem Aufzug, ich weiß schon. Deinen vornehmen Oberkellner würde der Schlag treffen, wenn wir das Restaurant betreten.«

»Wir könnten hier essen. Aber auch hier würde vermutlich jeden Kellner, der uns serviert, der Schlag treffen«, sagte Cornelius kühl.

»Sollen wir also durch die Hintertür verschwinden?«

»Was habt ihr vor?«

»Wir fahren zurück nach Frankfurt. Ich hab den Wagen da. Und dann, dass du es weißt: Ich gehe wieder nach Berlin.«

»Vielen Dank für die Mitteilung. Ich wäre trotz allem froh, wenn ich ab und zu erfahren könnte, wo du bist und was du treibst.«

»Ach, wirklich?«

»Nicht meinetwegen«, sagte Cornelius kalt. »Deiner Mutter zuliebe.«

Er wandte sich ab. Keiner sollte ihm ansehen, wie verletzt er war, wie im Tiefsten unglücklich. Zwanzig Jahre harter Arbeit, zwanzig Jahre Kampf. Wofür denn eigentlich? Für wen? Elfriede so krank, dass sie vermutlich nicht mehr lange leben würde. Und dieser Sohn, der ihm den Rücken kehrte.

Als er aus der Gefangenschaft kam, war der Junge fast drei Jahre alt, und Elfriede war so federleicht, dass man sie mit einer Hand hochheben konnte. Die Flucht, das Elend, die Angst. Fast hätte er gelacht – in einer Art Kommune hatten sie gelebt, als er zurückkam, eine notdürftig hergerichtete Wohnung in dieser zerbombten Stadt, die sie mit drei anderen Familien teilten. Und die erste Zeit war er notgedrungen dort mit untergekrochen, auch er hilflos, gedemütigt, verzweifelt.

Bis er zu kämpfen begann. In einer Würstchenbude auf dem Bahnhofsplatz.

September 1947

Die Zeit der Gefangenschaft war für ihn erträglich gewesen. Zum Glück war es nicht Russland, die Amerikaner hatten ihn nach Frankreich verfrachtet, zur Arbeit in der Landwirtschaft, was für viele seiner Leidensgenossen auch eine harte Zeit gewesen war. Nicht für ihn. Er kam in die Touraine, in eine fruchtbare, leuchtende Landschaft, und dort geriet er in eine Familie, die trotz ständig lebhaft ausgetragener Meinungsverschiedenheiten eng zusammenhielt und ebenso gut lachen wie streiten konnte, beim Essen und beim Wein.

Es dauerte eine Weile, bis Cornelius sich in der Familie zurechtfand, nicht zuletzt bedingt durch Sprachschwierigkeiten. Ein wenig Französisch konnte er sogar, Elfriede, seine Braut, später seine Frau, das Fräulein von Schloss, hatte neben ihrer Theaterbegeisterung, ihrer Schwärmerei für Schauspieler, eine große Liebe zur französischen Sprache, sie sprach sie perfekt oder so, wie sie es für perfekt hielt, und sie hatte immer versucht, ihm Wörter und Sätze beizubringen, mit denen er nun bei seinen Bauern großes Gelächter erregte, die sie aber immerhin verstanden. Er dagegen konnte sie zunächst überhaupt nicht verstehen. Jedoch das änderte sich mit der Zeit, nachdem die Franzosen erkannt hatten, dass der Boche kein menschenfressender Teutone war, dass er den Krieg verabscheute wie sie, dass man mit ihm über die Nazis nicht gut sprechen konnte, weil er nicht viel mehr von ihnen wusste als sie selbst. Schlesien – das war für sie nur ein nebulöser Begriff, aber mit der Zeit hatten sie verstanden, dass dieses Land weitgehend verwüstet und nun von den Polen annektiert war, dass es keine Rückkehr dorthin gab. Was ein verlorenes Land, eine verlorene Heimat war, wussten diese Menschen nicht. Es erschien ihnen als unvorstellbar großes Unglück.

»Ein verdientes Unglück, hein?«, meinte Lucien. »'itler wollte anderen Menschen auch ihr Land wegnehmen.« Cornelius hob die Schultern. Er hatte niemandem etwas wegnehmen wollen. Man hatte ihm etwas weggenommen, seine Frau, sein Kind, seine Heimat, wertvolle Jahre seines Lebens.

Lucien war der Einzige, der vom Winter 1939 bis zur Besetzung Frankreichs im Juni 1940 bei der Armee gewesen war, doch es war ihm nichts geschehen, er war weder verwundet worden noch in Gefangenschaft geraten, er kehrte nach der Niederlage ohne Umweg zu seiner Familie zurück und machte sich glücklich wieder an die Arbeit in seinen Weingärten. Dass sie die Boches eines Tages wieder aus Frankreich hinauswerfen würden, daran zweifelte keiner in der Familie, also kam es darauf an, die Zeit bis dahin zu überstehen und Geschäfte zu machen. Auch mit den Boches; Wein wollten sie alle gern trinken und noch lieber nach Deutschland mitnehmen, daher konnte man gute Preise von ihnen verlangen. Darin waren sich alle einig.

Es waren drei Familien, die auf den Bauernhöfen lebten, miteinander verwandt und verschwägert, und von den fünf anderen deutschen Kriegsgefangenen, die hier arbeiteten, war es als erster Cornelius, der sich auf allen drei Höfen nützlich machen konnte. Vom Weinbau verstand er nichts, aber mit Obst kannte er sich aus, sie hatten zu Hause auch einen großen Obstgarten besessen, eine Kuh konnte er melken, dazu kam das offene, freundliche Wesen des Schlesiers, sein Bemühen, sich zu verständigen, alles Dinge, die ihm das Leben erleichterten. Nach einem Jahr war er ein Weinkenner, schätzte das exzellente Essen und sprach leidlich Französisch.

Die Frauen mochten ihn auch; er war gut herausgefuttert, das Gesicht gebräunt, das volle dunkle Haar glänzte, er war kräftig und gesund, packte jede Arbeit geschickt und gutwillig an. Dass er so lange von seiner Frau getrennt war und dass er seinen kleinen Sohn, der 1944 geboren worden war, noch nie gesehen hatte, bewegte die Herzen der weiblichen Familienmitglieder zusätzlich. Er gehörte nun zu ihnen; sie trauerten mit ihm, als er erfuhr, dass sein Vater das Kriegsende nicht überlebt hatte, und sie freuten sich mit ihm, dass seine Mutter nach langem Umweg bei der Schwiegertochter und dem Enkelsohn in Westdeutschland angekommen war. Es gab einen großen Abschied, als er im Herbst 1947 entlassen wurde, sie tranken alle auf sein Wohl, und er musste versprechen, sie bald zu besuchen.

Aus dem sonnigen fruchtbaren Land kam er in eine fremde Stadt, die in Trümmern lag, fand Elfriede krank und unterernährt vor, seine Mutter verdüstert und verbittert, nur der kleine Sohn, fast drei Jahre alt, war gut genährt und wohlauf, dafür hatten die Frauen jedes Opfer gebracht. Elfriede hatte eine Zeit lang in einem Depot Straßenbahnwagen geputzt, bis sie immer öfter umfiel, bewusstlos liegen blieb. Der Arzt stellte einen Myokardschaden fest, seitdem arbeitete sie nicht mehr. Seine Mutter stand am Spültisch in der Küche einer Gastwirtschaft, sie verdiente das Geld für die kleine Familie. Wenig Geld, mit dem sich keine Einkäufe auf dem schwarzen Markt machen ließen, was jedoch, wie seine Mutter ihn aufklärte, die einzige Möglichkeit war, um zu überleben.

»Ich bin zu nichts nütze. Zu nichts«, jammerte Elfriede. »Wenn wir wenigstens ein Klavier hätten, dann könnte ich Klavierstunden geben.«

Cornelius blickte sie stumm an. Ein Klavier!

Die Wohnung hatte vier Zimmer, ein Badezimmer, ein Klo, die Fenster waren zum Teil noch mit Brettern vernagelt, in jedem Zimmer stand ein Kanonenofen, dessen Rohr zu einem Fenster hinausragte, Kohle klauten die Männer und die Frauen jetzt schon für den nächsten Winter. Es waren elf Frauen, drei Männer und fünf Kinder, die hier wohnten. Nun kam Cornelius noch dazu.

Es gab Streit, Hader und Hass, es gab jedoch auch Mitleid und Hilfsbereitschaft. Elfriede wurde von allen geduldet, das merkte er gleich, sie war zart und hilflos, scheu und ängstlich, doch war sie klug genug, ihre Bildung, ihre Belesenheit, ihre Musikliebe vor den anderen zu verbergen. Soviel hatte das Leben sie gelehrt, dass man ein besseres Niveau verschweigen musste, wenn man in einem Milieu lebte, das darunter lag. So war sie für die anderen eine kränkliche junge Frau, arm und elend, mit einem lebhaften kleinen Sohn, den sie nicht einmal auf den Arm nehmen konnte, ohne zu schwanken. Man steckte ihr manchmal etwas zu, wenn man gerade etwas erwischt hatte, ein Ei, ein Stück selbst gebackenen Kartoffelkuchen, ein Stück Speck, je nachdem, was einer gerade auf dem schwarzen Markt oder auf einer Hamsterfahrt erbeutet hatte. Einer der Männer war sehr erfolgreich auf diesem Gebiet, eine der jungen Frauen hatte eine Zeit lang einen Ami als Freund gehabt, das war auch ergiebig gewesen, doch leider war der wieder über den Ozean verschwunden. Der Krösus der Gemeinschaft, der Kommune, wie man es später nennen würde, war eine Frau, die in der Kantine einer amerikanischen Kaserne arbeitete. Sie bekam dort ausreichend zu essen, nur war es streng verboten, Lebensmittel nach draußen mitzunehmen. Natürlich tat es jeder doch, versuchte es zumindest, wurde er erwischt bei der Kontrolle, gab es eine Verwarnung, beim nächsten Mal drohte die Kündigung. Magda Köster, die hübsche blonde Dresdnerin, hatte keine Bedenken, ihre Handtasche zu füllen, sogar ungeniert eine Tüte mitzunehmen. Sie war beliebt, sie war schlagfertig und fröhlich, sie sprach gut Englisch und hatte sich inzwischen an amerikanische Aussprache und Idiome gewöhnt. Keiner kontrollierte sie, wenn sie ging, im Gegenteil, die Amerikaner alberten gern ein wenig mit ihr herum.

»Aber sie vergibt sich nichts dabei«, erzählte Elfriede eifrig. »Sie hat noch mit keinem Ami ein Verhältnis angefangen. Sie meint, auf diese Weise kommt sie viel besser mit ihnen hin. Das imponiert ihnen, wenn eine Frau nicht gleich … na, du weißt schon.«

Cornelius hörte sich das meist stumm an. An die Verhältnisse im Deutschland von heute musste er sich erst gewöhnen.

»Sie liebt auch ihren Mann noch, sagt sie. Sie wird nie einen anderen Mann lieben können.«

»Ist er gefallen?«

Elfriede nickte. »Er war Jagdflieger. Und ihre kleine Tochter ist bei dem Angriff auf Dresden ums Leben gekommen. Deswegen kümmert sie sich auch so lieb um Andreas. Sie bringt ihm immer etwas mit, Schokolade oder Bonbons, weißt du.«

»Und sie ist trotz allem ein fröhlicher Mensch, sagst du.« Elfriede nickte wieder. »Gerade, sagt sie. Ich hätte nichts dagegen, tot zu sein. Aber wenn ich schon lebe, kann ich nicht als Trauerkloß durch die Gegend wandeln. Davon hat keiner was, und ich am wenigsten.«

Magda Köster lernte er am vierten Tag nach seiner Heimkehr kennen. Wenn man es denn eine Heimkehr nennen wollte; die fremde, zerstörte Stadt, die miese Bleibe, die kranke Frau, die verbitterte Mutter und das Kind, das zunächst einen Bogen um ihn machte. Der Krieg war für ihn schon vorbei gewesen, denn auch als Kriegsgefangener war er ein relativ freier Mensch gewesen, der in einer gesunden Umwelt lebte. Jetzt auf einmal schien es, als hätte der Krieg noch kein Ende genommen, das Elend der Menschen war eher größer geworden, nur die Nächte waren nicht mehr voller Angst und Schrecken.

Zweimal hatte er kurz das Haus verlassen, er hatte nichts

anzuziehen, nur seine Arbeitskluft aus Frankreich, er war mit eingezogenem Kopf um die Ruinen geschlichen, hatte verwundert die Holzbuden betrachtet, die man zwischen den Trümmern errichtet hatte und die als Läden dienten, er kam auch auf den Platz vor dem ebenfalls beschädigten Bahnhof, wo sich das Zentrum des schwarzen Marktes befand. Und er kam gerade zu einer Razzia. Amerikanische und deutsche Polizei sprangen von ihren Wagen, er stand und starrte, einer stieß ihn an.

»Mensch, hau ab!«

Da lief er mit den anderen, ganz ohne Grund, er hatte nichts zu verkaufen und kein Geld, um etwas zu kaufen. In der Wohnung ging er nur auf Zehenspitzen, die vielen unbekannten Menschen verwirrten ihn, das Gezänk der Frauen, das Geplärr der Kinder. Die Küche hatte er noch nicht betreten, vor dem Klo stand man Schlange. Da er gewöhnt war, sehr früh aufzustehen, gelang es ihm, den anderen aus dem Weg zu gehen. Nur störte er Elfriede. Sie hatte immer gern länger geschlafen, und das brauchte sie nun mehr denn je. Sie konnte nur schwer einschlafen, sie lag lange wach, er hörte sie atmen, sie lagen eng nebeneinander in einem Bett, das war ungewohnt, es war für beide lästig. Er hielt sie zärtlich im Arm, sonst geschah nichts. Eine Geliebte konnte sie derzeit für ihn nicht sein, das hatte er sofort begriffen, sie war viel zu schwach, und der Gedanke, dass sie in diesem Zustand schwanger werden könnte, war sowieso unvorstellbar. Sie wollte ihn auch nicht, nicht als Mann. Wenn seine Hand nach ihrer Brust tastete, wehrte sie erschrocken ab. Auch waren sie ja nicht allein im Raum. Seine Mutter kam zwar immer spät, sie hatte einen Ausweis, der ihr erlaubte, am späteren Abend die Straße zu betreten.

Sie sah es ebenfalls mit seinen Augen.

»Mach ihr bloß kein Kind. Das würde sie nicht überleben.«

In Frankreich hatte er im letzten Jahr ziemlich regelmäßig mit einem Mädchen von einem Nachbarhof geschlafen, es geschah heimlich in der Scheune, aber bestimmt wussten sie alle davon. Er hatte immer ein schlechtes Gewissen gehabt bei dem Gedanken an Elfriede, sein Elfchen, wie er sie früher genannt hatte. Aber das war wohl das Geringste, was er ihr angetan hatte. Auch früher schon war sie keine leidenschaftliche Geliebte gewesen, sie liebte ihn von ganzem Herzen, doch dieser Teil der Liebe war von ihr immer nur mit geschlossenen Augen ertragen worden. Viel Zeit war ihnen nicht geblieben, ein paar Urlaubswochen nur, 1941 hatten sie geheiratet, da war er längst eingezogen. Was also hatte er ihr angetan? Darüber dachte er nach, wenn er neben ihr im Bett lag, denn er konnte nun auch schwer einschlafen. Er hatte sie bewundert, er hatte sie angebetet, sie war ein Wesen von einem anderen Stern gewesen. Das war sie immer noch, mehr denn je. Er liebte sie, er würde sie immer lieben.

»Sie muss wieder gesund werden«, sagte er zu seiner Mutter.

Pauline nickte. »Sie kann wieder gesund werden, sagt der Doktor. Sie braucht Ruhe, gutes Essen. Und eine andere Umgebung, das sage ich.«

»Und wie machen wir das?«

»Ich weiß es nicht, Cornelius. Du bist nun wieder da, vielleicht fällt dir etwas ein. Es geht nicht allen Leuten schlecht, geht es nicht.«

»Der schwarze Markt, ich habe es schon verstanden.«

»Damit können wir nichts anfangen. Wir haben nichts zu verkaufen, nichts zu tauschen. Meine beiden Ringe und meine goldene Kette, du weißt schon, die dein Vater mir zum dreißigsten Geburtstag geschenkt hat, habe ich längst verkauft.«

»Ich muss Arbeit finden.«

»Das musst du wohl.«

»Ich habe nichts gelernt. Ich habe keinen Beruf.«

Eines Abends klopfte es an der Tür, dann steckte Magda den blonden Kopf herein.

»Darf ich? Ich muss doch Ihren Sohn kennenlernen, Frau Müller. Ich habe gehört, dass er da ist, aber keiner kriegt ihn zu sehen.« Sie legte den Kopf schief. »Ein schmucker Mann, so sagt man doch bei Ihnen in Schlesien, nicht?« Sie streckte Cornelius die Hand hin. »Ich bin Magda Köster. Willkommen an Bord.«

Sie war freundlich, herzlich, fröhlich, genau wie man sie Cornelius beschrieben hatte. Und er dachte sofort: Sie hat recht, wenn man schon überlebt hat, muss man sein wie sie.

»Hallo, Andreas. How are you?« Sie hielt dem Jungen einen Riegel Hershey-Schokolade hin, und Andreas griff mit größter Selbstverständlichkeit danach, das kannte er schon.

Sie hatte auch sonst noch einiges mitgebracht, ein paar Scheiben amerikanisches Weißbrot, das zwar fade schmeckte, aber eine Kostbarkeit war, ein Gläschen mit Käsecreme, ein größeres Glas mit Rührei, in Papier gewickelt kleine Stückchen Butter und in einem Tütchen etwas Nescafé.

»Das habe ich bei uns in der Küche eingesammelt, es bleibt ja immer so viel übrig. Und hier«, sie griff in ihre große Tasche und brachte zwei Päckchen Lucky Strike heraus, »für Sie, Herr Müller. Falls Sie nicht rauchen, können Sie sie tauschen.«

»Das Stück fünf Mark«, sagte Pauline Müller andächtig.

»Und hier«, sagte Magda wieder, »kommt der ganz große Knüller.«

Sie sagte Gnüller, denn sie sprach ein wenig sächsisch, was ihren Worten noch mehr Fröhlichkeit verlieh.

Aus der Tasche kam eine Rolle Klopapier. »Habe ich auf dem Klo gemopst. Hüten Sie das Wertstück gut, ganz sparsam verbrauchen. Das kriegt man nicht mal auf dem schwarzen Markt.«

Selbst Elfriede hatte sich aus dem altersschwachen Sessel erhoben und bestaunte das »Wertstück«, wie Magda die seltene Gabe genannt hatte.

»Wie Sie das nur immer machen, Frau Köster«, sagte sie.

»Ja, wie wohl. Organisieren haben wir schließlich gelernt in den letzten Jahren. Und meine Amis haben es knüppeldicke.«

»Und die Zigaretten?«, fragte Elfriede. »Die liegen doch sicher nicht in der Gegend herum.«

»Nee, das ist mein netter Sergeant. Der hat mich nun mal ins Herz geschlossen. Ganz in allen Ehren«, wandte sie sich an Cornelius. »Er ist jung verheiratet, und seine Frau hat gerade ein Baby bekommen.«

»Von ihm?«, wunderte sich Pauline.

»Na, das wollen wir doch stark hoffen. Er war jedenfalls letzte Weihnachten auf Urlaub in Kentucky. Ich habe ein Bild von ihm gemalt, wie er vor der Kantine steht, eine Depesche liest, eben die, wo man ihm die Geburt des Kindes mitteilt, da steht er also und strahlt über das ganze Gesicht wie ein Honigkuchenpferd.«

»Das haben Sie gemalt. Können Sie denn das?« staunte Elfriede.

»Man kann viel, wenn man muss … Ich nehme an, die Zigaretten sind nur eine Anzahlung. Ich kriege sicher noch mehr. Also Sie sehen, Herr Müller, ich habe da einen Freund, der gar nichts von mir will, mich nur gut leiden kann. Und wissen Sie, warum? Er hat mal festgestellt, dass ich seiner Schwester ähnlich sehe. Der Schwester von einem amerikanischen Sergeanten ähnlich zu sehen, ist das wohl ein Glück für so ein armes, besiegtes deutsches Schwein?«

Das alles kam sprudelnd und vergnügt, leicht sächselnd heraus, und Cornelius lachte. Er lachte herzhaft, zum ersten Mal, seit er diese Wohnung betreten hatte.

Magda sah und hörte dieses Lachen, dann blickte sie die anderen an. Sogar Pauline verzog den Mund, Andreas patschte in die Hände, und Elfriede, die ihren Mann betrachtete, lachte auch.

Nur Magda war einen Augenblick lang ernst. Wie glücklich sie sein kann! Sie hat ihren Mann wiederbekommen, und was für einen netten Mann. Und sie hat ein Kind. Doch sie verbot sich das aufsteigende Gefühl von Wehmut sofort. Nur nicht daran denken. Nicht daran denken. Überhaupt nicht denken, handeln. Als keiner mehr lachte, Andreas seine schokoladenverschmierten Finger ableckte, die Erwachsenen sie erwartungsvoll ansahen, als müsse sie noch mehr Anlass zu Heiterkeit geben, fragte sie und sah Cornelius an: »Was werden Sie tun?«

»Keine Ahnung.«

»Ich werde darüber nachdenken. Irgendwann wird was mit dem Geld geschehen. So was wie die Inflation nach dem vorigen Krieg wird es nicht geben, das wollen die Amis auch nicht. Die Welt ist in zwei Teile geteilt, und die Amis und die Sowjets sind keineswegs mehr so dicke Freunde. Ich kann das täglich merken im Umgang mit den Amerikanern, sie werden nämlich immer umgänglicher. Glücklicherweise kann ich mit ihnen reden, ich verstehe sie, und sie verstehen mich. Das ist schon mal ungemein nützlich. Können Sie Englisch?«

»Nein. Nur Französisch. So ein bisschen.«

»Also, wenn Sie wollen, und Zeit haben Sie ja jetzt, gebe ich Ihnen Unterricht in Englisch.«

Cornelius war erstaunt. »Sie?«

»Ja, ich. Wer sonst? Das brauchen Sie nämlich.«

Sie blickten sich in die Augen. Magdas Augen waren groß und dunkelbraun. Was Cornelius darin las, verwirrte ihn. »Das ist aber nett von Ihnen, Frau Köster«, sagte Elfriede.

»Ach Gott, nett, ja, das auch. Aber einer muss ein bisschen Dampf hier in eure Bude bringen. Und gerade habe ich noch eine gute Idee. Ich werde meinem Sergeanten erzählen, Mike heißt er, mein Bruder sei aus der Gefangenschaft zurückgekommen, tapfer und tüchtig und ein großer Gegner der Nazis. Das verkaufe ich dem schon. Da fallen noch mehr Zigaretten ab, jede Wette? Und dann wird schon was werden.«

Noch im November des Jahres 1947 begann Cornelius mit seiner Würstchenbude auf dem Bahnhofsplatz.

September 1968

Sie gingen nicht über die Hintertreppe, sondern die große, breite Treppe hinab, die vom ersten Stock, wo das Büro des Hoteldirektors lag, direkt in die Halle führte. Hier herrschte zu dieser späten Nachmittagsstunde reger Betrieb, alle Sessel und Sofas waren besetzt, Kellner servierten Drinks oder Tee, auch vor der Tagesbar, die sich im Hintergrund der Halle befand, war jeder Hocker besetzt. Helga blickte sich verstohlen um, doch Andreas, die Lippen zusammengepresst, sah weder nach rechts noch nach links. Sicher kannte ihn der eine oder andere Angestellte hier im Haus, und er war sich auf einmal bewusst, wie er aussah. Noch vor zwei Jahren war er ein gut angezogener junger Mann gewesen, der großen Wert auf seine Erscheinung legte.

Das hat er geschafft, er hat mich verunsichert, dachte er und suchte nach einem Rest der Wut, die seinen Auftritt begleitet hatte. Alle sehen wir so aus, was soll daran verkehrt sein. Eine Uniform hat er es genannt. Das verdammte Establishment, das hier in der Halle herumsitzt, hat einen Schlips um den Hals, ist das keine Uniform? Doch die Wut war nicht mehr da, sie hatte einer Traurigkeit, ja Verzweiflung Platz gemacht, die er nicht begriff. Seine Mutter hatte er unglücklich gemacht. Nein, hatte er nicht, sie verstand ihn ja. Seinen Vater hatte er verärgert, er verstand ihn nicht. Auch wenn er behauptet hatte, immer Verständnis für seinen Sohn gehabt zu haben. Hatte er nicht. Konnte er gar nicht haben, so wie er lebte.

Alle seine Freunde sagten, dass die Alten mit ihrer Gier nach Geld und Erfolg kein Verständnis für die Jungen haben konnten. Wiederaufbau – das war ihr großes Losungswort. Okay, für ihn konnte das keine Geltung haben, er hatte schließlich nichts kaputtgemacht.

»Ich habe ihre Welt nicht kaputtgemacht«, murmelte er vor sich hin.

»Was sagst du?«, fragte Helga aufgestört. Sie hatte eben einer schlanken rothaarigen Dame nachgesehen. War das nicht Ellen Winter, die Filmschauspielerin?

»Nichts«, beschied er sie kurz.

Als sie an der Rezeption vorbeikamen, warf er nur einen Blick aus dem Augenwinkel auf Kilian, hoffend, dass der ihn nicht sehen würde. Max Kilian, der Chefportier des Hauses, stand im korrekten, dunklen Anzug, die goldenen Schlüssel auf dem Revers, hinter seinem Pult, sein Haar war inzwischen grau meliert, was seine Erscheinung noch würdevoller machte.

Glücklicherweise sprach er gerade mit einem Gast. Es war noch nie vorgekommen, dass Andreas im Haus war, ohne bei Kilian haltzumachen und sich eine Weile mit ihm zu unterhalten.

Das letzte Mal, als er hier gewesen war, Ende April, nachdem er aus Berlin weggegangen war, hatte er nicht viel anders ausgesehen als heute, und Kilian hatte gesagt: »Na, Jungchen, hast du eine Landpartie gemacht?«

Landpartie! Auf welchem Mond lebten die eigentlich hier in diesem verdammten Kaff? Kannten sie nur die geschniegelten Greise aus dem Establishment?

Dem Chefportier des Parkhotels entging nichts. Er hatte Andreas sehr wohl gesehen, seinen Aufzug, das Mädchen neben ihm, das eilige Durchqueren der Halle, das einer Flucht gleichkam. Allerdings hatte er nicht gesehen, wie Andreas kam, das musste während seiner Teepause gewesen sein. Dann war es nur ein kurzer Besuch beim Direktor gewesen, und dass Andreas nicht wie sonst zu einem Schwatz stehen blieb, ließ eine Auseinandersetzung vermuten.

Kilian seufzte. Er liebte Andreas wie einen Sohn, und er fühlte sich Cornelius Müller eng verbunden. 1957 war er in das Parkhotel gekommen, fünf Monate nach der Eröffnung. Andreas war damals ein Junge von zwölf Jahren, wohlerzogen, offenherzig und gescheit, und wenn er mit seinen Eltern an dem Tisch ganz rechts hinten im Restaurant speiste, hätte niemand an seinem Aussehen oder seinen Manieren etwas aussetzen können.

War das Mädchen der Grund? Bisher hatte er nie ein Mädchen mitgebracht. Merkwürdig hatten die beiden ja ausgesehen. Aber Kilian war nicht weltfremd, er wusste, wie die jungen Leute heutzutage herumliefen und dass sie sich wichtig vorkamen in diesem Aufzug. Außerdem war er ein eifriger Zeitungsleser, darum wusste er auch, was sich an den Universitäten abspielte, seit einigen Jahren nun schon, und seit dem Attentat auf Rudi Dutschke war es noch schlimmer geworden.

Kilian nahm es gelassen. Junge Leute mussten sich austoben, sie taten es auf diese oder jene Art, zurzeit übten sie sich als Revolutionäre. Der Wohlstand verführte sie dazu. Das erschien absurd auf den ersten Blick, dachte man ein wenig darüber nach, kam es einem aber ganz normal vor. Es war das Privileg der Jugend, anderer Meinung zu sein. »Sie können sich darauf verlassen, Herr Doktor«, sagte er zu dem Mann, der vor seinem Pult stand, »morgen früh sind die Opernkarten da. Das Zimmer im Atlantic in Hamburg ist für übermorgen bestellt.«

Ob Andreas noch einmal wiederkam?

Kilian wandte sich Ellen Winter zu, die eilig auf ihn zukam. Die berühmte Schauspielerin gastierte zurzeit im hiesigen Stadttheater.

»Gnädige Frau?«

»Herr Kilian, es muss einer mit meinem Hund spazieren gehen, während ich Vorstellung habe. Gestern habe ich ihn in der Garderobe gelassen, da ist er ausgebüxt und erschien plötzlich auf der Bühne. Wir spielen Sartres ›Geschlossene Gesellschaft‹, da geht das wirklich nicht.«

Kilian war nicht nur belesen, er verstand auch etwas vom Theater.

»Nein, wie ein Höllenhund sieht Bibi wirklich nicht aus.«

Ellen Winter lachte. »Eben. Haben Sie jemand, der Bibi mal kurz spazieren führt, so zwischen neun und zehn. Es muss aber ein zuverlässiger Mensch sein, der keinen Unfug mit dem Tier treibt.«

»Das macht Axel, Page Nummer eins. Er ist mit Hunden aufgewachsen, seine Eltern haben heute noch zwei Schäferhunde.«

»Na ja, Schäferhunde! Bibi ist ein kleiner Hund. Sie braucht nicht weit zu gehen, nur dass sie gerade das Allerwichtigste erledigt. Ich komme heute spät, wir sind nach der Vorstellung vom Oberbürgermeister eingeladen.«

»Axel ist gerade mit einer Erledigung unterwegs, gnädige Frau. Sobald er zurück ist, schicke ich ihn zu Ihnen hinauf, da können Sie ihn genau instruieren.«

»Danke, Herr Kilian.«

»Stets zu Ihren Diensten, gnädige Frau.«

Als sie durch die Drehtür waren, fasste Andreas nach Helgas Hand. »Los, machen wir, dass wir fortkommen.«

Helga war hartnäckig. »Was hast du damit gemeint, du hast nichts kaputtgemacht?«

»Ihr scheißverdammtes Land hier. Sie haben geduldet, dass es zerstört wurde. Sie sind diesem Hitler nachgelaufen und haben sich in den Krieg treiben lassen wie die Hasen. Und nun sind sie so stolz auf ihren Wiederaufbau. Na schön, warum auch nicht. Sie hatten allen Grund, wieder was aufzubauen. Aber was geht mich das an?«

»Du hast allen Grund, ihnen dankbar zu sein. Dein Leben war leicht im Vergleich zu ihrem Leben. Wir alle haben ein schönes Leben im Vergleich zu dieser Generation, sagt mein Vater.«

»Mein Vater sagt – das kenne ich bald auswendig. Dein Vater ist genauso ein alter Trottel wie mein Vater.«

Helga blieb stehen und riss ihre Hand aus seiner.

»Mein Vater ist nicht alt. Und ein Trottel ist er schon gar nicht. Ebenso wenig wie dein Vater. Was blieb ihnen denn anderes übrig, als weiterzuleben und aufzubauen? Denkst du denn, sie sind gern in den Krieg gegangen?«

»Und warum sind sie dann gegangen?«

»Mein Vater sagt, man muss erst einmal in einer Diktatur gelebt haben, um zu wissen, wie das ist. Für uns heute ist es leicht, zu wissen, wie man es besser machen soll. Weil es eben nur Theorie ist.«

»Also hast du mit deinem Vater dieses Thema erörtert.«

»Klar. Das tun wir doch alle. Immerhin haben sie meinen Vater verhaftet und eingesperrt, weil er auf der Kanzel Dinge gesagt hat, die er nicht hätte sagen sollen.«

»Das hast du mir bereits erzählt. Aber sie haben ihn wieder freigelassen, und dann hat er Dinge gesagt, die den Nazis gepasst haben.«

»Hat er nicht. Er war nur ein bisschen vorsichtiger.«

»Siehst du, da haben wir es. Vorsichtig. Um die eigene Schwarte zu retten.«

»Und was soll daran verkehrt sein?«, fragte sie ruhig. »Mein Vater sagt, auch Märtyrer hätten die Nazis nicht vernichten können. Also wozu dann sich selbst und seine Familie ins Unglück stürzen?«

»Das ist es eben. Das ist der Standpunkt, wo ich nicht mehr folgen kann. Tut mir leid.«

»Du kannst leicht reden. Schließlich haben Sie meinen Vater dann doch noch eingezogen.«

»Und da hat er die Waffen gesegnet.«

»Blödsinn. So was gab's gar nicht mehr.«

Sie mussten an der Ampel warten, ehe sie den Platz überqueren konnten. Auf der anderen Seite blieb Helga stehen und blickte auf das Hotel. Es war ein einfacher, schmuckloser Bau, so wie man in den fünfziger Jahren gebaut hatte, als man noch froh darüber war, überhaupt bauen zu können. Der Eingang war inzwischen pompös geworden, die Eleganz der Räume ließ sich von außen nicht erahnen. »Parkhotel Peters« stand über der Front des Hauses, daneben das verschlungene Emblem der beiden großen P.

»Was heißt Peters?«, fragte Helga.

»Der Mitinhaber. Genau genommen gehört Peters das Hotel.«

»Ich denke, deinem Vater?«, fragte sie überrascht.

»Sei doch nicht so doof. Wovon sollte er denn ein Hotel bauen? Er kam '47 aus der Gefangenschaft, da hatte er kein Hemd auf dem Hintern. Und Flüchtling war er außerdem. Kannst du mir sagen, woher man dann das Geld nimmt, um ein Hotel zu bauen?«

»Na, Bankkredite und so was.«

»Und du denkst, die Bank schmeißt so einem Mann, der dazu noch total fremd ist in dieser Stadt, einfach das Geld nach?«

»Du hast mir das noch nie erzählt.«

»Hab ich auch nicht. Ist ja vollkommen uninteressant für uns. Genügt mir schon, wenn du deine Sätze ständig anfängst: Mein Vater hat gesagt –«

Sie lachte. »Ich kann ja in Zukunft sagen, meine Mutti hat gesagt. Die hat nämlich auch eine Menge zu sagen bei uns zu Hause.«

»Dein Vati, deine Mutti, deine zwei Schwestern, deine zwei Brüder ...«

»Es ist nur ein Bruder.«

»Genügt. Ein Glück, dass ich da nie hin muss.«

Sie blickte ihn erstaunt an. »Natürlich musst du hin. Wenn

du mich heiraten willst, musst du sie doch vorher kennenlernen.«

Jetzt machte er ein erstauntes Gesicht. »Wer spricht von Heiraten?«

»Aber wenn du doch sagst, du liebst mich.«

»Wie bin ich bloß an dich geraten?«

»Bei einem Sit-in.«

»Richtig. In der Frankfurter Uni. Dass sie dich überhaupt nach Frankfurt gelassen haben, der Vati und die Mutti, das wundert mich ungeheuer.«

»Das weißt du genau. Außerdem sage ich zu meinem Vater nie Vati. Nur zu Mutti sage ich Mutti.«

»Heiliger Bimbam! Und wissen sie eigentlich inzwischen, dass du bei Cousine Ev ausgezogen bist?«

»Sie wissen es nicht. Und so ganz ausgezogen bin ich nicht. Ev war nur froh, weil sie einen neuen Freund hat. Mit dem ist sie jetzt in Italien, und wenn sie zurückkommt, wird sie wissen, ob sie ihn behält oder nicht.«

»Hast du mir alles schon dreimal erzählt.«

Sie standen immer noch gegenüber dem Hotel, und Andreas suchte mit den Augen das Fenster im ersten Stock, direkt in der Mitte. Dort war sein Büro. Saß er jetzt dort und ärgerte sich? Oder machte er seine tägliche Frühabendrunde durch das Haus, Restaurant, Bar, Halle, ein Blickwechsel oder ein paar Worte mit Kilian, ein kurzer Besuch im Büro der Hausdame, dann ein Gang durch die Küche, kurze Besprechung mit dem Oberkellner. Oder telefonierte er vielleicht mit seiner Frau, um sich über den vergammelten Sohn zu beschweren? Gewiss nicht. Er würde ihr wie immer jede Aufregung ersparen. Er würde sich, auch wie immer, bei Magda ausweinen.

Andreas presste die Lippen zusammen und starrte mit zusammengekniffenen Augen auf das Hotel.

Helga stieß ihn an. »Mach nicht so einen schrecklichen Mund!«

»Was ist mit meinem Mund?«

»Hässlich sieht das aus.«

»Bin ich eben hässlich.«

»Bist du nicht. Du bist sogar ein ausgesprochen schöner Mensch.« Sie kicherte albern. »Sagt jedenfalls Sabine.«

»Sabine? Was für eine Sabine?«

»Na, Bine. Die Nummer eins in unserer Kommune. Die ist doch scharf auf dich, das weißt du ganz genau.«

»Ach die! Die kann lange warten.«

»Ich hab dir das ja von Anfang an gesagt, so eine Tauscherei mache ich nicht mit, auch wenn ich da jetzt wohne.«

»Nicht gern, wie du vorhin verkündet hast.«

»Nein, nicht so gern.« Sie rümpfte die Nase. »Die riechen alle so schlecht.«

»Meinst du, du riechst besser?«

Sie hob den Kopf und blickte ihn zornig an. »Bisher habe ich besser gerochen.«

Er lachte und legte den Arm um ihre Schultern. »Du riechst immer noch besser als alle anderen. Und weitaus besser als Bine. Aber du bist ja auch erst drei Wochen bei uns.«

»Und Ev hat keine Ahnung, wo ich wirklich bin. Sie denkt, wir machen Ferien auf dem Land. Du gefällst ihr nämlich. Aber sie würde nie dulden, dass ich in einer Kommune lebe. Wenn sie aus Italien zurück ist …« Helga verstummte, ratlos.

»Ja? Was ist dann?«

»Weiß ich auch nicht. Ich werde eben wieder bei ihr wohnen. Die Sache mit dem neuen Freund ist ja noch sehr fraglich.«

»Du wirst weder dies noch das, sondern wir gehen nach Berlin.«

»Ich dachte, du hast das vorhin nur so hingeredet.«

»Komm!« Er nahm wieder ihre Hand. »Lass uns gehen. Sonst wird es zu spät.«

»Zu spät für was?«

Das war so ihre Art von Fragen, die ihn immer verwirrten. Weil sie recht hatte mit diesen Fragen. Zu spät für was? Es war kein Semester, außerdem arbeitete er schon lange nicht mehr für sein Studium, nur für die Revolution. Und wenn er ehrlich war, ödete ihn die Frankfurter Kommune an, in der er seit drei Monaten lebte. Es hatte einen gewissen Reiz bedeutet, Helga dorthin mitzunehmen, er wollte ihr damit imponieren, aber das war ihm keineswegs gelungen. Ihr konnte man nicht so leicht imponieren. Und wenn sie auch mit ihm dort lebte, so blieb doch immer eine gewisse Distanz zwischen ihr und den anderen.

»Für was, für was?« äffte er sie nach. »Wir fahren nach Frankfurt, habe ich gesagt.«

»Ich habe Hunger.«

»Ich auch. Hätten wir uns ordentlich angezogen, hätte mein Alter Herr uns zum Abendessen eingeladen in sein stinkfeines Restaurant. Jetzt werden wir draußen in einer Raststätte was essen. Oder schauen wir mal um die Ecke auf den Bahnhofsplatz? Ob wir dort die Würstchenbude noch finden?«

»Was für eine Würstchenbude?«

»Würstchen soll es ja zuerst gar nicht gegeben haben. Nur so 'ne Art Buletten mit undefinierbarem Inhalt. Sagt Magda. Einigermaßen essbare Würstchen gab es dann erst nach der Währungsreform.«

»Ich habe keine Ahnung, wovon du redest.«

»Kannst du auch nicht haben. Ist auch egal. Tempi passati.«

Sie gingen ein Stück die breite Straße entlang, die vom Hauptbahnhof stadteinwärts führte, dann bog Andreas in eine kleine Seitenstraße ein, in der sich elegante Läden befanden, hier war die Einkaufsgegend für Kenner. Plötzlich stoppte Andreas.

»Wozu eigentlich«, sagte er, immer noch missgelaunt,

machte kurz kehrt und ging in entgegengesetzter Richtung die Straße zurück, die nach einer Weile die Hauptstraße überquerte und dann in einem kleinen Bogen an der Rückfront des Parkhotels landete.

Helga, die an seiner Hand den Umweg mitgemacht hatte, fragte: »Wozu eigentlich was?«

»Du mit deiner ewigen Fragerei. Ich hab's mir anders überlegt. Ich wollte jemanden besuchen, und nun lasse ich es bleiben.«

Sie kapierte sofort. »Du hast es satt, dich dumm anreden zu lassen wegen deines Aufzugs.«

»Richtig. Obwohl sie wahrscheinlich gar nichts dazu gesagt hätte. Sie hätte gelacht.«

»Und wer ist sie?«

»Magda. Der gute Geist der Familie, ihr Schutzengel und Vaters Freundin.«

»Oh! Hat er eine?«

»Klar.«

»Und wer …?« Ehe Helga ihre nächste Frage anbringen konnte, rief sie erstaunt: »Wir sind wieder beim Hotel.«

»Wir sind im Kreis gegangen.«

»Und hier ist wirklich ein kleiner Park.«

»Es muss früher ein großer Park gewesen sein. Dafür wird der Rest jetzt sorgfältig gepflegt. Auf dieser Seite liegen die besten Zimmer des Hotels. Ach, zum Teufel mit dem Hotel. Los, wir holen den Wagen.«

»Und wer …?« versuchte Helga die begonnene Frage zu vollenden, doch Andreas sagte unfreundlich: »Shut up!«

Er hatte den Wagen nicht auf dem Hotelparkplatz gelassen, sondern ein paar Straßen weiter in der Werkstatt, wo sein Freund Jonny arbeitete. Wie im Stillen erhofft, hatte Jonny den Volkswagen aufgetankt, die Scheiben geputzt, auch den verkratzten Lack so gut es ging gewienert.

»Dein Vater könnte auch mal einen neuen Wagen springen

lassen«, sagte er. »Mit der alten Karre kannst du nicht mehr viel Staat machen. Ist das deine neue Freundin?«

»Das ist meine Freundin, und der Wagen ist mir noch lange recht.«

»Geschmackssache. Hier, sieh mal den, das ist ein Schnuckelchen.«

Jonny wies auf den Jaguar, der neben dem Volkswagen stand und an dem er offenbar gerade arbeitete. »Das ist was, wie? Könntet ihr euch doch leisten.«

»Ich nicht. Möchte ich auch nicht geschenkt, so eine Angeberkarre. Wie sähe das denn aus, wenn ich damit ankäme?«

Jonny ließ einen schiefen Blick über Andreas und Helga gleiten. »Hast du auch wieder recht. Wenn man euch so ansieht, dann passt ihr da gar nicht rein.«

Andreas lachte und musterte seinerseits die schmutzige Monteurskluft seines Jugendfreundes. »Du hast es gerade nötig.«

»Mensch, ich arbeite. Solltest mich mal nach Feierabend sehen, wenn ich mit meinem Mädchen ausgehe.«

»Immer noch dieselbe?«

»Klar. Die passt, wie für mich gewoben. Und die verdient ganz schönes Geld. Die ist nämlich tüchtig. Erste Verkäuferin ist sie, bei C&A.«

»Na, fabelhaft«, sagte Andreas spöttisch. »Dann könnt ihr euch bald ’nen Jaguar leisten.«

»Den brauchen wir auch nicht. Dafür werde ich eines Tages meine eigene Werkstatt haben. Eines nicht fernen Tages. Wirste sehen. Und dann mach ich die dicken Mäuse.«

»Soweit werde ich es nie bringen.« Es sollte wieder spöttisch klingen, wurde aber von Jonny nicht so aufgefasst. »Glaub ich auch nicht. Ihr demoliert erst mal die Universitäten und treibt die Professoren in den Herzinfarkt. All so ’n Blödsinn. Könnt ihr euch was drauf einbilden.«

»Das verstehst du nicht.«

»Versteh ich nicht, versteh ich nicht! Kannste dir noch mal was drauf einbilden. Warum macht ihr denn das, wenn ich es nicht verstehen kann? Mir hat erst neulich so ein Studentenfips erklärt, auch so einer mit 'nem reichen Vater am Arsch, also der hat mir erklärt, sie machen das alles für uns, für die arbeitende Klasse. Wer hat euch denn darum gebeten? Uns geht's so gut wie nie, verstehste, und wir haben einen Dreck davon, wenn ihr da Kleinholz macht. So ist das nämlich.«

»So ist es. Ich habe verstanden. Was bin ich schuldig, Jonny?«

»Nur fürs Benzin.«

Der Abschied fiel kühl aus, und Andreas schwieg lange, während er zur Stadt hinausfuhr.

Dann sagte er: »Mit Jonny hab ich schon als Fünfjähriger gespielt. Und ich habe für ihn immer ein Würstchen stibitzt. Jetzt sprechen wir auf einmal zwei Sprachen.«

»Und was meinst du, woran das liegt?«

»Halt mir jetzt bloß keine Predigt.«

»Ist nicht nötig«, sagte Helga sanft. »Du hast schon verstanden. Heißt er wirklich Jonny?«

»Johannes.«

»Wie mein Bruder«, sagte Helga versonnen und blickte hinaus in die Abenddämmerung.

Ihr Leben war immer so ordentlich gewesen, so überschaubar. Auf einmal kam es ihr unordentlich vor, beängstigend. Und dann, sich selbst beruhigend, dachte sie: So ist es wohl immer, wenn man liebt. Wenn so etwas Neues und ganz anderes in das Leben kommt. Aber es änderte nichts daran, dass sie Heimweh hatte. Dass sie sich auf einmal nichts so sehr wünschte, als daheim zu sein.

Cornelius

Cornelius hatte seine Frau nicht angerufen, Elfriede hatte sich bei ihm gemeldet.

»Ist Andreas noch da?«

»Nein.«

»Ach, du lieber Gott!«

Er schwieg, wartete ab, was weiter kam.

»Hattet ihr Streit?«

»Streit? So würde ich es nicht nennen. Andreas hat mir erklärt, dass er nicht daran denkt, mein Nachfolger im Hotel zu werden, dass er auch nicht weiter studieren will, sondern stattdessen ein berühmter Schauspieler werden wird.«

Jetzt schwieg sie eine Weile, und er sah im Geiste ihre angstvollen, blauen Augen, weit geöffnet, das Zittern um ihren Mund. Der Zorn auf seinen Sohn hatte sich noch nicht gelegt, kehrte nun verstärkt zurück. Warum tat er seiner Mutter das an?

Aber so viel tat er ihr gar nicht an, wie das weitere Gespräch ergab.

»Das ist schlimm für dich, nicht wahr?«

»Für mich? Ich werde es überleben. Ich habe schließlich ganz andere Dinge überlebt.«

»Ich kann ihn verstehen, Cornelius. Ich wünschte, du könntest es auch.«

»Es genügt ja, wenn du es tust.«

»Bitte, sprich nicht so mit mir. Diese Leidenschaft fürs Theater, du weißt, ich hatte sie auch. Nichts auf der Welt hat mich so verzaubert wie das Theater. Bücher und Musik auch, natürlich. Aber Theater war für mich das Höchste.«

»Und das Kino.«

»Ja, das auch. Das gehörte dazu. Vielleicht kann Andreas zum Film gehen, so wie er aussieht. Oder zum Fernsehen.«

Fernsehen war ihr ein und alles, seit sie nicht mehr ins Theater oder ins Kino gehen konnte, und Cornelius dachte manchmal, was für ein Segen das Fernsehen für einen Menschen wie Elfriede war. Zum Glück sah auch Pauline, seine Mutter, gern in die Kiste. Allzu gut hatten sich die beiden Frauen nie verstanden, aber wenn sie gemeinsam vor dem Bildschirm saßen, war ihre Welt in Ordnung.

»Das Hotel – ich meine, du bist doch noch lange fähig, das Hotel zu leiten. Du bist schließlich noch nicht alt.«

»Nein.«

»Und dann wirst du dir halt endlich einen Mann engagieren, der dich entlastet.«

»Hör zu, Elfchen«, sagte er und nannte sie bei dem alten Kosenamen, denn auf einmal tat sie ihm leid, weil sie da in ihrem Sessel sitzen musste und sich Sorgen um ihn machte, »ich bin nicht alt, und meine Arbeit macht mir Spaß. Ich bezweifle, ob ein Schauspieler je so viel Freude an seinem Beruf haben kann wie ich. Aber sei dem, wie es sei. Ich habe einen tüchtigen Assistenten im Haus, Assistant Manager, wie das jetzt in der Fachsprache heißt, ich habe erstklassiges Personal und leitende Angestellte, die schon jahrelang bei mir sind, auf die ich mich verlassen kann. Wenn es mir Spaß macht, kann ich sechs Wochen auf Urlaub gehen, und es würde alles so weitergehen, als wenn ich da wäre.«

»Du willst Urlaub machen?«

»Ich habe gesagt, wenn.«

»Aber ich fände es gut, wenn du mal ausspanntest. Du könntest ja nach Bad Nauheim kommen, wenn ich dort die Kur mache. Du musst ja nicht im Sanatorium wohnen, es gibt sicher auch gute Hotels dort.«

»Sicher. Aber ich dachte nicht an Urlaub.«

»Schade. Täte dir sicher gut. Du machst nie Urlaub.«

»Ich werde vielleicht für zwei, drei Wochen nach Amerika reisen.«

»Nach Amerika?«

»In die USA, ja. Das habe ich schon lange vor. So Mitte Oktober, wenn wir etwas Ruhe im Haus haben. In der ersten Hälfte sind noch ein paar Tagungen, aber dann ist eine Zeit lang der Betrieb auf Sparflamme, da könnte ich weg, ehe die Wintersaison einsetzt, mit den ersten Bällen und den Vorbereitungen für Weihnachten und Silvester. Verstehst du?«

Elfriede nickte, aber das konnte er nicht sehen. Also wiederholte er die Frage: »Verstehst du?«

»Natürlich. Und du, ich bin froh, dass du es nicht schwerer nimmst, das mit Andreas.«

Er musste lächeln. Eigentlich hätte sie wissen müssen, wie schwer er das nahm. Wie sie wissen musste, wie viel ihm das bedeutete, was er aufgebaut hatte in knapp zwanzig Jahren. Für sich selbst, für sein eigenes Leben, gewiss das auch, aber genauso gut für seinen einzigen Sohn.

»Ich frage mich nur, warum er dann erst ein Studium angefangen hat, warum er Zeit und Geld dafür verplempert hat, wenn er doch von Anfang an etwas ganz anderes wollte. Denn so war es doch. Und du hast davon gewusst.«

»Gewusst, nein, nicht direkt«, jetzt klang ihre Stimme weinerlich. »Er hat davon geträumt, das schon. Und ich hab das irgendwie verstanden. Weil es ja auch einmal mein Traum war.«

»Na gut, dann werden wir ja sehen, was aus seinen Träumen wird. Und wie hat dir dein Sohn sonst gefallen?«

»Du meinst dieses Mädchen? Die sah komisch aus, die passt bestimmt nicht zu ihm. Aber das geht sicher genauso schnell vorüber wie seine anderen Liebesgeschichten.« Das klang befriedigt.

Die anderen Liebesgeschichten, von denen Elfriede sprach, lagen weit zurück. Als Andreas noch zur Schule ging, gab es wechselnde Mädchen in seinem Dasein. Seit er studierte, war er noch nie in weiblicher Begleitung aufgetaucht. Aber es war unnötig, dies näher zu erörtern, amüsant war nur wieder, dass Elfriede zwar die Erscheinung des Mädchens komisch gefunden hatte, nicht aber die ihres Sohnes.

»Inwiefern sah sie komisch aus?«, konnte er sich nicht verkneifen zu fragen.

»Na, wie sie angezogen war.«

»Fandest du Andreas besser angezogen?«

»Auch irgendwie komisch. Aber so laufen die jungen Leute heute eben rum. Kannst du auch im Fernsehen sehen.«

»Aha. Na, da stimmt die Richtung ja. Also bis bald, ich habe noch zu tun.«

»Kommst du heute Nacht nach Hause?«

»Nein. Wir haben zwei Tagungen im Haus und das Jubiläumsessen vom Rot-Weiß-Klub.«

»Ach ja, hab ich heute in der Zeitung gelesen, dass die zwanzigjähriges Jubiläum haben. Da wird es sicher spät.«

»Die Schwester ist doch da?«

»Ja, ja, sie ist da. Sie hat nur Sonntag frei. Du, Cornelius, ich bin froh, dass du das mit Andreas so leicht nimmst.«

»Schon gut, Elfchen.«

Er legte den Hörer hin, so sanft wie möglich, dann ballte er die Hände zu Fäusten und legte sie auf den Schreibtisch. Sie war froh, dass er es leichtnahm! Sie verstand nichts, sie verstand gar nichts mehr. Seine Mutter hätte ihn besser verstanden. Doch Pauline war nicht da; sie klagte seit einigen Jahren über Schmerzen im Hüftgelenk und machte derzeit eine Kur in Bad Gastein. So leid es ihm tat, dass sie Schmerzen hatte, so war es doch dadurch endlich gelungen, ihr die weitere Mitarbeit im Hotel auszureden.

Alles, was er aufgebaut hatte, wäre ohne seine Mutter nicht möglich gewesen. Sie verkaufte die Buletten und später die Würstchen bei Wind und Wetter auf dem Bahnhofsplatz, sie besorgte die Küche, als er zwei Jahre später in einem Behelfsbau, eine bessere Bretterbude gleich neben dem Würstchenstand, ein Café eröffnete, in dem es außer Kuchen auch kleine Imbisse gab. Der nächste Schritt war dann eine richtige kleine Kneipe, in der es bemerkenswert gut zu essen gab. Pauline kochte selbst. Ihr Schweinebraten mit Klößen, ihr Gulasch, ihr Eisbein, ihre Erbsensuppe, ihr Rindfleisch mit Schnittlauchsoße wurden geradezu stadtbekannt.

Dieses Lokal befand sich schon in einem richtigen Haus, besser gesagt in einer Ruine, einem Bau, der oben ausgebrannt war, aber unten noch auf stabilen Mauern stand. Es war einmal ein großes, gut gebautes Gebäude mit dicken Mauern gewesen, das in der Tiefe ein beträchtliches Ausmaß aufwies. Man richtete es her bis zum zweiten Stock und setzte ein Dach darauf.

Bei dieser Gelegenheit machte Cornelius die Bekanntschaft von Simon Peters, Architekt und Bauunternehmer, der zu dieser Zeit schon wie ein ungekrönter König in der Stadt regierte. Alles, was mit Aufbau, Wiederaufbau und später mit Neubau zu tun hatte, ging durch seine Hände, entstand zunächst meist in seinem Kopf. Angefangen beim Oberbürgermeister, über den Stadtrat, bis zu sämtlichen Parteispitzen, Behörden und alteingesessenen Bürgern hörte alles auf Simon Peters, hörte auf seinen Rat, befolgte seine Vorschläge; es gab nur wenige Bürger der Stadt, die gegen ihn Front machten. Der Stadt bekam es gut, ihr Wiederaufbau ging schneller vonstatten als in vergleichbar zerstörten anderen Städten. Und Simon Peters wurde reich dabei.

Ohne die Hilfe von Simon Peters hätte Cornelius niemals die Konzession für das Lokal bekommen, auch nicht die geräumige, gut ausgebaute Wohnung im ersten Stock. Es war wirklich ein sehr großer, sehr bemerkenswerter Schritt voran, den die Familie Müller damals tat. Man schrieb das Jahr 1951.

Pauline war an führender Stelle dabei, nicht anders als später im Hotel. Eine Autorität war sie immer gewesen. Mit der Zeit wurde sie autoritär, es gab Schwierigkeiten mit dem Personal. Schließlich gelang es Cornelius, sie zu überreden, die Arbeit im Hotel aufzugeben.

»Einer muss sich um das Haus kümmern. Und um Elfriede. Sie kann nicht allein bleiben.«

Elfriede hatte sich einige Jahre ganz wacker gehalten, sie hatte mitgearbeitet, sie hatte im Lokal mitbedient, später im Hotel hatte sie sich um die Blumen gekümmert, um kranke Angestellte, um deren Kinder und hatte die oft etwas harten Worte ihrer Schwiegermutter gemildert.

Vor vier Jahren hatte sich ihr Zustand wieder verschlechtert, das alte Herzleiden quälte sie aufs Neue, schlimmer denn je. Zu jener Zeit hatte Cornelius das Haus im Vorort der Stadt gebaut – Grundstück und Baupreis zu äußerst günstigen Bedingungen dank Peters –, denn für Elfriede würde es besser sein, mehr Ruhe zu haben, von dem Trubel im Hotel verschont zu bleiben, in einem Garten sitzen zu können, im Winter auf einer Veranda, auch die voller Blumen, denn Blumen liebte sie über alles. Die Wohnung im Hotel, die sie bisher im obersten Stock bewohnt hatten, wurde in ein Appartement umgewandelt, Cornelius behielt außer seinem Büro nur ein Zimmer, in dem er übernachten konnte, wenn er nicht nach Hause fahren konnte oder wollte.

Dass er manchmal bei Magda schlief, wusste Elfriede, wusste seine Mutter, wusste auch Simon Peters. Daran hatte sich jeder gewöhnt.

Das hatte damals etwa ein halbes Jahr nach seiner Heimkehr begonnen. Magda war nicht mehr lange in der übervölkerten Wohnung geblieben, sie hatte in der Nähe ein Zimmer bei einer jungen Frau bekommen, die als Sekretärin bei den Amerikanern arbeitete und die Freundin des Colonels geworden war. Magda war inzwischen auch avanciert, sie war im Magazin tätig, und das war ein außerordentlich ergiebiger Posten. Beide Frauen verstanden sich recht gut, und Monika hatte eines Tages gesagt: »Weißt du was, du ziehst zu mir. Es sind immerhin vier Zimmer, und wer weiß, wie lange Hank noch in Deutschland bleibt, eines Tages setzen sie mir dann fremde Leute in die Bude.«

Die Wohnung befand sich in einem unzerstörten Haus und war für jene Zeit geradezu luxuriös, es gab ein intaktes Badezimmer und eine gut eingerichtete Küche. Magda sorgte nach wie vor für Cornelius und seine Familie, außerdem gab sie ihm Unterricht in englischer Sprache. Also kam er oft zu ihr, und Magda, die keinen Hehl daraus machte, dass er ihr gefiel, hatte keine große Mühe, ihn zu verführen. Sie war eine junge temperamentvolle Frau, und Cornelius brauchte so eine Frau. Es war für alle Teile eine glückliche Lösung, nicht zuletzt für Elfriede; selbst Pauline, die sich nie dazu äußerte, hegte nach wie vor große Sympathie für Magda. Magda und Monika sorgten dafür, dass genügend amerikanisches Weißbrot und amerikanisches Büchsenfleisch vorhanden waren, um die Buletten zu zaubern, die in der Bude gegenüber dem Bahnhof verkauft wurden, bis es endlich ordentliche Würstchen gab, die man den Passanten anbieten konnte.

Die Würstchenbude war eine Goldgrube und legte den Grundstein für das Hotel. So jedenfalls nannte es Magda.

»Siehst du, das ist wie in amerikanischen Pionierzeiten. Da hat einer als Tellerwäscher angefangen, und später gehört ihm ein Hotel. Das haben wir jetzt auch mal durchexerziert.« Sie sagte immer noch Dellerwäscher, auch wenn sich ihr lustiger Akzent im Laufe der Zeit verlor, als sie selber ihre Art von Karriere machte.

Es gab eine Zeit der Trennung, Magda hatte einen Freund, und eine Weile sah es so aus, als wolle sie heiraten, aber als sie merkte, welche Chancen sich ihr beruflich boten, gab sie den Gedanken wieder auf.

»Er ist ja ganz lieb, aber ziemlich langweilig«, erklärte sie Cornelius. »Du bist ein viel besserer Liebhaber. Also behalten muss ich den nicht unbedingt.«

Cornelius schlief eine Zeit lang wieder mit seiner Frau, das war, als sie die Kneipe besaßen und er sich schon mit dem Gedanken trug, ein Hotel zu betreiben, dank der Hilfe, die Simon Peters ihm anbot. Elfriede, zu jener Zeit gut aussehend, voller geworden und, soweit erkennbar, gesund, empfand noch immer nicht viel Freude am sexuellen Teil des Ehelebens. Alle vier Wochen litt sie Höllenqualen, wenn ihre Periode sich verspätete, was meist der Fall war.

»Oder möchtest du noch ein Kind?«, fragte sie manchmal.

»Nur, wenn du es auch möchtest«, war seine vage Antwort.

Sosehr sie ihren Sohn liebte, ein zweites Kind wollte sie nicht, das war klar ersichtlich. Und er wollte eigentlich auch kein Kind mehr von ihr. Ihre Schwangerschaft hatte er nicht miterlebt, aber den Berichten seiner Mutter zufolge musste es eine leidvolle Zeit gewesen sein.

»Von dir möchte ich gern ein Kind«, sagte er manchmal zu Magda, nachdem ihr Verhältnis sich wieder etabliert hatte. Sie passten gut zusammen, sie verstanden sich in ihren Plänen, ihren Gedanken und im Bett. Er sprach sogar von Scheidung, sie wehrte ab.

»Wozu sollen wir denn der armen Elfriede Kummer machen? Und denk an den Jungen. Ich bin einmal verheiratet gewesen, ich bin kein Fräulein mehr, das genügt mir.«

»Aber ich hätte gern ein Kind von dir.«

»Das schlag dir aus dem Kopf. Ich habe ein Kind gehabt, und ich habe es auf schreckliche Weise verloren. Wenn ich ein Kind zur Welt brächte, würde ich Tag und Nacht um sein Leben zittern. Und vergiss nicht, dass ich den Krieg sehr bewusst miterlebt habe. Die meisten meiner Schulkameraden und Jugendfreunde sind gefallen. Sind elend hingemordet worden.

Meinst du, eine Frau meiner Generation möchte Kinder in diese Welt setzen? So wie die Welt zurzeit aussieht? Es wird nicht lange dauern, und wir haben den nächsten Krieg.«

Das war zur Zeit des Kalten Krieges, die Berliner Blockade war glücklicherweise vorbei, es hatte den Aufstand 1953 in Berlin gegeben, und im Jahr 1956, als Cornelius sein Hotel eröffnete, gab es den Ungarnaufstand und die Sueskrise. Vor einem neuen Krieg hatten sie ständig Angst.

Magda war 1918 geboren, und sie fügte hinzu: »Wir sind beide Kinder des Krieges. Er ist und bleibt unser Schicksal.«

Solch eine Anwandlung von Pessimismus war jedoch selten bei ihr, sie war viel mehr ein Kind des Wiederaufbaus als ein Kind des Krieges, und was ihr Lebensmut, ihre Tatkraft für Cornelius bedeuteten, war mehr wert als eine Million Dollar, wie er es später einmal ausdrückte.

Auch Simon Peters mochte sie, und, was noch wichtiger war, Miriam Peters schätzte Magda, die beiden Frauen wurden Freundinnen. Miriam war Jüdin, doch sie hatte die schwere Zeit gut überstanden, ihr Mann hatte eisern zu ihr gehalten, was sich jetzt in der Nachkriegszeit zu seinem Vorteil auswirkte.

Sie malte, sie war eine Kunstkennerin von Rang, und sie hatte bald entdeckt, dass Magda ein geschultes Auge für Bilder hatte und Talent besaß, zu zeichnen.

»Nun müssen Sie kennenlernen, was man Ihnen vorenthalten hat«, sagte sie eines Tages zu Magda, und sie meinte damit jenen Teil der bildenden Kunst, der zur Nazizeit als entartete Kunst bezeichnet worden war. Magda war eine gelehrige Schülerin, sie besuchten im Laufe der Jahre viele Ausstellungen und Museen, fuhren nach Paris, nach München, nach Rom und Florenz und eröffneten schließlich zusammen eine kleine Galerie.

»Deine Magda ist genau das, was meiner Frau immer gefehlt hat«, sagte Peters eines Tages zu Cornelius.

»Ich wüsste nicht, was ihr fehlt. Sie malt doch wunderschön.« Wunderschön, sagte Cornelius etwas unbeholfen, denn er verstand nicht viel von Bildern.

»Sicher. Doch nun kann sie ihre Bilder endlich ausstellen und andere dazu. Und sie kann junge Künstler entdecken, das macht ihr den größten Spaß. Sie hat eine Aufgabe, verstehst du, und das ist so ziemlich das Wichtigste, was ein Mensch im Leben haben muss: eine Aufgabe.«

Miriam war sechs Jahre älter als Magda, sie hatte keine Kinder, worüber sie stets tief betrübt war. Obwohl sie in der Nazizeit froh darüber gewesen war.

»So ist das Leben«, sagte sie an einem Abend, als die beiden Frauen nach einer Vernissage noch bei einem Glas Wein zusammensaßen, »was gestern gut war, ist heute schlecht. Du hast dein Kind verloren, ich habe mein Kind 1934 abgetrieben und später nie mehr eins empfangen. Ich hatte den Mut dazu nicht. Ich habe Simon gesagt, er soll gehen, er soll mich lassen.«

»Das hätte er nie getan.«

»Er hat es nicht getan. Sie haben ihn verhört, bedrängt, bedroht, das hat ihn nicht verändert. Dann haben sie ihn eingezogen. Ich habe so viel Angst gehabt, als er nicht mehr da war. Unbeschreibliche Angst. Aber er hatte damals schon viele Freunde in der Stadt. Keiner hat gewagt, mir etwas zu tun. Nicht alle waren so dumm, wie man heute glaubt. Das, was man so die gute Gesellschaft nennt in dieser Stadt, die wussten ziemlich genau, wie es ausgehen würde. Und sie wussten, was Simon mit ihnen tun würde, falls er überlebte. Er hat überlebt. Und dann war der Weg für ihn frei.«

»Nicht zuletzt deinetwegen.«

Miriam lachte. »Ach, ich! Er ist der geborene Städtebauer. Und so traurig es ist, wenn eine Stadt kaputtgeht, so herrlich ist es für einen Mann wie ihn, eine neue Stadt aufzubauen. Freilich, so schön wie Dresden war diese Stadt nicht.«

»Doch, sie war auch schön. Auf andere Weise schön, wenn ich die alten Stiche betrachte, die du mir gegeben hast.«

»Wir werden sie auch einmal ausstellen. Die Bilder, weißt du, die Bilder sind unsere Kinder.«

Miriam Peters starb 1967 an Krebs. Das war für Magda der härteste Schlag, der sie seit Dresden getroffen hatte. Seitdem führte sie die Galerie allein.

Helga und Andreas

Andreas und Helga kehrten in einer Raststätte neben der Autobahn ein, kurz nachdem sie die Stadt verlassen hatten, sie aßen erst eine Hühnersuppe, dann Wiener Schnitzel mit Kartoffelsalat, Andreas trank Bier, und er überredete Helga, die nur Mineralwasser wollte, ein Glas Wein zu bestellen. Später drängte er sie, noch ein Eis zu essen.

Helga dachte: Das kannst du dir nur leisten, weil du das von dir so verachtete Geld von deinem Vater bekommst. Hättest du es nicht, würde es höchstens für eine Bockwurst gereicht haben.

Sie sprach ihre Gedanken nicht aus, denn sie merkte, wie missgestimmt er war, wie uneins mit sich selber. Sie kannte ihn noch nicht lange, aber sie kannte ihn bereits recht gut. Er war im Grunde ein weicher, verletzbarer Mensch, und die Härte, mit der er sich umgab, war aufgesetzt, die Rotzigkeit seiner Ausdrucksweise ahmte er anderen nach. Der Besuch bei seiner Mutter, das Gespräch mit seinem Vater und zuletzt die Bemerkungen seines Freundes Jonny hatten ihn verstört. Er wirkte ganz einfach unglücklich, wie er ihr jetzt gegenübersaß. Cornelius hatte recht gehabt: Das Leben in einem Pfarrhaus hatte sie ganz von selbst Menschenkenntnis gelehrt. Ihre Jugend war schön gewesen, ein geregeltes Dasein, verständnisvolle Eltern, die vor den Kindern offen über alle Probleme sprachen, die sich in einer kleinen Stadt ergaben, in der seit dem Ende des Krieges viele Flüchtlinge, heimatlos gewordene, entwurzelte Menschen lebten, die aber im Laufe der Jahre imstande gewesen waren, sich ein neues Leben aufzubauen.

Für Helga war es ein vertrautes Thema, denn Pastor Rohde und seine Frau versuchten zu raten und zu helfen, wo es möglich war. Der Pastor hatte einmal gesagt: »Am schlimmsten war es für die verwaisten Kinder und für die alten Menschen.«

Die Kinder waren herangewachsen, waren gegangen oder geblieben, und viele standen noch in Beziehung zum Pfarrhaus, wo sie einst Fürsorge und Liebe empfangen hatten. Die Alten waren gestorben. Doch Helga konnte sich noch an viele der alten Frauen und Männer erinnern, die sie mit ihrer Mutter besucht hatte, wenn sie krank waren, denen sie Essen gebracht hatte, die sie spazieren führte im ersten Frühlingslicht. Und die dann meist von ihrer verlorenen Heimat erzählt hatten.

Sie war zwölf, als sie zu ihrem Vater sagte: »Wenn man uns von hier verjagen würde, wenn ich keine Heimat mehr hätte, möchte ich nicht mehr leben.«

Ihr Vater nickte, doch er erwiderte: »Seit Menschen auf dieser Erde leben, hat man sie verjagt und vertrieben und hat ihnen ihre Heimat genommen. Darum ist es so wichtig, eine Heimat in Gott zu haben.«

Ihre Mutter erzählte von den Müttern, die auf der Flucht ihre Kinder verloren hatten, von den Kindern, die nicht nur die Heimat, sondern auch Vater und Mutter verloren hatten und so einsam und hilflos einer fremden Welt preisgegeben waren. Denn auch das war so alt wie die Weltgeschichte: Flüchtlinge wurden nirgendwo mit offenen Armen aufgenommen, und Schleswig-Holstein war nach dem Krieg ein einziges Flüchtlingslager gewesen.

Das erzählten die Eltern, genau wie sie sehr offen über die Zeit der Diktatur und des Krieges berichteten, denn sie waren der Meinung, nur Wissen und Verstehen könne die Kinder lehren, wie wertvoll die Freiheit war.

Helgas Bruder war im letzten Kriegsjahr geboren, sie selbst 1948. Johannes studierte Medizin, und auch ihr war ganz selbstverständlich ein Studium vorgeschlagen worden, nur musste sie sich darauf einrichten, mit wenig Geld auszukommen, das hatte man ihr von vornherein klargemacht.

Ihre beiden jüngeren Schwestern gingen noch in die Schule. Weil das Geld knapp war, hatte man den Vorschlag von Mutters Cousine Ev gern angenommen, Helga nach Frankfurt zu schicken, sie könne dort gratis wohnen und sei nicht ohne Beistand in der fremden großen Stadt. Das war im vergangenen Sommer gewesen, als Ev, die eigentlich Eva-Maria hieß, ihren Urlaub in Holstein verbrachte. Sie war jünger als Helgas Mutter, und die sagte lachend: »Sie war so ein Quirl, kein Mensch konnte sie Eva-Maria nennen. Bis man das ausgesprochen hatte, war sie über alle Berge.«

Ein Quirl war Ev immer noch, obwohl inzwischen Anfang Vierzig, von ihrem bewegten Lebenslauf wusste man in Holstein nichts. Sie hatte jung geheiratet, ihr Mann war im Krieg gefallen, und seitdem war Ev auf der Suche nach einem neuen, doch ihre immer wieder hoffnungsvoll begonnenen Versuche waren bisher ohne Erfolg geblieben. Helga hatte jedenfalls, seit sie im Oktober des vergangenen Jahres nach Frankfurt gekommen war, ihre Menschen- und Lebenskenntnis erheblich erweitern können, denn Ev sprach offenherzig über ihr Liebesleben. In ihrem Beruf war sie sehr tüchtig, sie arbeitete als Sekretärin in einer großen Firma, und da sie Englisch, Französisch und Spanisch fließend sprach, war ihr Job gut dotiert.

»Aber ob du es glaubst oder nicht, in meiner Firma sind alle Männer verheiratet. Überhaupt alle sind verheiratet. Für meine Generation gibt es keine Männer mehr. Es sind zu viele umgekommen. Und die paar, die übrig geblieben sind, haben eine Frau.«

Worüber man in Holstein auch nicht so genau Bescheid gewusst hatte, war der Zustand der Universität in Frankfurt. Man hatte darüber in der Zeitung gelesen, hatte es nicht allzu ernst genommen, und keiner wäre auf die Idee gekommen, dass die brave Helga in einem Demonstrationszug mitmarschieren, ein Sit-in mitmachen und in einer Kommune als Geliebte eines jungen Revolutionärs landen würde. Auch Helga kam es immer noch befremdlich vor, aber das alles gehörte zu Andreas, zu ihrer Liebe zu ihm, und diese Liebe war so überwältigend, hatte sie so stürmisch überfallen, dass sie zunächst bereitwillig alles mitgemacht hatte. Andreas war so schön mit seinen dunklen, blitzenden Augen, er war so überzeugend mit seiner klaren, klingenden Stimme, das beeindruckte nicht nur sie, auch die anderen; wenn sie sich zusammenrotteten, hier oder da, war sie gebannt, gefesselt, wenn er redete, und kam gar nicht dazu, viel darüber nachzudenken, was er eigentlich sagte und was er meinte mit dem, was er sagte.

Aber manchmal dachte sie nun doch ein wenig darüber nach. An diesem Abend zum Beispiel.

Sie hatte es als Beweis seiner Liebe angesehen, dass er sie mitnahm zu seinen Eltern. Als Zeichen dafür, dass er die Absicht hatte, ihre Bindung zu festigen. Er war der erste Mann in ihrem Leben, und sie wollte nie einen anderen mehr haben. So sah Liebe für sie aus.

Zuvor hatte er von seinen Eltern kaum gesprochen. Nur dass seine Mutter nicht gesund und sein Vater ein viel beschäftigter Mann sei, hatte er erwähnt.

»Er hat da so 'nen Laden, so 'n Hotel. Stinkfeine Bude. Er ist ein richtiger Wirtschaftswunderknabe.«

In einem großen Hotel hatte Helga nie gewohnt, und der Begriff Wirtschaftswunder sagte ihr auch nichts. Manches konnte man in einem Pfarrhaus doch nicht lernen.

Jetzt ärgerte sie sich, dass sie so stumm dagesessen und dass sie sich nicht ein bisschen besser angezogen hatte. Aber sie lief seit Wochen nun so herum, es gehörte zu diesem neuen Leben, das über sie gekommen war wie ein Erdbeben und sie verschlungen hatte mit Haut und Haar. Heute zum ersten Mal verhielt sie den Schritt, besann sich auf sich selbst.

Sie blickte ihn an, der lange kein Wort gesprochen hatte, sein weicher, fein gezeichneter Mund war zusammengepresst, schon einmal an diesem Tag war es ihr aufgefallen, sie fand es hässlich. Es war inzwischen Abend geworden, eine Gruppe von Fernfahrern kam in das Lokal, sie redeten laut, zündeten Zigaretten an, bestellten Essen.

Andreas erwachte wie aus einem Traum.

»Willst du noch was essen?«, fragte er.

»Nein, danke, ich habe genug gegessen. Wollen wir nicht fahren?«

»Nein.«

Sie spürte intuitiv, warum er hier so lange saß.

»Wir müssen ja heute nicht dahin. Wir könnten bei mir übernachten.«

»Und wenn deine Cousine schon zurück ist?«

»Das macht ja nichts. Sie hat nichts dagegen, dass du bei mir schläfst.«

»Ja, sie ist sehr großzügig. Ob sie deinen Eltern schon gepetzt hat, dass du ... ich meine, dass du mit mir befreundet bist?«

»Hat sie nicht. Ehe sie wegfuhr, hat sie zu mir gesagt, du bist jetzt ein erwachsener Mensch und musst wissen, was du tust. Außerdem gefällst du ihr.«

Er lachte. »Das ist mir auch schon aufgefallen. Ich war immer ein Erfolg bei Frauen.«

Eine kleine Falte erschien auf ihrer Stirn, und er sagte: »Das hörst du nicht gern, wie?«

»Warum nicht? Wenn es doch so ist.«

»Es ist so. Wenn sogar so eine wilde Revoluzzerin wie Bine auf mich scharf ist ...«

»Na, gerade bei der bedeutet das nicht viel. Die hat schon mit der ganzen Kommune geschlafen.«

»Seltsame Worte aus deinem Mund, meine kleine Unschuld.«

Seltsame Worte aus ihrem Mund. Vor einem Jahr wäre es ihr nicht eingefallen, so etwas zu sagen. In gewisser Weise gefiel es ihr, sie kam sich wirklich erwachsen vor.

Ein junger Fernfahrer, der schräg gegenüber saß, den Kopf mit dem zerstrubbelten Haar in die Hand gestützt, lächelte ihr zu. Unwillkürlich lächelte sie zurück.

»Lass das«, sagte Andreas scharf. »Poussier hier nicht herum.«

»Wenn mich jemand freundlich anschaut, schaue ich auch freundlich. Mein Vater sagt, Freundlichkeit muss man immer erwidern, sonst ist die Welt zu kalt.«

»Was denkst du, was der sich denkt, wenn er dich freundlich anschaut?«

Gelassen erwiderte sie: »Was Männer eben so denken.«

»Du bist ein merkwürdiges Gewächs.«

Ebenso gelassen kam es von ihr: »Das hat mein Bruder auch schon festgestellt.«

»Das ist Johannes, der in München studiert. Er weiß also Bescheid, was du für eine bist.«

»Was für eine bin ich denn?«

»Weiß er, dass du mit mir schläfst?«

Jetzt kräuselte ein wenig Spott ihre Lippen. »Ich habe ihm geschrieben, dass ich einen Freund habe, der Andreas heißt.«

»Und?«

»Er schrieb, ich solle mich von einem Arzt beraten lassen und die Pille nehmen.«

»Recht aufgeschlossen für einen Pfarrerssohn.«

»Er studiert Medizin.«

»Ich weiß. Und du warst beim Arzt? Hast dich beraten lassen?«

»Bei Evs Arzt.«

»Das hast du mir nie erzählt.« Es klang erstaunt.

»Mutti hat mir mal gesagt, da war ich fünfzehn oder so, und ich hatte sie dabei ertappt, wie sie meinem Vater etwas verschwieg, also da hat sie gesagt, man muss seinem Mann nicht unbedingt alles erzählen.«

»Hat sie gesagt. Erstaunlich. Du bist überhaupt ein erstaunliches Mädchen.«

Wieder mit leisem Spott erwiderte sie: »Das sagst du, der so viel Erfolg hat bei Frauen?«

»Eben drum. Was glaubst du, warum ich an dir kleben geblieben bin.«

»Bist du das?«

»Meinem Vater hast du gefallen.«

»Na, es geht. Ihm hat jedenfalls unsere Uniform nicht gefallen.«

Sie betonte das Wort Uniform, und er sagte unwirsch: »Blödes Gerede vom Establishment.«

Sie seufzte. »Findest du, dass unser Gerede so viel intelligenter ist?«

»Nein, Frau Lehrerin, vermutlich nicht. Blödes Gerede heute, blödes Gerede damals, blödes Gerede immerdar.«

»Du lernst dazu.«

Er stützte die Ellenbogen auf den Tisch und legte den Kopf auf die geballten Fäuste.

»Wenn du mir über den Kopf wächst, trenne ich mich von dir.«

»Ich werde es überleben.«

»Sag das noch mal!« Das kam scharf und böse.

»Ich werde es überleben«, wiederholte sie ruhig und erwiderte seinen Blick ohne Scheu. Das blonde Haar hatte sie hinter die Ohren gestrichen, er sah die klare hohe Stirn, die ihrem Gesicht Ausdruck verlieh. »Du hast mir gerade noch gefehlt«, murmelte er.

Ein müder Kellner kam an ihrem Tisch vorbei, und Helga sagte: »Wenn wir nun schon hier sitzen bleiben, würde ich gern noch ein Glas Wein trinken.« Und nun musste sie doch loswerden, was sie zuvor gedacht hatte. »Solange du noch das Geld vom Establishment hast, können wir uns das wohl leisten.«

Er schüttelte den Kopf. »Was habe ich mir mit dir nur angetan. Gut, dann trinke ich auch ein Glas Wein.«

»Du musst fahren.«

»Na und? Ich habe bisher ein Bier getrunken und reichlich gegessen. Und da wir noch das Geld vom Establishment haben, esse ich sogar noch einen Käse. Du auch?«

Sie nickte. »Gern. Mein Vater sagt …«

»Mein Vater sagt«, unterbrach er sie, »Käse schließt den Magen.«

»Nein, sagt er nicht. Er sagt, Käse ist ein gesundes und natürliches Nahrungsmittel, besser als Wurst oder Schinken.«

»Aha. Dein Vater ist eine Quelle ständiger Bildung für mich.«

Helga nickte.

Als er die Bestellung aufgegeben hatte, fragte sie: »Willst du wirklich nach Berlin?«

»Ja.«

»An die FU?«

»Nein. Ich studiere nicht weiter, das weißt du.«

»Dann werden wir uns also trennen.«

»Du kommst mit nach Berlin.«

»Komme ich nicht.«

»Doch.«

»Du hast mir einmal gesagt, du willst nicht wieder nach Berlin.«

»Ja. Ich bin damals weggelaufen, nachdem sie Rudi niedergeknallt haben. Ich konnte nicht mehr ertragen, was die Spießer gesagt haben. Recht geschieht's ihm. Endlich haben sie diesem Dutschke einen Denkzettel verpasst. Sie haben mich alle angekotzt.«

»Und jetzt?«

»Die Spießer sagen überall das gleiche. Hier, in Frankfurt, in München, überall. Und wir müssen weitermachen.«

»Wenn du nicht studierst in Berlin, was wirst du dann tun?«

»Ich habe Freunde in Berlin. Ich habe dir davon erzählt.«

»Die Schauspieler. Du hast es mir erzählt.«

»Ich war viel mit ihnen zusammen. Und ich habe viel von ihnen gelernt. Wir machen eine Truppe, verstehst du, eine Truppe mit modernem Theater. Das kann man nur in Berlin.«

»Kann man davon leben?«

»Großer Gott, das weiß ich nicht.«

»Wenn du von deinem Vater kein Geld mehr bekommst ...«

»Andere Leute bekommen auch kein Geld von ihrem Vater. Rede mich bloß nicht so schwach an. Man braucht nicht viel Geld, um zu leben. Außerdem würde meine Mutter mir immer Geld schicken, wenn ich es brauche.«

Helga legte den Kopf in den Nacken und lachte laut.

»Warum lachst du?«, fragte er ärgerlich.

»Hör dir bloß mal die beiden Sätze hintereinander an, die du eben gesagt hast.«

»Du wirst aufmüpfig, Frau Lehrerin.«

»Ich komme nicht mit nach Berlin.«

»Kommst du doch.«

»Warum sollte ich?«

»Würde es dir gefallen, wenn ich dich vor allen Leuten hier erwürge?«

Der Kellner brachte den Käse.

»Nimm das Käsemesser«, sagte sie kühl. »Außerdem würde er mich beschützen.« Ihr Blick ging zu dem jungen Fernfahrer, der inzwischen ein großes Rumpsteak mit Bratkartoffeln verzehrte. Trotzdem fand er immer noch Zeit, gelegentlich zu ihr herüberzusehen.

Miriam

Cornelius machte seine übliche Abendrunde durch das Haus, begrüßte in der Halle einige ihm bekannte Gäste; in der Küche verweilte er nur kurz, denn Theo, der Chef, war reizbar wie alle Köche und konnte es nicht ausstehen, wenn man ihm auf die Finger sah. Das war zu der Zeit, als Pauline ständig im Hotel herumkreiste, ein echtes Problem gewesen und hätte bald dazu geführt, dass Theo kündigte. Er war ein erstklassiger Koch, seine Brigade arbeitete tadellos, das Essen im Parkhotel war das beste, das man in dieser Stadt bekommen konnte. Cornelius hatte versucht, das seiner Mutter klarzumachen, aber Pauline war auch eine erstklassige Köchin und sowieso der Meinung, richtig kochen könne man nur in Schlesien. Seit Pauline nur noch als Gast ins Restaurant kam, gab es keine Reibereien mehr. Es schmeckte ihr meist sehr gut, und sie versäumte nie, in die Küche zu spazieren und Theo das mitzuteilen.

An der Tür zum Restaurant blieb Cornelius eine Weile stehen, überflog mit einem Blick die weiß gedeckten Tische, auf denen das Silber und die Gläser funkelten. An einigen Tischen speiste man schon. Der Oberkellner kam vorbei, berichtete, dass im Restaurant für diesen Abend alle Tische reserviert seien und man gerade dabei sei, die Tische im kleinen Raum einzudecken, das Hotel sei voll besetzt, und man werde noch zusätzlich Platz brauchen.

»Die Herrschaften vom Rot-Weiß-Klub sind auch schon fast vollständig erschienen«, sagte Albert, der Oberkellner. »Wir reichen gerade den Aperitif. Das Essen beginnt um zwanzig Uhr.«

»Werden wir auskommen mit dem Personal?«, fragte Cornelius, denn zwei der Kellner waren Anfang des Monats ausgeschieden, adäquater Ersatz war noch nicht gefunden. Einer war krank, Cornelius hatte ihn am Abend zuvor selbst nach Hause geschickt, nachdem der Mann pausenlos geniest hatte. Ein niesender Kellner konnte keine Gäste bedienen.

»Es wird etwas eng«, meinte Albert, »aber wir schaffen es schon. Von den Tagungsteilnehmern essen nur einige im Haus.«

Cornelius machte sich auf in den Biedermeier-Salon, wo die Leute vom Rot-Weiß-Klub ihre Aperitifs tranken.

Auch hier blieb er zunächst nur an der Tür stehen und überblickte den Raum mit Wohlbehagen. Miriam Peters und Magda hatten ihn gemeinsam eingerichtet, sie hatten lange und sorgfältig nach den Möbeln gesucht, jetzt war der Raum ein Schmuckstück des Hotels. Auch die Klubmitglieder konnten sich sehen lassen, die Herren im Smoking, die Damen im Abendkleid. Er kannte die meisten von ihnen, er spielte auch Tennis, zu großer Meisterschaft aber hatte er es nicht gebracht, dazu fehlte ihm die Zeit. Zum Klub gehörte auch ein Reitstall, eine Hockeymannschaft, ein Sportverein. Als nächstes plante man, draußen vor der Stadt einen Golfplatz anzulegen.

Jetzt hatte man ihn gesehen, also betrat er den Raum, ließ sich einen Gin Fizz geben und unterhielt sich hier und dort; etwa eine halbe Stunde blieb er im Biedermeiersalon, dann gingen die Klubmitglieder in den nebenan gelegenen Ballsaal, wo das Essen stattfand, eine Band spielte bereits, später würde man tanzen.

Der Rot-Weiß-Klub hatte eine wichtige Funktion in der Stadt, es war beste Gesellschaft, die sich in dem Klub zusammenfand, und es war nicht unbedingt vonnöten, sich dort auch sportlich zu betätigen.

Wenn man heute das zwanzigjährige Bestehen feierte, so handelte es sich genau genommen um das Wiedererstehen des Klubs. Gegründet zur Kaiserzeit, erlebte er in den zwanziger und den beginnenden dreißiger Jahren seine Blütezeit und fand ein Ende während der Nazizeit. Der Klub wurde zwar nicht verboten, er wurde auch nicht aufgelöst, er wurde gewissermaßen unterwandert. Zuvor waren viele der reichen jüdischen Familien der Stadt Mitglieder gewesen, auch einige der Adelsfamilien, die im Umkreis Güter besaßen oder im Süden der Stadt, in der Nähe des Schlosses, elegante Villen bewohnten. Schon 1933 drängten Parteimitglieder in den Klub, man konnte sie nicht abweisen, ihre Aufnahme nicht verweigern. Die Juden zogen sich zurück, dann die guten alten Familien. Natürlich gab es genug Bürger in der Stadt, also auch Klubmitglieder, die mit den neuen Herren sympathisierten, doch der Klub veränderte seinen Stil, seine Art und war für viele nicht mehr akzeptabel.

Simon Peters hatte es Cornelius einmal so erklärt: »Es fand eine Art Umschichtung statt. Der Klub wurde zunächst volkstümlich, und dann, als die Nazis sich immer feudaler gaben, bildete sich eine neue Gesellschaft, die sich durchaus nicht schlecht benahm, das kann man nicht sagen, mit der aber nicht jeder zu tun haben wollte. Ich sowieso nicht, schon wegen Miriam. Ihre Eltern waren seit eh und je Mitglieder, sie spielte seit ihrer Mädchenzeit Tennis, sie ritt mit Begeisterung. Für sie war das nun zu Ende. Es hätte auch gar keinen Sinn gehabt, sich dagegen aufzulehnen, ja, sich auch nur entsprechend zu äußern. Je weniger wir auffielen, Miriam und ich, umso besser. Im Krieg dann starb der Klub einen stillen Tod.«

Im Herbst nach der Währungsreform war der Klub neu gegründet worden, eine andere Gesellschaft war es nun wieder, nicht nur alteingesessene Bürger der Stadt, auch Neubürger, Flüchtlinge, gehörten dazu.

Miriam, als sie noch lebte, hatte sich geweigert, wieder Mitglied zu werden. Zu viele ihrer alten Freunde und Bekannten waren für immer verschwunden; ausgewandert, verschleppt, ermordet.

»Das ist eine Brücke, über die ich nicht gehen kann«, hatte sie einmal zu Cornelius gesagt. Doch sie war ohne Feindschaft gegen die Menschen in dieser Stadt und in diesem Land, denn man hatte auch ihr keine Feindschaft entgegengebracht.

»Dank Simon«, sagte sie. »Er hat mir das Leben gerettet. Und er hätte nie erlaubt, dass mich jemand schief ansah. Er hat mich versteckt vor den anderen, und das gelang ihm sogar noch dann, als sie ihn eingezogen hatten. Und seine Freunde, seine wirklichen Freunde, die auch meine Freunde waren, halfen ihm dabei.«

Dennoch gab es einige Brücken, über die Miriam nicht gehen konnte.

Daran dachte Cornelius an diesem Abend, und nachdenklich verließ er den Biedermeiersalon.

Nun war es wohl an der Zeit, bei Magda vorbeizuschauen, die an diesem Abend eine Ausstellung eröffnete, nur mit Bildern von Miriam Peters. Das war ihr eine Herzensangelegenheit gewesen, und es brauchte viel Überredungskunst ihrerseits, bis Simon sich bereit erklärt hatte, alle Bilder herauszusuchen, die er von seiner Frau besaß, auch jene, die sie als junges Mädchen gemalt, und schließlich die Bilder, die sie in den Jahren ihrer Zurückgezogenheit geschaffen hatte.

»Es war wie eine Verbannung«, hatte sie Magda einmal erzählt. »In der Stadt ließ ich mich kaum sehen. Wenn ich nicht hätte arbeiten dürfen, wäre ich verrückt geworden. Und als die Bomben fielen, wünschte ich mir, sie sollten auch mich töten, wenn sie mein Atelier zerstörten.«

Damals besaßen sie noch nicht das schöne große Haus, das Simon nach dem Krieg gebaut hatte, sie lebten in einer Wohnung im vierten Stock eines alten Hauses. Das Haus blieb erhalten, und so auch Miriams Bilder.

Cornelius hatte sie in den letzten Tagen schon gesehen, als Magda sie hängte. Sein Auge, inzwischen geschult durch den Umgang mit den beiden Frauen, konnte deutlich die Unterschiede des Stils bei den Bildern erkennen. Die Bilder der jungen Miriam in leuchtenden Farben, kühn in der Komposition, dann die Wandlung, die Verwandlung ihres Lebens, die Verbannung, wie sie es genannt hatte, die Bilder wurden düster, schwermütig, brachten Motive des Alten Testaments; eines hatte Cornelius besonders beeindruckt: die turmhoch steigenden Wogen des Roten Meeres, und zwischen ihnen winzig klein der Zug der Kinder Israels, es sah aus, als würde das Meer gleich über ihnen zusammenschlagen, sie erdrücken und vernichten, keiner würde das rettende Ufer erreichen.

Der junge Cornelius in seinem schlesischen Dorf hatte von Juden nichts gewusst, im Krieg einiges erfahren, vieles nicht verstanden, sich auch weiter nicht darum gekümmert. Als die Tragödie offenbar wurde, befand er sich in Frankreich, erst als er nach Deutschland zurückkehrte, begriff er, was geschehen war. Im Namen seines Volkes. Auch in seinem Namen.

Schuldig konnte er sich nicht fühlen, er hatte keinem Juden Übles getan, er kannte nicht einmal einen. Pauline erinnerte sich noch an einen jüdischen Schneider, den sie im Dorf gehabt hatten, doch der war schon gestorben, ehe die Nazis ihr Regime errichteten. Die Begegnung mit Miriam hatte Cornelius manches gelehrt, gerade weil sie so ohne Ressentiment, ohne Hass über das Vergangene sprach. Es waren eigentlich immer nur kleine Bemerkungen, die nebenbei fielen. Und eben die Bilder.

Die Bilder der Zeit nach dem Krieg waren auch wieder ganz anders. Sie hatte Ansichten der zerstörten Stadt, der Ruinen gemalt und gleichzeitig, aus der Erinnerung, wie es früher in einer Straße, an einem Platz ausgesehen hatte. Eine Zeit lang war es wieder das Schloss gewesen, das sie schon als junges Mädchen so oft gemalt hatte.

Es gab unzählige Bilder vom Schloss, im Frühling mit Magnolienbäumen und Fliederbüschen über den Mauern oder nur ein Stück alte Mauer, die Schwäne auf dem Schlossteich, den Park in goldenen Herbstfarben, viele Bilder mit Raureif und Schnee, das Schloss fast versunken im Grau, verzerrt seine Fenster, zerbrochen die Türen. Es wirkte so, als habe nie ein Mensch in diesem Schloss gewohnt, als habe es nie die schön gekleideten Menschen, die rauschenden Feste gegeben, die sie noch als junges Mädchen erlebt hatte.

Und dann auf einmal, vor zehn Jahren etwa, fing sie an, Kinder zu malen. Die Kinder, die sie sich gewünscht und nicht bekommen hatte, malte sie nun, spielende Kinder, lachende Kinder, weinende Kinder, Kindergesichter mit den Augen der Unschuld. Auch von Andreas existierten ein paar Bilder, da war er schon kein Kind mehr, sondern ein halbwüchsiger Junge.

»Er ist schön wie ein Märchenprinz, ich werde ihn so malen.«

Elfriede hatte geschmeichelt gelächelt, und Andreas bekam ein seidenes Kostüm mit einem breiten Spitzenkragen. Da war er zwölf, und die Prozedur hatte ihn sehr erbost. Nur Elfriedes Bitten und Miriams Charme brachten ihn dazu, ihr dreimal in dem Firlefanz, wie er es nannte, zu sitzen.

Dieses Bild war das erste, was Cornelius sah, als er die Galerie betrat. Es war relativ groß und hing als höchst dekorativer Blickfang gleich gegenüber dem Eingang.

Sein Sohn, der schön war wie ein Märchenprinz. Er fragte sich, was Miriam wohl gesagt hätte, wenn sie ihn in dem Aufzug gesehen hätte, in dem er sich heute präsentierte. Sein Sohn, der ein berühmter Schauspieler werden wollte. Wenn er das damals schon gewollt hätte, müsste ihm die Kostümierung Spaß gemacht haben, dachte Cornelius. Die beiden Räume der Galerie waren voll von Menschen, aber Magda hatte ihn schon gesehen und kam auf ihn zu, ein Glas Wein in der Hand.

»Bewunderst du deinen Sohn?« Sie küsste ihn auf die Wange. »Sieht er immer noch so fabelhaft aus?«

»Du hättest ihn heute sehen sollen.«

»Ich habe ihn gesehen. Er machte kurz vor dem Laden wieder kehrt. Er hatte wohl nicht mehr den Nerv, auch noch mit mir zusammenzutreffen.«

»Und er hat dich nicht einmal begrüßt?«

»Er hat mich nicht gesehen. Ich stand in der Haustür gegenüber, um die Wirkung des Fensters aus der Ferne zu betrachten.«

»Und du weißt also schon alles?«

»Elfriede hat mich angerufen und mir erzählt, was sich abgespielt hat. Bei ihr und bei dir. Und von dem Mädchen natürlich. Schatz, ich hab jetzt keine Zeit, darüber zu reden. Machen wir morgen, ja?«

Sie wandte sich mit strahlendem Lächeln zum Eingang, wo eben neue Gäste eintraten.

Cornelius ging keinen Schritt weiter. Er hatte schon einige Bekannte entdeckt, und er hatte keine Lust, über Miriam und ihre Bilder zu reden. Er hielt nur Magda am Ärmel ihres grünseidenen Kleides fest, als sie an ihm vorbeiging.

»Ist Simon hier?«

»Nein. Hast du das erwartet?«

Nein. Er hatte es nicht erwartet.

Er traf ihn kurz darauf, an dem Tisch ganz hinten rechts im Restaurant, der immer für ihn und seine Freunde reserviert war. Simon Peters saß allein dort, vor sich ein Glas Rotwein.

»Du warst bei Magda?«

»Ich habe nur kurz hineingeschaut. Sie hat den Laden voll.«

»Die Presse war heute schon bei mir. Sie werden groß berichten über die Ausstellung.«

»Und über Miriam.«

»Ja«, sagte Simon grimmig. »Wenn schon, dann sollen sie auch über ihr Leben schreiben. Ich habe sie ausführlich informiert.«

Cornelius nickte. »Hast du gegessen?«

»Sehr gut, danke.«

»Ich noch nicht. Eine Kleinigkeit müsste ich ja wohl ... Eigentlich ist mir der Appetit vergangen.«

»Ärger hier im Haus?«

»Nein, läuft alles bestens. Andreas war heute hier.«

»Ärger mit ihm also?«

»Ich werde es dir erzählen.«

Albert, der eben durch eine Seitentür das Restaurant betreten hatte, kam auf sie zu.

»Ich war eben noch mal im Ballsaal. Alles in Ordnung. Möchten Sie speisen, Herr Müller?«

»Etwas Salat. Und ein Steak, medium. Falls die Küche dafür Zeit hat.«

Albert lächelte. »Das dürfte der Chef nicht hören.« Cornelius lächelte auch. Er war sogar sicher, dass Theo das Steak höchstpersönlich für ihn zubereiten würde.

»Und ein Glas von diesem da«, er wies auf die Flasche, die im Körbchen auf dem Tisch stand.

»Also?«, fragte Simon, nachdem Albert den Wein eingeschenkt hatte und gegangen war.

»Andreas hat mir mitgeteilt, dass er nicht weiterstudieren wird, dass das Hotel ihm gestohlen bleiben kann und dass er Schauspieler werden will. Doch zunächst muss er noch ein bisschen Revolution machen.«

Simon Peters war nicht sonderlich beeindruckt.

»Na ja, ganz zeitgemäß würde ich sagen. Warten wir mal ab, wie er in drei, vier Jahren darüber denkt. Du bist jung genug, um das Hotel noch eine ganze Weile allein zu führen.«

»Das hat Elfriede auch gesagt.«

»Ärgere dich nicht. Sei froh, dass du einen Sohn hast.« Cornelius schwieg. Miriam und Simon hatten Andreas immer ein wenig als ihren Sohn betrachtet. Der Junge war von allen nur verzogen worden, geliebt, verwöhnt, mit Lob bedacht. Und er selbst hatte viel zu wenig Zeit für ihn gehabt.

»Ein Mädchen hatte er auch dabei.«

»Ein hübsches Mädchen?«

»Schwer zu sagen. Sie liefen beide in so einer Räuberkluft herum. Zeitgemäß, würdest du sagen. Ja, doch, ich glaube, es war ein ganz hübsches Mädchen. Wir lieben uns, erklärte er großspurig.«

»Na also, klingt doch ganz normal. Wenn er ein hübsches Mädchen liebt, wird er schon zu Verstand kommen. Er ist vierundzwanzig, was denkst du, was ich mir in dem Alter alles geleistet habe. Das waren die berühmten zwanziger Jahre, da war was los. Erst war ich in Berlin, dann kam ich hier an die Technische Hochschule. Und dann lernte ich Miriam kennen, sie war sechzehn. Im Rot-Weiß-Klub übrigens.« Er wies mit dem Daumen über die Schulter. »Die jetzt da hinten tafeln. Sind natürlich nicht mehr dieselben. Miriam sehen und hin und weg sein war eins. Drei Jahre später haben wir geheiratet. Und weißt du, warum ich sie überhaupt gekriegt habe? Weil ich Simon hieß.«

»Wie das?«

»Ihr Vater war Anwalt. Ein höchst gerissener Bursche. Außerdem waren sie streng gläubig. Weil ich Simon hieß, dachten ihre Eltern lange Zeit, ich sei Jude. Bis sie dahinterkamen, dass nicht, war es zu spät, da war die Liebe schon zu groß.«

»Wenn du Jude gewesen wärst, dann lebtet ihr beide nicht mehr.«

»Denkst du denn, ich wäre hier geblieben? Ich wäre mit ihr ausgewandert. Dann wäre ich heute ein berühmter Architekt in Amerika oder in Australien.«

»Und warum bist du eigentlich nicht mit ihr ausgewandert?«

»Sie wollte nicht. Wegen ihrer Eltern.«

»Sie haben sich das Leben genommen, wie du mir einmal erzählt hast.«

»Ja. Nachdem man den gelben Stern eingeführt hatte. Miriam hat ihn übrigens nie getragen. Ich glaube, ich wäre Amok gelaufen. So ganz unbedeutend war ich damals in der Stadt auch schon nicht. Und ich kannte einige wichtige Männer hier recht gut.«

»Also hast du kooperiert.«

»So kann man es nennen. Bauen wollten die nämlich auch. Sehr prächtig sogar. Und nebenbei konnte ich sie dazu überreden, das Schloss zu renovieren. Der Herzog war ausgewandert. Im Schloss etablierten sie dann ihren Hauptsitz, das machte sich gut, und darin hatte ich sie bestärkt. Der Herzog war nach England gegangen, schon 1934. Er starb dort gegen Ende des Krieges. Die Herzogin blieb in England, sie war Engländerin. Ihre Söhne kehrten auch nicht zurück.«

»Schade um das schöne Schloss.«

»Heute ist es ein Museum, wie du weißt, und ein Anziehungspunkt für die Fremden.«

»Ja, und anfangs spielte man Theater darin.«

» Solange ich das neue Stadttheater nicht gebaut hatte. Und Konzerte gab man dort auch.«

»Seltsam, auf manchen Bildern von Miriam macht das Schloss so einen trostlosen Eindruck. So verlassen sieht es aus.«

»Das war es für sie auch. Als Kind und als junges Mädchen war sie oft dort eingeladen. Ihre Eltern waren mit dem Herzog und seiner Frau gut bekannt. Und der jüngste Sohn des Herzogs war in Miriam verliebt.«

»Aber sie hat dich vorgezogen.«

»Hat sie. Außerdem war es auch vor den Nazis nicht üblich, dass der hohe Adel und Juden sich ehelich verbanden.«

»Ich war lange nicht mehr droben beim Schloss. Es ist ein schöner Bau. Und der Park ist herrlich.«

»Der Park ist eine Pracht. Nur am westlichen Rand hat es Bombeneinschläge gegeben, da, wo sie jetzt den neuen Teich angelegt haben. Die alten Bäume sind erhalten geblieben. Und so viele Blumen wie jetzt gab es früher nie. Die Stadtgärtnerei setzt ihren Ehrgeiz darein, sich jedes Jahr zu verbessern.«

»Als ich seinerzeit aus Frankreich kam, 1947, durfte man den Park nicht betreten.«

»Schloss und Park waren immer noch Eigentum des Herzogs. Man wusste ja nicht, ob die Familie wiederkehren würde.«

»Und dann haben sie das Schloss verkauft?«

»Nein. Es existiert kein Kaufvertrag. Streng genommen ist der Herzog immer noch Besitzer beziehungsweise seine Erben. Die Nazis haben eine Art Enteignung vorgenommen, nachdem der Herzog ihnen so entschieden den Rücken kehrte, wie gesagt, schon Anfang '34 und nicht ohne sie wissen zu lassen, was er von ihnen hielt. Er war damals, lass mich nachdenken, so Anfang siebzig. Wilhelm, sein ältester Sohn, war schon lange nicht mehr da, er hat in Oxford studiert und lebte auf dem anderen Schloss in England, das seiner Mutter gehörte. Er hatte auch eine Engländerin geheiratet, es gefiel ihm in England einfach besser. Und der jüngere, Ernst, ging mit seinen Eltern, '34. Er ist im Krieg gefallen.«

»Auf welcher Seite?«

»Auf englischer natürlich. Er war Jagdflieger bei der Air Force und wurde von seinen eigenen Landsleuten abgeschossen.«

»Die konnten schließlich nicht wissen, dass ein deutscher Herzog in einem britischen Flieger saß.«

»Richtig. Konnten sie nicht wissen.«

»Woher weißt du das alles?«

»Miriam. Sie wusste, wo sie lebten in England, und hat nach dem Krieg geschrieben. Sie sagte einmal zu mir, wenn Ernst noch lebte, würden wir nach England fahren und ihn besuchen. Oder vielleicht wäre er auch zurückgekommen. Um der Rosen willen.«

»Ja, die Rosen sind traumhaft schön. Ich erinnere mich, als ich später das erste Mal in den Schlosspark kam, das war Anfang der fünfziger Jahre, dass ich ganz hingerissen war von den Rosen. So viele auf einmal hatte ich noch nie gesehen.«

»Du solltest dir die Zeit nehmen und einmal hinausfahren zum Schloss und einen Spaziergang durch den Park machen. Es ist September, die Rosen blühen noch. Sie sind schöner denn je. Was die Legende widerlegt.«

»Welche Legende?«

»Sie besagt, dass alle Rosen verdorren würden, wenn keiner von der Familie mehr lebte.«

»Nun, es ist nicht gesagt, dass keiner von der Familie mehr lebt.«

»Auch wieder wahr. Es ist ja nicht gesagt, dass er unbedingt hier leben muss. Schade, dass ich Miriam das nicht mehr sagen kann. Sie wartete immer darauf, dass die Rosen verwelken und verdorren. Sie dachte dabei wohl hauptsächlich an Herzog Ernst, ihre Jugendliebe.«

»Wenn du sie schon mit sechzehn kennengelernt hast, dann hatte sie früh angefangen mit der ersten Liebe.«

»Das lief eine Zeit lang parallel. Sie war sehr stolz auf den herzoglichen Verehrer und machte mich ganz gern eifersüchtig.«

»Diese ungeklärten Besitzverhältnisse sind mir dennoch rätselhaft.«

»Wir haben damals, der Oberbürgermeister und ich, die Verbindung zu Herzog Wilhelm, William, wie er sich dann nannte, aufgenommen. Er ließ uns wissen, dass er nicht die Absicht habe, nach Deutschland zurückzukehren. Das, was in diesem Land geschehen sei, habe ihm ein für alle Mal die Lust genommen, es wiederzusehen. Nach dem Krieg war die Stimmung gegen uns so, das wirst du ja noch wissen. Außerdem würde er das Schloss sowieso nie wieder betreten, nachdem die Nazis darin residiert hätten. Ich schrieb darauf, das Schloss stünde nun leer, und man könne es ja schließlich nicht verfallen lassen. Mich kannte er gar nicht, aber er wusste immerhin, dass ich der Mann war, den Miriam geheiratet hatte. Und wer Miriam war, wusste er auch, denn Herzog Ernst und Miriam schrieben sich noch bis zu Beginn des Krieges, und von Miriam war ja die Anfrage gekommen, was aus Ernst geworden sei. Dann kam die Antwort, über seinen Anwalt in England: Sein Vater habe das Land wegen der Nationalsozialisten verlassen, das Schloss habe er nicht mitnehmen können, und es sei wohl nur recht und billig, wenn sich die Stadt nun um das Schloss kümmere. Na, und so geschah es denn auch. Er bekam zweimal eine größere Summe überwiesen, gewissermaßen als Wiedergutmachung für die erlittenen Schäden durch die Nazis, und die nahm er auch widerspruchslos entgegen, so stolz war er nun wieder nicht. Ich nehme an, auch hierin hat ihn sein Anwalt gut beraten.«

»Eine höchst erstaunliche Geschichte.«

»Wie so viele Geschichten in dieser unserer Zeit. Miriam war übrigens sehr verärgert über sein Verhalten. Sie sagte, Wilhelm war immer schon ein hochnäsiger Bursche. Ernst war viel netter. Und er wäre zurückgekommen. Und ich sagte dummerweise: Ich bin ganz froh, dass er nicht zurückkommt. Am Ende hätte er dich mir doch noch weggenommen. Daraufhin war sie so empört, dass sie zwei Tage lang kein Wort mit mir sprach.«

»Warum?«

»Du kannst nicht froh darüber sein, dass er tot ist, sagte sie. Und damit hatte sie schließlich recht. Da kommt dein Steak.«

Albert servierte und schenkte den Rest des Weins in ihre Gläser. Eine zweite Flasche hatte er vorsorglich schon geöffnet.

»Es ist wohltuend, mit dir zu reden«, sagte Cornelius. »Ich hätte nicht gedacht, dass mir mein Abendessen heute schmecken würde.«

»Aber nun schmeckt es dir.«

»Ja.«

»Kein Grund, sich wegen Andreas aufzuregen. Lass dem Jungen ein wenig Zeit, sich zu finden. Um noch mal auf das Schloss zurückzukommen, wir sprachen vorhin von dem Schlosstheater. Es ist ein zauberhafter Raum. Ich habe die Idee, den Zuschauerraum und die Bühne zu renovieren und zu modernisieren, das Bühnenhaus vor allem, dann könnten wir dort Festspiele veranstalten.«

»Davon hast du noch nie gesprochen.«

»Es ist auch eine ziemlich neue Idee. Man könnte dort wunderbar Shakespeare spielen. Miriam liebte Shakespeare über alles, besonders seine Komödien. Zu meinem sechsundsechzigsten Geburtstag, das wäre in zwei Jahren, könnte man das Theater eröffnen. Das habe ich dem Oberbürgermeister vorgeschlagen. Er ist sehr angetan von dem Gedanken.«

»Warum ausgerechnet zu deinem sechsundsechzigsten Geburtstag?«

»Weil es bis zu meinem siebzigsten zu lange dauert. Ist doch klar. Der Oberbürgermeister hat mich dasselbe gefragt.«

Jetzt musste Cornelius lachen. Simon sah ihm befriedigt zu, wie er aß, langsam und mit Genuss. Das war auch etwas, was Miriam ihm beigebracht hatte. Ganz zu Anfang, als er noch das Lokal am Bahnhofsplatz hatte, war Miriam einmal

Zeuge, wie Cornelius im Stehen sein Essen hinunterschlang.

Sie hatte gesagt: »Sieht gut aus. Riecht gut. Das hat Ihre Mutter gekocht, nicht wahr?«

Cornelius hatte genickt und sich den Mund abgewischt.

»Sie sollten mit einem guten Essen nicht so lieblos umgehen, Herr Müller. Es ist noch gar nicht lange her, da gab es sehr wenig zu essen. Man sollte dankbar dafür sein, dass es heute wieder so gute Sachen gibt und dass man nicht nur satt wird, sondern dass es auch schmeckt.«

Cornelius hatte sie angesehen, erstaunt und etwas verlegen. »Sie haben recht, gnädige Frau«, hatte er gesagt. »Eigentlich hat man mir das schon in Frankreich beigebracht. Und noch früher habe ich es von meiner Mutter gelernt. Auch wenn sie es nie ausgesprochen hat.«

»Alle wichtigen Dinge im Leben«, hatte Miriam gesagt, »sollte man mit Bedacht tun: Essen, Trinken, die Liebe. Und natürlich auch die Arbeit.«

Simon fiel noch etwas ein: »Wenn wir Festspiele im Schloss veranstalten, könnte dein Sohn dort gastieren, wenn er bis dahin ein guter Schauspieler geworden ist. Der Orsino, das wäre eine Rolle, in der ich ihn mir gut vorstellen kann. ›Wenn die Musik der Liebe Nahrung ist …‹«

»Womit habe ich es verdient«, sagte Cornelius langsam.

»Was?«

»Dass ich dir begegnet bin?«

»Miriam hätte gesagt: Der Erzengel Gabriel hat bei deiner Geburt gelächelt.«

»Er kann nicht nur gelächelt haben.«

»Richtig. Es ist dir auch viel genommen worden. Und so kommt ein ganz normales Leben dabei heraus. Er lächelt immer nur ein wenig. Aber es gibt Menschen, bei denen lächelt er gar nicht. Übrigens bin ich fest davon überzeugt, es wäre aus dir auch etwas geworden, ohne dass du mich getroffen hättest.«

»Vielleicht. Aber das meinte ich auch gar nicht. Ich meinte, was für ein Mensch du bist.«

»Ein höchst mittelmäßiger Mensch. Alles, was ein bisschen besser ist, hat Miriam aus mir gemacht.«

Sie hoben beide die Gläser und tranken bedächtig einen Schluck und dachten an die Frau, die seit einem Jahr tot war. Und so lebendig geblieben war, als säße sie hier bei ihnen am Tisch.

Elfriede

Die Schwester hatte sich in ihr Zimmer zurückgezogen, nachdem sie Elfriede in ihrem Sessel vor dem Fernseher zurückgelassen hatte, eine Decke um die Beine gewickelt, ein leichtes Abendessen auf dem kleinen Tisch daneben. »Wenn Sie zu Bett gehen wollen, Frau Müller, läuten Sie bitte. Ich helfe Ihnen dann.«

»Danke, ist nicht nötig, ich kann es allein.«

Sie lächelte Schwester Ilse zu, die freundlich und umgänglich war und ihren Dienst mit Umsicht versah. Was sich nicht zuletzt damit erklären ließ, dass Schwester Ilse in ihrem ganzen Leben noch keinen so angenehmen Posten bekleidet hatte wie den bei der herzkranken Frau Müller. So schwer krank, wie alle annahmen, war Elfriede nicht, das hatte die Schwester bald herausgefunden, und sie stellte kaum Ansprüche, war bescheiden und dankbar für jede Hilfe.

Die Schwester wurde gut bezahlt, hatte ein schönes Zimmer, ihren eigenen Fernseher, und wenn die alte Frau Müller nicht im Haus war, wie zurzeit, war es überhaupt der Himmel auf Erden.

Schwester Ilse fühlte noch sorglich Elfriedes Puls, steckte die Decke fester um ihre Hüften, prüfte das Essen auf dem Tablett.

»Dass Sie mir aber alles aufessen«, sagte sie. »Und nachher gibt es einen guten Film im Zweiten Programm.«

»Ja, ich weiß«, sagte Elfriede. »Sie schauen ihn auch an?«

»Ja, sicher. Aber läuten Sie bitte, wenn Sie etwas brauchen. Auch mitten im Film. Versprochen?«

Elfriede nickte. »Versprochen.«

Beide wussten, dass Elfriede nicht mitten im Film läuten würde.

So richtig fesseln konnte der Film Elfriede dann doch nicht. Sie sah eine Weile zu, steckte gedankenlos ein paar Bissen in den Mund, dann schweiften ihre Gedanken ab. Andreas! Nun würde er also doch Schauspieler werden. Wie oft war sie mit ihm im Theater gewesen, sobald er alt genug war, mitzugehen. Wie sorgfältig hatte sie die Stücke ausgesucht, die er verstehen konnte, wie ausführlich hatte sie mit ihm darüber gesprochen. Und so war sie es, die die stärkste Spur in seinem Leben hinterlassen hatte.

Sie dachte daran mit einem gewissen Triumphgefühl und schämte sich gleich dieses Gedankens. Worüber sie sich freute, ärgerte ihren Mann. Aber auch er musste schließlich verstehen, dass man einem Talent nicht im Weg stehen durfte.

Ob sie lang genug leben würde, ob sie es schaffen würde, wieder so weit reaktiviert zu werden, dass sie Andreas noch auf der Bühne sehen könnte – als Romeo, als Prinz von Homburg, als oh ja, das am liebsten, als Ferdinand. Für Schiller hatte sie immer geschwärmt. Später einmal, viel später würde er dann auch den Wallenstein spielen, die schönste Rolle überhaupt. Doch dann würde sie bestimmt nicht mehr leben. Aber »Kabale und Liebe«, das konnte sie noch miterleben.

Reaktivieren, das war ein Lieblingswort von Schwester Ilse. Das bezog sich auf die Kur, die bevorstand und für die Elfriede sich lange nicht begeistern konnte. Jetzt sah sie es anders, sie wollte so gesund wie möglich werden, ihr widerspenstiges Herz musste noch eine Weile mitmachen. Während sie kurte, würde Schwester Ilse Urlaub machen, vier Wochen lang, und zwei Wochen davon wollte sie in Italien verbringen.

»In Rom«, wie sie verkündet hatte. »Ich muss endlich Rom sehen.«

Elfriede hatte verständnisvoll genickt. Sie war nie in Rom

gewesen und wollte auch gar nicht hin, sie wollte nur ihren Sohn auf der Bühne sehen.

Eine Weile widmete sie sich wieder dem Film und aß dabei wirklich alles auf, was neben ihr auf dem Tablett stand. Der Hauptdarsteller war ein gut aussehender, dunkelhaariger Mann, doch so gut wie der sah Andreas lange aus. Besser. Also würde er zweifellos auch einmal im Film spielen. Und wenn sie niemals wieder aus dem Haus gehen konnte, dann würde sie ihn auf dem Bildschirm sehen. Ob das mit dem Mädchen etwas Ernstes war? Sicher nicht. So ernst war es ihm mit den verschiedenen Mädchen nie gewesen. Und sie konnte sich an hübschere erinnern. Die Tochter damals von dem Fabrikanten – wie hieß sie doch gleich? Manuela oder Marlene oder so ähnlich, das war in seinem letzten Schuljahr, die war wirklich eine Schönheit gewesen. Und eine gute Partie dazu. Eine gute Partie war er selber. Und so früh sollte er sich gar nicht binden. Wenn er nun noch einmal von vorn anfing, dann brauchte er seine Zeit und seine Nerven für wichtigere Dinge. Und wenn er erst berühmt war, dann konnte er jede Frau haben, die er haben wollte. Wie lange es wohl dauern würde, bis er berühmt war? Bei seiner Begabung und seinem Aussehen konnte das schnell gehen. Dieses Mädchen, das er heute mitgebracht hatte, war fad. Langweilig. Sie hatte kaum den Mund aufgetan. Wie war er bloß an die gekommen? So eine Studentenliebe halt.

Irgendwie komisch waren diese Studenten heutzutage schon. Elfriede las zwar die Zeitung nur flüchtig, aber das Fernsehen berichtete auch darüber ausführlich. Kommunisten wollten sie alle werden oder so etwas ähnliches. Das passte sowieso nicht zu Andreas. Gut, wenn er aufhörte mit der Studiererei. Genau genommen war es eine Idee von Cornelius gewesen. Erst studieren und dann ins Hotel.

Warum hatte Andreas nicht gleich protestiert und gesagt, was er wirklich wollte? Und warum hatte sie, seine Mutter, sich nicht dafür eingesetzt, dass er seinen vorbestimmten Weg gehen konnte? Das kam eben davon, weil sie krank war. Sie konnte sich nicht durchsetzen, und keiner nahm sie ernst, Cornelius nicht und Pauline schon gar nicht. Sie hatte sich immer unterdrücken lassen. Bedienung in einer Kneipe, das war es, was sie aus ihr gemacht hatten.

Sie schämte sich sogleich auch dieses Gedankens, schließlich wusste sie gut genug, wie schwer die Zeit gewesen war und wie großartig Cornelius sie gemeistert hatte. Warum auf einmal nur hatte sie so unfreundliche Gefühle für ihn? Hatte sie gar nicht. Sie bewunderte und liebte ihn. Ohne ihn gäbe es keinen Andreas. Und die Jahre, als sie im Hotel so ein bisschen mitwirken durfte, waren doch schön gewesen. Das Hotel war wundervoll, mit einer gewissen Andacht hatte sie immer zugesehen, wie es sich aus bescheidenen Anfängen entwickelt hatte.

So bescheiden war der Beginn gar nicht gewesen. Die Stadt hatte dringend ein gutes Hotel gebraucht, und es war eigentlich von Anfang an steil bergauf gegangen. Bewundern musste man, wie Cornelius mit dieser ungewohnten Aufgabe fertig wurde. Und was er sich nebenbei alles angeeignet hatte. Der Kretscham-Junge aus dem schlesischen Dorf, jetzt kannte er sich aus mit Bilanzen, mit Personalfragen, mit Steuersachen, und dazu sprach er auch noch Englisch und Französisch. Zu komisch, wenn sie daran dachte, wie sie damals versucht hatte, ihm Französisch beizubringen. Englisch hatte er bei Magda gelernt. Eine Weile dachte sie an Magda, ohne böses Gefühl, ohne jede Eifersucht. Magda war in Ordnung, sie war der erste Mensch, der ihnen geholfen hatte, damals in der Elendszeit, und wenn sie sich mit Cornelius verstand und er mit ihr, so war das schließlich die beste Lösung.

Vernünftig dachte Elfriede: Was hatte er denn an mir, eine kranke Frau, die gar nicht mochte, was ein Mann nun einmal braucht. Er hätte ja an eine ganz andere geraten können, eine

Frau, die alles haben wollte, ihn, das Hotel, Andreas. Magda hat mir nichts weggenommen, außer dem, was ich sowieso nicht haben wollte.

Aber ein kleiner Stachel steckte doch in ihrem Herzen. Nicht Magda als Frau störte sie, die war ja nun auch nicht mehr die Jüngste, aber Magda als Gefährtin, als Partnerin seiner Gespräche und Gedanken. Seit er sie abgeschoben hatte hier in dieses Haus, wusste sie wenig über sein Leben, über das Hotel. Dabei war das Haus so schön und bequem, warm geheizt, die Decke über ihren Knien war ganz überflüssig, Schwester Ilse übertrieb manchmal mit ihrer Fürsorge. Auch diesen Gedanken schob Elfriede gleich wieder beiseite.

Sie war einfach heute ungerecht, irgendwie gereizt, gar nicht zu verstehen, warum. Wo sie doch so glücklich war über Andreas und seine Pläne. So glücklich, dass er bei ihr gewesen war. Das Mädchen, nun ja, so wie die ausgesehen hatte, war sie bestimmt keine Gefahr für Andreas.

Sehr bewusst hatte sie dann auch gleich Magda angerufen und ihr alles erzählt, um Cornelius und seiner Fassung zuvorzukommen.

Zufrieden lachte sie vor sich hin. Ganz so dumm und ahnungslos, wie sie immer dachten, war sie eben doch nicht. Sie musste Magda auf ihrer Seite haben, Magda musste ihm sagen, dass es gut und richtig war, wie Andreas sich entschieden hatte. Bei diesen vergammelten linken Studenten hatte ihr Sohn nichts verloren, die schmissen mit Steinen, saßen auf der Straße herum und brüllten irgendwelche komischen Namen in der Gegend herum, Ho Tschi Minh oder wie das hieß. Man sah das ja oft genug im Fernsehen. Angefangen hatte das alles in Amerika, aber die hatten schließlich den Krieg in Vietnam, das war deren Sache, das ging die Deutschen nichts an, und Andreas ging es schon gar nichts an. Der brauchte keine Steine zu schmeißen, hatte es gar nicht nötig, und am Ende wurde er noch von einem Stein getroffen. Er würde elegant auf der Bühne fechten, ja, das würde er lernen müssen, wenn er den Romeo spielen wollte. Und dann würde er sich auch wieder besser anziehen. So wie er heute aussah, das hatte ihr auch nicht gefallen. Doch daran war bestimmt das Mädchen schuld. Das sah man ja auch im Fernsehen, die Mädchen benahmen sich noch viel verrückter als die jungen Männer.

Der Film näherte sich dem Happy End, und eine Weile widmete Elfriede ihm wieder ihre Aufmerksamkeit, aber so gut fand sie ihn wirklich nicht. Wenn sie da an die Filme dachte, die sie früher gesehen hatte, vor dem Krieg und dann im Kriege, so etwas konnten die heute gar nicht mehr. Als der Film zu Ende war, kam Schwester Ilse mit geröteten Wangen, sie hatte neben dem Kunstgenuss ihr Abendbrot gegessen und ein paar Gläser Wein getrunken. Sollte sie doch, wenn es ihr schmeckte, Wein war genug im Haus, das Hotel lieferte ihn. Nur Pauline meckerte immer darüber, dass die Schwester trank. Dabei trank sie selber ganz gern, keinen Wein, aber Bier und einen klaren Schnaps oder auch zwei.

»Na?«, fragte Schwester Ilse. »War toll, nicht?«

»Ja«, sagte Elfriede friedlich und weit entfernt von jeder Kritik, »war sehr gut.«

Sie sprachen über den Film, das heißt, Schwester Ilse sprach und erinnerte sich an andere Filme, in denen der Hauptdarsteller gespielt hatte, für den sie offensichtlich eine Schwäche hatte.

»Sieht toll aus, der Mann. Und so ein guter Schauspieler.«

»Ja«, sagte Elfriede wieder.

Die Schwester musterte das Tablett. »Na, wir haben ja alles aufgegessen, das ist brav. Wollen wir jetzt ins Bettchen gehen?«

»Noch nicht. Ich möchte noch eine Weile hier sitzen. Mir geht so viel durch den Kopf.«

»Ach ja?«

Und nun musste sie es loswerden.

»Mein Sohn, er wird nämlich auch Schauspieler.«

Das verblüffte Schwester Ilse nun gewaltig.

»Ihr Sohn wird Schauspieler? Ich denke, er studiert Betriebswirtschaft und übernimmt später das Hotel.«

Darüber war die Schwester bestens informiert.

»Er hört auf mit dem Studium. Wissen Sie, es hat ihn nie so richtig interessiert. Mein Mann – also, der wollte es gern, dass der Junge studiert. Aber die Universitäten sind ja heute so runtergekommen. Das ist nichts für meinen Sohn. Und eigentlich wollte er schon immer Schauspieler werden.«

Und nun sagte Schwester Ilse etwas, das ihr für alle Zeit Elfriedes Herz gewann: »Er ist ja auch ein sehr hübscher junger Mann. Er hat ein schönes Profil. Und das dunkle Haar und die dunklen Augen, und sehr edle Hände hat er auch. Nur heute, entschuldigen Sie, Frau Müller, dass ich das sage, heute war er so unordentlich angezogen, das war beim letzten Mal nicht, als er Sie besuchte. Aber er hatte ja da so ein unordentliches Mädchen dabei, das wird wohl der Grund sein. Mit der ist er doch hoffentlich nicht verlobt?«

»Nein, nein, nur eine Bekanntschaft von der Universität.«

»Na, ich dachte nur, weil er sie mit hergebracht hat.«

»Ich fand es auch unpassend«, sprach Elfriede würdevoll. Und dann kam sie mit einem ganz unerwarteten Wunsch: »Schwester Ilse, würden Sie mir wohl ein Glas Rotwein bringen?«

»Aber natürlich, gern. Ein Glas Rotwein kann Ihnen bestimmt nicht schaden.« Sie blickte in das halb leere Teeglas. »Der Tee hat Ihnen heute wohl nicht geschmeckt?«

»Nein, der war so richtig labbrig.«

»Na, es ist so ein Gesundheitstee. Ich finde auch, dass er nach nichts schmeckt. Also dann hole ich Ihnen ein Glas Wein.«

Elfriede lächelte hinter ihr her.

Dann spüre ich auch deine Fahne nicht so, dachte sie. Aber ein gesundes Urteil hatte diese Schwester schon. Was sie über Andreas gesagt hatte und das Mädchen, das stimmte haargenau. Die Schwester brachte die Karaffe mit Rotwein, platzierte ein Glas neben Elfriede auf dem kleinen Tisch und goss ein.

»Zwei kleine Gläschen sind es, nicht mehr. Das kann Ihnen bestimmt nicht schaden. Aber Ihr Sohn, da muss er ja dann auf eine Schauspielschule gehen.«

»Er hat schon Unterricht gehabt. In Berlin, bei einem sehr bekannten Schauspieler. Der Name fällt mir jetzt nicht ein. Und da will er ja auch wieder hin.«

»Nach Berlin? So weit weg?«

Elfriede lächelte nachsichtig. »Das ist nicht so weit. Das kommt einem heute nur so vor, durch die Teilung und weil Berlin da so mittendrin liegt bei den Russen. Sie wollen ja nach Rom, das ist doch viel weiter.«

»Na, Rom, das gehört ja zu uns. Da fahren doch jetzt alle hin. Aber Berlin! Ich weiß schon, man fliegt, und das geht ganz schnell. Ein Flugzeug nach dem anderen landet da, mein Bruder war voriges Jahr in Berlin, der hat mir das erzählt. Aber irgendwie unheimlich ist es schon, seit sie die Mauer gebaut haben. Eine Mauer mitten durch die Stadt, so etwas hat es noch nie gegeben. Mein Bruder hat mir erzählt, man steht auf einem Podest und kann hinüberblicken in den russischen Teil der Stadt. So etwas hat es doch wirklich noch nie gegeben. Und wenn jemand hier zu uns kommen will, in den Westen, meine ich, dann schießen sie ihn einfach tot. Ich finde es nicht so gut, dass Ihr Sohn nach Berlin will. Er kann doch woanders auf eine Schauspielschule gehen. In München zum Beispiel. Da gibt es sehr gute Theater. Ich gehe jedes Mal ins Theater, wenn ich in München bin. Ja.« Sie nickte mit Nachdruck und fügte stolz hinzu: »Mein Bruder hat ein Abonnement.«

»Ihr Bruder lebt in München? Das haben Sie mir noch nie erzählt.«

Bescheiden sagte die Schwester: »Man hat uns beigebracht, dass man Patienten nicht mit seinen Privatangelegenheiten behelligen soll.«

Elfriede sah sie freundlich an: »Nun sind Sie doch schon eine ganze Weile bei uns. Fast ein Jahr.«

»Zehn Monate und fünfzehn Tage genau.«

»Was macht denn Ihr Bruder in München? Hat er Familie?«

»Ja, er ist verheiratet und hat zwei Kinder. Zwölf und sechzehn, zwei Buben. Meine Schwägerin ist so weit ganz nett, eine Bayerin halt. Eigentlich stammen wir aus Magdeburg. Mich haben sie im Krieg dienstverpflichtet, und wie der Krieg aus war, kam ich hier im Krankenhaus unter. Mein Bruder war eingezogen und ist einmal schwer verwundet worden. Da war der Krieg dann Gott sei Dank für ihn vorbei. Er ist Finanzbeamter.«

»Oh!«, machte Elfriede respektvoll.

Sie hatte nebenbei ihr Glas geleert, und die Schwester füllte es wieder.

»So, das ist das zweite kleine Gläschen. Zum Wohl!« Elfriede war versucht, zu sagen: Holen Sie sich doch auch ein Glas, aber sie ließ es bleiben. Man durfte die Vertraulichkeit nicht zu weit treiben, sonst würde die Schwester womöglich lästig. Sicher hatte sie auch oben in ihrem Zimmer noch ein Glas Wein vorrätig.

»Soll ich Sie dann doch zu Bett bringen, Frau Müller?«

»Nein, wirklich nicht. Mir geht es sehr gut. Ich will noch ein bisschen nachdenken.«

»Über Ihren Sohn, nicht wahr? Es ist schön, wenn man einen Sohn hat, über den man nachdenken kann.«

Dann ging sie endlich, und Elfriede dachte nach, seltsamerweise nicht über ihren Sohn, sondern über ihren Mann.

Als sie aufs Schloss kam, war der Junge aus dem Kretscham sechzehn, ein kräftiger Bursche, der den ganzen Tag arbeitete, bei seinem Vater in der Gaststube, bei seiner Mutter in der Küche, im Garten, auf dem Feld, im Stall. Zum Kretscham gehörten zwei Äcker, auf dem einen wuchsen Kartoffeln, die besten Kartoffeln, die je auf dieser Erde gewachsen sind, wie Pauline immer sagte, auf dem anderen hatten sie Gemüse jeder Art, im Garten Obstbäume, am Rand des Gartens Johannisbeer- und Stachelbeersträucher und gleich hinter dem Garten große Erdbeerbeete. Im Stall gab es zwei Kühe, zwei oder drei Schweine wurden gemästet, Hühner, Enten und Gänse waren selbstverständlich auch vorhanden.

Das alles war zum kleinsten Teil für die Familie, zum größten Teil für die Gäste des Kretschams bestimmt.

Es gab Hund und Katzen, bis vor Kurzem waren die Müllers mit Pferd und Wagen gefahren, jetzt besaßen sie ein Auto, einen schon etwas altersschwachen Opel.

Dies alles zu verlieren, dies alles zurückzulassen, der älteste Sohn gefallen, der Mann bei der Belagerung von Breslau ums Leben gekommen, wohin man ihn gegen Ende des Krieges noch geholt hatte, das war schwer zu ertragen, es war im Grunde genommen überhaupt nicht zu ertragen. Darum war Paulines Verbitterung gut zu verstehen, ihre Abwehr, ja ihr Hass auf Gott und die Welt. Andererseits war sie viel zu tüchtig, zu arbeitsam, um in diesen Gefühlen zu erstarren, das hatte sie in der Nachkriegszeit bewiesen, als sie geschuftet hatte bis zum Umfallen, erst in der Würstchenbude, dann in der Kneipe. Aber vermutlich war gerade das wichtig für sie gewesen, nur Arbeit hatte sie vor der Verzweiflung bewahren können. Später im Hotel war sie ebenfalls unermüdlich tätig gewesen. So gesehen war es von Cornelius nicht richtig gewesen, seine Mutter gewissermaßen aufs Altenteil zu schicken. Seit sie hier in diesem Haus lebte, in einem wahrlich komfortablen Rahmen, war sie ziemlich unleidlich geworden. Immerhin war sie dreiundsiebzig Jahre alt, eigentlich Zeit für ein geruhsames Leben.

Kretscham nannte man in Schlesien das Dorfgasthaus, das wussten die Leute hier nicht. Das Dorf lag halbwegs zwischen Breslau und dem Riesengebirge, und etwa eine halbe Stunde entfernt vom Dorf war das Schloss, eine halbe Stunde mit Wagen und Pferd, denn damit bewegte sich die Gräfin noch immer am liebsten durch die Gegend, obwohl sie natürlich ein Auto besaß. Noch lieber ritt sie.

Wenn Gäste im Schloss waren, das kam häufig vor, und die Gräfin war mit ihren Freunden ausgeritten, kehrten sie oft auf dem Rückweg im Kretscham ein. Pauline servierte dann ein erstklassiges Frühstück, mit Eiern von ihren Hühnern, mit selbst geräuchertem Schinken, mit einer herrlich schmeckenden Marmelade, die sie selbst von ihren Früchten eingekocht hatte. Und wenn es neue Kartoffeln gab, konnte es der Gräfin einfallen, zu sagen: »Frau Müller, ich muss unbedingt noch ein paar Kartoffeln mit Butter essen. Ihre Kartoffeln sind einmalig.«

Dabei hatten sie auf dem gräflichen Gut auch keine schlechten Kartoffeln, fand Elfriede.

Fand solch ein Frühstück im Kretscham statt, das sich manchmal lange ausdehnte – worüber sich die Mamsell im Schloss ärgerte, denn keiner mochte nachher noch essen, was sie zu Mittag gekocht hatte –, saßen sie also lange im Kretscham, rief die Gräfin wohl Elfriede an und sagte, sie solle mit den Kindern herunterkommen. Elfriede war das Kinderfräulein im Schloss, und ein schöneres Leben hatte sie zuvor nicht gekannt, und wie sie fand, auch später nicht mehr. Die Kinder waren zwei und vier, als sie ins Schloss kam, ein Junge und ein Mädchen, drei Jahre später wurde noch ein Junge geboren.

Oft beschäftigte Elfriede die Frage, was wohl aus ihnen allen geworden war. Das Schloss und das Gut waren verloren, das bestimmt, aber hatten der Graf und die Gräfin Kriegsende und Vertreibung überlebt? Und was war aus den Kindern geworden?

Die erste Zeit nach dem Krieg, als es ihr selbst so schlecht ging, als die Herzkrankheit dazukam als Folge eines nicht ausgeheilten Mandelabszesses, den sie sich auf der Flucht zugezogen hatte, peinigte sie das Heimweh nach dem Schloss, nach der glücklichen Zeit dort wie eine zusätzliche Krankheit. Das verging, nachdem Cornelius wieder da war und die Jahre des Wiederaufbaus, besser gesagt, des Neuaufbaus ihrer Existenz auch sie sehr in Anspruch nahmen, denn da ihr Gesundheitszustand sich gebessert hatte, hatte sie einen eigenen Aufgabenkreis zu erfüllen, und Andreas war schließlich auch da.

Aber nun, da sie viel Zeit hatte zum Nachdenken, zum Träumen, kehrte sie oft in Gedanken zu den glücklichen Jahren ihrer Jugend zurück, und das war auch etwas, worüber sie sich oft mit Pauline unterhalten konnte. Seit jüngster Zeit. Früher durfte man mit Pauline über die Vergangenheit, über die verlorene Heimat nicht sprechen, dann reagierte sie kalt und abweisend und drehte einem den Rücken zu. Jetzt, älter geworden und vom Müßiggang geplagt, sprach sie ganz gern darüber, ihr Gedächtnis war erstaunlich, sie wusste noch, wie der Hund geheißen hatte, den es auf dem Kretscham gab, als sie geheiratet hatte, und selbstverständlich auch, wie der letzte Hund hieß und die Katzen, die sie zurückließen, als sie flüchten mussten. Sie hatte sich bis zuletzt gewehrt gegen die Flucht, sie wollte nicht im Stich lassen, was ihr Leben bedeutete, die Nachbarn mussten sie mit Gewalt in den Pferdewagen zerren, Elfriedes Tränen, die damals mit dem Kind bei ihr lebte, taten ein übriges.

Kühe gab es zu dieser Zeit glücklicherweise nicht mehr im Kretscham, aber sie fütterten jährlich ein Schwein, und Hühner hatten sie auch.

Der Gedanke an die Tiere, die sie nicht hatte mitnehmen können auf die Flucht, quälte sie heute noch.

»Die Russen werden alle aufgefressen haben«, sagte sie, »auch den Hund und die Katzen.«

Dann wurde sie auf der Flucht auch von Elfriede und Andreas getrennt, die in einem anderen Lager in Sachsen untergebracht wurden. Hilfreich erwies sich der ehemalige Bürgermeister ihres Dorfes, der im Krieg einen Arm verloren hatte, früher war er ein überzeugter Nazi gewesen, das hatte sich im Laufe der Zeit geändert, jetzt tat er alles, um die Familien, die in seinem Dorf gelebt hatten, wieder zusammenzubringen, er schrieb und reiste umher, bis zum Kriegsende und danach auch noch. Durch ihn erfuhr Pauline, wo sich Elfriede und das Kind aufhielten, und so waren sie bereits im Herbst 1945 wieder vereint.

Im Frühling des Jahres 1933 war Elfriede aufs Schloss gekommen, da war sie gerade achtzehn geworden. Was sich ereignet hatte im Januar dieses Jahres, die Machtübernahme durch die Nationalsozialisten, hätte sie kaum berührt, wenn nicht in der Familie, bei der sie zuvor gearbeitet hatte, die Wogen der Begeisterung hochgegangen wären. Anders im Schloss. Dort sprach man überhaupt nicht von Adolf Hitler und den Seinen, aber der Graf knüllte manchmal die Zeitung zusammen, bevor er sie zu Ende gelesen hatte, und warf sie in den Papierkorb und im Winter gleich in den Kamin. Und die Gräfin rümpfte die feine Nase, wenn ihr Zeitgemäßes zu Ohren kam, und sagte: »Merde!« Elfriede konnte zwar leidlich Französisch, aber was dieses Wort bedeutete, wusste sie dennoch nicht, das lernte sie erst viel später, nämlich als Cornelius aus der Gefangenschaft kam. Das war im Herbst 1947, da sagte sie ganz erstaunt: »Also das hat sie gemeint.«

Cornelius sagte: »Es hat zwar nichts genützt und geholfen, aber immerhin kennen wir jetzt ihre Gefühle.«

Und Elfriede fragte bang: »Wo mögen sie wohl sein?«

Elfriede war in Breslau aufgewachsen, ihren Vater hatte sie nie gesehen, er fiel im Ersten Weltkrieg, und ihre Mutter starb nach dem Krieg an der Spanischen Grippe, die damals mit verheerenden Folgen in Europa wütete. Elfriede kam zu ihren Großeltern, aber auch der Großvater blieb ihr nicht lange erhalten, er starb, als sie gerade in die Schule gekommen war. Eine kleine, aber sorgsam gepflegte und hübsch eingerichtete Wohnung in der Nähe des Odertorbahnhofs, die schmale Pension einer Beamtenwitwe, die Notjahre der Inflation: ihre Kindheit erzog sie zu Bescheidenheit, war aber wohlbehütet.

Die Großmutter, im Geist der Kaiserzeit aufgewachsen, sorgte dafür, dass Elfriede alles lernte, was ihrer Meinung nach ein Mädchen aus guter Familie lernen musste: Klavier spielen, Französisch, Nähen und Sticken, Kinderpflege, Krankenpflege. Sogar ein wenig Singen, denn die Großmutter sang mit großer Hingabe im Kirchenchor, schon seit ihrer Mädchenzeit.

Der Kirchenchor vermittelte Elfriede gewissermaßen ihre erste Stellung; sie kam mit sechzehn in den Haushalt eines Oberstudienrates, der ebenfalls im Chor sang, um für die Kinder zu sorgen, es waren vier, und der Frau des Hauses zur Hand zu gehen. Es gab viel Arbeit und so gut wie keine freie Zeit für sie.

Die wenige, über die sie verfügte, und das knappe Geld, das sie erübrigen konnte, waren für das Theater bestimmt.

Die Leidenschaft für das Theater hatte sie von der Großmutter übernommen, manchmal verzichteten sie auf eine warme Mahlzeit oder ein notwendiges Kleidungsstück, nur um ins Theater gehen zu können. Und die Theater in Breslau waren sehr gut und setzten einen Maßstab für ein hohes Niveau.

Welch eine Bedeutung das Theater in Elfriedes Leben hatte, erwies sich, als sie den Graf und die Gräfin im Lobetheater kennenlernte. Nach Schluss der Vorstellung war die Großmutter ausgerutscht und umgeknickt, aus welchem Grund blieb ungeklärt, denn sie war an sich noch gut auf den Beinen, der Graf, der gerade neben ihr war, hatte zugegriffen und sie vor einem Sturz bewahrt, doch der Knöchel tat der Großmutter sehr weh und schwoll sofort an.

Graf und Gräfin brachten die alte Dame und das junge Mädchen in ihrem Wagen nach Hause, kamen auch noch mit in die Wohnung, fragten, ob sie einen Arzt rufen sollten, aber Elfriede meinte, sie kenne sich aus mit Krankenpflege und werde gleich Umschläge machen.

Ganz unerwartet tauchte die Gräfin am nächsten Tag noch einmal auf, um zu fragen, wie es ginge. Wie immer, wenn sie einige Tage in Breslau war, wohnte sie mit ihrem Mann im Hotel Monopol, das taten sie mehrmals im Jahr, man machte Besorgungen, traf sich mit Freunden, ging in die Oper oder ins Theater.

Die Großmutter humpelte zur Tür, als es klingelte, denn Elfriede war ja nicht da, sie hatte ihre Arbeit im Haus des Oberstudienrates zu versehen, die früh begann und spät endete, das Gute war nur, dass sie dort nicht wohnen musste, die Wohnung für Mann, Frau, vier Kinder und ein Dienstmädchen war zu klein, um noch das Kindermädchen zu beherbergen. So kam Elfriede abends gegen neun nach Hause, musste aber um sechs das Haus schon wieder verlassen, denn es war ungefähr eine Stunde Weg zu ihrem Arbeitsplatz, und das Geld für die Straßenbahn, die Elektrische, wie man hier sagte, sparte sie lieber.

Das alles erfuhr die Gräfin an diesem Vormittag, denn sie nahm sich Zeit bei ihrem Besuch, besah sich den dick geschwollenen Knöchel und meinte, man solle vielleicht doch lieber einen Arzt rufen. Am Gesicht der alten Dame erkannte die Gräfin jedoch, dass man die Kosten scheute. Eine Dame war die Großmutter tatsächlich, und so wehrte sie erschrocken ab, als die Gräfin den Umschlag erneuern wollte.

»Unsinn«, sagte die Gräfin. »Wir leben auf einem großen Gut, und ich bin auf einem noch größeren aufgewachsen. Was glauben Sie, wie viele Umschläge ich in meinem Leben schon gemacht habe, bei Mensch und Tier.«

Dann mahlte und kochte sie auch noch Kaffee in der penibel aufgeräumten Küche, denn sie hatte Kaffee, ein großes Paket mit Kuchen und eine Tüte mit Obst mitgebracht und erklärte das Geschenk taktvoll mit den Worten: »Ich dachte mir, Sie könnten mit dem kranken Fuß vielleicht zurzeit nicht einkaufen gehen.«

Das alles geschah im Oktober des Jahres 1932, im April '33 wechselte Elfriede von Oberstudienrats aufs Schloss, und damit begann, wie erwähnt, die schönste Zeit ihres Lebens.

Ein wenig hatte es sie bedrückt, die Großmutter verlassen zu müssen, doch die Gräfin hatte sie beruhigt: »Schau, Kind, vielleicht hat sie ganz gern jetzt ein wenig mehr Ruhe, und mit dem Geld kommt sie dann auch besser hin. Ganz abgesehen davon, dass du bei uns ja mehr verdienst als bisher. Wenn wir nach Breslau fahren, kommst du mit, du willst ja auch manchmal ins Theater gehen, nicht? Und dann besuchst du die Großmama. Und manchmal kann sie uns ja draußen auch besuchen.«

Cornelius Müller sah Elfriede, wenn sie aufgefordert wurde, mit den Kindern in den Kretscham zu kommen, weil sich das Frühstück länger hinzog. Dann hatte er die Pferde abgesattelt und in den Stall gebracht, er half seiner Mutter in der Küche und dem Mädchen beim Bedienen oder stand am Zapfhahn, falls sein Vater gerade nicht da war. Paul, sein älterer Bruder, war zu der Zeit Kellnerlehrling in einem guten Lokal in Breslau.

Die Gräfin wurde von Cornelius sowieso bewundert, aber dieses zarte elfenhafte Mädchen mit den großen blauen Augen und dem weichen blonden Haar, das da aus Breslau gekommen war, fand er anbetungswürdig. Als er erfuhr, dass sie Elfriede hieß, sagte er zu ihr: »Aber der Name passt zu Ihnen! Sie sehen aus wie eine Elfe.«

Elfriede lachte geschmeichelt. Komplimente hatte sie in ihrem Leben noch nie bekommen.

Das ging so behutsam über die Jahre hin, er war zwanzig und sie zweiundzwanzig, da küsste er sie zum ersten Mal, hinten im Garten des Kretschams bei den Stachelbeersträuchern.

Und was immer geschah in all den Jahren – vorübergehend arbeitete Cornelius in Breslau –, kein anderes weibliches Wesen konnte Elfchen aus seinem Herzen drängen.

»Du bist Rübezahls schönste Elfe«, befand er, auch wenn sie lachend erwiderte: »Aber Rübezahl hat gar keine Elfen.«

»Warum soll er keine Elfen haben, wenn er doch im Walde lebt? Lebt er doch.«

Der Arbeitsdienst blieb ihm erspart, weil sein Vater ihn zur Arbeit brauchte, denn Paul ging schließlich nach Berlin, aber zum Militärdienst musste Cornelius natürlich, und von dort ging es nahtlos über in den Krieg. Wäre es nicht zum Krieg gekommen, hätten sie wohl nicht geheiratet, Cornelius und Elfriede, aber der Krieg veränderte manches. Eine Weile blieb Elfriede noch auf dem Schloss, aber dann wurde ihre Großmutter krank, und sie kehrte zurück nach Breslau, um sie zu pflegen. Nachdem die Großmutter Ende 1943 gestorben war, kam Elfriede zurück ins Dorf, lebte bei ihren Schwiegereltern, und hier brachte sie im November '44 ihren Sohn zur Welt.

Andreas war drei Monate alt, als sie flüchten mussten. Eisig war der Winter, trostlos die Zukunft, scheußlich die zerbombte, fremde Stadt, in der sie mit dem Kind landete. Da war nur ein Gedanke: Das Kind muss am Leben bleiben. Das hatte sie geschafft, die eigene Krankheit darüber vernachlässigt, das Herzleiden dafür auf sich nehmen müssen. Konnte etwas wichtiger in ihrem Leben sein als dieser einzige Sohn?

Und wie viel konnte ihr Cornelius bedeuten, der ungebildete Junge aus dem Kretscham im Dorf, den sie nie ganz für voll genommen hatte.

Das, was aus ihm geworden war, erkannte sie an und bewunderte sie.

Er war ihr Mann, und es hatte Jahre der Verbundenheit gegeben. Seltsamerweise jedoch hatte sich die Distanz aus den frühen Jahren wieder eingestellt.

Juli 1969

An einem schwülheißen Juliabend gegen sechs kam Johannes Rohde aus der Tür der Universitätsklinik und erblickte sogleich, schräg gegenüber, den roten Ghia seiner Freundin Susanne, an verbotener Stelle geparkt. Das tat sie immer. Und sollte plötzlich ein Polizist vor ihr stehen, würde sie wieder mit aufgeregter Stimme erklären: »Verzeihen Sie tausendmal, Herr Wachtmeister, aber ich warte auf Professor Zenker. Er ist zu einem dringenden Fall gerufen worden. Es geht um Leben oder Tod.«

Dazu der flehende Blick ihrer großen braunen Augen, und der Hüter des Gesetzes hatte darauf gesagt: »Es darf fei net zu lang dauern, Fräulein«, und war gar nicht auf die Idee gekommen, dass der Wagen des Professors schließlich seinen festen Standplatz in der Garage der Klinik hatte.

Vor ein paar Tagen war Johannes Zeuge dieser Szene geworden, das heißt, er hatte sie über die Straße hinweg beobachtet, den Text bekam er nachgeliefert. Auch das strahlende Lächeln, mit dem Susanne sich von dem Polizisten verabschiedete und das sie übergangslos ihm entgegenschickte, gehörte dazu.

»Wenn du es je bis zur Ärztin bringen solltest«, hatte er gesagt, »werden deine Patienten lieber gesund bleiben, ehe sie sich von dir verhexen lassen.«

»Womit ich als Wunderheiler in die Geschichte der Medizin eingehen werde«, war ihre Antwort. »Ist doch nicht dumm.«

Johannes arbeitete schon in der Klinik, Susanne absolvierte gerade das dritte Semester und handhabte seiner Meinung nach ihr Studium allzu lässig. Er prophezeite, dass sie das erste Physikum nie schaffen würde.

»Du bist das typische Produkt unserer Zeit. Tochter aus reichem Hause, von jedem Ernst des Lebens verschont.« Auch dieser Vorwurf konnte sie nicht verwirren.

»Eine optimistische Einstellung zum Leben kann für kranke Menschen nur hilfreich sein.«

Atypisch war jedoch ihre Haltung gegenüber den derzeitigen Unruhen an den Universitäten. Die Konflikte der Studenten ignorierte sie, Aufstand und Revolution fanden für sie überhaupt nicht statt.

»Lass die Spinner spinnen«, war ihr Kommentar. Johannes hätte es anders formuliert, doch auch er hatte weder Neigung noch Zeit zum Revoluzzer. Er wusste, wie weit der Weg noch war, der vor ihm lag, und dass er keinen Tag, keine Stunde verlieren durfte, um sein Ziel zu erreichen.

Er war sehr müde an diesem Tag, er hatte zwei Menschen sterben sehen und war aufgewühlt von seiner Hilflosigkeit am Sterbebett; die Frau, die vor einer Stunde aufgehört hatte zu atmen, war fünfundzwanzig Jahre alt gewesen. Und er war immer noch verärgert über eine Fehldiagnose, mit der er sich am Vormittag bei der Visite blamiert hatte. Der Professor hatte sie schweigend, mit einem kurzen Seitenblick zur Kenntnis genommen, von den Assistenzärzten und den anderen vorklinischen Semestern war sie jedoch mit einem Grinsen beantwortet worden.

Doch nun, als er Susanne sah, fiel die Last des Tages von ihm ab, er hob den Kopf, seine Schultern strafften sich. Sie lehnte am Kotflügel, in Shorts, die Bluse, im gleichen Rot wie der Wagen, unter der Brust geknotet, und sie hob sich auf die Zehenspitzen, als er bei ihr war, denn sie war viel kleiner als er mit seinem Metersechsundachtzig. Nachdem sie ihn geküsst hatte, rümpfte sie die kleine Nase.

»Du riechst nach Klinik.«

»Wie denn auch nicht. Grüß dich, du Schwalbenschwänzchen.«

Diesen Namen verdankte sie der neuen Frisur, denn sie trug das hellbraune Haar seit einigen Tagen kurz gestutzt, mit abstehenden Zipfelchen, was ihr herzförmiges Gesicht noch pikanter machte.

Er hatte den Kopf geschüttelt, als er sie so erblickte, und sie hatte gefragt: »Gefällt dir nicht? Es ist mein Beitrag zur Opposition. Da sie alle mit langen Mähnen à la Brigitte Bardot rumlaufen, musste ich mir etwas anderes ausdenken. Ist außerdem jetzt im Sommer sehr praktisch. Ich kann damit sogar unter Wasser schwimmen, sieht hinterher genauso aus.«

»Wie war's?«, fragte sie, nachdem sie den Wagen gestartet hatte.

»Ein schrecklicher Tag«, erwiderte er. »Ich möchte jetzt nicht darüber reden.«

Sie nickte, schwieg und konzentrierte sich auf den dichten Abendverkehr. Das kannte sie schon an ihm. Er war kein sehr mitteilsamer Mensch, musste alles, was ihn bewegte, erst einmal verarbeiten. Sie wusste, wie ernst er seinen Beruf nahm. Das fand sie ganz in Ordnung, aber es war nicht gut für ihn, dass er mit den Kranken litt, und er konnte sich nicht, wie viele seiner Kollegen, etablierte und werdende, in Schnoddrigkeit und Witze retten.

»Ich weiß, dass es eine Schutzmaßnahme ist«, hatte er ihr erklärt, »ein psychisch angeknackster Arzt kann keinem helfen. Aber ich kann es nun einmal nicht von der leichten Seite nehmen.«

»Du lernst es schon noch«, hatte sie geantwortet und zugleich gewusst, dass er es wohl nie lernen würde.

»Hast du meine Badehose noch im Wagen?«, fragte er.

»Hab ich.«

»Könnten wir nicht hinausfahren an einen See und schwimmen? Es ist so irrsinnig heiß heute.«

München in der brütenden Sommerhitze war für den Jungen, der an Holsteins lebendige Luft gewöhnt war, oft schwer zu ertragen.

»Hatte ich mir auch gedacht, geht aber leider nicht. Du musst nach Hause, du hast Besuch.«

»Besuch?«

»Deine Schwester ist gekommen.«

»Welche?«

»Sie heißt Helga, hat sie gesagt.«

»Helga? Wieso denn das? Davon weiß ich ja gar nichts.«

»Ja, sie hat gesagt, dass du keine Ahnung hast. Und es tut ihr leid, dass sie dich so überfällt, aber sie muss dich sprechen.«

»Sie hätte wenigstens anrufen können. Was mag denn da los sein?«

»Weiß ich nicht, Geliebter.«

»Wieso hast du sie eigentlich getroffen?«

»Ich war gerade bei Frau Lutz, als sie kam. Ich hatte ihr doch Eier versprochen vom Gut und ein Hühnchen. Gemüse hatte ich auch noch dabei, und ich dachte mir, ich bringe es ihr schnell, ehe ich dich abhole. Denn dass wir zum Schwimmen fahren, war auch meine Vorstellung.«

Frau Lutz gehörte die Wohnung in der Römerstraße in Schwabing, wo Johannes wohnte, seit er in München studierte. Besser hätte er es nicht treffen können, er hatte ein großes, helles Zimmer, er konnte in Ruhe arbeiten und seit der Lutz-Sohn ausgezogen war wegen Heirat, hatte er noch ein zweites Zimmer dazubekommen, ohne dass die Miete gestiegen wäre. Denn Frau Lutz meinte, auf das Geld komme es ihr gar nicht an, sie wolle nur nicht ganz allein leben, das sei ihr zu langweilig. Sie brauche jemand, den sie umsorgen und mit dem sie reden könne. Nun war zwar Johannes nicht sehr gesprächig, aber das störte sie nicht, Hauptsache, er hörte ihr zu.

Widerspruchslos, wenn auch mit leiser Missbilligung hatte sie zwei kurze Liebesaffären geduldet, sie war durch ihren Sohn gut geschult, Susanne jedoch fand vom ersten Augenblick an ihre Zustimmung. Man konnte sich mit ihr großartig unterhalten, und dass Susanne aus wohlhabenden Verhältnissen stammte, bei ihren Eltern in einer Villa in Bogenhausen lebte und einen Onkel hatte, der ein Gut im Chiemgau besaß, sprach auch für sie.

Zu Beginn des vergangenen Wintersemesters hatten Susanne und Johannes sich kennengelernt, und nach anfänglichem Geplänkel verliebten sie sich schnell ernsthaft ineinander. Susanne gefiel der große, ernste Mann, der reifer schien als seine Jahre, und ihm war es noch nie widerfahren, dass ein Mädchen ihm so viel bedeutete. Ein Tag ohne Susanne kam ihm vor wie ein verlorener Tag. Anfangs wehrte er sich gegen dieses Gefühl, es veränderte sein Leben, besser gesagt, es veränderte ihn selbst, denn da war etwas entstanden, was er in dieser Stärke nicht kannte – Leidenschaft, Liebe. Worte, die er nie ausgesprochen hatte, auch jetzt nicht aussprach.

Susanne, geschickt im Umgang mit Menschen, lud Frau Lutz in der Vorweihnachtszeit in das Haus ihrer Eltern ein.

»Kommen Sie doch zu einem Adventstee, Frau Lutz. Sie müssen meine Eltern kennenlernen und müssen ja auch mal sehen, wo ich wohne.«

Das gewann ihr endgültig das Herz von Frau Lutz. Johannes war längst bei Susannes Eltern eingeführt, er wurde zum Abendessen eingeladen, sonntags auch mal zum Mittagessen, er durfte Susanne abholen und heimbringen, wann er wollte, und wenn Susanne über Nacht nicht da war, wurde es großzügig übersehen. Allzu viel freie Zeit hatte Johannes ohnedies nicht.

»Wo ist denn Helga jetzt?«

»Wo soll sie sein? Bei Frau Lutz natürlich. Die hat ihr Rühreier gemacht und Kaffee gekocht. Und sie richtet ihr in dem kleinen Hinterzimmer ein Bett für die Nacht.«

»Du meinst, sie übernachtet bei mir?«

»Wo denn sonst, Geliebter. Im Bayerischen Hof? Sie kann auch zu uns kommen, aber vielleicht ist es ihr lieber, bei Frau Lutz zu schlafen.«

»Kann ja auch sein, sie ist mit ihrem Freund hier. Sie hat doch einen. Wie hieß er doch gleich?«

»Andreas. Das hast du mir jedenfalls mal erzählt.«

»Andreas, ja richtig.«

»Falls es der noch ist.«

»Erlaube mal. Du kennst meine Schwester nicht.«

»Doch. Jetzt kenne ich sie. Gefällt mir gut. Ein ganz ernstes Mädchen. Sehr, sehr ernst. Sie hat nicht einmal gelacht. Ich hab versucht, sie zum Lachen zu bringen, ich hab so – na, du weißt ja.«

»Rumgealbert.«

»So was in der Art. Kam aber nicht an. Dann hab' ich gesagt, ich fahr jetzt und hol deinen Bruder und bring ihn gleich her ...«

»Hoffentlich ist nichts passiert«, sagte Johannes, nun ernstlich besorgt.

Sie hielten an einer roten Ampel, und Susanne wandte ihm das Gesicht zu, ernst nun auch.

»Irgendwas wird schon los sein, wenn sie so plötzlich hier ankommt. Vielleicht hat sie Kummer mit Andreas.«

»Wenn etwas mit meinen Eltern wäre, wüsste ich es schließlich. Wenn meine Mutter krank wäre ...«

»Wie kommst du denn darauf?«

»Na, ich meine nur. Wenn man das so täglich sieht ...«

»Nun zerbrich dir nicht vorher den Kopf, du wirst schon hören, was los ist. Vielleicht ist es gar nichts. Sie fährt in die Ferien, sagen wir nach Österreich oder nach Italien, und vorher besucht sie dich eben mal.«

»Erstens ist das Semester noch nicht zu Ende, und zweitens hätte sie dafür kein Geld. Und wenn sie Ferien macht, fährt sie nach Hause.«

»Also gut, warten wir es ab. Ich setz dich ab und fahr dann heim und …«

»Du kommst nicht mit?«

»Nein. Wenn deine Schwester etwas mit dir zu besprechen hat, ist sie sicher lieber mit dir allein. Du kannst mich ja später anrufen, und wenn ihr mögt, gehen wir zu unserem Italiener. So gegen neun, reicht ja bei dieser Hitze.«

Es war wirklich etwas passiert, und es war die naheliegendste Sache der Welt. »Ich bekomme ein Kind«, erklärte Helga ihrem Bruder ohne Umschweife.

Der zukünftige Herr Doktor war dennoch verblüfft.

»Du bekommst ein Kind?«

»Ja.«

»Ja, um Gottes willen, wie hast du das denn gemacht?«

»Rate mal!«

»Ich habe dir doch geraten, du sollst zu einem Gynäkologen gehen, und du sollst die Pille nehmen.«

»Das habe ich ja getan. Aber als es aus war mit Andreas, habe ich die Pille nicht mehr genommen.«

»Nicht Andreas. Ein anderer Mann also. Das geht ja flott hintereinander weg bei dir.«

»Doch, natürlich ist es Andreas.«

»Du hast gerade gesagt, es sei aus mit ihm.«

»Das war es auch. Als er nach Berlin ging. Oder eigentlich erst später, als ich nach Berlin kam.«

»Du warst in Berlin? Könntest du mir das mal der Reihe nach erzählen.«

»Willst du noch eine Tasse Kaffee?«, fragte Helga freundlich.

»Bitte.«

Sie saßen sich in der gemütlichen Sitzecke gegenüber, Frau Lutz hatte noch mal Kaffee gekocht und sich diskret nach einigen Worten zurückgezogen.

»Solltest du nicht auch etwas essen?«

»Susanne meint, wir könnten nachher zusammen essen gehen. Zum Italiener. Falls du Lust hast. Aber so wie die Dinge liegen, wirst du wohl keine Lust haben.«

»Warum sollte ich nichts essen, nur weil ich schwanger bin? Ich habe fünf Stunden im Zug gesessen, und der Zug war voll, und es war sehr heiß. Ich gehe gern mit euch essen. Ist Susanne deine Freundin?«

»Ja.«

»Sie ist sehr nett.«

»Ja, das auch.«

»Frau Lutz hat mir vorhin Rühreier gemacht. Aber ich kann schon noch etwas essen. Ich würde nur gern duschen oder baden. Ob das geht?«

»Klar geht das. Aber nun zur Sache. Helga, du bist doch nicht etwa zu mir gekommen, weil du denkst, ich könne da etwas unternehmen?«

Sie blickte ihm gerade in die Augen und sagte unumwunden: »Du meinst, weil du Mediziner bist, würde ich dich um eine Abtreibung bitten? Oder darum, dass du mir zu einer verhilfst?«

»Daran dachte ich allerdings.«

»Ich finde es seltsam, dass du an so etwas denkst. Du bist mein Bruder, und ich würde doch nichts tun, was dir schaden könnte.«

»Frauen in diesem Zustand gehen manchmal über Leichen.«

»Das weiß ich auch, und das war so, seit die Welt besteht.«

»Wissen es die Eltern schon?«

»Nein. Du bist der erste, dem ich es sage. Übrigens, wenn ich abtreiben will, könnte Ev mir helfen.«

»Also hast du es ihr gesagt?«

»Nein. Wir haben nur mal darüber gesprochen, früher mal, und da sagte sie, wenn ich mal in die Bredouille käme – so drückte sie es aus –, sie hätte eine Adresse.«

»Wenn ich dich richtig verstehe, willst du keinen Gebrauch davon machen.«

»Ich treibe nicht ab. Ich dachte nur, wenn ich es dir sage ...« sie stockte, senkte den Kopf »... wenn ich es dir zuerst sage, also ich dachte, du könntest es vielleicht Vater beibringen.« Ihre Stimme klang kindlich, bittend.

»Dazu bist du zu feige«, stellte Johannes fest.

»Ja«, gab sie zu. »Und was wird Mutti sagen – sie hat bestimmt nicht gedacht, dass ich überhaupt so etwas tue. Und die beiden Kleinen, vor denen schäme ich mich am meisten.«

Mit den beiden Kleinen meinte sie ihre jüngeren Schwestern, sechzehn und dreizehn Jahre alt.

»Das leuchtet mir ein. Das kann dir auch peinlich sein. Du gibst ein schlechtes Beispiel.« Jetzt klang seine Stimme wie die Stimme ihres Vaters, und Helga sah ihren Bruder wieder an, erstaunt und fast ein wenig amüsiert. Aber sie war froh, dass sie es endlich jemandem gesagt hatte.

Johannes betrachtete sie jetzt genauer, er hatte sie seit zwei Jahren nicht gesehen, und er fand, sie hatte sich verändert. Ihr Gesicht war sehr schmal geworden, und da sie die Haare am Hinterkopf zu einem Pferdeschwanz zusammengebunden hatte, waren die Augen und die Stirn beherrschend, die Schläfen durchsichtig. Trotz des schönen Sommers war sie blass.

»Wie weit ist es denn?«

»Sechs Wochen. Ich habe einen Test machen lassen. Bei dem Arzt, zu dem mich Ev damals geschickt hat.«

Er trank einen Schluck Kaffee, dann zündete er sich eine Zigarette an.

»Gib mir auch eine.«

»Seit wann rauchst du denn?«

»Ach, nur manchmal. Wenn ich nervös bin.«

»Sechs Wochen«, sagte er. »Na ja, da kann noch manches dazwischenkommen. Willst du mir jetzt bitte von Berlin und von diesem Andreas erzählen.«

»Andreas ging im November nach Berlin, und er wollte, dass ich mitkäme. Aber ich wollte nicht. Wie sollte ich das Vater erklären? Und in Frankfurt war es ja finanziell für mich sehr günstig, weil ich bei Ev wohnen konnte. Wenn auch die Universität in einem üblen Zustand ist. Aber das ist ja in Berlin noch schlimmer.«

»Und warum will Andreas partout in Berlin studieren?«

»Er studiert gar nicht mehr. Er ist Schauspieler geworden, oder er will es werden. Er arbeitet da mit so einer Truppe, die ganz irres Theater macht. Ich jedenfalls finde es irre. Und irgendwie – ja, wie soll ich es nennen, ja, abstoßend finde ich es. Unanständig. Und er meinte, in Berlin würde ich auch nicht mehr Geld brauchen, wir würden sowieso wieder in einer Kommune leben.«

»Wieder?«, fragte Johannes stirnrunzelnd. »Du hast in einer Kommune gelebt?«

»Eine Weile, ja. Nicht lange. Mir hat es nicht gefallen, und ich wollte es nicht wieder. Aber ich habe ihn dann in Berlin besucht, im Dezember, ehe ich Weihnachten nach Hause fuhr. Du bist ja in diesem Jahr nicht gekommen.« Das klang vorwurfsvoll.

»Ich habe viel Arbeit. Die Reise nach Holstein wegen ein paar Tagen war nicht möglich. War mir auch zu teuer. Ich habe es Vater geschrieben.«

»Ja, ich habe es gelesen.«

»Und wie bist du nach Berlin gekommen?«

»Ich bin geflogen.«

»Und wie hast du das finanziert?«

»Ich hab Ev angepumpt. Es war mein erster Flug. Ich fand es toll.«

»So. Und?«

»Andreas wohnte wieder mit so komischen Typen zusammen, ich fand es grässlich und wollte da nicht bleiben. Die waren noch schlimmer als die in Frankfurt. Er sagte, ich sei eine blöde Ziege und eine doofe alte Tante. Da haben wir uns gestritten, richtig böse gestritten. Das war früher – ich meine, das hatten wir noch nie getan. Ich bin weggegangen, und er ist mir nicht einmal nachgekommen, obwohl er wusste, dass ich kein Geld für ein Hotel hatte.«

»Und was hast du getan?«

»Ich bin zurückgeflogen nach Frankfurt.« Traurig fügte sie hinzu: »Von Berlin habe ich gar nichts gesehen.«

»Sehr fein hat er sich nicht benommen, dein Andreas.«

»Das fand ich auch.«

»Und dann?«

»Dann bin ich nach Hause gefahren. Es war ja Weihnachten.«

»Ein bisschen bekloppt bist du ja wohl. Du konntest doch gleich nach Hamburg fliegen.«

»Ich hatte doch den Rückflug nach Frankfurt. Und das Geld für die Fahrkarte nach Eutin hatte mir Vater ja geschickt.«

»Und dann?«

»Ich habe Andreas geschrieben, dass Schluss ist. Für immer. Und dass ich ihn nie Wiedersehen will. Ich war sehr unglücklich. Mutti hat es gemerkt, und sie hat mich gefragt, was mit mir los ist. Da habe ich ihr ein bisschen was erzählt. Nicht alles. Auch nicht, dass ich in Berlin war.« Sie legte die Hände an die schmalen Wangen und blickte ihren Bruder mit traurigen Augen an. »Ich habe Mutti noch nie belogen. Ist es immer so, dass man anfängt zu lügen, wenn man jemand liebt?«

Unwillkürlich musste Johannes lächeln. Er stand auf und legte ihr die Hand auf die Schulter.

»Ich denke, dass es oft so ist. Gerade wenn es Eltern betrifft. Immerhin hast du Mutti gesagt, dass es einen jungen Mann gibt, den du liebst. Und dass es vorbei ist.«

»Ja. Sie hat nicht viele Fragen gestellt. Sie hat nicht einmal gefragt, ob ich – naja, wie weit es gegangen ist.«

»Ich nehme an, sie hat dir angemerkt, dass du, wie man so sagt, nicht mehr unberührt bist.« Johannes nahm die Hand von Helgas Schulter und schüttelte über sich selbst den Kopf. »Blöder Ausdruck! Und das aus meinem Mund.«

»Vielleicht weil ich deine Schwester bin«, sagte Helga verständnisvoll. »Da redest du eben so.«

Er lachte. »Da kannst du recht haben. Und Vater? Hat sie es ihm erzählt?«

»Ich weiß nicht. Er hat nichts dazu gesagt. Nur in seiner Silvesterpredigt, da kamen so ein paar Sätze vor. Ich glaube, die waren für mich bestimmt.«

»Und wie lauteten diese Sätze?«

»Ungefähr so: Man soll sich nicht einbilden, weil ein neues Jahr beginne, dass das Leben und ein Mensch sich änderten. Die Zäsur der Silvesternacht bedeute keinen Wandel, es sei nur ein Datum. Man könne es aber ganz für sich selbst dazu benützen, wenn man es fertigbringt, manchen Schatten dem vergangenen Jahr zurückzulassen und dem aufsteigenden Licht des neuen Jahres zu vertrauen. Also so ähnlich war es. Das hat er für mich gesagt.«

»Na ja, mehr oder weniger trifft das auf jeden Menschen zu. Aber nun mal zur Sache: Du hast Schluss gemacht mit Andreas, aber das war offensichtlich doch nicht endgültig.«

»Anfang Juni kam er nach Frankfurt. Er hatte vorher seine Mutter besucht, die ist krank. Herzkrank, schon lange. Ich kam gerade aus einer Vorlesung, und da stand er plötzlich vor mir. Wir haben uns nur angesehen. Keiner hat ein Wort gesprochen. Aber es war für mich so, als ob … ja, als ob mein Leben neu beginnt.«

»Womit du ganz richtig liegst«, sagte Johannes trocken. »Ein neues Leben hat begonnen.«

»Er nahm mich an der Hand, und wir gingen fort, und er sagte, dass er nur mich liebt und immer lieben wird und … du weißt ja, was man alles so sagt.«

»Das kommt darauf an. Ich bin zum Beispiel nicht der Typ, der so was sagt. Aber dieser Andreas hat es offenbar gern romantisch, und Schauspieler ist er auch, dann passt das ganz gut. Und dann seid ihr also ab und ins Bett.«

Helga warf ihm einen vorwurfsvollen Blick zu.

»Nein, wir haben geredet. Und am nächsten Tag auch noch. Wir sind in der Stadt herumgelaufen und wir haben in einem Lokal gesessen, wir waren schon ganz krank vom vielen Reden.«

»Wo hat er denn gewohnt?«

»In einem Hotel.«

»Er kann sich das demnach leisten.«

»Ja. Aber ich bin nicht mit in das Hotel gegangen.«

»Sondern?«

»Er hat mich heimgebracht am zweiten Abend, und dann, da ist er halt mitgekommen.«

»Und Cousine Ev findet so was ganz in Ordnung?«

»Die war gar nicht da. Es war kurz vor Pfingsten, und sie hat einen neuen Freund, mit dem war sie ins Tessin gefahren.«

»Ins Tessin. Vornehm, vornehm. Und du allein in der Wohnung, große Liebe, große Versöhnung, du ohne Pille, und nun haben wir die Bescherung.«

»Ja, nun haben wir die Bescherung.« Sie lachte plötzlich. »Wie Vater ganz richtig gesagt hat: das aufsteigende Licht des neuen Jahres. Das wird mich auch noch im nächsten Jahr beschäftigen.«

Johannes, immer noch stehend, steckte die Hände in die Hosentaschen und schaute seine Schwester verblüfft an. »Du nimmst es leicht. Wie stellst du dir vor, dass es weitergeht? Weder Vater noch Mutti werden begeistert sein.« Helga stand ebenfalls auf, reckte sich und sah ihren Bruder mit klaren Augen an.

»Ich werde kein uneheliches Kind zur Welt bringen. Andreas wird mich heiraten.«

»Hat er das gesagt?«

»Wenn er weiß, dass ich ein Kind bekomme, wird er mich heiraten. Mir ist das eben klar geworden, als ich mit dir geredet habe.«

»Na, ist ja prima. Da kann ich mich ja seelisch darauf vorbereiten, dass ich Onkel werde. Nur eine kleine Frage, ganz nebenbei: Wovon wollt ihr leben, du, Andreas und das Kind? Soviel ich verstanden habe, ist er eventuell mal später Schauspieler oder so was Ähnliches.«

»Das ist kein Problem. Er stammt aus guten Verhältnissen, sein Vater hat ein großes Hotel, Establishment nennt es Andreas, und er hasst es. Aber er ist der einzige Sohn.«

»Das trifft sich gut. Es gibt da sogar gewisse Parallelen, Susanne gehört auch zum Establishment, und sie hat absolut nichts dagegen. Sie ist auch das einzige Kind.«

»Liebst du sie?«

Johannes verzog das Gesicht. »Reden wir mal eine Weile nicht mehr von Liebe. Ich mag sie. Und langsam habe ich jetzt Hunger. Wenn es dir recht ist, rufe ich Susanne an, und wir gehen zusammen essen.«

»Wirst du ihr alles erzählen?«

»Muss nicht sein. Wenn du es nicht willst ...«

»Ach, du wirst es ihr sowieso erzählen. Sie wird wissen wollen, warum ich gekommen bin, nicht? Was macht sie eigentlich?«

»Sie studiert Medizin.«

»Oh!« machte Helga voll Respekt. Und naiv fügte sie hinzu: »Sie sieht gar nicht so aus.«

»Wieso? Wie muss man denn aussehen, wenn man Medizin studiert?«

»So wie du. Aber sie ist so hübsch. Und so lustig ist sie.«

»Na ja, ich bin weder hübsch noch lustig, das stimmt schon.«

»Du siehst überhaupt großartig aus«, rief Helga stürmisch.

»Danke, danke. Und nun würde ich vorschlagen, du gehst mal eben schnell unter die Dusche, und ich rufe Susanne an.«

Helga blickte an sich hinunter. »Diese Hose und diese Bluse möchte ich gern loswerden. Ich habe ein Kleid mit, ein Sommerkleid. Meinst du, ich kann das anziehen?«

»Klar. Warm genug ist es. Dann komm mal mit, du werdende Mutter, ich werde dich Frau Lutz anvertrauen.« Doch kopfschüttelnd blieb er noch einmal stehen und blickte auf seine Schwester hinab. Sie war zwar größer als Susanne, aber lange nicht so groß wie er. »Frauen sind seltsame Wesen. Du siehst eigentlich jetzt ganz vergnügt aus.«

»Beruhigt«, verbesserte Helga. »Dass ich mit dir gesprochen habe, macht alles viel leichter. Es ist nicht so, dass ich mich darum reiße, jetzt schon ein Kind zu kriegen. Mitten im Studium. Und mir ist schon bange, wenn ich an Vaters Gesicht denke. Und was Mutti sagen wird. Und ich ärgere mich pausenlos über mich, dass ich so unbeherrscht war und meinen Verstand nicht gebraucht habe.«

»Ja, ja, das alte Lied. Liebe und Verstand gehen selten Hand in Hand. So, und nun wasch dich endlich, sonst verhungere ich.«

August 1969

Fast ein Jahr war vergangen, seit Cornelius seinen Sohn das letzte Mal gesehen hatte. Er war Weihnachten zu Elfriedes Kummer nicht gekommen, hatte ihr nur geschrieben, dass sie zurzeit ein schwieriges Stück probierten, außerdem müsste er demnächst Probeaufnahmen für einen Film machen.

Elfriede hatte Cornelius davon berichtet, freudig erregt: »Da muss man schon verstehen, wenn er nicht herkommen kann. Muss man doch, nicht, Cornelius?«

»Gewiss«, erwiderte Cornelius, und ein wenig bissig fügte er hinzu: »Es ist ja wohl heutzutage so der Brauch, dass Eltern alles verstehen und alles verzeihen. Schade, dass mein Vater das nicht mehr miterlebt. Es hätte mich interessiert, was er dazu gesagt hätte.«

»Das kann ich dir ziemlich genau sagen«, meinte Pauline. »Du brauchst mich nur zu fragen.«

»Brauch ich eben nicht, denn deine Meinung kenne ich.«

Pauline nickte. »Siehste! Und dein Vater hätte genauso gedacht.«

Elfriede lächelte mit einer gewissen Überheblichkeit. »Ihr versteht eben die Jugend nicht.«

Selbstverständlich war Pauline mit den Plänen, die Andreas für seine Zukunft hatte, nicht einverstanden, und Pläne konnte man das auch kaum mehr nennen, er hatte sich offenbar voll in das neue Leben gestürzt, in den Briefen an Elfriede, in den Telefongesprächen erzählte er von Kollegen, Freunden, Proben, der Truppe und auch von Stücken, die sie lasen und probierten. Leider war keines der Stücke darunter, die Elfriede kannte und liebte, und er schien keine der Rollen zu spielen, in denen sie ihn gern sehen wollte. Aber er musste schließlich erst anfangen und konnte sich Stücke und Rollen nicht aussuchen, so verteidigte sie ihn vor sich und Pauline, die das nicht im Geringsten interessierte. Ins Theater war sie ihr Lebtag nicht gegangen, ins Kino höchst selten, und Andreas würde ihr erst imponieren, wenn sie ihn auf dem Bildschirm sah. Vielleicht. Auch wenn sie ganz gern vor dem Bildschirm saß, geschah es doch hauptsächlich, weil sie sonst nichts Vernünftiges zu tun hatte. Hoteldirektor zu sein war für Pauline eine weitaus erstrebenswertere Position als Schauspieler, berühmt oder nicht berühmt. Außerdem hatte sie bereits während ihrer kurzen Laufbahn als Fernseherin gelernt, wie flüchtig dieser Ruhm sein konnte, wie schnell die Gesichter wechselten. Und schließlich und endlich kam sie aus der Gastronomie, auch wenn es nur der Kretscham in einem schlesischen Dorf war.

Weihnachten brachte Cornelius reichlich Arbeit. Zwar war das Hotel nur mäßig besetzt, aber immer mehr Leute fanden Gefallen daran, an den Feiertagen im Restaurant zu speisen, und selbst am Heiligen Abend fanden sich Gäste zu einem festlichen Essen unter dem großen Christbaum ein. Da man einem Teil des Personals freigegeben hatte, bedeutete es für die anderen doppelte Arbeit. In den Tagen danach begannen die Vorbereitungen zum großen Silvesterball, der sich in der Stadt großer Beliebtheit erfreute. Auch Simon Peters verbrachte den Heiligen Abend am gewohnten Tisch im Restaurant, und da musste es wohl gewesen sein, dass er seine neueste Idee gebar. Es dauerte allerdings noch zwei Monate, bis er Cornelius damit überraschte.

Die Renovierung und der Umbau des Schlosstheaters waren inzwischen beschlossene Sache, die Finanzierung lag zum Teil bei der Stadt, um Mäzene und Bankkredite kümmerte sich Peters.

Doch nun war er schon beim nächsten Projekt.

»Ich habe mir überlegt«, erklärte er Cornelius in aller Gelassenheit, das war Ende Februar, »dass wir ein zweites Hotel bauen werden.«

Mit diesem Satz gelang es ihm, selbst Cornelius aus der Fassung zu bringen.

»Ein zweites Hotel? Wozu und warum?«

»Frag lieber erst einmal, wo. Wir haben hier ein Stadthotel, gleich um die Ecke beim Bahnhof, mitten im Betrieb und Lärm der Stadt. Und dass Betrieb und Lärm ständig zunehmen, wirst du zugeben. Es gibt aber Leute, die es ganz gern ruhig haben, wenn sie schlafen und frühstücken. Ruhig sogar ganz gern bei Sitzungen und Tagungen. Vielleicht wollen sie in den Pausen mal ins Grüne gucken oder ein Stück spazieren gehen. Oder auf einer luftigen Terrasse beim Essen sitzen. Oder morgens und abends eine Runde schwimmen. Oder mal einen Satz Tennis spielen.«

»Um Gottes willen«, rief Cornelius, »was hast du vor?«

»Draußen vor der Stadt, ein Stück vom Schloss entfernt, am Rande des Waldes«, begann Peters poetisch, »steht ein altes Forsthaus. Du kennst es?«

»Ich kenne es.«

»Es ist kein Forsthaus mehr, da gibt es mittlerweile ein neues, es ist ein Ausflugslokal. Eins von der minderen Sorte, wie ich finde. Das Forsthaus lassen wir stehen, machen es nur ein wenig hübscher, ein ländliches Lokal mit guter Küche kommt hinein, und auf dem anschließenden Gelände bauen wir ein Hotel. Kein moderner Hochbau, sondern locker aneinandergefügte Häuser, keines höher als zwei Stockwerke, Zimmer exquisit eingerichtet, luxuriöse Suiten, Schwimmbad, Sauna, Tennisplätze in gebührender Entfernung, damit niemand vom Schlagen der Bälle gestört wird. Ausreichend viele Tagungsräume verschiedener Größe, ein Hotelrestaurant, dessen Küche berühmt sein muss, eine kuschelige Bar ...«

»Hör auf«, unterbrach ihn Cornelius, »du bist verrückt.«

»Der Weg zum Wald ist nicht weit, der Weg in das dahinterliegende Bergland auch nicht, du darfst nicht vergessen, wir haben eine sehr hübsche Umgebung, der Schlosspark ist in der Nähe, dann auch das Theater mit den Sommerfestspielen. Ich frage mich, wen es nicht reizen soll, dort zu wohnen, zu tagen, vielleicht auch ein Wochenende zu verbringen oder überhaupt mal ein paar Tage zum Entspannen und Ausruhen. Nur so zum Spaß.«

»Kannst du mir sagen, warum du dir das auf den Hals nehmen willst?«

»Ich habe mir auch schon überlegt«, fuhr Peters unbeirrt fort, »wie wir das Hotel nennen. Nach dem Herzog, dem alten natürlich. Und das Theater nach seinem Sohn. Nach dem, den sie abgeschossen haben. Oder umgedreht. Vorausgesetzt, wir bekommen aus England die Genehmigung dazu. Vielleicht bringen wir sie dazu, zur Eröffnung hier zu erscheinen. Wenn nicht William, dann einen von seinen Söhnen. Soviel ich weiß, hat er drei. Muss sie doch interessieren, den alten Stammsitz mal zu sehen. Einiges hat sich doch verändert in den letzten Jahren, man sieht uns Deutsche nicht mehr unbedingt als Aussätzige an.«

»Du bist verrückt«, wiederholte Cornelius.

»Keineswegs. Überleg dir das mal in Ruhe, und dann erklär mir, wieso das keine gute Idee ist. Und warum ich mir das auf den Hals nehme? Beziehungsweise auf unsere beiden Hälse? Kann ich dir genau sagen: Weil ich nicht mehr weiterleben möchte, wenn ich nicht etwas schaffen kann. Immer wieder etwas Neues. Das bedeutet für mich Leben. Ich weiß auch, was du noch sagen willst. Ich habe keine Kinder, dein Sohn hat sein Desinteresse an diesem Hotel erklärt und wird sich möglicherweise auch für das neue nicht interessieren. Vielleicht. Weiß man noch nicht. Werden wir leben, werden wir sehen, pflegte mein Schwiegervater zu sagen. Nun, er hat nicht lang genug gelebt, um zu sehen. Aber ich lebe noch, möglicherweise noch ein paar Jährchen. Ich war neulich beim Arzt und hab mich mal gründlich untersuchen lassen. Befund 1a. Unberufen. Also?«

Cornelius musste lachen. »Du bist unverbesserlich.«

»Ich bin, wie ich bin«, sagte Peters zufrieden. »Nur die Arbeit, nur das Werk, das er schafft, hat Bedeutung in eines Mannes Leben.«

»Nur?«, fragte Cornelius leise.

»Früher hätte ich gesagt, die Liebe auch. Aber die gibt es nun für mich nicht mehr. Weißt du, was schade ist, Cornelius?«

»Was?«

»Dass du nicht mehr Kinder hast. Du hättest mit Magda ein Kind haben müssen. Besser noch zwei.«

»Sie wollte nicht.«

Magda war begeistert von dem Plan. »Zum Reitstall ist es auch nicht weit, das können wir glatt mit reinschreiben in den Prospekt. Und das Schwimmbad bitte nicht zu klein, nicht so einen Suppenteller wie in den meisten Hotels. Und an der Innenausstattung möchte ich beteiligt sein, Bilder, Möbel und so.« Magda sprach aus, was die Männer nicht wagten, auszusprechen. »Mein Gott, wenn das Miriam erlebt hätte!«

Kurzes Schweigen, dann fuhr sie unbeirrt fort: »Und wisst ihr was? Lasst doch den blöden Herzog. Oder meinetwegen nennt das Theater nach ihm, es ist ja im Schloss. Aber das Hotel nennen wir Hotel Miriam. Das klingt schon direkt nach Ferien.«

Diese Pläne waren der Grund, dass Cornelius nicht da war, als Andreas um Pfingsten herum seine Mutter besuchte. Magda, Peters und Cornelius befanden sich auf einer Reise in die Provence, denn dort, so hatte Peters erklärt, kenne er ein zauberhaftes Hotel, das ihm so ein bisschen als Modell vorschwebe.

Möglicherweise hatte Andreas absichtlich einen Zeitpunkt für seinen Besuch gewählt, an dem sein Vater nicht zugegen war. Zweifellos war er von der Reise unterrichtet, denn er war ständig in Verbindung mit Elfriede, von ihr bekam er das Geld für seinen Lebensunterhalt, wie Cornelius sehr genau wusste. Er ließ es geschehen, weil er Elfriede in dieser Beziehung keine Vorschriften machen wollte, irgendeine Freude, eine Befriedigung musste es schließlich in ihrem Leben geben.

Nach seiner Rückkehr erfuhr Cornelius, dass Andreas und seine Truppe an einem großartigen neuen Stück arbeiteten.

»Es heißt: Töte! Lerne töten!« berichtete Elfriede.

»Klingt nicht sehr erfreulich«, fand Cornelius.

»Es heißt nur so. Der Titel soll provozieren. Es ist ein ganz pazifistisches Stück.«

Aber nun, Ende August, rief Andreas seinen Vater an und fragte, ob er ihn sprechen könne.

»Falls es deine Zeit erlaubt«, fügte er höflich hinzu.

»Wo bist du?«, fragte Cornelius zurück.

»Am Bahnhof. Ich bin gerade angekommen.«

»Mit dem Zug?«

»Ja. Der Wagen ist in Berlin.«

Dass der Wagen mittlerweile für eine längere Fahrt nicht mehr zu gebrauchen war, verschwieg er, und Geld für ein neues Auto überstieg die Möglichkeiten seiner Mutter.

»In einer halben Stunde«, sagte Cornelius. »Ich habe noch eine Besprechung. Setz dich so lange in die Lounge.« Andreas betrat jedoch das Hotel nicht vor Ablauf dieser halben Stunde, er ging durch die naheliegenden Straßen, machte wieder vor Magdas Galerie kurz kehrt, überlegte, ob er seinen Freund Jonny besuchen sollte, ließ es bleiben. Er war ein wenig nervös. Das letzte Gespräch mit seinem Vater war noch sehr lebendig in ihm, er war ihm seitdem aus dem Weg gegangen, hätte es am liebsten weiterhin getan. Aber Helga hatte darauf bestanden. »Ich will, dass du mit deinem Vater sprichst.«

Er versuchte, sich mit Trotz zu wappnen, was ihm aber nur schwer gelang. Nach einer kühlen Begrüßung, einem kurzen Schweigen kam Andreas gleich zur Sache und erklärte seinem Vater, dass er heiraten wolle.

»Heiraten?«, fragte Cornelius gedehnt. »Wen denn?«

»Du kennst sie, Helga.«

»Ach ja, die Blonde, die du das letzte Mal dabei hattest, als du hier in diesem Zimmer warst. Als du mir mitgeteilt hast, dass meine verdammten Kneipen dich nicht interessieren. Ich nehme an, daran hat sich nichts geändert. Mich interessieren sie nach wie vor. Es kommt sogar noch eine dazu.« Cornelius wartete ab, ob eine Frage käme, es kam keine. Da Elfriede von seinen neuen Plänen nicht unterrichtet war, konnte auch Andreas nichts davon wissen.

»Helga also. Die Pastorentochter aus Holstein, die nicht gern in einer Kommune leben wollte. Offenbar hat sie sich inzwischen daran gewöhnt.«

»Du hast ein gutes Gedächtnis, Paps. Nein, sie lebt nicht mit mir in einer Kommune.«

Paps hatte das Kind Andreas ihn genannt, und es berührte Cornelius ganz eigenartig, diese Anrede aus dem Mund seines erwachsenen Sohnes zu hören. Sie blickten sich an, sie waren sich auf einmal wieder sehr nahe, eine Pause entstand, dann senkte Andreas den Blick, er war sichtlich verlegen.

»Das war wirklich nichts für sie, die Kommune. Sie hat das nur ein paar Wochen ausgehalten, dann wollte sie nicht mehr. Sie ist auch nicht mit mir nach Berlin gegangen. Sie hat nämlich ihren Kopf für sich, weißt du.« Das klang geradezu stolz.

»Das spricht für sie.«

»Na ja, schon. Sie studiert fleißig. Und sie hält nichts davon, dass ich Schauspieler geworden bin.«

»Und trotzdem will sie dich heiraten.«

»Sie muss. Sie kriegt ein Kind.«

»Von dir?«

»Natürlich. Helga ist nicht so eine.«

»Wenn du dessen so sicher bist …«

»Bin ich. Wenn du sie erst besser kennst, wirst du sehen, wie sie ist.«

»Demnach ist sie doch in Berlin.«

»Sie war mal kurz da, vor Weihnachten. Meine Freunde gefielen ihr nicht. Sie machte einfach Schluss mit mir.«

Cornelius staunte, wie freimütig Andreas berichtete. Dieses Mädchen schien großen Einfluss auf ihn zu haben. Er versuchte, sich an sie zu erinnern; ein Blick aus kühlen grauen Augen, eine bestimmte Art, sich zu äußern.

»Und dann ging es dennoch weiter?«

»Lange nicht. Anfang Juni war ich in Frankfurt. Und da ist es dann passiert.«

»Da mochte sie dich wieder.«

»Sie mochte immer nur mich. Sie hatte zwar Schluss gemacht, aber als ich kam …« er stockte, seine Stimme wurde weich »… da war es wie immer. Es ist komisch, Paps, aber wir lieben uns. So was gibt es.«

Cornelius lächelte. Liebe! Es ist komisch, sagte der Junge, so was gibt es. Vielleicht hatte Simon recht, und Andreas würde zu sich selber finden.

»Weiß es deine Mutter schon?«

»Nein. Ich dachte, ich spreche erst mal mit dir. Dass Mami nicht begeistert sein wird, kann ich mir denken. Und da ist noch etwas …«

Andreas fuhr sich mit der Hand durch seinen dunklen Schopf, seine Stirn rötete sich. »Also es ist mir richtig peinlich. Wie ich schon sagte, Helga hat ihren Kopf für sich. Wenn sie was will, kann man sie nicht davon abbringen.«

»Und was will sie?«

»Sie will dort bei sich zu Hause heiraten. Ihr Vater soll uns trauen, richtig mit Kirche und so.«

Cornelius musste lachen. »Und das fällt dir schwer?«

»Klar. So'n Zirkus. Und es muss bald sein, damit man noch nichts sieht. Ihre Eltern wissen es natürlich. Aber die Leute in so einer Kleinstadt, sie sagt, da muss sie drauf Rücksicht nehmen.«

»Womit sie sicher recht hat.«

»Und das ist noch nicht alles.«

»Was noch?«

»Sie möchte, dass du dabei bist. Und Mami.«

»Ich finde das ganz normal.«

»Du würdest kommen?«

»Ja. Für deine Mutter wird es wohl zu anstrengend sein.«

»Ja, klar. Hauptsache, du bist da.«

Jetzt klang seine Stimme sehr erleichtert, er lächelte, er glich auf einmal wieder dem Bild, das Miriam gemalt hatte und das noch immer in der Galerie hing. Verkäuflich war es nicht.

Warum habe ich ihn nur so ernst genommen, dachte Cornelius. Er ist ja noch so jung. Als ich so jung war wie er, war Jungsein anders. Da war Krieg.

Es kam alles sehr plötzlich, Heirat, ein Kind, das blonde Mädchen aus Holstein – vielleicht war sie ganz gut für Andreas, sie schien ein Mädchen mit Grundsätzen zu sein. Und er stand zu ihr, mit allen Konsequenzen. Das gefiel Cornelius.

Er war versucht, zu fragen: Und wovon wollt ihr leben? Wie steht es denn mit deiner Schauspielerei?

Aber er ließ es bleiben. Die Zeit würde kommen, darüber zu reden. Im Augenblick war er geradezu glücklich. Glücklich über das gute Einvernehmen mit seinem Sohn, das wollte er nicht zerstören. Cornelius stand auf.

»Ich denke, wir fahren gleich zu Elfriede, und du erzählst ihr die Neuigkeit.«

»Du kommst mit? Das ist prima.«

»Es sind drei Frauen dort im Haus. Es wird ganz gut sein, wenn du mich als Unterstützung zur Seite hast. Vielleicht erzählst du deiner Mutter, dass du den Romeo nicht nur im Leben, sondern auch demnächst auf der Bühne spielst.« Jetzt kam Andreas mit dem Trumpf heraus, den er sich bis zuletzt aufgehoben hatte.

»Also dazu besteht wenig Aussicht. Aber ich habe meine erste Fernsehrolle bekommen. Es ist nur eine kleine Rolle, aber es ist ein Anfang.«

»Immerhin, es ist ein Anfang. Und wo ist eigentlich deine zukünftige Frau?«

»Helga ist bei ihren Eltern. Sie wird happy sein, wenn sie hört, dass du kommst. Und einen Deal haben wir auch gemacht.«

»Und wie lautet der?«

»Wenn ich die Hochzeit mitmache, wie sie das will, dann kommt sie anschließend mit mir nach Berlin. Studieren kann sie dort auch. Und wie man ein Kind zur Welt bringt, werden sie in Berlin auch wissen. Weißt du, Paps, dass ich mir geradezu idiotisch vorkomme?«

»Hm«, machte Cornelius, ohne nachzufragen.

»Nämlich weil ich Vater werde. Das kann ich mir überhaupt nicht vorstellen.«

Elfriede ging es genauso. Ihre Reaktion war wie erwartet. »Das kannst du mir nicht antun. Du kannst doch diese Person nicht heiraten.«

»Mami, ich liebe sie.«

»Ach was!«, fuhr Elfriede ihn an. Sie war wütend und verärgert.

»Was verstehst du denn schon von Liebe!«

»Sie bekommt ein Kind.«

»Das lässt sich regeln.«

»Wie denn?«, fragte Andreas, und die Leichtigkeit der letzten Stunde fiel von ihm ab. »Meinst du eine Abtreibung?«

»Ich denke, die Mädchen nehmen heute die Pille. Das ist doch Erpressung, was die mit dir macht. Sie weiß, dass du aus guten Verhältnissen stammst, da lässt sie sich schnell ein Kind machen und will dich zwingen, sie zu heiraten. Ein alter Trick.«

»Helga kommt schließlich nicht aus dem Zigeunerwagen.«

»Nicht? Na, wenn ich denke, wie sie aussah, als du mit ihr hier warst, kann man kaum annehmen, dass sie aus einer anständigen Familie stammt.«

»Elfriede«, sagte Cornelius, »lass uns die Angelegenheit in Ruhe besprechen und ...«

»Die Angelegenheit! Die Angelegenheit!« zischte sie gereizt. »Die Angelegenheit ist dein Sohn. Aber um den hast du dich ja schon lange nicht mehr gekümmert. Wenn es nach dir ginge, wäre er längst verhungert. Wann hast du dich denn überhaupt um ihn gekümmert? Alles andere war ja immer viel wichtiger. Das Hotel. Peters. Seine Frau. Magda. Alles war viel wichtiger als ich. Viel wichtiger als dein Sohn.«

»Aber Mami!«, sagte Andreas erschüttert. »Wie bist du denn auf einmal? Ich kenne dich ja gar nicht mehr?«

»Es war euch immer egal, was aus mir wird. Jetzt werdet ihr mich sowieso bald los sein. Ich bin am Ende.« Sie begann zu weinen, dann griff sie mit der wohlbekannten Bewegung an die Brust. Cornelius öffnete die Tür zum Nebenzimmer, wo Schwester Ilse schon mit der Spritze bereitstand.

»Lassen Sie nur, Herr Müller«, sagte sie ruhig. »Ich mach das schon.«

»Hab ich sie jetzt umgebracht?«, fragte Andreas entsetzt.

»Sie wird auch das überleben«, ließ sich Pauline vernehmen, die sich, ganz gegen ihre Gewohnheit, an dem Gespräch, wenn man es denn so nennen wollte, nicht beteiligt hatte. »Kommt mit zu mir, wir trinken einen Schnaps.«

»Aber …«, begann Andreas, mit einem Blick auf seine Mutter.

»Sie wird sich beruhigen.« Pauline tauschte einen Blick mit der Schwester, die Schwester nickte. Und mit der ihr eigenen Härte fügte Pauline hinzu: »Wir kennen das lange genug.«

Cornelius wusste, dass seine Mutter Elfriedes Herzkrankheit nie ernst genommen hatte. Schon damals, als er aus Frankreich kam, in der Nachkriegszeit, pflegte Pauline mit einer gewissen Verächtlichkeit davon zu reden. »Sie versteckt sich vor dem Leben. Sie drückt sich, das ist es.«

Der Schaden an Elfriedes Herz war damals und auch jetzt von kompetenten Ärzten festgestellt. Dass ein urgesunder Mensch wie Pauline kein Verständnis dafür hatte, war klar, und dass ein labiler Mensch wie Elfriede ihr Leiden benutzte, um der Wirklichkeit aus dem Weg zu gehen, war offensichtlich. Cornelius war im Laufe der Jahre ein so guter Psychologe geworden, dass er sich darüber klar war.

Er machte sich selten die Mühe, seine Gefühle zu analysieren, aber als sie jetzt im Zimmer seiner Mutter saßen, ließ sich der Gedanke an Elfriede und sein Verhältnis zu ihr nicht verdrängen. Sie waren alle drei ziemlich mitleidlos gegangen und hatten sie der Schwester überlassen. Jedenfalls galt das für seine Mutter und für ihn. Cornelius sah es nicht so nüchtern. Elfchen, einst zärtlich geliebt und rückhaltlos bewundert von dem Jungen aus dem Dorf, war ihm sehr fremd geworden. Konnte er denn noch einen Rest dieser Liebe vorweisen?

Alle anderen Menschen waren wichtiger für sein Leben, erkannte er in voller Klarheit, seine Mutter, Simon Peters, auch Miriam, selbst über den Tod hinaus. Und Magda, sie vor allem. Sie hatte entscheidenden Anteil an jeder Entwicklung, die sein Leben in den vergangenen zwanzig Jahren genommen hatte. Und sein Sohn? War er je wichtig gewesen?

Ganz unrecht hatte Elfriede nicht mit ihrem Vorwurf, er habe sich wenig um den Jungen gekümmert. Würde das in Zukunft anders sein? Würde es nach der rabiaten Trennung des vergangenen Jahres eine Annäherung geben?

»Du hörst gar nicht zu«, sagte seine Mutter vorwurfsvoll. »Entschuldige«, sagte Cornelius. »Auch für mich hat dieser Tag eine Überraschung gebracht.« Er nahm einen kleinen Schluck von dem Cognac, den Pauline serviert hatte. Wie immer hatte sie die Gläser viel zu voll geschenkt. Und Cognac gab es nur zu diesem besonderen Anlass, für gewöhnlich bevorzugte Pauline klaren Schnaps.

»Das kann man wohl sagen. Kann man.« Pauline hatte sich energisch des Themas bemächtigt. »Ich bin auch dagegen, dass Andreas schon heiratet. Er ist noch zu jung. Ich wundere mich, dass du das so ruhig hinnimmst. Eine Überraschung! Ein Blödsinn ist das.«

Andreas saß zwischen ihnen, blickte erwartungsvoll von einem zum anderen, sein Glas hatte er nicht angerührt, er hasste Cognac.

»Er hat keinen Beruf, er verdient kein Geld, er hat ein bisschen Revolution gemacht, jetzt will er Theater spielen, er hat sich von dem Mädel einfangen lassen, und nun will er heiraten. Du kannst das nicht richtig finden.«

»Es steht nicht zur Debatte, wie ich es finde«, sagte Cornelius. »Andreas will die Verantwortung übernehmen für die Frau, die er liebt und für das Kind, das sie erwartet. Ich denke mir, dass er sich auch schon Gedanken darüber gemacht hat, wie er für sie sorgen will. Oder?« Er sah Andreas an, und an dem hilflosen Gesicht seines Sohnes konnte er deutlich sehen, dass der sich keineswegs Gedanken darüber gemacht hatte.

Cornelius stand auf. »Ich muss zurück. Wir haben heute die Rotarier zum Essen. Wie ist es, Andreas, übernachtest du im Hotel?«

»Wozu denn das?«, sagte Pauline ärgerlich. »Er hat schließlich ein Zimmer in diesem Haus. Aber ich sehe schon, du willst dich drücken.«

»Ich drücke mich vor gar nichts. Andreas hat eine Entscheidung getroffen, und ich sehe keinen Sinn darin, nun stundenlang darüber zu reden.«

»Elfriede hat schon recht«, Pauline war nun wirklich verärgert. »Alles andere ist dir wichtiger als deine Familie. Man kann doch über eine so ernste Sache nicht einfach zur Tagesordnung übergehen. Die Rotarier können auch essen, ohne dass du ihnen zusiehst.«

»Lass nur, Oma«, sagte Andreas resigniert. »Wir reden ja noch. Lass Vater nur gehen.« Mit Todesverachtung kippte er den Cognac hinunter.

»Willst du noch einen?«, fragte Pauline eifrig.

»Nein, danke. Ich trinke dann eine Cola, falls ihr so was im Hause habt. Ich will jetzt erst mal nach Mami sehen.«

»Ja, das tu mal. Und dann werden wir alle zusammen schön zu Abend essen. Ich habe Krautwickel gemacht, aus schönem, frischem Wirsing. Das magst du doch, nicht? So ein Zufall, dass ich die gerade heute gemacht habe. Als wenn ich geahnt hätte, dass du kommst, Jungele.«

An der Tür fing Cornelius einen leicht verzweifelten Blick seines Sohnes auf. Er lächelte und hob grüßend die Hand, Familie genügte ihm für den Moment. Mit den Gedanken war er schon bei den Rotariern. Peters gehörte auch dazu und würde da sein. Die Pläne für das Hotel am Stadtrand waren fertig, die Genehmigung war nur noch eine Formalität, die Finanzierung würde demnächst gesichert sein. Bisher hatten sie über das Projekt strengstes Stillschweigen bewahrt, aber nun würden die örtlichen Zeitungen in den nächsten Tagen berichten. Vermutlich würde heute Abend darüber gesprochen werden, denn einige der Herren wussten nun Bescheid über das, was Simon Peters und Cornelius Müller planten.

Zustimmung war ihnen gewiss; die wirtschaftliche Situation der Stadt war ausgezeichnet, viele Firmen und Betriebe hatten sich in den letzten zehn Jahren hier angesiedelt, die Industrie war vorausschauend in das Umland verlagert worden. Die Schäden des Krieges waren vergessen, man sah weder Ruinen noch Behelfsbauten, und die schlichte Bauweise der Nachkriegszeit wurde abgelöst von neuen, leicht pompösen Gebäuden, letzteres weniger Wohnungsbau, sondern Geschäftshäuser.

Das Stadttheater hatte einen guten Ruf, zwei kleine moderne Bühnen, die Avantgarde und Komödien spielten, gab es auch, es waren einige neue Restaurants entstanden, außer dem Parkhotel Peters, dem ersten Haus am Platz, ausreichend andere Hotels, nun würden Festspiele im Schloss und ein Luxushotel im Grünen das Image der Stadt weiter aufpolieren.

Das waren Gedanken, die Cornelius durch den Kopf gingen, als er in die Stadt zurückfuhr, und sehr schnell verdrängten sie die Eindrücke der letzten Stunden: sein Sohn, die Heirat, das Kind, Elfriedes Anfall.

Sie hatte nicht unrecht, wenn sie sagte, dass die Familie keine große Rolle in seinem Leben spielte, und seit der Absage, die Andreas ihm vor einem Jahr erteilt hatte, hatte er sich noch weiter von ihr entfernt.

Das, was er geschaffen, was er aufgebaut hatte in knapp zwanzig Jahren, war für ihn so ungeheuerlich, so überwältigend, dass es in seinem Leben die beherrschende Rolle spielte und immer spielen würde. Das konnte die nachgewachsene Generation, die Kinder des Friedens, nicht begreifen, würde sie nie nachempfinden können. Alles, was dieser Generation wichtig erschien, war für ihn eine Lappalie. Was er erlebt hatte, war ein Jahrhunderterlebnis – der Krieg, die Niederlage, die Vernichtung, die Demütigung, und darauf folgend der steile Aufstieg, der Erfolg, der Sieg. Der Sieg des Besiegten.

Dieses Siegergefühl der Besiegten trennte die Vätergeneration von den Söhnen, viel mehr als das, was vorher geschehen war. Denn das konnte man ihnen nicht verständlich machen, das konnte man nur erleben.

Cornelius dachte das alles nicht klar und nüchtern, aber er empfand es ganz stark, und beigemischt war ein kleines Stück an Verachtung für das leere Leben der anderen. Das schloss auch seinen Sohn ein. Denn im Grunde glaubte er weder an seine Begabung noch an eine erfolgreiche Laufbahn als Künstler. Er hatte ihn von jeher als Mitarbeiter und Nachfolger im Hotel gesehen, doch diese Rolle hatte der Sohn verweigert.

Vielleicht später, dachte Cornelius in der versöhnlichen Stimmung, in der er sich an diesem Tag befand.

Aber auch das erschien ihm auf einmal nicht mehr so wichtig. Wichtig war das neue Hotel, er konnte es kaum erwarten, dass die Bauarbeiten begannen. Die nächsten Jahre würden ausgefüllt sein mit Arbeit bis an den Rand. Und das war es, was eines Mannes Leben glücklich machte.

Die Hochzeit

Cornelius erzählte Magda: »Ich bin ja in meinem Leben schon in den merkwürdigsten Situationen gewesen. Doch als ich da rauffuhr zu dieser Hochzeit, kam ich mir ziemlich komisch vor. Meine Gefühle müssen ähnlich gewesen sein wie die von Andreas. Den Pastor sah ich im Geiste als weißhaarige Bibelfigur, fromme Worte auf den Lippen. Na, er war ganz anders. Viel jünger, als ich dachte.« Er lachte. »Na ja, ich alter Esel, er ist ungefähr in meinem Alter.«

»Also jung genug«, sagte Magda liebenswürdig.

»Groß und hager, mit sehr vernünftigen Ansichten, man kann mit ihm über Politik, Wirtschaft, Amerikaner und Russen, Rechte und Linke reden, er ist bestens informiert. Diese Hochzeit nahm er höchst gelassen und sah sie keineswegs als dramatisches Ereignis. Seine Tochter übrigens auch nicht. Sie ist ein zurückhaltendes, etwas herb wirkendes Mädchen, und im Grunde verstehe ich nicht, was Andreas so an sie bindet.«

Er schwieg eine Weile nachdenklich, denn so klar wie jetzt hatte er die Sache noch nie betrachtet.

»Wahrscheinlich ist es gerade diese Zurückhaltung, die Andreas anzieht. Schade, dass ich sie noch nicht gesehen habe. Dann könnte ich vermutlich Genaues dazu sagen. Frauen verstehen es besser, eine Beziehung zu beurteilen.«

»Da hast du sicher recht. Sie behandelte die ganze Heirat mit einer gewissen Herablassung, mit irgendwelchen romantischen Sprüchen konnte man ihr schon gar nicht kommen. Übrigens war auch die Predigt des Pfarrers kühl, sachlich, eher reserviert. Da schlug kein gerührtes Vaterherz durch die Worte, da war Distanz und ein unausgesprochenes Warten-wir-mal-ab. Sehr merkwürdig. So ungern ich das als Vater meinerseits zugebe, sehr begeistert schien der Herr Pfarrer über die Wahl seiner Tochter nicht zu sein. Dabei sah Andreas wirklich sehr gut aus.«

»Das tut er ja immer. Dass sich ein Mädchen in ihn verliebt, kann man schon verstehen. Der Märchenprinz, wie Miriam immer sagte.«

»Das ist es vielleicht gerade. Das ist es wohl, was sich der Herr Pastor für seine Tochter nicht wünschte.«

»Und die Mutter? Die Frau Pastor?«

»Die war auch anders, als ich mir das vorgestellt habe. Blond, etwas rundlich, sehr lebhaft, temperamentvoll, sie lacht gern, und du wirst es kaum glauben, sie kann hervorragend Witze erzählen.«

»Unanständige?«

»Nicht gerade, aber manchmal dicht dran. Sie haben dort oben einen deftigen Humor, das zeigte sich auch an verschiedenen anderen Familienmitgliedern. Ich war ja nur gerade den einen Tag da und kann dir nicht sagen, wie sich die Familie zusammensetzt. Sehr gut gefallen hat mir Helgas Bruder, angehender Arzt. Die jüngeren Schwestern sind Teenager und unterscheiden sich kaum von denen, die wir hier auch haben. Alles in allem wirkt Andreas sehr fremd in diesem Kreis.«

»Aber er ist ja auch ein Fremder für sie. Und die Kinder sind dann also gleich nach Berlin geflogen?«

»Ja. Ich habe sie im Wagen mit bis Hamburg genommen, und von dort sind sie geflogen. Andreas hat Proben für sein Stück, das im Oktober Premiere haben soll. Und mit dieser Fernsehrolle scheint es ja auch etwas zu werden.«

Magda stand auf, nahm den Wein aus dem Kühler und füllte ihre Gläser wieder. Es war am Abend, nachdem Cornelius aus Holstein zurückgekehrt war, einen Tag nach der Hochzeit, September 1969.

»Warten wir mal ab«, sagte Magda, »es geht vielleicht besser, als du denkst. Das mit dem Theater und das mit der Ehe. Jetzt kriegen sie erst mal ein Kind.«

»Erst studiert Frau Müller noch. Das Kind kommt an zweiter Stelle. Aber ich könnte mir denken, dass sie eine gewisse Ordnung in sein Leben bringt. Sie wird sich von Andreas keine Lebensform aufzwingen lassen, die ihr nicht passt. Nicht mehr. Das ist ihm nur einmal und nur vorübergehend gelungen.«

»Die Kommune in Frankfurt, ich weiß. Übrigens habe ich eine Neuigkeit für dich. Simon ist nach Berlin geflogen und kümmert sich um eine Wohnung für die beiden.«

»Wirklich? Das finde ich rührend von ihm.«

»Er hat ein paar gute alte Bekannte in Berlin, sagte er, da wird sich schon was machen lassen. Du kennst Simon ja. Wenn er etwas in die Hand nimmt, dann klappt es auch.«

»Das ist wirklich großartig.« Cornelius, der etwas müde gewirkt hatte nach der langen Fahrt, war elektrisiert. »Können wir ihn anrufen?«

»Sicher. Er wohnt im Kempinski. Aber ich bezweifle, dass er jetzt im Hotel ist, es ist erst zehn Uhr. Aber wir können es ja versuchen. Er kann zurückrufen, wenn er kommt. Es sei denn, du bist müde und willst gleich schlafen gehen.«

»Ich bin nicht mehr müde, seit ich bei dir bin. Und ich werde jetzt doch etwas essen. Und wenn es dir recht ist, bleibe ich heute Nacht hier.«

»Sehr recht. Gehst du nicht mehr rüber ins Hotel?«

»Ausnahmsweise nicht. Für die bin ich noch verreist. Und morgen Vormittag bin ich auch noch verreist. Da fahre ich mit dir hinaus zur Baustelle.«

»Baustelle! Es ist noch keine Baustelle.«

»Aber bald. Sie fangen in diesem Monat mit den Ausschachtungsarbeiten an. Wir sehen uns das vorher noch mal an. Und dann gehen wir in den Schlosspark und betrachten die Rosen.«

Magda lachte. »Offenbar hat dich die Hochzeit doch romantisch gestimmt. Du freust dich auf das Hotel Miriam?«

»Ich freue mich unbeschreiblich.«

Magda trat hinter ihn und legte ihm die Hände auf die Schultern.

»Dann freue ich mich auch.« Sie beugte sich herab und küsste ihn auf die Schläfe. »Und nun mach ich dir was zu essen, Großvater.«

»Bitte?«

»Na, das wirst du doch in absehbarer Zeit, nicht?«

Zwischenbericht

Anfang Juni wurde Helga aus der Haft entlassen. Am nächsten Tag brachte Sam Greenstone sie zum Airport. Während der Fahrt sprachen sie kaum, doch kurz bevor die Maschine aufgerufen wurde, sagte er: »Ich hoffe, Sie werden vergessen, was hinter Ihnen liegt.«

Er sprach deutsch.

»Vergessen?«, fragte Helga.

Er betrachtete ihr Profil, die gerade, nicht zu kurze Nase, den gesenkten Mundwinkel, den gespannten Halsmuskel. Ihr Gesicht war hart geworden.

»Sie haben recht. Vergessen kann man nie. Und verdrängen soll man nicht, sagt Sigmund Freud.«

Sie sah ihn an. »Mir scheint, am liebsten hätten Sie mich noch zu einem Psychiater geschickt.«

»Es ist hierzulande so der Brauch. Aber ich denke nicht, dass es Ihnen geholfen hätte. Sie müssen sich selbst helfen. Irgendwie.«

»Ja. Irgendwie.« Ihr Blick ging wieder an ihm vorbei, mit einer fahrigen Bewegung strich sie mit der Hand durch das kurze blonde Haar. Selbst für einen abgebrühten Anwalt war es schwer, die richtigen Worte zu finden. Was für Worte? Tröstende Worte?

»Sie werden nicht allein sein. Ihre Eltern, Ihr Kind ...«

»Ja, ich weiß, schnitt sie ihm das Wort ab. »Geben Sie sich weiter keine Mühe, Sam. Ihre Nüchternheit hat mir immer am meisten geholfen.« Jetzt lächelte sie. »Vor allem werde ich nie vergessen, was Sie für mich getan haben.«

»Das hätte jeder andere Anwalt auch geschafft, Ihre Verteidigung war ein Kinderspiel. Und Ihre Haltung, Ihre Selbstbeherrschung waren eine große Hilfe. Wissen Sie, dass ich Sie oft bewundert habe?«

»Ich weiß heute nicht mehr, was ich eigentlich gesagt habe.«

»Es war meistens richtig. Sie haben einen guten Eindruck gemacht, auf die Richter, auf den Staatsanwalt, auf die Geschworenen.«

»Sie haben mir gesagt, wie ich mich benehmen soll.«

»Mein liebes Kind, das nützt nichts. Im Grunde nützt das gar nichts. Es war Ihre Persönlichkeit, die gewirkt hat. Wo haben Sie das her?«

»Ich weiß es nicht. Oder doch – mein Elternhaus, meine Jugend. Ich weiß es nicht. Und da war noch etwas anderes.«

»Was?«

»Andreas. Was sie aus ihm gemacht haben. Wie sie ihn auf so billige Weise zerstört haben. Und dass er sich hat zerstören lassen. Ich war so voller Zorn und voller Hass.«

»Das hat man Ihnen nicht angemerkt.«

»Nein. Das war es wohl, was ich verdrängt habe. Aber es ist noch da.«

Sam Greenstone schwieg eine Weile, dann sagte er: »Ich würde Sie gern einmal Wiedersehen. Es gibt nicht sehr viele Dinge auf der Welt, die mich noch ernsthaft interessieren. Aber was aus Ihnen wird, Helga, das wüsste ich gern. Werden Sie mich einmal besuchen?«

Sie schüttelte den Kopf.

»Sie wollen Kalifornien nicht wiedersehen?«

»Nein«, sagte sie entschieden, »nie.«

Und nach einer kleinen Pause fragte sie: »Und Sie? Werden Sie nicht wieder einmal nach Deutschland kommen?«

»Nein. Nie«, sagte er.

Aber seine letzten Worte waren dann: »Grüßen Sie Deutschland.«

Während des Fluges saß sie gerade aufgerichtet und erwiderte jeden Blick, der sie traf. Doch sie erregte keinerlei Aufsehen, niemand beachtete die blasse Frau im grauen Kostüm. Der Tod eines unbekannten jungen Schauspielers namens Andy Miller war längst vergessen, der Prozess war schnell und ohne weitere Sensationen abgewickelt worden. Dafür hatten Sam Greenstone, aber auch die Filmgesellschaft gesorgt, Sam zum Schutz seiner Mandantin, die Filmgesellschaft, weil einer ihrer Produzenten, der gerade an einem Millionenprojekt arbeitete, in die Sache verwickelt war, genauso wie ein Schauspieler, der in diesem Film die Hauptrolle spielen sollte. Beide waren dabei gewesen, als Andy Miller starb, beide mussten als Zeugen aussagen, und beide hatten Helga durch ihre Aussagen entlastet. Doch Andy Miller hatte ja noch keinen Film gedreht, noch nicht einmal eine Rolle für ihn war in Aussicht genommen. Sein Tod bedeutete für Hollywood nicht das Geringste.

Kam dazu, dass viel wichtigere Dinge in diesem Jahr geschehen waren, das wichtigste Ereignis: Der grausame Krieg in Vietnam war beendet worden. Er hatte die amerikanische Nation verwundet, gequält und gepeinigt, hatte sie geradezu gespalten, und das hatte sich auch nach dem Ende der Kampfhandlungen nicht geändert, denn das Elend, die Demütigung, das Sterben der kämpfenden Männer hatte die Niederlage nicht verhindert. Niederlagen war diese Nation nicht gewöhnt.

Und die Ströme von Blut, die geflossen waren, hatten auch jenen nichts genützt, denen man hatte helfen wollen. Die Frage war auf einmal: War diese Hilfe erwünscht gewesen? War sie nichts als eine Torheit gewesen, die altbekannte Torheit, mit der man versuchte, der Weltgeschichte in den Arm zu fallen? Wann hätte das je funktioniert? Opfer auf allen Seiten, die eigenen Soldaten, die Kämpfenden im Süden Vietnams, die man im Stich ließ, sie einem vermutlich furchtbaren Schicksal auslieferte.

Die Menschen in den Vereinigten Staaten hatten seit Jahren an diesem Krieg gelitten, und sie litten nun, als er zu Ende gegangen war, auf andere Art. Etwas war zerstört, was sich nicht bemessen ließ, und damit waren sie noch nicht fertig geworden.

Zu alledem füllte seit einigen Monaten die Watergate-Affäre die Spalten der Presse und schuf neue Verwirrung. Pro und Kontra, Verdammung und Entschuldigung – es war schwer zu verstehen, warum man gerade den Mann vernichten wollte, der den fürchterlichen Krieg beendet hatte.

Über Hollywood hinaus hatte der Prozess gegen Helga Müller kaum Interesse erregt. Nun war sie frei. Sie flog nach Deutschland. Überallhin wäre sie gern geflogen, bis ans Ende der Welt, nur nicht nach Hause, sie wollte ihre Eltern nicht sehen, nicht ihren Sohn, nicht ihren Bruder, nicht ihre Schwestern, keinen.

Hier stockte der leidenschaftliche Aufruhr ihrer Gedanken, sie krampfte die Hände zu Fäusten. Sie hatte Cornelius Müller gesehen, ihren Schwiegervater. Als er kam, um seinen toten Sohn heimzuholen, hatte er sie im Gefängnis besucht. Sie hatte nicht geweint, sie saß ihm starr gegenüber, auch Cornelius hatte nicht viel gesprochen.

»Ich habe mit Ihrem Anwalt gesprochen, Helga«, hatte er gesagt.

»Er wird auf Notwehr plädieren und hofft auf einen Freispruch.«

Sie hatte genickt.

»Wir werden uns sehen, wenn Sie zurückgekehrt sind.« Sie gab keine Antwort, sie schüttelte nur den Kopf. Keinen wollte sie sehen, keinen.

Sam Greenstone, der teure Anwalt, der ihr durch die Filmgesellschaft besorgt worden war, hatte es fertiggebracht, dass sie freigesprochen wurde. Notwehr? Sie wusste es besser. Sie hatte nicht aus Notwehr getötet. Es war Mord gewesen. In rasendem Zorn, aus Hass hatte sie einen Menschen getötet, und es war ihr nicht möglich, diese Tat zu bereuen. Die Wahrheit durfte sie nicht sagen. Aber konnte sie ihrem Vater in die Augen sehen und ihn belügen?

Sie wusste es: Jetzt konnte sie auch das.

In Frankfurt würde sie das nächste Flugzeug nehmen, das Deutschland wieder verließ. Irgendwohin, ganz egal wohin. Geld? Sie würde arbeiten. Irgendwas, ganz egal was. In Frankfurt war ihr Bruder am Flugplatz. Er machte nicht viel Worte, nahm sie in die Arme und küsste sie auf die Stirn. »Na, da bist du ja endlich mal wieder, min Deern«, sagte er.

Diese kurzen Begrüßungsworte brachten sie an den Rand ihrer Fassung. Sie sprach kein Wort, sie erzwang die Härte, die Starrheit, mit der sie sich umgab seit jener Nacht.

Am Gepäckband wies sie auf den schäbigen braunen Koffer. Er war der kleinste von den vier Koffern, mit denen sie vor anderthalb Jahren nach Amerika geflogen war.

»Ist das alles?«, fragte Johannes.

»Ja. Nur das, was ich im Gefängnis hatte. Von allem anderen wollte ich nichts mehr sehen.« Ihre Stimme klang kühl und unbewegt.

Wir müssen erst mal tolle Sachen für dich einkaufen, hatte Andreas gesagt, als sie damals ankam, in dem doofen grauen Kostüm kannst du hier nicht rumlaufen.

In dem gleichen grauen Kostüm kam sie jetzt zurück. Johannes schlenkerte den Koffer in der Hand. »Irgendwie kommt mir der bekannt vor. Ist Vater nicht schon damit auf Reisen gegangen?«

»Er stammt noch aus dem Krieg. Ich habe ihn mitgenommen als eine Art Talisman, als ich nach Berlin ging.«

»Am Tag, nachdem …« Johannes stockte.

»Sehr richtig. Am Tag, nachdem ich geheiratet hatte«, vollendete sie hart. »Du kannst es ruhig aussprechen. Es macht mir nichts aus. Ich habe nichts vergessen und werde nichts vergessen. Und man soll nichts verdrängen. Sagt Sigmund Freud.«

»Nanu? Seit wann hast du es mit Freud?«

»Das Wort gab mir mein Anwalt auf den Weg. Dr. Grünstein. Jetzt Sam Greenstone.«

»Ein emigrierter Jude also.«

»Nicht emigriert in dem Sinn, wie man es gewöhnlich versteht. Er kam erst nach dem Krieg in die Staaten, nachdem er das Lager überlebt hatte. Er ist als einziger von seiner Familie übrig geblieben. Seine Eltern, seine Frau, seine Brüder, seine Schwestern, alle waren tot. Er hat überlebt und ist jetzt ein berühmter Anwalt in L. A. Besonders für die Filmleute, die schwören auf ihn. Wie mein Beispiel zeigt, mit Recht.«

Johannes war ihre kühle, unbewegte Art zu reden unheimlich. Aber besser sie redeten als sie schwiegen.

»Seltsam, dass er gerade in der Filmindustrie Fuß fassen konnte.«

»Gar nicht seltsam. Er hat früher in Berlin für die UFA gearbeitet. Als er rüberkam, fand er eine Menge alte Bekannte wieder, Autoren, Regisseure, Schauspieler. Das hat ihm den Start erleichtert, sagt er.«

»Und das hat er dir alles erzählt?«

»Ja. Als ich einmal total durchdrehte, hat er mir das erzählt. Was er im Lager erlebt hat, wie das alles war. Er sagte zu mir, auf gut Berlinerisch, ich solle auf dem Teppich bleiben, es passierten viel schlimmere Dinge auf dieser Erde. Viel schlimmer als das, was mir passiert ist. Er erzählte mir sehr ausführlich vom elenden Sterben vieler Menschen, das er mit angesehen hatte. Und trotzdem kann ich mich wieder daran freuen, wenn die Sonne scheint und das Meer auf den Strand rollt, sagte er. Wörtlich. Das werde auch bei mir wieder so sein, ich könne das ruhig abwarten. Sterben müsse man sowieso eines Tages, man müsse das nicht beschleunigen.«

»Helga, du hast doch nicht …«

»Doch.« Sie blieb stehen, und streifte den Ärmel der Kostümjacke zurück, dann die Manschette der weißen Bluse. Er sah die Narbe an ihrem linken Handgelenk.

»An der anderen Hand auch«, sagte sie mit der gleichen unbewegten Stimme.

»Das darfst du Vater nicht erzählen.«

»Warum nicht?« Ein Klirren war in ihrer Stimme, das schlimmer war als die unbewegte Kühle.

Johannes Rohde schwieg darauf. Sie waren bei seinem Wagen angekommen, er schob den kleinen braunen Koffer in den Kofferraum, öffnete ihr die Tür.

»Ich möchte ihm gar nichts erzählen«, sagte Helga, als sie neben ihm saß. »Ich möchte ihn auch nicht sehen. Ich will nicht nach Hause, damit du es gleich weißt.«

»Du musst nach Hause. Sie warten auf dich.«

»Ich kann nicht. Sie wissen ja, was geschehen ist. Wozu noch darüber reden? Ich kann das nicht. Verstehst du?« Ihre Stimme hob sich hysterisch. »Ich kann nicht. Ich will nicht. Jeder wird mich anstarren. Das kann niemand von mir verlangen.«

»Willst du deine Eltern nicht sehen? Deinen Sohn?«

»Nein.«

»Was willst du denn?«

»Ich will fort. Ich will keinen von euch wiedersehen. Du hättest nicht herkommen sollen.«

»Ich bin aber gekommen. Es war gar nicht so einfach, mir drei Tage freizunehmen.«

»Das wäre nicht nötig gewesen.«

In Johannes stieg Zorn auf. »Sei still. Ich fahre dich nach Hause, du wirst mit Vater sprechen.«

»Ich will nicht. Er kann es kaum für richtig halten, dass ich einen Menschen getötet habe. Mein ist die Rache, spricht der Herr. Hat er das nicht gesagt?«

»Hat er nicht.« Johannes hob die Stimme, laut und zornig herrschte er sie an: »Hör auf, mit mir verrückt zu spielen. Du bist freigesprochen, du wirst weiterleben. Wir wissen, was geschehen ist. Wir wissen aber immer noch nicht genau, wie es dazu kam.«

Helga schwieg.

Johannes legte seine Hand auf die verkrampften Fäuste in ihrem Schoß.

»Hör zu, Helga. Wir fahren jetzt hier los und kommen sowieso spät in der Nacht an. Da wird dich keiner sehen.

Es weiß auch niemand, dass du kommst. Wir wissen es ja auch nicht von dir, sondern von Dr. Greenstone. Du brauchst nicht aus dem Haus zu gehen, wenn du nicht willst.«

»Ich werde also wieder eine Gefangene sein.«

»Ich kann sowieso nur zwei Tage bleiben. Nur ich, Vater und Mutti, sonst ist keiner da.«

»Und die beiden Kleinen?«

»Birgit studiert in München. Und Antje ist zu Tante Dörte strafversetzt.«

» Meinetwegen ?«

»Keineswegs. Erstens ist sie sitzen geblieben, und zweitens hat sie einen Freund. Einen Jungen, mit dem sie schläft. Sie ist siebzehn. Mutti findet das nicht so gut. Tante Dörte war schließlich Lehrerin, die wird mit ihr pauken. Und der junge Mann ist jetzt bei der Bundeswehr. Womit er zwar nicht aus der Welt ist, aber immerhin nicht pausenlos vorhanden.«

»Ich habe ihnen ein schlechtes Beispiel gegeben«, sagte Helga. Sie war müde, sie hatte während des Fluges nicht geschlafen, jetzt lag die lange Fahrt vor ihr.

»Das macht wohl nicht viel aus. Birgit ist fleißig und ordentlich, sie hat ein erstklassiges Abitur gemacht. Die Kleine ... naja, die ist eben anders. Man muss abwarten, was sich entwickelt. Offenbar ist sie die geborene Mutter. Sie liebt deinen Torsten heiß und innig. Er ist übrigens auch bei Tante Dörte in Schleswig.«

Helga lachte kurz auf. »Ihr habt das alles kurz und schnell, aber bestens vorbereitet.«

»So ist es. Wir haben uns sogar gedacht, dass du nicht zu Hause bleiben willst. Gerede der Leute und so. Du könntest zu uns nach München kommen. Susanne lädt dich herzlich ein, der Umgang mit ihr könnte dir vielleicht ganz gut tun. Wir haben übrigens geheiratet.«

Helga blickte auf seine kräftigen langfingrigen Hände auf dem Lenkrad.

»Ach ja?«, sagte sie gleichgültig.

»Ev in Frankfurt lässt dir sagen, du bist herzlich willkommen. Sie wusste nicht, dass du heute kommst, sonst wäre sie bestimmt am Flugplatz aufgetaucht.«

»Ich glaube nicht, dass ich nach Frankfurt möchte.«

»Dachten wir uns auch. Es gibt noch eine andere Möglichkeit. Erinnerst du dich an Dirk Jansen?«

»Onkel Dirk? Natürlich. Vaters Freund aus dem Krieg.«

»Eine Freundschaft, haltbar wie der kleine Koffer da hinten. Er wohnt immer noch in Hamburg und ist ein sehr wohlhabender Mann geworden mit seinem Immobiliengeschäft. Er hat ein hübsches Haus an der Lübecker Bucht. Ich habe da voriges Jahr mit Susanne Ferien gemacht. Ein ganz reizendes Haus, wirklich. Da könntest du auch hin.«

»Aha. Und was soll ich da? Meine restlichen Tage verbringen?«

»Sei nicht albern. Onkel Dirk meint, du brauchst Ruhe und sollst zu dir selber finden. Himmel, Meer und weite Felder, das wäre genau die richtige Therapie.«

»Ruhe habe ich genug gehabt, und mit mir selber habe ich mich gerade genug beschäftigt.«

»Sicher, davon kann man auch genug kriegen. Von sich selber, meine ich. Meiner Ansicht nach solltest du so bald wie möglich etwas arbeiten.«

»Und was bitte?«

»Weiterstudieren willst du nicht?«

Nur ein kurzes Auflachen antwortete ihm.

»Na gut, man muss überlegen, was du tun wirst. Womit du dich zunächst beschäftigen solltest, ist Torsten. Meinst du nicht, du solltest dich wieder an deinen Sohn gewöhnen?«

»Er wird mich vergessen haben.«

»Das ist möglich. Aber du kannst ihn nicht vergessen haben.«

»Doch«, erwiderte Helga kurz.

Sie waren auf der Autobahn, Johannes erhöhte das Tempo und ersparte sich eine Fortsetzung des Gesprächs. Es war schwierig, das hatten sie sich gedacht. Möglicherweise war es noch viel schwieriger, als sie es sich gedacht hatten. Aber einen Weg musste es geben, und wie er soeben begriffen hatte, musste seine Schwester diesen Weg allein finden. Später in der Nacht kamen sie an, sie waren alle erschöpft. Johannes von der Fahrt, die Eltern vom Warten, Helga war nur noch ein fahler, blasser Schatten.

Johannes Rohde bestimmte: »Heute nicht mehr. Es wird geschlafen.«

Er gab Helga ein Schlafmittel, eine stärkere Dosis, als er normalerweise für richtig befunden hätte. Aber sie musste schlafen, lange schlafen.

Und sie schlief wirklich bis in den Vormittag hinein. Die Männer waren nicht zu sehen, als ihre Mutter ihr das Frühstück servierte, starker, duftender Kaffee, wie man ihn in Amerika nie bekam, frische Holsteiner Butter, knusprige Brötchen, Ei, Schinken, Marmelade.

»Aber Mutti«, sagte Helga. »Was für ein wunderbares Frühstück!« Sie sah alles an, was vor ihr auf dem Tisch stand, sah es an, so wie man ein Kunstwerk betrachtete, nicht wie etwas, das man essen kann.

»Iss, Kind, du bist viel zu dünn«, sagte Johanna Rohde. Sie strich ihrer Tochter über das Haar, das stumpf und glanzlos war, sie hatte die Augen voller Tränen und biss sich auf die Unterlippe, um nicht laut hinauszuweinen. Sie hielt sich an das Gebot ihres Mannes: keine Fragen. Sie wird sprechen, wenn sie sprechen will.

Dann verschwand sie aus dem Zimmer und ließ Helga allein, denn es fiel ihr schwer, keine Fragen zu stellen. Helga betrachtete noch eine Weile das Frühstück, und so seltsam es war, das Essen vor ihr auf dem Tisch, das vertraute Zimmer, das Ticken der alten Uhr und zu alledem die ungewohnte Zurückhaltung ihrer Mutter löste etwas in ihr, war wie der erste Stein, der aus der Mauer von Härte sprang, hinter der sie sich verschanzte. Sie frühstückte wirklich, sie aß ein Ei, ein Brötchen, sie trank zwei Tassen Kaffee, aber noch während des Essens kam der Widerwille zurück, mit dem sie seit einiger Zeit alle Speisen betrachtete.

Es regnete an diesem Junitag in Ostholstein, und das war gut so, das Pfarrhaus war in mildes Grau gehüllt, das die Nerven beruhigte. Helga stand am Fenster, als ihre Mutter wieder ins Zimmer kam, und blickte hinaus in den regennassen Garten. Die Rosen leuchteten auch im nassen Grau.

Ihre Mutter blickte auf den Tisch, sah, wie viel übrig geblieben war, und sagte: »Es regnet. Schade.«

»Nein. Wunderschön«, widersprach Helga. »Dieser Regen ist das Schönste, was ich seit Jahren gesehen habe. Meinst du, ich kann eben mal in den Garten gehen?«

»Aber warum denn nicht?«

»Hat Vater Besuch?«

»Zurzeit nicht. Und wenn du hier auf dieser Seite bleibst, kann dich sowieso keiner sehen.«

Gleich darauf ärgerte sich Johanna, dass sie dies gesagt hatte. Sie bestärkte Helga nur in ihrer Menschenscheu. Warum sollte sie nicht im eigenen Garten spazieren gehen, warum sollte sie sich verstecken wie eine Verbrecherin? Aber natürlich, wenn jemand im Städtchen erfuhr, dass sie wieder da war, würde es bald jeder wissen.

»Johannes ist bei Vater. Sie sind gerade zurückgekommen, sie haben einen Besuch bei Professor Tiedemann gemacht. Du erinnerst dich an Professor Tiedemann?«

»Ja, natürlich. Wie geht es ihm?«

»Schlecht. Er ist sehr krank. Mein Gott, er ist jetzt fünfundachtzig. Johannes wollte ihn gern sehen. Helfen kann er ihm so wenig wie unser Doktor.«

Helga nickte. »Und sonst ist keiner im Haus?«

»Nein. Reni – das ist unsere neue Haushaltshilfe, die kennst du noch nicht, Reni habe ich mit Torsten zu Dörte und Antje geschickt. Wir dachten, es ist dir lieber so.« Helga nickte, aber sie sagte: »Alle aus dem Weg geräumt, weil die verlorene Tochter kommt.«

»Wir dachten, dir ist es lieber so«, wiederholte ihre Mutter.

»Ja, ist es auch. Und du kannst sie morgen schon zurückholen, ich bin dann wieder fort.«

»Das werden wir ja sehen«, sagte Johanna im altbekannten energischen Ton. »Zieh dir was über, wenn du in den Garten gehst. Draußen hängen ein paar alte Regenmäntel. Ich muss noch was besorgen. Mal sehen, ob Wilsen jungen Matjes hat. Johannes hat sich das gewünscht. Denn mach ich Matjes mit grünen Bohnen und Kartoffeln.«

»Schon wieder essen.«

»Erstens dauert das noch eine Weile. Und zweitens hast du ja kaum was gegessen.« Ihre Mutter wies auf den Tisch. »Hast du keine Lust auf jungen Matjes?«

Helga kam vom Fenster durch das Zimmer auf ihre Mutter zu, blieb jedoch vor ihr stehen, ohne sie zu berühren. Aber sie lächelte, als sie sagte: »Wenn ich jemals in meinem Leben wieder auf etwas zu essen Lust hätte, dann wäre es junger Matjes mit grünen Bohnen.«

»Na, siehst du«, sagte Johanna befriedigt.

Wenig später schlich sich Helga in den Garten. Ja, sie schlich, Vater und Bruder sollten sie nicht hören, keiner sollte sie sehen.

Sie hatte sich einen braunen Regenmantel über die Schultern gehängt, darunter trug sie den grauen Rock und die weiße Bluse. Die Bluse war nicht mehr sauber, und der Rock war zerdrückt. Ob es in diesem Haus keine Sachen mehr von ihr gab? Sie versuchte, sich zu erinnern, was damals hiergeblieben war. Hatte ihre Mutter alles weggegeben oder einiges aufbewahrt? Da war doch so ein blaues Kittelkleid gewesen, vorn zum Knöpfen, mit Rocktaschen. Man konnte damit im Haus arbeiten oder im Garten, man konnte es auf dem Rad tragen oder eben überziehen, wenn man schnell etwas einkaufen musste.

Während sie zwischen den nassen Büschen etwas geduckt durch den Garten streifte, mit vorsichtigen Fingern die Rosen berührte, entwickelte sich das alte blaue Kleid in ihrem Kopf zum größten Wunschtraum ihres derzeitigen Lebens.

Ihr altes Zimmer, in dem sie diese Nacht geschlafen hatte, war jetzt Antjes Zimmer, das hatte sie gemerkt. Allerlei verspieltes Zeug lag herum, andere Bilder hingen da, verschiedene Puppen saßen im Bett und auf dem Sessel herum. Antje hatte immer gern mit Puppen gespielt, daran erinnerte sie sich gut.

Sie lauschte ins Haus. Ihre Mutter war noch nicht zurück. Aus Vaters Studierzimmer hörte man keinen Laut. Wie eine Diebin schlich sie die Treppe hinauf, öffnete leise die Tür und blieb erst mal stehen. Ihr Zimmer. Antjes Zimmer. Richtig, die beiden Puppen dort auf dem Sessel kannte sie, die hatte es früher schon gegeben. Andere waren neu. Auf dem kleinen Schreibtisch, an dem Antje ihre Schularbeiten machte, falls sie welche machte, stand ein Bild in einem silbernen Rahmen. Helga betrachtete es genau, nahm es sogar in die Hand. Ein hübscher blonder Kopf, ein lachender junger Mann – das war wohl der Junge, in den Antje sich verliebt hatte. Sie hatte entdeckt, für sich ganz allein und ganz neu, dass es Liebe gab.

War es nicht immer dasselbe? Es war immer dasselbe. Das blaue Kleid! Helga öffnete den Kleiderschrank, es war derselbe, den sie benutzt hatte. Aber nun hingen Antjes Sachen darin. Hosen und Blusen, zwei bunte Sommerkleider mit weiten Röcken, auf der linken Seite die warmen Sachen, die sie jetzt nicht brauchte. Viel war es ohnehin nicht. Kein blaues Kittelkleid. Überhaupt nichts mehr von dem, was ihr gehört hatte. Auch das war nicht viel gewesen, und sie hatte wohl kaum etwas zurückgelassen, als sie damals nach Frankfurt ging zum Studium. Eben gerade das blaue Kittelkleid. Und das existierte nicht mehr.

Ob sie ihre Mutter fragte? Ach nein, das war doch zu albern. Sie streckte die Hand aus nach einer von Antjes Blusen. Wenigstens eine saubere Bluse anzuziehen, wäre eine Wohltat gewesen. Sie zog die Hand zurück. Antje hatte es sicher nicht gern, wenn eine ihrer Blusen von einer Mörderin getragen wurde.

Sie hörte die Tür gehen, klappte eilig den Schrank zu und hastete die Treppe hinunter.

»Schönen jungen Matjes habe ich gekriegt«, rief Johanna. »Da werd ich gleich mal ein Glas Bohnen aus dem Keller holen. Hab ich voriges Jahr eingemacht, da hatten wir ganz vorzügliche Bohnen im Garten.« Sie sah Helgas verstörtes Gesicht.

»Ist was, Kind?«

»Ach nein, gar nichts. Ich war nur mal oben. Ich war – entschuldige, aber ich war an Antjes Schrank.« Sie spreizte die Hände. »Diese Bluse – ich hätte gern etwas anderes angezogen.«

»Ja, hab ich mir schon gedacht, dass du die Bluse nicht mehr leiden magst. Ich hätt sie dir ja heute früh gewaschen, aber da wär sie auch noch nicht trocken. Nimm doch eine von Antjes Blusen.«

»Nein, das will ich nicht. Hab ich denn ... ich meine, ist denn von mir gar nichts mehr da?«

»Denn kuck doch mal in Torstens Schrank. Da sind ja woll noch so'n paar Sachen von dir.«

Sie benahmen sich ganz normal. Es war ein ganz normales Gespräch zwischen Mutter und Tochter, die sich eine Zeit lang nicht gesehen hatten. Johanna kam gleich mit die Treppe hinauf, und richtig, in dem kleinen Zimmer, in dem Torstens Bett stand, ein Teil seiner Spielsachen herumlag, befand sich auch ein kleiner Schrank. Und darin hing – es war das reinste Wunder, das blaue Kittelkleid. »Mein blaues Kleid!«, sagte Helga mit staunenden Augen. »Es ist noch da. Darf ich es anziehen, Mutti?«

»Das olle Ding? Ist denn nichts anderes mehr da? Kiek doch mal, hier das karierte, wäre das nicht hübscher?«

»Nein, das blaue, Mutti. Bitte, das blaue.«

»Wie du willst.«

Helga streifte den Rock ab, zog die Bluse aus und schlüpfte in das blaue Kleid. Es war ihr zu weit.

»Du bist dünner, als du mit achtzehn warst«, sagte Johanna vorwurfsvoll. »Das kann doch nicht angehen.«

Keinen Blick verwandte Helga an die Spielsachen ihres Sohnes, an seine Kleidung, an sein Bettchen. Das Kind hatte sie offenbar wirklich aus ihrem Leben verdrängt.

Dem blauen Kleid war eine wichtige Funktion zugefallen, die Begegnung mit ihm hatte die Helga von einst, das junge Mädchen Helga zum Leben erweckt. Die Helga von einst und die Helga von heute standen sich gewissermaßen gegenüber, sie liebten sich nicht, sie kämpften gegeneinander, aber sie waren sich begegnet.

Das blaue Kleid war der erste Erfolg des Tages, der zweite war das Mittagessen, der junge Matjes mit grünen Bohnen und Speckstippe und neuen Kartoffeln. Der Widerwillen, mit dem Helga jede Mahlzeit betrachtet hatte, war verschwunden. Es schmeckte ihr, sie aß mit Appetit, und sie aß sehr konzentriert, so als müsse sie jeden Bissen bewusst genießen. Der Pastor und sein Sohn tauschten einen Blick, Johanna lächelte und war doch wieder nahe daran, in Tränen auszubrechen.

»Das war's«, sagte Johannes befriedigt, als er das Besteck hinlegte. »Davon kann ich in München nur träumen. Einmal muss Susanne das essen, damit sie versteht, wovon ich rede. Ich esse doch keinen Hering, hat sie erst neulich zu mir gesagt. Hering! Junger Matjes ist kein Hering, junger Matjes ist die größte Delikatesse, die ich mir vorstellen kann. Was sagst du, Helga?«

Helga hob den Blick von ihrem Teller. »Das war das beste Essen, das ich je gegessen habe«, sagte sie.

»Na«, sagte der Pastor und leerte sein Bierglas, »damit können wir ja woll zunächst mal ganz zufrieden sein, nöch, Hanna?«

Seine Frau nickte. Sprechen fiel ihr im Augenblick schwer. Man hatte sich ja nicht vorstellen können, wie das gehen würde. Es war viel schwerer, als sie erwartet hatte, aber wiederum auch viel leichter. Das blaue Kleid, der junge Matjes – wer konnte vorher wissen, womit man ein Gefängnis öffnete?

»Wenn ihr euch alle 'n büschen ausgeruht habt, denn kommt doch mal zu mir rüber.« Er sah seine Frau an. »Könnten wir ja denn ein Tässchen Kaffee trinken.«

Unwillkürlich musste Helga lächeln. Das war sie von Kindheit an gewöhnt. Ernste Gespräche fanden in Vaters Studierzimmer statt. Denn komm doch man zu mir rüber, hatte er stets gesagt.

Das Studierzimmer lag auf der anderen Seite des Ganges, gleich vorn hinter dem Besuchszimmer. Unaufgefordert betrat man es nicht, und auf einmal war Helga bereit zu sprechen. Ja, es erschien geradezu eine Notwendigkeit zu sein. Nur war es schwer, die richtigen Worte zu finden. Oder nicht die Worte, sondern die Darstellung war schwierig, die Darstellung dessen, was geschehen war, was sich hinter den Fakten, die ja bekannt waren, verbarg. Pastor Rohde saß an seinem Schreibtisch, Johanna hatte sich in den Sessel in der Ecke gesetzt, in dem der Pastor nachzudenken pflegte. Johannes Rohde saß auf dem Besucherstuhl.

Helga stand. Erst war sie ruhelos hin und her gegangen, ein Blick ihres Vaters brachte sie zum Stillstand. Sie lehnte neben der Tür, so als müsse sie jederzeit fliehen können. »Es begann schon in Berlin. Er wohnte wieder in so einer Art Kommune, diesmal waren es hauptsächlich die Schauspieler, aber auch ein paar Studenten, und ich weiß nicht mehr, wer noch alles. Ich weigerte mich vom ersten Tag an, dort zu bleiben. Ich wohnte in einer billigen Pension in der Nähe vom Nollendorfplatz.«

Das kam sachlich und ruhig.

Aber schon musste Johanna sie unterbrechen. »Willst du damit sagen, du hast nicht mit deinem Mann zusammengelebt, gleich nachdem ihr geheiratet habt? Das hast du uns nie erzählt.«

»Ich habe euch vieles nicht erzählt«, sagte Helga gleichmütig. »Ich wollte, dass er … ich meine, ich wollte, dass er so lebt, wie ich es für richtig hielt.«

»Du wolltest also deinen Mann zwingen, auf deine Art zu leben«, sagte ihr Vater.

»Ja«, erwiderte Helga trotzig.

»Nachdem du, eine gewisse Zeit jedenfalls, auf seine Art gelebt hast. Warum hast du ihn eigentlich geheiratet?«

»Ich habe ihn geliebt. Und ich bekam ein Kind. Und das, was du seine Art zu leben nennst, war nicht seine Art. Er passte so wenig in dieses Milieu wie ich. Es war alles nur eine alberne Mode, und ich wollte, dass er das einsah. Wir bekamen ja dann auch sehr bald die Wohnung, die der Freund von Andys Vater besorgt hatte. Eine hübsche Wohnung in Dahlem, zwei Zimmer, eine gute Gegend, ich hatte es nicht weit zur Uni, und mit der Schwangerschaft war es auch nicht weiter schlimm ...«

»Helga«, wurde sie von ihrer Mutter in sanftem Ton unterbrochen, »hast du vergessen, dass ich euch besucht habe? Ich weiß, wie ihr da gelebt habt.«

»Na ja, eben. Entschuldige. Ich hab es nicht vergessen. Aber du hast diese Kerle nicht kennengelernt.«

»Wen meinst du damit?«

»Mit denen fing alles an. Nicht die Leute von der Theatergruppe, die waren teilweise ganz nett, manche ein bisschen verrückt, aber mit denen kam ich gut aus. Es waren die anderen. Erst waren es zwei. Der dritte kam später. Das war der, den ich getötet habe.« Ihre Stimme hatte wieder den kalten unpersönlichen Ton.

»Das war, wie wir wissen, Jahre später in Kalifornien. Was geschah in Berlin?«

»Es waren zwei«, wiederholte sie. »Ich weiß nicht, wieso sie immer da waren, denn sie gehörten nicht zu den Theaterleuten. Aber Andreas kannte sie schon lange, schon aus der Zeit, als er früher in Berlin studierte. Sie waren auch an der Uni, sie hatten natürlich bei den ganzen Unruhen mitgemacht, prahlten immer mit ihren großen Taten. Andreas wurde sie nicht los. Es sind meine Freunde, sagte er. Na gut, aber das wurde immer lästiger. Sie kamen und gingen, wie es ihnen passte, saßen ewig bei mir rum, und wenn ich etwas gekocht hatte, aßen sie mit uns. Sie tranken viel, sie rauchten Hasch, sie koksten. Zunächst habe ich das gar nicht mitgekriegt, ich war viel zu doof.«

»Hat Andreas auch so ein Zeug genommen?«, fragte Johannes.

»Anfangs nicht. Er machte mich ja überhaupt erst darauf

aufmerksam. Das sind ja Idioten, sagte er. Man nannte sie Max und Moritz. Sie waren natürlich schwul.«

Ihr Vater zuckte zusammen, als sie das so gelassen, mit größter Selbstverständlichkeit aussprach.

»Sie arbeiteten sogar. Der eine frisierte alte Autos und verkaufte sie, der andere machte Werbespots im Fernsehen. Sie sahen beide gut aus, wie diese Typen eben aussehen. Geld hatten sie trotzdem nie, weil sie für das Zeug viel Geld brauchten. Zu mir waren sie ganz nett, doch, das muss ich zugeben. Sie würden später auf das Baby aufpassen, sagten sie, da könnte ich in Ruhe studieren. Sie waren auch aus ganz guter Familie, der eine war Berliner, der andere kam aus dem Ruhrgebiet und hatte reiche Eltern. Aber die hatten ihn rausgeworfen, eben weil er lebte, wie er lebte. Ich sollte gelegentlich mal rüberfliegen zu meinem Alten, sagte der aus dem Ruhrgebiet, und ihm eine Bombe unters Auto klemmen, damit ich endlich an die Piepen komme. Dazu bist du zu dämlich, sagte der andere, warte, bis Milano kommt, der macht das mit links.«

Helga blickte von einem zum anderen.

»Es war so, dass ich manchmal daran dachte, einfach fortzugehen. Aber ich bildete mir ein, ich könnte Andreas von diesen Leuten wegbringen. Er war ja lieb und zärtlich zu mir, er freute sich auf das Kind. Er war nicht so wie die. Und dann probierten sie das komische Theaterstück, von dem sie sich so viel versprachen.«

»Wurde es je aufgeführt?«, fragte Johannes.

»Viel später als sie geplant hatten, erst im Januar. In einem winzigen Zimmertheater. Es war ein Flop. Sie spielten es dreimal, dann kam sowieso kein Mensch mehr. Es waren acht Leute, die darin spielten, zwei davon koksten auch, die anderen nicht. Und dann, gerade nachdem sie die Pleite mit dem Stück erlebt hatten, kam Milano.«

»Meines Wissens ist das eine Stadt«, warf Johannes ein.

Helga nickte. »Er war irgendwann, aus Mailand kommend, in Berlin aufgetaucht. Für sie alle war er der ganz große Supertyp. Er hatte Geld, fuhr einen großen Wagen, lud sie in teure Lokale ein. Ich habe nie gewusst, wie er wirklich hieß, das erfuhr ich erst im Prozess. Er hieß Duresnes und war im Kongo aufgewachsen, hatte einen belgischen Vater und eine arabische Mutter.«

»War er auch schwul?«, wollte Johannes wissen.

»Der? Nicht im Geringsten. Er hatte immer ein Mädchen am Hals hängen, jedes Mal eine andere. Er sah sehr gut aus. Falls einem dieser Typ gefällt.«

Fabelhaft sah er aus. Groß, breitschultrig, männlich, dunkle Haare und dunkle Augen unter dichten Brauen, ein brutaler Mund. Als er Helga kennenlernte, sah man ihren Zustand deutlich. Er fragte: »Wer hat denn die so nachhaltig aufs Kreuz gelegt?« Moritz kicherte entzückt. »Das war unser Beau, Andreas-darling.«

»Und er hat sie auch geheiratet, wie sich das für einen anständigen Knaben gehört«, setzte Max hinzu.

Das war acht Tage nach dem Reinfall mit dem Stück. Sie hatten sich alle in einer Kneipe getroffen, die ganze Truppe, saßen da trübsinnig herum und palaverten, was nun werden sollte.

Andreas hatte sie gebeten: »Komm doch mit! Lass mich doch nicht immer allein mit denen. Sie tun so, als sei ich schuld daran, dass es ein Flop war.«

»Warum du?«

»Ich habe schließlich die Hauptrolle gespielt. Und ich weiß, dass ich vieles verpatzt habe.«

»Das Stück ist Blech, das habe ich dir doch gleich gesagt. Wer sieht sich denn so einen Blödsinn an.«

»Moderne Stücke sind so.«

Helga hatte zum Teil die Proben miterlebt, bei denen es turbulent zugegangen war, hatte die Premiere miterlebt, die beiden noch folgenden Abende anzusehen, weigerte sie sich dann. Es kann für mein Kind nicht gut sein, wenn ich so etwas Widerliches ansehe, hatte sie ganz altmodisch gedacht.

Sie war im Grunde froh darüber, dass das Stück durchgefallen war. Nun würde Andreas vielleicht einsehen, dass er sich auf dem falschen Weg befand.

»Du musst Schauspielunterricht nehmen«, redete sie ihm zu. »Und wenn du was gelernt hast, wirst du auch ein Engagement an einer richtigen Bühne bekommen.«

Ein bisschen Ahnung vom Theater hatte Helga nun schon. Ines, eines der Mädchen, das in dem Stück mitgespielt hatte, war vernünftig und intelligent. Sie war in einer Schauspielschule gewesen und hatte bereits ein Engagement an einem Landestheater hinter sich. »Ich muss total bescheuert gewesen sein, dass ich da eingestiegen bin«, hatte sie zu Helga schon während der Proben gesagt. »Eine ganze Spielzeit habe ich verpasst. Aber jetzt war ich bei meinem Agenten, er wird mir bestimmt für die nächste etwas besorgen, an einem richtigen Theater. Ist mir egal, was für ein Nest das ist, Hauptsache, ich kann wieder gute Rollen spielen.« Und dann hatte sie hinzugefügt: »Andreas ist begabt. Er muss nur erst einmal sprechen lernen, er vernuschelt ja die Hälfte. Und er steht wie ein Klotz auf der Bühne.«

Helga musste daran denken, wie Andreas früher flammende Protestreden gehalten hatte. Da hatte er nie genuschelt. Aber jetzt wirkte er einfach dilettantisch, das erkannte sogar sie.

Andreas, beeinflussbar, wie er immer war, nickte zu dem, was Ines sagte. Schauspielschule, gut, würde er machen. Nur die Fernsehrolle, für die er einen Vertrag hatte, wollte er nicht absagen, noch im Winter sollten die Aufnahmen sein.

»Nur eine kleine Rolle. Aber dann habe ich wenigstens etwas vorzuweisen.«

Doch dann kam Milano.

»Sie waren alle wie verhext«, erzählte Helga. »Er kam gerade aus Hollywood. Wenn man seinen Erzählungen glauben wollte, hatte er dort die besten Verbindungen. Zu Andreas sagte er, du bist ein scharfer Junge, auf so was fliegen sie dort. Ich mache einen Star aus dir.«

Helga schwieg, löste sich vom Türrahmen, sah alle der Reihe nach an, ihren Vater, ihre Mutter, ihren Bruder. »Ihr müsst denken, ich bin verrückt, wenn ihr das hört. Es war verrückt. Eines Tages wollte ich nicht mehr. Ich dachte nur noch an das Kind. Ich ging einfach nicht mehr mit. Ich blieb in Dahlem, ich ging spazieren, beschäftigte mich mit meiner Arbeit. Ich ließ Andreas allein in dieser Zeit. Das ist meine Schuld. Denn ich bin schuld an seinem Tod.«

»Also bitte«, sagte Johannes gereizt, »werde nicht dramatisch. Schuld! Hättest du lieber das nächste Flugzeug genommen und wärst nach Hause gekommen.«

»Du wirst lachen, dazu hatte ich nicht das Geld.«

»Denkst du, deine Eltern hätten dir nicht Geld geschickt, wenn du sie hättest wissen lassen, dass du welches brauchst?«

»Ich habe mich geschämt.«

»Warum?«, fragte ihr Vater. »Du weißt, dass wir alle nicht glücklich waren über diese plötzliche Heirat. Nichts gegen Andreas, wir fanden ihn ganz liebenswert. Aber er war unfertig, unreif. Doch du hast gesagt, du liebst ihn, du bekommst ein Kind, er will dich heiraten ...«

»Ich wollte ihn heiraten«, warf Helga heftig ein.

»Ihr habt geheiratet hier bei uns, es war eine ganz normale Hochzeit, anschließend bist du nach Berlin verschwunden. Du wolltest weiter studieren, was er machen wollte, war etwas unklar, aber immerhin, Pläne hatte er. Helga, du hast doch Geld von uns bekommen für dein Studium.«

»Ja, sicher. Danke auch sehr. Und Andreas bekam Geld von seiner Mutter. Sonst hätten wir ja gar nicht existieren können. Aber er hat das meiste Geld in die Produktion von diesem albernen Theaterstück gesteckt. Kostüme, Kulissen, Miete für die Räume, Gagen. Was denkt ihr denn, wer das bezahlt hat? Ihr habt das bezahlt. Und die Mutter von Andreas hat das bezahlt. Oder eigentlich sein Vater.«

»Komm zur Sache«, mahnte Johannes. »Ich muss heute Nacht nach München starten.«

»Anfang März bekam ich Torsten. Andreas war hell begeistert über das Kind. Zehn Wochen später war er verschwunden. Mit Milano, mit Max und Moritz in die USA.« Sie spreizte die Finger wie Krallen. »Ich hasste sie. Oh, wie ich sie hasste. Auch Andreas. Aber das Irrwitzige daran, ich war gleichzeitig froh, dass sie weg waren. Ich hatte Zeit für das Kind. Keiner kam und rührte es mit seinen giftigen Fingern an.«

»Und warum bist du dann nicht nach Hause gekommen?«, fragte ihr Vater.

»Ich sagte es bereits, ich schämte mich. Übrigens hatte Andreas wirklich seine kleine Fernsehrolle gespielt und mir ein wenig Geld dagelassen. Viel war es nicht.«

»Und du?«

»Ich kam ganz gut über die Runden. Die Geburt war leicht gewesen, das Kind war gesund, und ich war glücklich mit ihm. Einfach glücklich.«

»Ja, das warst du«, sagte ihre Mutter. »Damals habe ich dich wieder besucht. Du sahst hübsch aus, warst fröhlich, und der Kleine war goldig. Deine Wohnung gefiel mir. Du hast dich über nichts beklagt. Als ich dich fragte, wo Andreas sei, hast du gesagt, er macht eine Tournee. Du hast mich belogen, Helga.«

»Ja, das habe ich. Ich habe euch auch später belogen, als ich schrieb, Andreas sei wieder da, und es ginge uns gut. Er würde bald ein Engagement an einem Theater am Kurfürstendamm bekommen und auch wieder eine Fernsehrolle. Ich habe euch pausenlos belogen.«

»Und warum hast du das getan?«, fragte ihr Vater.

Helgas Blick haftete wieder an der Zimmerdecke.

»Ich weiß nicht«, sagte sie.

»Gib mir keine so dumme Antwort«, fuhr ihr Vater sie an. Er war jetzt zornig. Sie wusste, dass er manchmal sehr zornig werden konnte. Das habe ich wohl von ihm geerbt, dachte sie mit leiser Belustigung.

»Ich weiß es wirklich nicht.«

»Hattest du kein Vertrauen zu mir?«

»Sicher. Vertrauen hatte ich. Zu dir, zu Mutti, bloß nicht mehr zu mir. Mein Mann hatte mich verlassen, das Studium hatte ich aufgegeben, ich war in Berlin ein Nichts und ein Niemand, ich hatte keine Freunde, ich war ganz allein. Aber ich hatte Torsten. Ich lebte in dieser Zeit nur für ihn.«

»Und was hast du eigentlich getan, wenn du nicht mehr studiert hast?«

»Ich ging arbeiten. Immer nur stundenweise, denn ich stillte das Kind ja noch. Und bei mir im Haus wohnte eine nette alte Dame, die kümmerte sich um Torsten, wenn ich nicht da war.«

»Du gingst arbeiten?«

»Ach, das war nichts Besonderes. Ein kleines Restaurant, ganz in der Nähe. Sehr hübsch, mit einer Terrasse, es wurde ja nun Sommer, und ich hab da bedient. Der Wirt war sehr freundlich und bezahlte mich relativ gut. Und es waren immer gute Gäste dort.«

Die Familie schwieg verblüfft.

»Wirklich, ich hab das ganz gern gemacht. Zum Stillen konnte ich immer nach Hause gehen.«

Dann sagte ihre Mutter, und es klang leicht verzweifelt: »Davon haben wir nichts gewusst.«

»Nein. Gar nichts habt ihr gewusst. Irgendwann musste ich ja erwachsen werden und selbstständig.«

»Na gut«, sagte Johannes, »alles gut und schön. Diese Tätigkeit wird dir nicht weiter geschadet haben. Aber komm nun endlich zur Sache. Was ist in Amerika passiert?«

»Andreas hat mir immer regelmäßig geschrieben. Auch mal telefoniert. Aber ganz schlau wurde ich nicht daraus, was er eigentlich tat. Zum Beispiel schrieb er, er sei jetzt in Hollywood ganz gut eingeführt, dank Milano, und bekäme demnächst eine fabelhafte Rolle in einem Film. Juliette Lorton würde in diesem Film spielen, von der hätte ich doch schon gehört, ein ganz tolles Mädchen. Aber dann klangen seine Briefe wieder deprimiert. Er hätte Sehnsucht nach mir, schrieb er, und die Leute seien alle so fremd für ihn, und er hätte keinen Menschen, mit dem er sprechen könnte. Da ist kein Mensch, der mich versteht, das schrieb er wörtlich. Oder einmal: warum kommst du denn nicht? Du kannst mich doch nicht so allein lassen. Ich gehe hier kaputt. So was alles.«

Sie strich sich mit der Hand durch das kurze Haar.

»Du hast einmal gesagt, Vater, da war ich zwölf oder so ähnlich, aus mir werde wohl eine Missionarin werden. Immer sehe ich mich genötigt, eine Mission zu übernehmen und meine Mitmenschen zum Guten zu bekehren. Das war's dann wohl.«

»Du hast Torsten bei Mutti abgeliefert und bist nach Amerika geflogen«, sagte Johannes, »einfach so. Woher hattest du das Geld?«

»Von Cornelius. Von meinem Schwiegervater. Er besuchte mich in Berlin, er wollte Torsten kennenlernen. Er war sehr nett. Wir sprachen lange über Andreas, und es stellte sich heraus, dass er ähnliche Briefe wie an mich auch an seine Mutter schrieb. Die war schon ganz verzweifelt. Es muss etwas geschehen, sagte Cornelius. Möchten Sie nicht nachsehen, Helga, was da vorgeht? Und ihn zurückbringen, falls das möglich ist. Sie hatten doch immer einen großen Einfluss auf ihn. Ich nickte, obwohl das mit dem Einfluss gar nicht mehr stimmte. Aber ich bildete mir ein, wenn ich bei Andreas wäre, würde ich das alles schaffen. Ich allein und sonst niemand. Mein Schwiegervater konnte nicht nach Amerika fliegen, er eröffnete gerade ein neues Hotel. Und wenn er käme, das sagte er auch, würde Andreas nur trotzig reagieren. Er gab mir das Geld, und ich flog nach Amerika.«

»Ja, und von dem Zeitpunkt an hörten wir sehr wenig von dir«, sagte ihre Mutter. »Du würdest bald wiederkommen, war deine Meinung. Aber du kamst nicht. Stattdessen …«

»Ja, stattdessen passierte, was passiert ist. Zwei Menschen sind tot, weil ich nach Kalifornien kam. Das muss man sich doch bloß richtig vorstellen. Das war meine Mission.«

Ihre Stimme zitterte jetzt, ihre Augen waren groß in dem blassen Gesicht, und es schien, als werde sie anfangen zu weinen. Sie merkte es selbst, stieß sich vom Türrahmen ab und sprach hastig weiter. »Was nun kommt, ist ganz schnell erzählt. Andreas, der nun Andy Miller hieß, freute sich, dass ich kam. Einerseits. Andererseits war ich total fehl am Platz, denn er hatte ein Verhältnis mit Juliette Lorton. Milano hatte da gekuppelt. Andreas verschwieg es mir gar nicht, er sagte in aller Naivität, das sei nötig wegen seiner Karriere. Milano hatte ein Haus in Bellerive gemietet, sehr großkotzig, da wohnten die vier, also Andy, Milano und Max und Moritz. Sie lebten auf großem Fuß. Dreimal dürft ihr raten, wovon. Milano war ein großer Dealer geworden, sein Kundenkreis war beachtlich. Auch von den Filmleuten gehörten einige dazu, Juliette, ein paar Schauspieler, ein ziemlich bekannter Produzent. Und auch Andreas kokste jetzt. Ich merkte das gleich, ein bisschen Erfahrung hatte ich ja inzwischen auf dem Gebiet. Das und die Affäre mit Juliette genügten mir. Entweder, du kommst sofort mit mir zurück, oder ich verlasse dich. Und zwar für immer. Da weinte er. Verlass mich nicht, nur du kannst mir helfen. So ging das wochenlang. Geschlafen habe ich nicht mehr mit ihm, nicht unter diesen

Umständen. Aber ich sah es immer noch als meine Mission an, ihn zu retten. Ja, tut mir leid, klingt sehr hochtrabend, aber ich empfand es so. Retten wollte ich ihn. Ich berichtete einmal Cornelius, aber ich schrieb ihm nicht die ganze Wahrheit. Ich schrieb nur, dass ich Andreas zurückbringen wollte. Ich dachte wirklich, dass es mir gelingen würde.«

»Was für eine Quälerei!«, sagte Johanna. »Warum hat sich denn Herr Müller nicht um seinen Sohn gekümmert?«

»Ich sage ja, dass ich versprach, Andreas zu helfen. Und von dem Rauschgift schrieb ich nichts. Und da war immerzu die Rede von der fabelhaften Rolle, die Andy Miller ganz demnächst bekommen würde. Probeaufnahmen hatten sie von ihm gemacht, und die seien überhaupt großartig. Täglich ging es hin und her, Streit, Tränen, dumme Gespräche, ernsthafte Gespräche. Manchmal sah es so aus, als könne ich siegen. Aber einer war stärker als ich: Milano. Er hatte das Geld, er hatte den größeren Einfluss. Und dann versuchte er, mich zu verführen, ganz offensichtlich, strich mir über den Bauch, sagte, wieder schlank und leer, jetzt kann man mit ihr was anfangen. Und als er eines Abends besonders zudringlich wurde, trat ich nach ihm, er schlug mich ins Gesicht, ich schlug ihn wieder.«

Pastor Rohde legte beide Hände an die Schläfen und senkte den Kopf.

Johannes fragte: »Und Andreas?«

»Da war er nicht dabei, ich erzählte es ihm auch nicht. An einem anderen Abend, als Milano wieder dreckige Reden führte, mich betreffend, schrie Andreas ihn an, aber Milano schrie nur zurück. Halt die Schnauze, du Schmierenkomödiant, wenn du je einen Dollar verdienen willst, dann durch mich.«

»Wir haben verantwortungslos gehandelt«, sagte Johanna. »Wir haben gedacht, Helga ist erwachsen. Sie war immer so selbstständig, so ruhig. Wir haben uns gar keine Vorstellung gemacht, in was sie da hineingeraten könnte. Weißt du, Johannes, als sie hier ankam und uns Torsten brachte, wirkte sie ganz vergnügt. Sie müsse jetzt nach Los Angeles fliegen, Andreas wollte sie dort haben, er mache jetzt eine große Filmkarriere. Wenn ich ehrlich bin, muss ich sagen, mir hat das imponiert. Meine Tochter flog einfach so nach Amerika zu ihrem Mann, der ein Star werden sollte. Wie konnte ich nur so dumm sein!«

Helga lächelte. »Vielleicht bin ich die bessere Schauspielerin, Mutti. Ich ging nicht gerade mit großem Optimismus nach Amerika, denn ich kannte Andreas inzwischen ganz gut. Ich hatte mir das so gedacht: Entweder, er kommt mit mir zurück, oder es ist endgültig Schluss.«

»Leider hast du nicht rechtzeitig Schluss gemacht«, sagte Johannes. »Erzähl jetzt weiter.«

»Gut.« Helgas Stimme klang kühl. »Milano, der mich zwar immer eine doofe Provinzpflanze nannte, versuchte mich eines Abends zu vergewaltigen. Diesmal ohrfeigte ich ihn zuerst, er schlug zurück, und zwar so bösartig, dass ich zu Boden stürzte. Und einen Zahn hatte er mir auch ausgeschlagen. Hier bitte«, sie hob die Oberlippe, »beste amerikanische Wertarbeit. Übrigens war der falsche Zahn beim Prozess sehr hilfreich.«

»Komm zum Ende, Kind«, sagte der Pastor. Er hatte die Ellenbogen auf den Schreibtisch gestützt und die Hände über die Augen gelegt, er konnte das kalte, unbewegte Gesicht seiner Tochter nicht mehr sehen.

»Das Ende ist schnell erzählt. Es gab eine große Szene am nächsten Tag zwischen Andreas und mir. Ich verlangte Geld von ihm, weil ich nach Deutschland zurückfliegen wollte, und zwar sofort. Ich zeigte ihm die Zahnlücke und machte ihm wilde Vorwürfe. Während er bei seiner Freundin gewesen sei, habe dieses Schwein, dieser Milano versucht, mich zu vergewaltigen. Nun sei Schluss, ich wolle weder mit ihm noch mit einem anderen von dieser Bande etwas zu tun haben. Und wenn er mir das Geld nicht gäbe, würde ich es mir bei der Filmproduktion holen. Ich wusste ja, dass alle von Milanos Drogen abhingen. Während wir stritten, kamen Milano und die anderen, sie waren zum Teil schon high, und ich war total außer mir und ließ sie alle wissen, was ich von ihnen hielt. Noch in dieser Stunde verlasse ich dieses Dreckshaus, schrie ich. Ich werde euch anzeigen, alle zusammen. Milano lachte nur, er hielt einen Revolver in der Hand, das tat er oft, die Waffe knackte, als er sie entsicherte, er sagte, jetzt knall ich dir die Rübe runter, du doofe Provinzpflanze, dann sind wir dich endlich los. Andreas stürzte mit erhobenen Fäusten auf ihn zu, schlug ihm den Revolver aus der Hand, doch Milano stieß ihn mit Wucht zurück, und Andreas fiel gegen den Kamin. Aber ich bückte mich, hob den Revolver auf und schoss auf Milano. Ich traf ihn sehr gut. Lungenschuss. Eine Stunde später war er tot. Es war keine Notwehr, Vater, es war Mord.«

»Dramatisier nicht wieder unnötig«, sagte Johannes. »Zumindest war es Totschlag. Aber nachdem du mit der Waffe bedroht worden bist, kann man sehr wohl von Notwehr sprechen.«

»Sie haben alle zu meinen Gunsten ausgesagt, die da waren. Sie hatten Angst wegen der Drogen. Übrigens war Milano bei der Polizei bekannt, und man hätte ihn sowieso demnächst ausgewiesen. Nicht zum ersten Mal. Das letzte Mal war er illegal über Mexiko eingereist. That's all«, schloss Helga. »So hat sich das abgespielt.«

»Das ist eine ekelhafte Geschichte«, sagte Johanna. »Und das alles passt so gar nicht zu dir, Helga.«

Helga warf den Kopf zurück und lachte.

»Was du nicht sagst, Mutti. Passt nicht zu mir. Das Gefühl hatte ich die ganze Zeit. Aber komischerweise ist es nun mal meine Geschichte. Ich bin eben nicht mehr ich.

Das hat mich in den letzten Monaten immerzu beschäftigt, die Frage, wer ich eigentlich bin. Habt ihr nichts zu trinken im Haus?«

Pause.

»Was möchtest du denn?«, fragte Johannes.

»Einen Whisky.«

»Whisky haben wir nicht«, sagte Johanna. »Korn ist da.« Sogar der Pastor nickte. »Wäre für uns alle ganz gut, glaube ich. Und du fährst heute nicht mehr, Johannes. Das kommt nicht infrage.«

Johannes nickte. »Ich werde Susanne dann anrufen. Ich werde ein paar Stunden schlafen und so gegen vier Uhr früh starten. Helga, wenn ich dich so ansehe, in dem blauen Fähnchen da, das mir irgendwie bekannt vorkommt, muss ich Mutti zustimmen. Das passt alles nicht zu dir.«

Helga steckte die Hände in die großen Rocktaschen des blauen Kleides.

»Es ist mein Lieblingskleid«, sagte sie. »Ich gebe es nie mehr her.«

»Gehn wir rüber ins Wohnzimmer«, Johanna Rohde stand schwerfällig auf. »Ihr könnt den Korn auch dort trinken.«

Sie blieb vor ihrer Tochter stehen. »Und wie soll das nun eigentlich weitergehen?«

»Ich weiß nicht«, sagte Helga. »Ist mir auch egal.«

Im Wohnzimmer blieb es längere Zeit still, sie tranken alle einen Korn, diesmal stand Pastor Rohde am Fenster und blickte in den regennassen Garten hinaus. Helga sah seine große hagere Gestalt unverwandt an, seine Schultern waren nach vorn gebeugt, den Kopf hielt er dicht an der Scheibe, er sah unendlich müde und verlassen aus. Er ist unglücklich, er leidet, dachte sie. Was habe ich ihm nur angetan! Alles, alles ist meine Schuld. Wie hat das nur angefangen, was war der erste Schritt? Dass ich Andreas kennenlernte, dass ich ihn liebte, damit hat es angefangen. Liebe ist schlimmer als der

Tod. Nein, ich habe wirklich alles falsch gemacht, ich verstand nicht mit der Liebe umzugehen.

Ihre Augen wanderten im Kreis, sie sah das müde Gesicht ihrer Mutter, sah die strengen Falten auf der Stirn ihres Bruders. Sie sahen auf einmal viel älter aus.

Sie stand mit einem Ruck auf.

»Ich hätte nicht herkommen dürfen«, sagte sie. »Ich wollte es auch nicht. Ich habe es Johannes gleich gesagt, dass ich nicht mitkommen will.«

Ihr Vater drehte sich um. Helga legte die Hände auf den Rücken.

»Du brauchst die Hände nicht immer auf den Rücken zu legen oder in die Taschen zu stecken«, sagte er. »Ich habe die Narben an deinen Handgelenken schon gesehen. Ist das der Weg, den du gehen willst? Noch einmal?«

»Vielleicht«, antwortete sie trotzig.

»Dann hättest du wirklich nicht herzukommen brauchen. Oder denkst du, ich kann dir einen Segen mitgeben auf diesen Weg?«

»Ich weiß keinen anderen Weg«, murmelte sie.

Pastor Rohde ging langsam auf seine Tochter zu, sie zitterte, als er vor ihr stehen blieb und sie ernst betrachtete. »Es gibt immer einen Weg, solange ein Mensch lebt. Das Leben allein ist Weg genug. Das Ziel ist der Tod, für jeden von uns. Du bist nicht am Ziel, Helga, du bist jung, dein Weg wird noch lang sein. Du wirst ihn finden, und wir werden dir dabei helfen.«

Er umschloss sie mit beiden Armen und zog sie an sich, Helga legte den Kopf auf seine Schulter, und nun konnte sie endlich weinen. Die ersten Tränen seit undenklicher Zeit. Sie hatte in Amerika nicht geweint, nicht nachdem Andreas tot war, nicht zuvor, als sie stritten und sich quälten. Er hatte geweint, sie niemals. Sie hatte in Berlin nicht geweint – doch, als sie das Kind zum ersten Mal im Arm hielt, aber das waren Tränen des Glücks gewesen. Johanna weinte auch, sie saß auf dem grünsamtenen Sofa, hatte einen Arm auf die Lehne gestützt und weinte lautlos, aus weit offenen Augen. Johannes trat zu ihr, legte ihr die Hand auf die Schulter. Er fand es gut, dass sie weinten, auch seine Augen waren feucht. Tränen konnten heilen. Dann nahm er die Kornflasche, füllte noch einmal ihre Gläser, sagte: »Es ist Sonnabendnachmittag. Später Nachmittag. Ich nehme an, dass Vater noch an seiner Predigt arbeiten muss. Möchtest du nicht ein wenig an die Luft gehen, Helga? Ich jedenfalls werde das jetzt tun.«

»Ich kann doch nicht«, antwortete Helga, ohne den Kopf zu heben. »Jeder wird mich anstarren.«

»So viele Leute werden bei dem Wetter nicht unterwegs sein. Außerdem will ich nicht durch die Stadt gehen. Ich stelle mir vor, wir setzen uns in meinen Wagen und fahren ein Stück hinaus und gehen im Wald spazieren.«

»Das wäre – das wäre wunderbar«, flüsterte Helga. »Aber ich trau mich nicht.«

»Du traust dich schon, wenn ich dabei bin. Außerdem ist es eine ärztliche Verordnung. Wann bist du das letzte Mal spazieren gegangen?«

Helga hob den Kopf. »Daran kann ich mich gar nicht mehr erinnern, das muss Jahre her sein.«

»Also! Regenmantel, feste Schuhe, Mütze, dann geht's los. Mutti wird sich hinlegen, Vater hat zu arbeiten, und wir laufen. Wenn wir zurückkommen, werde ich ein Bier trinken und ein Schinkenbrot essen, dann werde ich ein paar Stunden schlafen, morgen Nachmittag habe ich Dienst in der Klinik. Alles klar?«

Pastor Rohde ließ seine Tochter los und lächelte seinem Sohn zu. »Alles klar. Du hast die richtigen Anordnungen getroffen. Von dem, was war, wird nicht mehr gesprochen, nicht heute und nicht morgen. Wir müssen von dem sprechen, was geschehen wird. Schade, dass du nicht länger bleiben kannst, Johannes.«

»Ich habe weiter klare Anordnungen zu geben. Es ist Juni, es ist die Zeit der hellen Nächte, und spätestens übermorgen wird die Sonne scheinen. Ich würde vorschlagen, Vater, du rufst noch heute Abend Onkel Dirk an und sagst ihm, dass wir gern von seinem Angebot Gebrauch machen und für einige Zeit sein Haus bewohnen.«

»Wer, wir?«, fragte Johanna und wischte sich energisch über die nassen Wangen. »Helga und ich?«

»Nein, Helga und Torsten. Du kannst mit hinfahren und ihr helfen, sich dort einzurichten. Oder vielleicht fahrt ihr erst mal nach Lübeck was einkaufen, ewig kann sie ja nicht in dem blauen Fummel rumlaufen. Und sie braucht ein paar Lebensmittel in dem Haus, Kaffee und Zucker und Kartoffeln, na, eben von allem was, und du musst ihr zeigen, wo die nächsten Läden sind. Das Haus hat einen schönen großen Garten, es ist sehr gemütlich eingerichtet, Bücher sind da, Radio, Fernseher, alles, was der Mensch zum Leben braucht. Zur Ostsee ist es nicht weit, und wenn das Wetter schön ist, kann sie mit Antje und Torsten am Strand sein, schwimmen wäre auch sehr gesund – wann bist du zuletzt geschwommen?«

Das Tempo, das Johannes vorlegte, verwirrte sie alle. Aber dennoch war plötzlich eine andere Stimmung da, Leben, Bewegung war in den Raum gekommen.

»Das ist auch schon lange her«, sagte Helga. »Aber nicht so lange wie Spazierengehen. Wir hatten einen Pool in dem feinen Haus.«

»Na, auch schon was, ein Pool. Hier hast du das Meer. Und soweit ich mich erinnere, bist du eine großartige Schwimmerin, es war immer schwer für mich, dich zu schlagen.«

»Oh ja. Hast du Antje gesagt?«

»Habe ich. Sie könnte eine Zeit lang bei dir bleiben, erstens kennt sie sich ja offenbar gut mit Torsten aus, und er ist an sie gewöhnt, und an dich muss er sich erst wieder gewöhnen, zweitens wird sie ganz froh sein, Tante Dörte eine Weile zu entkommen. Ihre Bücher kann sie ja mitbringen. Sie wird dich gut unterhalten, ihr Mundwerk steht keine Minute still.«

»Aber – wird sie nicht Angst vor mir haben?«

»Antje? Da kennst du sie schlecht. Du wirst laufen, Rad fahren, schwimmen, ordentlich essen, Mutti wird dich manchmal besuchen und nach dem Rechten sehen. Dort bleibst du so lange, bis du merkst, dass du aufbrechen willst.«

»Aufbrechen? Wohin?«

»Na, auf den Weg, von dem Vater vorhin sprach. Irgendetwas fällt dir vielleicht ein. Ich habe mir Onkel Dirks Haus nicht als Altersruhesitz für dich vorgestellt.«

Pastor Rohde und Johanna hatten schweigend dem Dialog der Geschwister gelauscht. Nun lachte der Pastor leise. »Man kann dem lieben Gott dankbar sein, wenn man einen klugen Sohn hat. Ich werde gleich nachher mit Dirk telefonieren. Und nun macht, dass ihr rauskommt an die frische Luft. Bleibt nicht zu lange, damit Johannes wirklich noch ein paar Stunden schlafen kann.«

Wieder einmal blickte Helga von einem zum anderen, ihr Gesicht war ganz weich, alle Härte war daraus verschwunden, sie sah rührend jung aus. Wieder stiegen Tränen in ihre Augen.

Johannes ergriff ihre Hand. »Los, komm schon.« Und zu Johanna: »Tschüss, Mutti, in zwei Stunden sind wir wieder da. Kann sein, ich esse auch zwei Schinkenbrote.«

Das Haus lag auf der Anhöhe zwischen Timmendorfer Strand und Scharbeutz, es war ziemlich groß und sehr gemütlich eingerichtet.

»Für ein Ferienhaus ist das ja höchst komfortabel«, meinte Johanna Rohde, nachdem sie mit Helga in Onkel Dirks Refugium eingetroffen war.

»Bist du denn noch nie hier gewesen?«, fragte Helga.

»Nö, wann denn? Ich hab doch in meinem Leben nie Zeit gehabt, mal irgendwas nur aus Vergnügen zu tun.«

Helga nickte. »Ein Mann, ein Pastorat, eine Gemeinde mit tausend Ansprüchen und Wünschen, vier Kinder großgezogen, zwei gelungen, eins ein wenig problematisch und eins total missraten und bloß noch zum Wegschmeißen gut.«

»Ich schmeiß keins von meinen Kindern weg«, sagte Johanna gelassen. »Wenn eins das selber mit sich tun will, dann muss es das auch vor mir und vor dem lieben Gott verantworten.«

Helga schwieg und ging hinaus in den Garten.

Das war drei Tage nach dem langen Gespräch im Pfarrhaus, also am Dienstag. Der Sonntag war sehr still verlaufen, keiner wollte mehr über das Vergangene reden, erst recht nicht von der Zukunft. Helga blieb meist in ihrem Zimmer, sie ging keinen Schritt aus dem Haus, auch nicht in den Garten, vor lauter Angst, es könne sie einer sehen. Am Montag bestimmte Pastor Rohde: »Morgen fahrt ihr zu Dirks Haus. So geht das nicht weiter.«

»Und was soll dort sein?«, fragte seine Frau.

Am Dienstag also setzte sich Johanna an das Steuer des Opels, Helga kletterte in den Fond und kauerte sich zusammen, während sie durch das Städtchen fuhren, am liebsten hätte sie sich auf den Boden gesetzt, vor lauter Angst, dass man sie erkennen könnte. Sie wusste ja, dass des Pastors Wagen bekannt war, und dass es Vorkommen konnte, einer winkte, weil er irgendetwas auf dem Herzen hatte. Doch sie kamen unbehelligt auf die Landstraße, Johanna fuhr schneller, als es ihre Art war, denn Helgas Nervosität steckte sie an.

Johanna blieb zwei Tage, fuhr einige Male zum Einkaufen, brachte die notwendigsten Lebensmittel ins Haus, obwohl das gar nicht nötig gewesen wäre, denn schon am ersten Abend erschien Herr Niederreit, der sich um das Haus kümmerte, wenn keiner da war, und erklärte, dass er wie immer alles besorgen würde. Dirk Jansen hatte ihn von dem Besuch verständigt, sonst offenbar keinerlei Kommentar gegeben, denn Herr Niederreit war ganz unbefangen und schien keine Ahnung von den Ereignissen zu haben. Ebenso wenig seine Frau, die am nächsten Vormittag in seiner Begleitung auftauchte und ihre Dienste anbot, sie mache hier immer sauber und räume auf, und man solle ihr bitte sagen, wann und wie oft sie kommen solle.

»Sag ihr, dass das nicht nötig ist«, bat Helga ihre Mutter.

Johanna ging stattdessen mit den Niederreits in den Garten, lobte die Blumen und das heranwachsende Gemüse, führte ein sachverständiges Gespräch über Rasenpflege und Rosenzucht und verständigte sich auf diese Weise auf das Beste mit den beiden.

»Meine Tochter war krank«, sagte sie schließlich, »sie braucht vor allem Ruhe und soll sich erholen. Ich glaube, es genügt, wenn Sie einmal in der Woche kommen.«

»Aber wenn sich die Dame erholen soll, ist es doch besser, ich komme öfter. Und ich kann auch gerne für die Dame kochen«, erbot sich Frau Niederreit.

»Und ich kaufe alles ein und besorge ihr, was sie will«, schloss sich Herr Niederreit an. »Sie muss mir nur immer sagen, was sie braucht.«

Johanna unterdrückte einen Seufzer. Und beschloss in der gleichen Minute, auf die Anregung ihres Sohnes zurückzukommen. Helga konnte hier nicht allein bleiben, Haus und Garten und die schöne Landschaft konnten sie von ihrer Depression nicht heilen, im Gegenteil, je ruhiger ihr Leben sein würde, desto tiefer würde sie sich in ihrer Qual verlieren. Antje musste her, und das Kind. Noch am gleichen Abend rief sie bei Tante Dörte an und führte ein kurzes, aber inhaltsreiches Gespräch mit ihrer jüngsten Tochter.

Antje sagte nämlich ganz unumwunden: »Ich weiß Bescheid. Johannes hat mich gestern angerufen. Er hat mir erklärt, was zu tun ist.«

»So«, machte Johanna verwundert. Waren ein Bruder und eine Schwester in dieser Situation hilfreicher als eine Mutter?

»Und – wie stellst du dir das vor?«, fragte sie.

»Ist schon alles geritzt. Detlev wird mich Sonnabend fahren, da hat er Ausgang. Mach dir keine Sorgen, Mutti, ich krieg das hin.«

Ohne Antje wäre es wirklich nicht gegangen. Drei Tage war Helga allein, nachdem ihre Mutter heimgefahren war, und während dieser drei Tage verkroch sie sich wie ein krankes Tier im Haus, am liebsten hätte sie das Bett nicht verlassen. Doch dann kam Frau Niederreit und fragte: »Geht es Ihnen nicht gut, Fräulein Rohde? Soll ich einen Arzt holen?«

Mit Mühe unterdrückte Helga einen hysterischen Anfall. »Nein, nein, danke, mir geht es gut. Ich brauche keinen Arzt. Wirklich nicht.«

»Wir haben nämlich einen guten Doktor, der Karl und ich. So ein netter Mann. Und sehr tüchtig.«

»Wirklich, Frau Niederreit, mir geht es gut.«

»Wollen Sie sich nicht ein bisschen in den Garten legen, Fräulein Rohde? Ich stelle Ihnen den Liegestuhl raus.« Der Liegestuhl erwies sich als ein Prachtexemplar, ein wahres Liegebett, weich gepolstert, er stand im Schatten der Linde, die gerade zu blühen und zu duften begann. Und Helga dachte: Er wird nie mehr sehen, wie eine Linde blüht. Er wird die Rosen nicht sehen. Der Duft der Rosen, der Duft der Linde – warum sollen sie nur noch für mich da sein?

Und weiter: Was würde Vater sagen? Hat er eigentlich je mit uns über ein Jenseits gesprochen? Ob es da Linden gibt, ob es da Rosen gibt? Komisch, er war eigentlich immer sehr zurückhaltend zu diesem Thema. Einmal, daran erinnere ich mich, da hatten wir ein Konzert in der Stadt, das muss so … ja, ich war vielleicht elf oder zwölf, es war das Brahms-requiem, ich hab das da zum ersten Mal gehört, und Vater sagte hinterher: Wenn es ein Paradies gäbe, dann wünschte ich mir, man könnte dort Musik hören. Und Professor Tiedemann, ja, das fällt mir auch ein, er war dabei, und er war noch nicht lange da, er war gerade emeritiert, und seine Frau lebte noch, und er sagte: das Brahms-Requiem ist eigentlich mehr dafür geschaffen, die Lebenden zu mahnen. Hast du keine andere Musik für dein Paradies? Und Vater lachte und sagte: Ich würde gern Schubertlieder hören. Und dann sagten sie alle, die dabei waren, was sie gern hören würden, wenn sie tot wären. Und als ich gefragt wurde, machte ich ein dummes Gesicht, und es fiel mir nichts ein, so viel Musik kannte ich ja auch nicht, und Johannes sagte: Hänschen klein, das wird sie wohl gern hören. Ich gab ihm einen Schubs.

So drehten sich ihre Gedanken im Kreis, während sie unter der Linde lag, sie blätterte auch mal in der Zeitung, die Herr Niederreit mitgebracht hatte, sie nahm sich ein Buch und ließ es nach wenigen Seiten ins Gras fallen, weil keines der Worte ihren Kopf wirklich erreichte. Das brachte sie jedoch dazu, darüber nachzudenken, welch große Rolle die Bücher in ihrer Jugend und später in ihrer Studienzeit gespielt hatten. Konnte es möglich sein, dass alles, was früher ihr Leben bestimmt hatte, aus diesem Leben herausgefallen war wie überflüssiger Ballast? Doch da war eine verborgene Kraft in ihr, die sich dagegen wehrte. Sie hatte versucht, sich das Leben zu nehmen, und hatte es auf kindische Art versucht, die von vornherein zum Scheitern verurteilt war. Darauf folgend hatte sie sich, wie Sam Greenstone sagte, geschickt und intelligent in dem Prozess verhalten.

Und nun lag sie hier, grübelte und jammerte vor sich hin. Andreas war tot, das war eine Tatsache, mit der sie sich im Grunde abgefunden hatte. Und sie stellte sich auch ganz klar die Frage: Habe ich ihn eigentlich noch geliebt?

Auf diese Frage wusste sie keine Antwort.

Sie hatte einen Mann getötet, im Prozess wurde sie freigesprochen, und sie konnte diese Tat bis heute nicht bereuen.

Soweit ordneten sich ihre Gedanken ganz übersichtlich. Blieb nur die Frage, was weiterhin geschehen sollte.

Sie konnte noch einmal versuchen, ihr Leben zu beenden, und dann musste der Versuch erfolgreich sein. Leicht war das nicht. Sie dachte an das Meer da unten, sie konnte weit hinausschwimmen, so weit, bis die Kräfte sie verließen. Aber wie Johannes schon gesagt hatte, sie war eine gute Schwimmerin, es würde schwierig sein, sich auf diese Weise umzubringen.

Und eigentlich wollte sie es gar nicht mehr. Das wurde ihr ebenfalls klar.

Was wollte sie dann? Doch das Studium wieder aufnehmen? So wie sie hier lag, war sie nicht einmal imstande, einen Roman zu lesen, ohne dass ihre Gedanken abirrten. Und was sollte es für einen Zweck haben? Studium, noch einige Semester, Staatsexamen, Referendarzeit, an einer Schule unterrichten – es war absurd. Sie würde in diesem Fall den Verlauf ihres Lebens nicht verschweigen können, sie musste sich bloßstellen, und damit würde jedem klar sein, dass sie ungeeignet war, Kinder zu unterrichten und zu erziehen. Sie wollte es auch nicht mehr.

Was aber wollte sie denn, was konnte sie denn, wo war denn ein Ansatzpunkt für irgendeine Art von Leben? Ein neues, ein anderes Studium beginnen? Auch darum kreisten ihre Gedanken. Oder einfach einen Job suchen in einem Büro, in einem Geschäft? Die Welt erschien ihr ohne Möglichkeiten für einen Menschen, der keine Ausbildung hatte, in welcher Branche auch immer, und dazu noch mit einer Vergangenheit belastet war, die er verschweigen musste. Angenommen, sie würde als Verkäuferin arbeiten wollen, wer würde sie denn einstellen? Sie blickte auf das blaue Kittelkleid, das sie auch hier täglich trug, und kam zu der Erkenntnis, dass sie zweifellos unfähig war, Kleider zu verkaufen. Na gut, es gab auch andere Dinge zu verkaufen. Müßig spielten ihre Gedanken mit dem Plan, sie ging alle Dinge durch, die ihr einfielen und die sich in einem Laden verkaufen ließen. Wer würde sie denn engagieren, da sie von all diesen Dingen keine Ahnung hatte. Dann fiel ihr das Lokal in Dahlem ein, das hatte sie doch ganz gut gemacht, der Wirt und seine Frau waren mit ihr zufrieden gewesen und die Gäste ebenfalls. Vielleicht war das eine Möglichkeit.

Stunde um Stunde verbrachte sie damit, sich ein mögliches Leben auszumalen, um immer wieder bei dem Schluss zu landen: Für mich gibt es kein Leben mehr. So lag sie da, starrte in die Linde hinauf, das Buch lag im Gras, die Hände hingen leer zu beiden Seiten ihres schmalen Körpers herunter.

Frau Niederreit, die sie vom Küchenfenster aus beobachtete, sagte zu ihrem Mann: »Ob sie was mit dem Kopf hat? Ich meine, ob sie nicht ganz richtig ist?«

»Du meinst, ob sie in einer Klapsmühle war?«, fragte Herr Niederreit unumwunden.

»Irgend so was, ja. Sie liegt da und redet kein Wort und starrt nur in die Luft. Seit ihre Mutter weg ist, hat sie nichts gegessen. Frühstück hat sie sich offenbar gar nicht gemacht, es ist keine Tasse und kein Teller da. Alles, was wir gestern eingekauft haben, ist im Kühlschrank, und keiner hat davon etwas weggenommen. Das Brot ist, wie wir es gebracht haben. Jetzt ist es drei Uhr Nachmittag. Weißt du, was? Ich mach jetzt einfach was zu essen und trag es ihr hinaus.«

»Was denn?«

»Ich brauch bloß aufzuwärmen, was ihre Mutter noch gekocht hat. Das ist 'ne Gemüsesuppe mit Rindfleisch drin. Das Fleisch haben wir vorgestern mitgebracht, Frau Rohde hat gekocht und alles Gemüse, das wir auch mitgebracht haben, hineingeschnippelt. Ich mach es jetzt warm und werde es kosten, und dann bringe ich ihr einen Teller voll. Sie ist klapperdürr, sie muss was essen.«

Die Suppe schmeckte vorzüglich, fand Frau Niederreit, sie füllte einen tiefen Teller damit und trug ihn in den Garten, stellte ihn auf den viereckigen Holztisch, der gleich neben der Hintertür an der Hauswand stand, ein Tisch, an dem die Jansens bei schönem Wetter zu essen pflegten, wie Frau Niederreit wusste.

»Hier ist Ihre Suppe«, sagte Frau Niederreit ohne weitere Einleitung in Richtung Liegestuhl, der sich nur drei Schritte entfernt von dem Tisch befand. »Aber kommen Sie gleich, sonst wird sie kalt.«

Helga erhob sich ohne Widerspruch, setzte sich an den Tisch und begann zu essen. Frau Niederreit beobachtete sie mit Aufmerksamkeit.

»Schmeckt sehr gut, danke«, sagte Helga, nervös geworden unter ihrem Blick.

»Hat Ihre Mutter noch gekocht. Es ist noch mehr da, warten Sie, ich bringe den Topf heraus.«

»Nein, nein, danke, das genügt mir schon.«

Frau Niederreit ließ sich nicht beirren, brachte einen Untersetzer und den Topf mit der heißen Suppe und stellte ihn mitten auf den Tisch.

»Ich denke, für heute haben Sie alles, Fräulein Rohde. Brot ist da, Schinken, Butter, Käse, Eier. Kaffee und Tee sind im Haus, ein Kasten Bier und ein Kasten Mineralwasser ebenfalls. Wenn Sie die Suppe nicht aufessen, stellen Sie den Topf wieder in den Kühlschrank. Aber erst, wenn er abgekühlt ist.«

Helga hob den Blick vom Teller und sah Frau Niederreit flüchtig an. Sie behandelt mich wie eine Idiotin, dachte sie, ich muss einen seltsamen Eindruck auf die Leute machen. »Was soll ich Ihnen morgen mitbringen?«

»Morgen?« Helga legte den Löffel in die Suppe.

»Ja, morgen. Sie können die Suppe noch mal aufwärmen, aber vielleicht möchten Sie mal was anderes essen. Soll ich Fisch mitbringen? Oder mal ein Kalbsschnitzel?«

»Sie brauchen wirklich nicht jeden Tag zu kommen. Es ist ja nichts zu tun hier. Und Sie haben eben gesagt, die Suppe reicht morgen noch.«

»Ich werd mal sehen«, sagte Frau Niederreit. »Also denn geh ich jetzt. Tschüss, Fräulein Rohde.«

Zu ihrem Mann sagte sie, als sie das Haus verließen: »Ich musste gehen, sonst hätte sie keinen Löffel mehr gegessen. Sie hat es nicht gern, wenn man mit ihr redet. Vielleicht isst sie die Suppe auf, wenn sie allein ist.«

Helga aß die Suppe nicht auf, aber wenigstens leerte sie den Teller, der vor ihr stand. Doch das war schon mühselig, ihr Widerwillen gegen Essen jeder Art war geblieben. Nur der Matjes neulich zu Hause, der hatte gut geschmeckt, erinnerte sie sich.

Sie kam jedoch nicht auf die Idee, dass es ihr geschmeckt hatte, weil sie mit den anderen am Tisch saß, denen es auch schmeckte.

Sie lauschte ins Haus, hörte, wie das Auto der Niederreits fortfuhr. Was die wohl von ihr dachten?

Die halten mich für schwachsinnig. Ob sie wirklich nicht wissen, wer ich bin? Sie nennt mich Fräulein Rohde. Es gibt Menschen, die nicht wissen, wer ich bin. Es gibt sicher sogar viele Menschen, die nicht wissen, wer ich bin.

Der Gedanke hatte etwas Tröstliches. Als sie wieder in dem Liegestuhl lag, begann sie darüber nachzudenken, wo sie hingehen könnte, in welches Land, in welche Stadt, wo wirklich kein Mensch je von ihr gehört hatte. Vielleicht konnte sie ihren Mädchennamen wieder annehmen, so etwas gab es doch. Aber sicher musste man da erst zu einer Behörde gehen und das begründen. Und dann kam doch alles heraus. Müller war auch kein schlechter Name, um sich dahinter zu verstecken. Aber die Vorstellung, aus diesem Liegestuhl aufzustehen, aus dem Haus zu gehen, etwas zu unternehmen, war furchterregend. Sie war noch nicht am Meer gewesen, noch nicht in einem der naheliegenden Orte, und sie würde auf keinen Fall das Haus verlassen, nicht den Garten, nicht die Linde, die sie beschützte.

Aber sie würde nachher den Topf, der noch auf dem Tisch stand, ins Haus tragen und in den Kühlschrank stellen.

Und ihren Teller abspülen. Und vielleicht ein Glas Wasser trinken. Das waren schon eine Menge Unternehmungen für diesen Tag.

Das alles änderte sich, als Antje kam.

Sie kam Sonnabend am Nachmittag, und Haus und Garten waren sofort voller Leben. Sie brachte ihren Freund Detlev mit, dessen Bild Helga schon gesehen hatte. Ein großer blonder Junge mit strahlenden blauen Augen in Jeans und einem weißen Polohemd. Der dreijährige Torsten kam als erster in den Garten gelaufen, außen um das Haus herum. Helga lag wieder im Liegestuhl, das Buch diesmal im Schoß. Während des Wochenendes waren zu den benachbarten Häusern öfter Wagen gekommen, sie hatte nicht darauf geachtet und daher auch nicht bemerkt, dass diesmal ein Auto vor ihrem Garten vorgefahren war. »Na, Mensch, du hast es ja idyllisch hier«, rief Antje statt einer Begrüßung. »Und ein Superwetter ist das! Ich hab gar nicht erwartet, dass du hier bist, ich dachte, du bist am Strand. Warst du schon mal im Wasser? Noch ziemlich kalt, was?«

Helga hatte sich aufgerichtet, da war Antje schon bei ihr, schlang die Arme um sie und küsste sie herzhaft auf den Mund. Dabei verloren beide das Gleichgewicht und plumpsten in den Liegestuhl. »Das ist Detlev«, sagte Antje, nachdem sie sich hochgerappelt hatte, »und hier hast du dein freches Stück von Sohn.«

»Tach«, sagte Detlev, streckte Helga die Hand hin und lachte sie an. Er war ganz unbefangen, benahm sich so, als hätten sie sich gestern erst gesehen.

Torsten dagegen machte ein ernstes Gesicht, er sah seine Mutter mit großen dunklen Augen erwartungsvoll an. Er sah Andreas sehr ähnlich. Antje hatte ihn sorgfältig vorbereitet, denn er sagte artig: »Guten Tag, Mami.«

Helga nahm seine kleine Hand, sprechen konnte sie nicht, ein kalter Griff presste ihre Kehle zusammen.

»Also da sind wir«, stellte Antje fest. »War 'ne ziemlich lange Fahrt. Wie gefällt's dir denn hier? Ich war schon mal hier, da hatte mich Onkel Dirk zu Pfingsten eingeladen. Richtig warm heute. Ich stecke bestimmt noch meine Füße in die Ostsee.«

»Ich auch«, schrie Torsten, zog seine Hand aus Helgas Hand und begann, den Garten zu erforschen.

»Hilfst du uns mal beim Ausladen?«, fragte Antje. »Wir haben eine Menge Kram mitgebracht. Tante Dörte scheint zu denken, du bist dem Hungertod nahe. Einen prachtvollen Aal habe ich dabei, den könnten wir heute Abend essen. Und Eier habe ich auch, dann kann ich Rührei dazu machen.«

»Eier sind da«, lauteten die ersten Worte, die Helga sprach.

»Na prima, dann machen wir einen großen Berg Rührei. Torsten isst das auch gern. Hast du Bier im Haus? Detlev will sicher 'n Bier. Sonst muss er gleich fahren und welches holen.«

»Bier ist da«, sagte Helga.

»Bestens. Torsten!« Das kam laut und energisch. »Lass die Johannisbeeren stehen, die sind noch nicht reif. Dann kriegst du wieder Bauchweh. Und deine Spielsachen kannst du selber reintragen. Na los, komm schon.«

Das Auto erwies sich als ein stattlicher Mercedes, und es war wirklich vollgepackt bis in den letzten Winkel. Antjes Sachen, Torstens Sachen, was außer Garderobe in Antjes Fall noch einen Stapel Bücher betraf, in Torstens Fall eine Menge Spielzeug. Auch Detlev hatte einen kleinen Koffer dabei, und Antje klärte die Lage gleich.

»Detlev kann heute hier übernachten, er muss erst morgen Abend wieder einrücken.« Dann packte sie Helga die Bücher auf den Arm. »Ich muss büffeln, Befehl von Tante Dörte. Ich hab auch einen Brief an dich. Ich kann dir gleich sagen, was drinsteht. Du sollst dafür sorgen, dass ich arbeite, und du sollst möglichst mit mir arbeiten. Sie schreibt, da du ja schließlich mal auf Lehrerin studiert hast, müsstest du das können. So hab ich mir Ferien immer vorgestellt.« Antje sah sich aufatmend um, als der Wageninhalt im Wohnzimmer gelandet war.

»Sieht ja fabelhaft aus. Eben war's noch ganz ordentlich hier. Na, ich räum das später weg. Sehen wir uns erst mal die Schlafzimmer an. Torsten, wo wirst du denn schlafen?«

»In einem Bett«, schlug Torsten vor.

»Weiß ich noch nicht. Kann sein, wir packen dich in den Keller auf einen Strohsack.«

Es waren drei Schlafzimmer im Haus, das eheliche Schlafzimmer der Jansens und zwei kleinere Zimmer, in dem einen standen zwei Betten, in dem anderen ein Bett. Im letzteren schlief Helga, das größere Zimmer hatte ihre Mutter bewohnt.

»Aha, aha, aha«, machte Antje, als sie alles besichtigt hatte. »So ungefähr hatte ich's im Gedächtnis. Das ist das Zimmer von Onkel Dirks Tochter, aber die kommt selten her, die ist in Paris. Wie findeste das? Toll, nicht? Und das ist so 'ne Art Gästezimmer. Also Detlev und ich schlafen hier«, sie wies mit großer Selbstverständlichkeit auf das Schlafzimmer der Jansens, »und du kriegst das Gästezimmer, Torsten.«

»Da hab ich zwei Betten«, konstatierte Torsten mit Befriedigung.

»Eben. In welchem willst du denn schlafen?«

»In allen beiden«, verkündete Torsten.

»Wie machst du das denn? Legst du in das eine den Kopf und in das andere die Beine?«

Darüber wollte Torsten sich totlachen.

»Muss ich nur die Betten noch beziehen. Na, das mach ich später.«

»Das kann ich doch machen«, bot Helga an.

»Auch gut. Jetzt müssen wir erst mal was trinken. Hast du Limo für Torsten?«

Limo war nicht da.

»Milch?«

»Ja, ich glaube, Milch ist da.«

»Ich will keine Milch, ich will Limo.«

»Du trinkst, was da ist. Nachher fahren wir mal ein Stück und suchen eine Kneipe, wo wir eine Flasche Limo kriegen. Willst du 'n Bier, Detlev, oder soll ich Tee kochen?« Detlev lächelte Helga an. »Tee wäre gut, nicht? Bier trinken wir dann zum Aal.«

Antje nickte. »Einteilung ist das halbe Leben. Kochste mal Tee, Helga?«

So fand sich Helga unversehens in der Küche, Tee hatte sie hier noch nicht gekocht. Einmal am Morgen eine Tasse Kaffee. Sonst hatte sie immer nur Mineralwasser getrunken, das war am einfachsten.

»Aber mach 'ne große Kanne«, rief Antje über die Schulter zurück. »Wir haben alle Durst. Butterkuchen hab ich auch, den hab ich sogar selber gebacken.«

Es stellte sich nicht die Frage, ob Helga Kuchen essen wollte oder nicht, ein goldgelbes großes Stück Butterkuchen landete auf ihrem Teller, als sie kurz darauf um den Tisch im Garten saßen.

»Schmeckt er dir?«, fragte Antje erwartungsvoll, nachdem Helga den ersten Bissen in den Mund gesteckt hatte. »Ganz prima«, sagte Helga und lächelte ihre kleine Schwester an.

»Kuchenbacken liegt mir eben mehr als Mathematik und Latein. Menschen haben nun mal verschiedene Talente, nicht? Kochen kann ich auch ganz gut. Viel besser als Birgit, die lässt immer alles anbrennen. Wie ist das eigentlich mit dir? Kochst du gern? Ich weiß das gar nicht mehr.«

Während sie sprach, biss sie ein großes Stück von ihrem Kuchen ab, und Detlev sagte: »Du gibst deinem Neffen ein schlechtes Beispiel. Mir hat man beigebracht, man soll mit vollem Mund nicht sprechen.«

»Na, dann halt den Mund und iss.« Sie grinste Torsten an, der zurückgrinste.

Ihre Frage hatte sie nicht vergessen.

»Sag mal, kochst du gern?«

Helga musste erst überlegen, wann sie das letzte Mal gekocht hatte. In Berlin war es, und es hatte Andreas immer geschmeckt.

Sie schluckte, dann nickte sie.

»Ja, ich koche gern.«

»Na, dann kannst du morgen für uns kochen. Wir haben drei wunderbare Schweinefilets mit von Tante Dörtes Schlachter, der ist überhaupt große Klasse. Und dazu machen wir …« Antje kaute ihren Kuchen und überlegte. »Mal sehen, was so an Gemüse im Haus ist. Kartoffeln haste, ja?«

»Kartoffeln sind da.«

So ging es den restlichen Nachmittag und Abend über, Helga kam kaum zur Besinnung. Später stiegen sie den schmalen Pfad zur Ostsee hinab, mussten eine Weile warten, bis sie die Straße überqueren konnten, denn es war dichter Wochenendverkehr.

Antje zog die Schuhe aus, krempelte die Hosenbeine auf und watete ins Wasser.

»Geht ja so«, meinte sie dann. »Fünfzehn Grad schätze ich. War ja ’ne Weile schlechtes Wetter. Da muss erst mal ein paar Wochen lang die Sonne draufscheinen.«

»Ich will auch«, schrie Torsten.

»Na los, zieh die Schuhe aus. Worauf wartest du denn noch?«

Am Abend aßen sie Aal mit Rührei, tranken Bier dazu, für Torsten hatte Detlev Limo besorgt, aber schon während des Essens fielen ihm die Augen zu, und gleich danach sagte Antje: »Bringst du Torsten denn mal zu Bett? Gebadet ist er schon.«

»Ich?«, fragte Helga.

Antje, ganz ernst auf einmal, sah ihre Schwester aus großen Augen an. »Klar, du. Wer sonst?«

Helga hatte gegessen, Aal, Rührei, zwei Butterbrote, und ein Glas Bier hatte sie auch getrunken, ganz selbstverständlich, und geschmeckt hatte es ihr auch.

Etwas anderes war es, das Kind zu Bett zu bringen. Es schien eine schwierige, kaum zu bewältigende Aufgabe zu sein. Aber Torsten machte es ihr leicht.

»Ich bin nämlich gar nicht müde«, sagte er.

»Nein?«, fragte Helga. »Aber du bist doch heute weit gefahren. Da wäre ich sehr müde.«

»Ich nicht.« Er stieg umständlich aus seinen Hosen, Helga bückte sich, um ihm zu helfen, doch er stieß entschieden ihre Hand zurück. »Ich kann allein. Antje sagt, wenn man ein großer Junge ist, muss man sich auch selber ausziehen können.«

»Kannst du dich denn auch selber anziehen?«

»Klar.«

Als er im Bett lag, stand Helga unentschlossen neben dem Bett und blickte auf das Kind hinab. Andreas' dunkle Augen, ihr blondes Haar.

»Nun müssen wir beten«, mahnte Torsten sie.

Sie setzte sich auf den Bettrand, das Kind faltete die Hände. »Ich bin klein, mein Herz ist rein, soll niemand drin wohnen als das liebe Jesulein. Amen.« Er löste seine Händchen, dann blickte er zu ihr auf, faltete die Hände noch mal. »Und ich danke dir, liebes Jesulein, dass meine Mami wieder da ist.«

Helga stiegen die Tränen in die Augen.

»Nun musst du mir einen Gutenachtkuss geben«, forderte ihr Sohn. Sie beugte sich herab und küsste das Kind auf die Stirn.

»Schlaf gut«, flüsterte sie.

Es dauerte eine Weile, bis sie zu den beiden anderen ins Wohnzimmer zurückkehren konnte. Sie stand in ihrem Zimmer, die Hand auf den Mund gepresst, Tränen liefen über ihr Gesicht.

Auf einmal war Andreas ganz nahe, es war, als stünde er neben ihr. »Andreas«, flüsterte sie. »Andreas!«

Als sie noch einmal in das Zimmer schaute, schlief das Kind schon. Antje sah ihr an, dass sie geweint hatte. Sah es und übersah es. Sie war siebzehn, aber für ihr Alter nicht nur eine praktische und tüchtige kleine Person, Latein her und Mathematik hin, sondern auch klug genug, um die Gefühle der großen Schwester zu verstehen.

»Hat er sich anständig benommen?«, fragte sie.

Helga nickte.

»Er war ziemlich müde. Sonst gibt es immer ein Theater, bis er ins Bett geht. Fällt ihm immer noch was ein, was er unbedingt tun muss. Hast du auch mit ihm gebetet?« Helga nickte wieder.

»Na, ist ja alles bestens. Trinken wir noch ’n Bier? Soll ich dir mal erzählen, was Tante Dörte gesagt hat? Ich bin gar nicht so dusslig, hat sie gesagt, ich bin nur faul. Wie ich kam, hat sie das gesagt. Lange war ich ja nicht da, die Ferien haben gerade angefangen. Und heute, wie ich wegfuhr, hat sie das Gegenteil gesagt. Faul bist du nicht, das habe ich in den letzten Tagen gesehen, und dusslig kannst du auch nicht sein, sonst würde dir nicht alles so flott von der Hand gehen.« Antje lachte. »Wie findste das denn? Sie hat mich ja mindestens zwei Jahre nicht gesehen und jetzt nach so kurzer Zeit ein lobendes Abschiedswort gefunden.« Sie sah Helga vergnügt an, dann Detlev. Für ihn fügte sie hinzu: »Tante Dörte gilt in der Familie als der Gipfel der Weisheit. Nach Vater natürlich.«

»Ich zum Beispiel«, sprach Detlev bedächtig, »habe dich weder für faul noch für dusslig gehalten. Denn wenn du das wärst, hätte ich nicht dich gerade ausgesucht.«

»Für was ausgesucht?«, fragte Antje listig.

»Na, so als häufigen Umgang.«

Antje schnitt eine Grimasse und sagte zu Helga: »Er ist anspruchsvoll, der Herr Baron. Er stammt nämlich aus 'ner guten Kiste. Alte Holsteiner Familie mit einem großen Gut und einem feudalen Herrenhaus. So dusslig bin ich nun wirklich nicht, dass ich mir nicht genau ansehe, mit wem ich …«

»Antje!«, unterbrach sie der junge Mann in warnendem Ton.

»… mit wem ich gelegentlich Umgang pflege«, vollendete Antje in vornehm-nasalem Ton ihren Satz.

Dann drehte Antje den Fernseher an, Detlev musterte die Bücher im Regal, Helga räumte das Geschirr in die Küche und machte sich gleich an den Abwasch.

Antje steckte den Kopf zur Tür herein. »Du wäschst ab? Prima. Da brauche ich es nicht.«

Als Helga eine Weile später ins Wohnzimmer kam, standen die jungen Menschen, der blonde Detlev und die brünette Antje, am offenen Fenster, er hatte den Arm um ihre Schultern gelegt, draußen war es noch hell, eine Amsel saß in der Linde und sang. Helga blieb an der Tür stehen. Die beiden flüsterten miteinander, nun bog Antje den Kopf zur Seite, er küsste sie auf den Mund. Unwillkürlich lächelte Helga. Die kleine Schwester, die sie immer noch als Kind betrachtete, hatte sehr früh die Liebe entdeckt, und soweit es sich nach der kurzen Bekanntschaft beurteilen ließ, war sie an einen bemerkenswerten jungen Mann geraten – aus guter Familie, gut aussehend, Manieren, Bildung, dazu selbstsicher und selbstbewusst. Genau das war Antje aber auch, gewiss nicht dusslig und faul, sondern ihrer selbst sehr sicher, dazu voll Schwung und Temperament.

F.in ganz erstaunlicher Gedanke ging Helga durch den Kopf: So jung dieses Mädchen ist, sie muss eine gute Geliebte sein. So etwas hätte Helga früher nie gedacht, auch nicht zu der Zeit, als die Liebe in ihr Leben gekommen war. Aber ihr wurde mit einem Mal klar, dass diese Begabung, die Antje von Natur aus zu haben schien, ihr gefehlt hatte. Sie war keine gute Geliebte gewesen, ebenso wenig eine Partnerin, eine Gefährtin. Sie hatte die Liebe entgegengenommen wie ein Wunder, das vom Himmel kam, sie hatte zunächst alles mit sich geschehen lassen, alles mitgemacht, aber dann, als sie an Andreas einen Fehler nach dem anderen entdeckte, hatte sie nur noch abgewehrt, hatte sich geweigert, neben ihm zu gehen, sein Leben mit zu leben. Und heute, plötzlich, wurde ihr klar, dass es hätte gar nicht anders sein können, weil das, was sie für Liebe gehalten hatte, eine große Selbsttäuschung gewesen war. Ein unreifer junger Mann, ein törichtes unerfahrenes Mädchen, die Wichtigkeit, die sie damals ihren revolutionären Gedanken beimaßen, es kam ihr vor, als seien hundert Jahre seither vergangen. Nie mehr würde sie einen Mann lieben können, ganz einfach deshalb, weil sie niemals sich selbst und ihren Gefühlen vertrauen würde, und Liebe war nur noch ein leeres Wort für sie.

Und darum ist es für mich vorbei, dachte Helga, das alles, was die beiden da empfinden.

Sie machte einen Schritt ins Zimmer hinein, Antje und Detlev wandten sich um.

»Schöner Abend heute Abend«, sagte Antje, ohne sich von Detlev zu lösen. »Was machen wir nun?«

»Kleinen Abendbummel?«, schlug Detlev vor.

»Nö. Wir können Torsten nicht allein lassen, die erste Nacht in einem fremden Haus. Wenn er aufwacht, fürchtet er sich.«

»Geht ihr doch«, sagte Helga. »Ich will sowieso nirgendwo hingehen.«

Ehe Antje antworten konnte, sagte Detlev mit großer Bestimmtheit: »Nein, wir lassen Sie nicht allein, Helga. Wie wir gehört haben, neigen Sie zurzeit zu trüben Gedanken. Sie entschuldigen, dass ich das so unverhohlen ausspreche. Es ist schließlich ganz verständlich. Wir wollen den Abend zusammen verbringen. Vielleicht wollen Sie ein bisschen mit uns reden. Oder wenn nicht, dann erzähle ich Ihnen von meinem Leben und meiner Familie.«

Helga setzte sich auf die Sofalehne. »Wo befindet sich Ihr Gut, Detlev?«, fragte sie.

»In der Gegend von Lütjenburg. Ich bin der einzige Sohn, und ich werde das Gut später übernehmen. Zunächst studiere ich in Kiel Landwirtschaft, Betriebswirtschaft, Biologie und was noch zu meiner Arbeit gehören wird.«

»Und ich werde das auch studieren«, mischte sich Antje ein.

»Das wirst du«, sagte Detlev ruhig. »Wir bilden Lehrlinge aus, und es ist nötig, dass die Frau auf dem Gut die richtige Ausbildung hat.«

»Aber um Himmels willen«, sagte Helga, »ist es denn so ernst mit euch beiden? Ihr seid doch noch so jung.«

»Sind wir«, erwiderte Antje. »Eilt ja auch nicht. Er kann sich das noch sechsmal überlegen, nicht? Und ich schließlich auch. Sind man bloß so Pläne. Erst mach ich das Abitur, und dann studiere ich eben. Ich werde euch schon zeigen, dass ich das auch kann. Und einen Hof möchte ich gern bewirtschaften, später mal. Wenn es nicht Detlev ist, muss halt ein anderer ran.«

Detlev lachte und sagte: »Eben. Ich zweifle nicht daran, dass du einen auftreiben wirst.«

»Du bist noch so jung«, wiederholte Helga.

»Na, so alt bist du auch noch nicht. Willst du mir vielleicht Vorwürfe machen, dass ich schon mit einem Mann ins Bett gehe?«

»Ich? Ich wäre wohl die letzte, die sich herausnehmen könnte, dir Vorwürfe zu machen.«

»Wie alt warst du denn, als es mit Andreas angefangen hat?« Ganz ohne Scheu sprach Antje den Namen des Toten aus.

»Neunzehn.«

»Ich bin bald achtzehn. Das ist bei jedem verschieden, verstehst du. Man muss eben einen treffen, den man mag. Genauso gut kann ein Mädchen fünfundzwanzig werden, bis ihr einer begegnet, mit dem sie schlafen möchte. Dafür gibt es keine Regeln. Hildegard war dreizehn, als sich Karl in sie verliebte.«

»Wie bitte?«, fragte Detlev, nahm den Arm von Antjes Schultern und betrachtete sie erstaunt. »Was für eine Hildegard?«

»Habe ich doch gerade gesagt, Karl der Große. Sie wurde die zweite Frau von Karl dem Großen. Er schickte deswegen seine erste an ihren Vater zurück. Damals ging das relativ einfach. Und das mit Hildegard war nicht etwa so eine politische Heirat, es war Liebe. Ich weiß schon, dass man im Mittelalter oft Kinder aus politischen oder dynastischen Gründen verheiratet hat. Aber hier war es anders.

Hildegard wurde seine Königin. Oder war sie schon die dritte? Also das weiß ich jetzt nicht so genau. Im Ganzen hatte er zehn. Von denen man weiß. Können auch mehr gewesen sein.«

»So weit her kann es demnach mit der Liebe nicht gewesen sein«, meinte Detlev, »wenn er Hildegard so schnell wieder ausgetauscht hat.«

»Sie ist doch sicher gestorben, die Arme. Damals starben doch die Frauen pausenlos beim Kinderkriegen.«

Sie mussten beide lachen, Helga und Detlev, und Antje sagte erbost: »So komisch finde ich das gar nicht.«

»Nein, durchaus nicht«, sagte Detlev, »nur deine Formulierung war es. Immerhin – arme Hildegard. Ist sie denn noch Kaiserin geworden an seiner Seite?«

»Siehste, das weiß ich eben nicht. Ich werde Klemke fragen. Das ist unser Geschichtslehrer. Wetten, dass der das auch nicht weiß?«

»Ich werde mich bei Gelegenheit bei dir erkundigen, was Herr Klemke ermittelt hat. Und nun schlage ich vor, dass ich mich auf die Socken mache und zusehe, ob ich irgendwo eine Flasche Sekt auftreibe oder auch zwei. Bier haben wir jetzt genug getrunken. Wären Sie damit einverstanden, Helga?«

»Gibt es denn etwas zu feiern?«, fragte Helga.

»Ich denke doch. Sie sind hier, wir haben uns kennengelernt, Antje hat ein gutes Zeugnis von Tante Dörte bekommen, das Wetter ist schön, und heute kann ich in einem zivilen Bett schlafen. Jede Menge Gründe zum Feiern.«

»Klar, Mensch«, rief Antje und umarmte ihre Schwester stürmisch. »Soll ich dir sagen, was du für mich bist? Du bist eine Heldin.«

»Eine Mörderin.«

»Eine Heldin. So sehe ich das. Und Tante Dörte sieht es auch so. Und nun hau endlich ab, Detlev, und hol den Sekt. Ich mach noch ein paar Brote zurecht.«

»Du hast doch eben erst gegessen.«

»Bis du kommst, habe ich wieder Hunger.«

Es wurde ziemlich spät, bis sie schlafen gingen, denn auf einmal begann Helga dann doch zu sprechen. Nicht so gejagt und gequält wie neulich bei ihren Eltern, sondern ruhig, in resigniertem Ton, immer wieder sich selbst anklagend.

»Ich weiß gar nicht, warum du dich schuldig fühlst«, sagte Antje. »Du hast einen Mann niedergeschossen, der dich mit der Pistole bedroht hat, der deinen Mann so brutal geschlagen hat, dass er an den Folgen dieses Schlages starb. Habe ich es so richtig dargestellt?«

Helga nickte.

»Und ein ekelhafter Dealer war der Kerl auch noch.«

»Und man hat dich im Prozess freigesprochen, was doch beweist, die Geschworenen waren der Meinung, dass du guten Grund hattest, dich gegen diesen Kerl zu wehren«, sagte Detlev. Ganz von selbst hatten sie im Laufe des Abends angefangen, sich zu duzen.

»Ganz so war es nicht«, erläuterte Helga sachlich. »Der Staatsanwalt erkannte Notwehr nicht an. Ich hatte nicht geschossen, weil Milano mich bedrohte, das war ja schon vorher gewesen, sondern aus Wut und aus Hass, weil er Andreas niedergeschlagen hatte. Wir drei waren ja nicht allein, andere waren dabei, und Milano hätte zweifellos vor Zeugen weder auf mich noch auf Andreas geschossen, so dumm war er nicht. Er hatte auch keinen Grund, einen von uns umzubringen. Ich wollte sowieso abreisen, sein Einfluss auf Andreas war groß und würde noch größer sein, wenn ich verschwunden war. Andreas war der beste Verbindungsmann zu den Filmleuten, was die Drogen betraf. Das kam bei dem Prozess zur Sprache. Warum also sollte Milano einen von uns töten? Mit Absicht, meine ich. Dass sein Schlag so hart ausfiel beziehungsweise dass Andreas mit dem Hinterkopf auf die Kamineinfassung stürzte, war ein Unfall. War höchstens Totschlag, kein Mord. Und als ich schoss, wusste ich nicht, dass Andreas tot war. Rache war es nicht, aber Wut und Hass, das schon. Und nicht nur dieser Abend war der Anlass, dass ich so empfand. Das hatte sich bei mir lange angesammelt. Genau genommen seit dem Tag, an dem Andreas mich verließ, um mit den drei Verbrechern in die USA zu fliegen.«

»Waren denn die beiden anderen, die zwei Schwulen, auch Verbrecher?«, fragte Detlev.

»Nein. Das waren sie nicht. Soweit waren sie sogar ganz nett, aber sie waren drogenabhängig, sie waren Milano hörig, und sie hatten Andreas zu diesem Leben verführt. Darum musste ich sie hassen. Ich hatte keinen Mord geplant, auch keinen Totschlag, das erkannte jeder an. Es war zum Teil lang angestauter Zorn, und es war die Reaktion auf Milanos Schlag, der Andreas niederstreckte. Es wurde alles sehr genau analysiert und von diversen Gutachtern untersucht.«

»Das muss schrecklich gewesen sein«, sagte Antje mitleidig.

Ein Zug von Überlegenheit war in Helgas Gesicht gekommen, sie wirkte ruhig und sehr beherrscht, es tat ihr gut, mit den jungen Leuten so emotionslos über das Geschehen zu sprechen, das noch so nahe war und doch auf seltsame Weise sich von ihr entfernte, fast unwirklich wurde.

»Nicht so sehr. Die Zeit vorher war schlimmer. Als der Prozess begann, war ich sehr konzentriert, und wie Sam Greenstone immer sagte, habe ich mich geschickt verhalten. Ich kämpfte um meine Freiheit. Ja, das wollte ich wirklich. Dass ich jetzt schwer fertig werde mit der Freiheit, das ist eine andere Frage. Aber wegen Milano wollte ich nicht im Gefängnis sitzen. Und Andreas war tot. Hätte er mir Geld gegeben, wäre ich schon längst vorher abgeflogen. Dann wäre das alles nicht passiert. Damit argumentierte ich auch. Und ebenso damit, dass ich gedroht hatte, den ganzen Drogenhandel auffliegen zu lassen. Was ein Grund für Milano war, mich auszuschalten. Nein, ich war wirklich ganz klar bei dem Prozess, ganz ruhig. Ich wundere mich heute selber darüber.«

»Du hattest Verstand genug, um zu begreifen, was für dich auf dem Spiel stand. Andreas konntest du nicht mehr helfen. Und einen guten Anwalt hattest du auch«, überlegte Detlev. »Es ist eine ungeheuerliche Geschichte.«

»Sie ist eine Heldin, ich habe es heute schon mal gesagt«, rief Antje. »Ich würde auch schießen, wenn dir einer was tut.«

»Falls du gerade eine Pistole zur Hand hast«, meinte Detlev. »Das war's ja auch, dass die Pistole da war. Angenommen dieser Milano hätte keine Pistole gehabt?«

»Dann hätte er uns nicht damit bedroht, Andreas hätte sie ihm nicht aus der Hand geschlagen, sie wäre mir nicht direkt vor die Füße gefallen. Das waren alles Imponderabilien, die bei dem Prozess zur Sprache kamen. Wo haben Sie denn so gut schießen gelernt? fragte mich der Staatsanwalt. Und ich sagte: Es war das erste Mal in meinem Leben, dass ich eine Waffe in der Hand hielt. Es war Zufall, dass ich so gut getroffen habe. Und er: Würden Sie sagen, es war ein glücklicher Zufall?«

Antje und Detlev blickten Helga gespannt an, Antjes Mund öffnete sich vor Spannung, ihre dunklen Augen hingen an Helgas Lippen. Helga lächelte. »So wie jetzt in diesem Zimmer war es im Gerichtssaal. Eine atemlose Stille, jeder wartete auf meine Antwort, wartete auf Tränen, einen hysterischen Anfall, was weiß ich. Und ich ließ mir Zeit mit der Antwort, ich blickte von einem zum anderen, vom Staatsanwalt zum Richter, zu Sam, dann auf die Geschworenen. In diesem Augenblick war ich fest entschlossen, alles auf eine Karte zu setzen. Dann antwortete ich. Ja, sagte ich. Weiter nichts.«

»Toll«, flüsterte Antje.

»Gekonnt«, sagte Detlev respektvoll.

Helga lachte kurz auf. »Das muss es wirklich gewesen sein, auch wenn ich mir der Wirkung nicht bewusst war. Sam sagte hinterher zu mir, das war ein bühnenreifer Auftritt, sie hätten das in einem ihrer Filme nicht besser machen können.« Sie schob ihr Glas zu Detlev. »Haben wir noch einen Schluck in der Flasche?«

»Noch zwei. Wir kommen ja vor lauter Spannung nicht zum Trinken.« Er füllte die Gläser, sagte dann: »Es ist für mich erstaunlich, wie du mit dieser Prozedur fertig geworden bist, Helga. Stimmt nämlich genau, was Sam sagte, man sieht so was im Film, da ist es mehr oder weniger spannend. Aber es selbst zu erleben ...«, er verstummte, nahm einen Schluck aus seinem Glas.

»Entsetzlich«, sagte Antje, »ganz entsetzlich stelle ich mir das vor. Aber Helga muss fabelhaft gewesen sein.«

»War ich wohl. Sonst säße ich jetzt nicht hier. Aber um ehrlich zu sein, es half mir vieles. Der Abscheu gegen die Drogenszene, die sich in den USA immer weiter ausbreitet und gerade unter jungen Menschen, auch unter den jungen Künstlern, die das im Grunde gar nicht nötig hätten. Dass in diesem Falle der Dealer aus dem Ausland kam. Noch dazu aus Europa. Die meisten kommen ja aus Südamerika. Dann die freundlichen Worte, die über Andreas gesagt wurden. Alle sagten aus, was für ein liebenswürdiger, anständiger junger Mann er gewesen war, ein Schauspieler mit Zukunft, den man extra aus Deutschland geholt hatte. Hoffnungsvolle junge Generation, Nazi konnte er ja nicht mehr sein, arme Nachkriegsgeneration und so, hungrig aufgewachsen, aber immer brav und edel. Das machte Sam sehr gut, und die Filmgesellschaft tat das Ihrige dazu. Sein Verhältnis zu Juliette kam überhaupt nicht zur Sprache. Ich war die liebende Gattin, die gekommen war, um ihm bei seiner Karriere zu helfen, angehende Lehrerin, ein Kind hatten wir auch. Mein respektables Elternhaus, ein Pfarrer. Sie schickten mir auch immer einen zum Beten, ja«, Helga lachte wieder, »es war eine gekonnte Inszenierung, dieser Prozess.«

»Nein«, widersprach Antje energisch, »das darfst du nicht sagen. Ist doch alles wahr.«

»Zum Teil ja. Zum Teil auch nicht, denn ich wollte Andreas verlassen. Ich hatte genug von allem. Aber eins ist wahr, trotz meiner Wut, ich habe aus reinem Affekt heraus geschossen. Ich wusste gar nicht, was ich tat. Das war auch die Meinung der Gutachter.«

»Und wenn keine Pistole da gewesen wäre?«, fragte Antje mit roten Wangen.

»Dann wäre es nicht zu diesem Auftritt gekommen. Kaum glaublich, dass ich Milano erwürgt hätte.« Sie nahm ihr Glas und leerte es mit einem Zug. »Ach, Kinder! Dass ich so darüber sprechen kann!«

»Ich denke, dass es dir guttut«, meinte Detlev, und Antje sagte: »Was Johannes mir am Telefon erzählt hat, klang anders.«

»Da hast du wohl recht. Denn wenn ich vor etwas Angst hatte, dann war es die Begegnung mit Vater.«

»Verstehe ich nicht. Keiner von uns musste je Angst haben vor Vater.«

»Da hast du auch wieder recht. Aber als ich hier ankam, als ich in Frankfurt landete, wünschte ich mich ans Ende der Welt. Nur nicht zu uns nach Hause.«

Das Gespräch mit Antje und Detlev, das bis spät in die Nacht dauerte, hatte Helga gutgetan. Sie schlief fest und tief in dieser Nacht und war am nächsten Tag gelöst und fast heiter. Dafür sorgte schon Torsten, ebenfalls gut ausgeschlafen und voller Unternehmenslust.

Antje bereitete ein ausführliches Frühstück, dann kam Herr Niederreit vorbei, diesmal in Begleitung von Mirka, einer wunderschönen goldenen Retrieverhündin, die Helga noch nicht kennengelernt hatte. Antje kannte Mirka und begrüßte sie mit großer Begeisterung, und Torsten war restlos entzückt von dem Hund.

Auch Herrn Niederreit gefiel die veränderte Atmosphäre im Hause Jansen, und Antje, bei ihrem letzten Besuch vierzehn, hatte er in bester Erinnerung. Er brachte einen von seiner Frau zubereiteten Kalbsbraten mit, und in einem anderen Topf ein Gemüse von Möhren und jungen Erbsen. »Selbst eingemacht von meiner Frau, sie brauchen es bloß warm zu machen und ein bisschen Petersilie aus dem Garten dranzutun.«

»Aber das ist ja fabelhaft«, sagte Antje. »Wie geht's Ihrer Frau denn? Warum ist sie nicht mitgekommen?«

»Na, wir wussten ja nicht ...«, meinte Herr Niederreit vage.

Erstmals bekam er ein Lächeln von Helga. »Das ist aber lieb von Ihrer Frau. Ich lasse ihr vielmals danken.«

Das Wetter war wieder schön, und nachdem Herr Niederreit befriedigt abgezogen war, gingen sie hinunter zum Strand, der heute dicht bevölkert war.

»Das ist hier am Wochenende immer so«, erklärte Antje. »Da kommen sie alle von Hamburg und Lübeck heraus. Du musst mal rüberfahren zum Priwall, da ist sonntags was los. Wollen wir denn mal hin?«

»Nein«, entschied Detlev, »jetzt steigen wir hier mal in die Ostsee. Hast du angeordnet.«

»Na, denn mal los.«

Sie hatten ihre Badeanzüge an und liefen ins Wasser. Es war kalt, aber nicht so kalt, dass man nicht ein Stück hinausschwimmen konnte. Detlev und Helga schafften das größte Stück, und Helga kam mit blitzenden Augen an Land.

»Toll«, sagte sie, »um mit Antje zu sprechen. Das machen wir jetzt jeden Tag.«

»Siehste«, sagte Antje. »Wenn du so ein Ass bist in Amerika, kann ich nicht einsehen, warum du es an unserer guten alten Ostsee nicht sein sollst.«

Nachdem Helga und Antje mit großem Eifer in der Küche gewirkt hatten, aßen sie zu Mittag, auch Helga schmeckte es, dann lungerten sie eine Weile im Garten herum und fuhren später nach Travemünde. Dort war lebhafter Betrieb, die Vorderreihe voll von Wochenendlern und Sommergästen und

Torsten restlos begeistert von den großen Schiffen, die um die Mole herum in die Trave einfuhren. Sie tranken Kaffee am Hafen, dann war es für Detlev Zeit, abzufahren, denn, so sagte er: »Momentan muss ich mich darauf vorbereiten, das Vaterland zu verteidigen.«

Er war bei den Fliegern in Leck stationiert.

»Fall mir bloß nicht runter«, sagte Antje sorgenvoll. »Keine Bange. Fliegen lassen sie mich noch nicht.«

»Brauchst du auch gar nicht zu lernen. Deine Kühe und deinen Weizen kannst du auch von der Erde aus versorgen.«

Es gab einen zärtlichen Abschied zwischen Antje und Detlev, doch er küsste auch Helga auf die Wange und sagte: »Ich kenne zwar deinen Bruder Johannes noch nicht, aber nimm zur Kenntnis, dass du jetzt noch einen Bruder hast. Wir sind alle für dich da. Und das ist doch, wenn ich so bedenke, was du uns gestern Abend erzählt hast, auch kein schlechtes Ende einer bösen Geschichte.«

»Danke«, sagte Helga.

Viel zum Grübeln kam Helga nicht mehr. Antje sorgte für Betrieb, Torsten musste unterhalten werden, und täglich kamen die Niederreits, er jätete das Unkraut und sprengte den Garten, denn das Wetter blieb warm und sonnig. Frau Niederreit pusselte im Haus herum, viel war nicht zu tun, denn Antje hatte die meiste Arbeit schon getan, bis Frau Niederreit kam. Und vor allem war Mirka jetzt immer dabei. Torsten saß vor ihr im Gras, streichelte ihr goldenes Fell, und Mirka klopfte leicht mit der Schwanzspitze auf den Boden und fand es angenehm. Manchmal schlappte ihre Zunge über Torstens Gesicht, und Torsten rief glücklich: »Sie hat mir einen Kuss gegeben.«

Helga sagte: »Der Junge ist erst drei, aber er spricht schon so gut.«

Antje sagte: »Na, was denkst du denn? Weder ich noch Mutti haben mit ihm so eine alberne Kindersprache geübt.

Tante Dörte sagt, es ist ganz allein Sache der Eltern, was aus einem Kind wird. Wenn man es dusslig anredet, redet es dusslig zurück. Und Torsten hat schließlich intelligente Eltern und Großeltern und Tanten und Onkel auch, also warum soll er nicht auch intelligent sein.«

»Sagt Tante Dörte.«

»Sagt sie.«

»Ich bekomme direkt Lust, sie einmal zu besuchen.«

»Solltest du tun. Ich bin ganz froh, dass ich ihrer Fuchtel jetzt entronnen bin. Aber an sich ist sie in Ordnung.«

»Apropos – was ist denn mit deinen Schularbeiten?«

»Na, da haben wir den Salat! Soll ich nun für dich Mittagessen kochen oder Latein büffeln?«

»Kochen werde ich, und ab und zu schaust du in deine Bücher.«

Unlogisch fragte Antje darauf: »Gefällt dir Detlev?«

»Er gefällt mir sehr gut.«

»Mir auch. Man kann ja jetzt noch nicht sagen, wie es weitergeht, aber ich würde ihn ganz gern behalten. Seine Eltern mögen mich auch. Und es ist ja durchaus nicht die Regel, dass die Eltern von einem Sohn ein Mädchen mögen, mit dem er sich eingelassen hat.«

»Du kennst sie?«

»Ja, er hat mich schon zweimal mitgenommen. Ein tolles Gut. Und ich schaffe das Abi, und ich studiere. Das werde ich euch zeigen. Nicht nur wegen Detlev. Wegen – überhaupt.«

Jetzt kam eine gewisse Ordnung in ihr Leben im Haus Jansen, Torsten war früh wach, er musste sein Frühstück bekommen, und solange das Wetter schön blieb, gingen sie jeden Tag zum Strand, lagen im Sand, schwammen ein Stück. Sie gingen nun selber zum Einkaufen nach Scharbeutz, auch hinunter nach Timmendorfer Strand, wo auf der Kurpromenade die Urlauber zu besichtigen waren. Herr Niederreit kam weiter jeden Tag mit Mirka, und Frau

Niederreit sah mit Wohlgefallen, wie dieses blasse Fräulein Rohde Farbe bekam, ordentlich zu Mittag aß und mit Torsten spielte.

»Das ist ihr Kind«, sagte sie zu ihrem Mann. »Hast du so was für möglich gehalten?«

»Warum nicht? Jede Frau kann 'n Kind bekommen, oder nicht?«

»Muss was Uneheliches sein.«

»Na, wenn schon«, sagte Herr Niederreit, ganz auf der Höhe der Zeit. »Vielleicht war sie darum so vernieselt.«

»Muss sie sich langsam dran gewöhnt haben, so klein ist der Junge auch nicht mehr.«

Ab und zu rief Johanna Rohde an und fragte, wie das so ginge, und bekam von beiden Töchtern recht befriedigende Auskünfte.

»Soll ich kommen?«, fragte sie.

»Kannst du machen, wenn du willst, Mutti«, sagte Antje. »Aber ich krieg Helga ganz gut hin. Man muss ihr den Schuldkomplex ausreden. Weißt du, Mutti, ich glaube, ich kann das am besten.«

Frau Rohde schluckte am anderen Ende. »So«, sagte sie dann, »und wie geht es mit Torsten?«

»Gut.« Und Antje, klug wie sie war, fügte hinzu: »Es ist so, Mutti, Helga braucht Zeit, um sich an Torsten zu gewöhnen. Das geht so ganz easy nebenbei. Und Torsten ist noch klein genug, um überhaupt keine Dramatik in der ganzen Geschichte zu sehen. Der amüsiert sich immer. Über mich, über Helga, über die Niederreits und am meisten über den Hund. Weißt du, Mutti, wenn man noch so klein ist, dann ist das Leben relativ einfach.«

»Hast du wohl recht, Antje.«

Pastor Rohde war nie am Telefon, er ließ sich nur von seiner Frau berichten. Was nicht heißen soll, dass er nicht telefonierte. Vor allem mit seinem Sohn. Denn auch Johannes telefonierte oft mit dem Haus Jansen, und dann sprach er darüber mit seinem Vater und seiner Mutter.

»Hört sich ja ganz gut an, was die mir so berichten. Hab ich mir gleich gedacht, dass Antje eine gute Therapie ist. Weißt du, Mutti, der Umgang von Menschen mit Menschen – du verstehst, was ich meine …?«

»Ja, min Jung, ich versteh, was du meinst.«

»Der Umgang von Menschen mit Menschen ist so ziemlich das Wichtigste, was es gibt im Leben. Der Umgang von Menschen mit Tieren ist auch gut, gut für die Seele. Wenn ich das mal so unakademisch sagen darf. Aber Tiere können nicht sprechen. Sie können nur lieben. Vielleicht mehr als Menschen. Das ist viel wert. Aber reden, das ist auch sehr wichtig.«

»Und das Richtige reden, das meinst du wohl auch.«

»Genau. Man muss Helga zuhören, wenn sie reden will, man darf sie aber auch nicht zu ernst nehmen, und vor allem muss man sie beschäftigen.«

»Beschäftigen?«

»Ja. Zunächst mal. Das tut Antje, soviel man sie dort im Haus beschäftigen kann. Aber in nicht zu ferner Zeit muss Helga arbeiten.«

»Was denn?«

»Weiß ich auch nicht. Denk ich pausenlos drüber nach. Mit Onkel Dirk habe ich schon darüber gesprochen. Mein Schwiegervater hat ja hier auch ein Unternehmen, da würde sich vielleicht ein Posten finden. Und der Onkel von Susanne hat ein Gut im Chiemgau, aber schon ein prachtvolles Gut, das braucht sich vor unseren Holsteiner Gütern nicht zu verstecken.«

»Was soll Helga denn auf einem Gut?«

»Arbeit gibt es da genug. Sekretärin oder so. Antje will ja eine echte Landwirtschaftsfrau werden.«

»Hat sie das zu dir gesagt?«

»Hat sie.«

»Wegen dem Jungen, mit dem sie rumzieht?«

»Helga hat gesagt, Detlev wäre sehr sympathisch. Detlev heißt er.«

»Weiß ich. Antje ist eine unreife Göre.«

»Sicher. Aber offenbar ist sie ja nicht in schlechte Hände geraten.«

»Ich weiß, wer die sind. Die Leute haben ein großes Gut bei Lütjenburg. Eine gute Familie.«

»Na also.«

»Johannes, sei nicht albern. Antje ist siebzehn.«

»Mir bekannt. Warten wir es ab. Antje ist für mich kein Sorgenkind zurzeit. Die wird ganz gut mit sich selber fertig.«

»Helga ist dein Sorgenkind.«

»Genau. Was machen wir mit ihr, wenn der Sommer zu Ende geht? Zu euch kommt sie nicht. Zu mir auch nicht. Zunächst bleibt sie dort, und wie Antje sagt, beschäftigt sie sich im Haushalt und kommt mit Torsten zurecht. Gut. Und was dann? Wenn Antje wieder zur Schule muss, kann Birgit antanzen, die hat dann Semesterferien. Aber sie ist lange nicht so unterhaltsam wie Antje.«

»Was hast du gegen Birgit?«, fragte seine Mutter beleidigt.

»Ich habe nichts gegen Birgit, ich meine nur, sie ist nicht so unterhaltsam. Birgit ist sehr still, sehr fleißig in der Arbeit, sie ist, na, wie soll ich das nennen, sie ist introvertiert.«

»Meine Kinder sind nicht introvertiert.«

Johannes lachte. »Bon, Mutti, recht sollst du haben, aber du wirst zugeben, dass Birgit anders ist als Antje.«

»Na schön, und?«

»Mutti, tu nicht, als ob du mich nicht verstehst. Was Helga braucht, ist Auftrieb, eine gewisse Leichtigkeit, Lebensmut. Susanne zum Beispiel wäre der richtige Umgang. Aber Susanne ist jetzt, na ja, anders beschäftigt.«

»Was heißt das?«

»Du wirst es nie erraten. Sie bekommt ein Kind.«

»Oh!«

»Oh! Du hast es richtig kommentiert, Mutti.«

»Und ihr Studium?«

»Susanne ist meine Frau, und ob sie eigentlich unbedingt Ärztin werden muss, bezweifle ich. Ich sage das zu dir. Wenn sie will, dann soll sie. Aber ich kenne sie inzwischen lange genug, um zu wissen, dass es ihr so ernst damit nicht ist. Nur werde ich mich hüten, das zu sagen.«

»Gut, min Jung, du wirst schon wissen, was du tust. Grüß Susanne von mir. Wann kriege ich denn das zweite Enkelkind?«

»Im Februar, wenn alles gut geht.«

Ein unsichtbarer Kreis war es, der sich um Helga geschlossen hatte, die Menschen, die sie liebten, sprachen über sie, sorgten sich um sie, planten für sie. In diesen Kreis gehörten auch Dirk Jansen und schließlich auch Cornelius, ihr Schwiegervater.

Cornelius rief eines Tages im Pfarrhaus an, um sich nach Helga zu erkundigen, denn Sam Greenstone hatte ihm über den Verlauf und das Ende des Prozesses berichtet, Cornelius hatte ihn bei seinem kurzen Aufenthalt in Los Angeles darum gebeten. Er vermutete, Helga sei bei ihren Eltern, und es kostete ihn eine gewisse Überwindung, dort anzurufen.

Der gewaltsame Tod seines Sohnes hatte ihn starr und stumm gemacht, keiner wagte es, mit ihm darüber zu reden. Nur Elfriede, die sich in hysterische Szenen steigerte, überhäufte ihn mit Vorwürfen, so als trage er Schuld an dem furchtbaren Ende, das Andreas genommen hatte. Er habe es an Verständnis, an Liebe fehlen lassen, darum sei der Sohn vor ihm nach Amerika geflohen, so Elfriede, er habe es geduldet, dass er diese unmögliche Person geheiratet habe, die ihn ganz offensichtlich betrogen und verraten habe, sie sei schuld an allem, was geschehen war. Elfriede, das sanfte, kränkliche Wesen, war nicht mehr wiederzuerkennen, sie schrie und tobte, und sie beruhigte sich nicht etwa im Laufe der Zeit, ihre Ausbrüche wurden immer schlimmer.

Pauline sagte ohne große Erschütterung: »Sie wird sich selber umbringen. Dann hat die liebe Seele Ruh.«

Und Magda, die mit Cornelius litt und sich große Sorgen um ihn machte, denn er wurde hager und bitter, er sprach wenig, war schroff und abweisend, was man von ihm gar nicht gewöhnt war, Magda sagte: »Man hätte es ihr gar nicht sagen sollen.«

»Aber ich bitte dich!«, fuhr Cornelius sie gereizt an. »Wie hätte ich ihr verschweigen sollen, dass Andreas tot ist? Es stand in der Zeitung. Erstens. Zweitens wäre es ihr aufgefallen, wenn niemals mehr ein Anruf oder ein Brief von ihm gekommen wäre. Du weißt, er hat ihr ständig geschrieben und hat sie oft angerufen.«

»Nur nicht die Wahrheit über sein Leben und seinen Umgang erzählt«, konterte Magda.

»Bitte!«

Das Hotel Miriam war im vergangenen Herbst eröffnet worden, es war so luxuriös und gleichzeitig anmutig geworden, wie sie es geplant hatten. Für Cornelius hatte es viel Arbeit bedeutet, und Simon Peters fand, dass es außerordentlich wichtig für Cornelius sei, viel arbeiten zu müssen.

»Nur hätte ich gewünscht, dass er diese Arbeit mit Freude tun könnte«, sagte er zu Magda. »Und natürlich habe ich früher einmal gedacht, was für eine Freude es sein wird für uns alle, das Hotel zu eröffnen. Die ganze Stadt hat daran teilgenommen, es war eins der wichtigsten Ereignisse der letzten zehn Jahre. Und was war es für uns?«

»Dasselbe«, erwiderte Magda entschieden. »Und Freude war es auch und wird es erst recht in Zukunft sein.« Magda drängte Cornelius immer wieder, Verbindung zu Helga aufzunehmen.

»Ach, wozu denn?«, sagte er unlustig.

»Sie hat Schweres durchgemacht. Es muss die Hölle gewesen sein. Mein Gott, ich kenne sie bis heute nicht einmal. Du hast gesagt, sie sei ein stilles ernstes Mädchen. Und sie hat Andreas geliebt. Er hat sich nicht gerade gut benommen ihr gegenüber. Ruf sie doch mal an! Sie ist immerhin deine Schwiegertochter. Und einen Enkel hast du auch. Sei doch nicht so herzlos.«

So ging das immer wieder, und an einem Tag Ende Juli, es war sehr heiß in der Stadt, das Hotel nur halb besetzt, ließ sich Cornelius von der Auskunft die Nummer der Rohdes in Holstein geben. Nicht einmal die hatte er.

Und dann zögerte er immer noch. Er saß allein in seinem Büro, suchte nach einer Ausflucht. Eigentlich müsste er hinausfahren zum Miriam, das Haus war im Gegensatz zum Stadthotel fast ausgebucht, eine Tagung fand gerade statt, für den Abend war eine Gartenparty angesetzt, und der neue Mann, den er vor zwei Monaten in Wien engagiert hatte, war gerade seit einer Woche da und kannte die Honoratioren der Stadt noch nicht, die zu der Party kommen würden. Der neue Mann war ein guter Fang, er verstand sein Fach, hatte in England, in Frankreich und in der Schweiz gearbeitet, einer von diesen jungen tüchtigen Hotel-Managern, die den Beruf von der Pike auf lernen, anders als es bei Cornelius gewesen war. Eigentlich war Froehlich, so hieß die Neuerwerbung, gerade auf dem Absprung nach Istanbul gewesen, als Cornelius ihn kennenlernte. Das Hilton wollte ihn anheuern, und ganz leicht war Froehlich der Entschluss nicht gefallen, statt in die weite Welt in eine deutsche Großstadt zu gehen, die obendrein nicht besonders attraktiv war.

»Ja, wenn es München wäre«, hatte er gesagt, als Cornelius das erste Gespräch mit ihm führte.

»Sehen Sie sich das Hotel Miriam an. Und dann sagen Sie mir, ob sich in München Vergleichbares findet.«

Diese Gedanken gingen Cornelius durch den Kopf, die Hand lag auf dem Telefon, dann gab er sich einen Ruck, hob den Hörer ab und wählte die Nummer in Holstein. Magda würde ja doch keine Ruhe geben. Pfarrer Rohde war selbst am Telefon, das erwies sich als günstig, es wurde ein sachliches, inhaltsreiches Gespräch. Cornelius erfuhr, in welcher Verfassung Helga angekommen war und dass sie voller Menschenscheu gewesen und auf keinen Fall in ihrem Elternhaus hatte bleiben wollen.

»Sie wagte es nicht, aus dem Haus zu gehen, während der drei Tage, die sie hier war«, sagte Pastor Rohde. »Am liebsten wäre sie gar nicht gekommen.«

Er berichtete von dem langen Gespräch, von Helgas Schuldkomplex und ihrer Verzweiflung. Nun habe sich ihr Zustand wohl etwas gebessert, seit sie mit ihrer jüngsten Schwester und ihrem Sohn zusammenlebe.

»Meine Frau ist gerade gestern hingefahren, um zu schauen, was die drei so treiben. Das ist alles im Augenblick nur ein Ausweg. Eine Ausflucht, könnte man es nennen. Wie es weitergehen wird, das wissen wir noch nicht.«

»Und das Kind? Der Junge? Sie hat ihn wieder zu sich genommen?«

»Antje meint, es geht sehr gut mit den beiden. Torsten ist ein liebes Kind, sehr verständig für sein Alter.«

Zu seiner eigenen Überraschung sagte Cornelius: »Ich würde Helga gern wiedersehen. Und auch Torsten kennenlernen. Ich habe ihn ein einziges Mal gesehen, da war er ein Baby.« An seinem Schreibtisch sitzend, ballte er die Faust, das Blut stieg ihm in den Kopf. Warum hatte er das bloß gesagt?

»Sie finden sicher, das ist absurd«, fügte er hinzu.

»Das finde ich nicht«, antwortete Pastor Rohde. »Es ist ganz natürlich. Sie haben Ihren Sohn verloren. Warum sollen Sie nicht Ihren Enkelsohn in Ihr Leben aufnehmen? Ich hatte ohnedies die Absicht, Ihnen zu schreiben, sobald sich

Helga wieder etwas normalisiert hat. Sie haben ein Recht auf Torsten, und Sie haben auch ein Recht auf die Frau, die Ihren Sohn geliebt hat.«

»Und die seinetwegen ein furchtbares Unheil erdulden musste.«

»Ja. Aber man darf das alles nicht verschweigen und nicht vergraben. Ich will, dass Helga wieder leben kann. Sie ist noch jung. Wir denken alle darüber nach, meine Frau, mein Sohn, meine Töchter, was sie beginnen soll und wie wir ihr dabei helfen können.«

»Vielleicht«, sagte Cornelius leise, »kann ich es auch.«

»Dafür wäre ich Ihnen dankbar«, sagte der Pastor. Cornelius saß eine Weile regungslos, nachdem er den Hörer aufgelegt hatte, das Blut pochte in seinen Schläfen, er war erregt, aber gleichzeitig fühlte er sich lebendig wie lange nicht mehr. Er blickte auf die zwei Sessel, die seinem Schreibtisch gegenüber standen. Dort hatten sie gesessen, damals, sein Sohn und das fremde Mädchen mit den langen blonden Haaren. Deine verdammten Kneipen interessieren mich nicht!

Fünf Jahre war das her, fast auf den Tag genau fünf Jahre. Er griff wieder nach dem Hörer und rief Magda an.

»Hast du Zeit für mich?«

»Immer.«

»Sperr den Laden zu. Ich will mit dir hinausfahren.«

»Wohin? Zum Miriam?«

»Ja.«

»Die Gartenparty, ich weiß. Ich brauche den Laden nicht zuzusperren. Daisy ist ganz tüchtig und kümmert sich um Kunden, falls noch welche kommen bei der Hitze. Heißt das, ich soll mich in Schale schmeißen?«

»Wenn du willst. Ich will an dem Fest nicht teilnehmen, ich will nur nach dem Rechten sehen.«

»Der Neue.«

»Vor allem muss ich mit dir reden.«

»Gut«, sagte Magda, nachdem er ihr von dem Telefongespräch erzählt hatte. »Das hast du gut gemacht. Du wirst hinfahren und mit Helgas Eltern sprechen. Und du wirst sie und das Kind besuchen. Meiner Meinung nach wäre es das Beste, sie würde ihr Studium wieder aufnehmen. Auf die Dauer kann nur Arbeit ihr helfen.«

»Sie hat einen Schuldkomplex, hat ihr Vater gesagt. Weil sie Andreas nicht helfen konnte. Was müsste ich denn dann haben? Ich habe ihm auch nicht geholfen. Ich habe ihn mit seinem dummen Trotz und seinen albernen Illusionen allein gelassen, erst in Berlin, später in Amerika. Warum bin ich denn nicht nach Los Angeles geflogen und habe ihn zurückgeholt? Und das ist es auch, was Elfriede mir ununterbrochen vorwirft. Und mir scheint, sie hat recht.«

»Nächste Woche fährst du nach Holstein. Am liebsten käme ich mit, aber mich kennt dort ja keiner. Und außerdem muss ich mich um den Neuen kümmern. Mal sehen, wie er sich heute Abend macht.«

Die Reise nach Holstein verschob sich, in der folgenden Woche starb Elfriede.

»Sie hat sich den Tod selber angehext«, sagte Pauline.

So kam es, dass ein anderer Besucher im Haus Jansen vorher eintraf, Herr Jansen, Onkel Dirk.

Er kam unangemeldet, und er kam gerade recht zum Mittagessen. Es gab Kartoffelpuffer, Helga stand am Herd, Antje und Torsten verspeisten die ersten beiden Puffer, der dritte landete bei Onkel Dirk, dem es großartig schmeckte.

Torsten schaffte drei Stück, ganz zu schweigen von der Menge von Apfelmus, die er nachschob. Helga kam kaum nach mit dem Backen, aber dann stand Antje auf und sagte: »So, nun setz dich hin, die nächsten drei sind für dich.«

»Ich esse nicht drei, höchstens einen«, widersprach Helga.

»Du isst drei oder du bekommst gar keinen«, bestimmte Antje und verschwand durch die Seitentür in die Küche. Bisher war Helga beschäftigt gewesen, raus und rein, von der Küche in den Garten und zurück und außer der Begrüßung und ›mmhm, schmeckt ja prima‹ und ›willst du noch einen?‹ und ›sollte ich eigentlich nicht, Anne meckert dann wieder an meiner Figur herum‹, war nichts gesprochen worden.

Nun blieb Helga unentschlossen neben dem Tisch stehen, blickte zur Seite, noch immer erschreckte sie jedes Zusammentreffen mit anderen Menschen, auch wenn es sich um den guten Onkel Dirk handelte. Aber nun musste sie wohl Rede und Antwort stehen, zumindest ein Gespräch führen, doch zunächst sagte Dirk: »Ätsch, Torsten, ich habe einen mehr gegessen als du.«

Torsten erklärte: »Ich kann auch noch einen.« Aber wie deutlich zu sehen war, kämpfte er schon mit dem Rest Apfelmus auf seinem Teller. »Schmeckt der Appelmus?«, wollte Dirk dann wissen.

»Prima«, sagte Torsten.

»Siehst du den Baum dort in der Ecke? Da sind die Äppel von. Hat Tante Anne im Herbst eingemacht.« Er blickte zu Helga auf.

»Schimpft sie jedes Mal fürchterlich, wenn es wieder so weit ist. So eine Mordsarbeit, sagt sie, wer kocht denn heute noch ein, wo es alles zu kaufen gibt. Aber dann tut sie es doch. Und wenn ich da bin, schäle ich die Äpfel mit. Außerdem hilft Frau Niederreit auch immer, der geht alles fix von der Hand. Findest du nicht?«

»Doch«, sagte Helga befangen. »Sie ist sehr tüchtig. Obwohl wir ja eigentlich gar keine Hilfe brauchen. Wir können sehr gut selber hier aufräumen.«

»Klar. Aber das kannst du Frau Niederreit nicht antun. Sie fühlt sich nun mal für das Haus verantwortlich, sie schaut ja auch nach dem Rechten, wenn keiner hier ist. Und wenn man ihr sagen würde, wir brauchen sie nicht, wäre sie todbeleidigt.«

»Wir sagen es ja nicht. Und er kommt auch und kümmert sich um den Garten. Heute war er schon in aller Frühe da und hat gesprengt.«

»Und ich habe ihm geholfen«, schrie Torsten.

»Und wie er geholfen hat. Wir brauchten ihn nachher gar nicht mehr zu duschen, er war sowieso pitschnass. Mirka war auch dabei und ließ sich von Torsten nassspritzen. Von ihm lässt sie sich alles gefallen.«

»Herr Niederreit ist große Klasse. Und seine Frau auch.«

»Große Klasse, große Klasse«, jubelte Torsten und klapperte mit der Gabel auf dem leeren Teller herum. »Bin ich auch.«

»Du bist nicht große Klasse, du hast nur 'ne große Klappe, das ist der Unterschied«, belehrte ihn Dirk.

Antje erschien mit dem ersten Kartoffelpuffer für Helga, über den sie reichlich Zucker gestreut hatte.

»Bisschen braun geworden«, sagte sie. »Stört dich das?«

»Gar nicht. Ich habe es gern, wenn sie knusprig sind.« Helga setzte sich und begann zu essen. Dirk füllte die Kompottschale mit Apfelmus, dabei erklärte er: »Also, manche kleckern sich das Apfelmus gleich auf den Kartoffelpuffer. Ich habe das nicht so gern, ich mach das löffelchenweise. Denn sonst, und gerade wenn er knusprig ist, wird er matschig. Wie ich sehe, macht ihr das auch so.«

»Justament«, bestätigte Antje und verschwand wieder im Haus. »Der nächste ist schon in der Pfanne«, rief sie über die Schulter zurück.

»Und wir beiden Männer machen eben mal einen Rundgang durch den Garten«, sagte Dirk und griff nach Torstens Hand. »Nee, is nich. Erst wirst du dir die Hände waschen, sonst klebe ich nachher am Auto fest.«

Diese Vorstellung amüsierte Torsten sehr, widerspruchslos marschierte er ins Haus, um sich die Hände zu waschen.

Dirk stand da und blickte auf Helga, die vorsichtig den heißen Kartoffelpuffer zerteilte.

»Die Niederreits sind große Klasse, das stimmt. Aber das allerbeste an ihnen ist der Hund, die Mirka. So ein kluges Tier. Ich weiß gar nicht ... also ich, ich liebe diesen Hund geradezu.«

»Wem sagst du das? Wir haben einen Sohn von Mirka. Wenn wir hier sind, ist er immer mit dabei.«

»Ach, und meintwegen kann der arme Hund jetzt nicht herkommen.«

»Direkt in einem Kellerloch wohnen wir in Hamburg auch nicht. Musst uns mal besuchen. Wir haben ein Haus an der Schönen Aussicht. Mit einem großen Garten. Nee, dem Marco fehlt nichts zu seinem Lebensglück. Und nun iss und hör mir zu, was ich sage. Ich bin ein ziemlich rücksichtsloser Bursche, und wenn es mir nicht passen würde, dass du hier bist, dann wärst du nicht hier. So einfach ist das. So, da bist du ja, mein Freund, zeig mal deine Pfoten. Großartig! Denn machen wir mal eine Inspektion im Garten.«

»Inspes ... Inspek ...«, modulierte Torsten das unbekannte Wort.

»Einen Rundgang, Mister.«

»Wir gehen rund, rund, rund«, schrie Torsten, und dann zogen sie los. Ein Lachen kam Helga auf die Lippen, so wie es jetzt oft geschah, ganz von selbst, und daran war Torsten schuld, und ebenso ihre Schwester Antje.

Die kam mit dem gefüllten Teller.

»Nummer drei ist in der Pfanne.«

»Ich kann nicht so viel essen, Antje, wirklich.«

»Du isst, oder ich reise sofort ab.«

Später tranken sie Kaffee, es war sehr warm, doch die Linde gab Schatten, und nachdem Dirk eine Weile die Linde gepriesen hatte, sagte er: »Sie ist schon ziemlich alt. Und sie war der Anlass, dass ich gerade dieses Grundstück gekauft habe. Ist das nicht ein wunderbarer Platz auf dieser Erde? Schaut hin –« er machte eine weit ausholende Armbewegung – »man sieht von hier aus sogar das Meer, und in einer Viertelstunde ist man unten und kann eben mal ins Wasser hüpfen. Geht man in die andere Richtung, nach Westen, so ist man nach hundert Schritten im Wald, und hat man den Wald durchquert, dann kann man stundenlang über Land spazieren. Macht ihr das manchmal?«

»Klar doch«, antwortete Antje, »nicht gerade stundenlang, das schaffen Torstens Beine noch nicht. Aber eine Stunde allemal. Und ins Meer hüpfen wir jeden Tag.«

»Gut. Und wem es nach Unterhaltung gelüstet, der steigt seitwärts nach Timmendorferstrand ab, dort kann er bummeln und einkaufen, und er hat die Wahl zwischen mehreren guten Restaurants. Macht ihr das auch manchmal? Unten zum Essen gehen?«

Helga schüttelte den Kopf, und Antje sagte: »Helga geht nicht so gern unter fremde Menschen. Außerdem haben wir nicht so viel Geld.«

»Vorgemerkt. Wenn ich das nächste Mal komme, gehen wir fein aus. Heute habt ihr mich eingeladen, das nächste Mal lade ich euch ein. Na und so weiter. Wem die Abwechslung nicht genügt, der ist in Nullkommanichts in Travemünde und kann sich an Touristen ergötzen, und wem es nach Großstadt zumute ist, der fährt eben mal nach Lübeck. Alles vorhanden, was ein verwöhnter Mitteleuropäer zum Leben braucht.«

»Man merkt gleich, was du für einen Beruf hast, Onkel Dirk. Willst du uns das Haus eigentlich verkaufen?« fragte Antje.

»Da sei Gott vor. Ich bin froh, dass ich es selber habe. Das Grundstück habe ich schon kurz nach dem Krieg gekauft, da stand hier oben noch kein Haus. Und als ich gebaut habe, war das noch zu bezahlen. Heute ist das nicht mehr erschwinglich, die Preise sind uns davongelaufen. Genau genommen ist es auch nicht zu bezahlen. Diese Bucht, der weite Himmel, und hinter dem Wald – ihr müsstet das mal im Frühjahr sehen, wenn der Raps blüht. Das Schönste sind die hellen Nächte im Sommer, wenn es kaum dunkel wird. Im Westen geht rot die Sonne unter, und bis du dich umgedreht hast, steigt sie im Osten schon wieder aus dem Meer. Ich kenne das seit meiner Kindheit, und es ist immer wieder ein Wunder.«

»Und ich bin schuld, dass du den Sommer nicht hier verbringen kannst. Bitte sag, wenn wir hier verschwinden sollen.«

»Helga, ich wiederhole mich ungern, und ich habe zuvor schon gesagt, wie das bei mir läuft. Leider kann ich sowieso nicht den ganzen Sommer hier herumlungern. Das wird hoffentlich später mal der Fall sein, wenn ich ein paar Jahre älter bin. Dann will ich nämlich ständig hier wohnen. Nee, wir fahren im September an die Côte d'Azur, zusammen mit Sybill, das ist schon lange der Wunsch von Anne, und nun machen wir das mal.«

Er lächelte Helga an. »Du kannst hierbleiben, solange dir das Spaß macht, min Deern.«

»Ich leider nicht«, seufzte Antje. »Ich muss wieder in die Schule.«

»Ich hoffe, du freust dich drauf.«

»Und wie! Ich kann es kaum erwarten.«

»Ich stelle mir vor«, sagte Dirk langsam, zog eine Zigarre aus seinem Lederetui, fragte höflich: »Die Damen gestatten?«, und als die Zigarre brannte, fragte er: »Habt ihr noch einen Schluck Kaffee für mich?«

»Klar doch«, sagte Antje und goss ihm ein.

»Also ich stelle mir vor«, begann Dirk Jansen noch einmal, nachdem er einen Schluck Kaffee getrunken und genussvoll an seiner Zigarre gepafft hatte, »dass Helga auch nicht ewig und drei Tage hier bleiben will. Für so ein Rentnerdasein, wie ich mir das für später denke, ist sie eigentlich noch zu jung. Ich hab, wie du weißt, eine gut gehende Immobilienfirma in Hamburg, ich habe Verbindungen im ganzen Land, möchtest du nicht bei mir arbeiten, Helga?«

»Ich?« Helga sah ihn erschreckt an.

»Du musst schließlich mal so was wie einen Beruf haben. Du musst dein eigenes Geld verdienen. Dein Sohn wird älter, er wird in die Schule gehen, und du musst für ihn sorgen. Ist dir das klar, min Deern?«

Helga nickte, ihre Wangen hatten sich gerötet.

»Ich verstehe schon, was du meinst. Ich kann nicht auf die Dauer von meinen Eltern leben, ich kann mich auch nicht in deinem Haus hier einnisten und mich von dir und den Niederreits aushalten lassen.«

»Genauso ist es. Man muss den Tatsachen nur mal in die klare Pupille kieken.«

Antje hatte bei Dirks unverhohlener Rede erschrocken die Finger an die Lippen gelegt, bemerkte aber nun, dass ihre Schwester dem Gedankengang Dirks unsentimental gefolgt war.

»Du meinst, Onkel Dirk, sie könnte bei dir und den Immobilien was arbeiten? Das kann sie doch nicht.«

»Dann wird sie es lernen.«

»Na ja«, meinte Antje skeptisch.

Übergangslos begann Dirk Jansen von seinen Eltern zu erzählen. »Ist schade, dass mein Vater nicht mehr erlebt hat, was für ein feines Haus ich jetzt habe. Wir haben in Niendorf gewohnt, in einem kleinen niedrigen Haus, nahe dem Bahnhof. Von dort fuhr mein Vater jeden Tag nach Travemünde. Er war Kellner im Kurhotel von Travemünde. Das war eine höchst bedeutende Position, und er muss das gut gemacht haben, denn später wurde er sogar Oberkellner. Er erzählte immer von den reichen und vornehmen Leuten, die im Kurhotel wohnten. Und er zeigte uns Kindern, meiner Schwester und mir, wie man sich benimmt bei Tisch, wie man Messer und Gabel richtig gebraucht, dass man Kartoffeln und Buletten nicht mit dem Messer schneidet, dass man bei Hummer und Krebsen ruhig die Finger benützen kann. Er brachte sogar mal einen Hummer mit, denn wir sollten lernen, damit umzugehen. Tja, so war er. Meine Mutter war Zimmermädchen im Hotel gewesen, ehe sie heirateten, und sie legte ebenfalls großen Wert auf die feine Lebensart, was bei ihr mit Sauberkeit und Ordnungsliebe begann. Das ist eine gute Grundlage für ein Leben, wenn man das als Kind beigebracht kriegt. Oder wie seht ihr das?«

»Genauso«, sagte Helga, die jede Scheu verloren hatte. »Was man für Eltern hat, das ist wie … wie das große Los oder eine Niete. Von vornherein ist das so.«

»Du hast einen Sohn, also beherzige, was du eben gesagt hast. Ob er einmal sagen kann, wenn er erwachsen ist: Mit meiner Mutter habe ich das große Los gezogen, oder: Es war eine Niete in meiner Lebenstüte.«

Torsten, der aufmerksam zuhörte, wenn er auch nicht verstand, was die Großen redeten, fand das Wort Lebenstüte höchst anregend. »Lebenstüte«, wiederholte er langsam. »Was ’n das?«

»Schwer zu erklären. Das bist du und was aus dir mal werden wird. Kannst du erst später richtig begreifen.«

»Und Nie … Nie …«

»Niete heißt das Wort. Das wirst du hoffentlich nie sein.«

»Nein, das bin bloß ich«, sagte Helga, es klang nicht kläglich, sondern hart und mitleidlos.

»Ach hör auf!«, fuhr Dirk sie an. »Bist du nicht und brauchst du nicht zu sein. Liegt ganz allein an dir, min Deern. Du hast ja die besten Voraussetzungen durch ein kluges und liebevolles Elternhaus. Und ich bin auch noch da.«

»Eltern wird er nie haben!«

»Das teilt er mit einer ganzen Generation von Kindern, nämlich jenen, die in den dreißiger Jahren und im Krieg geboren wurden. Die sind zum großen Teil ohne Vater aufgewachsen. Weil der Vater in einem mörderischen Krieg umgebracht wurde. Da war sehr oft die Mutter allein mit den Kindern, und arbeiten musste sie auch noch, um die Kinder zu ernähren. Ihr seid beide erst nach dem Krieg geboren, darum bedenkt ihr das nicht. Torsten hat eine Mutter, die klug ist und tüchtig sein wird, wie ich hoffe. Großeltern hat er auch, einen Onkel und ein paar Tanten, und es sei nochmals gesagt, ich bin auch noch da.«

Überraschend sagte Helga: »Andreas ist im Krieg geboren. Im letzten Kriegsjahr. Sein Vater hat überlebt. Er kam 1946 oder '47 nach Hause. Andreas hat ihm immer vorgeworfen, dass er sich zu wenig um ihn gekümmert hat. Dass er nur an Aufbau und Aufstieg und so was allem interessiert war. Verdammtes Establishment nannte er das. Nur Geld und Erfolg im Kopf.«

»Das konnte er leicht sagen. Wenn sein Vater in den ersten Nachkriegsjahren nach Hause kam, aus der Gefangenschaft nehme ich an, was sollte er dann anderes im Kopf haben.«

»Er kam nicht mal nach Hause, er stammte aus Schlesien. Er kam in eine fremde Stadt, da war seine Frau, die war krank, da war seine Mutter, die war wohl sehr unglücklich, und eben der kleine Junge, den er noch gar nicht kannte.«

»Hatte denn dein Andreas mit seinem Establishment-Geschwätz nicht so viel Fantasie, um sich die Situation seines Vaters auszumalen?«

»Ach, ich weiß nicht. Als Kind hatte er seinen Vater wohl sehr gern. Aber als er dann auf die Uni ging, da dachte er eben anders darüber.«

»Er dachte nicht, er redete denselben Quatsch wie alle anderen auch. Und du wohl auch, min Deern.« Erstaunlicherweise lachte Helga zu dieser Beschuldigung.

»Nur ganz vorübergehend. Man konnte Vater und Mutti nun wirklich nicht als Establishment betrachten.«

»Aber mich schließlich.«

Helga sah Dirk nachdenklich an. »Ja, dich vielleicht.«

»Und dein Schwiegervater? Hat er nicht ein Hotel?«

»Ein großes, wunderschönes Hotel«, sagte Helga voll Eifer. »Ich bin ja nur einmal dort gewesen. Ich war ganz stumm vor Staunen. Und dann hatten sie noch ein sehr schönes Haus am Stadtrand, da wohnte die Mutter von Andreas. Und seine Großmutter. Eine Krankenschwester war auch noch da. Andreas' Mutter ist krank.«

»Was fehlt ihr denn?«

»Was mit dem Herzen. Schon seit Kriegsende. Sie mochte mich nicht, das konnte man deutlich sehen. Und heute wird sie mich hassen. Weil sie mich dafür verantwortlich machen wird, dass Andreas tot ist.«

»Und dein Schwiegervater? Übrigens hat er mir gut gefallen, ich habe ihn ja bei deiner Hochzeit erlebt. Es war natürlich keine Gelegenheit, um vernünftig miteinander zu reden. Aber ich erinnere mich sehr genau an ihn. Ein gut aussehender Mann, ein, na ja, was man so einen Erfolgsmann nennt.«

»Ich fand ihn fabelhaft«, warf Antje ein, die ganz gegen ihre Gewohnheit lange geschwiegen hatte. »Echt toll fand ich ihn. Andreas sah ja auch gut aus. Ich hab damals gedacht, als Schauspieler müsste der eine Wucht sein. Kann ich gar nicht verstehen, dass da nichts draus geworden ist.« Erschrocken hob sie die Hand an die Lippen und blickte ihre Schwester an. »Entschuldige.«

Helga sagte ruhig: »Das Aussehen macht es wohl nicht allein. Doch, ich denke auch, dass Andreas begabt war für diesen Beruf. Und ich hatte ihn ja zuletzt in Berlin so weit, dass er richtigen Schauspielunterricht nehmen wollte. Sprechen und atmen und sich bewegen, was eben alles so dazugehört. Aber da waren die anderen, die den schlechten Einfluss auf ihn hatten. Da konnte ich nicht gegen an. Obwohl ich mir das mein Leben lang zum Vorwurf machen werde.«

Eine Weile blieb es still unter der Linde. Torsten langweilte sich, er malte mit dem Finger auf dem Holztisch herum.

»Haben wir eigentlich schon mal nachgeguckt, Torsten, ob sich in meinem Auto nicht vielleicht eine Überraschung für dich befindet?«, fragte Dirk.

»Eine Überr …«

»Na ja, könnte doch sein. Als ich kam, gab es gerade Mittagessen. Wollen wir mal nachschauen?«

Es gab eine Überraschung, ein Legospiel, mit dem sich Torsten zufrieden auf dem Rasen niederließ.

»Dein Schwiegervater – Herr Müller, hast du eigentlich jemals wieder von ihm gehört?«, fragte Dirk, als er wieder am Tisch saß.

»Er hat mich in Amerika besucht, in der Untersuchungshaft. Er hat«, Helga senkte den Kopf, »er hat Andreas abgeholt.«

Dirk überging das. »Und was habt ihr miteinander geredet?«

»Nicht viel. Was sollte man denn sagen? Er hat mit meinem Anwalt gesprochen.«

»War er feindselig gegen dich?«

»Herr Müller? Nein, gar nicht. Ich tat ihm leid, glaube ich.«

»Und seit du wieder hier bist?«

»Er weiß wohl gar nicht, dass ich hier bin.«

»Hm«, Dirk blickte nachdenklich in die Linde hinauf. Dann zündete er sich eine zweite Zigarre an. »'n lütten Schnaps habt ihr wohl nicht im Haus?«

»Aber klar doch«, rief Antje. »Dafür hat Herr Niederreit gesorgt. Er meinte, es könne einem ja immer mal klütterig werden. 'n Korn ist da.«

»Sehr schön, min Deern. Denn bring den mal auf den Tisch.«

Sie tranken den Korn, und dann hatten sie nicht mehr so

richtig Lust, in ernsthafte Themen einzusteigen. Antje erzählte ein paar Döntjes von Tante Dörte und von der Schule, dazwischen wollte Torsten eine Limo.

Am Spätnachmittag kam Herr Niederreit noch vorbei, in Begleitung von Mirka.

»Ich hab man eben gesehen, dass Ihr Wagen hier steht, Herr Jansen«, sagte er.

Woraus Dirk entnahm, dass Niederreit immer mal vorbeifuhr, auch wenn er im Haus Jansen nichts zu tun hatte. Sie tranken ein Bier und einen Korn. »Nur einen«, sagte Dirk, »ich muss ja heute noch nach Hamburg fahren.«

Dann sprachen sie über das Haus und den Garten, und die ganze Zeit saß Mirka bei Dirk, den Kopf auf seinem Knie. Alle waren sie eifersüchtig, vor allem Torsten.

»Das musst du verstehen, min Jung«, sagte Dirk. »Ich bin ja schließlich ihr Schwiegersohn. Ihr Sohn ist bei mir.«

»Was 'n das, ein Schwie ...«

Dirk gab sich Mühe, doch der Begriff war Torsten schwer zu erklären.

Er blickte auf die Uhr. »Tja, denn muss ich wohl so langsam wieder. Will mich im Büro noch sehen lassen.«

Herr Niederreit verabschiedete sich, nahm die Grüße für seine Frau entgegen und sagte: »Denn kommen Sie bald mal wieder, Herr Jansen.«

»Wird gemacht. Das nächste Mal kommt meine Frau mit, und dann führen wir die beiden Damen aus und gehen was einkaufen.«

»Warte nicht zu lange«, meinte Antje, »sonst bin ich wieder in der Schule.«

Nachdem Herr Niederreit und Mirka gegangen waren, erzählte Dirk, woher und seit wann er die Niederreits kannte.

»Das war gleich nach dem Krieg. Ich hatte überlebt und war ohne Schwierigkeiten nach Hause gekommen. Auch Anne hatte die Angriffe in Hamburg überstanden, nur eine

Wohnung hatten wir nicht mehr. Anne war bei meiner Mutter in Niendorf, und da landete ich auch. Und ich hatte einen Auftrag. In einem Flüchtlingslager in der Nähe von Lübeck befanden sich Herr und Frau Niederreit. Oder hatten sich jedenfalls dort befunden, nach dem langen Treck von Ostpreußen her. Jochen hatte die Adresse noch erhalten, und er gab sie mir. Kümmer dich mal um meine Eltern, sagte er. Das kannst du doch selber tun, Mensch, habe ich ihm geantwortet. Er konnte es nicht, er wurde ein paar Meter von mir entfernt von einer Mine zerrissen. Ich wurde durch die Luft geschleudert, sonst passierte mir nichts. Aber der Jochen war tot. Das war ganz am Ende, kurz vor Berlin. Sinnlos, da noch zu sterben. Das musste ich den Niederreits dann mitteilen. Denn sie waren noch in dem Lager. Und der Jochen war ihr einziger Sohn. Ich nahm Frau Niederreit in die Arme und tröstete sie, soweit man eine Mutter über den Tod ihres Sohnes trösten kann. Seitdem sehen sie mich als eine Art Sohn an, obwohl ich viel älter bin als Jochen, der war gerade erst neunzehn. Ich besorgte den Niederreits dann ein Zimmer, erst in Niendorf, und später konnte ich ihnen eine Wohnung in Scharbeutz verschaffen. Sie haben alles miterlebt, was inzwischen geschehen ist: wie Sybill geboren wurde, wie meine Mutter starb, mein Vater war schon im Krieg gestorben, wie ich das Haus hier baute, nachdem ich ziemlich schnell zu Geld kam. Ich bin wirklich so einer vom Establishment, Helga. Einer, der das sogenannte Wirtschaftswunder gemacht hat. Siehst du, und darum kann man den Niederreits nicht sagen: Wir brauchen Sie nicht, wir räumen allein auf und jäten unser Unkraut selber. Geht nicht, siehst du das ein?«

Helga nickte. Und sagte, zu ihrem eigenen Erstaunen: »Ich war am Anfang sicher sehr unfreundlich zu den Niederreits. Es war nur, weil ich Angst vor allen Menschen hatte. Und weil ich dachte, sie wissen, wer ich bin. Ich bin sehr froh, dass du heute gekommen bist, du hast mir sehr geholfen.«

Dirk betrachtete sie eine Weile nachdenklich.

»Alle wollen wir dir helfen. Hast du das noch nicht gemerkt? Du hast keinen Grund, dich zu beklagen.«

Als er in seinen Wagen stieg, nach einem langwierigen Abschied von Torsten, sagte er noch: »Und überleg dir das mal mit Hamburg und den Immobilien. Immer kannst auch du nicht Ferien machen.«

»Der ist toll, nicht?«, fragte Antje, nachdem Dirk abgefahren war. »Wenn der jünger wäre, könnte ich mich glatt in ihn verlieben.«

Und Helga sagte: »Erstens bist du schon verliebt. Behauptest du jedenfalls. Und zweitens muss man sich nicht unbedingt in einen Menschen verlieben, den man gern hat.«

»An dir ist doch eine Lehrerin verloren gegangen«, war Antjes Antwort.

Cornelius bereitete seinen Besuch in Holstein ganz strategisch vor, und Magda beriet ihn dabei. Sie meinte, am besten sei es wohl, zuerst mit Helgas Eltern zu sprechen, um von ihnen zu erfahren, in welcher Verfassung sich Helga befinde und wie man ohne allzu große Dramatik, so drückte es Magda aus, mit ihr ins Gespräch kommen könne.

»Es ist ein dummes Klischee zu sagen: Das Leben geht weiter«, meinte sie. »Aber es ist eine Tatsache. Du brauchst nie mehr einen Gedanken an sie zu verschwenden. Oder du musst wenigstens einmal mit ihr reden.«

»Ich denke, es ist so weit klar, was ich tun werde«, erwiderte Cornelius leicht verärgert, denn die Erörterungen über diese Reise waren ihm lästig. Ohnedies war sie nun verzögert worden, Elfriedes Tod und alle damit verbundenen Formalitäten hatten Zeit in Anspruch genommen und hatten seine Gedanken von Helga und der geplanten Reise abgelenkt. Zusätzlich ging ihm seine Mutter auf die Nerven. »Konnte ja gar nicht anders sein«, sagte sie. »Wenn Andreas tot war, musste sie auch sterben. Sie hat ja eigentlich nur noch für ihn gelebt. Ihr Sohn hat sie geholt.«

»Mutter, ich bitte dich! Verschon mich mit diesem albernen Aberglauben.«

»Was weiß man denn?«, fragte Pauline. »Nichts weiß man. Warum soll es das nicht geben? Schwester Ilse sieht es auch so.«

»So. Sieht sie es auch so. Schön, dass ihr euch einig seid.«

»Sind wir nicht immer gewesen, aber in diesem Fall doch.«

»Elfriede war seit Langem krank.«

»War sie. Seit einer Ewigkeit. Seit 1945. Sie hat aber bestens mit ihrer Krankheit gelebt. Und wenn du mich fragst, hat sie ein sehr angenehmes Leben gehabt. Stell dir nur vor, du wärst aus dem Krieg nicht wiedergekommen. Oder es wäre bei der Würstchenbude geblieben. Und wie hat sie gelebt? Hier, in diesem schönen Haus? Wie 'ne Prinzessin hat sie gelebt.«

»Sie war sehr allein.«

»War sie das? Wieso denn? Ich war da, die Schwester war da, und wenn ihr Sohn nicht nach Amerika losgezogen wäre, ausgerechnet nach Amerika, hätte er auch hier sein können.«

»Es ist auch mein Sohn.«

»Na, da wär'n wir ja bei der Sache. Wär'n wir. Denn das hat sie dir ja immer vorgeschmissen, dass du ihn hast gehen lassen. Und ihn nicht wenigstens wieder geholt hast.«

»Diese Vorwürfe sind mir bekannt, Mutter. Ich sehe nicht ein, dass ich sie von dir nun auch noch hören muss.«

»Musst du nicht. Andreas war auf und davon, hat Frau und Kind sitzen lassen und seine Mutter dazu. Und dir hat er den ganzen Kram sowieso hingeschmissen. Vielleicht habt ihr ihn wirklich falsch erzogen.«

Der letzte Satz kam mit einer gewissen Befriedigung heraus, und Cornelius betrachtete seine Mutter eine Weile schweigend.

Sie trauerte nicht, weder um Elfriede noch um Andreas. Sie war von der erbarmungslosen Härte des Alters nicht mehr fähig zu Mitgefühl, zu Schmerz, zu Liebe. Cornelius war versucht zu fragen: Und ich? Was bedeute ich dir, Mutter?

Eine törichte Frage. Und die Antwort konnte er sich selbst geben: Wenn es noch einen Menschen gab, dem sie zugeneigt war, dann war er es, der erfolgreiche Sohn. Denn wenn sie etwas gebraucht hatte, wenn etwas sie trösten konnte über alles, was sie verloren hatte, dann war es der Erfolg ihres Sohnes, und gleichzeitig war er das einzige Verbindungsglied zu der verlorenen Heimat.

Pauline hatte eine Frage, sie stellte sie sachlich, ganz unsentimental: »Was wirst du mit dem Haus machen?« Cornelius begriff nicht gleich.

»Was für ein Haus?«

»Na, dieses hier. Wirst du es verkaufen?«

»Entschuldige, Mutter, ich wohne hier. Du wohnst hier.«

»Du bist kaum da. Und ich werd ja nun auch nicht mehr lange leben.«

Cornelius war kaum da, das stimmte. Er hatte sein Zimmer im Stadthotel, er hatte sein Zimmer im Miriam, und ein drittes bei Magda. Elfriedes hysterischen Szenen des vergangenen Jahres war er so weit wie möglich aus dem Weg gegangen.

»Also noch lebst du«, sagte er gereizt, »und vielleicht werde ich nun auch wieder öfter hier sein.«

»Und Magda? Wird sie hier einziehen?«

»Warum sollte sie?«

»Warum sollte sie nicht«, fuhr ihn Pauline an. »Du kannst sie ja jetzt heiraten.«

Cornelius schenkte sich die Antwort. Das Gespräch fand fünf Tage nach der Beerdigung statt, und er floh, genau wie in der Zeit zuvor, nur zu gern aus seinem Haus.

Da war nur noch Schwester Ilse, die ihn aufhielt. Sie war es, die bei der Trauerfeier am bitterlichsten geweint hatte, und sie war auch jetzt in Tränen gebadet.

»Nun muss ich hier ja wohl verschwinden«, jammerte sie. »Ach, es fällt mir richtig schwer. Ich war so gern hier.«

»Sie können natürlich bleiben, bis Sie eine neue Stellung gefunden haben«, sagte Cornelius.

»Sie sagen ja vielleicht jetzt, ich habe Ihre Frau nicht gut genug gepflegt, dass sie so plötzlich gestorben ist. Sie haben schon recht, wenn Sie mich auf die Straße setzen.«

»Niemand setzt Sie auf die Straße, Schwester. Und meine Frau war seit vielen Jahren krank. Es ist ein Wunder, dass sie überhaupt so lange gelebt hat.«

Die Schwester nickte gramvoll. »Ja, das habe ich mir auch manchmal gedacht. Und dann der Kummer mit ...«

Cornelius schnitt ihr das Wort ab. »Sehen Sie sich in Ruhe nach einer neuen Stellung um. Es eilt nicht. Ich halte es auch nicht für gut, wenn meine Mutter plötzlich ganz allein wäre.«

»Ach, die Frau Müller, die kann sich sehr gut selber helfen. Die hat einen festen Charakter. Und Sie – na ja, Sie werden ja vielleicht bald wieder heiraten.«

Cornelius hob mit einem Ruck den Kopf und sah die Schwester böse an. »Bitte!«, sagte er scharf. »Meine Frau ist seit einer Woche tot. Finden Sie eine derartige Bemerkung nicht geschmacklos, Schwester?«

»Ach ja, bitte, freilich, entschuldigen Sie nur. Es ist nur ...«

Cornelius ließ sie stehen und ging. Voll Ärger knallte er die Autotür zu, fuhr in viel zu schnellem Tempo in die Stadt zurück. Bis er den Wagen auf dem Platz hinter dem Parkhotel abgestellt hatte, war er ruhiger geworden. Jeder wusste von seinem Verhältnis zu Magda, warum nicht die Schwester.

Magda heiraten? Nach so vielen Jahren, eine absurde Idee.

Er zweifelte daran, ob Magda das wollte. Er war sechsundfünfzig, sie ein Jahr jünger. Vielleicht war es doch keine so schlechte Idee, Partner waren sie, Freunde, Gefährten. Sollte man es Liebe nennen? Nun, was sollte man Liebe nennen, wenn nicht dies.

Eine langjährige Gemeinschaft, die begonnen hatte mit ihrer Hilfe, als er aus der Gefangenschaft kam, dann ihre Freundschaft, ihre Liebe, ihr Verständnis für alles, was sein Leben betraf, ihre Bereitschaft, immer für ihn da zu sein. Und dies ohne je lästig zu werden, ohne ihre eigenen Wünsche und Belange in den Vordergrund zu stellen. Bei alledem hatte sie sich ein eigenes Leben, hatte sich Arbeit und Beruf selbst geschaffen; mit Hilfe von Miriam, so wie er ohne die Hilfe Simons nie das geworden wäre, was er heute war.

Das Leben hatte ihn reich beschenkt: einen Freund wie Simon Peters, eine Gefährtin wie Magda. Freundschaft und Liebe, beides hatte er überreichlich bekommen. Es war ein Ausgleich für das, was er verloren hatte, die Heimat, den Vater, den Bruder und viele kostbare Jahre seines Lebens.

Nun hatte er die arme Elfriede begraben, das einst so zärtlich geliebte, so heiß bewunderte Elfchen vom Schloss, die seit Langem für sein Leben nichts mehr bedeutet hatte. Eigentlich, wenn er ehrlich war, nie. Er hatte sie an der Seite seines Sohnes begraben, der nun schon fast zwei Jahre lang tot war. Das gehörte alles auf die Minus-Seite seines Lebens, genau wie das früher schon Verlorene. Geblieben waren seine Mutter, Magda und Simon. Und dieses Mädchen, das er kaum kannte. Und das Kind, das er gar nicht kannte. Jäh wurde ihm die Parallelität der Situation bewusst: Als er damals aus der Gefangenschaft kam, traf er auch ein Kind, das er nicht kannte, seinen Sohn. Und war der Junge nicht etwa genauso alt, wie es Andreas damals gewesen war? Er saß an seinem Schreibtisch, stöhnte und vergrub den Kopf in den Händen.

Wie hatte Magda gesagt? Du brauchst nie mehr einen Gedanken an sie zu verschwenden. An wen? An die Frau seines Sohnes, an das Kind seines Sohnes?

Was gingen ihn die beiden an? Helga war nicht allein, das Kind nicht, Familie war genug vorhanden, möglicherweise genügte, soweit es ihn betraf, eine finanzielle Unterstützung. Warum neue Komplikationen in sein Leben holen. Magdas Meinung kannte er. Und jetzt dachte er, dass es gut sein würde, mit Simon darüber zu sprechen.

Seit der Beerdigung hatte er ihn nicht gesehen.

Ohne weiter zu überlegen, hob er den Hörer ab.

Simon war noch im Büro, und als Cornelius ihn fragte, ob er nicht am Abend zum Essen kommen könne, sagte Simon, das habe er sowieso vorgehabt.

Der Tisch im Restaurant hinten rechts in der Ecke. Sie speisten sehr gut. Simon erzählte von seinen Plänen, diesmal ging es um einen Verlag, der in den letzten Jahren reüssiert hatte und den Simon gern in die Stadt holen wollte.

»Ein tüchtiger Mann, dieser Borgward«, sagte Simon. »Er hat in den letzten sechs Jahren einen ansehnlichen Verlag aufgebaut, ganz aus eigener Kraft. Hat eine sehr geschickte Hand in der Auswahl seiner Autoren. Nur sitzt der Mann etwas unglücklich in der Provinz. Ich habe ihm vorgeschlagen, dass ich ihm ein schönes Verlagshaus baue, zu vernünftigen Konditionen, und dann haben wir zu den zwei kleinen Verlagen, die wir schon in der Stadt haben, einen ausbaufähigen Betrieb, der meine Zustimmung findet. Damit bekommen wir endlich den noch notwendigen intellektuellen Touch in die Stadt, zu unseren vier Theatern, den Sommerfestspielen und den beiden Zeitungen. Eine rauchlose Industrie, so ein Verlag. Was hältst du davon?«

»Eine rein rhetorische Frage. Wie ich dich kenne, läufst du schon mit Schwung auf dieser Schiene.«

»Du kennst mich richtig. Und ich werde dir sagen, wie es weitergeht. Wir haben eine altbekannte, angesehene Technische Hochschule. Und weißt du, was wir noch brauchen? Eine Universität. Das ist dann der nächste Schritt.«

Cornelius musste lachen. »Du bist unverbesserlich. Ich bin bloß neugierig darauf, was dir noch alles einfallen wird.«

»Solange ich lebe, das heißt, solange ich denken kann, und länger will ich nicht leben, wird mir immer etwas einfallen.«

»Hast du vergessen, wie viel Ärger die Universitäten in den letzten Jahren gebracht haben?«

»Das legt sich. Hat sich schon gelegt. Das sind Zeiterscheinungen, mit denen man zurechtkommen muss. Überleg doch mal – einen expandierenden Verlag, eine Universität im Aufbau, das bringt sehr viel neues Leben in die Stadt.

Was die Hotels betrifft, Tagungen, Sitzungen, Kongresse, darum werden wir uns schon bemühen.«

»Und ein Studentenheim für die zukünftigen Studenten planst du bestimmt auch schon.«

»Nein«, sagte Simon überrascht. »Aber das ist eine gute Idee.«

Nachdem sie gegessen hatten, erzählte Cornelius von dem Gespräch mit seiner Mutter und von den törichten Bemerkungen der Krankenschwester.

»Das ist doch kein Grund, sich zu ärgern«, meinte Simon. »Für die Schwester finden wir schon einen Job. Entweder in der Klinik oder wieder privat. Darum kümmere ich mich. Und was bedrückt dich sonst?«

»Wieso?«

»Na, irgendetwas ist doch im Busch, das merke ich dir doch an. Außerdem wolltest du nicht nur mit mir essen, sondern auch mit mir reden.«

»Es dreht sich um die Reise nach Holstein.«

»Ich denke, das ist beschlossene Sache.«

»Ich weiß nicht …«

»Du hast es jetzt so lange hinausgezögert …«

»Elfriede …«

»Ja, sicher, das war der letzte Anlass, die Reise zu verschieben. Meinst du nicht, dass du es der Frau deines Sohnes schuldig bist, dich um sie zu kümmern? Wenn du bedenkst, was das arme Kind durchgemacht hat.«

»Ich habe mit ihrem Vater telefoniert.«

»Na und?«

»Herrgott«, Cornelius hob ungeduldig die Stimme, »was soll ich mit ihr anfangen? Ich kenne sie kaum. Wie ihr Vater sagte, befindet sie sich in einer sehr depressiven Stimmung.«

»Verständlich, nicht?«

»Ich dachte, wenn ich mit Geld aushelfe ...«

»Das genügt, denkst du. Sie wird es sicher brauchen. Will sie weiter studieren?«

»Ihr Vater sagt, nein, das will sie nicht.«

»Und was will sie dann?«

»Das weiß niemand. Sie nicht, der Vater nicht.«

»Hm.« Albert brachte das Dessert, frische Walderdbeeren mit flüssiger Sahne.

»Sie könnte«, schlug Simon vor, nachdem er drei Löffel gegessen hatte, »sie könnte ... hervorragend dieses Aroma. Sind die hier aus der Gegend?«

»Ja. Ausländische schmecken nicht so gut.«

»Wir haben eine sonnige Gegend und guten Boden. Eine Großgärtnerei ... also die vom Lemke ist schon recht ordentlich. Er versteht was von seinem Fach. Er ist ein Landsmann von dir, nicht wahr? Er müsste den Betrieb noch vergrößern. Ich weiß auch schon, nach welcher Seite hin er sich erweitern könnte. Walderdbeeren müssten sich ja auch kultivieren lassen. Und wenn man ihm das Waldstück westlich vom Miriam verpachtet, dann ...«

»Simon, bitte!«

Übergangslos fuhr Simon fort: »Ihr Studium will sie nicht wieder aufnehmen. Lehrerin wollte sie mal werden, glaube ich, will sie nicht mehr. Versteh ich. Sie kann zu mir kommen, kann hier an die TH gehen und Architektin werden.«

»Dazu muss man ja wohl erst mal Lust und Neigung haben, oder? Und überhaupt – du kennst sie ja gar nicht.«

»Klar kenne ich sie. Sie und den Buben. Ich habe beide in Berlin besucht. Schließlich habe ich ihnen die Wohnung besorgt, da darf ich wohl mal vorbeischauen und einen Diener machen.«

»Ich erinnere mich. Da war Andreas ja schon länger in Amerika.«

»Richtig. Eine hübsche und vernünftige junge Frau. Intelligent. Ob sie Talent zur Architektin hat, weiß man freilich nicht. Vielleicht Innenarchitektin, für eine Frau sehr gut geeignet. Magda zum Beispiel und Miriam auch, die hätten Talent zu diesem Beruf gehabt. Denk nur daran, wie sie hier das Hotel umgestaltet haben.

Simon löffelte den Rest seiner Erdbeeren und ließ dann den Blick über das Restaurant schweifen, das an diesem warmen Sommerabend nur halb besetzt war.

»Draußen«, sagte er befriedigt, »können sie heute im Freien essen. Hätten wir eigentlich auch machen können. Warum ist denn Magda nicht hier?«

»Ich wollte mit dir allein sprechen.«

»Sie ist natürlich dafür, dass du nach Holstein fährst.«

»Ja. Am liebsten würde sie selber fahren.«

»Kann ich mir vorstellen. Vermutlich wäre sie gut dafür geeignet.«

»Schließlich handelt es sich um meine Schwiegertochter.«

Simon gab ihm einen raschen, amüsierten Blick.

»Nun ja, eben«, sagte er dann gemütlich. »Um deinen Enkelsohn und um deine Schwiegertochter. Und darum ist es auch ganz klar, was du mit ihr machst. Du nimmst sie ins Hotel.«

»Bitte?«

»Andreas wollte nicht im Hotelfach arbeiten. Vielleicht will es seine Frau.«

»Du mit deinen verrückten Ideen! Was sollte sie denn hier tun?«

»Na, muss ich dir erklären, was eine Frau im Hotel tut? Von der Hausdame bis zur Rezeption, vom Telefon bis zum Service, vom Sekretariat bis zur Werbung beschäftigst du eine ganze Menge Frauen. Und es werden in Zukunft noch mehr werden. Sie kann auf allen Gebieten hospitieren und kann lernen. Dann wird man sehen, ob sie a) geeignet ist für diesen Beruf und ob sie b) Gefallen daran findet. Dann schickst du sie ein Jahr oder auch zwei Jahre auf eine Hotelfachschule oder gibst sie als Volontärin in ein anderes Hotel. Am besten in die Schweiz. In die französische Schweiz, damit sie ordentlich Französisch lernt. Englisch wird sie wohl können. Und dann ...«

»Und dann, und dann. Hör auf, du machst mich wahnsinnig mit deinen ewigen Plänen.«

Simon ließ sich nicht beirren. »Und dann wird sich herausstellen, ob sie geeignet ist, als deine Nachfolgerin herangebildet zu werden. Wie ich schon sagte: Andreas wollte nicht. Vielleicht will sie. Frag sie doch einfach mal.«

»Ich denke nicht daran.«

»Denk mal ein bisschen dran, hin und wieder. Und erst musst du natürlich sehen, in welchem Zustand sie sich befindet. Du hast vorhin von deinem Haus draußen geredet. Dort kann sie wohnen mit dem Buben. Wird für deine Mutter sehr belebend sein.«

»Jetzt fehlt nur noch, dass du sagst: Gut, dass Elfriede tot ist. Mit ihr ginge das nämlich nicht.«

»Ich sage so etwas nicht. Und möglicherweise hätte es Elfriede sogar gut getan, das Kind um sich zu haben. Kann man das wissen? Was ihr gefehlt hat, war Liebe. Entschuldige, Cornelius, aber so ist es doch. Statt der Krankenschwester engagierst du ein Kindermädchen. Das wird deine Mutter noch mehr beleben, dann hat sie jemanden, über den sie sich ärgern kann.«

»Es tut mir leid«, sagte Cornelius steif, »ich kann dir nicht mehr folgen.«

»Macht nichts. Kommt schon noch. Das hatten wir alles schon. Wie wir wissen, konntest du mir meist sehr bald folgen. Schade, dass Miriam nicht hier ist. Die könnte dir das in Nullkommanichts plausibel machen.«

Cornelius lachte kurz auf. »Da könntest du recht haben.« Er blickte zu Albert, der sofort an den Tisch kam. »Mokka«, sagte Cornelius. »Und einen doppelten Cognac.«

»Dito für mich«, sagte Simon. »Von dem Mokka aber nur ein winziges Tässchen. Sonst kann ich heute Nacht nicht schlafen.«

»Das werde ich diese Nacht sowieso nicht können«, sagte Cornelius, nachdem Albert gegangen war.

»Wirst du halt ein bisschen darüber nachdenken. Und vielleicht auch darüber, wie ganz großartig das wäre, wieder ein Kind in der Familie zu haben.«

Cornelius fragte zunächst im Pfarrhaus formell an, wann sein Besuch erwünscht sei. Dann bestellte er ein Zimmer in dem Hotel, in dem er in der Nacht vor der Hochzeit übernachtet hatte. Flüchtig hatte er erwogen, in einem anderen Ort Quartier zu nehmen, denn sicher kannte man ja in Helgas Heimatstadt die Tragödie, und konnte ihn damit in Zusammenhang bringen, aber er entschloss sich, nicht auszuweichen und nicht wie ein Dieb ins Pfarrhaus zu schleichen. Das hatte Helga getan, wie ihr Vater am Telefon berichtet hatte. Genauso zu handeln, widerstrebte ihm.

Er ließ sich Zeit für diese Reise, einen gewissen inneren Widerstand zu überwinden gab es denn doch. Er fuhr zunächst bis Hamburg, übernachtete im Atlantic, am nächsten Morgen machte er in Lübeck Station, das er noch nicht kannte. Er ging aufmerksam durch die Stadt Thomas Manns, die im Krieg ebenfalls schwer zerstört worden war und jetzt mit behutsamer Hand wieder aufgebaut wurde. Freilich war es wie in allen vergleichbaren Städten; es war nur eine Kopie entstanden. Das, was dieser sinnlose Krieg sinnlos zerstört hatte, war nicht wieder lebendig zu machen, die schönen alten Städte so wenig wie die Menschen. Er speiste im Schabbelhaus zu Mittag, auch das war ein wichtiger Programmpunkt für einen gebildeten Mitteleuropäer, und erst recht für einen Gastronomen. Nachdem er ausgezeichnet gegessen und die herrlichen Räume bewundert hatte, verließ er nachdenklich das Restaurant. Was gab es trotz allem noch für wundervolle Orte und Räume in diesem Deutschland! Noch oder wieder. Er musste Simon fragen, ob er je im Schabbelhaus gegessen hatte.

Am Nachmittag war er angelangt und rief im Pfarrhaus an, fragte, wann und wo man ihn zu treffen wünsche. Es klang steif und förmlich, doch Johanna Rohde sagte: »Wir warten schon auf Sie, Herr Müller. Mögen Sie Tee oder Kaffee?«

Unerwartet wurde es ein friedvoller Nachmittag und ein gemütlicher Abend, es gab keinerlei Verständnisschwierigkeiten. Der Pastor berichtete fast wörtlich, was Helga ihm erzählt hatte, verschwieg auch den Selbstmordversuch nicht.

»Mein Gott!«, sagte Cornelius erschüttert. »Das hatte sie noch nicht getan, als ich sie im Gefängnis besuchte.«

»Sie gibt sich die Schuld am Tod Ihres Sohnes, Herr Müller. Sie sagt, wenn sie nicht nach Kalifornien geflogen wäre, dann wäre es zu der letzten schrecklichen Szene nicht gekommen und Andreas lebte noch, hätte vielleicht wirklich eine Karriere gemacht.«

»Soviel ich weiß, wollte er, dass sie kommt. Und Drogen hat er schließlich auch genommen. Und er war mit diesem Verbrecher zusammen, den ...« Er stockte.

»Den Helga getötet hat«, vollendete der Pastor. »Und wie sie sagt, kann sie diese Tat nicht bereuen.«

»Ich hätte an Helgas statt hinüberfliegen müssen. Es wäre

meine Aufgabe gewesen. Das ist es, was mir meine Frau bis zuletzt zum Vorwurf gemacht hat. Sie ist vor Kurzem gestorben.«

Bestürzt blickten sich Johanna Rohde und ihr Mann an. »Das wussten wir nicht«, murmelte Johanna. »Wenn Helga das hört …«

»Wir brauchen es ihr nicht zu sagen«, meinte Cornelius.

Cornelius meldete sich auch bei Helga an. Diesmal hatte er sich im neu eröffneten Maritim in Travemünde einquartiert, und er fuhr am frühen Nachmittag nach Timmendorfer Strand, sie hatten einen Treffpunkt vor einem Café vereinbart, denn, so hatte Helga am Telefon gesagt, den Weg zu Dirks Haus würde er ohne Geleit nicht finden.

Es war ein kühler, windiger Spätsommertag, auf der Kurpromenade war wenig Betrieb, das Café dagegen war überfüllt. Helga stand vor dem Lokal in einem hellen Regenmantel, der Anne Jansen gehörte. Anne und Dirk waren inzwischen einen Tag lang da gewesen, sie hatten im Holsteiner Hof zu Mittag gegessen, und anschließend war Anne mit Helga einkaufen gewesen.

Anne sagte, als sie Helgas Verlegenheit bemerkte: »Bisschen was zum Anziehen brauchst du doch, und bitte protestier nicht. Ich bin immer gern mit meiner Tochter einkaufen gegangen, jetzt kleidet sie sich in Paris ein oder entwirft sich ihre Fummel selbst. Tu heute einfach mal so, als ob du meine Tochter wärest. Mir macht es Spaß und dir hoffentlich auch. Und um mal ein wenig zu protzen: Dirk tut das nicht weh, er verdient genug, und ich gebe mit Vergnügen Geld aus. Stimmt doch, oder?« fragte sie ihren Mann, und Dirk nickte: »Das kann man nicht laut genug sagen.«

Sie kauften ein Sommerkleid, natürlich war es wieder blau, das gefiel Helga nun mal am besten. Aber es hatte einen weißen Kragen und Punkte und war immerhin eine Abwechslung neben dem blauen Kittelkleid. Ein Rock und eine Bluse seien auch noch vonnöten, fand Anne.

»Und ein fescher Pullover. Kann ja auch mal kühler werden. Im Haus hängt ein Regenmantel von mir, den kannst du bei Bedarf anziehen.«

Rock und Bluse und den Regenmantel trug Helga an diesem Tag, in der Hand hielt sie ein Paket mit Kuchen, so erwartete sie ihren Schwiegervater.

»Ich dachte, wir trinken bei uns Kaffee«, sagte sie schüchtern, als Cornelius sie begrüßt hatte. »Im Café ist es heute sehr voll.«

Cornelius nickte und betrachtete sie mit Wohlgefallen. Sie sah hübsch aus, nicht mehr so verhärmt und elend, wie er sie aus Amerika in Erinnerung hatte.

»Ich wollte ja sowieso zu Ihnen kommen«, sagte er. »Sie haben nur gesagt, ich finde den Weg nicht.«

»Der ist schwer zu erklären, wenn man die Gegend nicht kennt. Man muss von oben her zu diesen Häusern fahren.«

»Aha.«

Dann saß Helga neben ihm im Wagen, wies ihm den Weg, ansonsten war es schwierig, ein Gespräch zu führen. Schwierig war es auch dann im Haus, leider war Antje nicht mehr da, sondern Birgit, Helgas zweite Schwester, und die war lange nicht so unterhaltsam wie Antje.

Torsten rettete die Situation, er fand es interessant, wenn Besuch kam, und männliche Besucher liebte er besonders. Helga hatte nicht gewusst, wie sie den Besucher benennen sollte, also hatte sie ihm nur gesagt: »Heut kommt Herr Müller.«

So sagte Torsten zur Begrüßung: »Bist du Herr Müller?« Cornelius warf Helga einen raschen Blick zu, dann nahm er Torstens Hand. »Ja«, sagte er.

»Willst du meinen Garten angucken?«, fragte Torsten.

»Gern.«

»Ich koche inzwischen Kaffee«, sagte Helga verlegen. »Du

hättest dem Kind ja sagen können, dass sein Opa kommt«, meinte Birgit, als sie allein waren.

»Findest du?«, fragte Helga gereizt. »Weiß ich denn, ob Herrn Müller das passt?« Gleichzeitig musste sie denken, wie souverän Antje diese Situation gemeistert hätte. Mensch, Torsten, heute kommt dein Opa. Kennste den noch? Irgend so was hätte Antje gesagt.

Der Gang durch den windzerzausten Garten war ein voller Erfolg. Dank Herrn Niederreit wusste Torsten inzwischen genau, was für Blumen und Gemüse im Garten wuchsen und um diese Zeit bereits geerntet waren oder kurz vor der Ernte standen.

»Wir haben sehr schöne Hannisbeeren. Aber nun sind alle weg.«

»Warum sind sie weg?«, fragte Cornelius, die Hand des Kindes in seiner Hand.

»Ich habe alle aufgegessen«, verkündete Torsten stolz. Und ehrlich fügte er hinzu: »Und Tante Tina hat Mamalade gemacht.«

Frau Niederreit hieß Katharina und wurde Tina genannt.

»Und aus den Äppeln macht sie auch Mamalade.«

»Aha. Isst du gern Marmelade?«

»Mhm. Sehr gern.« Übergangslos fuhr er fort: »Tante Tina und Onkel Karl haben einen Hund. Einen sooo schönen Hund. Das ist mein Freund.«

Ehe sie das Haus wieder betraten, sagte Cornelius zu seiner eigenen Überraschung: »Ich bin übrigens dein Großvater.«

Torsten blieb stehen, zog seine Hand aus der von Cornelius.

»Nö«, sagte er. »Mein Großvater ist der Paster.«

Aber dann, als sie im Wohnzimmer standen, wo Birgit den Kaffeetisch gedeckt hatte, und Helga gerade die Kaffeekanne hereinbrachte, sagte Torsten mit einer gewissen Empörung zu Helga:

»Der sagt, er is mein Großvater.«

Und wirklich, Cornelius errötete.

»War wohl etwas voreilig von mir«, sagte er zu Helga. »Entschuldigen Sie bitte, Helga.«

Helga stellte vorsichtig die Kaffeekanne auf den Tisch, dann lächelte sie, das erste Mal, seit sie Cornelius getroffen hatte. »Zeig mal deine Hände«, forderte sie Torsten auf, der begehrlich die Kuchenplatte musterte.

Torsten streckte bereitwillig die Hände aus. »Sauber. Ich hab nichts angefasst.«

Er wollte auf seinen Stuhl klettern, aber Helga legte die Hand auf seine Schulter.

»Herr Müller ist dein Großvater.«

»Aber ...« Torsten blickte unsicher von einem zum anderen. »Der Paster ist mein Großvater.«

»Wenn man Glück hat«, sagte Helga, »dann hat man zwei Großväter.« Torsten blickte belästigt zur Seite. »Weiß ich nich«, murmelte er.

Cornelius lächelte nun auch. »Lassen wir es vorerst. Trinken wir erst mal Kaffee. Und was für ein schöner Kuchen!«

Torsten vergaß den zweiten Großvater und widmete sich dem Kuchen.

Das Gespräch war mühselig, sie sprachen von der Gegend, von der Ostsee, von den Sommergästen, die nun langsam etwas weniger wurden, Helga erzählte von den Jansens und wie sie zu der Familie Rohde standen. Birgit wurde etwas gesprächiger, als sie von ihrem Studium in München erzählte und von ihrem Bruder Johannes und seiner Frau Susanne, bei denen sie wohnte. Und den besten Beitrag zum Gespräch lieferte Torsten, als er auf Mirka zu sprechen kam.

»Muss du sehen, meine Mirka, die is so lieb ...« und nach einem kurzen Zögern und einem fragenden Blick fügte er hinzu ... »Großvater?«

Cornelius schluckte.

»Und wann kommt sie, deine Mirka?«

»Morgen. Ganz bestimmt morgen. Kommst du auch?« Cornelius nickte. »Ja, dann komm ich auch.«

Cornelius fuhr zurück nach Travemünde, ging hinaus auf die Mole und blickte über das Wasser der Lübecker Bucht. Fast bereute er, gekommen zu sein. Man konnte nicht plötzlich freundschaftliche oder gar verwandtschaftliche Gefühle zu einer Fremden entwickeln, noch dazu wenn der Schatten von Tod und Mord jedes Gespräch erschwerte, wenn nicht unmöglich machte. Unmöglich war auch Simons Idee, die fremde Frau in sein Leben zu verpflanzen. Da war nur ein seltsames Gefühl: er spürte noch immer die Hand des Kindes in seiner Hand.

Jetzt bedauerte er, dass Magda ihn nicht begleitet hatte, möglicherweise hätte sie die Situation besser gemeistert, hätte sich nicht so ungeschickt verhalten, wäre sicher in der Lage gewesen, ein unbefangenes Gespräch mit Helga zu führen.

Er schüttelte über sich selbst den Kopf. Ein unbefangenes Gespräch konnte es gar nicht geben. Am besten wäre es, am nächsten Morgen zu telefonieren, eine unerwartete Nachricht vorzuschieben, die ihn zwang, sofort abzureisen. Und dann mit Helgas Eltern zu besprechen, wie er am besten eine finanzielle Hilfe platzieren könnte.

Warum nicht gleich einen Rechtsanwalt beauftragen, dachte er ärgerlich, als er rasch einen Gang durch die Stadt machte. Ich bin feige. Und es war ihm klar, dass er weder Magda noch Simon mit diesem Ergebnis gegenübertreten konnte.

Er war noch immer missgelaunt, als er im Hotel zu Abend aß und sich mit dem Verlauf des nächsten Tages beschäftigte. Gegen zwölf, so hatte er gesagt, würde er kommen, um die drei zum Essen abzuholen. Vielleicht konnte man irgendwohin fahren, wo es den Damen gefiel, und er hatte dabei an das Schabbelhaus in Lübeck gedacht.

Am nächsten Tag schien die Sonne, es war wieder wärmer, und Helga zog das neue blaue Kleid mit dem weißen Kragen an.

»Eine Jacke wirst du aber brauchen«, meinte Birgit, »es ist windig.«

Im Schrank von Sibylls Zimmer befanden sich ausreichend Jacken, Hosen, Blusen und Pullover.

»Kannst du ruhig anziehen«, hatte Anne Jansen gesagt. »Sibyll kommt selten her, und wenn sie kommt, bringt sie mindestens zwei Koffer mit neuen Plünnen mit.«

Helga zog vorsichtig eine weiße Jacke aus dem Schrank. Die konnte sie sich ja über die Schultern hängen.

Am Abend zuvor hatte Johanna angerufen, und Helga wusste nun, dass Elfriede Müller gestorben war. Cornelius hatte es ihr gegenüber mit keinem Wort erwähnt.

Als Cornelius kam, noch immer missmutig trotz des schönen Wetters, geriet er in einen turbulenten Haushalt hinein. Die Niederreits waren da, Herr Niederreit werkte im Garten, unterstützt von Torsten, Frau Niederreit hatte festgestellt, dass sie gründlich sauber machen und die Betten neu beziehen musste. Und natürlich war Mirka da. Viel Interesse konnte Torsten an diesem Tag nicht für Cornelius aufbringen und schon gar keine Zeit.

Nur im Garten, als Cornelius den beiden bei der Arbeit zusah, sagte Torsten ganz nebenbei: »'n richtiger Großvater biste nicht. Aber ein Opa, sagt Birgit.«

Herr Niederreit hatte es gehört und musterte mit einem raschen Blick den Besucher. Da hatte seine Frau wohl doch recht, und Torsten war ein uneheliches Kind. Und das der Großvater, und was war aus dem Vater geworden? Na ja, da gab es viele Möglichkeiten, er musste das seiner Frau nachher gleich mal erzählen.

Cornelius hatte den Opa schweigend geschluckt, er stand da und hatte die Hand auf Mirkas Kopf gelegt, und wie immer, wenn ein Hund in seiner Nähe war, fühlte er sich unglücklich. Das kam also noch dazu.

In Schlesien war er mit Tieren aufgewachsen, und die Hunde, speziell den letzten Hund, hatte er innig geliebt. Wenn er während des Krieges auf Urlaub kam, begrüßte er den Hund, bevor er Vater und Mutter und seine junge Frau begrüßte. Das Schicksal des Hundes, der zurückgeblieben war, genau wie die anderen Tiere, bedrückte ihn jahrelang, nachdem er davon erfahren hatte nach seiner Rückkehr aus der Gefangenschaft. Die Bemerkung seiner Mutter: Die Russen werden ihn aufgefressen haben genau wie die Katzen, hatte alles noch viel schlimmer gemacht. Eigentlich litt er unter dieser Vorstellung am meisten, trotz allem, was er sonst verloren hatte. Wohl darum hatte er nie wieder einen Hund angeschafft, aber jetzt, als Mirka mit großen braunen Augen zu ihm aufsah, dachte er, wie töricht das von ihm gewesen war. Sein Haus hatte einen großen Garten, ein Hund würde es gut haben und manchmal könnte er ihn ins Hotel begleiten.

Es zeigte sich, dass Birgit nicht nur klug war, sondern auch durchaus imstande, ihre Meinung zu äußern, und das mit Entschiedenheit.

»Ich finde«, sagte sie und blickte Cornelius gerade an, »Sie sollten mit Helga allein zum Essen gehen, Herr Müller. Es gibt doch sicher einiges zu besprechen, ich und Torsten lenken doch nur ab. Torsten ist bestens beschäftigt, wie Sie sehen.«

Ein patentes Mädchen, fand Cornelius bei sich, und sie hatte recht. Wenn er schon hier war, musste er mit Helga allein sprechen, musste jedenfalls versuchen, ein ernsthaftes Gespräch mit ihr zu führen.

Er blickte Helga fragend an, sie nickte. Die Schwestern hatten das schon besprochen.

»Torsten würde auch ungern jetzt fortgehen«, setzte Birgit hinzu, und nun lachte sie sogar. »Ein neuer, und noch weitgehend unbekannter Opa kann Mirka und Herrn Niederreit nicht ersetzen.«

Cornelius war schon besserer Laune, als er mit Helga im Wagen saß.

»Wo möchten Sie denn gern hin, Helga?«, fragte er.

»Och, ich weiß nicht. Wir können in Timmendorfer Strand essen oder in Scharbeutz. Oder in Haffkrug. Aber viele Lokale kenne ich nicht, ich war nur einmal mit Herrn Jansen und seiner Frau zum Essen.«

»Eigentlich«, sagte Cornelius zu seiner eigenen Überraschung, »würde ich ganz gern ein Stück spazieren gehen. Es ist schönes Wetter. Und der Blick auf das Meer ist so schön.«

»Oh ja«, rief Helga, »da weiß ich einen Weg, der Ihnen bestimmt gefallen wird. Wir sind schon zweimal dort gegangen, für Torsten ist es nur ein bisschen weit. Auf dem Brodtner Steilufer entlang. Wir könnten bis Niendorf fahren, und wenn Sie da den Wagen stehen lassen, können wir nach Travemünde laufen. Allerdings«, sie blickte ihn fragend an, »der Wagen, ich meine, man kann dann mit dem Bus zurückfahren und den Wagen holen.«

»Sicher gibt es doch ein Taxi.«

»Ja, natürlich, das gibt es.«

Der Spaziergang war eine gute Idee. Sie saßen sich nicht gegenüber und suchten vorsichtig nach Worten, sie gingen nebeneinander her, erst ein Stück am Strand entlang, dann oben auf der Höhe, sie hatten den weiten Blick über das Meer, das blau war an diesem Tag, leicht bewegt vom Wind, große weiße Schiffe zogen draußen vorbei.

»Das sind die Skandinavienfahrer«, erklärte Helga. »Sie kommen aus Travemünde und fahren nach Dänemark, oft an einem Tag hin und zurück. Diese Schiffe sind immer sehr gut besucht.«

»Und ihr seid niemals mitgefahren?«

»Nein.«

»Das hätte Torsten doch sicher Spaß gemacht.«

»Ja, schon. Wir haben auch davon gesprochen. Es ist nur ... auf einem Schiff, mit lauter fremden Menschen ... ich ...«

»Sie haben Scheu vor Menschen, Helga.« Es war keine Frage, es war eine Feststellung.

»Ja«, gab sie unumwunden zu. »Ich denke immer noch, alle starren mich an. Das tut natürlich keiner, sie kennen mich ja nicht auf so einem Schiff.«

»Und in diesem Haus, in dem Sie jetzt wohnen, fühlen Sie sich unbehelligt.«

»Ja. Da kennt mich keiner. Erst war Antje da und nun Birgit, die kaufen ein, oder die Niederreits kaufen ein, und die wissen nichts von mir.«

»Ja, ich habe es gehört, er nennt Sie Fräulein Rohde. Und darum wollten Sie auch nicht bei Ihren Eltern bleiben.«

»Hier ist es besser.«

»Aber Sie hatten doch Besuch.«

»Nur Onkel Dirk. Ich meine Herrn Jansen und seine Frau. Die wissen alles. Und ich kenne sie seit meiner Kindheit.«

»Und jetzt bin ich da.«

Er war stehen geblieben, also stand sie auch, wandte sich ihm zu, hinter ihrem Rücken das Meer.

»Ja. Ich nehme an, Sie sind nicht gern gekommen. Sie hätten es nicht tun müssen. Ich versteh ja, wenn Sie mich nicht sehen wollen. Ich bin schuld, dass Andreas tot ist. Und nun ist Ihre Frau auch gestorben.«

»Woher wissen Sie das?«

»Meine Mutter hat gestern Abend angerufen. Sie haben es meinen Eltern gesagt. Mir nicht.«

»Nein.«

»Ich weiß schon, warum. Sie dachten, ich ... Aber es ist

nun einmal so. Das ist der dritte Mensch, den ich umgebracht habe.« In ihrer Stimme klang helle Verzweiflung, und er sah, dass ihre Augen sich mit Tränen füllten.

Plötzlich ergriff Cornelius ein wilder Zorn. Mit beiden Händen fasste er ihre Oberarme und schüttelte sie. »Helga! Und wen willst du jetzt noch umbringen? Dich?« Er duzte sie und merkte es gar nicht. »Bist du so in diese eingebildete Schuld verliebt, dass du dich immer weiter in diese Gedanken verrennst? Andreas ist an seinem Schicksal selber schuld, und wenn sich jemand schuldig fühlen kann, dann bin ich es, weil ich mich nicht um ihn gekümmert habe. Das ist es, was meine Frau mir ständig zum Vorwurf gemacht hat. Mit diesem Vorwurf und, man kann sagen, voller Hass auf mich ist sie gestorben.«

Helga starrte ihn entsetzt an.

»Aber – sie muss mich gehasst haben. Sie mochte mich ja nie leiden.«

»Was heißt nie! Sie hat dich einmal gesehen.«

»Und später wollte sie mich nicht sehen. Sie konnte mich nicht leiden.«

»Sie hätte keine Frau leiden können, die Andreas liebte. Sie war krank, und sie hatte sich die letzten beiden Jahre ihres Lebens in hysterische Wahnvorstellungen hineingesteigert. Ihr konnte man nicht helfen. Vielleicht wollte ich es auch gar nicht, ich gebe es zu. Aber dir will ich helfen.« Eine Gruppe von Spaziergängern näherte sich auf dem Weg, Cornelius ließ Helgas Arme los, die er noch immer umklammert hatte.

»Gehen wir weiter.«

»Mir kann man nicht helfen«, sagte Helga.

»Das ist dummes Gerede. Und darin bin ich mir mit deinen Eltern einig. Du hast versucht, Andreas zu helfen, nachdem er dich verlassen hatte. Er ließ dich allein mit einem kleinen Kind in einer Stadt, in der du kaum jemand kanntest. Dann bist du allein nach Amerika geflogen. Das war ein Fehler, Helga. Du hattest kein Vertrauen zu mir.«

»Ich kannte Sie ja kaum.«

»Du hättest mir alles sagen müssen, die Wahrheit, Helga, und dann wären wir zusammen rübergeflogen. Dann hätte es nicht für dich die Geldkalamität gegeben, vielleicht wäre es uns gemeinsam gelungen, Andreas aus diesem Teufelskreis zu befreien. Vielleicht. Vielleicht auch nicht. Und wenn wir schon von Schuld reden, so war es wirklich meine Schuld, darin hat Elfriede recht, dass ich mich von Andreas abgewendet habe, nachdem er sich von mir abgewendet hatte. Aber es ist sinnlos, heute darüber zu richten. Tatsache ist, du hast einen Menschen getötet. Im Affekt, aus Notwehr. So ist es, so sah es dein Anwalt, auf diese Weise bist du freigesprochen worden. Und nun kannst du dich nicht selber zu lebenslanger Haft verurteilen. Oder«, er blickte auf ihre Hände hinab, »zum Tode.«

»Das haben Ihnen meine Eltern auch erzählt.«

»Ja. Du befindest dich hier in einem hübschen komfortablen Gefängnis, mit Garten, Blick aufs Meer und Bedienung. Mal ganz nüchtern betrachtet. Und leidest vor dich hin. Und kultivierst deinen Schuldkomplex. Nimm zur Kenntnis, dass ich das nicht zulassen werde.«

»Sie werden …«

»Du hast richtig gehört. Ich werde es nicht zulassen. Du warst mit meinem einzigen Sohn verheiratet. Und das einzige Enkelkind, das ich je haben werde, ist dein Sohn. Du wirst dieses Haus hier verlassen, du wirst versuchen, ein normales Leben zu führen, und zwar ganz schnell. Du kannst studieren, wenn du willst und was du willst. Du kannst einen Beruf ergreifen, der dir Spaß macht. Ich werde für deinen Unterhalt und für deine Ausbildung aufkommen. Und selbstverständlich für Torsten.« Er blieb wieder stehen. Helga auch. Sie sah ihn stumm an, das Herz klopfte ihr bis in die Fingerspitzen.

Du kannst dich nicht selbst zu lebenslanger Haft verurteilen.

Oder zum Tode.

»Was ist das dort oben? Sieht wie ein Lokal aus.«

»Ja. Es heißt Hermannshöhe.«

»Sehr schön, dort werden wir essen.« Er lächelte, strich mit der Hand sanft über ihren Arm. »Es tut mir leid, wenn ich heftig war. Ich bin sonst nicht unbeherrscht. Beim Essen beruhigt man sich am besten. Du bist doch sicher hungrig?«

Helga schüttelte den Kopf.

»Stört es dich, wenn ich du zu dir sage?«

Sie bewegte wieder verneinend den Kopf.

»Ich werde dir einen Vorschlag machen. Ich reise heute Abend noch ab, und dann kannst du ein paar Tage darüber nachdenken, über das, was ich dir jetzt sagen werde. Nicht zu lange. Eine Woche etwa. Du kannst dich mit deinen Eltern besprechen. Und mit deinen Geschwistern. Oder mit diesem Onkel Dirk, der dir ja, soviel ich weiß, einen Job angeboten hat. Das tue ich nämlich auch.«

»Einen Job?«

»Mehr als das, einen Beruf.«

Und dann erläuterte er in kurzen klaren Sätzen, was Simon ihm beigebracht hatte.

Helga stand stumm und starr, eine schmale Silhouette vor dem blauen Himmel und dem blauen Meer.

»Jetzt gehen wir essen. Und dabei kann ich dir das alles näher erklären. Auch wie ich mir die Zukunft von Torsten vorstelle. Ich will euch beide in meinem Leben haben.« Ich will, hatte er gesagt. Er hatte keine Ahnung, wovon er sprach.

Der zweite Teil

Juli 1980

Cornelius stand bei Kilian, sie sprachen über den Duke of Waldonborough, der seinen Besuch zu den bevorstehenden Festspielen angesagt, eine Suite im Hotel bestellt und darum gebeten hatte, ihm Karten für das Theater zu besorgen. Allerdings hatte er nicht mitgeteilt, in welche Vorstellungen er gehen wollte und um wie viele Plätze es sich jeweils handelte. Ansonsten war es eine ganz normale Reservierung, aber normal war es eben nicht, wenn ein Enkel des Herzogs, der vor mehr als vierzig Jahren voll Verachtung die Stadt verlassen hatte, seinen Besuch ankündigte. Zumal sein Vater, der Sohn des alten Herzogs, hatte verlauten lassen, dass er diese Stadt nie wieder betreten würde.

»Vielleicht ist es schon der Urenkel«, mutmaßte Kilian.

»Er hat nicht mitteilen lassen, wie alt er ist«, sagte Cornelius. »Wir wissen gar nichts mehr über die Familie. Es kann auch ein Neffe sein oder irgendein anderer Verwandter.«

»In England vererbt sich der Titel nur auf den ältesten Sohn. Folglich muss es ein Sohn von Herzog William sein.«

»Es handelt sich um deutschen Adel, da muss man nicht unbedingt englische Bräuche voraussetzen. Ich habe die Sache mit dem Oberbürgermeister besprochen und selbstverständlich mit Herrn Peters. Der Oberbürgermeister möchte gern ein großes Trara machen. Herr Peters ist anderer Meinung. Man soll den Besuch ohne Aufsehen behandeln, findet er. Sollte dieser Spross der Herzöge von Waldenburg Interesse bekunden, auf den Spuren seiner Väter zu wandeln, sei immer noch Zeit genug, sich damit zu befassen.«

»Typisch Herr Peters. Und ich denke, er hat recht. Man weiß doch, wie Engländer sind. Ein hochgestochener Empfang mit Ansprache vom Bürgermeister und Tusch und Fahnen werden ihn höchstens dazu bringen, schleunigst wieder abzureisen. Die Presse wird sich sowieso einfinden. Wenn es denn ein echter Abkömmling des Herzogs ist.«

Cornelius musste lachen. Seit sie vor zwei Jahren auf einen Hochstapler hereingefallen waren, der sich Graf Carlsson-Warawitz genannt hatte, konnte sich Kilian über sein Versagen und seine mangelnde Menschenkenntnis, wie er es selbstbezichtigend nannte, nicht beruhigen. Der falsche Graf war ein höchst distinguierter Herr gewesen, schlank und groß gewachsen, mit kühnem Profil, er stamme aus schwedischem Adel mit böhmischen Vorfahren, wie er wissen ließ. Er lebte vier Wochen in den besten Suiten der Hotels, erst im Stadthaus, dann im Miriam, wählte sein tägliches Menü mit Kennerschaft, gab große Trinkgelder und war von ausgesuchter Höflichkeit. Er spielte Tennis, bemerkenswert gut, freundete sich nicht mit anderen Gästen der Hotels, jedoch mit einigen Herren der gehobenen Gesellschaft der Stadt an, die er im Restaurant oder im Theater traf, denn die Festspiele besuchte er fleißig. Und er war auch häufig in Magdas Galerie anzutreffen, wo er einige Einkäufe tätigte, die sein Kunstverständnis bewiesen, er küsste Magda die Hand und machte ihr die schönsten Komplimente. Auch Simon fand ihn unterhaltsam. Magda war dann die erste, die feststellen musste, dass sie einem Schwindler aufgesessen waren, als der beachtliche Scheck, den sie von ihm erhalten hatte, von der Bank in Stockholm mit dem Vermerk zurückkam, ein Konto unter diesem Namen führe man nicht. Am Tag zuvor war der Graf jedoch abgereist in einem gestohlenen Wagen, den er sich auf dem Parkplatz der TESTA AG geholt hatte, mit deren Inhaber er sich ebenfalls angefreundet hatte. Der Wagen fand sich später auf dem Rhein-Main-Flughafen, von dem Grafen jedoch keine Spur. Was umso bedauerlicher war, als er in der Nacht zuvor, einer langen Nacht, denn wie immer feierte man den Abschluss der Festspiele mit einem Ball, noch einen Raubzug durch einige Zimmer unternommen hatte, einige Brieftaschen ausgeräumt und Juwelen mitgenommen hatte.

In dem allgemeinen Aufbruch, der am folgenden Tag stattfand, fiel es zunächst gar nicht auf, dass der Graf verschwunden war, zumal er mehrmals angekündigt hatte, er wolle endlich einen Ausflug in die Umgebung machen, wenn die Festspiele zu Ende seien. Es gab eine Menge Ärger, die Kripo im Haus, Schwierigkeiten mit den verschiedenen Versicherungen, doch trug es Cornelius mit Fassung, denn Simon sagte: »Also das ist schon geradezu ein klassischer Fall. Hat uns bisher direkt gefehlt. Ein Hotel ist erst dann richtig etabliert, wenn mal so was passiert.«

Max Kilian, der Chefportier des Stadthotels, ärgerte sich jedoch bis zum heutigen Tag über sein Versagen.

»Ich hätte es merken müssen, sofort, als er den Pass vorlegte. Obwohl kein Mensch seinen Pass verlangt hat.« Daher nun auch Kilians Misstrauen dem angekündigten Herzog gegenüber.

»Warten wir es ab«, meinte Cornelius. »Der Brief kam jedenfalls von dem Ort in Sussex, an dessen Namen sich Herr Peters erinnert, und es hängen noch genügend Gemälde von den früheren Herzögen im Schloss, vielleicht gibt es eine Familienähnlichkeit.«

»Wenn es der richtige Herzog ist, kann es ihm eigentlich hier nur gefallen. Das Schloss ist renoviert und sieht prächtig aus, das Museum ist sicher nicht mit dem Britischen Museum zu vergleichen, aber ganz hübsch ist es doch. Der Park ist schöner denn je und das Theater ein Schmuckstück. Das hat noch jeder gesagt, der es gesehen hat. Und das Programm in diesem Jahr kann sich auch sehen lassen. Ich war neulich draußen und habe mir eine Probe angeschaut.«

»Ach ja?« machte Cornelius, dem das Thema Theater noch immer Unbehagen bereitete, der aber durch die Festspiele und die Gäste, die dazu anreisten, nun doch, ob er wollte oder nicht, eine enge Verbindung zum Theater ertragen musste.

»Sie machen ›Der Widerspenstigen Zähmung‹, da spielt der Ortwin Röhl den Petrucchio und unsere kleine Janine die Katherina. Die beiden bieten eine Schlacht auf der Bühne, da bleibt kein Auge trocken.«

»Unsere Janine? Meinen Sie die Tochter von Borgward?«

»Janine Borgward, ja. Sie hat es geschafft.« Sogleich bereute Kilian diesen Satz, er war taktlos Cornelius gegenüber. Er sprach rasch weiter: »Ich kann mich noch genau daran erinnern, wie sie einmal hier ins Hotel kam, das Verlagshaus war noch im Bau, aber Herr Borgward wohnte mit seiner Familie schon in der Stadt, und er war zum Essen im Restaurant mit seinem Lektor und einem Autor. Sie kam herein, ihr roter Schopf war zerzaust, ihre Wangen gerötet, es war ein kalter Wintertag, sie schmiss ihre Schultasche hier vor meinem Pult auf den Boden und sagte: Ich muss sofort meinen Vater sprechen. Ihr Herr Vater ist im Restaurant, sagte ich, und sie sagte, das weiß ich, drum bin ich ja hier. Ich muss ihn sofort sprechen, ich bin nämlich gerade von der Schule geflogen.«

Cornelius sah das Mädchen vor sich, sie war auch damals nicht zu übersehen gewesen, eine zierliche Person mit blitzenden blauen Augen und wehendem rotem Schopf. »Und dann?«

»Warten Sie lieber, bis er mit dem Essen fertig ist, Fräulein Janine, schlug ich vor, diese Neuigkeit verdirbt ihm vielleicht den Appetit. I wo, meinte sie, er muss das sofort wissen, bevor Mami es erfährt. Er weiß ja ohnedies, dass ich in der Schule fehl am Platze bin, ich will doch Schauspielerin werden. Und was glauben Sie, wie oft seine Autoren ihm schon den Appetit verdorben haben.«

»Da gibt es gewisse Parallelen«, sagte Cornelius mit unbewegter Miene.

»Herr Borgward brachte das dann in Ordnung mit der Schule, sie musste noch eine Weile büffeln, aber nicht mehr lange, das Abitur hat sie nicht gemacht, sie nahm schon nebenbei Unterricht bei Herrn Gerlach und ging später auf die Falckenberg-Schule in München. Und von dort gleich ins Engagement nach Hamburg. Begabt muss sie schon sein. Und jetzt spielt sie hier.«

Max Kilian prüfte den Gesichtsausdruck von Cornelius. Man sollte nicht so ausführlich mit ihm über Schauspieler sprechen.

»Sie muss noch sehr jung sein«, sagte Cornelius gelassen.
»Anfang zwanzig. Ich bin gespannt, wie sie die Schlussszene bringen wird. Ich meine, ob sie das schon schafft in ihrem jugendlichen Alter.«

Trotz einer theaterbegeisterten Frau und einem Sohn, der hatte Schauspieler werden wollen, kannte Cornelius die Schlussszene der ›Widerspenstigen‹ nicht.

»Eins wissen wir jedenfalls bei ihr genau«, schloss Kilian das Thema ab, »ihre roten Haare sind echt. Ellen Winter, die früher mal bei uns gewohnt hat, ach, das ist zehn Jahre her, mindestens, hatte auch rotes Haar, aber gefärbt. Sie machte gar keinen Hehl daraus, darum ist es keine Indiskretion, wenn ich das erzähle. Sie fragte mich damals nach dem besten Friseur in der Stadt, sie müsse ihr Haar nachfärben lassen. Jetzt«, sagte Kilian befriedigt, »haben wir ja einen eigenen Frisiersalon im Haus. Das war dringend notwendig.«

Cornelius nickte, kam aber von selbst noch mal auf das Thema Theater zurück.

»Herr Gerlach erzählte mir vor einiger Zeit, es gebe in diesem Jahr eine doppelte Widerspenstige. Damit meint er das Musical, nicht wahr?«

»›Kiss me, Kate‹, ein Musical mit der Musik von Cole Porter, das behandelt auch den Stoff von ›Der Widerspenstigen Zähmung‹. In einer Rahmenhandlung gewissermaßen. Eine glänzende Idee von Herrn Gerlach, beide Stücke in einem Programm zu bringen.«

Kurt Gerlach war der bewährte und geschätzte Intendant des Stadttheaters, der auch die Sommerfestspiele im Schloss leitete und oftmals selbst Regie führte.

»In vierzehn Tagen ist Premiere draußen«, sagte Cornelius. Seine Stimme klang ruhig, seine Miene veränderte sich nicht, doch nun spürte er den Schmerz, der nie vergehen würde. Was hatte Simon damals gesagt, als er ihm den Plan von den Festspielen darlegte? Das war auch zehn Jahre her, das war an jenem Tag gewesen, als Andreas oben in seinem Büro saß, und neben ihm … Simon hatte das damals alles nicht so schwergenommen. »Dann kann er später bei den Festspielen auftreten«, hatte er gesagt. Und: »Miriam liebte Shakespeare über alles.« Und: »Als Orsino könnte ich ihn mir gut vorstellen.«

In welchem Stück von Shakespeare kam der vor? Er brauchte Kilian nur zu fragen, der wusste es bestimmt. Aber Cornelius wollte es gar nicht wissen, damals nicht, heute nicht.

»In vierzehn Tagen, ja«, wiederholte Kilian. »Mit ›Der Widerspenstigen Zähmung‹. Am nächsten Tag kommt ein modernes Stück, das heißt, ›Vom Mond gefallen‹, damit haben wir nichts zu tun, damit gastiert ein Tourneetheater. Dann kommt Mozarts ›Bastien und Bastienne‹, das ist eine Übernahme vom vergangenen Jahr, mit derselben Besetzung. Darauf folgt ein Kammermusikabend, und dann ist die erste Vorstellung von ›Kiss me, Kate‹. Dafür habe ich eine Menge Vorbestellungen hier liegen, ich weiß gar nicht, wo ich noch Karten herbekommen soll.«

Cornelius lächelte. »Das schaffen Sie schon, Herr Kilian.«

Im Hintergrund räusperte sich diskret Herr Haller. Er trug

auch die goldenen Schlüssel am Revers, und eigentlich war er der Chefportier des Parkhotels. Aber in der letzten Viertelstunde war er nur damit beschäftigt gewesen, kommenden Gästen die Schlüssel auszuhändigen. Dabei hätte es ihn außerordentlich interessiert, Näheres über den herzoglichen Besuch zu erfahren. Er hatte dem Gespräch zwar zuhören dürfen, um seine Meinung gefragt hatte man ihn aber nicht. Er war noch nicht lange in dieser Stadt, zugegeben, aber sowohl Herr Direktor Müller als auch der Chefportier Max Kilian stammten nicht aus dieser Stadt und kannten weder den alten noch den jungen Herzog.

»Herr Haller«, sagte Kilian in seinem liebenswürdigsten Ton, »in Fach zwohundertzehn liegt eine Mitteilung für Dr. Kuntze, dass Herr Wallner ihn um achtzehn Uhr in der Lounge erwartet. Es ist achtzehn Uhr fünfzehn, Herr Dr. Kuntze ist noch nicht zurück von seinen Verhandlungen bei der TESTA. Herr Wallner sitzt da hinten, ganz links an der Bar. Würden Sie so gut sein, ihn von der Verspätung des Herrn Dr. Kuntze zu verständigen? Und fragen Sie bei der Gelegenheit, ob man einen Tisch im Restaurant reservieren soll.«

Herr Haller lächelte und nickte und verschluckte seinen Ärger, dass der Alte ihn herumschickte wie einen Pagen. Er war fünfunddreißig Jahre jünger – fünfunddreißig! –, er saß am längeren Hebel. Cornelius vermied den Blick in das Gesicht des jungen Portiers und unterdrückte ein Lächeln. Er war froh um jeden Tag, den Kilian noch im Haus verbrachte. Nicht weil der andere die Arbeit nicht genauso gut verstand, es war nur wie eine Magie um einen so langjährigen Portier, der alle Gäste kannte und den vor allem alle Gäste kannten. Die Enttäuschung war ungeheuer gewesen, als Kilian eine Zeit lang nicht da war, er schien wichtiger für das Hotel zu sein als jeder andere, der hier arbeitete, Cornelius nicht ausgenommen. Eigentlich war Kilian längst im Pensionsalter, und es war immer mal wieder die Rede davon gewesen, dass er sich zur Ruhe setzen würde, und darum war ein zweiter jüngerer Portier engagiert worden, Herr Wild, der sich gut einarbeitete, doch Kilian konnte sich keineswegs entschließen, aufzuhören. Ein halbes Jahr lang versuchte er es, als er sich nach einer schweren Grippe lange nicht erholen konnte. Dann kaufte er sich einen Dackel und ging mit dem spazieren. Wohin spazierte er? Ins Parkhotel Peters. Die Stammgäste begrüßten ihn mit großer Begeisterung und erklärten, wie sehr sie ihn vermisst hatten; also blieb er wieder da, der Dackel gewöhnte sich an das Hotelleben, er lag unter dem Pult, bei schönem Wetter ging er allein im Park hinter dem Hotel spazieren, und da er ein ganz besonderer Dackel war, kam er auch immer wieder, wenn er genug herumgeschnüffelt hatte. Herr Wild kündigte nach einiger Zeit, er hatte begriffen, dass er mit dem silberweißen dekorativen Kopf von Max Kilian nicht konkurrieren konnte.

Seit einem halben Jahr war nun Herr Haller da, machte seine Sache gut und fasste sich in Geduld.

»Das Hotel ist meine Familie«, hatte Kilian einmal gesagt. Und das stimmte auch, seine Frau hatte ihn bald nach dem Krieg mit einem wohlgenährten Ami verlassen, was ihm nicht sehr nahe gegangen war, denn die Ehe war sowieso ein Fiasko gewesen. Kinder hatten sie nicht gehabt.

Sie sprachen noch über den Biologenkongress, der in drei Tagen beginnen sollte und sich zum Teil mit der Kunstwoche überschneiden würde, die immer unmittelbar vor den Festspielen stattfand, als sich Cornelius mitten im Satz unterbrach und hinauf zur Treppe blickte. Kilian brauchte sich nicht umzudrehen, er kannte diesen Blick, diesen weichen, zärtlichen Blick. Kilian war sogar versucht, es einen verträumten Blick zu nennen, und wann hätte Cornelius je verträumt auf einen Menschen geblickt, es passte so gar nicht zu ihm.

Kilian drehte sich dennoch um. Auch er genoss es, zu sehen, wie sie langsam, mit dieser stolzen Haltung, den Kopf aufrecht, ohne auf die Stufen zu sehen, die Treppe herunterschritt. Sie trug wie meist ein schmales schwarzes Kostüm, der Rock endete eine Handbreit unter dem Knie und zeigte ihre schönen Beine. Ihr Rock hatte immer die gleiche Länge, ganz egal, was die Mode gerade vorschrieb. Ihr blondes glattes Haar schimmerte im Licht der Lampen, die beidseits der Treppe standen und Tag und Nacht brannten. Kilian wusste nicht, dass er den gleichen verträumten Glanz in den Augen hatte wie sein Direktor.

Sie war so schön, diese Frau.

Sie waren nicht die einzigen, die Helga entgegensahen. Die Männer, die in dieser frühen Abendstunde in der Lounge saßen, bei einem Drink, in ein Gespräch vertieft, lesend, rechnend, unterbrachen die Gespräche, ließen die Zeitung, den Block sinken und sahen ihr zu.

Ihr Gesicht war ernst, erst auf den letzten Stufen kam ein leichtes Lächeln auf ihre Lippen, und sie neigte ein wenig den Kopf, ein Gruß für alle, die sie ansahen.

Sie war nicht kokett, noch immer nicht, aber sie war sich durchaus bewusst, dass man sie ansah und wie man sie ansah. Und sie genoss es. Die Bewunderung der Männer war ihr vertraut, und wie jeden Abend würde der eine oder andere versuchen, mit ihr in ein Gespräch zu kommen, und jeder konnte sicher sein, dass er ihre volle Aufmerksamkeit besaß. Mehr nicht. Sie würde jede Frage beantworten, versuchen, jeden Wunsch zu erfüllen, der den Aufenthalt im Hotel betraf, auch mit einem Lächeln ein Kompliment entgegennehmen. Anträge aller Art war sie gewöhnt. In diesem Jahr war es ein Heiratsantrag eines der leitenden Manager der TESTA AG gewesen.

Sie hatte es Cornelius gesagt, genau wie sie nicht verschwiegen hatte, dass sie Dr. Frank im März in Davos getroffen hatte.

»Er wollte mir das Skilaufen beibringen«, erzählte sie.
»Und? Mit Erfolg?« fragte Cornelius.

Sie hob die Schultern. »Sehr erfolgreich war ich in Davos nicht. In keiner Beziehung.«

Cornelius verstand den Doppelsinn ihrer Worte und stellte keine Fragen mehr. Als sie ihm einige Zeit darauf mitteilte, dass Frank sie heiraten wollte, war er geneigt, die süffisante Bemerkung zu machen, dass man ihren Aufenthalt in Davos kaum als erfolglos bezeichnen könnte. Doch er unterdrückte diese Worte, sagte stattdessen in gleichmütigem Ton: »Ein sympathischer Mann. Und eine gute Partie.« Helga wandte verärgert den Kopf zur Seite.

»Sicher. Du würdest mir also zuraten?«

»Du wirst sowieso eines Tages heiraten und mich verlassen. Daran werde ich dich nie hindern.«

Sie hatte ihn angesehen mit diesen klaren, graublauen Augen, in denen keine Scheu und keine Angst mehr zu finden waren.

»Du hast gesagt, ich bin die Juniorchefin der Hotels. Das möchte ich bleiben.«

Sie blickte zur Portierloge, der Empfangschef machte eine kleine Verbeugung, Kilian lächelte ihr entgegen. Cornelius lächelte nicht. In seinem Blick war nicht nur Zärtlichkeit, da war etwas, das er nicht benennen konnte, nicht analysieren wollte, es war so unerwartet in sein Leben gekommen: dieses überwältigende Gefühl des Glücks und der Dankbarkeit.

Er hatte in seinem ganzen Leben keinen Menschen so geliebt wie diese Frau.

Helga wurde aufgehalten durch Klaus Wallner, der eben die Botschaft von Herrn Haller entgegennahm, jedoch mitten in dessen Rede aufsprang und zur Treppe eilte. Warum saß er denn hier seit einer Stunde, Dr. Kuntze in allen Ehren, den hätte er auch draußen bei der TESTA sprechen können, und das neue Verfahren wurde für ihn erst ein Thema, wenn es in den Handel kam. Er saß nur hier, um auf sie zu warten. Wallner war der norddeutsche Vertreter der TESTA, er war seit Jahren Stammgast im Hotel, doch so oft wie in den letzten Jahren war er früher nie gekommen. Er wusste, da er in der Firma seine Spitzel hatte, dass sich Dr. Frank, der oberste Mann der TESTA nach dem Inhaber, für Frau Müller interessierte. Von dem gemeinsamen Urlaub in Davos wusste er allerdings nichts.

»Gnädige Frau!«, sagte er, als er vor ihr stand und darauf wartete, dass sie ihm die Hand reichte. Sie tat es nicht.

»Guten Abend, Herr Wallner.«

»Sie sind spät dran heute«, sagte er vorwurfsvoll.

»Spät? Wieso?«

»Ich sitze seit einer Stunde an der Bar und warte, dass Sie herunterkommen. Es ist fast halb sieben.«

Helga warf einen Blick auf die Uhr, die über der Rezeption hing. »Stimmt genau. Und was ist daran so merkwürdig?«

»Sie kommen sonst um sechs die Treppe herab.«

»Aber nein! Ich habe doch keinen festen Fahrplan.« Sie lächelte mit leichtem Spott. »Es gab im Büro heute viel zu tun.«

»Sie sehen doch, dass alle auf Sie warten«, sagte Wallner mit einer Handbewegung über die Lounge hin.

Helga sah die ihr zugewandten Gesichter der Männer, und sie sah auch ein verärgertes und ein spöttisches Frauengesicht. Dann blickte sie zu Cornelius. Nur er sollte auf sie warten, sonst keiner.

»Kann ich sonst etwas für Sie tun, Herr Wallner?«

»Das können Sie. Ich habe mir gedacht, wir könnten heute Abend wieder einmal zusammen essen gehen.«

Im Winter war sie einmal mit ihm zum Essen gegangen, nicht im Haus, in einer kleinen exquisiten Weinstube.

»Das tut mir leid, aber heute habe ich keine Zeit. Ich muss noch hinaus ins Hotel Miriam. Sie wissen ja, die Festspiele beginnen bald, da gibt es noch Vorbereitungen.«

»Wir könnten dort essen«, schlug er vor.

»Wirklich, es geht nicht. Vielleicht ein andermal.« Sie neigte den Kopf, dann setzte sie ihren Weg fort.

Als sie bei Cornelius und Kilian angekommen war, sagte sie mit einem kleinen ärgerlichen Lachen: »Es ist mir gerade klar geworden, dass ich eine Schau abziehe, wenn ich am Abend hier die Treppe herunterkomme. Ich werde es nicht mehr tun.«

Cornelius schwieg, doch Kilian sagte: »Das wäre sehr schade. Sie sehen doch, dass man auf Sie wartet.«

»Eben. Jetzt komme ich mir selbst lächerlich vor.«

Cornelius sagte: »Du wirst nicht behaupten, dass du dir deiner Wirkung nicht bewusst bist, wenn du da herabschreitest.«

Sie sah ihn an und errötete ein wenig. Sie kam für ihn die Treppe herab, für keinen sonst.

»Ich bin gefallsüchtig, scheint es. Es kommen immer mehr schlechte Eigenschaften zusammen. Herr Kilian, Sie hätten mir das nicht vorenthalten dürfen.«

»Ich? Mich freut alles, was die Attraktion des Hotels erhöht, das wissen Sie doch, Frau Müller.«

Nun lächelte Cornelius. »Es ist wirklich ein hübscher Anblick. Was wollte denn Herr Wallner von dir?«

»Mit mir essen gehen.«

»Und? Hast du keine Lust?«

»Gewiss nicht. Ich war einmal mit ihm essen, und das war einmal zu viel. Jetzt bildet er sich ein, es müsse eine Fortsetzung geben.«

»Ja, man kann nicht vorsichtig genug sein. Soviel wir wissen, ist er mit Dr. Kuntze verabredet. Und da kommt er gerade.«

Die Drehtür hatte sich in Bewegung gesetzt, Dr. Kuntze, Pharmakologe, einer der wissenschaftlichen Mitarbeiter der TESTA, kam hereingerollt, klein, dick und geschäftig, von unermüdlicher Energie beseelt.

»Guten Abend, guten Abend«, grüßte er, »ich bin ein bisschen spät.«

»Wir haben Herrn Wallner verständigt«, sagte Kilian, »er sitzt hinten an der Bar.«

»Mitnichten, er steht dort an der Treppe. Wollte er gerade davonlaufen? Passt mir gut. Ich würde gern duschen und mich umziehen. Später kann ich dann mit ihm essen. Also!« Er lächelte Helga an, er sah sie mit Wohlgefallen, machte ihr aber nicht den Hof.

»Ich habe auf alle Fälle einen Tisch im Restaurant reservieren lassen«, mischte sich Herr Haller ein, der wieder hinter das Pult zurückgekehrt war.

»Sehr schön, sehr schön. Erst muss ich aber mit meiner Frau telefonieren und ihr sagen, dass ich erst übermorgen nach Hause komme. Die machen mich verrückt da draußen mit ihren endlosen Laborversuchen. Herr Müller, ich weiß, hier beginnen jetzt die Festspiele. Aber ich müsste unbedingt in drei oder vier Wochen wieder herkommen.«

Und nun sah er Kilian an. »Ob sich das machen lässt? Ich weiß, das Hotel ist voll bis unters Dach.«

»Wir finden schon eine Möglichkeit, Herr Doktor«, sagte Kilian.

»Ist noch viel schwieriger, als Sie denken. Ich würde gern meine Frau mitbringen und mit ihr mal in euer viel gepriesenes Schlosstheater gehen. Das wünscht sie sich schon lange. Ob noch Karten zu bekommen sind? Sonst frag ich bei der TESTA, die haben bestimmt ein Kartenkontingent. Ach, da sind Sie ja, mein Lieber«, das galt Wallner, der herangekommen war, »entschuldigen Sie, entschuldigen Sie tausendmal. War ja wieder ein Irrsinnstag. Kommen Sie, kommen Sie …« und damit entschwand er in Richtung Lift.

»Nun denn«, sagte Cornelius, »du kannst beruhigt sein, Herr Wallner ist versorgt für heute Abend.«

»Du brauchst mich nicht auf den Arm zu nehmen«, sagte

Helga. »Und beunruhigt hat mich der schon gar nicht.« Ihr Sommerkostüm war aus leichter Seide, die Jacke hatte einen tiefen Ausschnitt, sie trug keine Bluse darunter und um den Hals die Perlenkette, die Cornelius ihr zu Weihnachten geschenkt hatte. Auch die beiden Ringe, die sie trug, waren Geschenke von ihm. Er gab ihr immer Schmuck, und das war eine neue Erfahrung in seinem Leben, weder Elfriede noch Magda hatten jemals Schmuck von ihm erhalten, er war auf die Idee gar nicht gekommen.

Das erste Mal geschah es, als sie aus der Hotelfachschule zurückkam, damals war es eine schmale goldene Kette mit einem Saphir, er wusste selbst nicht, wie ihm das eingefallen war.

Oder doch, er wusste es. Nicht Helga war der Anlass gewesen, sondern der Juwelier Lossen, der das schönste Geschäft in der Stadt hatte. Magda kannte ihn gut, sie kaufte sich selbst gelegentlich ein Schmuckstück, und sie hatte auch veranlasst, dass Lossen drei Vitrinen in der Halle des Hotels bekam, wo er ausgesucht schöne Stücke ausstellte.

Simon Peters war mit Lossen befreundet, früher hatte er für Miriam oft bei ihm eingekauft, und er sagte an einem Abend, als sie vor einer der Vitrinen stehen blieben, zu Cornelius: »Schau, die Kette. Ein schönes Stück. Die hätte Miriam gefallen. Es ist höchst betrüblich, wenn man keine Frau mehr hat, der man etwas Schönes schenken kann.«

»Was hast du eigentlich mit Miriams Juwelen gemacht?«

»Einen Teil hat Lossen in Kommission genommen. Einige Stücke, die sie besonders liebte, habe ich behalten. Ich muss mir mal überlegen, wem ich die vererbe. Und ein paar Sachen habe ich Magda geschenkt. Als Erinnerung an Miriam.«

Cornelius hatte es gewusst, aber wieder vergessen.

Einige Tage später kam Helga. Lebendig, erfüllt von der Zeit in der Schule, und so glücklich, wieder bei ihnen zu sein.

Sie redete so viel wie nie zuvor, sie umarmte Torsten stürmisch, der gerade in die Schule gekommen war, und sie stand vor Cornelius mit dem erwartungsvollen Blick eines Kindes, das gelobt werden will, denn sie hatte die Schule mit ausgezeichneten Zeugnissen beendet.

Er nahm sie in die Arme und küsste sie auf die Wangen, sie drehte ihr Gesicht und küsste ihn auf den Mund.

»Ich bin so froh, wieder bei euch zu sein«, sagte sie.

Am liebsten hätte sie gleich am nächsten Tag mit der Arbeit begonnen, aber Cornelius meinte, sie solle sich erst ein paar Tage ausruhen und sich vor allem Torsten widmen, ihn vielleicht von der Schule abholen und sich anhören, was er zu erzählen hatte.

Am Abend kam Cornelius mit der Kette nach Hause. Sie war sprachlos.

»Für mich? Wirklich?«

Pauline machte die Lippen schmal und schwieg. Cornelius hatte die Kette absichtlich in ihrer Gegenwart überreicht. Sie sollte es wissen. Er wusste seinerseits, dass Pauline Helga sehr gern mochte und Torsten liebte. Auch wenn sie sich beides nicht anmerken ließ.

Pauline hatte erstaunlicherweise ohne Widerstand, sogar ohne jeden Kommentar die Nachricht entgegengenommen, dass die junge Frau und das Kind in das Haus kommen würden. Sie sagte jedoch, was sowohl ihrem praktischen Verstand als auch ihrer Sparsamkeit entsprach: »Ist ja auch Unsinn, dass ich allein in dem großen Haus wohnen soll. Du bist sowieso kaum da, Cornelius.«

Helga war, als sie kam, immer noch scheu und sehr zurückhaltend, sie war bescheiden, stellte keinerlei Ansprüche, was Pauline anerkannte. Torsten, der schon mehrmals in seinem jungen Leben die Kulissen gewechselt hatte, fand sich ohne Mühe in der neuen Umgebung zurecht, er war lebhaft, gesprächig, doch wohlerzogen und umgänglich. Mit Pauline verstand er sich auf Anhieb. Auch dass die Verwandtschaft sich ständig vergrößerte, hatte er akzeptiert.

»Bist du ’ne Tante?«, fragte er.

»Nee«, sagte Pauline.

»Dann bist du eine Oma?«

»Ein dämliches Wort«, fand Pauline.

Aber es blieb bei der Oma, sie gewöhnten sich beide daran, und Torsten brauchte nicht lange, um das Herz der alten Frau zu erobern. Das war es ja, was Pauline gefehlt hatte, einen Menschen zu umsorgen, sich um sein Wohl zu kümmern und vor allem für ihn zu kochen. Für ihr Alter war sie außerordentlich vital und von eiserner Gesundheit obendrein.

Cornelius, der zu jener Zeit öfter als sonst abends nach Hause kam, weil er besorgt war, wie sich das Zusammenleben zwischen seiner Mutter und den beiden Neuankömmlingen gestalten würde, sah mit Überraschung, wie gut sich das anließ. Pauline war aktiv wie lange nicht mehr, Helga wurde jeden Tag lebendiger, und das Kind, das ganz von selbst eine Vermittlerrolle spielte, gewöhnte sich rasch und freudig ein. Helga, die aus einer Kartoffelgegend kam, lernte es, Klöße zu machen und wie ein ordentlicher schlesischer Schweinebraten zubereitet wurde. Cornelius hörte sie das erste Mal fröhlich lachen, als er in die Küche kam, wo das Abendessen vorbereitet wurde, nachdem er sein Kommen angekündigt hatte. Es war Herbst, und es handelte sich in diesem Fall um Rebhühner, die Cornelius aus dem Hotel hatte herausschicken lassen. Zu jener Zeit gab es noch echte wilde Rebhühner, und Cornelius aß sie gern. Torsten saß auf dem Küchentisch, ließ die Beine baumeln und ließ ihn gleich an dem neuen Wortschatz teilnehmen, den er sich angeeignet hatte.

»Wenn das Sauerkraut zu lange gekocht wird, ist es labbrig«, sagte er. Zu den Rebhühnern gab es Weinkraut und Kartoffelpüree, das Pauline Pappe nannte, auch ein Ausdruck, der Torsten entzückte.

»Kann ich noch Pappe haben?«, fragte er, mit vollem Mund kauend.

Pauline musterte ihn kritisch. »Wirklich?«, fragte sie.

»Viel«, erwiderte Torsten.

Mit Pappe und Sauerkraut kam er gut zurecht, das Rebhuhn bereitete Schwierigkeiten, Helga musste es für ihn zerlegen, was ihn ärgerte.

»Ich kann allein«, sagte er eigensinnig.

Zwei Jahre später konnte er es allein, und zwar mit großem Geschick. Dann begann Helga ihre Lehrzeit, zunächst im Hotel Miriam, das neues Personal hatte und wenig von der Tragödie wusste. Kalamitäten gab es dann mit dem Kindermädchen, das Simon vorgeschlagen hatte.

»Wozu denn das?«, fragte Pauline unwirsch. »Ich komm mit dem Jungen gut zurecht. Komm ich.«

»Du kannst nicht alles allein machen, Mutter. Wenn Helga jetzt arbeitet, ist sie erst abends im Haus.«

»Na und? Denkst du, ich kann nicht für den Jungen und für mich sorgen?«

Das erste Kindermädchen ging nach vier Wochen, weder Pauline noch Torsten konnten sich mit ihr anfreunden. Das nächste hielt es immerhin fünf Monate aus, dann verließ sie genervt das Haus.

»Ihr habt euch viel mit uns aufgeladen«, sagte Helga.

»Red nicht so einen Unsinn, Helga«, erwiderte Cornelius. »Ich habe zwei Häuser mit insgesamt sechshundertdreißig Leuten Personal, ich werde ja wohl noch ein passendes Kindermädchen auftreiben.«

Wie meist kam der beste Vorschlag von Simon Peters. »Warum versuchen wir es nicht mal mit Gina?«

»Die Kleine aus Italien, von der du mir erzählt hast?«

»Genau die. Sie arbeitet jetzt in einem Haushalt, als eine Art Putzfrau, und das gefällt ihr sowieso nicht sonderlich.«

»Was versteht sie denn von Kindern?«

»Sie ist die Älteste von sechs Geschwistern.«

»Aber sie spricht nicht Deutsch.«

»Mangelhaft. Sie wird von Torsten Deutsch lernen und er von ihr Italienisch. Was soll daran verkehrt sein.«

»Und meine Mutter?«

»Werden wir leben, werden wir sehen. Gina ist sehr anpassungsfähig. Lernt sie halt noch ein bisschen Schlesisch dazu.«

Gina war die Nichte von Fiametta, und Fiametta war eine höchst eindrucksvolle, hübsche und kräftige Italienerin, die Simon seit einigen Jahren den Haushalt besorgte.

Das repräsentative Haus, das er mit Miriam bewohnt hatte, vermietete er an den ältesten und bewährtesten seiner Mitarbeiter, Diplom-Ingenieur Fritz Keller, der schon seit den fünfziger Jahren bei ihm arbeitete, und baute für sich selbst eines der kleinen Kavaliershäuser aus, die am Rande des Schlossparks lagen.

Fiametta arbeitete in der Kantine der TESTA, trug das Geschirr ab, säuberte die Tische, bediente die Spülmaschinen in der riesigen Küche.

Simon hatte viel mit der TESTA AG zu tun, denn dieses rapid wachsende und gut florierende Unternehmen, gegründet in der Nachkriegszeit, baute ständig an und um, und vor allem, da das Gelände, auf der die Fabrik stand, sich laufend vergrößerte, gab es viele Neubauten. Simon beschäftigte sich eigentlich nur noch am Rande damit, Keller war verantwortlich und vor allem Stephan Momsen, Simons jüngster Mitarbeiter. Schon an der TH, an der Simon Gastvorlesungen hielt, war ihm dieser junge Mann aufgefallen. Groß gewachsen, gut aussehend und, wie Simon feststellte, der geborene Baumeister.

»Es ist ein Unterschied zwischen einem Baumeister und einem Architekten«, hatte er einmal zu Miriam gesagt. »Kannst du dir vorstellen, mein Schatz, was ich damit meine?«

»Ja, das kann ich mir vorstellen«, war Miriams Antwort gewesen.

»Dann erkläre es mir.«

»Ein Architekt ist ein Mann, den man sich immer mit Reißbrett, Rechenschieber und gespitztem Bleistift vorstellt. Ein Baumeister ist ein Mann, der die Vision eines Bauwerks, eines Doms, eines Schlosses, meinetwegen auch eines Bahnhofs oder einer Fabrikhalle zuerst in seinem Kopf und in seinem Herzen gestaltet.«

Simon hatte genickt. So war das mit Miriam.

Stephan Momsen war ein junger Mann, der Simon vom ersten Gespräch an gefiel und den er nicht aus den Augen ließ.

»Ich hoffe, Sie beschäftigen sich nicht nur mit Bauten, sondern auch mit Geschichte. Sie tragen einen berühmten Namen.«

»Ich beschäftige mich sehr ausführlich mit Geschichte, nicht nur des Namens wegen. Der stimmt auch nicht ganz, mir fehlt ein M.«

Stephan hielt sich zwei Jahre in Rom auf, dann in den Vereinigten Staaten, lernte, was noch zu lernen war, kam zurück und fragte bei Simon an, ob er bei ihm arbeiten dürfe. Das war vor vier Jahren gewesen, und seitdem gehörte er zu Simons bewährtem Team.

Da er viel bei der TESTA zu tun hatte, aß Stephan oft in der Kantine, kannte also die hübsche Fiametta, und als Simon einmal dort mit ihm und Dr. Frank zu Mittag aß, fiel ihm die dunkelhaarige Italienerin mit dem fröhlichen Lachen ebenfalls auf.

»Das ist ein herzerfrischender Anblick«, meinte Simon, »diese Frau müsste den ärgsten Pessimisten in gute Laune versetzen, wenn sie ihn nur anschaut. Wie sie lacht! Malen müsste man die.«

Das sah er immer noch mit Miriams Augen.

»Eine Italienerin«, sagte Dr. Frank.

»Was sonst könnte sie sein. Ich würde sogar darauf tippen, eine Neapolitanerin. Singt sie denn niemals bei der Arbeit?«

Dr. Frank lachte. »Ich weiß nicht, ob sie in der Küche singt. Jedenfalls singt ihr Mann, wo er geht und steht.«

»Er arbeitet auch hier?«

»Er fährt einen Lastwagen der Firma. Erst hat man ihn schief angeschaut wegen seiner Singerei, jetzt haben sich alle daran gewöhnt. Er ist ja auch viel unterwegs, und hören kann man ihn nur, wenn er hier ist.«

»Na, sicher singt er doch auch beim Fahren.«

Ohne jeden Skrupel warb Simon die resche Fiametta der TESTA ab, sie besorgte seitdem seinen Haushalt, sie war flink, sauber, umsichtig, man brauchte ihr nicht zu sagen, was zu tun war, sie sah es selbst. Außerdem konnte sie hervorragend kochen, italienisch natürlich, und damit konnte sie Simon restlos begeistern. Sie war älter, als Simon vermutet hatte, bereits Ende Vierzig, und da sie jung geheiratet und ihre drei Kinder rasch hintereinander bekommen hatte, waren sie schon aus dem Haus, ein Sohn bei Fiat in Mailand, ein anderer Lokomotivführer, worauf sie besonders stolz war, die Tochter verheiratet.

»Und darum wir denken, Luigi und ich, wir machen neues Leben, wenn nicht noch richtig alt.«

So kamen sie nach Deutschland, und fanden es ganz angenehm, obwohl sie ja sicher nicht für immer bleiben würden. Es gab da einen Zio ihres Mannes in der Gegend von Sorrent, der hatte ein kleines Häuschen, und das, so erklärte Fiametta in aller Selbstverständlichkeit, werde man erben, wenn der Onkel stürbe. Sie schlug ein Kreuz dazu und sagte, sie wünsche ihm ein langes Leben.

Sie sprach bereits ganz gut Deutsch und lernte es täglich besser. Dann kam ihre Nichte Gina.

Man hatte Gina zu ihrer Tante nach Deutschland geschickt, weil es zu Hause eng war und das Mädchen alt genug, um sich selbst um sein Auskommen zu kümmern. Gina war hübsch, sehr hübsch sogar, zierlich, nicht so temperamentvoll wie Fiametta, doch von einer scheuen Anmut, die ihr sofort jedes Herz gewann. Da waren jedoch die Sprachschwierigkeiten, die ihr das Leben in dem fremden Land erschwerten. Sie wohnte zuerst bei Luigi und Fiametta, und Fiametta war eine ungeduldige Sprachlehrerin, außerdem war sie im Deutschen nicht so sicher, dass sie es jemand hätte beibringen können.

Gina wurde Torstens drittes Kindermädchen, und sie war ein voller Erfolg. Torsten gefiel sie vom ersten Augenblick an, und er kam sich höchst wichtig vor, wenn er sie verbessern konnte. Pauline verhielt sich abwartend, und wenn sie raunzte, kam es nicht an, Gina verstand sie nicht, blickte sie nur aus ihren riesigen dunklen Augen so entsetzt an, dass Pauline den Rest ihrer Rede verschluckte.

Helga wurde von Gina still bewundert, so still, dass ihr fast keine Vokabel einfiel, wenn Helga sie ansprach. Aber sie fasste großes Vertrauen zu Cornelius und las ihm jeden Wunsch von den Augen ab, wenn er im Haus war. Denn mit der Zeit entwickelte sich das Verhältnis im Hause so, dass Gina nicht nur Torsten in die Schule brachte und abholte, sein Zimmer aufräumte und ihn begleitete bei seinen verschiedenen Unternehmungen – seine Schularbeiten kontrollieren konnte sie nicht, aber das war bei Torsten auch gar nicht nötig, er konnte das allein –, sie machte sich auch sonst im Haus nützlich, worüber die Putzfrau, die dreimal in der Woche kam und die sowieso faul wie die Sünde war, so drückte es Pauline aus, höchst erfreut war. Zu alledem machte Gina auch hin und wieder eine Pasta, was von Pauline nur mit zusammengepressten Lippen geduldet, aber von Torsten mit großer Begeisterung verspeist wurde.

Unverändert aber blieb Ginas Entzücken über das Haus, den Garten und vor allem über das Zimmer, das sie bewohnte. Ein eigenes Zimmer hatte sie noch nie besessen, und obwohl sie nun schon seit vier Jahren bei der Familie Müller lebte, fand sie immer wieder bewegte Worte für dieses Heim, das sie gefunden hatte. Deutsche Worte, denn Deutsch hatte sie mittlerweile sehr gut gelernt. Darum amüsierte es Cornelius sehr, was er an diesem Abend von Helga hörte.

Sie waren kurz im Restaurant gewesen, wo noch immer Albert als Oberkellner residierte, hatten dann in der Küche vorbeigeschaut. Theo und seine Brigade gab es nicht mehr, ein relativ junger Mann war jetzt der Chef, er hatte die moderne Bocuse-Küche in der Stadt eingeführt, die sich großer Beliebtheit erfreute. Essen wollten sie alle gern, die wohlhabenden Bürger dieser Stadt, doch dicker ganz bestimmt nicht werden. Konrad Weber war im Gegensatz zu Theo sehr umgänglich und freute sich, wenn man ihn in der Küche besuchte, wo er seine Brigade mit geradezu komödiantischem Talent dirigierte. Für Helga schwärmte er unverhohlen, und nachdem er mit weit ausholenden Gesten erklärt hatte, was man an diesem Abend servieren würde, fragte er hoffnungsvoll: »Sie werden heute bei uns essen, Frau Müller?«

»Leider nein, Herr Weber«, sagte Helga. »Ich muss noch hinausfahren.«

Was hinausfahren bedeutete, wusste jeder im Haus, damit war das Miriam gemeint.

»Aber Sie, Herr Müller?«

Cornelius nickte. »Frau Köster wird kommen und Herr Peters.«

Das befriedigte Herrn Weber, er wollte gern, dass man seine Kunst bewunderte.

»Vielleicht kommen Sie später noch, Frau Müller?«

Helga nickte und lächelte. Cornelius begleitete sie zum Parkausgang des Hotels und sagte auf dem Weg dorthin: »Geh nicht wieder so spät nach Hause.«

Er hatte immer Bedenken, dass Helga sich zu wenig um Torsten kümmerte, das wusste sie, und sie sagte: »Ich bin zu Hause heute ganz überflüssig. Torsten hat seinen Freund Michael zu Besuch und dessen ältere Schwester Anemone.«

»Lieber Himmel, heißt sie wirklich Anemone?«

»Ja. Gina hat versprochen, eine Lasagne zu machen, und dann bekommt sie ihre Lektion.«

»Was für eine Lektion?«

»In deutscher Sprache.«

»Aber sie spricht doch ausgezeichnet deutsch.«

»Anemone genügt das noch nicht. Sie ist die geborene Pädagogin und braucht immer jemand, den sie belehren und unterrichten kann. Sie lesen zusammen, und zwar Karl May. Gina muss vorlesen, und Anemone korrigiert ihre Aussprache und erteilt nebenbei Auskunft über die Brutalität, mit der die Amerikaner die armen Indianer ausgerottet haben.«

»Das darf nicht wahr sein! Und Gina lässt sich das gefallen?«

»Es gefällt ihr. Neulich, als ich früher nach Hause gekommen bin, habe ich eine Zeit lang vom Nebenzimmer aus zugehört. Sie unterhielten sich alle drei prächtig. Auch deine Mutter ist von dem Leben Winnetous sehr bewegt.«

»Ich hoffe, Gina wird sich mit der Göttlichen Komödie revanchieren.«

Am Ausgang angekommen, sahen sie gerade noch Kilian und den Dackel Butzi zwischen den Bäumen verschwinden. Kilian begab sich endlich auf den Heimweg und überließ Herrn Haller das Desk, das er nun allein beherrschen durfte, bis der Nachtportier antrat.

Der Park hinter dem Hotel war inzwischen wesentlich größer geworden, auch eine Initiative von Simon. »Der Park muss wieder so groß werden wie vor dem Krieg«, hatte er dem Oberbürgermeister erklärt. »Eine grüne Lunge ist für die Stadt außerordentlich wichtig.«

Eine Straße war stillgelegt, ein paar schäbige Nachkriegsbauten abgerissen worden, und nun war der Park wieder ein Park, Bäume waren gepflanzt worden, Blumenbeete angelegt, und sogar ein Teich war vorhanden, mit ausreichend Bänken rundherum.

»Bleib nicht zu lange«, sagte Cornelius noch einmal.

»Nein«, sagte Helga. »Ich muss bloß den Zimmerplan noch einmal durchgehen. Ich habe das unangenehme Gefühl, wir sind überbucht für die Festspiele. Zwei Urlaubsangelegenheiten sind zu regeln. Es geht nicht an, dass jemand jetzt Urlaub nehmen will. Jeder weiß, dass während der Festspiele jede Hand gebraucht wird.« Ihre Stimme klang energisch.

»Wir haben auch eine Kündigung draußen, habe ich gehört.«

»Ja, eben deswegen. Aber ich habe schon Ersatz gefunden.«

»Tüchtiges Mädchen«, sagte Cornelius, legte den Arm um ihre Schulter, zog sie leicht an sich und küsste sie auf die Wange. Und wie so oft, wenn keiner dabei war, wandte Helga ihr Gesicht und küsste ihn auf den Mund, wie sie es das erste Mal getan hatte, als sie von der Schule zurückkam.

»Danke«, sagte sie leise.

Auch das sagte sie öfter, und Cornelius hatte sie einmal gefragt: »Wofür dankst du mir?«

»Du hast mir ein neues Leben geschenkt.«

Nun brauchte er nicht mehr zu fragen, was ihr Dank bedeutete, er wusste es.

Er sah ihr nach, wie sie den Weg am Hotel entlang zum Parkplatz ging, schlank und groß, beschwingt der Schritt. Sie trug weiße Schuhe mit hohen Absätzen und eine weiße Handtasche zu dem schwarzen Seidenkostüm.

Kann das nur für mich sein? fragte sich Cornelius. Nur für mich? Eines Tages wird sie mich verlassen, denn es wird wieder einer kommen, der ihr ein neues Leben schenkt.

Hotel Miriam

Während sie zur Stadt hinausfuhr, dachte Helga darüber nach, was sie heute noch erledigen könnte. Sie würde auf Ginas Lasagne verzichten, die sicher schon längst verzehrt war, und im Miriam essen. Im Gegensatz zu Konrad Weber war der Küchenchef, den sie im Miriam hatten und der erst vor einem halben Jahr angetreten war, keine gute Erwerbung. Das Essen war mittelmäßig, er selbst von unfreundlichem Wesen, seine Brigade arbeitete entsprechend unlustig. Sie hatten schon daran gedacht, die Herren während der Festspiele die Plätze tauschen zu lassen, aber das würde nur Ärger und böses Blut geben.

Sie würde sich heute Abend etwas ganz Raffiniertes bestellen und notfalls reklamieren, wenn es denn etwas zu reklamieren gab, überlegte sie. Nein, das war nicht gut, am Ende kündigte der dann noch oder meldete sich krank und ließ alles stehen und liegen. Besser war es, ihn zu loben und dann in aller Ruhe die Menüpläne für die Festspiele zu besprechen. Und man konnte auch, das hatte sich schon in den letzten Jahren bewährt, öfter ein Buffet anbieten, das hatten die Gäste nach der Vorstellung ganz gern. Hummer, notierte sie im Geist, Hummer und Langusten, ich muss mich darum kümmern, dass ausreichend davon geliefert wird. Und Gemüseterrine werde ich ihm vorschlagen, die hat er ganz gut gemacht. Sie stellte den Wagen auf dem Personalparkplatz hinter dem alten Forsthaus ab, blieb noch eine Weile sitzen, dachte nach und blickte dabei in die Wipfel der hohen Bäume, die den Weg zwischen dem Forsthaus und dem Hotel säumten. Das Miriam war ein Traum, in jeder einschlägigen Zeitschrift war es gewürdigt und ausführlich beschrieben worden. Es war auch immer gut besucht, nicht nur während der Festspiele, das ganze Jahr über, sogar im Winter, denn auch im Schnee machte es sich gut. Nicht nur Kongresse und Tagungen fanden hier statt, auch Privatgäste kamen für ein Wochenende oder für ein paar erholsame Tage.

Und darum, kehrte sie hartnäckig zu dem Gedanken an das Restaurant zurück, darum ist es auch wichtig, dass das Miriam eine erstklassige Küche hat.

Gleich nach den Festspielen würde sie sich nach einem neuen Küchenchef umsehen. Sie lächelte. Eine Reise durch ein paar Gourmet-Lokale war keine üble Sache. Vielleicht kam Cornelius mit. Oder Simon, der verstand auch viel von gutem Essen. Gleich darauf bekam sie ein schlechtes Gewissen wegen Torsten. Er hatte bald Ferien, und sie hatte ihren Eltern versprochen, dass sie ihn diesmal nach Holstein begleiten und ein paar Wochen bleiben würde. Und an Susanne musste sie schreiben, das war schon überfällig, Blumen schicken vielleicht. Susanne hatte ihre Approbation als Ärztin erhalten. Und Antje, die erwartete in diesem Sommer ihr zweites Kind. Na, das würde man ihr ja wohl rechtzeitig mitteilen.

Ihre Gedanken landeten wieder bei Torsten. Es war ein milder Abend, hoffentlich studierten sie ihren Karl May im Garten. Sie seufzte ein wenig und stieg aus, ließ die Wagentür zufallen, ohne sie abzuschließen. Hier klaute keiner.

Also erst den Zimmerplan, dann die Urlaubsanträge, dann die Küche. Schon vor einem Jahr hatte Cornelius vorgeschlagen, einen neuen Direktor für das Miriam zu engagieren, doch eigensinnig wie ihr Sohn hatte Helga gesagt: Ich kann das allein.

Sie hatte erstklassiges und bewährtes Personal im Miriam, bis eben auf den Küchenchef, und Helga kannte das Hotel bis in den letzten Winkel. Ein gewisser Trotz war auch dabei; Froehlich, der viele Jahre lang gern und zu allgemeiner

Zufriedenheit das Miriam geleitet hatte, war schließlich nur ihretwegen gegangen. Seit Jahren verliebt in sie, hatte er sich unverdrossen um ihre Gunst bemüht, und sie hatte ihn immer wieder abgewiesen. Eine Heirat mit Froehlich, mochte er auch noch so ein tüchtiger Hotelmanager sein, kam für sie überhaupt nicht infrage.

Vom Forsthausgarten klang lebhaftes Stimmengewirr herüber, die Abendgäste saßen im Garten bei einem Schoppen oder einem Hellen, die Küche im Forsthaus war einfach und ländlich, aber sie war in ihrer Art besser als die Luxusküche im Hotel. Es war ihr in letzter Zeit schon aufgefallen, dass die Hotelgäste mit Vorliebe im Forsthaus zu Abend aßen, draußen oder drinnen, die Räume waren rustikal und gemütlich eingerichtet, der Garten unter den alten Bäumen erholsam. Davon abgesehen, hatte das Hotelrestaurant auch eine Terrasse und einen daran anschließenden Garten, wo man speisen konnte.

Der erste, der ihr im Hotel begegnete, nachdem sie den Portier und die Mädchen an der Rezeption begrüßt hatte, war Dr. Frank. Er kam aus der Bar, die seitlich von der Halle in einem schummrig beleuchteten Raum lag.

Er küsste ihre Hand. »Helga! Ich hatte gehofft, dass du vorbeischauen würdest.«

»Selbstverständlich. Ich weiß ja, dass die TESTA wichtige Gäste bewirtet. Ist der Boss auch da?«

»Er wird jeden Augenblick kommen. Dr. Kuntze hast du nicht mitgebracht?«

»Nein. Ich glaube, er will in der Stadt essen.«

»Er ist ein Dickkopf. Die Küche im Parkhotel sei viel besser, hat er gesagt, und darum würde er lieber dort essen.«

»Na, bitte«, sagte Helga.

»Die Wichtigkeit, die sie alle mit dem Essen haben.« Helga lachte. »Darüber bin ich sehr froh. Wenn sie alle so wie du am liebsten Müsli essen, wäre es schlimm für uns.«

Das war auch so etwas: seine Müsli-Esserei war ihr auf den Geist gegangen. Die Schweizer Küche war so gut.

»Kommst du mit auf einen Drink in die Bar?«

»Ich wollte eigentlich erst einmal in der Küche vorbeischauen.«

»Ach, lass das doch. Läuft ja alles schon. Und so schlecht ist das Essen hier wirklich nicht. Außerdem haben wir heute hauptsächlich Amerikaner hier, so verwöhnt sind die nicht. Viel mehr haben sie davon, dich zu sehen.«

Die Zuneigung, die sie in seinem Blick las, machte sie verlegen. Wenn er wenigstens beleidigt wäre. Oder böse auf sie. Aber nein, er liebte sie noch immer, und er hatte noch nicht aufgegeben. Sie hatte mit ihm geschlafen in Davos, er war ein zärtlicher und hingebungsvoller Liebhaber gewesen, doch sie konnte seine Gefühle nicht erwidern. Sie fand es gemein, mit einem Mann zu schlafen, den man nicht liebte. Sie hatte ihn gern, sie schätzte ihn, sie genoss seine Bewunderung, aber das alles war kein Grund, wie ein Betrüger an einem Mann zu handeln, der Liebe gab und Liebe erwartete.

»Ich werde dich später noch einmal fragen«, hatte er gesagt, als sie, sehr vorsichtig, abgelehnt hatte, ihn zu heiraten.

»Es geht nicht, wegen meines Schwiegervaters«, hatte sie gesagt. »Ich kann ihn nicht mit der Arbeit für die beiden Hotels allein lassen.«

Das war feige gewesen, sie wusste es, und Frank erkannte die billige Ausflucht. Cornelius Müller hatte beide Hotels vorher auch allein geführt, ehe Helga kam, und außerdem konnte er sich leitende Mitarbeiter engagieren, soviel er wollte.

»Ist gut«, sagte sie nervös, »einen Schluck Champagner. Aber dann muss ich gehen, ich habe hier noch zu tun. Und wirf mich bitte nicht deinen Amerikanern zum Fraße vor.«

»Gewiss nicht. Wenn du eine Viertelstunde für mich da bist, ist der Abend schon gerettet.«

Nun konnte sie es sich doch nicht verkneifen, zu sagen: »Du bist bescheiden geworden.«

»Notgedrungen«, erwiderte er.

Den ganzen restlichen Abend über ärgerte sie sich über ihre alberne Bemerkung.

Als sie unter den alten Bäumen wieder zu ihrem Wagen ging, es war inzwischen dunkel, und die Laternen warfen ein verspieltes Licht auf den Weg, dachte sie: So dumm hätte ich nicht mit achtzehn dahergeredet. Es kommt nur daher, dass er mich nervt mit seiner Liebe. Und das ist wieder gemein von mir. Er musste ja glauben, ich liebe ihn auch, er hat bestimmt von mir nicht gedacht, dass ich mit ihm ins Bett gehe aus ... aus was? Aus Spaß? Gewiss nicht. Ich versuche es eben immer wieder, das ist es. Und es war doch auch ganz nett, die Berge, der Schnee, ein verliebter Mann.

Sie fuhr sich mit der Hand durchs Haar, das hatte sie früher oft getan, in Momenten der Verlegenheit, der Unsicherheit, sie tat es heute nur noch, wenn keiner es sah. Frank kannte ihre Vergangenheit, wer kannte sie nicht? Und wieder, seit Langem wieder einmal, kam der alte Wunsch zurück: Wäre ich doch bloß fortgegangen, ganz weit fort, wo keiner etwas von mir weiß, keiner meine Geschichte kennt.

Dabei hatte sie inzwischen gelernt, mit ihrer Vergangenheit zu leben. Oder sie zu verdrängen, wie es so schön hieß. Liebe! Was war denn das? Was konnte es für sie noch bedeuten? Für sie gab es keine Liebe mehr. Eine Affäre hin und wieder, weil sie sich einbildete, das müsse sein.

Das erste Mal war es während ihrer Zeit auf der Schule, und es hatte sie mehr entsetzt als erfreut, das Zusammensein mit dem ersten Mann seit Andreas. Dann vor zwei Jahren, als Cornelius sie fast dazu zwang, Ferien zu machen, Mallorca, das Übliche, denn sie war sich fremd und verlassen unter den urlaubslauten Menschen vorgekommen. Das war ganz nett gewesen, und es war ohne Komplikationen zu Ende, als sie die Maschine bestieg, um zurück nach Deutschland zu fliegen. Und nun Frank, der zurückhaltend war, sehr distanziert, und doch zeigte, was er für sie empfand. Er war Anfang vierzig, nie verheiratet gewesen, worüber man sich wunderte in der Stadt, denn er sah gut aus, war zuverlässig, klug, angesehen. Er sei ein Einzelgänger, hieß es, lebe nur für seine Arbeit. War er nicht ein Mann, wie ihn eine Frau sich nicht besser wünschen konnte? Warum konnte sie ihn denn nicht lieben? Und was hieß überhaupt Liebe, sie hätte ihn ja heiraten können, und er hätte ihr sicher nicht verwehrt, weiter in den Hotels zu arbeiten. Aber sie wollte nicht. Wollte auf keinen Fall. Schluss. Aus. Sie würde keinen Menschen auf der Welt je wieder lieben.

Sie war beim Wagen angelangt, stand regungslos, die Hand gegen die Wagentür gestemmt, als müsse sie alles wegschieben, was sie verwirrte.

Liebe! Es gab genug Menschen, die sie liebte: ihren Sohn, ihre Eltern, ihre Geschwister und vor allem Cornelius, und es waren mehr als töchterliche Gefühle, die sie ihm entgegenbrachte, das wusste sie, sie betrog sich nicht selbst. Genau wie sie wusste, dass Cornelius keineswegs nur väterliche Gefühle für sie hegte, weit entfernt davon ... Das war ein Geheimnis zwischen ihnen, das ihr Leben ausfüllte, das stärker war als jedes andere Gefühl bisher. Stark genug, um die Liebe zu Andreas zu vergessen.

Vergessen? Nein, vergessen war sie nicht, doch vergangen, verweht, unwirklich geworden. Sogar unwichtig, wäre da nicht die ganze Not, das Leid, das damit verbunden war. Das ließ sich niemals vergessen. Andere würden es auch nicht vergessen haben.

Das bedrückte sie vor allem wegen Torsten. Er war nun zehn, diesen Herbst kam er aufs Gymnasium, er war ein kluger, aufgeweckter Junge und nun alt genug, um nach seinem Vater zu fragen. Er sei bei einem Unfall ums Leben gekommen, das war die bisher benutzte Version.

»Mit dem Auto?«, fragte Torsten.

»Ja, mit dem Auto.«

»Sicher ist er zu schnell gefahren.«

»Er saß nicht selbst am Steuer. Ein anderer hat den Wagen gefahren. Zu schnell, wie du ganz richtig vermutest.« Torsten nickte mit ernster Miene.

»Ich werde nie zu schnell fahren, ich verspreche es dir.«

Wie lange ließ sich diese Lüge aufrechterhalten? Keiner von der Familie würde ihm die Wahrheit sagen, nicht ehe er alt genug war, sie einigermaßen zu begreifen. Und wenn es nach Helga ging, niemals. Sie hatte mit ihrem Vater darüber gesprochen.

»Ich habe so viel gelogen. Diese eine Lüge möchte ich nie bekennen.«

Ihr Vater hatte genickt. »Verständlich. Ich gebe dir recht. Mit dieser Lüge kannst du leben. Du musst allerdings damit rechnen, dass Torsten dennoch eines Tages die Wahrheit erfährt. So lange liegt dieses Unglück nicht zurück, dass es nicht genügend Menschen gibt, die es sehr genau kennen.«

»Wenn Torsten jetzt in die höhere Schule kommt, besteht die Gefahr, dass er mit Kindern zusammentrifft, deren Eltern wissen, was geschehen ist«, meinte Cornelius.

»Was für törichte Eltern müssten es sein, die ihren Kindern so eine hässliche Geschichte erzählen«, sagte sie.

Sie hatte keine Ahnung, ob man in der Stadt noch über den Fall sprach, sie wusste nicht einmal, wer und wie viele Menschen überhaupt Kenntnis davon hatten, was damals in Amerika wirklich passiert war. Die örtlichen Zeitungen hatten nur über den Tod von Andreas Müller berichtet, der in die Staaten gegangen war, um eine Filmkarriere zu machen. Tod durch Unfall, hatte es geheißen. So hatte es Cornelius der Presse mitgeteilt, ohne sich weiter darüber auszulassen, um welche Art von Unfall es sich handelte. Ein unglückseliger Sturz während der Dreharbeiten, dazu hatte er sich schließlich verstanden, als die Reporter drängten. Von Helga hatte überhaupt nichts in den Zeitungen gestanden, und sie gab sich immer wieder dem Wunschtraum hin, es wisse überhaupt keiner, was sie getan, was sie durchgestanden hatte.

Man begegnete ihr mit Achtung und Freundlichkeit, sie hatte niemals eine Anspielung oder eine neugierige Frage vernommen. Allerdings verkehrte sie privat mit keinem Menschen in der Stadt, Frank war der erste gewesen, und sie hatte die ganze Zeit darauf gewartet, dass er von sich aus auf ihre Vergangenheit zu sprechen kam. Dass es nicht geschah, reizte sie geradezu, denn es war unwahrscheinlich anzunehmen, er sei ahnungslos.

Sie selbst forderte ihn dann heraus, sprach von Kalifornien, von ihrer Ehe, von Andreas, das war bereits in Davos, und als nie eine Reaktion kam, er hörte ihr nur höflich zu, fuhr sie ihn eines Tages wütend an: »Du bist verdammt taktvoll, wie? Darauf bildest du dir wohl eine Menge ein.«

»Nun, ich denke mir, wenn du mir mehr von deinem Leben erzählen willst, wirst du es schon tun«, sagte er in seiner ruhigen Art.

»Will ich nicht. Aber tu nicht so, als ob du nicht Bescheid wüsstest.«

Er hatte sie in die Arme genommen, liebevoll.

»Worüber regst du dich auf? Du bist bei mir, das ist das einzige, was für mich zählt. Schau«, den einen Arm um ihre Schultern, machte er mit dem anderen eine weite Bewegung über das Plateau des Pichta, weiß glitzernd der Schnee, tiefblau der Himmel darüber, »ist das nicht schön hier? Die Berge, der Himmel, die Einsamkeit. Die Welt da drunten ist voller Hass und Missgunst, voller böser Taten, voller Schande und Elend. Hier kann man das vergessen.«

Er konnte manchmal so pathetische Worte finden, was sie überraschte, bei einem erfolgreichen Manager erwartete man das nicht. Es mochte ungerecht von ihr sein, aber das war auch etwas, was sie an ihm störte. Sie hatte ihr eigenes Drama erlebt, seitdem mochte sie weder dramatische Szenen noch große Worte.

»Na, von wegen Einsamkeit«, widersprach sie. »Hier wimmeln gerade genug Menschen herum.«

»Guck nicht hier um dich, schau da drüben auf die Berge.«

Sie hatte zuvor im Bergrestaurant auf ihn gewartet, eine Kleinigkeit gegessen, das Lokal war überfüllt mit lauten lärmenden Skifahrern, die mit ihren Tellern und Gläsern von den Selbstbedienungstheken kamen.

Sie war nun einmal an ein Luxushotel gewöhnt, und drunten im Belvedere, wo sie wohnten, gefiel es ihr sehr gut. Aber dieser Massenbetrieb auf den einsamen Höhen war nicht nach ihrem Geschmack.

Weitere Versuche, das Skilaufen zu erlernen, hatte sie abgelehnt, nachdem sie einige Male gestürzt war.

»Mein Schwiegervater braucht mich. Ich kann es mir nicht leisten, mir ein Bein zu brechen oder sonst was.«

Eine grundsätzliche Abneigung gegen das Skilaufen kam dazu, der Grund war Susannes Missgeschick. Die Frau ihres Bruders Johannes war eine gute und begeisterte Skiläuferin, und sie mochte auf ihren Wintersport nicht verzichten, als sie ihr erstes Kind erwartete. Johannes war dagegen, Susanne hatte gesagt: »Ah bah, ich mache nicht viel, rutsche so ein bisschen herum.« Und dann fuhr sie eine vereiste Piste herunter, stürzte schwer und verlor das Kind im siebten Monat. Seitdem hatte sie kein Kind mehr empfangen, sie waren beide unglücklich darüber, Susanne und Johannes. Helga erwähnte es Frank gegenüber nicht, aber es war mit ein Grund, dass sie einem weißen Hang, der abwärts führte, kein Vertrauen entgegenbrachte.

Frank hatte es widerspruchslos akzeptiert, er fuhr allein über die Parsenn oder auf den Pichta, manchmal begleitete sie ihn, sie fuhr mit der Bergbahn hinauf, ging spazieren, er lief Ski, später trafen sie sich zum Essen.

»Schande und Elend«, wiederholte sie seine letzten Worte, »davon habe ich ausreichend bekommen. Interessiert dich aber wohl nicht weiter.«

»Wenn du darüber sprechen willst, wirst du es tun«, wiederholte er.

»Nein, verdammt, will ich nicht.«

Sie war in streitsüchtiger Stimmung, und sie war ungerecht, sie war sich klar darüber, es war gegen Ende ihres Aufenthaltes in Davos, und sie merkte, dass sie genug von ihm hatte.

Sie dachte: Wenn es Liebe ist, wie er behauptet, dann würde er alles von mir wissen wollen. Alles, alles.

Sofort schämte sie sich dieser törichten Gedanken, doch sie war sich nun auch klar darüber, dass sie ihn nicht liebte. Nicht lieben konnte, weil sie niemals wieder einen Mann lieben konnte. Sie liebte die Menschen, die zu ihr gehörten, eine andere Liebe brauchte sie nicht.

Sie wandte sich um, durch die Bäume und Büsche schimmerten die Lichter am Eingang des Hotels Miriam.

Das war die ganz große Liebe ihres Lebens, dieses Hotel. Hier hatte das neue Leben begonnen.

Erinnerung

Damals, vor sechs Jahren, hatte sie sich sehr rasch entschlossen, nachdem Cornelius sie oben auf dem Brodtner Steilufer durchgeschüttelt hatte, seinem Ruf zu folgen. Wach hatte er sie gemacht, sie konnte plötzlich in die Zukunft denken.

Sie blieb zwei Tage ziemlich schweigsam, auf Birgits Frage, wie das gemeinsame Mittagessen mit ihrem Schwiegervater verlaufen war, sagte sie nur: »Oh, ganz gut.«

»Er ist nicht mitgekommen? Ich hatte ihn zum Pflaumenkuchen eingeladen.«

»Nein. Er fährt heute noch weg.«

Weiter nichts, und Birgit drängte sie nicht, sie merkte, wie abwesend die Schwester war, verwirrt, verstummt. Viel hatten sie vorher schon nicht geredet, an diesem Tag sprach Helga überhaupt nicht mehr, sie saß den ganzen Abend still da und starrte in die Luft. Birgit tat sie leid, die Begegnung mit Andreas' Vater musste Helga verletzt und verstört haben.

»Es ist schlimm mit ihr«, erzählte sie ihrer Mutter am nächsten Vormittag am Telefon, als Helga mit Torsten im Garten war. »War nicht gut, dass Herr Müller da war. Das hat ihr den Rest gegeben. Dabei gefällt er mir eigentlich sehr gut.«

»Ja, mir auch«, sagte Johanna Rohde. »Aber wer weiß, was die zwei geredet haben. Ob ich mal hinkomme auf ein paar Tage? Bloß gleich kann ich nicht. Professor Tiedemann ist gestern gestorben, wir müssen ihn erst beerdigen.«

Birgit erzählte Helga von dem Tod des Professors, den sie seit ihrer Kindheit kannten und der im Pfarrhaus als Freund betrachtet wurde.

»Ich werde hinfahren zu seiner Beerdigung«, sagte Helga.

»Wie bitte? Du willst zu seiner Beerdigung gehen? Vor ein

paar Wochen hast du dich bei uns nicht mal aus dem Haus getraut, wie man mir erzählt hat.«

»Einmal muss ich damit wieder anfangen. Bei einer Beerdigung wird mich wohl keiner steinigen. Und ich möchte Vater wieder einmal hören. Er wird sicher sehr schön sprechen bei dieser Gelegenheit. Ich wollte immer schon mal wissen, was er sagt über das Leben nach dem Tode. Oder wie man das nennt.«

»Spinnst du eigentlich jetzt komplett?«, fragte Birgit und betrachtete ihre Schwester besorgt.

Helga verstand sofort. »Du kannst beruhigt sein, ich trage mich nicht mit Selbstmordgedanken. Kannst du zwei Tage allein für Torsten sorgen?«

»Natürlich.«

»Frau Niederreit wird für euch kochen.«

»Ist mir lieb.«

Birgit rief noch einmal zu Hause an und berichtete.

»Na, so was!« staunte Johanna. »Und du meinst, sie macht keine Dummheiten?«

»Weiß ich nicht. Es muss mit dem Besuch von Herrn Müller zusammenhängen, seitdem ist sie ganz verdreht.«

Am nächsten lag fuhr Helga mit dem Bus nach Lübeck und von dort mit dem Zug nach Hause.

In der Kirche und auf dem Friedhof hatten die Leute aus dem Städtchen Gelegenheit, die von einer Tragödie belastete Tochter ihres Pastors wiederzusehen. Die Trauergemeinde war zahlreich, denn Professor Tiedemann war sehr beliebt gewesen. Und wie Helga richtig vorausgesehen hatte, waren weder Ort noch Stunde geeignet für Getuschel oder neugierige Fragen.

Am Abend erzählte Helga ihren Eltern ohne große Einleitung, was Cornelius ihr vorgeschlagen hatte.

»Mensch, das 'n dicker Hund!«, rief Antje, die mit dabei war.

»Und wie stehst du zu diesem Vorschlag?«, fragte ihr Vater.

»Ich würde es gern machen. Ich weiß bloß nicht, ob ich es kann.«

»Du sollst es lernen, wenn ich richtig verstanden habe.«

»Die Immobilien musst du auch erst lernen«, meinte Antje. »Mensch, da wird Onkel Dirk aber sauer sein.«

»Fang doch nicht jeden Satz mit Mensch an«, fuhr ihre Mutter sie an. »Helga, du möchtest das gern tun? Ernsthaft?«

»Doch, Mutti. Er ist ... er war so gut zu mir.«

»Wer?«

»Cornelius Müller. Mein ... mein Schwiegervater. Ich habe gedacht, er würde mich hassen. Und nun hat er gesagt, ich soll zu ihm kommen und bei ihm arbeiten. Und Torsten soll auch kommen. Wir sollen in seinem Haus wohnen. Er hat gesagt, du bist die Frau meines einzigen Sohnes. Und Torsten wird mein einziges Enkelkind bleiben.«

»Da hat er recht«, sagte Johanna. »Was sagst du, Felix?«

Pastor Rohde nickte. »Ich finde es gut. Verständlich. Helga würde dann den Platz einnehmen, den Cornelius Müller seinem Sohn zugedacht hat.«

»Ja«, sagte Helga eifrig, »ja, genauso ist es. Ich weiß nur nicht, ob ich nicht auch zu dumm dazu bin.«

»Was heißt auch?«, fragte ihr Vater.

»Na ja, Andreas ...«

»Andreas hat es meines Wissens gar nicht versucht, im Hotel seines Vaters zu arbeiten. Nicht versucht und nicht gewollt.«

»Na ja, Helga müsste eben versuchen, ob sie es kann«, sagte Johanna.

»Oh nein«, sagte Pastor Rohde. »Sie wird darüber nachdenken, und dann wird sie es tun oder nicht. Kein halbherziger Versuch; was immer sie anfängt, es darf kein halbherziger Versuch sein, es muss ein fester Wille dahinterstehen.«

Helga sah ihren Vater an, Röte war in ihre Wangen gestiegen, sie sah hübsch und lebendig aus.

»Mensch, da müssen wir …«, rief Antje, »ich meine, da müssen wir gleich mal Johannes anrufen, was der dazu sagt.«

Johannes fand, es sei eine ausgezeichnete Idee, und seiner Ansicht nach müsse Helga, wenn sie sich Mühe gebe, dieser Aufgabe gewachsen sein.

»Ein gut geführtes Hotel ist eine Welt für sich. Wir haben ja selten in Hotels gewohnt, doch wenn ich es manchmal tue, genieße ich es. Susanne, die eine weit gereiste Lady ist, fühlt sich in jedem Hotel sofort zu Hause. Nur top müsse es sein, sagt sie immer. Na ja, das ist eine Geldfrage.«

Schon am nächsten Tag fuhr Helga zu Birgit und Torsten zurück, einem gewöhnlichen Alltagsspaziergang durch ihre Heimatstadt fühlte sie sich nicht gewachsen.

Birgit war natürlich per Telefon schon informiert worden und sagte in ihrer ruhigen Art: »Ich finde es gut.« Und ein wenig beleidigt: »Das hättest du mir ja auch erzählen können.«

»Sei nicht böse, aber ich wollte erst mit den Eltern sprechen.«

Es begann zu regnen am nächsten Tag, doch Herr Niederreit rettete die Situation, jedenfalls für Torsten, er kam und baute im Keller ein neues Regal ein, wobei Torsten assistierte.

»Ich geh spazieren«, erklärte Helga gegen elf.

»Bei dem Regen?«, wunderte sich Birgit.

»So schlimm ist das nicht. Ich muss einfach raus, ich muss nachdenken, verstehst du?«

Birgit nickte, fragte dann: »Und was kochen wir heute?«

»Lass dir was einfallen«, beschied Helga sie, zog Annes Regenmantel an, band sich ein Tuch um den Kopf und verschwand. Sie lief hinunter nach Timmendorfer Strand, die Uferpromenade entlang, die leer war an diesem Tag, kam zum Niendorfer Hafen, ihre Schritte wurden immer stürmischer, ihr Gang immer schneller, durch Niendorf hindurch, hinauf zum Brodtner Steilufer. Das Tuch auf ihrem Kopf war nass geworden, sie zog es herunter, ließ ihr Haar einfach feucht werden, dann hörte es auf zu regnen, sie merkte es gar nicht, denn noch einmal rekapitulierte sie das Gespräch mit ihrem Schwiegervater.

Ganz von selbst dachte sie jetzt: Schwiegervater.

Mein einziger Sohn. Das einzige Enkelkind, das ich je haben werde. Warum hatte sie dies eigentlich nie bedacht? Andreas' Vater, er konnte kein Fremder für sie sein. Damals, als sie beschlossen hatten, zu heiraten, kam Andreas zu ihr, nachdem er mit seinem Vater gesprochen hatte, und sagte: »Das ging ganz gut mit meinem alten Herrn. Irgendwie werden wir uns wieder verständigen. Warte nur, bis ich den ersten richtigen Erfolg habe, dann wird er stolz auf mich sein.«

Konnte er nicht arbeiten für diesen Erfolg? Und war ihr Einfluss so gering, dass sie ihm das nicht beibringen konnte?

Sie war mutlos geworden in Berlin, der Flop mit dem albernen Theaterstück, die sogenannten Freunde, die er ständig um sich hatte, der grässliche Milano – jetzt konnte sie darüber nachdenken, wich nicht mehr aus. Von ihrer Schuld konnte sie sich nicht freisprechen, sie hatte sich zurückgezogen, war mit ihren Büchern allein geblieben, hatte auf das Kind gewartet. Und als das Kind da war, schien alles andere unwichtig geworden. Andreas verließ sie. Von heute auf morgen. Verlassen war nicht das richtige Wort, verteidigte sie ihn, er hatte nicht gesagt, dass er sich von ihr trennen wolle, aber im Stich hatte er sie doch gelassen, mit dem Baby, fast ohne Geld.

Aber was hätte sie dagegen tun können?

Angenommen, sie wäre damals zu ihrem Schwiegervater gefahren, hätte ihm genau berichtet, was geschehen war, hätte die Verantwortung in seine Hände gelegt, wäre das nicht viel klüger gewesen? Stattdessen schwieg sie, aus Stolz, aus

Scham, belog ihre Eltern, und später brachte sie ihnen das Kind und flog nach Amerika.

Helga blieb stehen, starrte auf das Meer hinaus, der Wind zauste ihr Haar.

Wie dumm war sie doch gewesen! Dumm, unfertig, unreif, unerfahren – eine doofe Provinzpflanze. Wenn Milano je recht gehabt hatte, dann mit diesem Wort.

Jäh flammte der Hass wieder in ihr auf. Sie hatte ihn getötet. Mit Absicht.

Ich kann es nicht bereuen.

Sie schrie es auf das Meer hinaus: »Ich kann es nicht bereuen. Gestern nicht, heute nicht, nie. Straf mich, Gott, aber ich kann es nicht bereuen.«

Der Wind, der fast schon ein Sturm war, riss ihr die Worte von den Lippen, unten brandete das Meer an den Felsen, sie blickte hinab. Wenn sie sich dort hinunterstürzen würde …

Nicht gesagt, dass sie tot sein würde. Vielleicht bewusstlos, mit gebrochenen Gliedern, das Meer würde sie mitreißen, mit sich nehmen.

Nein. Sie wollte nicht sterben. Sie wollte leben. Jetzt erst recht. Von heute an wollte sie leben.

Sie sah Cornelius vor sich, wie er sie an den Armen packte und schüttelte. Du kannst dich nicht selbst zu lebenslanger Haft verurteilen.

Nein. Sie entließ sich selbst aus ihrer Haft. Sofort. Und sie würde zu ihm gehen und würde versuchen, den Platz einzunehmen, den er Andreas zugedacht hatte. Mit festem Willen und aller Kraft würde sie es versuchen.

Andreas war tot. Seine Mutter war tot.

Aber ich – ich lebe.

Sie schrieb noch am selben Abend an Cornelius.

Drei Wochen später zogen sie und Torsten in sein Haus ein, und abermals drei Wochen später begann sie mit der Arbeit im Hotel Miriam.

»Das Miriam ist ein neutraler Boden«, erklärte Cornelius ihr, »es liegt außerhalb der Stadt, das Hotel steht noch nicht lange, und ich habe ganz neues Personal da, die wenigsten werden wissen, was geschehen ist. Jetzt kommt der Winter, eine ruhige Saison draußen, da kannst du dir alles ansehen und auf jedem Gebiet deine Erfahrungen machen. Das Hotel hat einen guten Direktor, Wolfgang Froehlich, ein ruhiger und vernünftiger Mann, er wird dich in alles einführen.«

Helga schüttelte den Kopf. »Ich möchte mir nichts ansehen und möchte mich in nichts einführen lassen, ich möchte arbeiten. So wie jeder arbeiten würde, der neu auf diesem Gebiet ist. Und außerdem finde ich, Müller ist ein neutraler Name. Es braucht niemand zu wissen, wer ich bin.«

Cornelius betrachtete sie nachdenklich. »Würde dir das den Anfang erleichtern?«

Sie nickte.

Sie begann ihre Arbeit im Zimmerdienst, als Zimmermädchen, sie arbeitete in der Küche, später beim Service, und jeder merkte und sah, dass sie keine gelernte Kraft war, sie war eine Auszubildende im Hotelfach und musste lernen, was jeder lernen musste, ganz so, wie sie es sich gewünscht hatte.

Auf die Dauer blieb es dennoch kein Geheimnis, wer sie war, sie überhörte jedes Getuschel, übersah die neugierigen Blicke.

Scheu und Angst kehrten nicht zurück, sie wurde stark, kühl und entschlossen. Sie arbeitete mehr als jeder andere, sie übernahm jede Aufgabe, die sie sich einigermaßen zutraute. Später wechselte sie ins Parkhotel, arbeitete längere Zeit im Büro, dann kam die Schule.

Die angeborene Intelligenz, der entwickelte Intellekt, die sorgsame Erziehung im Elternhaus, Fleiß, Mut und Wille, das alles zusammen machte in wenigen Jahren aus ihr eine vollwertige Kraft, eine Hotelmanagerin ersten Ranges. Auch das, was sie erlebt hatte und was sie, nachdem sie sich dazu entschlossen hatte, überwinden wollte, stärkte ihr den Rücken.

Und Cornelius – sein Vertrauen, seine Zuneigung, seine Liebe, das war natürlich ein unberechenbarer Faktor gewesen, als sie das neue Leben begann. Sich dessen wert zu erweisen, was er ihr bot, war wohl der größte Ansporn für sie. Und das Gefühl zärtlicher Liebe, das sie ihm zunehmend entgegenbrachte, machte aus der Arbeit, aus jedweder Arbeit, ein Glück.

Juli 1980

Das Haus lag fast im Dunkel, als Helga heimkam, nur vor der Tür und im Wohnzimmer war noch Licht. Schräg vor der Haustür auf dem Rasen, nicht schlafend, sondern aufmerksam und wachsam, lag Mirco, anzusehen wie ein junger, goldener Löwe. Er stand auf und kam Helga zum Gartentor entgegen, seine Rute tanzte heftig vor Freude. Helga umfasste den Kopf des Hundes. »Nanu, du bist draußen? Sind sie dir drin auf die Nerven gegangen? Aber du hast schon recht, es ist eine so schöne warme Sommernacht, die sollte man eigentlich nicht verschlafen.«

Mirco war ein Sohn von Marco und somit ein Enkel von Mirka. Dirk Jansen war eines Tages mit ihm aufgetaucht, da war Torsten sechs Jahre, der Hund sechs Monate alt.

»Du hast dich damals mit Mirka sehr gut verstanden«, sagte Dirk, »darum schenke ich dir jetzt den Sohn von Marco. Er ist aus guter Familie, er ist stubenrein, du hast hier ein schönes Haus und einen großen Garten, wo er sich wohlfühlen kann. Er ist noch nicht viel erzogen, nur ein bisschen. Es wird auf dich und auf euch alle hier ankommen, dass er richtig erzogen wird. Merk dir eins: Ein schlecht erzogener Hund ist genauso lästig wie ein schlecht erzogenes Kind. Wie ein schlecht erzogener erwachsener Mensch auch.«

Hier unterbrach ihn Pauline, die bei dem Gespräch zugegen war. »Ich weiß, wie man einen Hund erzieht. Wir haben immer Hunde gehabt.«

»Ich zweifle nicht daran, Frau Müller, dass Sie es verstehen, einen jungen Hund zu erziehen. Darf ich Torsten trotzdem erzählen, wie ich mir das vorstelle? Ich kann ja nur Theorie liefern, die Praxis müsst ihr selbst besorgen.«

»Die Theorie«, wiederholte Torsten feierlich.

»Richtig. Das heißt, ich kann gescheit darüber reden, aber tun musst du es. Müsst ihr es«, verbesserte er sich rasch, die alte Frau Müller war wichtig, sie musste den Hund auch gernhaben und sie durfte nicht das Gefühl haben, er gehöre allein Torsten.

»Der Hund muss gehorchen. Er muss lernen, neben dir oder –« er stockte – »oder der Oma – darf ich das sagen?«

Pauline schnaubte kurz durch die Nase und schenkte sich die Antwort.

»Oder neben der Oma zu gehen, bei Fuß und ohne Leine. Er muss an der Straße warten, bis du ihm erlaubst, an deiner Seite die Straße zu überqueren. Solange er noch klein ist, wirst du eine Leine brauchen, aber fang sobald wie möglich an, ihn frei laufen zu lassen, sonst lernt er Gehorsam nie. Benütze immer dieselben Worte für gehen, stehen oder sitzen, die muss er kennen und verstehen. Versuch nicht, ihm auf einmal zu viel beizubringen. Das Erste und Wichtigste aber ist, dass er kommt, wenn du ihn rufst. Und dazu musst du auch immer den gleichen Ton oder den gleichen Pfiff benutzen. Das kann er anfangs nicht wissen, aber das begreift er schnell. Solange er nicht weiß, was er soll, musst du ihn holen bei dem Pfiff oder dem Ruf, bis er gemerkt hat, dass er von selber kommen soll. Dann musst du ihn ausführlich loben. Kommt er nicht, dann muss er einen Klaps haben, nicht heftig, aber eindeutig, und du musst schimpfen, die Stimme ist wichtig. Aber mach nie den Fehler, pausenlos hinter dem Hund herzuplärren, immer wieder seinen Namen zu rufen, da wird er nämlich abgebrüht dagegen. Ein bestimmter Ton, ein Pfiff, das muss genügen. Kannst du gut pfeifen?«

Torsten versuchte es sogleich, es klang noch etwas kläglich.

»Dann üb mal. Und es muss ein ganz bestimmter Pfiff sein und immer derselbe. Meiner geht so.« Dirk spitzte die Lippen und pfiff eine absteigende Terz. Der kleine Hund, der neben ihm saß, stellte die Ohren auf und wedelte mit der Rute.

»Das kann ich auch«, behauptete Torsten und versuchte es sogleich. Das Intervall stimmte nicht ganz, es würde noch einiger Proben bedürfen. Wer es allerdings auf Anhieb traf, war Pauline, nicht laut und durchdringend, aber klar und deutlich.

Der kleine Hund lief zu ihr, setzte sich und schmiegte sich dicht an ihr Bein. Pauline musste die Lippen fest zusammenpressen, um ihre Rührung zu unterdrücken. Wie lange hatte es keinen Hund in ihrem Leben gegeben!

»Siehst du, funktioniert schon«, meinte Dirk. »Großartig, Frau Müller, der Pfiff war große Klasse.«

Torsten war eifersüchtig.

»Komm her, Marco, komm.«

»Das gerade sollst du nicht tun, habe ich dir eben erklärt. Er hat auf den Pfiff deiner Oma reagiert, weil er ihn von mir kennt, und das ist sehr gescheit von ihm. Nun lass ihn da mal eine Weile sitzen. Und du übst den Pfiff, aber für dich allein, dass Marco es nicht hört, sonst wird er ganz verdreht, weil er ja nicht weiß, was er tun soll. Verstehst du das?«

Torsten nickte mit ernster Miene.

»Da wird sich die Mirka aber freuen, wenn wir das nächste Mal zu dir kommen und bringen ihren Sohn mit.«

»Es ist ihr Enkel. Mein Marco ist ihr Sohn.«

War ihr Sohn, hätte Dirk sagen müssen, denn Mirka war vor Kurzem in den Hundehimmel gekommen, von dem Dirk hoffte, dass es auch der Menschenhimmel sei, falls Menschen sich überhaupt einen Himmel verdient hatten. Er sprach nicht von Mirkas Tod, er wollte die Stunde nicht durch eine traurige Nachricht trüben. Außerdem war inzwischen eine Schwester des kleinen Mirco bei Niederreits eingezogen. Das würde Torsten schon sehen bei seinem nächsten Besuch.

Außerdem war Dirk im Moment ebenfalls sehr gerührt, als er Pauline betrachtete. Er hatte gedacht, dem Jungen eine Freude zu machen, offenbar hatte er der alten Frau noch einen größeren Gefallen erwiesen. Sie blickte auf den Hund, der noch immer dicht bei ihr saß, und hatte die Hand auf seinen Kopf gelegt, ein Lächeln stand in ihrem Gesicht.

Der kleine Hund würde es gut haben in diesem Haus, das befriedigte Dirk Jansen tief. Er hatte ja nicht gewusst, ob ein Hund erwünscht war, darum, so hatte seine Frau geraten, sei es am besten, erst Cornelius anzurufen und ihn zu fragen. Helga konnte man nicht fragen, die war zu jener Zeit in Bad Reichenhall auf der Hotelfachschule, sie machte die Bekanntschaft des Hundes erst bei ihrer Heimkehr.

An diesem Abend dachte sie, welch ständiges Glück es bedeutet, nach Hause zu kommen und von einem Hund freudig begrüßt zu werden. Die Haustür war nicht verschlossen, was hieß, dass Pauline noch nicht schlafen gegangen war. Helga hatte sie zwar schon oft gebeten, doch lieber abzuschließen, denn wenn sie vor dem Fernseher saß, hörte sie nicht, wenn jemand ins Haus kam, doch sie tat es nie.

»Mirco hört es«, antwortete sie jedes Mal.

»Guten Abend«, sagte Helga leise, als sie ins Zimmer kam. »Ich will nicht stören ...«

»Du störst nicht.« Pauline stand auf. »Ist sowieso ein dummes Gelabere. Willst du noch was essen?«

»Nein, danke, ich habe gegessen. Schläft Torsten schon?«

»Was heißt schon, es ist spät genug. Er ist vorhin gerade ins Bett gegangen. War wieder ein großes Palaver heute Abend. Gina schläft bestimmt, die war todmüde. Diese Anemone hat sie wieder getriezt beim Vorlesen.«

»Hat Cornelius etwas hören lassen?«

»Er meint, es wird spät heute. Die sitzen da und reden, sagt er.«

Helga ging hinauf in Torstens Zimmer, das zum Garten hinaus lag, er war zwar im Bett, aber er las noch.

»Ist es nicht zu spät zum Lesen? Du wirst morgen früh müde sein, Schatz.«

Sie griff nach dem Buch. »Ich denke, ihr habt heute Abend schon Karl May gelesen.«

»Ja, schon. Aber man kommt ja nicht vorwärts, Anemone quatscht immerzu dazwischen. Das ist ja langweilig.«

Helga küsste ihn. »Schlaf jetzt und lies morgen weiter.«

»Noch das Kapitel zu Ende.«

»Aber dann ist Schluss, versprochen?«

»Versprochen.«

In ihrem Zimmer zog sie das schwarze Kleid aus, dann ging sie unter die Dusche. Müde war sie nicht, sie war unruhig, und sie hätte Cornelius gern erzählt, was sie im Miriam ausgerichtet hatte. Eine Weile stand sie am Fenster, nur das Badetuch über den Hüften. Und dann, kurz entschlossen, zog sie sich wieder an, ein leichtes weißes Sommerkleid diesmal. Sie würde noch mit Mirco ein Stück spazieren gehen, vielleicht wurde sie dann müde.

Mirco fand die Idee ausgezeichnet. Angeregt trabte er die stille Straße entlang und schnüffelte an allen Ecken und Bäumen, um zu erkunden, welcher seiner Freunde und vor allem welche seiner Freundinnen an diesem Tag vorbeigekommen waren.

Wieder beim Haus angelangt, blieb Helga zögernd bei ihrem Wagen stehen. Sie hatte ihn nicht in die Garage gefahren, also hatte sie gar nicht die Absicht gehabt, den Abend zu beenden.

»Ist es so?«, fragte sie den Hund. Sie nickte. »So ist es. Ich fahre noch in die Stadt. Willst du mitkommen?«

Mirco sprang in den Fond, als sie die Wagentür öffnete. Helga blickte auf das erleuchtete Wohnzimmerfenster. Ob sie Pauline noch Bescheid sagte?

Lieber nicht, die würde nur schimpfen, dass sie noch mal wegfuhr. Die Haustür jedenfalls hatte sie abgeschlossen, als sie mit dem Hund das Haus verlassen hatte.

In langsamem Tempo fuhr sie in die Stadt hinein. Die Straßen waren noch belebt, in der Innenstadt spazierten junge Paare, in den Vorgärten der Lokale saßen die Bürger friedlich in dieser warmen Sommernacht.

Es war halb zwölf, als sie ins Parkhotel kam, und sie fand nun, dass es dumm gewesen war, noch hierherzufahren. Sicher würde keiner mehr da sein, aber vielleicht war Cornelius noch in seinem Büro, dort war er manchmal am späten Abend zu finden, weil er dann in Ruhe arbeiten könne, wie er sagte. Oder er war bei Magda.

Ein leises Unbehagen empfand Helga bei diesem Gedanken, und sie fragte sich, ob es Eifersucht sei. Das war es ohne Zweifel, und sie benahm sich lächerlich. Sie hatte es gerade nötig, das Gespräch mit Frank bedrückte sie immer noch, auch dies ein Grund, warum sie so ruhelos war an diesem Abend.

Herr Haller war noch da, obwohl der Nachtportier seinen Dienst bereits angetreten hatte, und wenn er sich wunderte über ihr spätes Erscheinen, zeigte er es nicht.

»Was Neues?«, fragte sie gewohnheitsmäßig.

»Nichts von Belang, Frau Müller«, erwiderte Haller. »Der Bus aus Bremen ist eingetroffen, die Herrschaften sind teils auf den Zimmern, teils auf einem Stadtbummel. Wir erwarten allerdings noch einen Gast, der heute Morgen aus Paris angerufen hat.«

»Ist noch jemand da?«, fragte sie mit einer Kopfbewegung auf das Restaurant zu.

»Frau Köster und die Herren sind noch im Restaurant.«

»So spät? Da will ich mal vorbeischauen.«

Die Halle war leer, im Hintergrund an der Bar saßen noch ein paar Leute.

Mirco ging geschmeidig neben ihr her, die Nase an ihrem

Knie. Er kam selten ins Parkhotel und in das Restaurant so gut wie nie. Cornelius zog denn auch die Augenbrauen hoch, als Helga und der Hund durch das fast leere Restaurant auf seinen Tisch zukamen. Zwei andere Tische waren noch besetzt, an einem wurde noch gegessen.

»Wo kommst du denn her so spät?«, fragte er denn auch statt einer Begrüßung. »Du gehörst längst ins Bett.«

Die Herren waren aufgestanden, und Helga sagte, als sie Magda die Hand gab: »Wenn ich erst ein großes Mädchen bin, das selbst bestimmen darf, wann es ins Bett geht, gebe ich eine Party.«

»Darauf müssen wir wohl noch eine Weile warten«, meinte Simon, und der dritte Mann am Tisch fragte: »Bin ich auch eingeladen?«

»Sicher, Herr Momsen, das gilt auch für Sie.«

Sie kannte Stephan Momsen, den jungen Mitarbeiter Simons nur flüchtig, es war mindestens ein Jahr her, seit sie ihn das letzte Mal gesehen hatte. Es war während der Festspiele, fiel ihr ein, sie hatten nebeneinander im Theater gesessen, und im Gegensatz zu heute war es ein verregneter Sommerabend gewesen, was immer sehr bedauerlich war, denn während der Pause ging das Publikum gern im Schlosspark spazieren, man bot dann im Freien Getränke an und einige Snacks.

Sie erinnerte sich auch, dass sie sich mit Stephan Momsen gut unterhalten hatte, er hatte von Broadway-Aufführungen erzählt, das wusste sie noch genau.

»Ein wunderschöner Abend«, sagte sie, nachdem Simon ihr den Stuhl zurechtgeschoben hatte und sie sich setzte. »So ein Wetter müssten wir haben während der Festspiele.« Cornelius hatte eine kleine Falte auf der Stirn, er schien verärgert über ihr Kommen. Warum freute er sich denn nicht? Wegen Magda? Ist mir doch egal, wenn er dann mit zu ihr geht, dachte sie, nun auch ärgerlich.

»Tut mir leid, wenn ich störe«, sagte sie.

»Du störst nicht«, sagte Simon. »Im Gegenteil, da können wir endlich von etwas anderem reden.

»Wissen Sie noch, Frau Müller, voriges Jahr während der Festspiele, als wir uns draußen trafen? Wie es so fürchterlich geregnet hat«, sagte Stephan.

»Ja«, sagte sie, »ich erinnere mich daran. Es war Eliot. ›Cocktailparty‹, nicht wahr? Eine gute Aufführung.«

Sie trug ein ärmelloses langes Kleid damals, weiß wie heute Abend, und sie fröstelte, als sie während der Pause ins Freie traten, durch den Regen war es kühl geworden. Stephan hatte ihr sein Jackett über die Schulter gehängt, und sie hatte sich für eine kurze Weile wohlig in die männliche Wärme gekuschelt. Sie blickte Cornelius an, seine Miene war undurchdringlich, immerhin hatte er die Hand auf Mircos Kopf gelegt, der sich neben ihn gesetzt hatte.

»Ich war schon zu Hause«, sagte sie, zu ihm gewendet, »deine Mutter sieht fern, Gina und Torsten schlafen schon.« Dass Torsten noch gelesen hatte, verschwieg sie. Sie wusste ja, dass er immer befürchtete, sie kümmere sich zu wenig um Torsten, das war vor allem der Grund seiner Missbilligung.

»Ich wundere mich, Stephan«, sagte Simon, »dass Ihr Gedächtnis heute Abend noch so gut funktioniert. Ich hatte zuvor den Eindruck, Sie seien ziemlich blau.«

»Also direkt blau, Herr Peters, war ich nicht. Ich hatte einen Kleinen in der Krone, sagen wir mal. Aber wenn die schöne Müllerin auftaucht, ist mein Kopf sofort wieder klar.«

Helga lachte. »Stimmt genau. Die schöne Müllerin, so nannten Sie mich vor einem Jahr. Er sagte damals, ob ich eigentlich wisse, wie wundervoll man mich besungen hätte.«

Simon nickte. »Franz Schubert. Sehr geschickt gesagt, Stephan. Kein Wunder, dass Sie Zores haben mit Ihrer Frau, wenn Sie fremden Damen solche Komplimente machen.«

»Was heißt hier Komplimente. Es drängt sich auf, nicht wahr? Ich frage keine Blume, ich frage keinen Stern …« sang er leise vor sich hin.

»Übrigens keine schlechte Idee«, meinte Simon, der es nicht lassen konnte, kreativ zu denken. »Einen Liederabend könnten wir da draußen auch mal machen. Was meinst du, Cornelius?«

»Von mir aus«, sagte Cornelius, immer noch verstimmt.

Magda warf ihm einen amüsierten Blick zu. Er gefiel sich offenbar in dieser väterlich-besorgten Rolle.

Obwohl gerade Magda sich sehr klar war über Cornelius' Gefühle seiner Schwiegertochter gegenüber, änderte es nichts an ihrer Freundschaft, sie hatte Helga gern und bewunderte den Fleiß und das Geschick, mit dem Helga in ihre neue Rolle hineingewachsen war.

Albert war neben Helga aufgetaucht.

»Möchten Sie noch speisen, Frau Müller?«

»Nein, nein, danke, ich habe gegessen. Ein Glas von dem leichten weißen Wein, Sie wissen schon, Albert.«

»Jetzt wollen wir Helga aber auch erzählen, warum sich Stephan einen zur Brust genommen hat.«

»Ich dachte, du wärst froh, dass wir das Thema beendet haben«, sagte Cornelius.

»Stephan hat sich mit seiner Frau gestritten«, berichtete Simon genüsslich.

»Was heißt gestritten!«, widersprach Stephan. »Es war eine Schlacht.«

Helga kannte auch Stephans Frau, eine große, etwas derbknochige Blondine mit durchdringender Stimme. Sicher ließ es sich mit ihr hervorragend streiten.

»Und zwar ging es um die Olympischen Spiele«, sagte Stephan, »die bekanntlich demnächst beginnen.«

Sie bemerkte jetzt, dass sein Gesicht gerötet war und die dunklen Haare ihm unordentlich in die Stirn hingen.

»In Moskau, ja, ich weiß«, sagte Helga. »Und warum deswegen ein Streit?«

»Also bitte, da haben Sie es! Das hätte meine Frau hören müssen. Sie regt sich darüber auf ...«

»Machen Sie es kurz, Stephan«, unterbrach ihn Simon. »Ich werde Helga mit zwei Sätzen erklären, worum es geht. Erstens war Sonja früher eine große Sportlerin, Leichtathletik. Und zweitens ist sie empört, dass wir, dem amerikanischen Beispiel folgend, die Spiele in Moskau boykottieren und nicht daran teilnehmen. Weil die Sowjets in Afghanistan einmarschiert sind. Weil sie einen Krieg angefangen haben, von dem eigentlich keiner genau weiß, wozu das sein muss.«

»Wir und die USA sind nicht die einzigen, über die Hälfte der Staaten, die an den Spielen teilnehmen wollten, haben abgesagt«, ergänzte Stephan. »Sonja findet, das sei ein unerhörter Affront gegen die Sowjetunion. Sie sympathisiert nämlich mit den Russen, müssen Sie wissen. Sie ist eine veritable Kommunistin.«

»Ach ja«, machte Helga, wenig interessiert an Sonjas politischen Überzeugungen. »Danke«, sagte sie zu Albert, der das Glas mit dem Wein vor sie hinstellte. Sie trank durstig davon, leerte fast das halbe Glas. Noch einmal kehrten ihre Gedanken ins Miriam zurück: Das Essen war für einen warmen Sommerabend viel zu scharf gewürzt gewesen. Dann hätte sie beinahe über sich selbst gelacht. Die Küche des Miriam wurde nachgerade zu einer fixen Idee bei ihr. Sie wandte den Kopf und sah Cornelius an, der neben ihr saß, der Hund zwischen ihnen. Ihre Hand strich leicht über seine Hand, die noch immer auf Mircos Kopf lag.

»Und stellen Sie sich vor«, erzählte Stephan weiter, »nun will sie partout nach Moskau fliegen. Zu den Spielen.«

»Na, dann lassen Sie sie doch«, sagte Helga. »Reisende soll man nicht aufhalten.«

»Ich habe ihr gesagt, am besten bleibst du gleich dort. Sie braucht gar nicht erst wiederzukommen. Albert?«

»Herr Momsen?«

»Noch einen Whisky, bitte.«

Cornelius hatte seine Hand nicht weggezogen, und Helga strich noch einmal mit bittendem Finger darüber. Mirco rührte sich nicht.

Die Ferien fangen gleich an, dachte sie, was wird er sagen, wenn er hört, dass ich Torsten nicht nach Holstein begleite. Ich kann nicht weg, das Miriam braucht mich, der neue Direktionsassistent ist zu jung und zu unerfahren, heute Abend war er überhaupt nicht da. Freier Abend, na schön, aber wenn die TESTA dort ein Essen gibt für dreißig Personen, hat er einfach da zu sein. Wir haben beide Häuser voll zu den Festspielen, vorher der Biologenkongress, die Kunstwoche, Torsten und Gina können ohne Weiteres mit dem Zug fahren, in Lübeck holt sie jemand ab, ich kann sie mit dem Wagen fahren, sicher, aber ich müsste sofort wieder zurückfahren, ist auch kein Vergnügen bei dem Riesenverkehr, Torsten hat jede Menge Gesellschaft und Unterhaltung, Vater und Mutti, Birgit kommt, sobald sie Ferien hat, und am liebsten ist er sowieso auf dem Gut bei Antje und Detlev, ich muss mal anrufen und fragen, wann es bei Antje so weit ist. Und wenn ich …

»Bitte?«, fragte sie. Alle schwiegen und sahen sie an.

»Ich sagte, ich danke für den guten Rat, Frau Müller«, sagte Stephan. »Ab nach Moskau mit ihr, kein Wort mehr dagegen.«

»Sie bekommt so kurzfristig kein Visum mehr«, meinte Simon.

»Soll nicht meine Sorge sein.«

Nicht sehr viel später brachen sie auf, das Restaurant war nun leer.

»Stephan, Sie nehmen ein Taxi«, bestimmte Simon.

»Ach, ich kann doch fahren, die paar Whiskys machen mir nichts aus.«

»Sie nehmen ein Taxi oder Sie sind entlassen.«

»Zu Befehl, Chef.«

»Und du fährst mit mir«, sagte Cornelius leise zu Helga.

»Aber – wolltest du denn nach Hause fahren?«

»Du fährst jetzt mit mir, lässt deinen Wagen hier stehen und fährst morgen mit mir wieder herein.«

»Wie du willst«, sagte Helga sanft. »Ich möchte nicht auch entlassen werden.«

Als sie durch die Halle gingen, sah sie den breitschultrigen Mann in schwarzen Hosen und dem kurzärmeligen Hemd an der Rezeption stehen. Er drehte ihnen den Rücken zu, sein Haar war leuchtend blond. Neben ihm stand ein Koffer. Es musste der späte Gast aus Paris sein.

Als sie an ihm vorbeigingen, drehte er sich um, warf einen flüchtigen Blick über die Gruppe, dann sah er Helga an.

Nur sie. Sie erschrak, stockte, griff wie Hilfe suchend nach Simons Arm, der neben ihr ging.

Simon musterte den Fremden kurz. Ein ausgeprägt männliches Gesicht, große dunkle Augen, die Helga nicht losließen.

»Kennst du den?«, fragte er, als sie an der Drehtür waren.

»Nein«, sagte Helga. »Nein, ich kenne ihn nicht. Aber irgendwie – er kam mir bekannt vor.«

Sie wandte sich noch einmal um, der Fremde sah sie immer noch an, dann bog ein spöttisches Lächeln seine Mundwinkel, er nahm den Zimmerschlüssel entgegen und bückte sich nach seinem Koffer. Ein Page war zu dieser späten Stunde nicht mehr in der Halle, der junge Mann, der Dienst an der Rezeption hatte, kam hinter dem Desk hervor und wollte nach dem Koffer greifen.

»Nein, danke, lassen Sie nur«, sagte der Fremde.

Und stand immer noch, ohne sich zu rühren. In diesem

Augenblick kam Cornelius, der noch mit Albert gesprochen hatte, er grüßte den Gast, der ihn nicht beachtete, dann sah er Helga an der Drehtür, die wie angewurzelt stand und auf den Mann blickte. Der lächelte wieder. Magda und Stephan waren schon durch die Drehtür nach draußen gegangen, Simon stand neben Helga, sie hielt immer noch seinen Arm fest.

»Wer war das?«, fragte Cornelius. »Kennst du ihn?«

Helga schüttelte den Kopf.

»Nein. Ich kenne ihn nicht. Aber er tat so, als ob er mich kennt.«

Der Fremde ging zum Lift, die Tür schloss sich hinter ihm.

»Es muss der Mann sein, der heute aus Paris angerufen hat.«

Cornelius ging noch einmal zur Rezeption und erkundigte sich nach dem neuen Gast.

»Mr. van der Meeren.«

»Ein Holländer?«

Der junge Mann hob die Schultern. »Er kommt aus Houston, Texas.« Er nahm die Autoschlüssel in die Hand, die vor ihm lagen. »Seinen Wagen hat er vor der Tür stehen lassen. Ich soll ihn in die Garage fahren.«

»Na, dann tun Sie es«, sagte Cornelius ungeduldig. »Herr Born ist ja da.«

Herr Born, der Nachtportier nickte mit Nachdruck und blickte tadelnd auf den jungen Mann.

Nicht tadelnd, aber abwartend blickte Mirco zu Helga und Cornelius auf. Die Drehtür bewegte sich, lachend und plaudernd kamen zwei Damen und drei Herren herein, wohl Busreisende aus Bremen nach einem ausgedehnten Bummel.

Helga wartete, bis sie in der Halle waren, Mirco bewegte sich zwar sehr geschickt in der Drehtür, nur zu schnell durfte sie sich nicht drehen.

Magda und Stephan warteten auf sie. Vor dem Hotel stand ein riesiger hellgrauer Bentley.

»Schicke Kiste«, meinte Stephan Momsen.

»Möchte wissen, wie lange man damit braucht von Paris hierher«, sagte Simon.

»Auch für den sind die Straßen voll«, sagte Magda. »Gehört der dem schönen Blonden, der da eben gekommen ist?«

»Vermutlich«, sagte Cornelius und besah sich dann den jungen Rezeptionisten. »Und?«, fragte er.

Der sah zweifelnd auf die Autoschlüssel in seiner Hand. »Ein großer Wagen«, meinte er respektvoll, »und die Garage ist ziemlich voll.«

»Geben Sie her«, Cornelius nahm ihm die Autoschlüssel aus der Hand. »Ich werde den Wagen einparken.«

Simon schnalzte mit der Zunge. »Muss ein illustrer Gast sein, wenn der Herr Direktor persönlich seinen Wagen in die Garage fährt. Was meinst du?« Die Frage galt Helga, doch sie hörte ihn nicht, auf der Stirn eine steile Falte, blickte sie abwesend über die Straße. An wen erinnerte sie dieser Mann?

Bis zum nächsten Morgen hatte sie den späten Gast vergessen, sie dachte erst wieder an ihn, als sie mit Cornelius in die Stadt fuhr. Das Frühstück mit Pauline und Torsten war turbulent verlaufen, Torsten war aufgekratzt, die letzten Schultage, Ende der Woche begannen die Ferien. Er war voller Pläne, was er alles unternehmen würde. Unter anderem würde er Gina das Reiten beibringen, dabei war er selber noch ein Anfänger.

»Oh, no, no«, hatte Gina erschreckt gesagt, sie fürchtete sich vor einem großen Pferd, das sie gewiss abwerfen würde.

»Das gehört dazu«, beruhigte Torsten sie, als sie ihm Milch einschenkte, »wer richtig reiten lernen will, muss mindestens dreimal richtig runtergeflogen sein. Sagt Detlev.«

»Und wie oft bist du schon runtergeflogen?«, fragte Cornelius.

»Zweimal.«

»Dann muss man ja die Hoffnung nicht aufgeben.«

Nun kam auch zur Sprache, dass Helga nicht mitfahren würde, das war bisher in der Schwebe geblieben.

»Sie kommt sowieso nicht mit«, sagte Torsten und machte sich über das zweite Brötchen her. »Sie muss auf das Hotel Miriam aufpassen, wenn Festspiele sind.«

Cornelius warf Helga über den Tisch einen fragenden Blick zu. »Stimmt das?«

»Ich kann wirklich nicht weg, das weißt du ganz genau.«

»Das weiß ich nicht. Wir haben zwei tüchtige junge Leute in den Hotels, und ich bin auch noch da. Du brauchst dringend einen Urlaub.«

»Wenn wir schon davon sprechen«, sagte Helga und blickte ihn herausfordernd an, »dann brauchst du einen Urlaub viel nötiger. Ich kann mich nicht erinnern, wann du das letzte Mal Ferien gemacht hast.«

»Ich kann mich sehr gut erinnern, das war vor zwei Jahren im Herbst, in dem schönen Haus von deinem Onkel Dirk. Hat mir sehr gutgetan.«

»Siehst du. Warum machst du nicht mal eine Kur?«

»Gewiss nicht. Komme ich dir so klapprig vor?«

»Ganz junge Leute machen heutzutage eine Kur.«

»Sollen sie. Für mich ist meine Arbeit die beste Kur.«

»Für mich auch.«

Sie sahen sich an, dann lächelten beide.

»Und du freust dich viel zu sehr darüber, wenn die Hotels besetzt sind und möglichst viele Leute da sind.«

Helga nickte, und Pauline sagte: »Das freut euch beide, und das ist die beste Kur, die es gibt. Wenn ein Mensch viel Arbeit hat.«

»Du bist absolut nicht auf der Höhe der Zeit, Mutter«, sagte Cornelius. »Arbeit ist nicht mehr in.«

»Ich wünschte, ich hätte welche.«

Darauf mussten sie alle lachen, sogar Gina, die ihnen noch mal Kaffee einschenkte. Denn Arbeit schaffte sich Pauline genug, das Haus, das Kind, Helga, die immer spät am Abend nach Hause kam, auch Gina musste versorgt und ständig angeleitet werden, Pauline hatte reichlich damit zu tun, auch im Garten zu arbeiten, ließ sie sich nicht nehmen, obwohl sie einen Gärtner beschäftigten.

»Aber im September fährst du wieder nach Bad Gastein, Mutter, das ist abgemacht.«

»Fahr ich ja auch. Fahr ich. Gefällt mir dort gut.«

»Und deine Eltern?«, fragte Cornelius und sah Helga an. »Werden sie nicht enttäuscht sein, wenn du nicht kommst?«

»Doch, sicher. Ich habe mir gedacht, ich könnte Gina und Torsten ja abholen, dann bleibe ich ein paar Tage dort.«

»Sie haben ja mich«, sagte Torsten selbstsicher. Dann überlegte er und fügte hinzu: »Lange kann ich aber nicht bei ihnen bleiben, ich muss aufs Gut. Antje hat angerufen. Sie hat gesagt, es ist ganz wichtig, dass ich komme, sie kriegt ein Baby, und ich muss Detlev bei der Ernte helfen. Sie kann nicht so viel machen dieses Jahr, sagt sie. Aber Großvater und Großmutti kommen dann auch aufs Gut, weil er jetzt so einen guten Vikar hat. Der kann auch mal allein.«

»Du siehst«, sagte Helga, »ich werde gar nicht vermisst.« Kurz bevor sie ins Parkhotel kamen, fiel Helga der Fremde wieder ein.

Sie fragte Kilian, und der war selbstverständlich informiert. »Mr. John van der Meeren aus Texas, letzte Nacht aus Paris angereist.«

»Kennen Sie ihn, Kilian?«

»Nein«, sagte Kilian verwundert. »Sollte ich ihn kennen? Soweit mir bekannt, wohnt der Herr das erste Mal bei uns.«

»Haben Sie ihn heute schon gesehen?«

»Er hat vor einer halben Stunde das Haus verlassen. Er wollte sich die Stadt ansehen. Er fragte, ob wir verlängern können, aber leider«, Kilian hob die Schultern, »ich musste ihm sagen, dass wir in zwei Tagen völlig ausgebucht sind.

Dann hat er sich hier den Prospekt vom Miriam angesehen«, die Prospekte lagen auf dem Desk, »und fragte, ob er da nicht wohnen könne, aber bedauerlicherweise sind wir auch im Miriam voll besetzt. Das sei schade, sagte er.«

»Was der hier wohl will?«, fragte Helga ratlos.

Kilian wunderte sich noch mehr. »Vielleicht Geschäfte, Frau Müller. Kennen Sie Mr. van der Meeren?«

»Nein«, erwiderte Helga heftig. »Nein, natürlich nicht, obwohl –« sie ließ den Satz in der Luft hängen, nickte Kilian zu und ging an ihre Arbeit.

Sie begegnete dem Texaner drei Tage später im Miriam, er speiste im Garten des Hotels zu Mittag.

Es war Torstens erster Ferientag, sie waren am Vormittag mit Gina in der Stadt gewesen und hatten eingekauft, ein paar Sachen für Torsten, und Gina hatte sich Jeans gewünscht. Zwar fand Helga, dass Gina in ihren bunten Röckchen mit den hellen Blusen viel hübscher aussah, aber Jeans waren seit Langem ihr Traum.

Dann hatte sie Gina nach Hause gefahren, mit dem Auftrag, die Koffer zu packen, und Helga hatte ihren Sohn zum Lunch ins Miriam eingeladen. Lunch klang gut, der Ausdruck gefiel Torsten.

»Was nehmen wir denn zum Lunch?«, fragte er weltmännisch, als sie den Garten des Miriam betraten.

»Mal sehen, was es heute gibt«, antwortete Helga, und dann erblickte sie Mr. van der Meeren, der allein an einem Tisch, am Rande des Gartens, im Schatten eines Ahorns saß. Er hatte sie auch gesehen und neigte grüßend den Kopf.

Eigentlich hatte sie ihn schon vergessen, er war aus dem Parkhotel abgereist, ohne dass sie ihn noch einmal gesehen hatte. Und nun saß er hier. Hatte er doch ein Zimmer im Miriam ergattert?

Sie bestellte Orangensaft für sie beide als Aperitif, überließ dann Torsten dem Studium der Speisekarte und begab sich zur Rezeption. Mr. van der Meeren wohnte nicht im Hotel, erfuhr sie. Sie ärgerte sich über sich selbst. Was, zum Teufel, interessierte sie an diesem fremden Mann, den sie nicht kannte und der sie am Abend seiner Ankunft so unverschämt angesehen hatte? Sie vermied den Blick zu seinem Tisch, während sie mit Torsten aß, aber sie vermerkte, dass er lange auf seinem Platz blieb und auch noch dort saß, als sie ihr Essen beendeten, Torsten mit einem großen Stück Eistorte, reich mit Früchten garniert.

»Das Essen ist wirklich gut hier«, sagte er sachverständig. Helga nickte und dachte etwas freundlicher an den Küchenchef des Miriam, zumindest an seinen Patissier, ihr Sorbet hatte auch gut geschmeckt. Da sie selten zu Mittag aß, fühlte sie sich leicht müde.

»Gehen wir ein Stück spazieren?«, fragte sie ihren Sohn.

»Ja, zum Teich, nicht?«

Der Teich lag in dem Gelände, der sich in der Nähe des Miriam befand, und von dort konnte man direkt in den Schlosspark gehen. Und dann kam eine überraschende Frage von Torsten.

»Kann ich das später auch machen, was du hier machst?«

Sie schluckte. »Natürlich. Wenn du gern möchtest. Das würde mich freuen. Und –« das Wort kam ihr immer schwer über die Lippen – »und den Opa auch.«

»Ich geh auf die Schule wie du auch. Und ich werde immer dafür sorgen, dass die Leute hier gut zu essen kriegen. Und ein schönes Zimmer. Und dass sie immer wiederkommen.«

»Ja, das muss man sich auch wünschen, wenn man ein gutes Hotel führt.«

»Ein Gut würde ich auch gern haben«, überlegte Torsten weiter. »Aber Antje kriegt jetzt einen Sohn, hat sie gesagt. Und dann haben sie ja einen für das Gut.«

Als erstes Kind hatte Antje eine Tochter geboren, Birge, und nun hoffte sie also auf einen Sohn.

»Das kann Antje ja noch gar nicht wissen, ob sie einen Sohn bekommt.«

»Doch, sie sagt, sie weiß das.«

»So.«

Wie Helga ihre Schwester Antje kannte, wusste sie das wirklich. »Und außerdem«, sagte sie, »kann auch eine Frau ein Gut bewirtschaften.«

»Ja, wenn sie den richtigen Mann heiratet«, stellte Torsten richtig.

Helga musste lächeln. Auch die heranwachsende Generation hielt offenbar noch an alten Anschauungen fest.

»Ein Mann ist immer gut, wenn man einen Betrieb führen muss«, sagte sie ernsthaft, »ob es nun ein Hotel ist oder ein Gut.«

»Detlev ist prima, nicht?«

Detlev war wirklich prima. Antje und Detlev waren ein glückliches Paar, was sie als halbe Kinder begonnen hatten, hatte sich bewährt. Auch die Ehe von Susanne und Johannes war gut, nur ihre Kinderlosigkeit bedrückte sie. Birgit, inzwischen an einem Gymnasium in Hamburg tätig, war unverheiratet.

»Ehe, so ein Quatsch«, sagte sie immer.

Mr. van der Meeren saß nicht mehr an seinem Tisch, stellte Helga fest, als sie aufstanden. Wo hielt er sich eigentlich auf, wieso saß er hier beim Essen?

Sie erfuhr es kurz darauf, denn sie trafen Mr. van der Meeren beim See, auf dem zwei stolze Schwäne und mehrere Enten schwammen. Torsten zog zwei der kleinen Dinnerbrötchen aus der Tasche, die er vom Restaurant mitgenommen hatte, begann die Tiere zu füttern und fing noch einmal an, von Mirco zu sprechen, denn er hatte sich noch nicht damit abgefunden, dass Mirco ihn nicht in die Ferien begleiten sollte.

»Hör auf damit«, sagte Helga. »Oma darf nicht allein im

Haus bleiben, darüber haben wir doch ausführlich gesprochen, Mirco muss sie bewachen. Siehst du das nicht ein?«

»Doch, klar.«

»Und du hast auf dem Gut Hunde genug.«

Mr. van der Meeren kam am Ufer des Sees entlang auf sie zu. Er sah sehr gut aus, eine blendende Erscheinung, groß, kräftig, tief gebräunt und dazu dieses leuchtend blonde Haar. Er trug einen Anzug aus hellem Seidenleinen, der teuer aussah, er ging langsam, mit geraden Schultern, den Kopf trug er hoch. Er sah sie an, als er auf sie zukam, und dann lächelte er, wie am Abend seiner Ankunft. Sie stand wie gebannt, sie wusste, dass sie dieser Begegnung nicht ausweichen konnte, sie war geplant, beabsichtigt, sie hatte es schon an jenem Abend gewusst.

Als er vor ihr stand, sah sie, dass er dunkle, fast schwarze Augen hatte, ein seltsamer Kontrast zu dem hellen Haar.

»Nice to see you, Mrs. Miller«, sagte er. »Ich bin extra zum Essen heute in dieses hübsche Hotel gekommen, weil ich hoffte, Sie zu treffen.«

Er nannte sie Mrs. Miller, das verwirrte sie ein wenig, aber es mochte für einen Amerikaner verständlich sein.

»Sie wohnen nicht hier im Hotel, Herr ...«

»John van der Meeren. Und Sie wissen sehr gut, dass ich nicht in diesem Hotel wohne. Wie ich erfahren habe, sind Sie über alles informiert, was in den beiden Hotels geschieht.«

Wie er erfahren hatte! Er war fremd in der Stadt, mit wem hatte er über sie gesprochen?

Er sprach ein korrektes Englisch, ohne jeden amerikanischen Akzent. »Das ist richtig, Mr. van der Meeren. Es tut mir leid, dass wir kein Zimmer mehr freihatten, aber Sie haben sicher auch erfahren, dass wir in diesen Tagen und auch in den folgenden Wochen einige Veranstaltungen vor uns haben, die viele Gäste in die Stadt bringen.«

»Ja, das hat man mir erzählt, Mrs. Miller.«

»Sie reisen demnach heute ab, Mr. van der Meeren?«

»Nein, Mrs. Miller. Ich habe ein Hotel gefunden, etwa fünfzig Kilometer von hier, sehr angenehm, es liegt mitten im Wald.«

»Ach ja«, sagte Helga, »ich kann es mir denken, sicher das Romantik-Hotel ›Zur Mühle‹.«

»Das ist es. Sie kennen dieses Hotel?«

»Ja, sicher. Wir bringen zu den Festspielen dort manchmal Gäste unter, wenn wir belegt sind.«

Sie machten eine gepflegte, etwas gespreizte Konversation, Helga war auf der Hut, das war nicht alles, da war noch etwas.

Torsten hatte aufgeblickt, widmete sich dann wieder den Enten. Englisch verstand er nicht.

»Ihr Sohn, Mrs. Miller? Er war ein aufmerksamer Kavalier, während Sie speisten. Torsten, nicht wahr?«

Trotz des warmen Tages lief ein Frösteln über Helgas Rücken. Wer war dieser Mann, woher kannte er den Namen ihres Sohnes? Mr. van der Meeren legte die Hand leicht auf Torstens Schulter, der wieder aufgeblickt hatte, als sein Name fiel.

»Du bist ein hübscher Junge, Torsten. Genauso hübsch wie deine Mutter.«

»Er versteht Sie nicht«, sagte Helga kühl, »er spricht noch nicht Englisch.«

»Ich nehme an, er wird es bald lernen.« Zu Torsten sagte er, diesmal auf Deutsch, das ihm nicht so geläufig über die Lippen kam: »Ich habe große Ranch in Texas, Torsten. Du kommst mich besuchen?«

»Eine Ranch?«, fragte Torsten interessiert. »Mit vielen Pferden?«

»Pferde, ja. Und viele, viele Rinder. Und großes Land.«

»Die Reise dürfte noch etwas zu weit sein für Torsten«, Helga sprach Englisch. »Er hat jetzt Ferien und fährt zu meiner Schwester nach Holstein. Sie hat auch Pferde und Rinder, es ist ein großes Gut.«

»Ein Grund mehr für Torsten, später eine Ranch in Texas kennenzulernen.«

Helga lächelte ein wenig, neigte dann den Kopf.

»Hat mich gefreut, Herr van der Meeren, dass Sie heute wenigstens zum Essen ins Miriam gekommen sind.«

Sie wandte sich zum Gehen, John van der Meeren sagte: »Ich bin nur gekommen, um Sie zu treffen, Mrs. Miller, ich sagte es bereits. Und wären wir uns jetzt nicht begegnet, dann hätte ich mich in die Halle des Hotels gesetzt und gewartet, bis Sie kommen. Wie ich erfahren habe, sind Sie jeden Tag hier draußen.«

Helga zog unwillig die Brauen hoch, der Blick des Mannes hielt sie fest, und wieder dieses spöttische unverschämte Lächeln um seinen Mund.

»Ich arbeite hier«, sagte sie kühl.

»Ja, ich weiß. Der Grund, warum ich Sie sprechen wollte, ist ganz einfach. Ich habe Ihnen Grüße zu bestellen.«

Helga nahm Torstens Hand, löste sich aus dem Blick des Mannes.

»Grüße?«, sagte sie gleichgültig.

»Grüße von Sam Greenstone.«

Ihre Finger umkrampften Torstens Hand, Torsten zog seine Hand weg, er mochte es nicht, wenn man ihn wie ein kleines Kind an der Hand führen wollte.

Es war wie ein Schlag auf ihr Herz. Dieser Mann kannte sie. Und sie kannte ihn. Woher nur?

»Von Mr. Greenstone, aha. Wie geht es ihm?«

»Gut, soviel ich weiß. Er spricht mit großer Hochachtung von Ihnen. Mit gutem Grund, wie ich meine. Ich war damals in Ihrem Prozess. Sie haben sich sehr gut gehalten in Ihrer … eh, nun sagen wir, in Ihrer prekären Lage.«

Der Prozess? War er einer der Zeugen gewesen?

»Sie waren wirklich sehr tapfer, Mrs. Miller. Immerhin hatten Sie kalten Blutes einen Mann niedergeschossen. Und Ihr Mann, Mr. Miller, hatte diesen bedauerlichen Unfall.«

»Wenn Sie den Prozess miterlebt haben, dann wissen Sie, dass es kein Unfall war, sondern Totschlag.«

»Diesen Eindruck hatte ich nicht. Es war ein unglücklicher Sturz. Diese Filmleute waren doch alles andere als gewalttätig.«

»Wie Sie meinen, Mr. van der Meeren. Ich habe nicht die Absicht, den Fall noch einmal mit Ihnen zu erörtern.«

»Wissen Sie, ich war damals auch in dieser Branche tätig und kannte einige der Leute, die in dem Prozess aussagten. Meist zu Ihren Gunsten. Was bei einer hübschen Frau nicht verwundert.«

»In welcher Branche, Mr. van der Meeren? Beim Film oder im Drogenhandel?«

Er lachte. »Sie sind genauso schlagfertig wie im Prozess. Ich versuchte mich zu jener Zeit als Filmarchitekt. Ich war erst kurze Zeit in den Staaten. Ich war dreiundzwanzig und musste erst ein paar Erfahrungen machen. Und ein paar Verbindungen knüpfen. Ja, beim Film. Nicht sehr erfolgreich, wie ich zugebe.«

Sie war versucht zu sagen: Mit den Drogen ließ sich mehr und schneller Geld verdienen. Haben Sie sich damit eine Ranch in Texas geschaffen? Aber sie schwieg, sie wollte fort, das Gespräch dauerte schon viel zu lange, es machte sie krank, von der Vergangenheit zu reden, und sie konnte den Blick dieses Mannes nicht mehr ertragen.

Er schien ihre Gedanken zu erraten.

»Das Drogengeschäft war sehr lukrativ und ist es heute mehr denn je.«

»Es war und ist ein ekelhaftes Geschäft«, sagte sie heftig. »Jeder Dollar, der damit verdient wird, ist Geld des Teufels.«

Jetzt lachte er. »Man merkt, dass Sie die Tochter eines Pfarrers sind.«

Auch das wusste er, alles wusste er von ihr, dieser fremde Mann. Hass stieg in ihr auf, ein Gefühl, das sie so schon lange nicht mehr kannte.

»Ich muss gehen, Mr. van der Meeren, ich habe heute noch viel zu tun.«

Diesmal griff sie energisch nach Torstens Hand. »Komm, wir gehen.«

Torsten war die seltsame Spannung zwischen seiner Mutter und diesem blonden Mann nicht entgangen, unsicher blickte er beide an, zog seine Hand diesmal nicht zurück.

»Es war sehr nett, Sie zu sehen, Mrs. Miller. Und zu sehen, dass es Ihnen gut geht, dass Sie die Strapazen von damals gut überwunden haben.«

»Das Wort Strapazen wird wohl meiner damaligen Situation nicht gerecht.«

»Soll ich Mr. Greenstone von Ihnen grüßen?«

»Nein«, sagte sie abweisend.

Torstens Hand fest in ihrer, ging sie rasch zum Hotel zurück. Sie hatte vorgehabt, noch einige Dinge zu erledigen, aber nun ging sie stracks zum Wagen.

»Kannst du den nicht leiden, Mami?«, fragte Torsten, als sie vom Parkplatz hinter dem Forsthaus wegfuhren.

»Nein.«

»Hat er wirklich 'ne Ranch?«

»Das weiß ich nicht, ist mir auch egal.«

Torsten nickte. »Wir brauchen ja auch keine Ranch, wir haben ja Antje und Detlev, unser Gut ist viel schöner.«

Sie gab keine Antwort, blickte starr auf die Straße, sie wusste nicht, ob sie lieber weinen wollte oder lieber vor Wut schreien.

»Was machen wir denn jetzt?«, fragte Torsten nach einer Weile.

»Wir fahren nach Hause und kümmern uns um dein Gepäck.«

»Und um das von Gina.«

»Ja.«

»Und Mirco darf wirklich nicht mitkommen?«

»Hör endlich auf davon«, fuhr sie Torsten an. »Das ist erledigt, und davon sprechen wir nicht mehr.«

Dreiundzwanzig sei er alt gewesen, hatte der Kerl gesagt. Dann konnte er heute kaum über dreißig sein. Er sah älter aus. Filmarchitekt, lächerlich, eine Ranch in Texas, genauso lächerlich. Ein mieser Dealer, was sonst. Gut genährt, teuer gekleidet, ein großes Auto. Gut sahen diese Burschen alle aus, sie machten eine Menge Geld, und selber nahmen sie kein Gramm von dem Zeug, mit dem sie andere Menschen vergifteten.

Und jetzt auf einmal wusste sie auch, an wen der Mann sie erinnerte. An Milano. Dieser blond, der andere dunkelhaarig, doch beide selbstsicher, reich, unverschämt. Van der Meeren, der Name konnte stimmen oder auch nicht. Immerhin war Amsterdam bekannt für seine Drogenszene. Der Hass war wieder da. Und das Gefühl der Befriedigung, dass sie geschossen und getroffen hatte. Bereuen konnte sie ihre Tat noch immer nicht. Sam Greenstone hatte ihre Gefühle sehr gut verstanden. John van der Meeren – kein Zeuge, ein Beobachter in dem Prozess, weil er selber seine dreckigen Finger in dem dreckigen Geschäft hatte.

»Mami!«

»Ja?«

»Du fährst so schnell. Du sagst immer, man soll nicht so schnell fahren.«

»Du hast recht, Liebling. Entschuldige. Wir werden jetzt sehen, was die Oma macht und wie weit sie mit den Koffern sind. Ich trinke eine Tasse Kaffee, ich habe Kopfschmerzen, weißt du. Und am Abend machen wir noch einen schönen großen Spaziergang mit Mirco. Was denkst du, wie er sich freuen wird, wenn du wiederkommst.«

»Aber du hast gesagt, du kommst mich abholen.«

»Ja, ich komme bestimmt. Ich hole euch ab.«

Was mache ich, wenn der Kerl hierbleibt, wenn er wieder auftaucht? Soll ich es Cornelius erzählen? Nein, auf keinen Fall. Ich werde zu keinem davon sprechen. Aber ich werde an Sam schreiben.

»Und dann?«

»Was sagst du?«

»Du hast gesagt, und dann … Wenn du kommst mich abholen, hast du gesagt und dann …«

»Weiß ich auch noch nicht. Kommt darauf an, wo ich dich abhole. Bei Großvater und Großmutti. Oder bei Antje und Detlev. Vielleicht hat Antje dann schon ihr Baby. Wir könnten einen Besuch bei Onkel Dirk machen. Die Niederreits würden sich auch freuen, dich zu sehen. Und ganz bestimmt will ich in der Ostsee baden.«

»Au ja, ich auch. Dann kommst du bald, Mami?«

»Ja, bald.«

Flüchtig kam ihr der Gedanke: Ich könnte morgen mitfahren, dann wäre ich fort, dann könnte der mich hier nicht mehr finden.

In den nächsten Tagen war sie voll Unruhe, ganz gleich, ob sie das Parkhotel oder das Miriam betrat. Ihr Blick überflog die Halle, sie schaute in die Bar, stand am Eingang des Restaurants und suchte den blonden Schopf. Aber sie sah ihn nicht wieder. Vier Tage später rief sie im Romantik-Hotel ›Zur Mühle‹ an und erfuhr, dass Mr. van der Meeren abgereist sei.

Im Herbst dieses Jahres sah sie ihn wieder, in Wien.

Der Herzog

Helga erzählte keinem Menschen von dieser Begegnung am See, und da sie in den folgenden Wochen von früh bis abends und bis in die späte Nacht hinein voll beschäftigt war, dachte sie nicht mehr an John van der Meeren. Das Erlebnis verblasste, sie kam sich lächerlich vor, dass der Mann sie so beeindruckt und sie vor ihm Angst gehabt hatte. Sie musste schließlich damit rechnen, dass sie einen Menschen traf, der ihre Vergangenheit kannte und, wie das Beispiel zeigte, sogar zum Teil miterlebt hatte. So klein war der Kreis in Hollywood nicht gewesen, viele Leute waren in Milanos Haus gekommen, von denen sie oft nicht einmal den Namen kannte. Was mochte aus Max und Moritz geworden sein, was aus den Filmleuten oder aus Juliette Lorton, die zwar einige Filme gedreht, aber keine große Karriere gemacht hatte, ihr Name erschien in keiner Zeitung und auf keinem Filmplakat mehr. Sie überlegte, ob van der Meeren möglicherweise zu jenem Kreis gehört hatte und er ihr darum bekannt vorgekommen war. Sein Interesse an dem Prozess ließe sich dann auch erklären. Was ihr aber vor allem dazu verhalf, John van der Meeren aus ihren Gedanken zu verbannen, war die Tatsache, dass ein Mann die Szene betrat, der so sympathisch war wie der andere unsympathisch gewesen war: der Herzog.

Herzog Ferdinand kam wie angekündigt zwei Tage vor Beginn der Festspiele, und er gewann binnen weniger Tage alle Herzen. Ein mittelgroßer schlanker Herr, bescheiden, charmant, verbindlich, meist mit einem Lächeln auf den Lippen. Er kam allein, falls es eine Herzogin gab, hatte er sie nicht mitgebracht. Was alle aber am meisten verwunderte, er sprach mit österreichischem Akzent. Das erklärte sich am zweiten Abend seines Aufenthaltes im Parkhotel, an dem man zur allgemeinen Überraschung erfuhr, dass er nicht der Sohn von Herzog William war, sondern der Sohn von Ernst, dem jüngeren Bruder, Miriams Jugendliebe, der im Krieg als Jagdflieger abgeschossen worden war.

Außer Simon hatte ja keiner in diesem Haus die Familie gekannt, und Simon stellte fest, dass Herzog Ferdinand seinem Vater ähnlich sähe, womit auch Kilian der Sorge enthoben wurde, es könne sich um einen falschen Herzog handeln.

Bei seiner Ankunft war Cornelius sofort gerufen worden, er begrüßte den diesmal wirklich illustren Gast, der übrigens mit dem Zug angereist war; er kam zu Fuß vom Hauptbahnhof ins Hotel, begleitet von einem Gepäckträger.

»Willkommen in dieser Stadt und in diesem Haus, Hoheit«, sagte Cornelius mit ungewohnter Feierlichkeit.

»Eh ... ja, danke schön«, erwiderte der Herzog. »War halt so eine Idee von mir, dass ich mal herkomm. Ich hab Freunde in Wien, die waren vor zwei Jahren hier und waren sehr angetan von den Festspielen.«

»Ich hoffe, Sie werden auch Freude daran finden, Hoheit. Karten sind selbstverständlich für Sie reserviert.«

»Für jede Vorstellung, Hoheit«, sagte Kilian mit einem Diener, »jeweils zwei Stück.«

»Sehr schön, ah, fein. No, ich brauch nur jeweils eine.«

Cornelius begleitete den Gast persönlich in seine Suite, sie lag im obersten Stock, zur Parkseite hin, und der Herzog fand die Räume höchst angenehm, wie er es ausdrückte. Er saß dann eine Weile an der Bar, hier bot sich die Möglichkeit, ihm Helga vorzustellen, und der Herzog sagte: »Charmant, sehr charmant«, als er sich über ihre Hand beugte.

Später aß er dann im Restaurant, sorgsam betreut von Albert, und in der Zwischenzeit hatte Cornelius mit Simon telefoniert und einen Anruf vom Büro des Oberbürgermeisters erhalten. Der Oberbürgermeister wollte wissen, wie man es denn nun halten solle, mit dem interessanten Gast. Und der Polizeipräsident lasse anfragen, ob man einen Polizeiposten ins Hotel schicken solle.

Er glaube nicht, dass das nötig sei, antwortete Cornelius, bis jetzt wisse ja kein Mensch, wer im Parkhotel wohne, die Presse sei nicht verständigt worden, dies würde nur geschehen, wenn der Herzog es wünsche.

»Ich werde den Herzog fragen, ob ihm Ihr Besuch genehm ist, Herr Dr. Brückner. Auf jeden Fall treffen Sie ihn ja bei der Eröffnung der Festspiele, dann ließe sich eine Begegnung ganz informell herbeiführen, und soweit ich den Herzog beurteilen kann, wäre ihm das am liebsten.« Cornelius beurteilte den Gast richtig. Später am Abend saß der Herzog wieder an der Bar und trank einen Whisky.

»Den brauch ich, ist gewissermaßen mein Betthupferl«, erklärte er Cornelius, der, um Entschuldigung bittend, weil er vielleicht störe, den hohen Gast nochmals ansprach. »Aber Sie stören nicht, lieber Herr Direktor, keinesfalls. Ich sitz bloß so und denk ein bisserl nach.«

Zu einer möglichen Visite des Oberbürgermeisters runzelte der Herzog die Stirn, von der Presse wollte er schon gar nichts wissen, und zu beschützen brauche ihn auch keiner, er sei weder reich noch so populär, dass ihm einer an den Kragen wolle. So sagte er wörtlich. Und dann fügte er hinzu: »Eine Bitte hätte ich allerdings, ich würde gern den Herrn Simon Peters und seine Frau Miriam kennenlernen. Ob sich das wohl machen lässt?«

Im Fall von Herrn Peters ganz gewiss, er sei Teilhaber des Hotels, und die Festspiele gingen auf seine Initiative zurück. Im Fall seiner Frau Miriam sei es leider nicht mehr möglich. So saßen sie denn am nächsten Abend am Tisch von Cornelius, hinten rechts im Restaurant, auch Magda war neugierig gekommen, und Helga saß bei ihnen, soweit es ihre Zeit erlaubte. Herzog Ferdinand also wusste genau, wer Simon Peters war, er sagte gleich zu Beginn des Gesprächs: »Mein Vater hat ein Mädchen namens Miriam geliebt, und ein Mann namens Peters hat sie ihm weggeschnappt. No, ich kenn die Geschichte ganz genau.«

»Doch nicht von Ihrem Herrn Vater, Hoheit?«, fragte Simon.

»Nein, leider nicht. Meinen Vater habe ich nicht kennengelernt. Als ich geboren wurde, war er schon tot. Aber die Mama hat mir das erzählt. Und wissen S', warum sie die Geschichte so genau kennt? Der Papa hat sich in sie verliebt, weil sie seiner Miriam ähnlich sah. Und immer hab ich gedacht, ich möcht die Miriam einmal kennenlernen, und jetzt komm ich, und es gibt sie nicht mehr. Das ist traurig.«

Simon hatte Tränen in den Augen. »Ja, Sie kommen zu spät, Hoheit. Um viele Jahre zu spät.«

»Ist eh mein Fehler, ich komm immer zu spät. Ich kam zu spät auf die Welt, meine Eltern waren schon drei Jahre verheiratet, aber ich, ich komm erst, wenn es keinen Vater mehr für mich gibt. Es war auch zu spät für mich, um auf die feine Schule zu gehen, wie meine englischen Cousins, auf den Sportplatz kam ich auch immer zu spät, aber das versteht sich, ich mag keinen Sport treiben. Als mir mal ein Mädchen wirklich gefiel, hab ich so lang rumgetrödelt, bis sie einen anderen geheiratet hat, und ich hab mein Examen zweimal verbummelt, weil ich halt faul bin. Und weil ich mich immer so schwer für etwas entscheiden kann, komm ich nun auch zu spät hierher.«

»Und Ihre Frau Mutter soll meiner Miriam ähnlich sehen?«

»Das ist wirklich wahr. Es gibt Bilder von Ihrer lieben Frau, Herr Peters, Bilder von ihr als junges Mädchen natürlich, da besteht eine gewisse Ähnlichkeit. Im Typ halt. Ein sehr hübsches Bild gibt es, da sitzen sie auf ihren Pferden, die Miriam und mein Papa, da schauen sie alle beide richtig glücklich aus.«

Simon nickte. »Ja, sie sind oft zusammen ausgeritten. Da war ich immer besonders eifersüchtig, denn ich kann nicht reiten. Ich wollte es auch nicht lernen, aus Trotz nicht. Und weil ich es ja doch nicht so gut gekonnt hätte wie die beiden. Erzählen Sie, Hoheit, wie kamen Ihr Herr Vater und Ihre Frau Mutter zusammen?«

»Wollen S' mir einen Gefallen tun, Herr Peters? Hoheit, das passt so gar nicht mehr in unsere Zeit. Und es ist mir peinlich, wenn die Leut mich dann anschauen. Ich wär Ihnen auch dankbar, Herr Müller, Sie würden das Ihrem tüchtigen Portier sagen. Heute haben alle geschaut, als ich zu ihm ans Desk kam.«

Cornelius lächelte. »Ich werde es ihm sagen, Herr von Waldenburg. Er wird allerdings sehr enttäuscht sein.«

Im Laufe des Abends erfuhren sie dann die Geschichte der herzoglichen Eltern.

»Die Mama ist ein Komtesserl aus Wien, so soll der Papa sie immer genannt haben. Und mein Großpapa mochte den Hitler genauso wenig wie mein englischer Grandpa. Der Großpapa hat gesagt: Der Hitler macht einen Krieg, aber den macht er ohne mich, der letzte Krieg langt mir für den Rest meines Lebens. Und da war sein Sohn, also mein Onkel, der war grad neunzehn geworden im Achtunddreißigerjahr und wollte anfangen zu studieren. Der Großpapa hat gesagt, weißt was, Bub, studieren kannst auch sehr gut in Oxford, und da nahm er den Rudolf und seine Tochter Elisabeth, das ist die Mama, und seinen zweiten Buben, den Maximilian, also auch ein Onkel von mir, der war damals grad erst fünfzehn, aber für den Hitler seinen Krieg hätt's auch noch gelangt, und reiste mit ihnen nach England. Wir heißen nämlich alle nach den Kaisern, müssen Sie wissen. Drum heiß ich auch Ferdinand, so hieß mein Großpapa auch, und das kommt von Kaiser Ferdinand dem Ersten, falls Sie sich noch erinnern können, wer das war.«

»Erinnern direkt nicht«, meinte Simon. »War es nicht ein Bruder von Karl dem Fünften?«

»Richtig, richtig, ganz genau. Er wurde Kaiser, nachdem der Karl sich in ein Kloster zurückgezogen hatte. Lang war er nicht Kaiser, der Ferdinand, nur acht Jahre, aber er muss sehr beliebt gewesen sein. No also, was heißt beliebt, wer hatte schon mit dem Kaiser zu tun. Also nach dem heiß ich.«

Er plauderte gern, der Ferdinand, der hier bei ihnen saß, der Abend verging wie im Flug, er war unterhaltsam und liebenswürdig, galant zu den Damen, er bedachte Magda und Helga immer wieder mit einem Kompliment und mit seinem charmanten Lächeln.

Das war der Abend, an dem Helga endgültig den Texaner aus ihren Gedanken verdrängen konnte, denn immer noch war sie unsicher gewesen, ob sie Cornelius oder noch besser Simon nicht doch von dem unliebsamen Gespräch erzählen sollte. Torsten und Gina waren inzwischen gut in Holstein gelandet, sie hatten telefoniert, auch Antje hatte angerufen und auf Helgas Frage, wann es denn so weit wäre, geantwortet: »Mensch, das könntest du dir endlich merken. Erst Ende September oder so. Aber ich sehe jetzt schon grässlich aus. Kinder haben ist ja sehr schön, aber dass man vorher eine Tonne sein muss, ist einfach widerlich. Konnte sich der liebe Gott doch auch was Besseres einfallen lassen.«

Das war typisch Antje, sie war vorher immer noch schlank und grazil wie als junges Mädchen gewesen, und in ihrer Beweglichkeit eingeschränkt zu sein, war für sie mehr als lästig.

»Detlev erlaubt auch nicht mehr, dass ich reite. Ist doch albern, oder?«

»Vielleicht hat er recht.«

»Na ja, ich weiß schon, du denkst an Susanne. Aber wenn ich meinen Mopsi ansehe, leide ich.«

Mops war der Schimmel, den sie meistens ritt, und er gehörte in Antjes Leben wie Detlev und die kleine Birge.

»Detlev wird deinen Mops schon bewegen«, sagte Helga.

»Ja, wenn ich es erlauben würde! Mopsi geht auf die Koppel und frisst sich einen Grasbauch an. Ich habe versucht, ihm zu erklären, wie das ist, wenn man ein Kind bekommt. Denkst du, er versteht mich? Er ist eben ein Wallach, da hat er keinen Überblick.«

Jedes Gespräch mit Antje war erfrischend, und Helga dachte auch jetzt wieder: Wie gut, dass sie noch ein Kind bekommt. Wie herrlich für ein Kind, bei solch einer Mutter aufzuwachsen.«

»Torsten freut sich schon darauf, bei euch zu sein.«

»Ja, ich weiß, hat er mir bereits mitgeteilt. Aber erst soll er mal eine Woche bei Vater und Mutti bleiben. Die freuen sich auch, wenn er da ist. Kommst du denn auch?«

»Ich werde Torsten abholen.«

»Was heißt abholen? Klingt sehr mickrig.«

»Nein, ich bleibe mindestens eine Woche.«

»Klingt ja gewaltig. Viel Familiensinn hast du wirklich nicht.«

»Habe ich doch. Und ich bin froh, dass ich euch habe.«

»Eben. Das stelle ich mir auch so vor. Aber deine richtige Familie, das ist jetzt Cornelius.«

»Cornelius, Torsten und die Oma. Und ihr.«

»Und die Hotels.«

»Ja, die auch.«

»Mensch, Helga, ich finde das echt gut, wie das bei dir läuft. Wenn ich abgestillt habe, darf ich dann auch mal wieder ein paar Tage in eurem feinen Laden wohnen?«

»Klar. Mit Detlev?«

»Nee, allein. Du hast da so ein paar schicke Verehrer rumhängen, möcht ich auch mal was von haben.«

Helga lächelte in Erinnerung an das Gespräch mit Antje,

dann merkte sie, dass am Tisch Schweigen entstanden war und alle sie ansahen.

»Sie haben grad etwas Hübsches gedacht«, sagte der Herzog. Helga nickte. »Ich habe an meine Schwester gedacht.«

»Das ist aber lieb, wenn Sie dabei ein so glückliches Gesicht machen. Ich hab leider keine Schwester und keinen Bruder.«

Und nun schaute der Herzog ein wenig melancholisch drein. Sie waren beim Dessert angelangt, und Simon sagte: »Bleiben wir bei der Familie. Großpapa Ferdinand ging also mit den beiden Buben und dem Komtesserl Elisabeth nach England. Gab es denn keine Großmama?«

»Leider nein. Die war schon tot. Sie hatte sich bei einem Sturz vom Pferd das Genick gebrochen. I'm sorry«, fügte er auf Englisch ein und sah alle der Reihe nach traurig an. »Sie muss eine ziemlich wilde Reiterin gewesen sein. Das ist auch der Grund, dass keiner in unserer Familie reiten lernen wollte. Was nun wieder mein Onkel William ganz unmöglich findet. Er hat sich übrigens mit der Verwandtschaft aus Österreich nie so richtig anfreunden können.«

»Hm, kann ich mir vorstellen«, meinte Simon. »Miriam fand immer, er sei ein ... na, sagen wir ein sehr unzugänglicher Herr.«

»Genau, genau, das trifft es gut.«

»Aber Ihre Bestellung für unsere Festspiele, Hoheit ... ich meine, Herr von Waldenburg, kam aus England.«

»Ja, gewiss. Bisserl muss man die Verwandtschaft pflegen. Ich bin jedes Jahr von Mitte Mai bis Ende Juni in England. Im Frühling kann es da ganz hübsch sein. Onkel William ist ja nun schon ein alter Herr, und es freut ihn halt doch, wenn ich komme. Ich hab viele Cousins und Cousinen in England, ist ja auch mal ganz nett, die zu sehen. Dieses Jahr sprach Onkel William von Papa, und die Mama, die auch für zwei Wochen da war, sagte, schad, dass keiner von euch die Miriam kennt. Aber ich kenn sie, sagte Onkel William, und ich sagte, warum soll ich mir nicht mal das Schloss unserer Väter ansehen.«

»Es steht zu Ihrer Verfügung«, sagte Simon.

Cornelius musste lachen. »Unser Oberbürgermeister wäre entzückt, wenn Sie da einziehen würden.«

»Wozu denn? Außer dem Castle in England haben wir selber ein Schloss. In der Steiermark. Eine ziemlich alte Pawlatschen. Die Heizung funktioniert nicht. Aber im Sommer ist es dort ganz nett, doch.«

Herzog Ferdinand war mit den drei Kindern nach England gekommen, bald nach dem Anschluss, so erfuhren sie weiter, es war nicht als Emigration gedacht, mehr als eine ausgedehnte Reise, doch dann begann wirklich der Krieg, und sie blieben da. Rudolf studierte, Maximilian ging zur Schule, und das Komtesserl tanzte anfangs auf Londoner Bällen, und da lernte sie Ernst von Waldenburg kennen. »Wollen Sie ein Bild von der Mama sehen?«, fragte Herzog Ferdinand, zog seine Brieftasche und reichte die Bilder über den Tisch. »Reizend«, sagte Magda, als sie das zierliche dunkelhaarige Mädchen auf den Bildern betrachtete, und auch die Bilder aus jüngerer Zeit mit einer älter gewordenen Elisabeth zeigten ein hübsches, lebendiges Gesicht.

»In der Tat«, sagte Simon leise, »eine gewisse Ähnlichkeit im Typ ist gegeben.«

Er sah Cornelius über den Tisch hinweg an, und Cornelius nickte. Sie konnten sich beide vorstellen, wie viel Freude Miriam an dieser Begegnung gehabt hätte.

Auch Helga besah sich die Bilder. Sie wusste wenig von der Geschichte des Herzogshauses, aber sie kannte das Schloss und den Park, und es war seltsam, sich vorzustellen, dass diese Familie einst zu dieser Stadt und zu diesem Land gehört hatte.

Als sie aufblickte, sah der Herzog sie an.

»Ein ganz anderer Typ als Sie, gnädige Frau. Das waren dunkelhaarige Mädchen mit dunklen Augen, ein wenig slawisches Blut in den Adern. Sie dagegen sind das, was man einen germanischen Typ nennt.«

Helga errötete, weil alle sie ansahen.

»Der germanische Typ ist wohl hierzulande sehr in Misskredit geraten«, sagte sie. »Ich stamme aus Ostholstein, und da gibt es auch sehr viele dunkelhaarige Menschen mit slawischem Blut. Auch bei uns sind im Laufe der Jahrhunderte alle Typen und Rassen durchgezogen. Wie überall in Deutschland. Und in Österreich auch.«

»Ganz genau, gnädige Frau. Ist ja auch gut so. Nichts ist langweiliger als eine reine Rasse, wie sie Herrn Hitler vorschwebte. Nur der Austausch, die Vermischung von Rassen bringt den lebendigen und intelligenten Menschen hervor. Das ist heute so, das war früher so.«

»Sie haben sich viel mit Geschichte beschäftigt, Herr von Waldenburg?«, fragte Cornelius.

»Ich hab sie sogar studiert. Und promoviert in dem Fach. Wenn ich nicht so faul wär, tät ich mich habilitieren in dem Fach. Das hätt die Mama gern.«

»Was nicht ist, kann ja noch werden«, sagte Simon, und der Herzog fügte hinzu: »Werden wir leben, werden wir sehen. So sagte doch Miriam immer, nicht wahr?«

Simon nickte, und Cornelius sah ihm an, wie sehr ihn dieses Gespräch, diese im Grunde heitere und unbeschwerte Unterhaltung, ergriff.

»Ein bisserl zu alt bin ich inzwischen auch schon«, sagte der Herzog mit einer gewissen Betrübnis. »Ich arbeite in Wien in einem Museum. Nix Besonderes, ein kleines Museum. Kunstgeschichte hab ich ja auch studiert. Davon werd ich nicht reich, aber es macht mir Spaß.«

»Sie kehrten also zurück nach Österreich?«, wollte Simon wissen.

»Ziemlich bald. Die Mama hatte Heimweh. Ihr Mann war tot, und mit dem englischen Leben kam sie nicht so gut zurecht. Die Wohnung in Wien war ganz geblieben, nur saßen da Russen drin, das dauerte noch eine Weile, bis wir sie wieder bekamen. Und unsere alte Burg in der Steiermark, na, die war den Engländern zu unbequem. Da hausten wir zuerst, ich war fünf Jahre alt, als wir da hinkamen, und so bin ich halt als ein Österreicher aufgewachsen.« Und dann, mit einem Lächeln zu Helga: »Werden Sie mich einmal in Wien besuchen, gnädige Frau?«

Helga errötete wieder, ein ganz ungewohnter Anblick bei ihr.

»Oh, ich weiß nicht, Hoheit.« Und kindlich fügte sie hinzu: »Ich war noch nie in Wien.«

»Aber gehn S', das kann's net geben. In Salzburg auch nicht? Nicht bei unseren Festspielen?«

Magda lächelte amüsiert, sah das irritierte Gesicht von Cornelius, das Schmunzeln von Simon. Kein Zweifel, der Herzog flirtete mit Helga.

Und dabei blieb es. Da für alle Vorstellungen zwei Karten für den Herzog reserviert waren, wurde Helga seine Begleiterin für die Vorstellungen im Schlosstheater, sie besichtigte mit ihm das Schloss und das Museum, sie gingen im Schlosspark spazieren, und nur wenn Helga sagte: »Ich kann heute wirklich nicht, ich habe zu arbeiten«, begleitete ihn Magda und manchmal auch Simon.

»Wie wäre denn das?«, fragte Magda. »Du könntest Herzogin werden.«

»Rede nicht so einen Unsinn«, fuhr Helga sie unvermutet heftig an. »Und wie du gehört hast, ist so etwas gar nicht mehr zeitgemäß.«

»Du brauchst dich ja nicht mit Hoheit anreden zu lassen. Direkt eine gute Partie ist er ja wohl nicht. Aber er ist doch sehr liebenswert.«

Ein Flirt, und nicht mehr. Sie saßen nebeneinander im Theater, und natürlich fanden sich der Oberbürgermeister und die Honoratioren der Stadt ein, auch die Presse war nicht zu vermeiden, die Geschichte des Herzogshauses wurde ausführlich beschrieben, und wo immer der arme Ferdinand nun hinkam, wurde er besichtigt, wurde angesprochen, und einladen wollte ihn auch jeder.

Eines Abends sagte er zu Helga: »Langsam wird es mir fad. Muss ich mit all diesen Leuten eigentlich reden?«

Er wohnte inzwischen im Miriam, und ob an der Bar oder im Restaurant oder im Theater, er wurde ständig beobachtet, zuletzt wollte er nur noch in seiner Suite speisen.

»Wollen Sie mir nicht Gesellschaft leisten?«, fragte er, und Helga zögerte, konnte es ihm aber nicht abschlagen. Übrigens machte er nicht den geringsten Versuch, ihr näherzukommen, er küsste ihre Hand, machte ihr ein Kompliment über ihr Kleid, und sie kaufte sich während der Festspiele noch zwei neue Abendkleider, denn er war immer sehr elegant, im Smoking oder im weißen Dinnerjacket.

»Sie werden mich in Wien besuchen?«, fragte er.

»Ich würde Wien gern einmal kennenlernen«, sagte Helga vorsichtig.

»Meine Mama würde sich sehr freuen, wenn Sie kämen. Und ich kann Ihnen Wien wirklich zeigen, in allen Winkeln und Ecken.«

Sie war nicht die einzige Frau, die er einlud. Er fand großen Gefallen an Janine Borgward, die wirklich eine rasante ›Widerspenstige‹ hinlegte, der Herzog sah sich die Vorstellung zweimal an und wünschte die junge Künstlerin kennenzulernen.

Sein Besuch hinter der Bühne war ein großer Erfolg, denn es stellte sich heraus, dass er viel vom Theater verstand, was ja bei einem richtigen Wiener nicht weiter verwunderlich war.

»Ich zeig mich gern mal in Wien mit einer hübschen jungen Frau«, erzählte er Helga eines Abends. »Ich lebe ziemlich einsam, ich hab nur ein paar Freunde. Aber ich hab die Mama. Sie ist das Beste in meinem Leben.«

Da sie oft mit dem Herzog gesehen wurde, gab es Gerüchte.

An einem Abend traf sie nach der Vorstellung Dr. Frank im Miriam. Sie trug ein Abendkleid aus türkisfarbener Seide, ziemlich gewagt dekolletiert.

»Man sagt, du willst Herzogin werden«, äußerte Frank.

»Wer ist, man?«, sagte Helga kühl. »Und wer kann schon wissen, was ich will.«

»Ich habe dich verloren«, sagte Frank, es klang ein wenig pathetisch.

»Was heißt verlieren? Verlieren kann man nur etwas, das einem gehört hat.«

Stephan Momsen, den sie einmal traf, sagte: »Sie waren in diesem Jahr nicht ein einziges Mal mit mir im Theater.«

»Im vergangenen Jahr war es Zufall, dass wir nebeneinandersaßen.«

»Ich habe gehofft, wir würden es in diesem Jahr nicht dem Zufall überlassen.«

»Sie haben mich nicht eingeladen, Herr Momsen.«

»Stimmt. Nachdem ich gesehen habe, was für tolle Begleitung Sie haben, blieb mir nichts anderes übrig, als mich bescheiden im Hintergrund zu halten, schöne Müllerin.«

Wenn sie sich bei Cornelius entschuldigte, dass sie so oft abends nicht im Hotel war, sagte er: »Aber geh nur. Ich freue mich, wenn du dich gut amüsierst.«

Eifersüchtig war er doch, sie umarmte ihn und küsste ihn auf die Wange.

»Da ist gar nichts dahinter. Er ist nett und lieb, aber das ist er zu Magda auch und zu Janine auch. Er benimmt sich nicht wie ein verliebter Mann.«

»Und du bedauerst das?«

»Bestimmt nicht. Es gibt nichts auf der Welt, was mir wichtiger wäre als du und die Hotels. Und ich freu mich schrecklich, wenn ich zu Torsten fahren kann.«

Am Abend vor seiner Abreise, sie saßen alle noch einmal zusammen im Restaurant des Parkhotels, sagte der Herzog: »Alles in allem war es recht interessant, dies hier zu sehen, vor allem das Schloss, der herrliche Park und das Theater. Wie ich nun weiß, Herr Peters, war alles, was hier entstanden ist, Ihrer Initiative zu verdanken.«

»Sagen wir, am Anfang war es so. Nachdem ich die Dinge in Gang gebracht hatte, entwickelte sich dann alles sehr zufriedenstellend, und die Stadt ist sich klar darüber, was sie an diesem alten Besitz hat. Sie wollen wirklich keine Bilder nach Wien übersandt haben?«

Der Herzog hatte sich zuvor die Gemälde seiner Vorfahren angesehen, die im Schloss hingen.

»Nein, ich denk, nicht. Hier waren sie immer, hier gehören sie hin, hier sollen sie bleiben. In unserer Wohnung in Wien hätten sie eh keinen Platz, und in der Steiermark würde sie keiner sehen. Hier schauen sich die Leut die Bilder an, es ist überall ein Schilderl dran, wen es darstellt, und ein Bild vom Papa ist eh nicht dabei. Ich werd der Mama alles erzählen, aber ich glaub nicht, dass sie herkommen wird.«

Sie wussten, dass der Herzog in Wien mit seiner Mutter zusammenlebte, Elisabeth von Waldenburg hatte nicht wieder geheiratet, obwohl sie so jung Witwe geworden war, und der Herzog war nicht verheiratet und schien auch nicht die Absicht zu haben, eine Familie zu gründen. Sein Flirt mit Helga war ein Flirt geblieben, sonst nichts, kein Kuss, nicht der geringste Versuch, mehr daraus zu machen. Einerseits war Helga erleichtert, andererseits auch ein wenig enttäuscht, eine ganz weibliche Reaktion. Doch an diesem Abend wiederholte der Herzog vor aller Ohren seine Einladung.

»Wir würden uns sehr freuen, wenn Sie uns einmal in

Wien besuchen könnten, Helga. Sie müssen Wien kennenlernen. Sie werden von der Mama eine offizielle Einladung erhalten.«

Er lud die anderen nicht ein, nur sie, und eine gewisse Bedeutung konnte man dem dann doch beimessen. Mit einem Lächeln fügte er hinzu: »Ich denk, wir fahren mal in die Steiermark zusammen. Vielleicht könnt man in dem alten Schloss auch ein Hotel einrichten. Bloß finanzieren könnt ich's nicht. Da müssten wir die Herren erst einmal um ein Urteil bitten.«

Er sah Simon und Cornelius an, und Simon sagte: »Ich bin zu alt, ich baue keine neuen Hotels mehr.«

Und Cornelius sagte: »Und Helga kann kein Schlosshotel in der Steiermark leiten, ich brauche sie hier.«

Der Herzog lächelte. »No, war auch nur so eine Idee. Und es würd ja auch Millionen und Millionen kosten, D-Mark natürlich, die alte Burg bewohnbar zu machen.«

Dann reiste er ab, die Festspiele dauerten noch zwei Wochen, neue Gäste kamen, die Hotels waren voll besetzt. An einem Abend traf Helga in der Halle des Miriam Stephan Momsen, der allein vor einem Whisky saß.

»Sie sind nicht einmal mit mir im Theater gewesen«, wiederholte er seinen Vorwurf.

Sie setzte sich neben ihn. »Ich habe das ganze Programm gesehen, von Theater habe ich für eine Weile genug. Nächste Woche fahre ich zu meinen Eltern. Ehe die Ferien vorbei sind, möchte ich nämlich noch ein paar Tage mit Torsten verbringen. Wo ist Ihre Frau?«

»Fort«, sagte er lakonisch. »Werden Sie nun Herzogin, schöne Müllerin?«

»Gewiss nicht.«

»Ich dachte, Sie hätten sich in den Herzog verliebt.«

»Ich verliebe mich nicht«, erwiderte sie abweisend.

»Na schön, sagen wir, der Herzog hat sich in Sie verliebt.«

»Wenn Sie weiter so einen Unsinn reden, gehe ich.«

»Nein, bitte«, er griff nach ihrer Hand. »Bleiben Sie ein wenig bei mir sitzen. Man wird mich beneiden.«

Es war gegen neun Uhr, die Halle war ziemlich leer, denn die Vorstellung war noch nicht zu Ende.

»Wer?«, fragte sie. »Es ist ja kaum jemand da zurzeit. Warum sind Sie nicht im Theater?«

»Ich bin in der Pause gegangen. Ich fühlte mich einsam.«

»Unter den vielen Menschen?«

»Eben drum.« Und nach einer kleinen Pause: »Sie sind zu beneiden, Helga.«

»Warum denn das?«

»Weil jeder Sie liebt.«

»Jeder?«

»Jeder, der Sie kennt. Der mit Ihnen zu tun hat. Das beobachte ich doch ständig. Woran liegt das, Helga?«

»Sie übertreiben, Herr Momsen. Es gibt gar nicht so viele Menschen, die mich kennen.«

»Es müssen nicht unbedingt viele sein, es müssen die sein, auf die es ankommt. Übrigens sind Sie auch bei den Angestellten der Hotels sehr beliebt.«

»Sicher auch nicht bei jedem. Ich kann sehr streng sein.«

Stephan lächelte. »Meine schöne Müllerin, Ihre Strenge ist voll Lieblichkeit.«

Helga blickte auf das Glas. »Der wievielte war das denn?«

»Der erste, strenge Müllerin. Die Pause ist gerade erst vorbei. Kann ich nicht mitkommen?«

»Wohin?«, fragte sie erstaunt.

»Nach Holstein. Ich möchte mit Ihnen und Torsten in der Ostsee schwimmen. Und Ihre Eltern kennenlernen. Und Sie sollen eine ganz bezaubernde Schwester haben, hat Herr Peters erzählt.«

»Meine Schwester bekommt in sechs Wochen ein Kind, ich weiß nicht, ob sie so gern Besuch hat zurzeit.«

»Na, und wie ist es mit uns beiden und Torsten in der Ostsee?«

Helga legte den Kopf in den Nacken und blickte an die gewölbte Decke der Halle.

»Ich freue mich auf die Ostsee. Und auf Torsten. Und auf meine Eltern. Ja, ich brauche wirklich ein wenig Erholung.«

»Und dazu können Sie mich nicht brauchen?«

»Es hindert Sie keiner daran, an die Ostsee zu fahren, in ein hübsches Hotel, und dort Ferien zu machen.«

»Sie sind herzlos, schöne Müllerin.«

»Sehen Sie, da haben wir es. Und Sie wollen behaupten, jeder liebt mich? Bei Ihnen hört es schon auf.« Sie stand auf. »Und jetzt muss ich in die Küche.«

»Warum denn das? Wollen Sie dem Küchenchef in die Töpfe schauen?«

»Ich werde mich hüten. Der liebt mich keineswegs.«

»Wenn ich schon nicht mit an die Ostsee fahren darf, essen Sie dann wenigstens heute Abend mit mir?« Und als sie mit der Antwort zögerte: »Der Küchenchef soll zeigen, was er kann. Wie ich gehört habe, war der Herzog immer sehr zufrieden mit dem Dinner hier im Haus. Ich möchte nun prüfen, ob ich es auch sein kann. Ich habe seit Jahren nicht mehr hier gegessen. Und wenn Sie nicht mit mir essen, esse ich heute überhaupt nicht.« Er zeigte mit dem Finger auf den Tisch vor sich. »Aber ich lasse mir dieses Glas mindestens noch fünfmal füllen.«

»Das ist Erpressung.«

»Soll es auch sein.«

Sie unterhielten sich gut, während sie speisten, und an dem Essen fand Helga nichts auszusetzen. Ziemlich spät am Abend fuhr Stephan Momsen sie nach Hause. Alle Fenster waren dunkel, Pauline schien schon ins Bett gegangen zu sein. Sie fühlte sich wohl ein wenig einsam ohne Torsten und Gina.

Und wenn ich jetzt noch wegfahre, dachte Helga, wird sie noch einsamer sein. Aber wenn die Schule anfängt, sind wir alle wieder da.

»Torsten kommt jetzt ins Gymnasium«, sagte sie unvermutet.

»Armer Junge! Jetzt wird die Zwangsjacke immer enger.«

»Aber Stephan! So darf man es doch nicht sehen.«

»Schule ist der totale unausweichliche Zwang im Leben eines Menschen. Allem anderen kann er ausweichen, wenn er will. In die Schule muss er gehen.«

»Lassen Sie das bloß Torsten nicht hören.«

»Da kommt er schon von selber drauf.«

Es hatte leise angefangen zu regnen, Mirco war vor dem Haus nicht zu sehen.

»Schade«, sagte Helga, »jetzt verregnet es uns den letzten Teil der Festspiele.«

»Das Theater hat ja ein Dach. Viel trauriger wäre es, wenn es Ihre Ferien verregnete.«

»Mir macht das nichts. Ich habe den Regen gern.«

Cornelius war auch nicht im Haus an diesem Abend, es gab ein Klubessen im Parkhotel.

Im oberen Stockwerk ging ein Licht an, dann noch eins. »Da!« sagte Helga. »Sie kann nicht schlafen.«

»Wer?«

»Die Oma. Sie ist allein im Haus. Ich muss mich um sie kümmern.«

Sie öffnete die Wagentür und stieg aus, ehe Stephan ihr helfen konnte.

»Danke«, sagte er, als sie vor der Haustür standen. »Wofür danken Sie mir?«

»Dass Sie mir diesen Abend geschenkt haben, schöne Müllerin. Darf ich?«

»Darf ich? Was?«

»Sie küssen.«

»Aber …«

»Sie sind in den Herzog nicht verliebt, haben Sie gesagt, richtig? In mich natürlich auch nicht. Aber ich in Sie. Darf ich also?«

»Stephan …«

Er nahm sie sehr sanft, sehr vorsichtig in die Arme, auch sein Kuss war behutsam, er hielt sie eine Weile fest, ohne sie an sich zu drücken. Dann legte er den Mund an ihre Schläfe.

»Jeder liebt Sie, der Sie kennt. Habe ich gesagt. Wie sollte ich da eine Ausnahme sein.«

Helga löste sich langsam von ihm.

»Ich muss jetzt gehen.« Sie drückte die Klinke herab, die Tür war wieder nicht zugeschlossen, Mirco kam schwanzwedelnd heraus, und auf der Treppe hörte man Pauline herabkommen.

»Bist du es, Helga?«

»Ja. Ich komme schon. Mirco, willst du noch …«

Mirco wollte nicht. Sein Abendgeschäft hatte er erledigt, und Regen mochte er nicht besonders.

»Also dann, gute Nacht, Stephan.«

Er nahm ihre Hand und sang leise: »Ich frage keine Blume, ich frage keinen Stern, sie können mir alle nicht sagen, was ich erführ so gern.«

»Wer war denn das?«, fragte Pauline, nachdem Helga die Tür abgeschlossen hatte.

»Ein Bekannter. Er hat mich nach Hause gebracht.«

»Dieser Herzog?«

»Nein. Der ist schon vor drei Tagen abgereist. Das habe ich dir doch erzählt.«

»Die Frau Klages hat gesagt, du wirst ihn heiraten.«

Frau Klages war die Putzfrau.

»Ich werde ihn nicht heiraten, ich werde überhaupt keinen heiraten, ich bleibe bei euch.«

Pauline nickte zufrieden und sagte erbarmungslos: »Du hast ja auch keine guten Erfahrungen gemacht mit der Ehe.«

»Eben«, sagte Helga.

Aber sie spürte noch den sanften zärtlichen Kuss auf ihren Lippen, die Hände, die sie hielten, auch sanft und zärtlich. Es war seltsam, es hatte ihr gutgetan.

Am nächsten Tag kamen Rosen, und eine Langspielplatte mit dem Liederzyklus ›Die schöne Müllerin‹ von Franz Schubert.

Vier Tage später fuhr Helga nach Holstein.

Holstein

In ihrem Heimatstädtchen ging die Tochter des Pastors nun ungeniert, erhobenen Kopfes durch die Straßen, sie grüßte, wenn sie Bekannte traf, sie blieb stehen, wenn eine ehemalige Schulfreundin ihr zuwinkte, und wenn Besucher ins Pfarrhaus kamen, beteiligte sie sich am Gespräch. Was immer die Leute über sie redeten, keiner hatte sie jemals auf die Ereignisse in Amerika angesprochen. Nicht zuletzt lag es wohl auch daran, dass Pastor Rohde außerordentlich beliebt war, bei Alt und Jung, und diejenigen, die ihn näher kannten, wussten gut genug, dass er und seine Frau unter dem Unglück ihrer Tochter sehr gelitten hatten. Auch das, was Helga immer befürchtet hatte, war nicht eingetreten, keiner hatte zu Torsten eine Bemerkung gemacht über seinen Vater oder dessen unglückseligen Tod.

Das war Helgas erste Frage gewesen, als sie nach der langen Fahrt abends im Pfarrhaus eingetroffen war.

»Hat jemand zu Torsten etwas gesagt?«

»Nein«, antwortete ihre Mutter. »Torsten hat sich ganz unbefangen hier bewegt. Er hat ein paar alte Freunde wiedergetroffen, sie haben zusammen die Gegend durchstreift, was eure kleine Gina immer sehr beunruhigt hat. Hier bei uns passiert ihm nichts, habe ich ihr gesagt, hier sind die Leute noch nicht so verdorben wie in der Großstadt. Daraufhin musste ich ihr erst mal erklären, was der Ausdruck verdorben bedeutet.«

»Und das ist dir gelungen, Mutti?«

»Ich denke schon. Sie war sogar am Sonntag mit in der Kirche. Da war sie etwas scheu, denn sie ist ja katholisch, aber sie meinte, es sei sehr schön gewesen. Vater sprach über Matthäus acht, die Sache mit dem Meer.«

Pastor Rohde seufzte und blickte zur Zimmerdecke.

Helga lachte und sagte: »Und siehe, da erhob sich ein großes Ungestüm im Meer, also dass auch das Schifflein mit den Wellen bedeckt ward.«

Ihr Vater lächelte und nickte.

Und Helga fuhr fort: »Wer an mich glaubt, kann nicht untergehn. Vater, das hast du bei meiner Konfirmation gesagt.«

Sie schwiegen alle drei eine Weile, dann sagte Helga: »Es hat eine Zeit in meinem Leben gegeben, da habe ich nicht mehr daran geglaubt. Aber es ist doch wahr, Vater. Heute weiß ich es.«

Ihr Vater stellte die Frage, ob sie da, wo sie jetzt lebte, manchmal in die Kirche ginge, nicht. Helga hätte diese Frage mit Nein beantworten müssen, das ahnte er. Aber möglicherweise genügte das, was er ihr mitgegeben hatte, für ein ganzes Leben.

Helga kam von selbst darauf zu sprechen.

»Ich werde mich jetzt mehr um unsere Kirche kümmern. Torsten muss ja schließlich konfirmiert werden. Am liebsten wäre es mir, es könnte bei dir sein.«

»Die Konfirmation ist es ja nicht allein«, sagte ihr Vater, »er muss in den Unterricht gehen, die Kirche muss ihm vertraut werden. Aber wenn ich noch leben sollte, will ich gern dabei sein.«

»Wenn du noch leben solltest!«, rief Helga ungestüm, sprang auf und umarmte ihn. »Alles kannst du mir antun, aber sterben darfst du nicht. Und Mutti auch nicht.«

»Es wird sich nicht vermeiden lassen, mein Kind. Aber es eilt nicht.«

»Du bist noch jung, du kannst noch lange leben.«

Ihr Vater war ein Jahr älter als Cornelius, fiel ihr ein. Auch er durfte sie nie, nie verlassen.

Dann erzählte sie von Cornelius, von den Hotels, von ihrer Arbeit, und sie tat es mit so viel Begeisterung und so großer Ausführlichkeit, dass der Rest des Abends darüber verging.

Der Pastor und seine Frau tauschten gelegentlich einen Blick, Johanna lächelte dann, und sie dachte zurück an die Zeit vor sieben Jahren, hier in diesem Zimmer war es gewesen, auch mitten im Sommer, als dieses Mädchen unglücklich und zerstört vor ihnen gesessen hatte. Johanna, obwohl eine Pfarrersfrau, war nicht übermäßig fromm, aber sie dachte jetzt: Man muss Gott danken.

Und realistisch, wie sie war, fügte sie hinzu: Und diesem Mann, der ihr das neue Leben ermöglicht hat.

Mitten in Helgas Erzählung hinein fragte sie: »Du hast Cornelius sehr gern?«

»Ich liebe ihn über alles«, rief Helga empathisch. Und dann: »Und natürlich euch.«

»Und Torsten.«

»Ja, Torsten auch. Ich mag sie alle dort. Simon und Magda und auch die Oma. Ich weiß nicht, womit ich das verdient habe. Ich meine, mit Menschen zu leben, die so gut zu mir sind. Ihr müsst uns unbedingt wieder einmal besuchen. Ein einziges Mal wart ihr da in all den Jahren, das ist zu wenig. Ihr müsst im Miriam wohnen. Es ist mein Haus, meine Arbeit, und ich …« die Worte fehlten ihr, sie schlang die Hände ineinander, merkte selbst, dass sie übertrieb, denn sie war nahe daran gewesen, zu sagen: Ich liebe dieses Hotel.

»Nächstes Jahr zu den Festspielen, ja? Antje hat gesagt, Vater hat jetzt einen guten Vikar, da könnt ihr doch mal einen langen Urlaub machen.«

»Können wir«, sagte Johanna befriedigt. »Nächstes Jahr zu deinen Festspielen. Abgemacht.«

Und bis dahin, dachte Helga, habe ich einen neuen Küchenchef. Dann musste sie selbst lachen, über die Hartnäckigkeit, mit der sie die Küche des Miriam bedachte, denn die

Küche im Miriam würde ihre Eltern am wenigsten beschäftigen, man hatte im Pfarrhaus zwar immer gut, doch bescheiden gegessen, aber die Raffinesse, mit der die Menüs zurzeit in den Restaurants zusammengestellt wurden, war für Pastor Rohde und seine Frau absolut kein Thema.

»Wie wäre es denn Weihnachten?« fiel ihr ein. »Ihr könntet Weihnachten bei uns verbringen. Das würde Torsten freuen.«

»Herrn Bertram in allen Ehren«, sagte ihr Vater gut gelaunt, »aber ich würde meine Gemeinde sehr enttäuschen, wenn ich Weihnachten nicht da wäre.«

Herr Bertram war der junge Vikar, wie Helga wusste. »Weihnachten hat Torsten Ferien«, sagte Johanna. »Da könntet ihr genauso gut hier sein.«

»Na ja, schon. Aber wir haben Weihnachten immer viel zu tun. Beide Hotels sind an allen Feiertagen ausgebucht. Viele Leute wollen nicht mehr kochen und essen lieber im Restaurant. Und Hausgäste haben wir auch. Speziell im Miriam. Die Leute kommen über Weihnachten und Silvester, wir bieten ein volles Programm zu einem Sonderpreis, das kommt gut an.«

Johanna schüttelte den Kopf. »Früher sind die Menschen an Weihnachten zu Hause geblieben.«

»Heute fahren sie gern fort. Vor allem ins Gebirge. Oder auf die Kanarischen Inseln oder nach Mallorca oder noch weiter weg, das hat sich so entwickelt.«

»Eine verrückte Welt«, konstatierte Johanna.

»Wir hatten übrigens dieses Jahr zu den Festspielen einen sehr interessanten Gast«, erzählte Helga, und nun folgte die Geschichte vom Herzog.

»Und du wirst wirklich nach Wien fahren?«, fragte ihre Mutter animiert.

»Ich weiß nicht«, sagte Helga. »Nicht seinetwegen, aber überhaupt. Ich war noch nie in Wien. Müsste man doch auch mal sehen, nicht?«

Helga blieb vier Tage lang bei ihren Eltern, saß am Sonntag in der Kirche, und dann fuhren sie alle zusammen in Helgas Mercedes aufs Gut.

»Seht mich bloß nicht an«, sagte Antje, »ich bin ein Elefant.«

»Wir wissen auch schon, warum«, grinste Detlev, »diesmal werden es Zwillinge.«

»Um Gottes willen«, rief Johanna Rohde. »Zwillinge? Woher wollt ihr das denn wissen?«

»Die moderne Wissenschaft macht's möglich. Und ich liebe nichts so sehr wie Elefanten.« Vorsichtig legte er die Arme um Antje, der man die Ungeduld anmerkte, mit der sie ihrer Niederkunft entgegensah. Birgit war auch für einige Tage da, doch sie verschwand sehr schnell wieder, Birgit war eine große Reisende, und in ihren Ferien besuchte sie ständig wechselnde Orte dieser Erde. Dieses Jahr wollte sie mit einer Kollegin nach Indien reisen.

»Um Gottes willen, Kind«, sagte Johanna, »so weit weg. Und jetzt im Sommer. Das muss doch dort furchtbar heiß sein.«

»Es ist nur ein Katzensprung mit dem Flugzeug«, sagte Birgit gelassen. »Und die Hitze macht mir nichts aus.«

Was man ihr ohne Weiteres glaubte, kühl, blond, gelassen, konnte ihr die indische Hitze möglicherweise wirklich nichts anhaben.

»Nächstes Jahr in den großen Ferien«, fuhr sie fort, »werden wir nach Australien fliegen, das haben wir uns vorgenommen. Da ist ja dann Winter.«

»Wieso?«, fragte Johanna.

Der Pastor sagte: »Aber Hanna!«

»Ach ja, natürlich, ich weiß, das ist die andere Seite.«

»Was für 'ne andere Seite?«, fragte Torsten, der ausnahmsweise bei diesem Gespräch mal zugegen war. Was Detlev veranlasste, ihn mit zu seinem Globus zu nehmen, der in der weiten Eingangsdiele des Gutshauses stand.

Es waren lebhafte Tage auf Gut Birkenfeld, denn da waren auch noch Detlevs Eltern, seine Schwester mit ihrem Mann und den Kindern, die beiden Volontäre, die Sekretärin, die übrigen Angestellten des Guts, die Lehrlinge, nicht zu rechnen die Gäste, die ständig kamen.

»Oh nein, oh Gott«, sagte Antje, »Mensch, Detlev, wen hast du denn wieder eingeladen? So wie ich aussehe!«

»Erstens habe ich sie nicht eingeladen, die kommen ganz von selbst. Und zweitens haben sie alle schon mal erlebt, wie eine schwangere Frau aussieht.«

»Ich hasse dich. Du wirst mich nie wieder anrühren.«

»Nie wieder. Ich schwöre es.«

»Ich werde«, überlegte Antje, »mir einen schicken Liebhaber nehmen, am besten einen Italiener, was meinst du, Gina? Und ich schlucke ständig die Pille. Dann könnt ihr mich mit der Laterne suchen.«

»Und Mopsi?«, fragte Detlev liebenswürdig.

Mopsi war Antjes Pferd.

»Mopsi nehme ich natürlich mit.«

»Nach Italien.«

»Na, warum denn nicht? Mensch, Detlev, denkst du, in Italien können sie nicht reiten?« Sie überlegte kurz, die Hände über dem hohen Leib gefaltet. »Oder einen Spanier? Da reiten sie viel. Und da haben sie schöne Pferde.«

»Ja, Andalusier. Und was machst du da mit dem armen Mopsi?« konterte Detlev.

»Mopsi ist mindestens so schön wie ein Andalusier. Ich weiß nur nicht, ob ihm das Klima gefallen wird.«

Antje betrachtete ihren Mann nachdenklich.

»Ich kann natürlich auch hier die Pille nehmen, nicht?«

»Ich werde sie dir jeden Tag auf einem Silbertablett reichen, wenn ich von meinem Schwur entbunden werde«, sagte Detlev feierlich.

»Gold, bitte.«

»Was, Gold?«

»Ein Tablett aus Gold.«

»Ich kenne nur ein Silbertablett im Haus. Mutsch, haben wir ein goldenes Tablett?«

»Haben wir nicht«, sagte Detlevs Mutter. »Aber es wird sich wohl beschaffen lassen.«

So spielte sich das ab auf Gut Birkenfeld, es war ständig Leben und Betrieb, Lachen und Fröhlichkeit, abgesehen davon, dass Detlev schwer arbeiten musste, kräftig unterstützt von Torsten.

»Junge, Torsten«, sagte Detlev am Abend, wenn sie schwitzend und müde nach Hause kamen, »ich weiß gar nicht, was ich ohne dich täte. Du bist der beste Mann auf diesem Gut.«

Selbstverständlich telefonierte Helga jeden Abend mit Cornelius.

»Wie geht es denn?«, fragte sie. »Läuft es?«

»Es läuft schlecht ohne dich, aber wir tun unser Bestes.«

»Willst du nicht herkommen?«

»Soviel ich höre, bist du bestens unterhalten. Übrigens ist ein Brief für dich gekommen, aus Wien.«

»Vom Herzog?«

»Nein, von der Herzogin.«

»Lies ihn mir vor!«

»Dazu müsste ich ihn erst aufmachen.«

»Dann tu es bitte.«

Ein freundlicher Brief von Herzogin Elisabeth, in dem Helga eingeladen wurde zu einem Besuch nach Wien.

Pläne

Die Reise nach Wien kam wieder ins Gespräch an einem Tag, Anfang September, als Helga, Cornelius und Simon Peters draußen auf dem Gelände des Miriam waren. Stephan Momsen begleitete sie, denn es ging gewissermaßen um eine Ortsbegehung, die sich mit der Frage beschäftigte, ob und wie man das Miriam erweitern könnte.

»Wir haben zu klein gebaut«, hatte Simon eines Tages festgestellt, das war kurz nach den Festspielen. Seitdem war das Thema hier und da erörtert worden, und Stephan Momsen hatte bereits Pläne für einen möglichen Erweiterungsbau angefertigt.

»Am besten wäre es«, erläuterte er nun, »man würde hier in Richtung Osten, schräg versetzt, zwei einstöckige Bauten hinstellen, die durch einen Gang mit dem Hauptgebäude verbunden werden. Es würde ein Stück von den Gartenanlagen kosten. Und ein Bau auf dieser Seite würde den Betrieb im Hotel am wenigsten stören, würde auch das Schwimmbad, den Frisiersalon, das Kosmetikstudio nicht behelligen. Auch das Restaurant wäre vom Baulärm kaum betroffen.«

»Das ist eine kühne Behauptung«, meinte Simon. »Baulärm ist immer störend, auch wenn er auf einem seitlich liegenden Gelände stattfindet.«

»Ich verbürge mich dafür«, sagte Stephan eifrig, »dass wir den Bau in Akkordzeit hinaufziehen. Wenn wir gleich anfangen, könnten die Gebäude bis zum Mai stehen, denn der Winter wird mild, und dann schaffen wir den Innenausbau bis zum Beginn der Festspiele.«

»Halt, halt«, bremste Simon seinen Überschwang. »Wieso wird der Winter mild?«

»Weil es für uns nützlich wäre.«

Simon, der die Baupläne in der Hand hielt, schob die Brille auf die Nasenspitze und blickte seinen Mitarbeiter darüber hinweg an.

»Haben Sie ein Abkommen mit Petrus getroffen, Stephan?«

»Ich zweifle nicht daran, dass er uns zur Seite stehen wird.«

»Aha. Und wieso verbürgen Sie sich dafür, dass wir in Akkordzeit, wie Sie das nennen, mit dem Bau fertig werden?«

»Weil es bei Ihnen immer so war, Herr Peters. Denken Sie nur an die Universität. Die ganze Stadt hat sich totgelacht über diesen Bauplan. Jede Art von Pleite hat man uns prophezeit. Und wie ist es geworden?«

Simon nickte. Großartig war es geworden. Die Universität war ein Komplex von mehreren Bauten, am westlichen Stadtrand, jedoch nicht zu weit vom Zentrum entfernt, sehr modern, sehr großzügig, seit zwei Jahren hatte man den Lehrbetrieb aufnehmen können. Es gab vorerst eine juristische, eine geisteswissenschaftliche und eine betriebswirtschaftliche Fakultät, die medizinische würde später folgen, denn man brauchte nicht nur den Bau, man brauchte auch Dozenten, und die neue Universität musste von den Studierenden angenommen werden. Bis jetzt hatte sich das ganz gut angelassen, eine Entwicklungszeit von zehn Jahren musste man wohl einplanen.

»Das kommt nicht zuletzt daher«, erklärte Stephan, »weil unser Büro, also Ihr Name, Wunder wirkt. Die Bauunternehmer reißen sich darum, für uns zu arbeiten. Sie wissen, auch die Jüngeren wissen es, was Sie für den Aufbau der Stadt geleistet haben. Alles, was wir gebaut haben, was Sie gebaut haben, ist weit über die Grenzen der Bundesrepublik hinaus bekannt geworden. Wir haben bereits eine erstaunliche Anzahl von ausländischen Studenten hier.

Das Herzogshaus in allen Ehren, aber was Sie für die Stadt geleistet haben, ist von viel größerer Bedeutung.«

»Na, na«, sagte Simon, schob die Brille wieder hinauf und vertiefte sich erneut in die Baupläne. »Da wird man wohl nach meinem Tod eine Straße nach mir benennen«, murmelte er.

Cornelius lachte. »In früherer Zeit hätte man ein Denkmal gebaut.«

»Das kann mir glücklicherweise nicht mehr passieren.«

»Kann man nie wissen«, meinte Stephan. »Die Menschen werden wieder sehr traditionssüchtig. Nur – wo nehmen wir das Pferd her?«

»Wozu braucht er ein Pferd? Er ist schließlich nicht der Herzog. Er bekommt ein Reißbrett in die Hand.«

»Ich bekomme gar nichts in die Hand, nur einen planenden Blick.«

So alberten sie herum im Park des Miriam, und natürlich dachten sie an das Denkmal des Herzogs, eines Wilhelm aus dem siebzehnten Jahrhundert, auf einem Ross selbstverständlich, das man im Schlosspark kürzlich wieder aufgestellt hatte. Herzog Ferdinand hatte seinen Vorfahr lange betrachtet und dann zu Helga gesagt: »Schöner Mensch. Aber am schönsten ist das Pferd. Wir werden auch zu den Lipizzanern gehen, wenn Sie mich in Wien besuchen.«

Helga erwähnte das jetzt, und so kam man auf das Thema der Reise nach Wien, von der Helga sichtlich angetan war.

»Aber allein fahre ich natürlich nicht. Sie hat euch alle eingeladen.«

»Mich nicht«, sagte Stephan.

Tatsächlich hatte die Herzogin Elisabeth in ihrem nicht nur höflichen, sondern auch herzlichen Brief Simon und Cornelius ebenfalls eingeladen. Man hätte so viel für ihren Sohn getan, und es wäre ihr eine Freude, die Herren in Wien begrüßen zu können. Im August sei sie zu den Festspielen in

Salzburg, aber dann erwarte sie den Besuch aus Deutschland mit großer Spannung. Allerdings, so stand in dem Brief, sie wohnten zwar im Ersten Bezirk, also sehr zentral gelegen, doch sie hätte nur ein Gastzimmer zur Verfügung.

»Ich müsste ihr eigentlich endlich mal antworten«, sagte Helga.

»Und was wirst du antworten?«, fragte Cornelius, sein Blick war amüsiert.

»Ich weiß nicht. Allein fahre ich nicht.«

»Warum nicht?«, fragte Simon. »Du bist doch sonst nicht so schüchtern. Hast du Angst, der gute Ferdinand könnte dich in Mamas Gästezimmer verführen?«

»Er wird mich bestimmt nicht verführen, weder hier noch da. So ist der nicht.«

Was Stephan zu einem albernen Gackern veranlasste und was ihm wiederum einen erbosten Blick von Helga eintrug.

»Schöne Müllerin«, sagte er, »es ist stadtbekannt, dass Sie einige Male in seiner Suite mit ihm gespeist haben, spät abends nach der Vorstellung. Jedermann ist der Meinung, er habe Sie bereits verführt.«

»Wer ist jedermann? Gehören Sie dazu, Herr Momsen?«

»Im Allgemeinen nicht und auch in diesem Fall nicht. Ein bisschen Menschenkenntnis habe ich mir im Laufe der Zeit angeeignet. Der Herzog wird Sie gewiss nicht verführen. Hier nicht und dort nicht.«

Helga blickte ihn unsicher an, Cornelius und Simon lachten. Helga war verwirrt. Was meinten sie? Wollten sie andeuten, der Herzog sei homosexuell? Daran hatte sie auch schon gedacht. Eine direkte Frage aber wollte sie nicht stellen. Sie blickte die drei Männer der Reihe nach an und sagte finster: »Richtig kindisch, wie ihr euch benehmt. Alle habt ihr euch mit dem Herzog einen Zacken abgebrochen, und jetzt redet ihr so über ihn.«

»Wie, so?«, fragte Simon. »Er hat uns gefallen, und er gefällt uns noch. Und du wirst ihn und seine Mama in Wien besuchen.«

»Und du wirst nicht im Gastzimmer wohnen, sondern im Sacher oder im Palais Schwarzenberg. Wenn schon Wien, dann die richtige Adresse.«

»Vielleicht komme ich wirklich mit, ohne in Erscheinung zu treten«, sagte Simon. »Ich kenne Wien sehr gut, ich könnte dir dort auch alles zeigen, was sehenswert ist. Allerdings habe ich keine Lust, eine Dame kennenzulernen, die angeblich meiner Miriam ähnlich sieht.«

»Und ich werde Sie fahren«, sagte Stephan.

»Bitte?«, fragte Simon mit hochgezogenen Augenbrauen.

»Chef, Sie müssen standesgemäß auftreten. Im größten Wagen, den wir in der Firma haben. Und Sie sollen nicht allein fahren bei diesem Verkehr. Sie brauchen einen Chauffeur, und der bin ich. Ich werde Sie und die schöne Müllerin im Sacher vorfahren und mir eine bescheidene Bleibe in einer Nebenstraße suchen.« Er lächelte verschmitzt. »Ich weiß sogar schon, wo. So ganz unbekannt ist mir Wien auch nicht. Ich habe da mal eine große – na, das ist übertrieben, eine mittelgroße Liebe erlebt. Kurz, aber nicht schlecht.«

»Und bei der Dame wollen Sie logieren?«

»Mitnichten. Die Dame ist verheiratet. Ich dachte nur an das süße kleine Hotel, in dem wir uns manchmal getroffen haben. Würde ich gern mal wiedersehen.«

»Das Hotel oder die Dame?«

»Nur das Hotel, Chef.«

»Apropos verheiratet – wenn ich mich richtig erinnere, sind Sie das auch.«

»Meine Frau ist ausgezogen.« Es klang keineswegs betrübt.

»Und Sie wissen, wohin?«

»Ich weiß es, denn auf mein Geld kann sie nicht verzichten. Sie ist in München.«

»Sie wissen auch, mit wem?«

»Ich weiß es nicht, und es interessiert mich auch nicht.« Helga blickte vor sich auf den grünen Rasen. Das Gespräch war ihr peinlich, die Leichtfertigkeit, mit der Stephan Momsen über seine Frau und das Fiasko seiner Ehe sprach, störte sie. Sie hatte auch den Kuss nicht vergessen an jenem Abend im Juli. Die lässige Art, wie Stephan sein Privatleben behandelte, missfiel ihr.

Stephan reagierte sensibel.

»Ich bitte um Entschuldigung«, sagte er und blickte sie an. »Die schöne Müllerin ist unzufrieden mit mir.«

»Wenn Sie nicht aufhören, mich die schöne Müllerin zu nennen, werde ich in Zukunft Theodor zu Ihnen sagen.«

»Gnädigste, diesen Witz kenne ich schon aus meiner Schulzeit. Wie ich immer sage, mir fehlt ein M. Wenn Sie einen Kosenamen für mich brauchen, nennen Sie mich Muttersöhnchen.«

Alle drei blickten ihn erstaunt an.

»Muttersöhnchen, wie das?«, fragte Simon.

»Aber Chef. Ein belesener Mann wie Sie. Und die schöne Müllerin, Pardon, die gnädige Frau müsste eigentlich genau wissen, woher mein Name kommt. Ich habe friesische Vorfahren. Und Momsen heißt einfach Mutters Sohn.«

»Wir sind keine Friesen«, sagte Helga, »wir sind Holsteiner.«

»Na ja, trotzdem, so weit auseinander liegt das ja wohl nicht.«

»Soviel ich weiß«, sagte Simon, »das haben Sie mir jedenfalls mal erzählt, lebt Ihre Mutter nicht mehr.«

»Weder Mutter noch Vater habe ich je gekannt«, sagte Stephan, und seine Stimme war nun ernst. »Mein Vater fiel im Krieg, und meine Mutter starb bei der Geburt meiner kleinen Schwester. Das war auch noch im Krieg. Ich war und bin ein armes Waisenkind.«

Helga sah ihn an. »Das wusste ich nicht«, sagte sie leise.

»Darüber spricht man auch im Allgemeinen nicht. Ich bin wirklich in einem Waisenhaus aufgewachsen. Klingt komisch, aber so etwas gab es damals.«

»Und … und Ihre Schwester?«, fragte Helga.

»Überlebte die Geburt auch nicht. Das war im zerbombten Hamburg. Genaues weiß ich auch nicht darüber. Meine erste wirkliche Heimat fand ich hier, bei Herrn Peters. Wollen wir jetzt von etwas anderem sprechen? Darf ich nun den Fahrer nach Wien machen?«

»Ich denke, Sie wollen den Hotelneubau hier machen?«, nahm Simon den Ton auf.

»Die Pläne liegen vor, und ich werde sie noch verbessern, und Herr Keller wird ja auch damit befasst sein. Und so lange wird die Reise nach Wien wohl auch nicht dauern. Ich fände es gut, wenn ich dabei bin, weil ich verhindern möchte, dass die schöne … ich meine, dass die gnädige Frau doch als Herzogin zurückkehrt.«

»Sie sind unmöglich, Stephan«, sagte Helga.

»Sie sagen es, gnädige Frau.«

Cornelius und Simon beobachteten den Blick, der zwischen den beiden ausgetauscht wurde. Cornelius war überrascht, Simon amüsiert.

»Zur Sache«, sagte Cornelius, in seiner Stimme lag eine gewisse Schärfe. »Wenn wir diesen Anbau und diesen Neubau machen wollen, worüber wir ja jetzt nur ganz locker gesprochen haben, glaube ich, dass sich das in diesem Tempo sowieso nicht durchführen lässt. Wir brauchen die Baugenehmigung, wir brauchen die Zustimmung des Stadtrats und des Oberbürgermeisters und was sonst noch alles dazugehört. So holterdiepolter geht das auf keinen Fall.«

Simon lächelte. Holterdiepolter war ein Wort, das Pauline Müller manchmal gebrauchte.

»Richtig«, sagte er. »Überlegen wir uns das in Ruhe.« Und

dass er schon überlegt hatte, kam sofort. »Und was ist mit dem Open-Air-Pool, Stephan?«

»Abermals richtig«, erwiderte Stephan. »Unsere Gäste vermissen im Sommer ein Schwimmbad im Freien. Und damit haben sie recht. Wer will immer in der überheizten Halle schwimmen, wenn draußen die Sonne scheint. Auch das ist kein Problem, Herr Peters. Den Außenpool legen wir raus, direkt anschließend an den Innenpool.«

»Das wäre der Platz direkt hinter den Garagen.«

»Platz genug, um eine schöne grüne Wiese anzulegen. Und Autos in Garagen stören nicht. Wir machen auch noch eine schöne große Hecke dazwischen, da fühlt sich kein Mensch belästigt. Der Pool nicht zu klein, denn wer schwimmen will, will schwimmen und nicht rumpaddeln. Eine Wiese rundherum, paar Büsche und ein paar Bäume, die sind ja schon da, die lassen wir natürlich stehen. Und der Pool wird nicht überheizt wie das Hallenbad, denn das wollen die Leute auch nicht, in einer warmen Brühe schwimmen. Übrigens habe ich einen ganz fabelhaften Masseur aufgetan, der gern bei uns anheuern würde.«

»Bei uns?«, fragte Cornelius kühl.

»Im Hotel Miriam«, sagte Stephan ebenso kühl. »Ein Supertyp. Ich habe ihn ausprobiert.«

Daraufhin gingen sie alle hinüber zum Fitness-Teil des Hotels: das Schwimmbad, die Sauna, die Räume mit den Sportgeräten, daran anschließend der Friseur und das Kosmetikstudio.

Cornelius und Simon, lebhaft sprechend, gingen voran, Helga und Stephan Momsen schweigend hinter ihnen. Im Gehen griff Stephan nach Helgas Hand.

»Schöne Müllerin, du weißt nicht, wie sehr ich dich liebe.«

»Klein oder mittelgroß?«, fragte Helga spöttisch.

»Sehr groß. Ich wage gar nicht, darüber nachzudenken, wie groß.«

Er blieb stehen, fasste ihre Hand fester.

Helga sah ihn kurz an und zog ihre Hand zurück.

»Bitte!«, sagte sie.

»Bitte, was? Bitte ja oder bitte nein?«

»Ich bitte, Stephan, lassen Sie das!«

»Gewiss nicht«, sagte er friedlich.

»Man sollte nicht so leichtfertig über Liebe reden.«

»Aber das tue ich nicht. Es ist mir verdammt ernst damit.«

»Sind Sie wirklich im Waisenhaus aufgewachsen?«

»Ja. Vielleicht bin ich deshalb besonders liebebedürftig.«

»Na also, da haben wir es ja.«

Er lachte diesmal nicht. »Das war wohl der Grund, dass ich zu jung und ohne viel Überlegung geheiratet habe. Sonja lernte ich übrigens in Rom kennen. Sie war auch noch sehr jung, und sie war die Geliebte eines angejahrten Malers, dem ich sie wegnahm, was mir gut gefiel.

»Und was machte Ihre spätere Frau in Rom?«, fragte Helga.

»Sie machte in Kunst. Sie malte auch oder versuchte es jedenfalls.«

»Und es war eine große Liebe, und dann haben Sie geheiratet.«

»So ungefähr.« Er blieb stehen und fasste wieder nach ihrer Hand. »Man kann sich täuschen, nicht wahr? Wie ich vorhin schon sagte, eine Heimat, ein Leben, das mir gefiel, fand ich erst in dieser Stadt, bei Herrn Peters. Sonja kam sehr ungern hierher. Sie könne nur in einer Metropole leben, sagte sie. Wörtlich, Metropole, so nannte sie das, wo sie leben wollte. Na, jetzt ist sie auf und davon.«

»Vielleicht kommt sie wieder.«

»Das wünsche ich mir nicht, Helga. Wir werden uns scheiden lassen.«

»Da Sie keine Kinder haben, ist es sicher kein Problem.«

»So ist es. Schau mich einmal an, geliebte Müllerin. Könntest du nicht …«

»Nein«, sagte Helga entschieden. »Ich bin nicht dein Partner für eine kleine, mittelgroße oder meinetwegen große Liebe. Ich gewiss nicht.«

»Und warum nicht?«

Diesmal zog Helga ihre Hand heftig zurück. »Weil ich nicht liebebedürftig bin, nicht in dem Sinne, wie du es meinst. Und nun lass uns gehen, man wartet auf uns.«

Simon und Cornelius standen auf dem Platz hinter den Garagen, den Stephan für das Schwimmbad vorgeschlagen hatte. Sie blickten zu ihnen hin, und Helga ärgerte sich, dass man sie Hand in Hand mit Stephan gesehen hatte. Sie sah, dass Simon etwas zu Cornelius sagte, lachend, und dass Cornelius den Kopf schüttelte, ohne zu lachen.

Sie hörte es nicht, aber sie wusste ziemlich genau, was die beiden sprachen.

»Ich denke, dass sich das Schwimmbad hier gut machen würde«, sagte Simon, als Helga und Stephan herangekommen waren. »Platz ist ausreichend vorhanden.«

»Aber die Zeit ist zu knapp«, sagte Cornelius. »Wir können auf keinen Fall in diesem Jahr noch anfangen zu bauen.« Seine Miene war verschlossen, sein Ton kühl. »Das habe ich mir gerade auch überlegt«, sagte Stephan. »Wir brauchen das Miriam in vollem Glanz und ohne Bauschutt für die Festlichkeiten im nächsten Sommer.

Dabei sah er Simon an und nickte bedeutungsvoll mit dem Kopf. Alle wussten, was er meinte. Und Simon sagte: »Ich werde verreisen. Möglichst weit weg. Südamerika oder Neuseeland, etwas in dieser Art.«

»Das werden Sie nicht, Chef. Sie können uns das große Fest nicht verderben.«

Das Fest, das würde Simons Geburtstag sein. Im kommenden Jahr wurde er fünfundsiebzig.

Wien

Sie fuhren wirklich nach Wien, allerdings erst im Oktober, und sie fuhren zu dritt. Stephan konnte sehr hartnäckig sein, wenn ihm etwas am Herzen lag.

Elisabeth von Waldenburg war eine zierliche ältere Dame, mit braunen Augen und grauem Haar, so liebenswürdig und charmant wie der Sohn und offenbar hell entzückt über den Besuch.

Bei Simon siegte dann doch die Neugier, denn obwohl er zuerst erklärt hatte, er wolle diese Doppelgängerin seiner Miriam nicht kennenlernen, machte er bereits am zweiten Tag ihres Aufenthaltes in Wien, und zwar bei den Lipizzanern, ihre Bekanntschaft.

»Sie hat nicht die geringste Ähnlichkeit mit meiner Miriam«, vertraute er Helga und Stephan beim Abendessen an. »Miriam war eine Künstlerin. Und sie hatte ihre sehr klaren Vorstellungen vom Leben und den Menschen.«

»Und Sie meinen, das trifft auf Frau von Waldenburg nicht zu?«, fragte Stephan.

»Kann ich nicht sagen. Ich kenne sie ja kaum«, wehrte Simon ab. »Aber auf jeden Fall ist sie ganz anders.« Darauf beharrte er, und da weder Helga noch Stephan Miriam gekannt hatten, ließ sich dazu nicht viel sagen.

»Aber homosexuell ist der Herzog nicht«, stellte Simon fest. »Er hat von zwei Seiten altes, müdes Blut in seinen Adern, und besser hätte er im Kaiserreich gelebt. Kann schon sein, Helga, dass eine Frau wie du ihn fasziniert. Aber wenn daraus etwas hätte werden sollen, hättest du die Initiative ergreifen müssen.«

»Das wäre das Letzte, was ich tun würde«, sagte Helga.

»Das denke ich mir, und ich würde es dir auch gar nicht empfehlen. Wir laden ihn wieder einmal zu den Festspielen ein, vielleicht die Mama auch, das wird ihn freuen.«

Eingeladen war er auch in diesem Sommer gewesen. Er hatte zwar vor der Abreise höflich nach seiner Rechnung gefragt, aber Cornelius hatte gesagt, das Hotel rechne es sich zur Ehre an, wenn er Gast des Hauses sein wolle. Das hatte der Herzog lächelnd und ohne Widerspruch akzeptiert.

Die Verhältnisse in Wien waren bescheiden, die drei hatten die Wohnung kennengelernt, eingeladen zu einer Jause, und auch das kleine Museum, in dem der Herzog zusammen mit einem Freund arbeitete, wenn man das Wort Arbeit überhaupt in diesem Zusammenhang gebrauchen wollte. Es war ein hübsches kleines Museum, und es bot eine sorgsam und liebevoll zusammengestellte Auswahl von Bildern, Stichen, Miniaturen, Münzen, sogar Waffen, die alle aus der Zeit der Belagerung Wiens durch die Türken stammten. Der Kampf des türkischen Weltreiches gegen das Haus Habsburg hatte immerhin dreihundert Jahre gedauert, die großen Schlachten waren bekannt, prekäre Situationen hatte es ausreichend gegeben. Die Sammlung war durchaus sehenswert, auch für den weniger Geschichtskundigen, vor allem soweit es den Prinzen Eugen betraf.

Helga und Stephan verbrachten einen ganzen Nachmittag dort und ließen sich von Ferdinand, der das mit großem Eifer tat, alles genau erklären. Simon hatte nur einen kurzen Rundgang gemacht und sich dann verabschiedet, er traf einen Kollegen in Wien, den er seit vielen Jahren kannte.

»Ihr könnt das alles sehr gut ohne mich«, sagte er. »Und Stephan, pass mir gut auf Helga auf.«

»Ich wüsste nicht, was ich lieber täte«, antwortete Stephan.

Simon war auch nicht dabei, als sie einen Abend in Grinzing bei einem Nobelheurigen verbrachten, wie man die

Grinzinger Beisln gehobener Art bezeichnet. Elisabeth jedoch war dabei, und sie genoss den Abend offensichtlich, sie bekam strahlende Augen, sprach, erzählte und plauderte unbeschwert und trank erstaunlich viel von dem hellen würzigen Wein.

Unbedingt notwendig sei es, befand Simon, an einem Abend ins Burgtheater zu gehen. Er studierte sorgfältig den Spielplan der Woche, die sie in Wien verbrachten, und fand nichts darin, was ihn besonders interessierte.

»Gehn wir halt in den Nestroy«, entschied er schließlich. »Wenn wir schon in Wien sind, passt es ja ganz gut. Der Lindtberg hat inszeniert, da kann es ja eigentlich nur eine gute Aufführung sein.«

Zu dritt, Helga, Simon und Stephan, gingen sie also ins Burgtheater, ›Einen Jux will er sich machen‹ wurde gespielt, und bis zur Pause amüsierten sie sich sehr gut. Doch dann geschah es. Sie gingen durch das hohe schöne Foyer, und Simon sagte: »Wollen wir was trinken?« Sie wandten sich zum Buffet, und Helga erstarrte. Wie schon einmal vor Wochen griff sie nach Simons Arm, krallte alle fünf Finger darum.

»Nein«, flüsterte sie.

Simon folgte ihrem Blick, sah den Mann und erkannte ihn sofort wieder. Der große blonde Mann, der in einer Sommernacht im Parkhotel erschienen war und Helga fixiert hatte, was sie damals genauso erschreckte.

Der Mann stand seitwärts neben dem Buffet, hielt ein Glas in der Hand, und wie damals blickte er Helga an, nur sie, neigte dann grüßend den Kopf, und wieder das Lächeln um seinen Mund, einen schönen großen Mund, dessen Winkel sich spöttisch herabzogen.

Helga erwiderte den Gruß nicht, sie drehte sich abrupt um.

»Lass uns gehen«, sagte sie, mit einem Klang von Entsetzen in der Stimme, den man an ihr nicht kannte.

Als sie sich ein Stück entfernt hatten, fragte Simon: »Wer ist das? Warum erschreckt dich dieser Mann so?«

Sie schüttelte den Kopf. Dann sagte sie: »Aber du kennst ihn.«

»Ja, ich kenne ihn, er hat bei uns gewohnt, irgendwann im Sommer, kurz vor den Festspielen war es. Du warst damals schon so erschrocken, wer in drei Teufelsnamen ist das?«

»Ich weiß es nicht. Er heißt John van der Meeren. Er wohnte im Parkhotel.«

Jetzt erst lockerte sie den Griff um Simons Arm, er griff nach ihrer Hand, ihre Hand war feucht.

»Wer ist es?«

»Ich weiß es nicht. Er verfolgt mich. Wieso weiß er, dass ich hier bin?«

Stephan wandte sich um. Der Mann stand noch immer dort, und noch immer hatte er das böse Lächeln im Gesicht.

»Soll ich ihn niederschlagen?«, fragte Stephan.

»Das würde ich Ihnen nicht empfehlen, Stephan«, sagte Simon und bemühte sich um einen leichten Ton. »Er sieht ganz gut trainiert aus. Helga, wer ist es?«

»Ich weiß es nicht. Er hasst mich. Er verfolgt mich.« Sie biss sich nervös auf die Unterlippe, und dann plötzlich stieß sie heftig hervor: »Er ist ein verdammter Rauschgifthändler.«

»Wie kommst du darauf?«

»Ich spüre es. Ich weiß es. Ich kenne diese Typen.«

»Aber Helga – was weißt du über diesen Mann?«

Sie schüttelte nur wieder den Kopf, ihr Gesicht war eine starre weiße Maske.

Simon und Stephan sahen sich an. Simon hob die Schultern, und Stephan sagte: »Du brauchst vor nichts und niemandem Angst zu haben, Helga. Wir sind doch hier, wir beschützen dich.«

Es war das erste Mal, dass er sie vor Simons Ohren duzte, keiner achtete darauf.

Simon hatte nach dem Theater einen Tisch in den Drei Husaren bestellt, Helga sagte zuerst, sie könne nichts essen, dann trank sie ein Glas Champagner, und Simon sagte energisch: »Los, sprich! Wer ist dieser Mensch? Und was macht dir solche Angst?«

»Er verfolgt mich.«

»Helga, du bist ein vernünftiges Mädchen, nicht wahr? Ich möchte wissen, was dahintersteckt.«

»Ich weiß es doch selbst nicht. Ich habe ihn an jenem Abend im Parkhotel auch zum ersten Mal gesehen. Aber er kam mir bekannt vor, das sagte ich doch gleich. Und dann ...«

Sie erzählte von der Begegnung im Park des Miriam, sie ließ kein Wort aus von dem, was geredet worden war.

»Ich verstehe«, sagte Simon. »Du hast ihn irgendwann und irgendwo damals in Amerika getroffen. Er war bei dem Prozess. Der Name sagt dir nichts?«

»Nein.«

»Und du denkst, er ist deinetwegen zu uns gekommen?«

»Ich weiß nicht. Und warum ist er jetzt hier?«

»Also angenommen, er ist ein Amerikaner auf einem Europatrip, warum soll er nicht in Wien sein? Warum nicht im Burgtheater?«

»Er spricht ja kaum Deutsch. Warum sollte er hier ins Theater gehen?«

»Das Burgtheater ist schließlich weltweit berühmt, also kann auch einer hineingehen, der die deutsche Sprache nur unvollkommen spricht. Und dass er dich damals in Kalifornien gesehen hat, vielleicht sogar flüchtig gekannt, das kann doch möglich sein. Du hast erzählt, es waren viele Leute in diesem Kreis. Kann ja sein, er ist dir mal begegnet, und du hast ihn nicht weiter beachtet.«

»Er ist nicht der Typ, den man nicht beachtet.«

»Er ist ein widerlicher Typ, finde ich«, sagte Stephan eifersüchtig. »So ein Kerl kann dir doch nicht gefallen.«

»Gefallen?« fauchte Helga. »Habe ich gesagt, dass er mir gefällt? Er macht mir Angst.«

»Aber warum?«, fragte Simon geduldig. »Er steht da, sieht dich an und grinst dabei. Das hat er damals schon getan, ich erinnere mich genau.«

Eine Weile blieb es still. Helga blickte vor sich auf den Tisch, dann sagte sie leise: »Entschuldige bitte.«

»Darf ich uns jetzt etwas zu essen bestellen?«, fragte Simon geduldig.

Der Ober war dreimal bei ihnen am Tisch gewesen, sie hatten die Speisekarte noch nicht einmal angeschaut.

»Natürlich. Entschuldige.«

»Und du wirst mir den Gefallen tun und auch etwas essen.«

Helga hob den Kopf, atmete tief, dann lächelte sie.

»Ich werde auch essen. Sehr gern sogar. Ich bin schon wieder normal. Ich weiß nicht, warum mich dieser Mensch so aufregt. Irgendwie, es ist komisch, ich hatte damals im Miriam draußen schon das Gefühl, er erinnert mich an Milano.« Und kalt fügte sie hinzu: »Das ist der Mann, den ich erschossen habe.«

»Dieser sogenannte Milano ist tot, nicht wahr?«, sagte Simon ruhig. »Er wird kaum wieder auferstanden sein, um dich zu erschrecken.«

»Sich die Haare gefärbt haben und mich erschrecken, nein, da hast du recht. Vermutlich spinne ich. Aber alles, was damals war …« Sie blickte zur Tür, wo eben neue Gäste eintraten. Kein großer blonder Mann war dabei.

»Ist schon vorbei«, sagte sie. »Was essen wir denn?« Sie nahm die Speisekarte in die Hand und vertiefte sich darin. Ihre Hand zitterte.

Am nächsten Tag, ihr letzter Tag in Wien, waren Helga und Stephan in Schönbrunn, sie gingen im Park spazieren, es war ein sonniger milder Herbsttag, das Gras war noch grün, die Bäume schmückten sich mit leuchtenden Herbstfarben, das Schloss in seiner weit gegliederten Harmonie war wie ein Märchentraum.

»Es muss schön gewesen sein, damals gelebt zu haben«, sagte Helga.

»Was heißt, damals?«, fragte Stephan.

»In diesem Schloss, in vergangener Zeit.«

»Also erstens hätten weder du noch ich in diesem Schloss gelebt, bestenfalls als Lakaien. Und denkst du etwa, dass sie alle glücklich waren, die in diesem Schloss daheim waren? Nimm allein die schöne Elisabeth, die Frau von Kaiser Franz Joseph. Sie war eine gehetzte, an sich und ihrem Leben leidende Frau, sie war nicht glücklich in dieser Ehe, was immer dir auch verlogene Filme erzählen wollen, sie erlebte die Tragödie mit ihrem Sohn, sie war nicht gesund, und vor allem war sie wohl psychisch angeknackst, wie man heute sagen würde. Dann hat man sie ermordet. Und er, der Kaiser, der so viele Jahre regieren musste? Glaubst du, dass er ein glücklicher Mensch war?«

»Was heißt das schon, ein glücklicher Mensch?« erwiderte Helga gereizt. »Wer ist denn eigentlich glücklich? Das ist doch immer ein dummes Gelabere, wie unsere Oma sagen würde. Natürlich kann er nicht glücklich gewesen sein mit diesem komplizierten Habsburger Reich, dem Napoleon schon die Römische Kaiserkrone geraubt hatte. Nein, nicht der Kaiser, auch nicht Kaiserin Elisabeth möchte ich an diesem Hof gewesen sein. Vielleicht eine kleine Hofdame, die keine Verantwortung trug und sich zierlich durch dieses Schloss und diesen Park bewegte.«

Stephan blieb stehen und lachte.

»Das sagst du? Ausgerechnet du? Du bist ein Mädchen aus Holstein, du bist eine Frau unserer Zeit, die etwas leistet und Verantwortung trägt, es würde dich vermutlich zu Tode langweilen, bloß so in den Gemächern der Kaiserin herumzugammeln. Abgesehen davon waren die Sitten sehr streng an diesem Hof, soviel ich weiß.«

»Das hätte mich gewiss nicht gestört. Aber alles in allem haben sie doch ein sehr geruhsames Leben gehabt.«

»Es kommt wohl immer darauf an, wie der einzelne Mensch sich ein geruhsames Leben vorstellt. Auch die kleine Hofdame wird ihre Sorgen und Nöte, ihre großen und kleinen Ärgernisse gehabt haben, kann sein, sie war in den falschen Mann verliebt und ...«

»Ach, Blabla«, unterbrach ihn Helga. »Verliebt! Etwas anderes fällt dir nicht ein. Sie kann auch große Sorgen gehabt, eine wirkliche Not erlebt haben. Sie war schließlich auch nur ein Mensch.«

»Na, das meine ich ja. Und der Ausweg, den eine Frau von heute hat, dass sie alles abschüttelt, was ihr Kummer bereitet und eine selbstständige Frau sein kann, die Chance hatte sie nicht.«

»Denkst du, ich habe abgeschüttelt, was du so freundlich mit Kummer bezeichnest?«

»Verzeih mir! Ich habe mich dumm ausgedrückt. Es war sicher eine schwere Zeit und ein furchtbares Erlebnis, aber es ist vorbei, und es ist lange her.«

»Stephan, ich werde dir etwas sagen, wenn du einmal als Angeklagte vor einem Gericht gestanden hast, hier oder anderswo, und in meinem Fall als Deutsche in den Vereinigten Staaten, dann kannst du das nicht abschütteln, nicht vergessen. Und vorbei ist es nie. Ich habe sehr viel Kraft gebraucht, um das, was ich erlebt habe, einigermaßen zu überstehen. Meine größte Hilfe war und ist Cornelius. Und wie du gesehen hast, ist eben alles doch nicht überstanden. Ich falle um, wenn ich an diese Zeit erinnert werde.«

»Nur weil dir dieser grässliche Mensch über den Weg gelaufen ist. Sicher war es nur ein Zufall.«

»Es war kein Zufall, das spüre ich. Er bedroht mich. Und er will, dass ich Angst habe. Und ich bin so blöd und habe Angst.«

»Du brauchst keine Angst zu haben, ich werde dich beschützen.«

»Du wirst mich beschützen! Und wie fängst du das an?«

»Ich möchte immer bei dir sein.«

Helga stieß einen tiefen Seufzer aus und lehnte sich leicht gegen ihn.

»Ja, das wäre schön.«

Stephan blieb stumm, Röte stieg in seine Stirn, er legte den Arm um ihre Schultern und zog sie an sich.

Helga gab nach, sein Arm, seine Gegenwart waren wirklich wie ein Schutz. Warum nur empfand sie auf einmal so? Eine kleine Weile blieben sie so stehen, dann wandte Helga den Kopf und blickte sich suchend um.

»Er ist nicht hier.«

»Nein«, sagte Stephan, »er ist nicht hier. Er wird dich nie mehr belästigen.«

»Wie kannst du so etwas behaupten? Er ist meinetwegen gekommen.«

»Hör auf, dich verrückt zu machen. Ist es wahr, was du eben gesagt hast? Würdest du gern bei mir sein?«

»Habe ich das gesagt?«

»Ich habe es so verstanden. Du weißt nicht, wie viel du mir bedeutest.«

»Du solltest nicht mehr als freundschaftliche Gefühle für mich haben. Ich kann nie mehr einen Mann lieben.«

Es klang ein wenig pathetisch, doch Stephan lächelte nicht, er küsste sie sanft auf die Schläfe.

»Du erwartest nicht von mir, dass ich dir das glaube. Du bist eine junge schöne Frau, und du wirst nicht immer allein bleiben.«

»Aber ich bin nicht allein.«

»Ich weiß. Wie alt warst du, als du Andreas kennengelernt hast?«

»Neunzehn. Es war die große Liebe, das dachte ich jedenfalls. Dass es nicht die große Liebe war, habe ich bald bemerkt, aber ich wollte für ihn da sein, ich wollte … ach, lassen wir das doch. Ich will nicht darüber reden. Und ich will einfach nicht …« Sie verstummte.

»Ich weiß sehr genau, was du nicht willst. Du willst nicht entdecken, dass du eine Frau bist, die Liebe braucht. Nicht nur um sie zu nehmen, auch um sie zu geben. Ich werde dich weder bedrängen noch überrumpeln, aber vielleicht erlaubst du mir, dass ich so oft wie möglich mit dir zusammen bin. Kann ja sein, du wirst mich eines Tages ein wenig gern haben.«

Er nahm sie in die Arme, wie damals nachts vor dem Haus, und küsste sie. Helga widerstrebte nicht.

Dann bog sie den Kopf zurück. »Hier mitten im Park, vor allen Leuten.«

»So viel Leute sind es auch wieder nicht. Schau den alten Herrn da an, er lächelt, er hat uns gern zugesehen.«

Es war ein weißhaariger Herr in einem korrekt geknöpften Gehrock, einen Stock in der Hand, er lächelte wirklich, und Helga, gelöst auf einmal, erwiderte sein Lächeln.

»Er könnte ein Kavalier am Hofe des Kaisers gewesen sein«, sagte sie.

»Na ja, so alt ist er auch wieder nicht. Er müsste denn ein sehr, sehr junger Kavalier gewesen sein.

Als Stephan zu Hause ankam, fand er Sonja, seine Frau vor. Sie habe es sich anders überlegt, erklärte sie, eine Scheidung käme nicht infrage, sie würde wieder bei ihm leben.

Helga schrieb einen Brief an Sam Greenstone. Wenn er ihr schon Grüße bestellte von diesem John van der Meeren, konnte er ihr auch erklären, wer dieser Mann war und welche Rolle er seinerzeit in Kalifornien gespielt hatte. Die Antwort kam von der Kanzlei, man teilte ihr mit, dass Sam Greenstone vor zwei Jahren gestorben war.

Erst im nächsten Frühjahr sah sie John van der Meeren wieder. Sie flog von Frankfurt nach London, und er war in derselben Maschine. Diesmal grüßte er nicht, lächelte er nicht.

Als sie in Heathrow die Maschine verließ, blickte sie angstvoll über die Schulter, sie war sicher, dass er ihr nachkommen und sie ansprechen würde.

Das tat er nicht. Aber er bemerkte ihren suchenden, angstvollen Blick. Und nun lächelte er.

Das war das letzte Mal, dass sie diesen blonden Mann sah, der angeblich aus Texas kam und sich John van der Meeren nannte. Nach einiger Zeit vergaß sie diese seltsamen Begegnungen.

Der dritte Teil

Jolly

Helga kam zu Cornelius ins Büro, sie lachte und schüttelte gleichzeitig den Kopf.

»Es kommt mir so vor, als sei Torsten verliebt«, sagte sie.

»Na ja, warum nicht?«

»Er ist vierzehn.«

»Und du meinst, ein Junge mit vierzehn kann sich nicht verlieben?«

»Es ist ein bisschen früh, finde ich.«

»Es ist durchaus das Alter, in dem man beginnt, sich für Mädchen zu interessieren.«

»War das bei dir auch so?« Sie stellte sich hinter Cornelius und massierte sanft seine Nackenmuskeln.

»Ganz verspannt«, sagte sie. »Du solltest wieder einmal ins Miriam hinausfahren zu unserem fabelhaften Masseur.«

»Keine Zeit.«

»Dass ich nicht lache. Denkst du, der Laden bricht zusammen, wenn du einen Nachmittag in unserem schönen Pool schwimmst, dich dann massieren lässt und anschließend eine Stunde friedlich im Liegestuhl schläfst?«

»Helga, ich lasse mich nicht aufs Altenteil abschieben.«

»Auf die Idee käme keiner, der dich sieht«, sagte sie zärtlich. »Ich musste erst vorgestern bei dem Rotarier-Essen denken, dass du der bestaussehende Mann von allen bist.«

Cornelius legte den Kopf zurück in ihre Hände. »Danke, mein Liebling«, sagte er. »Vielleicht wäre ich wirklich ein alter Mann, wenn ich dich nicht hätte. Mein Leben hat sich verändert, seit es dich gibt. Es ist, als hätte es noch einmal neu begonnen.«

»Dann könnte ich dir ein wenig von dem zurückgeben,

was du mir gegeben hast. Mein Leben hat wirklich ganz neu begonnen, als ich hierher zu dir kam. Alles, was vorher war, kommt mir heute vor wie ein Traum. Kurze Zeit ein hübscher Traum und dann lange Zeit ein sehr hässlicher Traum. Wenn es Torsten nicht gäbe, würde ich denken, es sei alles gar nicht geschehen.«

»Mein Leben hat 1947 schon einmal neu begonnen«, sagte Cornelius nachdenklich, immer noch den Kopf in ihre Hände geschmiegt. »Und eigentlich richtig neu begonnen hat es 1956, als wir das Hotel eröffneten. Das war immer nur Arbeit in all den Jahren. Doch dann kamst du.«

»Und was bedeutete das für dich?«

»Stell nicht so kokette Fragen. Du weißt genau, was es für mich bedeutet hat. Ein neues Leben, noch einmal. Wenn ich das alles tue, was du anordnest, schwimmen, mich massieren lassen, eine Stunde im Liegestuhl, wirst du dann heute Abend im Miriam mit mir essen?«

»Aber darum bitte ich dich seit Wochen«, rief Helga, ließ seinen Kopf los und kam um den Schreibtisch herum. »Dieser neue Küchenchef ist eine Wucht. So gut habe ich im Leben noch nicht gegessen.«

»Lass das nicht Herrn Weber hören, du würdest ihm das Herz brechen.«

»Oh, die beiden wetteifern, wer zuerst einen Stern bekommt. Neulich waren zwei Leute aus München draußen, sie sagten, Witzigmann in der Aubergine und Winkler im Tantris, das sei nun einmal einsame Spitze, aber gleich danach kommen wir im Miriam. Also heute Abend?«

Cornelius nickte. »Abgemacht. Wir haben ja gerade ein paar ruhige Tage.«

»Nicht mehr lange, noch vier Wochen bis zu den Festspielen. Ich rufe gleich Daniel an, ob er einen Termin für dich hat.«

»Lässt du dich auch bei ihm massieren?«

»Klar, jede Woche einmal. Er und Bastian sind jedenfalls einsame Spitze.«

Bastian war der neue Küchenchef, der seit drei Monaten im Miriam residierte und sich in kurzer Zeit einen sagenhaften Ruf erworben hatte.

»Es gibt außerdem noch ein paar gute Köche in diesem Land«, sagte Cornelius. »Auch wenn ich in diesem Metier arbeite, muss ich mich immer wundern, was für eine ungeheure Rolle das Essen heute spielt. Die Luxusfresserei. Wenn man bedenkt, sechsundvierzig, siebenundvierzig, als es kaum etwas zu essen gab, wo die Leute sich über eine Kartoffel gefreut haben, die sie auf dem Teller hatten, als sei es ein Geschenk des Himmels, dann kann man sich heute nur an den Kopf greifen. Diese Kartoffel war mehr wert als Kaviar, Hummer und die ganze Nouvelle Cuisine mit ihren Raffinessen. Ich habe das nicht vergessen. Ich glaube, keiner aus meiner Generation kann das je vergessen. Und unsere Buletten, die wir auf dem Bahnhofsplatz zusammengemanscht haben! Eine Irrsinnswelt.«

»Ja, besonders, wenn man bedenkt, dass auch heute noch die meisten Menschen auf dieser Erde hungern und verhungern. Vater hat neulich erst zu mir gesagt, wenn er die Zeitung liest, bleibt ihm jeder Bissen im Hals stecken. Aber wer weiß ...« Sie verstummte.

»Aber wer weiß? Was?«

»Es kann auch für uns eines Tages wieder so kommen, nicht? Vater, der ja gewöhnlich nicht mit Bibelsprüchen um sich schmeißt, sagte dann noch: Die sieben fetten und die sieben mageren Jahre, daran sollte man eigentlich denken. Dies Gesetz ist kaum außer Kraft gesetzt.«

»Geht es deiner Mutter wieder besser?«

»Ja. Es scheint so. Es war eine üble Operation, aber angeblich soll es nicht bösartig sein. Man weiß ja nie, ob die Ärzte einem die Wahrheit sagen.«

Johanna Rohde hatte lange im Krankenhaus gelegen, eine Pankreas-Operation. Nun war sie wieder zu Hause, fühlte sich aber noch sehr schwach. Helga hatte sie im Krankenhaus besucht und war die erste Zeit nach ihrer Heimkehr im Pfarrhaus geblieben. Es war in den vergangenen elf Jahren der erste ausgedehnte Aufenthalt in ihrem Elternhaus gewesen. Die junge Frau des Vikars kümmerte sich jetzt um Johanna, und sobald die großen Ferien begännen, würde Oberstudienrätin Birgit im Pfarrhaus eintreffen und in diesem Jahr auf eine große Reise verzichten.

»Torsten wird in diesem Jahr gleich zu Antje fahren. Für Mutti wäre es zu anstrengend, ihn im Haus zu haben«, sagte Helga, »das haben wir schon besprochen.«

Torsten verbrachte nach wie vor seine Ferien am liebsten in Holstein, am allerliebsten auf dem Gut. Er war inzwischen einmal im Herbst mit Helga und Gina in Italien gewesen, er kannte den Bodensee und das Salzkammergut, er hatte das alles sehr schön gefunden, aber nichts ging über Antje, Detlev, die Pferde und das Gut in Holstein. Als sie im vergangenen Sommer den Anbau des Miriam eingeweiht hatten, zwei harmonisch in den Park, bis an den kleinen See reichende, zweistöckige Gebäude, die Zimmer und Suiten mit höchstem Luxus ausgestattet, hatte Torsten gesagt: »So was baue ich später mal in Holstein. Das würde gut in die Gegend passen.«

»Bitte, wie?«, hatte Simon Peters gefragt. »Bitte, wo?«

»In der Nähe von Birkenfeld«, erklärte Torsten eifrig. »Das ist so schön da, die vielen Wiesen und der Wald, na und der Birkenwald und die Birkenallee. So was gibt es nirgends sonst auf der Welt, sagt Detlev.«

»Du willst doch nicht behaupten, dass Detlev ein Hotel auf seinem Gutsgelände haben will?«

»Warum denn nicht? Das Gut hat tausend Hektar, und Detlev sagt, so viel braucht man heute gar nicht mehr zu bewirtschaften, weil die Landwirtschaft sowieso zu viel produziert bei uns. Er würde mir den Bauplatz für ein Hotel sicher günstig verkaufen.«

Helga und Cornelius tauschten einen amüsierten Blick, Simon jedoch ging ernsthaft auf Torstens Pläne ein.

»Ein Hotel mitten in Holstein, abseits der großen Straßen, wie ich immer gehört habe. Wie stellst du dir das vor?«

»Straßen gibt es genug, auf denen man hinfahren kann.

Eben kleine Straßen, das ist ja gerade das Gute dabei. Und kein doofes Hochhaus oder so. Solche Häuser wie hier, am Waldrand, und die Wiesen ringsherum, das würde den Leuten bestimmt gefallen. Da hätten sie Ruhe und gute Luft. Und auf dem Gut hätten sie Pferde, da könnten sie reiten, und ganz in der Nähe sind zwei große Seen, da könnten sie schwimmen ...« Er überlegte. »Na ja, einen Pool könnte man ja auch noch hinbauen.«

»Aha«, meinte Simon. »Du hast dir also schon allerhand Gedanken gemacht. Und wie willst du das unter einen Hut bringen? Du willst hier die Hotels führen, wie du mir versprochen hast, und dazu noch ein Hotel in Holstein, ist das nicht eine zu weite Entfernung für einen Hoteldirektor?«

»Das hier machen ja erst noch Opa und Mami. Und später kaufe ich mir dann ein kleines Flugzeug, da geht das schnell hin und her.«

»Da wirst du also auch noch fliegen lernen.«

»Ganz bestimmt.«

»Ich hoffe, Torsten, du wirst mich als Architekt engagieren, wenn du dein Holsteiner Hotel baust«, sagte Stephan.

»Klar«, sagte Torsten.

»Und mich habt ihr schon abgeschrieben, wie ich sehe«, meinte Simon. »Zum alten Eisen abgestellt. Kann ich mir das Gelände wenigstens vorher ansehen?«

»Klar. Du kommst einfach mal mit. Und dann«, Torsten hatte schon weit in die Zukunft vorausgedacht, »kann Birge

Hotelfach lernen, die ist ja ganz clever. Sie ist natürlich noch klein, aber es dauert ja sowieso noch ein paar Jahre. Wir müssen sie dann eben richtig anlernen. Oder einen von den Zwillingen. Einer kann das Hotel machen und der andere das Gut. Muss man erst mal abwarten, wie sie sich entwickeln.«

»Müsste man abwarten, stimmt«, sagte Simon. »Soviel ich weiß, werden sie in diesem Herbst drei Jahre alt.«

»Stimmt«, sagte auch Torsten.

Das war vor einem Jahr gewesen, und nun standen die Ferien in Holstein wieder bevor.

Cornelius sagte: »Was ist denn mit unserem zukünftigen Hoteldirektor? Er ist verliebt, sagst du?«

»Erzähl mir erst, wann du dich zum ersten Mal verliebt hast.«

»Zu meiner Zeit kam das ein bisschen später. Immerhin, als ich mich in das Elfchen vom Schloss verliebte, war ich sechzehn, und da meinte ich das allerdings sehr ernsthaft. Wann hast du dich denn das erste Mal verliebt?«

»Bei Mädchen ist das anders. Mädchen sind sehr früh und immerzu verliebt. Meistens in einen Lehrer. Meine größte Liebe war Lars.«

»Lars, aha, und wer war Lars?«

»Er spielte die Orgel in unserer Kirche. Da war ich zwölf oder dreizehn. Er war nicht der richtige Organist, er half nur manchmal aus. Herr Ohlsen hatte ein Herzleiden aus dem Krieg mitgebracht, und an manchen Tagen konnte er nicht spielen. Dann kam Lars an die Orgel. Er hatte gar nichts mit der Kirche zu tun, er war der Sohn vom Bäcker. Der Bäcker und seine Frau waren ganz normale Leute, und wie sie zu diesem wunderschönen und begabten Sohn gekommen sind, ist mir unbegreiflich. Lars hatte Musik studiert, aber irgendwie war er nicht weitergekommen, ich meine, er hatte wohl keinen großen Erfolg gehabt, so genau wusste ich das nicht.

Er war wohl auch ein etwas schwieriger Mensch, so würde ich das von heute aus beurteilen, übersensibel, leicht verletzbar. Er lebte also wieder bei seinen Eltern, und wenn Herr Ohlsen sich elend fühlte, spielte er die Orgel. Und wie! So etwas hatte ich noch nie gehört. Ich habe es auch später nie mehr gehört. Selbst mein Vater lauschte ihm ganz versunken und hatte Mühe, wieder zu seinem Text zu finden.«

»Und in diesen Lars warst du verliebt.«

»Ich habe ihn angeschwärmt, ich habe ihn angebetet. Ich saß auf der Treppe zur Empore. Ich machte jeden Umweg, um ihm zu begegnen. Er hat mich nie beachtet. Übrigens, wenn ich jetzt so darüber nachdenke, er war ein Typ wie Andreas. Ich habe all die Jahre nicht mehr an Lars gedacht. Vielleicht bin ich darum so schnell auf Andreas geflogen. Weil er so schön war wie Lars. Und ein Künstler obendrein.«

Sie konnten jetzt ohne Weiteres von Andreas sprechen, sie taten es manchmal, wenn sie allein waren, es war zusätzlich etwas, das sie verband.

»Und was ist aus Lars geworden?«

»Nichts. Er hat keine Karriere gemacht. Er hat sich das Leben genommen. Vater hat es mir später mal erzählt. Du siehst, es geht nicht gut aus mit den Männern, die ich liebe.«

»Ich lebe noch.«

»Weil ich inzwischen gelernt habe, Verantwortung zu tragen. Für den Mann, den ich liebe. Und darum gehst du auch heute Nachmittag ins Miriam raus und ruhst dich aus.«

»Nun weiß ich immer noch nicht, in wen Torsten sich verliebt hat. Oder warum du dir das einbildest.«

»Weil er das Mädchen unbedingt mitnehmen will nach Holstein.«

»Was für ein Mädchen?«

»Sie geht in seine Klasse, ist ein Jahr jünger und angeblich die Klügste in der Klasse. Außer ihm natürlich. Aber sie schreibt fabelhafte Aufsätze, und Latein spricht sie wie ihre

Muttersprache. Während Torsten ja, wie du weißt, ein mathematisches Genie ist. Von wem er das hat, weiß ich auch nicht. Deine Mutter behauptet, von deinem Vater. Der konnte auch so gut rechnen, sagt sie.«

Cornelius lachte. »Da ist was dran. Dieses Mädchen, ist das die Anemone, von der du mir früher erzählt hast?«

»Ach wo. Anemone ist mittlerweile siebzehn und gibt sich nicht mehr mit Buben ab. Diese hier heißt Jolanda, wird Jolly genannt und ist wirklich eine ganz schicke Puppe, wie Torsten das nennt.«

»Und die will er mitnehmen in die Ferien.«

»Um jeden Preis der Welt. Es vergeht kein Tag, an dem er nicht davon redet. Jolly muss reiten lernen und sich in der Landwirtschaft ausbilden und endlich mal eine Kuh von einem Ochsen unterscheiden, das sind ebenfalls Torstens Worte. Antje ist schon verständigt und hat nichts dagegen, du kennst sie ja. Jollys Eltern sind auch eingeweiht, und die Mutter hat schon mit mir telefoniert.«

»Ist sie einverstanden?«

»Nicht so unbedingt. Sie fahren in den Ferien immer nach Jugoslawien. Nun hat Jolly erklärt, dort sei es ihr viel zu heiß. Und die Adria sei eine müde Plempe. Ihre Mutter fragte mich, wie das denn dort sei auf dem Gut. Und ob die Kinder beaufsichtigt würden. Kaum, habe ich gesagt, sie müssen auf sich selber aufpassen. Meine Schwester ist sehr beschäftigt, sie hat selber drei Kinder und das Gut und den großen Haushalt und was alles dazu gehört. Aber Torsten kenne sich gut aus und habe immer ganz gut auf sich aufgepasst. Ich könne ihr weder zureden noch ihr abraten. Aber sie könne ja mitfahren und in der Nähe Quartier nehmen.« Helga lachte. »Siehst du, da haben wir leider Torstens Hotel noch nicht.«

»Und was antwortete Jollys Mutter?«

»Das eben hätte sich ihre Tochter strikt verbeten. Sie fahre allein mit Torsten oder sie würde überhaupt zu Hause bleiben.«

»Und was machst du nun?«

»Ja, was? Offen gesagt, bin ich ganz froh, dass Torsten über seinen Kummer mit Gina einigermaßen hinweggekommen ist.«

Gina, die zweifellos Torstens erste Liebe gewesen war, hatte im vergangenen Herbst geheiratet, und das hatte Torsten ihr sehr übel genommen. Schon in den letzten Sommerferien hatte sie Torsten nicht begleitet, denn da musste die Hochzeit vorbereitet werden, die ein prachtvolles Fest wurde. Es war auch eine prachtvolle Partie, die Gina gemacht hatte, der Junior vom besten italienischen Ristorante in der Stadt hatte sich bereits vor zwei Jahren für Gina interessiert, die einige Male mit Fiametta und Luigi in das Lokal gekommen war.

Paolo war von seinem Vater sehr streng erzogen worden, zwischen ihm und Gina gab es nichts als verstohlene Blicke, und es dauerte über ein Jahr, bis daraus ein erster Kuss wurde. Gina wurde von Paolos Vater und Mutter sehr genau examiniert und beobachtet, doch es gab nichts an ihr auszusetzen, sie war ein ordentliches, braves Mädchen, hatte die letzten Jahre in einem vornehmen Haushalt gelebt, sprach perfekt deutsch inzwischen, konnte sich benehmen, konnte mit Kindern umgehen und würde in dem Ristorante eine gute Figur machen, wenn sie später einmal als Wirtin auftreten durfte.

So waren alle eigentlich ganz zufrieden, als es zur Verlobung und später zur Heirat kam, nur Torsten nicht. Er fühlte sich verraten, nur mit finsterer Miene wohnte er der Trauung bei. Erst zu Beginn des Jahres war es Helga gelungen, ihn zu überreden, mit ihr und Simon in das Ristorante zum Essen zu gehen, sie wurden von Gina begrüßt, die sich allerdings nicht zu ihnen an den Tisch setzen durfte. Schwanger war sie auch schon.

»Na ja«, machte Torsten nachher. »Geht ihr ganz gut da.«

»Und ein Kindermädchen brauchst du ja eigentlich auch nicht mehr«, sagte Simon.

»Hab ich schon lange nicht mehr gebraucht.«

Jolly war es, die ihn über den Verlust von Gina getröstet hatte, wie Helga inzwischen wusste.

»Ich weiß auch nicht, was ich dazu sagen soll«, beendete Cornelius das Gespräch an diesem Tag über die bevorstehenden großen Ferien. »Vielleicht solltest du dich einmal mit Jollys Mutter treffen und alles mit ihr besprechen.«

»Was gibt es da zu besprechen? Die Kinder sind bei Antje gut aufgehoben und bestens versorgt, sie müssen, wie gesagt, selber auf sich aufpassen, und dumm sind sie ja beide nicht. Aber ich kann nicht verhindern, dass Jolly mal vom Pferd fällt. Oder was sonst alles passieren kann. Wie gesagt, Torsten kann sehr gut auf sich aufpassen, das konnte er immer schon. Da kann ich ganz beruhigt sein.«

An diesen Satz musste Helga oft denken. Wie eine Feuerschrift, wie ein Menetekel an der Wand stand er vor ihr, wann immer sie die Augen schloss und die Verzweiflung ihr die Kehle zudrückte. Torsten wurde in diesem Sommer entführt.

Sommer 1984

Wie eine Entführung sah es zunächst nicht aus, mehr wie ein dummer Streich. Jolly kam gegen Abend, von Dieters Mutter gefahren, nach Birkenfeld und sagte erbost: »Die haben mich doch glatt da auf der Straße stehen lassen.« Antje lachte, als sie die Geschichte erfuhr und meinte: »Torsten ist ja ein feiner Kavalier. Na warte, dem werden wir den Kopf waschen, wenn er kommt.«

Nur Torsten kam nicht, nicht an diesem Abend, nicht am nächsten Tag.

Wenn das Wetter schön war, wollten die Kinder manchmal im Meer schwimmen, dann fuhren sie an die Hohwachter Bucht, die lag Gut Birkenfeld am nächsten. Hatte Antje Zeit, lud sie ihre drei auch in den Wagen, in Lütjenburg holte sie Dieter Sörensen ab, und dann verbrachten sie einige Stunden an der Ostsee. Konnte Antje nicht, wurde der Transport von Dieters Mutter übernommen, und manchmal fuhren die Kinder allein mit dem Bus. So an diesem Tag.

Mit Dieter hatte sich Torsten schon vor Jahren angefreundet, er war gleichaltrig, sein Vater hatte in Lütjenburg einen Getreidegroßhandel, stand mit Detlev in Geschäftsverbindung und kam öfter aufs Gut. Dieter war ein guter Reiter, ein ausdauernder Schwimmer, segeln konnte er auch, und in der Gegend kannte er sich aus ›wie Großvater in seiner Kommode‹, so drückte er das aus. Mit ihm zusammen hatte Torsten schon große Streifzüge unternommen, meist per Rad, durch das lebendige grüne Land mit seinen vielen, kleinen Straßen, die anscheinend nirgendwohin führten, aber Dieter kannte sie, also kamen sie immer dahin, wohin er wollte. Wurde es einmal spät, kam es vor, dass Torsten bei Dieters Eltern oder

Dieter auf dem Gut übernachtete, darüber verständigte man sich telefonisch. Jolly, die keine Zimperliese war, wurde von Dieter akzeptiert und durfte an allen Unternehmungen teilhaben. Doch nun hatte der Ernst des Lebens für Dieter wieder begonnen, die Ferien in Schleswig-Holstein waren zu Ende, die Schule hatte angefangen, und darum waren Jolly und Torsten allein an die Hohwachter Bucht gefahren. Ihnen blieben noch zehn Tage, dann würde Helga sie mit dem Wagen abholen, vorher wollte sie einige Tage bei den Eltern bleiben.

»Na, ist ja herrlich«, hatte Antje am Telefon gesagt. »Bleiben mal wieder gerade zwei Tage für mich. Du mit deinen blöden Hotels. Die bedeuten dir mehr als ein liebendes Schwesterherz.«

»Du hast mir schon lange versprochen, wenn ihr auf dem Gut mal ruhige Zeit habt, für einen richtigen Urlaub zu mir zu kommen. Ich habe ein Haus, ich habe zwei Hotels, davon einen traumhaft schönen Laden und sogar noch ein Schloss in unmittelbarer Nachbarschaft.«

»Schloss! Auch schon was! Schlösser haben wir in Holstein wie Sand am Meer. Und ruhige Zeit, dass ich nicht lache. Möchte wissen, wann wir je hier ruhige Zeit haben. Mensch, konnte ich nicht 'nen Postvorsteher heiraten in irgendeinem Kaff.«

»Warum gerade einen Postvorsteher?«

»Überleg doch mal, Mittag macht er die Bude dicht, Sonnabend um zwölf ist Feierabend, und dazwischen verkauft er ein paar Briefmarken.«

»Lass das bloß keinen Postvorsteher hören, dann bekommst du bestimmt einen bösen Brief. Er hält sich sicher für überbelastet.«

»Meinst du, dass er Briefe schreibt?«

»Warum denn nicht?«

»Na, Mensch, wenn er immerzu mit Briefen zu tun hat,

kann er doch bestimmt keine Briefe mehr sehen. Ich wette, er schreibt nie einen.«

»Du bist und bleibst ein Kindskopf«, sagte Helga. »Erzähl mir mal, was die Kinder treiben.«

»Die sind voll ausgelastet. Die arbeiten das ganze Jahr in der Schule nicht so hart wie hier. Sie helfen bei der Ernte, sie bewegen die Pferde, sie kümmern sich um das Vieh auf der Weide, sie beaufsichtigen die Fütterung der Ferkel, Jolly hilft auch mal in der Küche, wenn Rieke wieder Zahnschmerzen hat, und ...«

»War sie immer noch nicht beim Zahnarzt?«

»Ich müsste sie gefesselt hinschleppen. Frau Baronin, sagt sie, wenn der erst anfängt bei mir, komme ich ohne einen einzigen Zahn nach Hause. Und wie soll ich denn kochen?«

»Was ist die Logik dabei?«

»Ist doch klar, Mensch. Nur jemand, der mit Appetit essen kann, kann auch gut kochen. Leuchtet mir ein. Dir nicht?«

Helga lachte. »Doch schon. Nur stelle ich mir vor, dass man mit ständigen Zahnschmerzen auch nicht viel Freude am Essen hat. So, also Jolly hilft in der Küche.«

»Tut sie. Und belehrt Rieke dabei, dass jeder vernünftige Mensch regelmäßig zum Zahnarzt gehen müsse, mindestens jedes Jahr einmal. Und wenn Rieke das getan hätte, hätte sie jetzt auch keine Zahnschmerzen. Kannst du gar nicht wissen, du, in deinem Alter, sagte Rieke darauf, wie das ist, wenn man älter wird und die Zähne fangen an zu wackeln. Wirst du schon noch erleben, warte nur! Kann mir nicht passieren, sagte Jolly darauf, weil ich ja jedes Jahr zum Zahnarzt gehe.«

»Hör auf«, sagte Helga lachend, »ich kriege auch gleich Zahnschmerzen, wenn ich dir noch länger zuhöre. Wie ich sehe, seid ihr bestens unterhalten, sogar mit den Zahnschmerzen der armen Rieke.«

»Na, und dann müssen sie oft schwimmen gehen, und manchmal fahren wir auch ans Meer.«

»Das wünsche ich mir auch. Ich hoffe sehr, dass wir mal an die Hohwachter Bucht kommen.«

»Da ist jetzt 'ne Menge Betrieb. Wir sind nämlich sehr gefragt bei bundesdeutschen Urlaubern. Wann kommste denn?«

»Du siehst doch ein, dass ich ein paar Tage bei Mutti bleiben will.«

»Klar. Wir haben sie neulich erst besucht, die Kinder und ich. Also wenn du mich fragst, sie ist noch ziemlich klapprig. Und viel Hilfe hat sie an Birgit nicht, die kann immer noch nicht kochen. Wenn die Ernte vorbei ist und du deine beiden Gören abgeholt hast, hole ich Mutti für ein paar Wochen zu mir. Ich werde schon richtig für sie sorgen. Ich meine, nicht nur was das Essen betrifft.«

»Wenn einer das kann, dann du.«

»Eben.«

So etwa verlief das Gespräch zwischen Helga und Antje, das kurz vor Ende der Festspiele stattfand, die auch in diesem Jahr erfolgreich über die Bühne gegangen waren. Seit vier Jahren zum ersten Mal wieder hatte Janine Borgward gastiert, diesmal als Eliza in ›Pygmalion‹ von Shaw, eine Rolle, die ihr auf den Leib geschneidert schien. Janine hatte inzwischen eine steile Karriere gemacht, sie war in München im Engagement und durch einige Film- und Fernsehrollen sehr bekannt geworden. Am Abend nach der Premiere des Pygmalion aßen sie zusammen im Miriam, auch Janines Eltern waren dabei, und der Verleger sagte nach dem Applaus der Gäste bei Janines Erscheinen im Restaurant: »Ich bin doch eigentlich ein ganz seriöser Mensch. Wie komme ich nur zu diesem Kobold von Tochter?«

Janine hatte nämlich den Applaus nicht hoheitsvoll entgegengenommen, sondern sich zweimal wirbelnd um die eigene Achse gedreht, dass der weite Rock ihres goldfarbenen Kleides und ihre roten Haare flogen, dabei hatte sie Kusshände in die Runde geworfen.

Die Augen des Herzogs hingen voll Bewunderung an der aparten Schauspielerin, und wie seinerzeit schon, fiel es ihm schwer, zu entscheiden, welche der beiden Frauen ihm besser gefiel, die temperamentvolle Janine oder die ruhige Helga, die zu seiner Rechten saß.

»Die beiden schönsten Frauen, die sich in diesem Hotel befinden, sitzen bei uns am Tisch«, stellte er fest.

Helga lächelte. »Was Janine betrifft, so darf sie dieses Kompliment ohne Einwand entgegennehmen. Ich dagegen muss widersprechen. Als Direktor dieses Hotels bestehe ich darauf, dass alle Damen, die hier wohnen, weitaus attraktiver sind als ich.«

Simon lächelte amüsiert; das hatte sie gut gelernt, der hübsche Direktor dieses Hotels, wie man sich in dieser Position ausdrückt. Cornelius saß nicht bei ihnen, er habe im Parkhotel zu tun, damit ließ er sich entschuldigen. Einer müsse dort nach dem Rechten sehen.

»Soll das ein Vorwurf sein?«, hatte ihn Helga am Nachmittag gefragt.

»Gewiss nicht. Das Miriam steht unter deiner Leitung, also musst du dort auch repräsentieren. Aber hier haben wir schließlich auch eine Menge Leute, um die man sich kümmern muss. Überhaupt in der jetzigen Situation.«

Die Situation bestand erstens darin, dass Albert nicht mehr da war, er hatte sich zur Ruhe gesetzt und war mit seiner Frau nach Oberbayern gezogen, wo seine Tochter mit Mann und Kindern lebte. Er hatte lange gebraucht, sich zu diesem Entschluss durchzuringen, aber in letzter Zeit hatten seine Hände angefangen zu zittern, und manchmal vergaß er dies oder das. Er werde der Position nicht mehr gerecht, so seine betrübten Worte, und das Hotel gab ihm zu Ehren ein großes Abschiedsessen.

Der neue Oberkellner war ein Franzose, sehr gewandt, sehr erfahren, bloß die Gäste kannten ihn noch nicht und er die Gäste nicht, jedenfalls nicht die Stammgäste und deren bestimmte Erwartungen, die sie an den Service im Parkhotel stellten.

Zum Zweiten fiel Herr Weber, der Küchenchef aus, und das war eine mittlere Katastrophe. Er lag im Krankenhaus, hatte kurz vor Beginn der Festspiele einen Autounfall gehabt, er war verletzt, nicht allzu schwer, eine Beinfraktur und eine Gehirnerschütterung, doch er musste liegen. Und seine Mannschaft, zweifellos gut geschult, musste allein arbeiten.

Viermal während des Abends rief Konrad Weber aus dem Krankenhaus an und ließ Cornelius an das Telefon bitten. »Läuft es?«, fragte er verzweifelt. »Schaffen sie es?«

»Sie schaffen es«, erwiderte Cornelius. »Nur Ruhe. Und wenn Sie noch mal anrufen, werde ich veranlassen, dass man Ihnen das Telefon aus dem Zimmer entfernt.«

»Ich bin so verzweifelt, Herr Direktor. Dass ich Sie gerade jetzt im Stich lassen muss. Und Bastian wird mir die Schau stehlen. Er bekommt den zweiten Stern.«

»Er kann Ihnen die Schau nicht stehlen, denn jedermann kann an einem Abend nur einmal essen, entweder hier oder dort. Und nun seien Sie dem lieben Gott dankbar, dass Sie leben. Versuchen Sie zu schlafen.«

Ein Lastwagen hatte ihn seitwärts angefahren, ein paar Zentimeter weiter, und Konrad Weber hätte sich um den Stern, den Bastian erhalten hatte und er nicht, keine Sorgen mehr zu machen brauchen.

Im Miriam saßen noch Herzogin Elisabeth am Tisch und Janines derzeitiger Freund, ein junger Wissenschaftler, ein Archäologe.

»Denn«, so hatte Janine unbefangen erklärt, »privat brauche ich was anderes. Künstler bin ich selber.«

So drehte sich das Gespräch an diesem Abend zum Teil auch um die Ausgrabungen zwischen Euphrat und Tigris, und Helga fand, dass Janine recht hatte. Wenn sie den ganzen

Abend nur über das Stück, die Regie, die Schauspieler geredet hätten, wäre es auf die Dauer etwas eintönig geworden.

An einem anderen Tisch im Restaurant saß Dr. Frank mit Gästen der TESTA, und manchmal, wenn Helga aufsah, begegnete sie seinem Blick. Das war nun schon lange her, und es hatte nie mehr ein Zusammensein wie damals in Davos zwischen ihnen gegeben.

Wenn ich ihn damals geheiratet hätte, dachte Helga auf einmal, hätte ich vielleicht inzwischen noch ein Kind bekommen.

Über diesen Gedanken war sie selber verblüfft. Wollte sie denn noch ein Kind? Daran hatte sie nie gedacht. Und jetzt war es zu spät, auch Torsten sollte jetzt keine Geschwister mehr bekommen. Und sie hätte ja auch keine Zeit dafür gehabt. Vielleicht war das letzte Gespräch mit Stephan Momsen daran schuld, dass sie auf solch einen Gedanken kam. Sie hatte ihn gern gehabt, aber nun war er aus ihrem Leben verschwunden, und sie gestand sich ein, dass sie ihn vermisste.

Im vergangenen Frühjahr war seine Ehe geschieden worden, nach stürmischen streiterfüllten Jahren, die ihm viel von seinem jugendlichen Elan genommen hatten. Es war eine böse Scheidung gewesen und zudem für ihn eine teure Scheidung. Auch für Helga hatte es Ärger gegeben, denn ab und an traf sie sich mit Stephan, und Sonja, seiner Frau, war es nicht entgangen, was Helga für ihn bedeutete; in gehässiger Form hatte sie darüber geredet, unnötiger Klatsch war entstanden.

Eines Tages hatte Helga ihm gesagt: »Ich möchte nicht mehr, dass wir uns treffen.«

Er hatte darauf erwidert: »Ich verstehe dich. Aber du darfst nicht vergessen, dass ich dich liebe.«

»Soviel ich weiß, schläfst du wieder mit deiner Frau«, sagte Helga kühl.

»Ich versuche es«, gab er ehrlich zu. »In gewisser Weise

braucht ein Mann eine Frau. Aber ich kann dir jetzt schon sagen, dass es auch diesmal nichts werden wird.«

Nachdem er geschieden war, hatte er sie um ein Treffen gebeten, das war im April, sie gingen an einem kühlen windigen Vorfrühlingstag im Schlosspark spazieren, begleitet von Mirco.

»Also nun ist es erledigt«, sagte er.

»Ja, ich weiß. Was sagt man in so einem Fall? Herzlichen Glückwunsch? Oder es tut mir leid?«

»Ersteres in meinem Fall. Diese Ehe und das Ende dieser Ehe hat mich zu einem kaputten Mann gemacht.«

»Übertreib nicht.«

»Ein Mann ist der größte Idiot des Jahrhunderts, wenn er heiratet. Heutzutage, bei diesen Scheidungsgesetzen. Eine Frau kann dich ausziehen bis aufs Hemd. Und mich hat es zudem die Frau gekostet, die ich liebe.«

»Wenn du mich damit meinst, so ist das eine etwas lächerliche Behauptung. Du warst immer verheiratet, seit du mich kennst, nicht wahr?«

»Und wenn ich nicht verheiratet gewesen wäre?«

»Du warst es aber.«

»Jetzt bin ich es nicht mehr. Wenn ich dich fragen würde, Helga ...«

Sie blieb stehen. »Bist du eigentlich noch zurechnungsfähig? Eben hast du gesagt, ein Mann ist der größte Idiot, wenn er heiratet. Willst du mir vielleicht einen Antrag machen?«

»Genau das möchte ich.«

»Das schlag dir aus dem Kopf. Ich war einmal verheiratet, das genügt mir für alle Zeit. Und wenn ich dir richtig zugehört habe, dürfte dir einmal auch genügen.«

»Du bist anders.«

»Was für eine alberne Bemerkung. Anders! Ich bin auch nur eine Frau.«

»Du bist eine besondere Frau. Und du bist die Frau, mit

der ich zusammenleben möchte. Ich wage zu behaupten, für immer. Trotz allem, was mir in puncto Ehe widerfahren ist. Wenn jemand mir meine Lebensfreude wiedergeben könnte, dann bist du es. Und wenn du partout nicht heiraten willst ...« er stockte.

»Könnten wir ein Verhältnis haben«, vollendete sie den Satz. »Könnten wir vielleicht. Ich weiß aber nicht, ob ich will.«

»Wird es nie einen Mann geben außer ihm, den du lieben kannst?«

»Wen meinst du?«

»Cornelius. Ich weiß, was für eine Rolle er in deinem Leben spielt. Und ich weiß auch, was du für ihn bedeutest. Dagegen lässt sich wenig machen, das weiß ich auch, und ich weiß es seit Jahren. Bloß, Helga, ist er nicht zu alt für dich?«

Er griff nach ihrer Hand, doch sie zog die Hand zurück und sagte ärgerlich: »Das ist wieder eine höchst alberne Bemerkung. Zu alt! Als ob es auf das Alter ankäme, wenn zwei Menschen sich verstehen. Ganz abgesehen davon, dass die gemeinsame Arbeit uns verbindet. Außerdem ist er nicht mein Liebhaber, sondern mein Schwiegervater, wenn du dich freundlich daran erinnern wolltest. Aber ich gebe jeden anderen Mann für ihn her. Jeden, hörst du?«

»Wird es immer so bleiben?«

»Ja.«

Er schwieg eine Weile, sie gingen weiter, Mirco, der über eine Wiese getollt war, kam zurück und berührte Helgas Hand. Er schien zu spüren, dass die beiden Menschen, die mit ihm spazieren gingen, nicht glücklich waren.

»Es ist schlicht und ergreifend so«, sagte Stephan nach einer Weile, »wir haben beide zu jung geheiratet und haben uns damit das Leben vermasselt.«

»Das lässt sich wohl kaum miteinander vergleichen«, sagte Helga abweisend. »Und mein Leben ist nicht mehr vermasselt, mein Leben gefällt mir so, wie es ist. Und das verdanke ich Cornelius. So einfach ist das. Ich brauche dazu keinen Mann, weder als Ehemann noch als Liebhaber.«

»Das glaube ich dir einfach nicht.«

»Dann lässt du es bleiben.«

»Schläfst du mit Cornelius?«

»Ich verbitte mir solche aufdringlichen Fragen.«

»Du könntest einfach mit Ja oder Nein antworten.«

»Ich brauche überhaupt nicht zu antworten.«

Wieder blieb es eine Weile still, es war kühl, um das Schloss herum kam ihnen ein scharfer Wind entgegen.

»Ich hielt das damals für Liebe, als ich geheiratet habe. Und das war es ja auch für einige Zeit, ich will es gar nicht herunterspielen. Aber ob Menschen zusammenpassen, ob sie zusammen leben können, das entscheidet sich ja doch erst nach einiger Zeit. Und das entscheidet sich nicht im Bett. Es kann sogar so und so ganz gut gehen, jedenfalls eine Zeit lang, und dann geht es eben nicht mehr. Im Bett war Sonja sogar ganz anregend.«

»Bitte, verschone mich mit diesen Einzelheiten«, sagte Helga eisig. »Das interessiert mich nicht.«

»Ich muss dir das aber erklären, damit du verstehst, warum unsere Ehe überhaupt so lange gehalten hat. Aber es genügt eben nicht.«

»Warum habt ihr eigentlich keine Kinder, wenn es denn in dieser Beziehung so … anregend war, wie du es nanntest?«

»Ich weiß nicht. Wir haben keine Kinder, und ich weiß nicht einmal, ob es an mir liegt oder an ihr. Vom derzeitigen Standpunkt aus betrachtet ist es ja nur gut. Denn ich hätte mich bestimmt nicht scheiden lassen, wenn Kinder da wären. Und ich hätte gern Kinder gehabt. Du weißt ja, dass ich ein Waisenkind bin, ohne Eltern, ohne Geschwister, nicht einmal Onkel oder Tante habe ich, gar nichts. Doch, ich hätte gern Kinder gehabt.«

»Wollte Sonja nicht?«

»Erst wollte sie nicht, dann wollte sie doch, aber es wurde nichts. Ich habe keine Ahnung, ob und wann sie in dieser Beziehung ehrlich war, also ob und wann sie die Pille genommen hat.«

Helga war das Gespräch unbehaglich. Es war ihr zu direkt, sie bevorzugte Distanz zwischen sich und anderen Menschen, auch wenn es sich um einen Mann handelte, der behauptete, sie zu lieben. Sie schlug den Kragen ihres Mantels hoch, denn nun begann es auch noch zu regnen.

Er fasste nach ihrer Hand. »Du frierst?«

»Nein. Aber deine Hand ist eiskalt. Du hättest besser auch einen Mantel angezogen.«

»Er liegt im Wagen.«

»Dann lass uns gehen. Es fängt an zu regnen, und ich habe noch viel zu tun heute. Du bist geschieden, es ist erledigt, und dass du keine Kinder hast, ist in diesem Fall nur gut.«

Er schob seine kalten Finger zwischen ihre.

»Und ich darf dich später noch einmal fragen?«

»Nein, zum Teufel, mich schon gar nicht. Ich habe ein Kind, und ich will keine Kinder mehr. Und ich will nicht heiraten. Und ich will auch kein Verhältnis mit dir. Mir gefällt mein Leben so, wie es ist.«

»Nun gut, okay, schöne Müllerin, dann frage ich dich nicht mehr. Keine Blume und kein Stern geben mir Antwort. Und du schon gar nicht. Wenn du mich nicht willst, gehe ich fort.«

»Bitte.«

»Es macht dir nichts aus?«

»Nein.«

Das war ihre letzte Begegnung gewesen, sie waren beide verstimmt. Kurz darauf verschwand Stephan aus der Stadt. Er hatte seine Stellung in Simons Firma nicht gekündigt, er hatte nur um einen längeren unbezahlten Urlaub gebeten. Er war wieder in Amerika, wie Helga wusste.

An diesem Abend im Miriam, nach der Premiere der Festspiele, fragte sie sich, ob Simon wohl manchmal Nachricht von ihm erhielt. Aber sie würde Simon nicht fragen. Stephan war aus ihrem Leben verschwunden, und so wichtig war er auch nicht für sie gewesen. Sicher hatte er inzwischen eine flotte Amerikanerin kennengelernt, vielleicht sogar geheiratet. Und das erste Kind war schon unterwegs.

In diesem Jahr hatte man Herzog Ferdinand und seine Mutter zu den Festspielen eingeladen. Elisabeth hatte sich erst ein wenig geziert, aber nun war sie doch mitgekommen, und der Besuch in der Heimat ihres Mannes bewegte sie tief.

Als sie das erste Mal vor dem Schloss stand, brach sie in Tränen aus. »Es ist, als ob ich es schon immer kenne. Er hat es mir genau beschrieben. Er hat Heimweh gehabt, immer. Stell dir vor, Ferdl, er wäre am Leben geblieben, und wir wären eines Tages gekommen und hätten hier gewohnt.«

»Ich glaub nicht, Mama, dass wir hier hätten wohnen können. Heutzutage, wo es keine Bediensteten gibt, wie soll man in einem Schloss wohnen. Wäre doch viel zu groß für uns.«

»Nicht das ganze Schloss, ein paar Zimmer vielleicht.«

»Entweder man bewohnt ein Schloss ganz oder gar nicht«, sagte Simon, der bei dieser ersten Begegnung der Herzogin mit einer unbekannten Vergangenheit zugegen war. »Obwohl«, er dachte nach, »Sie hätten natürlich auch das Museum in diesem Schloss betreuen können, Herr von Waldenburg.«

»Das hätt ich gewiss nicht getan«, sagte der Herzog. »Man kann nicht Museumswärter in eigener Geschichte sein. Na, und so bedeutend ist unsere Geschichte ja schließlich auch nicht.«

Nach zehn Tagen reisten der Herzog und seine Mutter wieder ab, und Helga atmete auf. Bei aller Arbeit, die die ausverkauften Hotels brachten, sich auch noch ständig um die beiden kümmern, öfter mit ihnen essen zu müssen, der Presse standzuhalten, war anstrengend gewesen. Zwar waren Magda und Simon eine große Hilfe, und Helga sagte zu Magda, nachdem sie die beiden an die Bahn gebracht hatten und der Zug abgefahren war: »Ich weiß gar nicht, was ich ohne dich getan hätte. Hast du dich überhaupt noch um die Galerie kümmern können? Jetzt, wo so viele Fremde da sind?«

»Ach, sie haben ja auch oft bei mir gesessen. Er hat sogar zwei Bilder vom Schloss verkauft. Die Kunden waren ganz gerührt, dass er der Mann war, der eigentlich in dieses Schloss gehörte. Die beiden sind wirklich liebenswerte Menschen. Aber wie alle lieben Menschen etwas strapaziös. Und dann ihr ewiges Gejammer um eine Vergangenheit, die es für sie gar nicht gibt. Komisch, nicht? Er ist da viel umgänglicher. Diese Frau ist um ihr Leben betrogen worden. Sie hat den Krieg nicht mitgemacht, nicht so wie wir hier in Deutschland, aber er hat irgendwie ihr Leben zerstört. Es ist so lange her, Helga. Mittlerweile ist es lange her, und ich bin alt geworden, aber es ist immer noch da. Ich hab viel an früher denken müssen, an Dresden, an mein Kind, an meinen Mann. Es war eigentlich bei mir genauso wie bei Elisabeth. Nur dass sie wenigstens das Kind behalten hat.«

»Und du hast ein neues Leben angefangen nach dem Krieg.«

»Was heißt, ein neues Leben angefangen? Das kann man gar nicht. Ich habe halt versucht, etwas daraus zu machen. Und es war sicher von Vorteil, dass ich keine Herzogin war. Und Cornelius war da, er war meine größte Hilfe. Erst habe ich ihm geholfen, und dann half er mir. Allein weil er da war.«

»So war es bei mir auch.«

»Das kannst du nicht vergleichen. Bei dir war das ganz anders. Du bist achtundvierzig geboren, nicht wahr? Entschuldige, ich will dein Alter nicht nachrechnen, ich denke bloß daran. Du hast diese schreckliche Nachkriegszeit nicht miterlebt, außerdem bist du ja in sehr geordneten Verhältnissen aufgewachsen. Aber wir damals – wir waren ein Haufen Verlorener, Ausgestoßener, Verfemter. Hitlers Nachlass, besiegt, gedemütigt, verachtet. Ganz gleich was jeder einzelne erlebt hatte, dieses Schicksal einte uns.«

Sie standen vor dem Bahnhof, Magda wies mit der Hand über den Platz. »Da drüben war die Bude. Erst mit diesen grässlichen Buletten, dann mit den Würstchen. Wenn du Cornelius heute ansiehst, kannst du dir vorstellen, dass er dort Würstchen verkauft hat?«

»Es fällt mir schwer«, gab Helga zu.

»Siehst du, das habe ich dir voraus. Ich kann es mir nämlich noch sehr gut vorstellen. Mein Gott, was für eine Zeit! Aber wir haben es geschafft, jeder von uns. Und jetzt werde ich dir etwas sagen, was du dir vielleicht auch nicht vorstellen kannst: Es war trotz allem eine großartige Zeit. Sie hat dich gefordert, sie hat dich vorangetrieben, sie hat Taten von dir verlangt, von denen du nie gedacht hättest, dass du sie tun könntest. Und von denen ich heute sagen muss, ich begreife gar nicht, wie man sie tun konnte. Ich glaube, das kann kein Mensch verstehen, der es nicht selbst erlebt hat.«

Helga schwieg. Vermutlich konnte es wirklich kein Mensch verstehen, der es nicht selbst erlebt hatte. Nicht einmal Andreas, der Sohn von Cornelius, hatte es verstanden oder auch nur verstehen wollen.

Nun lachte Magda. Sie warf den Kopf mit dem blonden Haar zurück, sie sah immer noch gut aus, elegant gekleidet, gut zurechtgemacht. »Na komm, hören wir auf mit der Vergangenheit. Diese Elisabeth hat mich manchmal richtig melancholisch gemacht. Ihre Trauer um ein Leben, um einen Mann, den sie nur kurz gehabt hat, um das dumme Schloss, das sie jetzt erst kennengelernt hat und das ihr nichts bedeuten kann, das war einfach enervierend. Wer hat sie daran gehindert, aus ihrem Leben etwas zu machen? Sie war jung genug. Sie konnte wieder heiraten, sie konnte einen Beruf haben, aber sie hat sich wie eine Maus in einem Loch verkrochen. Dafür fehlt mir jedes Verständnis.«

»Du bist eben anders.«

»Ach, was heißt anders? Man hat nur das eine Leben, und wenn man es behalten hat, was ja damals gar nicht so selbstverständlich war, dann muss man etwas daraus machen. Sie weint um ein Leben, das sie überhaupt nicht gehabt hat. Verstehst du, was ich meine? Das hätte ich auch so machen können. Oder Cornelius. Der Himmel lässt zwar die Sonne scheinen über Gerechte und Ungerechte, er lässt es sogar regnen, was viel wichtiger ist, aber er zeigt ihnen nicht den Weg, wie sie ihr Leben meistern sollen.« Magda lachte wieder. »Na, ich bin heute wieder mal weise. Daran ist die Herzogin schuld. Sie hat mich übrigens nach Wien eingeladen.«

»Und? Wirst du fahren?«

»Mein liebes Kind, ich kenne Wien wie meine Westentasche. Ich bin mit Miriam dort gewesen, und ab und zu kaufe ich dort ein. Apropos, wann fährst du denn nach Holstein?«

Nun lachte Helga auch. »Das war ein gewaltiger Sprung von Wien nach Holstein.«

»Fiel mir gerade ein. Ich finde, wenn du mir erlaubst, das zu sagen, du hast ein bisschen Erholung nötig. Es ist Sommer, und du hast kein bisschen Farbe im Gesicht. Und sehr schmal bist du auch geworden.«

»Ich fahre nächste Woche. Aber erst zu Mutti.«

»Ist sie sehr krank?«

»Ich weiß es nicht. Mein Bruder hat gestern angerufen. Er und Susanne werden auch kommen. Er ist ein sehr guter Arzt. Vielleicht kann er ...« Helga verstummte. Menschen mussten sterben. Seit Andreas war kein Mensch gestorben, der zu ihrem Leben gehörte. Begann es jetzt? Sie standen immer noch vor dem Bahnhof, es war später Vormittag, der

Verkehr kreiste wie ein rasendes Ungeheuer um den Platz. Und dann stellte Magda eine erstaunliche Frage.

»Betest du?«

»Ich habe es eine Zeit lang nicht getan. Zu Hause, da war es selbstverständlich, es gehörte irgendwie dazu. Dann habe ich mit Torsten gebetet, als er klein war. Ja, ich bete wieder.«

»Man weiß ja nicht, ob es hilft«, sagte Magda, und fügte gleich hinzu: »Das ist eine törichte Bemerkung. Was weiß man denn? Gar nichts weiß man. Ich habe um das Leben meines Mannes gebetet, aber es hat nichts genützt. Dann war er tot, und dann war das Kind tot, und ich habe Gott gehasst. Dabei war ich in einem sehr gottesfürchtigen Haus aufgewachsen, doch dann schmiss ich alles über Bord. Heute frage ich mich, warum man Gott für die Torheit der Menschen verantwortlich machen soll. Damals konnte ein Mensch gegen die Torheit des Krieges nichts ausrichten. Und heute? Wir sind genauso hilflos. Wir leben in einer prächtigen Zeit, uns geht es mehr als gut, wir haben alles, was ein Mensch sich für sein Leben wünschen kann. Hier in diesem Land, versteht sich. Und was machen wir? Wir machen alles kaputt. Wer denn eigentlich? Du und ich? Du kannst es nicht greifen und nicht fassen und nicht ändern. So war es immer, nicht? Weißt du, was meine Putzfrau sagt: Essen Sie bloß keinen Salat, Frau Köster, das ist das pure Gift, ist nur noch Chemie. Sie weiß, dass ich gern Salat esse. Und was soll ich essen, habe ich sie gefragt. Am besten gar nichts, sagt sie, Salat und Gemüse sind vergiftet, das Fleisch sowieso, später werden wir uns nur noch von Tabletten ernähren. Wie findest du das? Damals haben wir alles gefressen, was wir kriegen konnten, auch diese unsäglichen Buletten, und was in den Würstchen drin war, darüber will ich gar nicht nachdenken. Wir haben es überlebt. Jetzt lass uns gehen, der Automief erstickt mich fast. Was wir atmen, ist auch das reine Gift. Gut, dass Torsten in Holstein ist, dort wird die Luft besser sein.«

»Mit dem Auto fahren sie dort auch. Aber der Mief verteilt sich besser als in der Stadt.«

»Gift oder nicht, wir werden heute im Parkhotel zu Mittag essen, endlich mal allein. Vielleicht macht Cornelius uns das Vergnügen, sich zu uns zu setzen. Es müssen sich ja tolle Dinge in der Küche abspielen.«

»Wir sind alle total genervt«, sagte Helga. »Herr Weber sitzt in der Küche mit seinen Krücken und befehligt seine Brigade. Dann steht er auf, humpelt zu sämtlichen Töpfen, guckt hinein und schreit: nein, nein, so nicht. Alfons, das ist sein Vertreter gewissermaßen, dem zittern schon die Hände. Cornelius macht einen großen Bogen um die Küche.«

»Da kannst nur noch du helfen.«

»Aber wie? Angenommen, wir essen heute dort und wir loben, was Alfons gekocht hat, dann treffen wir Herrn Weber mitten ins Herz. Und wenn wir sagen, es war nicht so ganz gelungen, dann stürzen wir Alfons in tiefste Verzweiflung.«

»Wir werden einen Mittelweg finden«, sagte Magda. »Wir werden sagen, einerseits war dies sehr gut, und andererseits war jenes nicht so vollkommen. Und dann esse ich die nächsten Tage nur noch zu Hause. Ich werde mir einen schönen Eintopf kochen, grüne Bohnen mit Lammschulter. Und dann fahre ich nach Florenz.«

»Jetzt? Mitten im Sommer?«

»Die Hitze macht mir nichts. Ich wohne sowieso außerhalb der Stadt, ich kenne da ein bezauberndes kleines Hotel. Und ich muss mal wieder in die Uffizien. So ganz für mich allein. Wenn du nicht nach Holstein fahren würdest, könntest du mitkommen.«

»Ich glaube, mir wäre es jetzt in Italien zu heiß. Ich freue mich auf Holstein. Und auf das Meer.«

»Und ich freue mich, wenn Torsten wieder hier sein wird. Bist du nicht froh, Helga, dass du den Jungen hast?«

»Doch. Sehr froh sogar.«

»Keiner von uns hat ein Kind. Cornelius nicht, Simon nicht, ich nicht. Auch euer lieber Ferdinand nicht. Nur du.«

Aber als Helga nach Holstein kam, war Torsten nicht mehr da. Er war weg, einfach verschwunden, und keiner wusste, wieso, warum, wohin.

Die Entführung

Erst hatte Antje gelacht, dann war sie verärgert, und als Torsten um neun Uhr abends noch nicht in Birkenfeld eingetroffen war, bekam sie es mit der Angst.

»Das ist doch komplett verrückt«, sagte sie zu Detlev. »Wo sind die denn mit dem Jungen hingefahren? Erst lassen sie Jolly auf der Straße stehen und hauen einfach ab, und dann ist Funkstille. Torsten könnte doch wenigstens mal anrufen.«

»Es wird ihm peinlich sein«, meinte Detlev.

»Klar wird es das«, sagte Jolly. »Der kann sich denken, was ich ihm erzähle.«

Sie saßen vor dem Gutshaus, hatten zu Abend gegessen, und lauschten in die Stille, die über Wald und Wiesen lag. Es war noch hell, der Himmel hatte ein sanftes, dunkelndes Blau, von der nahen Koppel kam manchmal ein Schnauben der Pferde, die sie erst vor Kurzem hinausgelassen hatten, denn tagsüber war es zu heiß gewesen. Achim, der Volontär, saß bei ihnen, und vor Kurzem war Inge, die Gutssekretärin gekommen, nachdem sie noch einige Arbeiten im Büro erledigt hatte. Beunruhigt waren sie alle nun, auch Rieke, die an die Tür gelehnt stand und immer wieder mit dem Kopf schüttelte.

»Das passt nicht zu unserem Torsten«, sagte sie, »das täte der nicht, einfach abhauen und nischt hören lassen.«

»Rufen Sie doch noch mal bei Frau Sörensen an, Frau Baronin«, schlug Achim vor. »Vielleicht ist er dort.«

»Ich hab schon zweimal angerufen, und wenn er bei Sörensens wäre, hätte sie mir sofort Bescheid gegeben.«

Aber dann ging sie doch ins Haus und rief in Lütjenburg an.

»Was denn?«, sagte Ilka Sörensen. »Er ist immer noch

nicht da? So was gibt's ja nicht. Wir sind eben mal hier rund durch den Ort gefahren, Karl und ich. Wir war'n sogar in ein paar Lokalen drin. Keine Spur. Auch den Wagen haben wir nicht gesehen. Jolly bleibt dabei, es war ein Volvo? Mit Hamburger Kennzeichen?«

»Ja. Ein grauer Volvo. Die Nummer hat sie sich natürlich nicht gemerkt.«

»Ich weiß nicht, Baronin, aber ich denke, Sie sollten die Polizei anrufen. Kann ja was passiert sein. Oder wissen Sie, was? Ich geh gleich mal selber rüber zum Revier, ich kenne die Männer dort ja gut. Jolly ist sich da sicher? Ich hab den Wagen von der neulich nicht gesehen, wir waren ja bloß am Strand zusammen. Also ein hellgrauer Volvo, Hamburger Kennzeichen, keine Nummer. Ab siebzehn Uhr aus Lütjenburg verschwunden.«

»Vielleicht machen wir ein unnötiges Theater. Wenn sie irgendwo hingefahren sind zum Abendessen, da gibt es viele Möglichkeiten.«

»Aber warum sollte Torsten nicht anrufen? Und warum haben sie Jolly nicht mitgenommen? Das ist doch ein zu albernes Benehmen. Bei der Polizei werden sie denken, es handelt sich um Unfug. Haben sich Jolly und Torsten heute gestritten?«

»Davon hat sie nichts gesagt.«

»Also lassen Sie mich machen. Ich werde mal nachfragen. Falls es irgendwo in der Gegend einen Unfall gegeben hat, müssten die auf der Wache das ja wissen. Zumindest können sie nachfragen.«

»Um Gottes willen, ein Unfall? Daran habe ich natürlich auch schon gedacht. Doch, Frau Sörensen, gehen Sie doch mal lieber hin. Schrecklich nett von Ihnen. Vielen Dank.« Jolly hatte ihren Platz auf der Bank vor dem Haus verlassen, sie stand an der Einfahrt, blickte hinaus auf die Birkenallee, die die Anfahrt nach Birkenfeld säumte. Sie war nicht mehr zornig, sie hatte nun ebenfalls Angst.

Als Antje zu ihr trat, sagte sie: »Sie können einen Unfall gehabt haben.«

»Das meinte Frau Sörensen auch. Sie geht zur Polizei und wird sich erkundigen, ob man da etwas von einem Unfall weiß.«

Antje legte den Arm um die Schulter des Kindes.

»Hattet ihr Krach heute?«

»Torsten und ich? Nicht die Bohne. Wir sind zweimal geschwommen, und dann haben wir Federball gespielt, es war ja ganz windstill. Wir haben den Jungen gefragt, ob er auch mal eine Partie spielen will, aber er wollte nicht. Ist ein ziemlich doofer Heini. Das fand ich schon das letzte Mal.«

»Das letzte Mal war vor vier Tagen, als ihr mit Frau Sörensen und Dieter am Strand wart. Da habt ihr die Leute kennengelernt, sagst du. Wie kam denn das?«

»Ach, die saß im Strandkorb nebenan und unterhielt sich mit Frau Sörensen. Sie ist ganz hübsch. Der Junge saß nur im Sand und sagte so gut wie gar nichts. Er heißt Knut. Das weiß ich deshalb, weil die Dame zu ihm sagte, nun geh doch auch mal ins Wasser, Knut. Nö, sagte der, will ich nicht. Wirklich ein doofer Heini.«

»Und heute?«

»Na, heute waren sie wieder da, und sie sagte zu uns, seid ihr denn ganz allein. Da haben wir erzählt, dass Dieter wieder in die Schule gehen muss und wir noch eine Weile hierbleiben. Und so halt. Dann ist sie mit uns schwimmen gegangen, sie schwimmt gut, der doofe Knut ist wieder nicht ins Wasser gegangen. Und eben dann, als wir sagten, wir müssten jetzt gehen, weil wir sonst den Bus verpassen, da sagte sie, aber ich kann euch doch mitnehmen, wo müsst ihr denn hin? Torsten sagte, nach Gut Birkenfeld, aber wenn Sie uns in Lütjenburg absetzen, genügt das schon, da holt uns schon einer ab, oder wir borgen uns bei Sörensens zwei Räder.«

Detlev war zu ihnen getreten und hatte zugehört.

»Und dann seid ihr also gefahren«, sagte er. »Mit dem hellgrauen Volvo.«

»Es war bestimmt ein Volvo. Mein Vater hat einen Saab, das ist auch ein schwedischer Wagen. Früher hatte er mal einen Volvo. Mein Vater sagt, diese Schweden sind ungeheuer stabil.«

»Was war denn in dem Wagen?«

»Weiter nichts. Taschen und Tüten. Und 'ne Jacke. Und als wir dann in Lütjenburg waren, sagte sie, eigentlich könnten wir noch ein Eis essen.«

»Hat sie gesagt, dass sie heute noch nach Hamburg fahren will? Oder dass sie irgendwo ein Haus hat oder im Hotel wohnt?«

»Nö, davon haben wir nicht gesprochen. Nur so allgemein. Wir haben von Birkenfeld erzählt, und sie hat gesagt, klingt ja großartig, da werde ich euch wohl ganz nach Hause fahren.«

»Und dieser Junge, dieser Knut?«, fragte Antje. »Was hat der denn geredet?«

»Fast nichts. Er hat zwei Eisbecher gegessen und bloß immer so dämlich gegrinst. Ich hab ihn mal gefragt, wo gehst du denn in die Schule? Da hat er gelacht. Na, rate mal, hat er gesagt.«

»Und dann?«

»Mein Neffe geht in Hamburg in die Schule, hat sie gesagt.«

»Und ihr habt nicht gefragt, in welche Schule?«

»Nö, warum denn? Wir kennen doch die Hamburger Schulen nicht.«

»So, das war der Neffe«, meinte Antje. »Wie alt ist der denn?«

»Bisschen älter als wir. Ziemlich groß und blond und ganz dünn. Überhaupt keine Muskeln. Ist ja auch kein Wunder, wenn er nicht schwimmt. Und ganz weiß im Gesicht, kein bisschen braun. Viel hat man ja nicht von ihm gesehen, er hat sich nicht ausgezogen.«

»Er hat sich nicht ausgezogen? Auch am Strand nicht?«

»Er hatte Jeans an, die hat er hochgekrempelt. Und 'n geblümtes Hemd, Hawaiihemd nennt man das, glaub ich. Und wie wir das Eis gegessen hatten, sagte er, er müsse mal verschwinden. Er blieb ziemlich lange weg. Als wir dann gehen wollten, dachte ich mir, dass ich eigentlich auch mal müsste.«

»Heute ist Dienstag«, sagte Detlev. »Sind denn in Hamburg noch Ferien?«

»Das wird sich feststellen lassen«, meinte Antje. »Jolly, noch mal. Ihr habt das Eis gegessen, der ist verschwunden, dieser Knut, die Dame hat bezahlt, und dann hast du gesagt ...«

»Hab ich doch schon sechsmal erzählt«, sagte Jolly verdrossen. »Ich hab gesagt, ich müsste mal Pipi, da hat die Dame gelacht und gesagt, das trifft sich ja gut. Genauso. Und als ich rauskam, waren sie weg.«

»Angenommen, du wärst nicht Pipi machen gegangen, du wärst mit ihnen zusammen gegangen, was wäre denn dann passiert?«

Antje stand da, den Kopf in den Nacken gelegt und blickte hinauf in den Himmel, an dem die ersten Sterne zu sehen waren.

»Wie meinst du das?«, fragte Detlev.

»Wenn sie alle vier in das Auto gestiegen wären, wäre dann Jolly jetzt auch verschwunden?«

Detlev blickte Antje scharf an. »Denkst du, dass die Frau eine böse Absicht hatte? Und wenn ja, was für eine?«

»Eben, was für eine?« Und mit einem raschen Blick auf Jolly, fuhr Antje fort: »Sinnloses Gerede. Man wird ganz dusslig mit der Geschichte. Der Wagen stand um die Ecke, hast du gesagt?«

»Vor dem Café konnte sie nicht parken. Um die Ecke eigentlich auch nicht. Deshalb dachte ich mir auch zuerst, vielleicht war gerade die Polizei da, und sie sind schnell weggefahren und werden gleich wiederkommen. Was meint ihr mit der bösen Absicht? Dass sie Kinder entführen wollte?«

»Mensch, hör auf«, rief Antje energisch. »Wer spricht denn hier von Entführung. Ich hab auch noch nie gehört, dass bei uns zu Lande Mädchenhändler unterwegs sind.«

»Torsten ist ja auch kein Mädchen.«

»Du sagst es«, meinte Detlev. »Aber man muss sich das mal andersrum überlegen. Angenommen, Torsten hätte mal gemusst, und Jolly wäre mit der Frau und Knut gegangen, wäre sie dann mit dir weggefahren, Jolly, und hätte Torsten auf der Straße stehen lassen?«

»Daran habe ich noch nicht gedacht«, meinte Jolly.

»Das ist eine total unverständliche Geschichte«, sagte Antje. »Angenommen, sie hätte es lustig gefunden, Jolly zu versetzen, nur so aus Unsinn, dann hätte Torsten es doch nicht mitgemacht. Und wenn die Tante gesagt hätte, komm mit, wir machen uns einen schönen Abend und gehen irgendwohin zum Essen, dann hätte Torsten genauso wenig mitgemacht. Er hätte Jolly nicht auf der Straße stehen lassen. Wenn ich eines weiß, dann weiß ich dies.«

»Nö«, sagte Jolly, deren Ärger vergangen war, »glaub ich auch nicht.«

Detlev sah seine Frau an. »Weißt du, was du da sagst?«, fragte er.

»Alles Quatsch. Ich sag ja, man wird ganz blödsinnig mit diesen Gedanken. Ich muss jetzt einen Schnaps trinken. Mir ist ganz mies. Was meinst du? Soll ich Helga anrufen?«

»Auf keinen Fall. Du darfst sie nicht unnötig beunruhigen. Vielleicht klärt sich alles ganz harmlos auf.«

»Das ist nicht harmlos«, sagte Antje leise.

Sie gingen zurück zum Tisch und zu den Bänken vor dem Haus, dort hatten sich inzwischen drei von den Gutsarbeitern mit ihren Frauen eingefunden. Auch die größeren Kinder waren dabei, denn inzwischen wussten sie alle von Torstens rätselhaftem Verschwinden.

»Das'n Filou, der Torsten«, sagte Kristin, die Tochter vom Schweizer, die in Jollys Alter war.

»Ist er nicht«, fauchte Jolly.

»Was hast du denn für Ausdrücke?«, fragte Kristins Vater drohend.

»Das ist Französisch«, belehrte ihn seine Tochter hochnäsig.

Unter der Tür erschien Birge im Nachthemd. Sie war sechs, und hatte mitbekommen, dass etwas nicht in Ordnung war.

»Was machst du denn hier?«, fuhr Antje sie an.

»Ich kann nicht schlafen. Ist Torsten noch nicht da?«

»Er kommt gleich«, beruhigte Detlev sie. »Komm, Mäuschen, geh jetzt ins Bett.«

»Ich will nicht ins Bett. Und ich hab Durst.«

Rieke holte Saft für die Kinder, und Jolly trank durstig ein ganzes Glas aus.

Gegen zehn rief Frau Sörensen an.

»Nichts bekannt im Landkreis von einem Unfall. Auch auf der Strecke nach Hamburg nichts Ernsthaftes. Jedenfalls nicht mit einem grauen Volvo.«

»Und was haben sie sonst gesagt?«

»Sie haben gegrinst, 'n Junge mit vierzehn, haben sie gesagt, der macht schon mal 'ne Extratour. Ich hab ihnen erklärt, wer Torsten ist und dass er bei euch wohnt. So, haben sie gesagt, bei dem Baron Gierau auf Birkenfeld. Sie würden sich umsehen. Auch in den Lokalen im Umkreis. Sie sind dann auch gleich losgefahren. Und was machen wir nun?«

»Ja, was machen wir nun?«, fragte Antje, schon sehr verzagt.

»Wir bleiben auf jeden Fall auf und lassen das Licht brennen. Dieter ist auch schon ganz aufgeregt und will nicht schlafen gehen.«

»Was war denn das für eine Frau?«, fragte Antje. »Sie haben sie doch kennengelernt.«

»Was heißt kennengelernt? Wir haben ein bisschen miteinander geredet. Sie sprach mich an. Wie schön es hier am Meer sei, und ein prima Wetter und so was alles. Ich habe gefragt, kommen Sie öfter her zum Baden, und sie sagte, ja, manchmal, wenn ich Zeit habe.«

»War sie denn ein Feriengast, der hier irgendwo wohnte?«

»Das hat sie nicht gesagt, und ich habe sie nicht gefragt.«

»Wie ist denn diese Frau? Jung oder alt?«

»Ziemlich jung, so Ende zwanzig vielleicht. Ganz hübsch, aber ein etwas ordinärer Typ. Wenn Sie verstehen, was ich meine. Ihr Bikini war so klein, also kleiner ging's wirklich nicht mehr. Sie war so gut wie nackt. Ich bin ja nicht so püttrig, aber mit den Kindern … na ja, die sind heute so etwas gewöhnt.«

Zwei Tage später war Helga da. Und von Torsten immer noch keine Spur.

Nun war die Polizei voll eingeschaltet. Jollys Aussage war präzise und schwankte mit keinem Satz.

Das erste Zusammentreffen mit der blonden Frau und einem Jungen namens Knut am vergangenen Freitag, in Gegenwart von Frau Sörensen und Dieter Sörensen. Ein kurzes Gespräch zwischen den beiden Damen, an dem sich die Kinder kaum beteiligt hatten. Knut war doof, mit ihm konnte man nicht reden.

»Richtig bescheuert war der«, unterstrich Jolly. »Gehste nicht mit ins Wasser? habe ich ihn gefragt, und er hat gesagt, nee, wozu denn, Wasser ist nass.«

Am Dienstag das erneute Treffen am Strand.

»Sie hat getan, als wenn sie sich schrecklich freut, dass wir kommen«, berichtete Jolly. »Ganz allein heute? hat sie gesagt, und dann haben wir erzählt, dass Dieter wieder in die

Schule muss und dass er sehr sauer ist, dass er nicht mehr mitkommen kann. Und dann hat sie uns gefragt, wann wir denn wieder in die Schule müssen und wo, und so was eben alles. Dann haben wir uns nicht mehr um sie gekümmert, bis sie dann gesagt hat, wir könnten mit ihr fahren. War ja nicht schlecht, nicht?«

Folgte das Eisessen, Jollys Pipi, das Verschwinden des Autos mit der blonden Dame und dem bescheuerten Knut und eben auch mit Torsten. Jolly konnte das zweimal wiederholen, ganz genau und immer im gleichen Wortlaut, und das musste sie auch, nachdem dann die Kriminalpolizei in Kiel und in Hamburg eingeschaltet worden war.

Helga war stumm und starr, stand vor einer Situation, die sie nicht begreifen konnte, die sich von keinem der Beteiligten erklären ließ. Das ganze Gut war in Aufruhr, Detlev blickte finster, Antje war verzweifelt, Pastor Rohde kam, dann Johannes und Susanne, und natürlich auch Jollys Eltern, um die Tochter abzuholen.

Der Polizeiapparat lief auf vollen Touren, in Hamburg suchte man einen hellgrauen Volvo, und das war das erste, was sie fanden, den Volvo, von dem man annahm, er könnte es sein. Es war ein Leihwagen, er gehörte einer renommierten Firma, eine Frau Schulz hatte ihn gemietet, immer nur einen Tag. Jolly musste den Wagen ansehen, er war leer und sauber, und sie sagte, ja, das könne er sein. Frau Schulz, wusste der Leihwagenvermieter, sei blond gewesen und ganz hübsch. Ob sie öfter einen Wagen bei ihm gemietet hatte? Nein, nur gerade viermal. Sie hatte bezahlt und den Wagen immer ordentlich zurückgebracht. Evelyn Schulz lautete der volle Name. In Hamburg fanden sie keine Evelyn Schulz, auf die die Beschreibung passte

»Ich verstehe das nicht«, sagte Helga. »Ich verstehe das einfach nicht. Wo kann er denn sein? Was haben sie mit ihm gemacht?«

Erstmals fiel das Wort Entführung.

»Aber wer sollte Torsten entführen?«, fragte Helga. »Und warum?«

»Und zu einer Entführung«, sagte der Hauptkommissar in Hamburg, »gehört ein Brief oder ein Anruf der Entführer, die das Lösegeld fordern. Nichts und niemand hat sich bisher gemeldet.«

Nichts und niemand hatte sich gemeldet. Weder auf Birkenfeld noch in den Hotels, alles war in Schweigen gehüllt, in ein fürchterliches, tödliches Schweigen.

»Mein Sohn ist kein kleines Kind«, sagte Helga. »Er ist klug und er ist besonnen. Er würde bestimmt nicht mit fremden Leuten irgendwo hinfahren. Er ist auch stark, er würde sich wehren.«

Ihre Augen waren schwarz vor Entsetzen in dem blassen Gesicht. Da war irgendetwas, irgendetwas, das aus dem Dunkel nach ihr griff. Aber noch dachte sie nicht an John van der Meeren, sie hatte ihn vergessen.

Dann kam Cornelius. Magda fuhr den Wagen, denn Cornelius war so verstört, wie sie ihn noch nie gesehen hatte. Alle waren sie auf Birkenfeld, alle sprachen sie immer wieder diesen ungeklärten Fall durch, der ganze Landkreis nahm inzwischen Anteil daran, denn Torstens Bild war in der Zeitung erschienen: Wer hat diesen Jungen gesehen? Torsten Müller, vierzehn Jahre alt.

»Hat er irgendwie mal abenteuerliche Gedanken geäußert?«, fragte der Kommissar aus Hamburg. Und mit einem mitleidigen Blick in Helgas Gesicht: »Sie müssen verstehen, Frau Müller, es kommt ja vor, dass Jungen in diesem Alter auf solche Ideen kommen. Einfach los, mal abhauen, die große weite Welt erforschen, auf einem Schiff anheuern, was glauben Sie, wie oft wir das erleben.«

»Er hat nie so etwas gesagt.«

»Nun ja, die Jungen sagen es vielleicht nicht.«

»Mein Sohn nicht. Er hat alles, was er braucht, er ist zufrieden mit seinem Leben. Er konnte tun, was er wollte.«

»Vielleicht wollte er nicht mehr in die Schule gehen.«

»Er ist ein guter Schüler. Es gab nie Schwierigkeiten.«

Das wurde alles überprüft. Die Schule, Torstens Leben, seine Liebe zu Mirco, zu seiner Oma, seine Zukunftspläne, was die Hotels betraf.

»Kann ja sein«, meinte der Kommissar, »er wollte erst etwas von der Welt kennenlernen, ehe er ein Hotel übernehmen wollte.«

»Nein«, sagte Helga. »Die Welt steht ihm offen, sobald er mit der Schule fertig ist. Jedes Land, jedes Hotel seiner Wahl. Auch jeder Beruf seiner Wahl. Der Junge ist frei.«

Das sagte sie wörtlich, und es kam ihr selber töricht vor. Torsten war frei, aber wie sollte sie das den skeptischen Männern von der Polizei klarmachen, die ihre Erfahrungen hatten mit Jungen, die auf und davon gingen, aus diesem oder jenem Grund.

Im Kieler Hafen, im Hamburger Hafen wurde nachgeforscht, da war kein Junge, der eine Heuer gesucht hatte, abgesehen davon, dass heutzutage kein Minderjähriger einfach angenommen würde. Man ging sogar in die Puffs, die leichten Mädchen wurden befragt, Vierzehnjährige konnten dort auch schon angetroffen werden.

Cornelius saß im Garten von Birkenfeld, er hielt Helga im Arm, die nur noch ein Schatten ihrer selbst war, verzweifelt, ratlos, dann auch wortlos.

Auch Mirco war da, Cornelius hatte ihn mitgebracht, doch auch Mirco konnte keine Spur von Torsten finden.

»Er ist tot«, sagte Helga. »Ich weiß es, er ist tot.«

Onkel Dirk und Anne kamen aus Hamburg, auch ihre Tochter Sybill, die mittlerweile einen gut gehenden Modesalon in Hamburg unterhielt, alle waren sie auf Birkenfelde, dann wieder in Hamburg, in Timmendorfer Strand, im Pfarrhaus. Johanna Rohde lag todkrank darnieder, man hatte ihr Torstens Verschwinden verschweigen wollen, das war nicht gelungen. Sie starb noch in diesem Herbst, ohne zu erfahren, was aus Helgas Sohn geworden war. Bei der Beerdigung ihrer Mutter brach Helga zusammen, sie kam ins Krankenhaus, wurde mit Spritzen und Beruhigungsmitteln behandelt. Dann war sie wieder bei Antje und Detlev auf dem Gut.

»Ich werde wahnsinnig«, sagte Antje. »Ich bin schuld. Ich hätte nicht erlauben sollen, dass die Kinder allein zum Baden fahren. Aber wer denkt denn an so etwas, so klug und selbstständig wie die beiden sind.«

Eines Tages sprach der Kommissar in Hamburg von Helgas Vergangenheit, er hatte recherchiert und wusste nun Bescheid. »Das ist lange her«, sagte er. »Ihr Sohn war nicht mit in Kalifornien?«

»Nein. Er war ja noch ganz klein.«

»Und Ihr Mann, Frau Müller ... ich denke darüber nach, ob es da eine Verbindung geben kann.«

»Aber welche denn?«, fragte Helga verzweifelt.

»Das ist es ja. Wenn man ein Kind entführt, geht es immer um Geld. Aber in diesem Fall fragt niemand nach Geld. Also geht es darum, Ihnen ein Leid zuzufügen? Oder Ihrem Schwiegervater? Haben Sie Feinde? Hat er Feinde? Einen Feind?«

Helga schüttelte den Kopf.

»Ein Feind aus lang vergangener Zeit? Nehmen wir an, jemand, der sie aus Amerika kennt, der den Prozess erlebt hat, der irgendwie darin verwickelt war, Schaden genommen hat, Strafe abzusitzen hatte – irgend so etwas? Denken Sie nach.«

Und da war das Bild auf einmal vor ihren Augen: der blonde Mann an der Rezeption. Das Gespräch im Park des Miriam. Die Begegnung im Burgtheater. Die letzte Begegnung auf dem Flug nach London. Ihre Augen hatten sich weit geöffnet, sie hob die Hand an die Lippen.

»Es ist Ihnen etwas eingefallen?«, fragte der Kommissar erwartungsvoll.

»John van der Meeren«, flüsterte Helga. »Ja, ich glaube, er war mein Feind. Ich weiß zwar nicht, warum. Aber er war mein Feind. Und er wusste alles über mich.«

»Erzählen Sie mir genau, was sich ereignet hat.«

»Ereignet? Ereignet hat sich gar nichts. Er sah mich immer nur an. Einmal allerdings haben wir zusammen gesprochen.«

Kommissar Wildner hörte sich alles genau an, machte sich Notizen, die Nachforschungen wurden immer umfangreicher, gingen über Grenzen hinweg. Erste Anfrage in Texas, doch in Houston gab es keinen John van der Meeren.

»Der Name hilft uns sowieso nicht weiter«, sagte der Kommissar, »der ist bestimmt falsch. Falls dieser Mann in unsere Geschichte gehört, was wir ja nicht wissen.«

Sehr heiß wurde der Fall dann, als sie Ende November die Leiche der blonden Frau fanden, die sich Evelyn Schulz genannt hatte. Das war außerhalb Hamburgs in einem stillgelegten Lagerhaus. Leere, vergammelte Hallen, doch wie sich herausstellte, befanden sich darüber einige Räume, die bewohnt gewesen waren, jedenfalls für kurze Zeit.

Ein älterer Mann, ein Rentner, der in dieser Gegend öfter mit seinem Hund spazieren ging, war auf den Geruch aufmerksam geworden, der aus dem oberen Stock kam, wo ein offenes Fenster bei Wind laut auf und zu schlug. Das heißt, auf den Geruch war der Hund aufmerksam geworden, er winselte, bellte das Gebäude an. Der Mann wunderte sich über das Fenster, das keiner schloss. Und früher, erzählte er, nachdem er zur Polizei gegangen war, hatte er abends dort oben Licht gesehen. Aber nun schon lange nicht mehr. Nun wurde es ja sehr früh dunkel, und da war es schon seltsam, dass dort oben kein Licht mehr brannte und dass das Fenster nicht geschlossen war, und vor allem roch es so fürchterlich. Die Polizei hatte keinerlei Schwierigkeiten, in die oberen Räume zu gelangen, nicht nur das Fenster, auch die Tür stand weit offen. Es waren drei primitiv eingerichtete Zimmer, in einer Ecke stand ein Herd, darauf Töpfe mit Essensresten, ungewaschene Teller und Gläser stapelten sich in einem schmutzigen Becken. Bad oder Dusche gab es nicht, nur ein enges verschmutztes Klo.

Die blonde Frau lag auf einem Bett, sie stank, sie war tot. Erschossen. Ein Schuss ins Genick, aus großer Nähe abgegeben, so viel ließ sich noch feststellen.

Im dritten Raum, dem kleinsten, befand sich ein Matratzenlager, ebenso schmutzig und verwahrlost wie alles andere, durchschnittene Stricke darauf, ein T-Shirt und Jeans, in den Jeans steckten ein Geldschein und Münzen und ein kleiner Schlüssel.

Helga erkannte ihn als Schlüssel zu Torstens Fahrradschloss, den er immer bei sich trug.

»Eine Entführung geradezu klassischer Art«, sagte Kommissar Wildner, und es klang fast befriedigt, denn nun wusste man endlich, woran man war. »Die Frau war auf den Jungen angesetzt, sie war ein Werkzeug, vermutlich bezahltes Werkzeug, und sie hat die erste günstige Gelegenheit benutzt. Wir wissen nicht, wie lange sie Torsten Müller beobachtet hat, wie lange die Sache vorbereitet wurde. Vorbereitet worden ist sie, und sogar gründlich. Diese Behausung hier stand bereit. Man hat den Jungen gefesselt und eingesperrt. Wie viele Tage oder Wochen, wissen wir nicht. Man muss ihn streng bewacht und stark gefesselt haben, da es ihm nicht gelang, sich zu befreien. War die Frau allein mit ihm? Wer war noch hier? Dass sie beseitigt werden musste, stand von vornherein fest. Und sie war dumm genug, das nicht zu bedenken. Sie war dumm, habgierig und hartherzig, sonst hätte sie es nicht fertiggebracht, den Jungen auf diese Weise hier gefangen zu halten«, schloss der Kommissar den Vortrag vor seinen Männern. Dann fuhr er fort: »Die Welt hat nicht viel an ihr verloren. Die Obduktion ergab, dass sie seit ungefähr sechs bis sieben Wochen tot ist. Also Anfang Oktober etwa wurde sie erschossen, ein einziger, gut gezielter Schuss. Seitdem ist wohl auch Torsten Müller aus diesem Haus verschwunden. Wurde er tot oder lebend fortgebracht? Hat er den Mord mit angesehen, oder hat man ihn vorher getötet? Weder vorher noch später kam ein Brief. Kein Telefonanruf. Keine Geldforderung. So etwas habe ich noch nie gehört.«

Auf diese Weise bekam Helga es nicht zu hören, man mutete ihr auch nicht zu, die Räume in dem Lagerhaus zu besichtigen. Man hatte ihr nur den Fahrradschlüssel und dann die Jeans und das T-Shirt vorgelegt.

Cornelius wollte jedoch alles sehen, er kam nach Hamburg, und Detlev begleitete ihn bei dem unangenehmen Gang.

Cornelius war bleich, er war um Jahre gealtert.

»Mein Sohn ist tot«, sagte er zu dem Kommissar. »Und Torsten war mein einziger Enkelsohn.«

»Wir wissen nicht, ob er tot ist.«

»Es ist keine Geldforderung gekommen. Sie sagen selbst, dass das ... nicht üblich ist in solchen Fällen.« Er blickte durch die blinde Scheibe auf die Elbe hinaus. »Es ist nicht weit bis zum Fluss, nicht wahr?«

»Wir haben den Strom schon abgesucht«, sagte Kommissar Wildner. »Es sind Wochen vergangen. Aber ehe wir nicht ...« er verstummte.

»Sie meinen, ehe Sie nicht auch Torstens Leiche gefunden haben, soll man vermuten, er sei noch am Leben.«

Cornelius schwankte, Detlev legte den Arm um ihn.

»So ist es«, sagte er fest. »Wenn man ihn hätte töten wollen, wäre es ebenfalls hier geschehen. Und wenn diese Frau dazu bestimmt war, Torsten zu entführen, dann muss ein Grund vorliegen, warum man das tat. Sie musste sterben, weil sie nichts aussagen durfte. Ich glaube immer noch, dass es um Geld geht. Aber Herr Kommissar, was wäre gewesen, wenn man die beiden hier entdeckt hätte?«

»Das Risiko war wohl einkalkuliert. Dann wäre die Frau verhaftet worden, und sie hätte vermutlich nicht gewusst, wer ihr Auftraggeber war. Wenn sie ihn gesehen hat, was anzunehmen ist, wusste sie seinen Namen nicht. Auf jeden Fall muss man ihr eine große Summe versprochen haben.«

Cornelius weinte.

»Er ist tot«, sagte er. »Wie soll Helga das ertragen? Das auch noch?«

Der Mann, der manchmal hier mit seinem Hund spazieren ging, hatte die blonde Frau einige Male gesehen, nicht wie sie aus dem Haus kam oder in das Haus ging, ein Stück entfernt war er ihr begegnet, sie hatte eine Einkaufstasche getragen.

»Einmal hat sie mich angelacht«, berichtete er, »sie sagte, na, Huschipuschi, wie geht's denn immer so? Huschipuschi hat die Schlampe zu mir gesagt, das stellen Sie sich mal vor.«

Der Ausdruck Huschipuschi war sehr hilfreich. Von diesem Kosewort aus, wenn man es denn so nennen wollte, führte ein gerader Weg in die Prostituiertenszene. Evelyn Schulz oder Grete Kammer, wie sie wirklich hieß, war nicht gerade eine Hafenhure gewesen, aber auch kein elegantes Callgirl. Immerhin kannte man sie an der Reeperbahn.

»Sie machte immer auf fein«, erfuhr der Kommissar. »Aber ihr Louis hat sie nicht aus den Fingern gelassen.«

»Und wer ist das?«

Lächelndes Schweigen.

»Das kriegen wir schon heraus«, sagte der Kommissar drohend.

»Er hat sie manchmal vermietet für besondere Aufgaben. Da war sie ganz gerissen. Gekokst hat sie auch. Geld brauchte sie immer.«

»Sie ist tot«, sagte der Kommissar zu dem Mann aus der

Szene, den er seit Jahren kannte. »Ermordet. Wäre es nicht besser, Sie würden mir ein wenig mehr erzählen?«

»Wissen Sie, Kommissar, das ist nun mal Berufsrisiko.«

»Und der Zuhälter? Wollen Sie mir nicht sagen, wer das ist?«

»Aber Herr Kommissar! Wollen Sie mich morgen aus der Elbe fischen?«

»Es würde mir nicht allzu viel ausmachen«, sagte der Kommissar kühl. Natürlich suchten sie die ganze Zeit nach Knut. Hatte man ihn ebenfalls beseitigt, gab es ihn noch? Wie war er in die Geschichte hineingekommen?

In diesem Fall hatte der Kommissar endlich Erfolg. Seine Männer griffen hinter dem Fischmarkt einen auf, total bekifft, mehr tot als lebendig, auf den die Beschreibung passte. Kommissar Wildner bekam ihn noch in derselben Nacht in sein Zimmer zum Verhör.

Papiere hatte er nicht bei sich, aber er machte weiter keine Ausflüchte, er war viel zu kaputt.

»Knut also. Knut Müller, ist das richtig?« fragte der Kommissar.

»Klar doch. Sie können bei meinen Alten in Lüneburg nachfragen.«

»Aus Lüneburg, so. Wie alt bist du, Knut?«

»Sechzehn.«

»Seit wann bist du in Hamburg?«

»Weiß ich nicht.«

»Denk nach!«

»Zwei Jahre so was.«

»Bist du von zu Hause ausgerissen?«

»Die war'n froh, mich los zu sein.« Die Augen fielen ihm zu.

Der Kommissar strich ihm mit einer raschen Bewegung den Ärmel der Jacke hoch. Der Arm war voller Einstiche. »Wann hast du den letzten Schuss gehabt?«

»Schon lange her«, er jammerte. »Ich brauch jetzt einen.«

»Warum hast du keine Papiere?«

»Hamse mir gestohlen.«

»Wann?«

»Schon länger her.«

»Knut, nimm deinen restlichen Verstand zusammen und hör mir gut zu. Kennst du eine Frau, die Grete Kammer heißt?«

Wieder Kopfschütteln.

»Doch Knut, die kennst du.«

»Nee, kenn ich nicht.«

»Pass auf, Knut, die Frau ist ermordet worden.«

»Ermordet?«

»Erschossen.«

»Ich war's nicht. Ich hab keine Waffe.«

»Warst du diesen Sommer an der Hohwachter Bucht?«

»Wo is 'n das?«, murmelte Knut.

»An der Ostsee, Knut. Warst du da zum Baden?«

»Ich bade doch nicht.«

»Warum nicht?«

»Wasser ist nass.«

Das waren Jollys Worte gewesen.

Kommissar Wildner atmete auf und lehnte sich zurück. »Du warst dort mit Evelyn, und sie hat gesagt, du bist ihr Neffe.«

»Hat sie gesagt. Ich nicht.«

»Was habt ihr mit dem Jungen gemacht?«

»Was für'n Junge?«

»Hör zu, Knut, ich lasse einen harten Entzug mit dir machen. Einen echt harten. Du weißt, was das bedeutet. Du kannst es leichter haben. Auf die sanfte Tour, nicht wahr? Was wollte Evelyn von dir?«

»Weiter nichts. Ich sollte mitfahren und mit den Kindern spielen.«

»Und hast du mit den Kindern gespielt?«

»Ich bin doch nicht bekloppt.«

»Und was wollte Evelyn von dem Jungen?«

»Na, sie wollte ihn haben.«

»Warum?«

»Weiß ich nicht.«

»Sie muss doch irgendetwas zu dir gesagt haben, warum sie den Jungen mitnehmen wollte. Einfach so. Hör mir zu, Knut. Du kommst direkt von hier zum Entzug. Du wirst winseln wie eine Ratte. Du kannst nachher eine Spritze bekommen. Wenn du mir jetzt sagst, was du weißt.«

Knut blinzelte, seine Augen waren gerötet, Rotz lief aus seiner Nase, er schniefte.

»Sie hat gesagt, sie ist geschieden, und ihr Mann gibt ihr den Jungen nicht. Sie darf ihn nicht mal sehen. Niemals nicht darf sie ihn sehen. Und das, hat sie gesagt, hätt sie nun satt. Jetzt holt sie sich ihren Sohn selber. Und ich sollt ihr helfen. Krieg ich jetzt einen Schuss?«

Kommissar Wildner blickte einen seiner Assistenten an, die bei dem Verhör zugegen waren.

»Holen Sie den Doktor«, sagte er.

Knut seufzte, fuhr sich mit dem Handrücken über die tropfende Nase.

»Was hat Evelyn denn gesagt, wie sie das machen will?«

»Wusste sie vorher auch nicht. Wir müssen sie erst mal kennenlernen, sagte sie. Und da war noch ein kleines Mädchen dabei. Und 'ne andere Frau mit einem Jungen.«

»Habt ihr diese Leute da zum ersten Mal gesehen?«

»Nee, wir war'n vorher schon mal in so 'nem Kaff da. Da haben wir sie aus der Ferne geseh'n. Und das nächste Mal, wie wir da waren, fuhren sie mit dem Auto eben dahin, an das Wasser. Da sind wir hinterhergefahren. Krieg ich jetzt …«

»Gleich. Wenn der Doktor kommt. Und dann das nächste Mal?«

»Das ging sehr gut. Da waren die Bälger allein. Nur eben das kleine Mädchen war dabei. Die ging dann pinkeln. Und da sagte sie, los jetzt, die Gelegenheit ist günstig.«

»Hat sie das wörtlich so gesagt? Die Gelegenheit ist günstig?«

»Klar doch. Ich bin ja nicht taub.«

»Du bist auch gar nicht so dumm, Knut, wie ich dachte. Wenn ich dich reden höre, scheint es mir, du bist mal in eine bessere Schule gegangen. Was sind denn deine Eltern?«

»Fleißig sind die. Immer nur fleißig.«

»Kannst du mir sagen, was dein Vater für einen Beruf hat?«

»Er hat 'ne Gärtnerei. Und ich sollt da immer schuften.«

»Das war dir zu viel Arbeit, und da bist du abgehauen. Haben deine Eltern dich nicht gesucht?«

»Wie denn? Ich bin untergetaucht. Und ich hab gute Kumpels.«

»Und bei denen hast du das Zeug kennengelernt. Jetzt sag mir noch, wie ihr das gemacht habt mit dem Jungen.«

»Ich denk, ich krieg jetzt ...«

»Wir müssen den Doktor erst wecken. Er kommt dann gleich. Also das kleine Mädchen ging aufs Klo, und ihr seid gegangen und seid zum Auto, und dann seid ihr eingestiegen und dann?«

»Sie hat gesagt, wir fahrn mal eben um den Block, weil die Polizei uns sonst erwischt. Ich darf doch hier nicht parken. Und dann ist sie losgefahren, aber nicht um den Block, anderswohin eben. Ich weiß das nicht mehr so genau.« Jetzt liefen ihm Tränen über die hohlen Wangen.

»Und der Junge? Hat er nicht gesagt, wir müssen auf Jolly warten. Jolly heißt das Mädchen.«

»Ach ja? Kann sein.«

»Was hat der Junge denn gesagt?«

»Nicht viel. Sie hat gesagt, das haben wir gleich, und dann

hat sie auf die Tasche gedeutet, die auf dem Sitz stand, neben mir. Ich saß mit Torsten hinten.«

»Du weißt, wie der Junge heißt?«

»Fällt mir gerade ein. Sie hat doch immer gesagt, Torsten ist mein Sohn.«

»Und dann?«

»Sie hatte da so was in der Tasche. Hat sie mir vorher schon erklärt, wenn er Sperenzchen macht, soll ich ihm so'n Ding auf die Nase drücken.«

»Was für ein Ding?«

»Weiß ich nicht. Irgend so was Betäubendes.« Plötzlich heulte er laut auf. »Krieg ich jetzt?«

»Da kommt der Doktor gerade. Chloroform, Knut? War es Chloroform?«

»Weiß ich doch nicht.« Er krempelte eilfertig seinen Ärmel auf, der Arzt beugte sich darüber.

»Sieht ja heiter aus«, sagte er.

Er und der Kommissar tauschten einen Blick. Es war ein harmloses Mittel, es würde Knut für eine Weile beruhigen, dann würde er schlafen. Knut seufzte auf, als die Spritze abgedrückt war.

»Geht es dir besser?«, fragte der Kommissar freundlich.

»Viel besser.«

»Vielleicht kannst du mir noch zwei Fragen beantworten, Knut. Ihr seid nach Hamburg gefahren, du und Evelyn und der betäubte Junge. Und dann hier in Hamburg?«

»Hat sie mich von Bord geschmissen. Ich wär echt gut gewesen, hat sie gesagt, und nun braucht sie mich nicht mehr.«

»Knut, du hast das doch sicher nicht aus reiner Menschenliebe getan. Was hast du dafür bekommen?«

Knut hob den Kopf und strahlte den Kommissar an.

»Drei Riesen«, sagte er.

»Dreitausend Mark, eine Menge Geld, Knut. Was hast du denn sonst noch dafür tun müssen?«

»Nur mitfahren und ihr helfen bei der Sache mit ihrem Sohn.«

Irgendwie war eine Einzelheit jetzt in Knuts Kopf gesickert. »Sie ist tot, haben Sie gesagt?«

»Ja, man hat sie ermordet. Torsten ist nicht ihr Sohn. Sie hat den Jungen entführt. Sie ist genauso benutzt worden wie du. Sie wird mehr Geld bekommen haben als du, viel mehr. Aber man hat sie getötet. Du hast Schwein gehabt, Knut, dass sie dich nicht auch umgelegt haben.«

»Wer?«, fragte Knut betroffen.

Kommissar Wildner seufzte. Das hätte er selber gern gewusst.

»Dreitausend Mark, Knut?«

»Erst hat sie gesagt, tausend. Aber für die Fleppen hat sie mir dann noch zwei dazugegeben.«

»Deine Papiere, Knut?«

»Meinen Pass«, sagte er stolz.

»Du hattest einen Pass, Knut?« staunte der Kommissar.

»Klar. Ich war doch schon mit ein paar Kumpels in Amsterdam.«

»Aha. Und den hat sie dir dann abgekauft. Für zwei weitere Riesen.«

»Richtig.« Knuts Kopf sank vornüber.

»Einen richtigen Pass, Knut. Alle Achtung. Stammte der noch aus Lüneburg?«

Der Kommissar seufzte wieder. So leid es ihm tat, die Gärtnersleute in Lüneburg musste er noch befragen.

Er betrachtete den halb schlafenden Knut. Er kannte Torsten Müller nicht, nur Bilder von ihm. Ein blonder Junge, von ganz gutem Aussehen, das Bild von Knut war möglicherweise auch schon zwei oder drei Jahre alt, und Passbilder waren sowieso so eine Sache. Kommissar Wildner setzte sich zurück, legte die Hände in den steifen Nacken und starrte an die Decke.

Torsten Müller war nicht tot. Sie hatten ihn ins Ausland entführt, mit geborgtem Pass und vermutlich unter Drogen stehend. Auf andere Weise konnte man einen intelligenten und wachen Jungen dieses Alters nicht über eine Grenze bringen. Über welche Grenze? Und warum? Und wie hatten sie das geschafft?

Die letzte Frage war am leichtesten zu beantworten. Man konnte vorgeben, das Kind sei krank, man konnte sogar einen Krankenwagen benützen, man konnte ihm dazu einen Verband anlegen, beispielsweise.

Über welche Grenze? Die Niederlande, Frankreich waren das Nächstliegende. Per Flugzeug, zum Beispiel, war auch nicht so schwierig. Ein krankes Kind, halb benommen, die Stewardessen würden sich seiner annehmen. Aber wer? Warum? Wegen Geld?

Es war über drei Monate her. Wie sie das wohl geschafft hatten? Warum dachte er immer in der Mehrzahl?

Haben Sie einen Feind, hatte er Helga Müller gefragt.

Er richtete sich auf und blickte seine Mitarbeiter an und den Arzt, der neben Knut stand.

»Wir müssen Interpol einschalten«, sagte er.

Er hatte das Gefühl, alle blickten ihn mitleidig an.

Er stand auf, trat zu Knut und schüttelte ihn am Arm.

»Knut! Hör zu, Knut. Hörst du mich, Knut?«

Knut brummte etwas Undeutliches, hob die müden Lider.

»Noch eine Frage, Knut. Wo hast du die Frau kennengelernt?«

»Was für 'ne Frau?«, murmelte Knut.

»Die, die dir drei Riesen gegeben hat. Wo hast du sie kennengelernt, Knut?«

»In so 'ner Kneipe. Ich saß da und war ganz fertig. Ich brauchte ... ich brauchte 'nen Schuss. Und sie sagte, sie hätt was für ... sie hätt was ... für mich. Und ich ...« sein Kopf sank vornüber.

»War sie allein, Knut?«

»Wer?«

»In was für einer Kneipe, Knut. Denk mal schnell nach.«

Aber Knut konnte nicht mehr denken und nicht mehr reden. Der Arzt schüttelte den Kopf. Er zog Knut an beiden Armen hoch, einer der Männer des Kommissars half ihm, sie brachten Knut hinaus.

Der Kommissar sank auf einen Stuhl, griff nach den Zigaretten, Kriminalassistent Hohlmann gab ihm Feuer.

»Wollen Sie einen Kaffee?«, fragte Hohlmann.

»Ja, bitte«, sagte Kommissar Wildner.

Er trank den Kaffee, rauchte die Zigarette. Hohlmann überprüfte das Band.

»Was ist das für eine Zeit«, sagte der Kommissar müde. »Ein Gärtnerssohn aus Lüneburg. Sicher mal ein netter, gesunder Junge. Was machen wir hier eigentlich? Sie haben doch auch Kinder, Hohlmann?«

»Einen Sohn. Drei Jahre alt.«

»Ich habe zwei. Meine Tochter studiert, sie ist so weit ganz ordentlich. Einen Freund hat sie, natürlich. Mein Sohn hat das Abitur nicht gemacht. Wozu denn das?, hat er mich gefragt.«

Hohlmann unterbrach ihn nicht. »Sie werden lachen«, fuhr der Kommissar fort. »Er arbeitet bei einem Bauern in der Lüneburger Heide. In der Stadt sei das scheiße, sagt er, und er möchte nur noch mit Tieren zu tun haben. Mit Tieren und mit Pflanzen. Menschen kotzen ihn an. Das ist auch ein Weg, Hohlmann.«

»Nicht der schlechteste, würde ich sagen«, meinte Hohlmann vorsichtig.

»Na ja, sicher. Obwohl man von seinen Kindern etwas anderes erwartet. Drei Jahre, da haben Sie ja noch ein bisschen Zeit.«

»Meine Frau ist sehr energisch«, sagte Hohlmann stolz.

»Aha. Wenigstens etwas. Ich werde mir die Gärtnersfrau aus Lüneburg ansehen. Ob sie energisch ist oder nicht. Gott, bin ich müde. Warum kriegen wir nicht auch mal so eine Spritze, mit der wir einfach wegtreten können.«

»Aber das möchten Sie doch gar nicht, Herr Wildner.«

»So? Denkst du? Was ist das für eine Zeit?« wiederholte er. »Wir haben keinen Krieg, und wir haben keine Not, und jeder kann in diesem Land etwas werden, wenn er nur will. Was macht die Menschen nur so kaputt?«

»Es ist der Wohlstand, habe ich neulich mal gelesen.«

»Na ja, das soll heißen, es geht den Menschen in der Not besser. Können Sie das verstehen, Hohlmann? Ich nicht.«

Wieder ein längeres Schweigen.

»Und was machen wir nun, Herr Wildner?«

»Tja, was machen wir nun. Wir müssen davon ausgehen, dass Torsten Müller lebt und mit falschen Papieren über die Grenze gekommen ist. Über irgendeine. Geht ja heute sehr einfach. Vereinigtes Europa und so.«

»Stimmt«, sagte Hohlmann leise.

»Scharfe Grenzkontrollen haben was für sich, würden uns das Leben sehr erleichtern.«

»Interpol«, schlug Hohlmann vor.

»Richtig. Bei Kidnapping spuren sie ja für gewöhnlich. Aber warum? Warum?«

Die Mutter des Kindes fiel ihm ein.

Haben Sie einen Feind?

Ihr Mann, der stürzte und sich den Schädel brach. Die Waffe in ihrer Hand, der Schuss. Totschlag. Der Prozess. Der Freispruch. Kommissar Wildner stützte die Ellenbogen auf seinen Schreibtisch und legte den Kopf in seine Hände.

»Der Gedanke an diese Frau macht mich ganz fertig«, sagte er. Kriminalassistent Hohlmann verstand sofort, an welche Frau sein Chef dachte.

Das nächste Jahr

Helga kam nicht mehr mit stolz erhobenem Kopf die breite Treppe im Parkhotel herab, die Männer sahen ihr nur noch verstohlen nach, wenn sie durch die Halle oder das Restaurant ging, was selten geschah. Sie trug ein schwarzes Kostüm, ihr Haar und ihr Gesicht waren gepflegt, das Lächeln, mit dem sie Gäste grüßte, war förmlich, keiner der Stammgäste kam mehr auf die Idee, ihr Komplimente zu machen oder sie zum Essen einzuladen.

Fremde Gäste wussten nichts von dem, was geschehen war. Die Angestellten des Hotels jedoch wussten es. Die Bürger der Stadt wussten es, doch keiner sprach zu ihr darüber. Nur Dr. Frank sagte einmal, und es klang unglücklich: »Wenn ich dir nur helfen könnte, Helga.«

»Danke«, erwiderte sie mechanisch. Ihr Gesichtsausdruck war so abweisend, dass er nichts weiter sagte.

Das Parkhotel hatte einen neuen Geschäftsführer engagiert, der sehr tüchtig war und dem man weitgehend die Repräsentation überließ, denn auch Cornelius blieb am liebsten in seinem Büro. Abends ging Helga jetzt meist früh nach Hause, sie saß bei Pauline und Mirco, und Pauline sagte dann wohl: »Ach Gott, Kindel. Wo mag unser Torsten bloß sein?«

»Er ist tot«, antwortete Helga hart.

»Nee, ist er nicht. Glaub ich nicht dran. Ich weiß, dass er nicht tot ist. Er nicht.«

Pauline war der einzige Mensch, mit dem sie über Torsten sprach. Sie sprachen von früher, was er gesagt und getan hatte, was er gern gegessen hatte, wie flott er immer seine Schularbeiten gemacht hatte. Dann ging Helga hinauf in Torstens

Zimmer, das unverändert aussah, auf dem Schreibtisch lagen seine Schulbücher, im Schrank hingen seine Sachen, manchmal wurde sie von Mirco begleitet, der sich suchend umsah. Helga setzte sich auf den Boden, nahm den Kopf des Hundes in die Hände und legte ihr Gesicht in sein Fell. Mirco hielt ganz still, er verstand ihren Kummer, seine Zunge glitt leicht und tröstend über ihre Wange.

Anfangs weinte sie, später nicht mehr.

Über Weihnachten kamen Johannes und Susanne, die immer noch keine Kinder hatten.

»Wird wohl nichts mehr werden«, sagte Susanne traurig. »Ist vielleicht auch besser so.«

Johannes arbeitete als Oberarzt in einem neu erbauten Krankenhaus, Susanne in der Universitätsklinik als Assistenzärztin. Es war ihnen gelungen, über Weihnachten ein paar freie Tage zu bekommen, beide gleichzeitig, was immer etwas schwierig war.

»Werden deine Eltern nicht betrübt sein, wenn du Weihnachten nicht da bist?«, fragte Helga höflich.

»Ach wo, die sind auf dem Gut draußen bei meinem Onkel. Das ist in der Nähe von Bad Endorf. Sehr hübsche Gegend. Schade, du bist ja nie mal dort gewesen. Ich hatte dich oft eingeladen. Dich und ...«

»Mich und Torsten«, vollendete Helga den unterbrochenen Satz. »Ja, ich weiß. Hätte Torsten sicher gut gefallen. Pferde gibt es ja dort auch, soviel ich weiß.«

Sie sprach ruhig und kühl, Susanne gab ihr einen raschen Blick, sie dachte, es sei besser zu reden als zu schweigen.

»Ja, sehr schöne Pferde, mein Onkel hatte immer Pferde. Jetzt sind es nur noch zwei. Meine Cousins sind ja nicht mehr zu Hause. Der Große lebt in München, er ist Anwalt. Und der Kleine studiert in Weihenstephan. Er wird später das Gut übernehmen.«

»Ja, ich weiß«, sagte Helga wieder.

Im Haus gab es keinen Christbaum, aber in den Hotels stand jeweils ein großer Baum in der Halle, vor dem Miriam zusätzlich einer vor dem Portal, mitten im Schnee, was sich sehr gut ausnahm.

»Ihr hättet nicht herkommen sollen«, sagte Helga, nachdem sie am Heiligen Abend im Miriam gegessen hatten. »So trostlose Weihnachten für euch.«

»Ach, red keinen Unsinn«, sagte Susanne. »Was tun wir denn alleine zu Hause? Wir hätten den ganzen Abend sowieso nur an dich gedacht. Ist doch besser, wir sind hier. Nicht, Johannes?«

Johannes nickte und betrachtete über den Tisch hinweg das stille unbewegte Gesicht seiner Schwester. Es war wie damals, als sie aus Amerika gekommen war, die Starrheit, die abweisende Kühle. Vielleicht wäre sie wirklich lieber allein gewesen, das dachte er.

Cornelius hatte nicht mit ihnen gegessen, er war im Parkhotel mit Magda und Simon, und sie würden eine ebenso leere wie mühsame Konversation machen, denn wie Helga litt Cornelius unter dem erbarmungslosen Schweigen über das Schicksal Torstens, und möglicherweise litt er noch mehr.

»Cornelius gefällt mir nicht«, sagte Johannes vorsichtig. »Er sieht elend aus. Und er ist so dünn geworden. Isst er denn so wenig?«

Helga blickte auf den halb geleerten Teller vor sich. Dann lächelte sie.

»Genau wie ich. Dein ärztliches Auge wird das auch an mir schon festgestellt haben. Ich habe zehn Pfund abgenommen, ganz von selber. Andere Leute machen immerzu Diät, wir müssen jetzt sehr sparsam mit unseren Menüs sein. Wenn Bastian mich beobachtet hätte, wozu er Gott sei Dank keine Zeit hat, wäre er sehr betrübt, weil ich nicht aufgegessen habe.«

Der Oberkellner des Miriam, Herbert mit Namen, kam

gerade, um eigenhändig die Teller wegzuräumen. Er erlaubte sich ein kleines Kopfschütteln, als er Helgas Teller sah.

»Was darf ich als Dessert servieren?«, fragte er.

Helga richtete sich auf, sah ihn an und lächelte wieder, dieses kalte, tote Lächeln, das sie alle nun an ihr kannten. Dann straffte sie sich.

»Was gibt es denn?«, fragte sie, und bemühte sich um Interesse. »Hat Bastian wieder seine herrlichen Zwetschgenknödel gemacht?«

»Selbstverständlich. Für Sie auch, Frau Doktor? Für Sie auch, Herr Doktor?«

Susanne und Johannes nickten. Und als Herbert gegangen war, sagte Susanne und bemühte sich um einen heiteren Tonfall: »Die haben wir letzten Sommer in Salzburg gegessen. Wir waren bei den Festspielen, weißt du.«

»Ihr habt es mir geschrieben. Eine Karte aus Salzburg. Ich wollte da auch immer mal hinfahren. Aber wir haben ja zu der Zeit auch die Festspiele. Gegen Salzburg ist das natürlich ein Klecks.«

Es war ein nichtssagendes Gespräch, das ging nun schon den ganzen Abend so und würde nicht anders werden. Dann sprachen sie von Vater, von Pastor Rohde.

»Ich hätte ja gern gehabt, dass er mit uns herkommt«, sagte Johannes. »Aber er wollte nicht. Solange er noch auf der Kanzel stehen kann, hat er gesagt, wird er seine Gemeinde nicht im Stich lassen.« Er lachte kurz auf. »Werden sowieso immer weniger. Na ja, Weihnachten, da werden vielleicht noch ein paar in die Kirche gehen. Antje und Detlev wollten mit den Kindern hinfahren, damit er nicht so allein ist.«

Das Wort Kinder zu gebrauchen war schlecht gewesen, fand Johannes. Aber Helga nahm es ganz gelassen.

»Aber sie müssen doch die Leute auf dem Gut bescheren«, sagte sie.

»Das machen sie diesmal schon am Tag vorher. Und heute feiern die Leute auf dem Gut für sich, und am zweiten Feiertag sind sie ja dann wieder zurück.«

»Ist aber nicht gut, wenn sie bei dem Schnee immerzu auf der Landstraße sind.«

»Das macht Detlev mit links. Außerdem haben sie in Holstein keinen Schnee.«

»Ach ja?«, fragte Helga gleichgültig.

Nachdem sie die Zwetschgenknödel gegessen hatten, sagte Susanne: »Also ich platze gleich. Hat großartig geschmeckt. Bitte sage das deinem Herrn Bastian. Wirklich, Helga, dieses Hotel ist eine Wucht. In dieser Suite, in der wir wohnen, könnte ich den Rest meines Lebens verbringen.«

»Das ist der Neubau, den wir vor zwei Jahren eröffnet haben. Ist gut gelungen, nicht?«

Ein flüchtiger Gedanke an Stephan. Er hatte auch Weihnachten nichts von sich hören lassen, kein Gruß, kein Anruf. Seit ihrem Gespräch im April, im windigen Schlosspark, schwieg er.

»Müssten wir uns nicht um die Oma kümmern?«, fragte Johannes. »Wir können sie doch nicht den ganzen Abend allein lassen.«

»Sie ist nicht allein«, sagte Helga. »Lucia ist ja da. Und Gina und Paolo wollten auch kommen, ihr Lokal ist heute geschlossen.«

Lucia war Ginas jüngste Schwester, sie lebte seit drei Monaten bei Pauline, das hatte Gina so bestimmt. Pauline brauchte Hilfe im Haus und ein wenig Gesellschaft. Eigentlich sollte Lucia im Ristorante helfen, aber Gina brachte sie zu Pauline, in das Zimmer, das sie früher selbst bewohnt hatte, und wies sie in die Arbeit im Haus ein. Das Zusammensein von Pauline und Lucia hatte seine Schwierigkeiten, denn Lucia sprach noch nicht Deutsch, Torsten fehlte, der es ihr beibrachte, ganz zu schweigen von Anemone.

Gina, die sehr energisch geworden war, seit sie Ehefrau und Mutter war, sorgte dafür, dass Lucia einen Sprachkurs besuchte.

»Sie ist sehr nett, die Kleine«, erzählte Helga weiter, »hilfsbereit und anstellig, nur eben manchmal auch hilflos, weil sie mit der Oma nicht reden kann, so wie sie möchte. Fiametta kommt auch öfter und schaut nach dem Rechten. Nein, die Oma ist gut versorgt.« Und nun kam endlich eine normale Reaktion. »Ihr könnt euch nicht vorstellen, wie unglücklich Gina wegen Torsten ist. Sie kann und kann sich nicht darüber beruhigen. Sie hat Lucia alles erzählt, hat sie durch das Haus geschleift, sie musste Torstens Zimmer ansehen, das sie auch tipptopp in Ordnung halten muss. Und genaue Vorschriften hat Gina ihr gemacht, wie sie mit Mirco umgehen muss, was er essen darf und was nicht. Das alles natürlich auf Italienisch. Die Kleine hörte sich das mit großen Augen an und war entsprechend beeindruckt.« Eine kurze Pause, dann fügte Helga hinzu: »Aber man kann nicht erwarten, dass sie traurig ist wegen Torsten. Sie hat ihn ja nicht gekannt.«

Das klang so trostlos und so verzweifelt, dass Susanne und Johannes nichts darauf sagen konnten.

Helga hatte es selbst gemerkt. »Ich verderbe euch den ganzen Abend.«

»Komm, Helga, hör auf mit Selbstvorwürfen. Wir wissen, dass wir dich nicht trösten können. Nicht mit Worten. Wir dachten nur, es tut dir vielleicht gut, wenn wir bei dir sind.«

»Ja, sicher. Danke. Übrigens glaubt Oma nicht daran, dass er tot ist. Sie sagt, sie weiß ganz genau, dass sie ihn wiedersehen wird. Und so lange muss ich noch leben, sagt sie, ich habe damals ganz genau gewusst, dass ich Paul nicht wiedersehe. Paul war der Bruder von Cornelius. Und ich habe gewusst, dass mein Mann tot ist. Aber Torsten lebt. Ich weiß es, sagt sie.«

Keine Träne in ihrer Stimme, es klang sachlich und ruhig. Doch nun war Susanne den Tränen nahe. Doch sie beherrschte sich.

»Ich weiß es auch, Helga«, sagte sie. »Du wirst sehen, dass wir recht haben, die Oma und ich.«

Über Silvester kamen Antje und Detlev, und Helga sagte zu ihnen dasselbe, was sie zu Johannes und Susanne gesagt hatte.

»Ihr hättet nicht herkommen sollen.«

»Mensch, nerv mich nicht«, erwiderte Antje. »Ich wollte schon immer mal einen richtigen Silvesterball mitmachen. Ich bin total versauert da auf unserer Klitsche. Ich möchte auch mal ein Abendkleid anziehen und tanzen.«

Ein Abendkleid hatte sie an, pinkfarben und tief dekolletiert, sie tanzte auch und tat, als sei es die normalste Silvesternacht der Welt.

»Würdest du auch mal mit mir tanzen, Helga?«, fragte Detlev.

»Nein«, sagte Helga. »Bitte nicht.«

»Aber mit mir?«, fragte Cornelius.

Sie saßen diesmal zusammen im Miriam, in beiden Hotels fand ein großer Silvesterball statt.

»Wir haben noch nie zusammen getanzt«, sagte Helga. »Dann tun wir es heute. Muss bloß mal etwas Ruhiges sein. Für das Gehopse bin ich nicht zu haben.«

Es war ein langsamer Walzer, und obwohl sie nie zusammen getanzt hatten, sah es aus, als hätten sie es seit Jahren geübt.

»Ich liebe diesen Cornelius«, sagte Antje zu Detlev, denn sie waren am Tisch geblieben und sahen den Tänzern zu.

»Ja«, sagte Detlev, »er ist aller Liebe wert. Und es ist gut, dass Helga ihn hat. Aber sonst macht mich das alles hier ganz fertig.«

»Du hast selber gesagt, wir sollen herfahren.«

»Klar. Ist ja auch richtig. Antje, mein Mädchen, was sollen wir denn tun?«

»Ich fürchte, wir können gar nichts tun. Wir haben ja ungefähr gewusst, wie das läuft, nicht? Diese Sache mit Torsten hat uns allen jede Lebensfreude gekostet. Ich wusste ja, was uns erwartet, als Johannes mit mir telefonierte. Ach, und Vater! Er ist so einsam und so unglücklich. Dass Mutti auch sterben musste! Es ist ja nicht nur Helga. Was machen wir mit Vater?«

»Wir lassen ihn, wo er ist. Es ist so wichtig, dass er noch seinen Job hat.« Detlev schluckte. »Entschuldige diese rotzige Ausdrucksweise.«

»Du brauchst dich bei mir nicht zu entschuldigen. Wir sprechen eine Sprache, oder nicht?«

»Ich denke schon.«

»Da wir gerade allein sind, soll ich dir mal was erzählen?«

»Man los.«

»Ich kann es nicht sagen, wenn Helga dabei ist. Ich bekomme wieder ein Kind.«

»Nein!« Detlev griff nach ihrer Hand. »Ist das wahr?«

»Sicher. Mensch, glaubst du, ich kenne das inzwischen nicht?«

»Und die Pille?«

»Ewig kann eine Frau nicht die Pille nehmen. Ist auch nicht so gesund.«

»Geliebter Goldschatz!« Er stand auf, beugte sich über Antje und küsste sie.

»Vorsicht«, sagte Antje, »da kommen sie.«

»Und du meinst, du solltest darüber nicht sprechen?«

»Nee, lieber nicht.«

»Ich finde, doch.«

Der Tanz von Helga und Cornelius war aufmerksam beobachtet worden, und man sah ihnen nach, als sie zu ihrem Tisch gingen.

»Na?«, fragte Cornelius. »War es schlimm?«

»Es war super«, sagte Antje. »Ihr könntet damit auftreten.«

»Ich habe sehr selten in meinem Leben getanzt«, sagte Cornelius. »Im Krieg seltsamerweise. Damals haben wir getanzt, wenn wir irgendwo in Ruhe lagen.«

»Mit wem, bitte?«, fragte Antje.

»Na ja, was sich gerade so ergab«, antwortete Cornelius vage.

»Detlev und ich«, sagte Antje, »wir wollten ja immer mal zum Opernball nach Wien fahren. Aber das wird wohl nichts werden, ehe ich Großmutter bin.« Dann verstummte sie erschrocken. Wien war auch ein schlechtes Stichwort, denn sie kannte inzwischen die Zusammentreffen mit jenem seltsamen John van der Meeren. Und um abzulenken, sprach sie rasch weiter. »Also ihr findet das ja vielleicht komisch, aber ich bin jetzt erst mal wieder schwanger. Na, so ein Käse. Diesen ganzen Blödsinn noch mal mitmachen. Wollte ich eigentlich nicht.«

Aber sie lachte dabei. Cornelius hob sein Glas.

»Auf dein Wohl, Antje. Wird Zeit, dass du wieder mal aktiv wirst. So ein großes Gut, und dann nur drei Kinder. Das ist zu wenig.«

»Na ja, eben«, sagte Antje und sah ihre Schwester an, hielt das Glas in der Hand, fragend, unsicher.

»Alles Gute, Antje«, sagte Helga. »Es ist schön, wenigstens zwei glückliche Menschen zu kennen, dich und Detlev.«

»Na ja, eben, nicht? Wenn ich denke, was Mutti damals für einen Terror gemacht hat, als das mit Detlev anfing.«

»Warum eigentlich?«

»Na, ist doch klar, Mensch. Ich war zu jung, fand sie, und Detlev war ein Adliger, der nur … warte mal, wie drückte sie sich aus? Sie sagte, der so ein bisschen Unfug mit dir treiben will. Wie findste das? Hat er ja auch. Jede Menge Unfug. Und das machen wir immer noch.«

Antje erschrak, trank ihr Glas aus und blickte unsicher in die Runde. Es war wirklich schwierig, man musste jedes Wort auf die Goldwaage legen, und das war nun einmal nicht Antjes Art.

»Wann ist es denn soweit?«, fragte Helga höflich.

»Wie bei mir immer, im Sommer. Wenn du den dicken Bauch am wenigsten ertragen kannst. Das ist aber jetzt bestimmt das letzte Mal, das schwöre ich euch.«

Helga dachte: Ich habe nur ein Kind bekommen. Ein einziges Kind. Und ich war trotz allem glücklich damit. Auch wenn alles so schwierig war. Das Baby in dem Wägelchen in Dahlem und ich so ganz allein. Aber ich war glücklich mit dem Kind, auch wenn Andreas fort war. Andreas? Wer war das denn eigentlich? Mein Mann? Ja, mein Mann. Es ist tausend Jahre her. Das war mein Leben. Nein, mein Leben ist hier. Mein Leben ist Cornelius. Mein Leben sind die Hotels. Habe ich ein Kind?

»Ich wünsche dir alles Glück der Welt«, sagte sie zu ihrer Schwester.

»Danke, kann ich brauchen«, sagte Antje. »Sieh dir Detlev an, der strahlt wie ein Honigkuchenpferd. Er kriegt das Kind nicht, sondern ich. Diese Männer sind zum Kotzen.«

Dann lachten sie alle und tranken Champagner auf Antjes nächstes Kind.

Noch während Antje und Detlev da waren, kam der erste Brief von Torsten.

Ein paar Zeilen waren es nur.

»Liebe Mami, mir geht es gut. Mach dir keine Sorgen um mich. Viele Grüße Dein Torsten.«

Das grafologische Gutachten sagte, es sei wirklich Torstens Schrift, ein wenig fahrig, aber seine Schrift.

Siehste«, sagte Pauline.

Der Brief kam aus London.

Der nächste Brief kam im April, und er kam aus Rom. Er hatte denselben Text.

Im Mai kam Stephan Momsen aus Amerika zurück.

STEPHAN

Sie erfuhren es von Simon. Er kam am späten Nachmittag ins Parkhotel, Helga, Cornelius und Schorr, der neue Geschäftsführer, waren im Büro und besprachen die Aufgaben der nächsten Zeit, Kongresse, Tagungen, und die Festspiele waren auch schon wieder in Sicht. Simon ließ sich von Herrn Haller melden und fragen, ob er mal schnell heraufkommen dürfe.

Cornelius schüttelte den Kopf, als Simon kam. »Warum machst du es denn gar so feierlich?«

»Feierlich? Das denn doch nicht. Ich wollte euch nur etwas erzählen.«

Er atmete rasch, vermutlich war er die Treppe wieder zu schnell heraufgestiegen.

»Warum nimmst du nicht den Lift?«, fragte Cornelius.

»In den ersten Stock? Ich bin vielleicht alt, aber noch nicht uralt.«

Herr Schorr hatte sich erhoben. »Ich darf mich dann zurückziehen?«

Cornelius nickte, Herr Schorr verließ das Büro, Helga setzte sich auf die Kante des Schreibtisches.

»Also, was gibt es so Wichtiges?«, fragte Cornelius und zündete sich eine Zigarette an.

Simon blickte tadelnd auf den gefüllten Aschenbecher.

»Du rauchst zu viel«, sagte er. »Du solltest das nicht dulden, Helga.«

Er selbst hatte sich schon vor Jahren das Rauchen abgewöhnt, es war ein mühsames Stück Arbeit gewesen, aber er hatte es geschafft.

»Habe ich gesagt, dass es etwas Wichtiges ist?« nahm er das Gespräch auf. »Ich war nur eben bei Magda in der Galerie, und da dachte ich mir, ich komme gleich selber vorbei anstatt zu telefonieren. Stephan Momsen ist wieder da.«

»Aha. Und?« fragte Cornelius uninteressiert.

»Du erinnerst dich an Stephan?«, fragte Simon leicht verärgert. »Du auch, Helga?«

»Selbstverständlich«, sagte Helga. »So, er ist wieder da.«

»Er ist seit vorgestern wieder da, und er wohnt bei Magda.«

»Bei Magda?«, fragte Cornelius erstaunt. »Warum das denn?«

»Die Wohnung hat er damals aufgegeben nach seiner Scheidung, und ein Hotel kann er sich nicht leisten, sagt er. Er ist total abgebrannt. Und er hat gefragt, ob er wieder bei mir arbeiten kann. Wenn nicht, dann würde er wieder abreisen. Ich habe ihn gerade gesehen. Er war schon immer ein gut aussehender Junge, aber jetzt ist er ein beachtlicher Mann geworden. Ich habe ihn gefragt, ob er denn das ganze Jahr lang nichts gearbeitet hätte. Nein, hat er nicht. Mit Mühe und Not konnte er noch das Ticket für den Rückflug bezahlen. Das ist ein Ding, was?«

»Und? Wirst du ihn wieder anstellen?« fragte Cornelius gleichgültig.

»Ich habe ihm nicht gekündigt, und er hat nicht gekündigt. Es hieß vor einem Jahr, er mache Urlaub. Kein Mensch konnte wissen, dass es so lange dauern würde, bis er wiederkommt. Er hat es selber nicht gewusst, behauptet er. Ich muss das mit Keller besprechen. Ich habe ja mehr oder weniger nur noch eine Beraterfunktion in meinem Betrieb.«

Darüber musste Cornelius lachen. »So siehst du aus.«

»In gewisser Weise«, sagte Simon befriedigt, »habe ich noch mehr Schwung als Keller, und der ist fast dreißig Jahre jünger als ich. Doch, ich könnte Momsen gut gebrauchen. Er hat das richtige Alter, er hat Erfahrung, er ist ein dynamischer Typ.«

»Und wieso ist er ausgerechnet bei Magda gelandet?«

»Irgendwo musste er ja hin. Er hat sie vom Bahnhof aus angerufen und gefragt, ob er sie besuchen darf. Und dann ist er gleich dortgeblieben.«

»Vom Bahnhof aus? Hat er denn keinen Wagen?«

»Du hörst doch, er kommt gerade aus Amerika. Und das Geld für einen Leihwagen hat er vielleicht nicht.«

»Das gibt's doch nicht.«

»Warum soll es das nicht geben? Die Scheidung hat ihn eine Menge Geld gekostet, er muss seiner Verflossenen Unterhalt bezahlen, sie wohnt übrigens in München, na, und was er dann noch übrig hatte, hat er im letzten Jahr auf den Kopf gehauen. Ich habe mir gedacht, wir geben ihm heute Abend hier ein Empfangsessen.«

»Also weißt du …«, begann Cornelius zögernd.

»Nein«, sagte Helga laut. Sie hatte sich bis jetzt an dem Gespräch nicht beteiligt, sie rutschte von der Schreibtischkante. »Das heißt, was mich betrifft, so möchte ich an diesem Essen nicht teilnehmen.«

»Warum nicht?«, fragte Simon.

»Für mich ist Herr Momsen nicht wichtig,« erwiderte sie unerwartet heftig. »Und ich habe keine Lust, die ganze Geschichte noch einmal von vorn durchzukauen. Er weiß ja wohl nichts davon.«

Es war klar, von welcher Geschichte sie sprach, das bedurfte keiner Rückfrage.

»Er weiß ganz genau Bescheid. Ich selbst habe ihm alles erzählt.«

»Du? Heute?« fragte Cornelius.

»Nein, schon im Winter, als er einmal bei mir anrief. Er fragte nach Helga. Es ist ja wohl bekannt, dass er sie sehr gern hat. Und da habe ich ihm erzählt, was passiert ist. Dann kam noch ein zweiter und ein dritter Anruf, und dann habe ich nichts mehr von ihm gehört.«

»Und nun ist er durch Magda auf dem Laufenden«, sagte Cornelius.

»Ist anzunehmen.«

»Na, dann ist ja alles in bester Ordnung«, sagte Helga bissig. »Ich weiß nicht, was ich dabei noch tun soll. Und mir ist es auch total egal, ob er hierbleibt oder wieder abreist.«

»Er bittet darum, dass wir uns heute Abend treffen«, sagte Simon ruhig. »Es muss nicht im Hotel sein, wir können auch zu Magda gehen. Ich habe mir nur gedacht, dass es doch ganz gut wäre, wenn wir alle zusammen essen würden, hier im Parkhotel, an unserem Tisch. Das haben wir nämlich lange nicht mehr getan. Ich komme mir manchmal ein wenig einsam vor. Und so lange werde ich ja auch nicht mehr leben.«

»Das sind ganz ungewohnte Töne bei dir, Simon«, sagte Cornelius betroffen. »Aber du hast recht, wir haben lange nicht mehr zusammen an unserem Tisch gesessen. Es hat sich alles so verändert. Also schön, heute Abend, an unserem Tisch im Restaurant.«

»Und du wirst dabei sein, Helga?«, fragte Simon.

»Wozu denn? Ich sehe wirklich keinen Grund, die Rückkehr von Herrn Momsen zu feiern.«

»Er legt großen Wert darauf, dass du da bist. Magda übrigens auch. Sie sagt, sie hätte dich seit Wochen nicht mehr gesehen.«

»Viel Arbeit«, murmelte Helga. »Und dann war ich ja auch vierzehn Tage bei Vater.«

»Abends sieht man dich selten in den Hotels, meint Magda.«

»Ich bin bei der Oma«, sie war noch immer abweisend, voller Widerstand, doch auf Simons prüfenden Blick nickte sie mit dem Kopf.

»Na gut, heute Abend unten. Aber Herr Momsen muss versprechen, dass er nicht darüber redet.«

»Ich glaube«, sagte Simon ernst, »das kann er nicht versprechen. Und es wäre auch verlogen, nicht wahr, Helga?«

Stephan Momsen sah verändert aus, groß war er immer gewesen, manchmal hatte er schlaksig gewirkt. Jetzt war er selbstbewusst, wirkte drahtig, kräftig, seine Gesichtszüge waren ausgeprägter, sein dunkles Haar an den Schläfen grau geworden. Er sah nicht aus wie einer, dem die Butter aufs Brot fehlte. Er küsste Helga die Hand, kein Wort, keine Anspielung auf die Tragödie, die sich ereignet hatte. Beim Essen sprach er von den Orten, wo er gewesen war, von seinen Eindrücken, angefangen hatte er vor einem Jahr in Kanada, dann Chicago, New York, Boston.

»Massachusetts ist für mich immer noch der schönste Teil der USA. Jedenfalls für einen Europäer ist es so.«

Er erzählte von Reagan, seinem Erfolg in der Bevölkerung, der Ablehnung, die er bei den Intellektuellen erfuhr.

»Intellektuelle, oder diejenigen, die sich dafür halten, müssen immer aus dem Hinterhalt schießen. Das ist dort nicht anders als bei uns.«

»Und Sie hatten keine Lust, für immer drüben zu bleiben?«, fragte Cornelius.

»Nein. Ich konnte es kaum erwarten, wieder nach Deutschland zu kommen. Hierher. In diese Stadt, in dieses Hotel, an diesen Tisch.«

Jetzt sah er Helga an, die an ihm vorbeisah.

»Die letzten Monate war er in Kalifornien«, sagte Magda. »Und wenn wir jetzt endlich mit dem Essen durch sind, könnte Stephan zur Sache kommen.«

Helga hob den Blick, sah Magda an. »Zu welcher Sache bitte?«, fragte sie eisig.

»Zu dem, was uns alle bewegt. Woran wir Tag und Nacht denken. Ich habe ihm von den beiden Briefen erzählt. Das wusste er noch nicht.«

Helga schwieg, wandte den Kopf zur Seite, und es sah aus, als wolle sie den Tisch verlassen.

»Bleib bitte da, Helga«, sagte Stephan. »Es nützt nichts, wir müssen darüber sprechen.«

»Wir müssen gar nicht darüber sprechen«, sagte sie in dem gleichen eiskalten Ton. »Ich will nicht. Du kannst mir auch nicht helfen.«

»Helfen vielleicht nicht. Aber ich habe versucht, seit ich von Herrn Peters erfuhr, was geschehen ist, ein wenig Licht in das Dunkel zu bringen. Ja, verzeih mir, Helga, aber ich habe Nachforschungen angestellt. Ich habe mich in den letzten Monaten hauptsächlich mit Torsten, mit dir und deiner Vergangenheit beschäftigt. Darum war ich in Kalifornien. Ich habe einen erstklassigen Detektiv an den Fall gesetzt, und ich …«

»Was hast du? Einen Detektiv?«

»Richtig. Ein Supermann. Auch ein teurer Mann, nicht umsonst bin ich so pleite. Wir haben alles durchgearbeitet, was damals geschehen ist, sämtliche Prozessakten habe ich gelesen, ich habe alle Bilder gesehen, die von dir in den Zeitungen erschienen sind, ich habe versucht, alle Leute aufzutreiben, die damals mit dem ganzen Unheil zu tun hatten, die Filmleute, die Dealer, die Journalisten. Dr. Greenstone lebt leider nicht mehr, aber in seiner Kanzlei sind alle Unterlagen vorhanden. Sie wussten übrigens Bescheid über Torstens Entführung, Interpol war auch bei ihnen. Ich weiß nicht, wo Torsten ist, ob er lebt oder nicht. Aber ich glaube, ich weiß, wer ihn dir weggenommen hat.«

Atemloses Schweigen um den Tisch, alle starrten Stephan an, Helga war weiß im Gesicht geworden, Cornelius griff nach ihrer Hand.

»Du hattest durchaus das richtige Gefühl, als du John van der Meeren hier an der Rezeption stehen sahst. Er kommt mir bekannt vor, hast du gesagt. Erinnerst du dich?«

Helga nickte, ihre Finger schlossen sich fest um die Hand von Cornelius.

»Ich hatte ja dann Gelegenheit, ihn im Burgtheater zu sehen. Sehr genau habe ich ihn mir angeschaut, weil ich merkte, was du für Angst vor diesem Mann hattest. Ich habe, wie gesagt, genügend Bilder von damals gesehen. Er ist der Bruder von Henri Duresnes, den du unter dem Namen Milano kanntest. Er ist jünger, er hatte sich die Haare gefärbt, aber Gérard Duresnes sieht seinem Bruder sehr ähnlich.«

»Du hast – ihn gesehen?«

»Nein, leider nicht. Ich habe aber Bilder von Henri Duresnes gesehen und sah die Ähnlichkeit der Brüder.«

»Und was war mit diesem jüngeren Bruder?«, fragte Cornelius.

»Er war bei dem Prozess, als unbeteiligter Zuschauer, das hat er ja Helga gegenüber angedeutet, bei jenem einzigen Gespräch, das sie draußen im Schlosspark führten. Er hatte sich niemals als Henris Bruder zu erkennen gegeben, keiner kannte ihn, keiner wusste überhaupt von ihm. Aber er hatte seinem Bruder alles zu verdanken, und er liebte seinen Bruder, und darum hasste er dich, Helga.«

»Du willst sagen, er hätte mir Torsten weggenommen? Er hätte mich ja töten können, wenn er mich so hasste. Ich habe seinen Bruder getötet, wenn er mich getötet hätte, wäre es doch Rache genug.«

»Nein, das, was er sich ausgedacht hat, traf dich viel mehr. Er muss das lange vorbereitet haben. Er muss viel Geld in die Sache investiert haben. Und er hatte Geduld. Das ist das Erstaunlichste daran, dass er so viel Geduld aufbrachte. Er konnte Torsten entführen, als er vier oder fünf oder sechs Jahre alt war. Euer Haus draußen, die Oma mit dem Kind oft allein, das wäre doch viel einfacher gewesen. Warum so spät? Warum in Holstein? Warum so umständlich? Das sind Fragen, die ich nicht beantworten kann.«

»Und wo ist er?«, fragte Helga heiser.

»Das weiß ich leider auch nicht. Mr. Grant, das ist der Detektiv, ist weiterhin an dem Fall interessiert, ich konnte ihm jetzt nur nichts mehr bezahlen, aber er weiß, dass er wieder Geld von mir bekommt. Die Kriminalpolizei von Los Angeles, Interpol, sie sind von uns informiert. Man sucht einen Mann, der Gérard Duresnes heißt. Jedenfalls mal so geheißen hat. Nach einem John van der Meeren braucht man nicht zu suchen, schätze ich.«

»Stephan, das ist ungeheuerlich«, sagte Simon. »Wie sind Sie auf die Spur von diesem Mann gekommen? Was wissen Sie über Gérard Duresnes?«

»Es waren mühsame Recherchen. Wie gesagt, ich brauchte einen Fachmann dazu, allein hätte ich das nicht geschafft. Aber wie das immer so ist, wenn man mal einen Faden hat, dann spinnt sich das Garn weiter. Als wir die Bilder hatten von Henri Duresnes, kamen wir auf die Spur von Gérard Duresnes, denn er hat in Stanford studiert.«

»Studiert?«, fragte Simon. »Dieser Ganove, der damals hier an der Rezeption stand?«

»Er war kein Ganove. Er war der kleine Bruder von Henri, geliebt und behütet von Henri, der zweifellos ein Ganove war, aber für den Bruder alles getan hat. Er ließ ihn in einem teuren Internat in Frankreich erziehen und brachte ihn dann nach Amerika, ließ ihn studieren. Der Vater der Brüder ist in Indochina ums Leben gekommen, da war Gérard noch ein Kind. Eine Spur von der Mutter war nicht zu finden. Henri hat zweifellos viel Geld gemacht, er hat zuletzt in Kalifornien auf großem Fuß gelebt, wir wissen ja, wovon. Damit hatte Gérard nichts zu tun, er erfuhr es erst durch den Prozess. Der Tod seines Bruders, den er liebte und bewunderte, muss ihn tief getroffen haben. Bald danach verliert sich seine Spur. Er gab das Studium auf. Was er gemacht hat in all den Jahren, war leider nicht zu ermitteln. Und erst recht nicht, wo er sich heute aufhält. Mittellos ist er nicht gewesen, denn Henri hatte ein Konto für ihn angelegt, auf das er ständig Geld eingezahlt hat. Ja, so weit sind wir jetzt. Immerhin ist sein Name und sein Bild nun bekannt, man sucht nach ihm. Der Name allerdings dürfte kaum mehr stimmen.«

»Aber es ist nur eine Vermutung, dass er es war, der Torsten entführt hat«, sagte Simon.

»Eine Vermutung, mehr nicht. Aber wenn man zwei und zwei zusammenzählt, gibt es einen Sinn. Ein Entführer, der kein Geld fordert, es offensichtlich nicht braucht und nicht will, dem es nur darauf ankommt, einen Menschen zu quälen. Dich, Helga.«

Über den Tisch hinweg sahen sie sich an.

»Er wird Torsten töten«, sagte sie.

»Ich habe gedacht, er hätte ihn schon getötet. Als wir das alles wussten, war ich ziemlich sicher, dass Torsten nicht mehr am Leben ist. Denn solange er am Leben ist, ist er für den Mann eine Gefahr. Torsten ist kein kleines Kind, es liegt nahe, dass er sich wehrt, dass er versucht, zu entkommen, wo immer man ihn versteckt.«

Helga stöhnte, sie senkte den Kopf, Tränen stiegen ihr in die Augen.

»Als ich nun von Magda von den Briefen hörte«, fuhr Stephan fort, ohne den Blick von Helga zu lassen, »war das eine große Erleichterung für mich. Es ist erwiesen, dass es sich um Torstens Schrift handelt, also lebt er, und vielleicht will Gérard ihn wirklich nicht töten.«

»Aber was will er dann?«, fragte Helga erstickt.

»Was will er von dir? Das ist die Frage. Und das eben weiß man nicht. Es könnte ja sein, dass er eines Tages …« Stephan stockte.

»Was?«, fragte Cornelius scharf.

»Ich habe mir das vor- und rückwärts überlegt. Es könnte sein, dass er sich Helga eines Tages auch holt. Oder dass er einen Tausch vorschlägt, Helga gegen Torsten. Er hat Geduld, das haben wir ja festgestellt. Er lässt sich Zeit für seine Rache. Und gerade das ist die Infamie daran. Er führt einen Nervenkrieg. Und dass er gute Nerven hat, ist beweisbar. Sonst hätte er es nicht gewagt, hier aufzukreuzen, dann die Begegnung in Wien, dann noch mal auf dem Flug nach London, und dann verschwindet er einfach wieder.«

»Es klingt alles nicht sehr ermutigend, Stephan, was Sie sagen«, meinte Simon nachdenklich. »Und es lässt sich nicht beweisen. Es mag eine ganz falsche Spur sein.«

»Nein«, sagte Helga. »Ich glaube, es ist so, wie Stephan es darstellt. Der Mann hat gute Nerven und er hat Geduld. Und er hat Geld. Das alles hatte Milano auch. Und eines Tages wird er Torsten töten.« Sie richtete sich auf, ihr Gesicht verzerrte sich vor Wut. »Wenn ich ihn nicht vorher töte.«

»Dazu müsste man ihn erst einmal finden«, sagte Stephan ruhig. »Es sind jetzt schon eine ganze Menge Leute, die ihn suchen. Die wissen, wie er aussieht, was für Sprachen er spricht, auf welch sichere Weise er sich bewegt. Und wenn er Geld hat, dann hat er natürlich viele Möglichkeiten, einen Jungen vor der Welt zu verstecken. Das muss er nicht einmal selber machen. Wie er diese Frau in Hamburg fand, die Torsten für ihn entführte, findet er Leute, die Torsten gefangen halten, möglicherweise ohne ihm etwas Böses zu tun. Denn er will nicht Torsten quälen, er will Helga quälen. Und das gelingt ihm ja vortrefflich. Mr. Grant hat sich diesen Gedankengang zu eigen gemacht, der Mann von der Kripo in Los Angeles war erst sehr skeptisch, aber er stieg dann auch auf diese Schiene um. Die Gefahr ist natürlich, wenn man intensiv nach Gérard sucht, Steckbrief oder Ähnliches, dass man damit Torsten in Gefahr bringt. Also muss das möglichst geheim geschehen. Und das sagt Mr. Grant allerdings auch: Die Welt ist groß. Torsten kann in Amerika sein, in Australien, in Afrika, wo die Duresnes-Brüder ja herkommen. Weiß man, ob sie dort noch Vertraute haben? Alte Bedienstete? Oder gar die unauffindbare Mutter?«

Eine Weile blieb es still am Tisch. Dann sagte Cornelius leise: »Das ist fürchterlich. Das ist ganz fürchterlich, Herr Momsen, was Sie uns da berichten.«

»Vielleicht«, sagte Stephan, »habe ich auch nur zu viel Fantasie.«

Helga sah ihn an, sie hatte sich erstaunlicherweise gefasst. »Ich danke dir, Stephan«, sagte sie. »Du hast viel für mich getan. Es ist doch irgendwie ... ja, irgendwie so etwas wie eine Hoffnung. Wenn der Mann mich hasst, weil ich seinen Bruder getötet habe, und er will mich bestrafen, dann ist ihm das gelungen. Vielleicht«, jetzt zitterte ihre Stimme, »vielleicht gibt er Torsten eines Tages frei. Wenn er meint, ich bin bestraft genug.«

Stephan war das Blut in die Stirn gestiegen.

»Ich würde alles für dich tun. Ich würde jeden Weg für dich gehen. Und wenn er durch die ganze Welt führt. Ich habe Herrn Peters gefragt, ob er mich wieder anstellt, aber ich kann bis auf Weiteres auf meinen Beruf verzichten, wenn ich dir auf andere Weise nützlich sein kann. Und dass es möglich ist, etwas zu unternehmen, das habe ich doch bewiesen. Ich brauche bloß eure Hilfe dazu. Das heißt Geld. Ich brauche Geld für Mr. Grant. Er ist nicht so ein billiger Krimiroman-Detektiv, er ist ein hoch qualifizierter Mann, er war früher selbst bei der Polizei, und er hat, seit er sich selbstständig gemacht hat, schon die tollsten Fälle gelöst. Aber er muss still arbeiten, unauffällig. Und ich bin bereit, in den Kongo zu fahren, wo die Familie Duresnes herstammt. Vielleicht finden wir dort ein geheimes Nest, in dem man Torsten verbirgt.«

»Sie sind verrückt, Stephan«, sagte Simon. »Und Sie haben wirklich zu viel Fantasie. Die Welt ist groß, da hat Ihr Mr. Grant recht. Und der Kongo auch.«

»Ja, sicher, weiß ich. Aber man muss etwas tun. Ich habe

mich jetzt seit fünf Monaten damit befasst, und ich habe doch schon eine ganze Menge ermittelt. Ich kenne seine Vergangenheit, wir haben ihn hier erlebt, alle, wie wir hier sitzen, jeder von uns würde ihn wiedererkennen. Und ich werde auch seine Gegenwart erforschen.« Er ballte beide Hände zu Fäusten. »Mir ist, als wenn ich ihn schon hier zwischen meinen Fingern hätte.«

»Und dann, wenn Sie ihn zwischen den Fingern haben?«, fragte Simon. »Was machen Sie dann mit ihm? Ohne Torstens Leben zu gefährden?«

Stephan öffnete die Hände. »Das ist es. Ja, das ist es.«

»Ich bin fix und fertig«, sagte Magda. »Das kann nicht wahr sein. Es kann nicht möglich sein, dass man so etwas erlebt.«

»Wir haben erlebt, wie man Torsten geholt hat«, sagte Helga, und sie wirkte jetzt ruhig und beherrscht. »Das war auch unvorstellbar. Ja, ich glaube, dass Stephan recht hat.«

»Ich bin fix und fertig«, wiederholte Magda. »Ich muss noch was trinken.«

»Und warum, Stephan«, fragte Simon, »haben Sie das alles getan und wollen das tun?«

»Ich glaube, Helga weiß es.«

Als Nächstes flog Stephan nach Hamburg, um mit Kommissar Wildner zu sprechen, der schon einen Bericht aus Los Angeles vorliegen hatte. Und genau wie sein amerikanischer Kollege war Wildner skeptisch und meinte, das sei doch eine absolut unglaubwürdige Geschichte. Aber die ganze Sache sei sowieso höchst abstrus, vielleicht sei da doch etwas dran.

Knut Müller wurde noch einmal geholt, er musste sich die Bilder von Henri Duresnes ansehen, vergrößert aus Zeitungsaufnahmen, auch das Bild des toten Henri Duresnes war mehrfach vertreten. Knut hatte zwar eine Entziehungskur machen müssen, war dann entlassen worden, denn dass er aktiv und wissend an der Entführung teilgenommen hatte, ließ sich nicht beweisen. Er war rückfällig geworden, lebte jetzt in einer Kommune am Hamburger Hafen.

Diesen Mann habe er nie gesehen, sagte er. Folgten die Umfragen bei Prostituierten und Zuhältern, die ergebnislos verliefen, doch dann kam man endlich an den richtigen Mann; der Zuhälter der Grete Kammer, alias Evelyn Schulz, den man inzwischen kannte, nickte mit dem Kopf.

»Der war hier«, sagte er. »Er hat mir Evelyn für ein paar Monate abgekauft. Hat gut bezahlt, der Knilch. Ja, so ähnlich sah er aus. Bisschen jünger. Und blond. Aber sonst, ja, könnte er sein. Ich hatte keine Ahnung, was der vorhatte. Ich dachte, er wollte sie für sich haben.«

Und das war es dann auch schon wieder.

Bereits im Juli kam der nächste Brief von Torsten gleichen Inhalts.

Doch dann, im September, kam der vierte Brief, und der hatte einen anderen Text.

»Liebe Mami«, schrieb Torsten, »jetzt ist es schon über ein Jahr her, dass ich dich nicht gesehen habe. Aber mach dir bitte keine Sorgen um mich, es geht mir wirklich gut. Ich bekomme ganz prima zu essen, und ich darf reiten, und auch mit der Schule musst du keine Angst haben, ich bekomme Unterricht und habe schon viel gelernt. Wie geht es Mirco? Und der Oma? Und grüße Opa. Und Antje und Detlev. Und überhaupt alle. Gérard sagt, dass ich bald wieder zu euch kommen darf. Er tut mir nichts Böses. Es geht mir gut bei ihm. Tausend Grüße Dein Torsten.«

Und dann kam noch ein Nachsatz: »Gebt Mirco bloß kein Schweinefleisch zu essen, Gérard sagt, das ist ganz schlecht für einen Hund. Ich möchte ihn doch noch wiedersehen. Ich habe hier auch einen Hund.« Da war der Name Gérard, nicht einmal ein Deckname. Stephans Geschichte schien zu stimmen. Und Torstens Brief wirkte nicht so, als sei er unter

Druck geschrieben. Der Brief kam diesmal wieder aus London, der im Juni war aus Paris gekommen.

»Ein polyglotter Mann, dieser Gérard«, sagte Kommissar Wildner grimmig. »Da können wir nicht mithalten. Geld muss der Bursche haben.«

Sowohl in Paris wie in London hatte man in sämtlichen Hotels und Pensionen nach einem Gérard Duresnes geforscht, vergeblich, wie nicht anders zu erwarten. Dass John van der Meeren seinerzeit in Wien im Hilton gewohnt hatte, war längst ermittelt. In London und Paris kannte man weder diesen noch jenen Namen.

Ebenso ergebnislos verlief Stephans Reise in den Kongo, die Mutter der Brüder Duresnes war unauffindbar.

Aber natürlich hatte Torstens Brief allen Hoffnung gemacht. Auch Pastor Rohde, bei dem Helga im Herbst für zwei Wochen war, studierte die Kopie sorgfältig. Er war alt geworden, sein Haar war schlohweiß, und wenn er predigte, zitterte seine Stimme manchmal.

»Willst du nicht zu mir kommen, Vater?«, fragte Helga.

»Kind, mich kannst du nicht mehr verpflanzen. Ich möchte nur noch so lange leben, bis ich weiß, was aus Torsten geworden ist. Dann ist es genug. Es ist genug, heißt es bei Johann Sebastian Bach. Ich denke das manchmal jetzt. Aber ich muss es noch abwarten.«

Direkt aus dem Kongo, via Frankfurt und Hamburg, kam Stephan eines Tages überraschend im Pfarrhaus an. Er fand Helga gefasst und einigermaßen ruhig, das waren der Brief und die Gegenwart ihres Vaters. »Ich liebe Ihre Tochter, Herr Rohde«, sagte Stephan, als sie zu dritt abends im Wohnzimmer saßen. »Man soll nicht mit großen Worten um sich schmeißen. Aber Ihnen kann ich es sagen. Helga will es nicht hören.«

»Warum willst du es nicht hören, Helga?«, fragte ihr Vater.

»Ich glaube nicht mehr an die Liebe«, sagte Helga, aber ihr Gesicht war weich, nicht mehr so versteinert.

»Das ist ungerecht, Helga. Du bist der Liebe wegen aus diesem Haus gegangen. Du hast Liebe empfangen von uns allen, von mir, deiner Mutter, deinen Geschwistern. Und du hast Liebe empfangen von Cornelius, deinem Schwiegervater. Und warum willst du die Liebe eines Mannes zurückweisen, der so viel für dich getan hat, wie du mir selbst erzählt hast.«

In dieser Nacht, in ihrem Elternhaus, schlief Helga das erste Mal mit Stephan Momsen. Sie lag in seinem Arm wie betäubt, wie ein erschrockenes Kind, das die Liebe zum ersten Mal erlebt.

Sie sagte zu ihm: »Was willst du mit mir? Ich bin zur Liebe nicht mehr fähig.«

»Du bist es, und du wirst es wieder lernen. Ich habe mir seit Jahren keine andere Frau gewünscht, nur dich. Ich weiß, wie alles war, meine Ehe, und Cornelius, und wir wollen ihm auch nicht wehtun. Du gehörst zu mir, Helga. Und das, was heute war, ändert nichts daran, dass ich dir Torsten wiederbringen möchte. Du weißt, ich habe mir immer ein Kind gewünscht. Und nun wünsche ich mir Torsten. Du und Torsten, das ist es, Helga, was ich will. Schau mich an, meine schöne, geliebte Frau.«

Sie lag in seinem Arm, den Kopf auf seiner Schulter, und es war so seltsam, so ungewohnt, den Körper eines Mannes zu spüren. Aber es war auf einmal nun doch Trost, es war Hoffnung.

Doch sie sagte: »Was willst du mit einer Frau, die sich grämt und die unglücklich ist. Du hast mich, hier und heute. Aber du hast mich nicht für immer. Und wir haben Torsten nicht.«

Sie hatte »wir« gesagt, Stephan registrierte es, doch er ließ es vorübergleiten, hielt es nicht fest. Sie war scheu, sie war ängstlich, sie wollte es nicht bestätigen, dass ihr Zusammensein von Bedeutung war.

Hilfreich wie immer war Antje. Helga und Stephan fuhren für einige Tage nach Birkenfeld, die Felder waren schon abgeerntet, Kühle war in der Luft, doch der Himmel war klar und offen.

»Was für eine Luft!«, sagte Stephan begeistert. »Was sind wir doch für arme Schweine in der Stadt.«

»Beleidigen Sie meine Schweine nicht«, sagte Antje. »Denen geht es prima.«

»Ich sprach ja auch von Menschen. Und Ihre Schweine hier, na ja, sie haben einen großen luftigen Stall, aber wie ich gehört habe, werden sie auch nicht älter als sechs oder sieben Monate. Ein kurzes Leben, oder?«

»Na ja, sicher«, sagte Antje. »Ein kurzes Leben. Aber wenn sie das nicht hätten, hätten sie gar keins.«

»Das ist die Frage. Wenn die Tiere nicht geboren werden, werden sie nicht gefressen. Wenn sie nicht gefressen werden, werden sie nicht geboren. Was ist nun besser?«

»Mensch, Stephan, kommen Sie mir nicht philosophisch. Ich bin eine Bauersfrau. Wenn wir anfangen, zu philosophieren, können wir den Laden dichtmachen. Dann müssen Sie Vegetarier werden und bloß noch Gemüse essen.«

»Abgesehen davon, dass das Gemüse auch vergiftet ist, weiß man denn, ob ein Kohlkopf nicht auch gern länger leben würde.«

»Unser Gemüse ist nicht vergiftet«, sagte Antje empört.

»Und was soll ein Kohlkopf denn machen? Auf dem Feld stehen bleiben, bis er verfault?«

»Eben«, sagte Stephan.

»Außerdem pflanzen wir gar keinen Kohl.«

Die Tage bei Antje und Detlev taten Helga gut. Das Baby, das Antje im Sommer geboren hatte, wieder ein Junge wie die Zwillinge, war jetzt acht Wochen alt.

»Na, was sagst du, ist er nicht schön?«, fragte Antje. »Aber das ist nun Schluss der Vorstellung. Vier Kinder, die kann das Gut gar nicht ernähren.«

»Ist kein Problem«, sagte Detlev. »Birge studiert Chemie, wie sie schon verkündet hat, denn in Zukunft gibt es kein Gift mehr auf den Feldern, sie weiß auch schon ganz genau, wie sie das macht. Felix und Carsten werden Astronauten. Kann ich bloß hoffen, dass unser Kleiner hier mal das Gut übernimmt.«

»Das hab ich davon. Muss ich hier noch wirtschaften, bis ich tot vom Stuhl falle«, sagte Antje.

Helga und Stephan saßen gern bei Detlevs Eltern im Altenteil. Altenteil nannte sich das, ganz konservativ, was eine feudale Villa auf dem Gutsgelände war. Beide ritten sie jeden Tag ihre Pferde aus, Baron und Baronin Gierau, und die Baronin hatte außerdem eine gut florierende Forellenzucht angelegt, mit hohen Stiefeln angetan, stand sie auf dem Balken, der über den Teich ragte, und fütterte die Tiere.

»Irgendwas muss ich tun«, sagte sie, »sonst gehe ich ein.«

Baron Gierau hatte einen ehemaligen Eleven, der in Uruguay lebte und arbeitete.

»Habt ihr auch schon mal an Südamerika gedacht?«, fragte der Baron eines Tages, als sie beim Tee saßen. »Es ist nur wegen des Rauschgifthandels, der kommt ja meistens von dort.«

»Wir wissen nicht, ob Gérard Duresnes im Rauschgifthandel tätig ist«, sagte Stephan.

»Wenn er doch so viele Kopeken hat«, meinte Antje am Abend, als sie von diesem Gespräch berichtete. »Brüderchen hat das doch auch gemacht. Und damit lässt sich immer noch das meiste Geld verdienen. Und zwar steuerfrei. Mensch, Detlev, wenn wir so was hätten. Keine Steuern mehr zahlen und so ein paar dusslige Cocapflanzen hier anbauen. Könnten wir doch mit links machen.«

Wie nahe sie der Wahrheit damit gekommen waren, wussten sie nicht.

Warten

Seit Stephans Rückkehr, seit dem Bericht über seine Ermittlungen, war das tödliche Schweigen gebrochen, auch das Nichtverstehen dieser ungewöhnlichen Entführung. Erst recht Torstens vierter Brief hatte sie alle mit Hoffnung erfüllt, zumal der Name Gérard darin vorgekommen war.

»Man kann es kaum begreifen«, sagte der Hauptkommissar Wildner, der im Laufe des Winters kam, um noch einmal alles durchzusprechen, auch Pläne zu entwickeln. Alle Polizeistationen Deutschlands, des Auslandes, soweit Interpol dort tätig wurde, waren von dem Fall unterrichtet, der in seiner Art einmalig war. Auch in der DDR, auch in den Ostblockstaaten kannte man den Fall, kannte man den Namen Gérard Duresnes, kannte das Bild Henris.

»Obwohl kaum anzunehmen ist, dass ein Mann mit diesem Auftreten und diesem Lebensstil sich im Osten aufhält«, meinte Wildner. »Aber weltweit ist Torsten Müller nun bekannt und der Name seines mutmaßlichen Entführers. Man kann es wirklich nicht begreifen«, wiederholte er. »Dieser Mann hat offenbar keine Angst. Denn es ist nicht anzunehmen, dass er den Brief nicht kennt, den Torsten geschrieben hat. Nur mit seinem Einverständnis kann der Name Gérard darin vorkommen. Was bildet sich der Kerl ein? Dass er unantastbar ist? Dass keiner nach ihm sucht?«

Auf der Suche war wieder und immer noch Mr. Grant. Inzwischen ermittelte er in Südamerika.

Und alle warteten auf Torstens nächsten Brief. Er kam kurz vor Weihnachten, diesmal aus New York.

»Liebe Mami«, schrieb Torsten, »nun ist bald Weihnachten, und ich bin nicht bei dir. Aber du brauchst dir keine Sorgen zu machen, es geht mir wirklich prima. Ich habe gute Freunde hier, alle sind nett zu mir, wir verstehen uns gut. Und von Gérard soll ich dir sagen, ich werde nicht mit Gewalt festgehalten. Ich bin frei und kann gehen, wohin ich will. Und es ist nicht gut, sagte Gérard, dass man nach ihm fahndet, er hat nichts Böses getan, im Gegenteil, er hat mich von den Kidnappern befreit, die mich in Hamburg gefangen gehalten haben. Das war ziemlich eklig. Es war diese Frau, die sich einbildete, ich sei ihr Sohn. Und da war ein Mann dabei, der hat mich gefesselt und dann betäubt. Aber das ist nun schon lange her, jetzt geht es mir gut. Aber keiner soll meinem Freund Gérard etwas tun. Nächstes Jahr, liebe Mami, komme ich wieder zu dir.«

Und dann folgte eine lange Liste aller Namen, die Helga von ihm grüßen sollte, und dabei hatte er keinen vergessen, auch Gina und Paola kamen vor, auch Kilian, der Portier des Parkhotels, der inzwischen nicht mehr lebte. Und natürlich auch der Großvater, aber nicht die Großmutti. »Sie ist ja leider verstorben«, schrieb Torsten, »das tut mir sehr leid.«

»Wir sitzen wie in einem Glashaus hier«, sagte Stephan. »Dieser Kerl weiß alles über uns. Wie ist so etwas nur möglich? Der hat so viel Geld und so viel Macht, wie wir es uns gar nicht vorstellen können. Wer ist dieser Mann?«

Wer war dieser Mann? Woher nahm er Macht und Geld? Diese Frage beschäftigte sie alle zunehmend, auch Mr. Grant bekam eine Übersetzung von Torstens Brief.

Von ihm kam erstmals eine vorsichtige Andeutung, mehr eine Vermutung: »Alle Macht, die Politiker und Staatsmänner heute haben, selbst jene der kommunistischen Regierungen, ist nichts im Vergleich mit der Macht, über die die Bosse des Rauschgifthandels verfügen. Unsere gute alte Mafia ist ein müder Verein dagegen, obwohl sie natürlich auch in diesem Geschäft steckten. Die wahren Milliardäre sitzen in Südamerika, speziell in Kolumbien. Von dort kommt das Gift in unser Land, von dort kommt es in alle Welt. In den letzten Jahren ist die Zuwachsrate enorm gestiegen. Ich habe mich zuletzt einige Zeit in Kolumbien aufgehalten, und ich will nicht verschweigen, dass man mich dort niedergeschlagen und schwer misshandelt hat. Dieser Brief erreicht Sie aus dem Krankenhaus in Miami, wohin man mich bewusstlos mit einer Privatmaschine gebracht hat. Unter diesen Umständen kann ich weitere Ermittlungen nicht vornehmen. Diese Leute sind unangreifbar. Es geht über meine Möglichkeiten.«

Das fand auch Kommissar Wildner. Das Polizeipräsidium in Hamburg sah keine Möglichkeit, genau wie Mr. Grant, in Kolumbien zu ermitteln.

»Wir kennen die Zustände in diesem Land sehr gut«, sagte Wildner. »Die Bauern sind arm und pflanzen das Zeug an. Größtenteils wird es im Land verarbeitet und geht in die Staaten. Und die großen Bosse, wie Mr. Grant schreibt, sind nicht zu greifen und schon gar nicht verantwortlich zu machen. Genau genommen regieren sie das Land. Die Regierung ist von ihnen abhängig, die Polizei ist korrupt. Mit viel Geld kann man alles und jeden kaufen. Und sie sind die Wohltäter des Landes. Sie bauen Schulen, Krankenhäuser, unterstützen die Universitäten. Abgesehen davon hat jeder eine Art eigene Armee. Wir in Hamburg haben nicht das Geld, dort zu ermitteln. Und wohl auch nicht die geringste Chance. Wenn die Vereinigten Staaten von Amerika nicht einmal dagegen ankämpfen können, wie sollen wir etwas tun?«

Mr. Grant also hatte verloren, die deutsche Polizei musste resignieren.

»Ich werde rüberfliegen und mir das ansehen«, sagte Stephan.

»Sie werden dich umbringen«, erwiderte Helga. »Das ist eine Welt, von der wir nichts verstehen. Mein Gott, damals in Kalifornien dachte ich, nun wüsste ich Bescheid. Gar nichts wusste ich.«

Sie klammerte sich an einen Satz: »Nächstes Jahr, liebe Mami, komme ich wieder zu dir.«

Dieser Winter des Jahres fünfundachtzig auf sechsundachtzig war nicht so trostlos wie der des vergangenen Jahres. Torsten war am Leben, es ging ihm gut, keine Angst, keine Verzweiflung klang aus seinem Brief.

Da war nur eine Wand. Eine Mauer, die undurchsichtig erschien. Keine Mauer aus Stein oder Beton. Eine Mauer aus Gummi und Watte, an der jeder Schlag abprallte. Unangreifbar, wie Kommissar Wildner es genannt hatte. Für Helga war Stephan nun doch eine große Hilfe, seine Liebe ließ sie das ganze Elend leichter ertragen. Auch Cornelius hatte das akzeptiert.

Stephan arbeitete wieder in Simons Baufirma, obwohl es so viel nicht mehr zu bauen gab, der große Boom war vorüber, es gab kein Schloss zu renovieren, kein Hotel zu errichten, große Bauten wurden zumeist von auswärtigen Firmen ausgeführt, die ihre Arbeiter mitbrachten, Ausländer, oder Menschen aus ländlichen Gebieten, die preiswerter arbeiteten. Auch die TESTA brauchte keine Neubauten mehr, im Gegenteil, sie musste ihre Produktion einschränken und Leute entlassen. Gebaut wurden Stadtrandsiedlungen, Bungalows, und vor allem wurden Altbauten saniert und in Eigentumswohnungen umgewandelt.

»Kann mir keinen Spaß mehr machen«, sagte Simon. »Mein Gott, die fünfziger und sechziger Jahre, das war eine Zeit für einen Baumeister.«

»Wir wollen keine Bomben auf die Stadt, nur damit du sie wieder aufbauen kannst«, meinte Cornelius.

»Wäre auch zu spät für mich, ich bin zu alt. Nein, keine Bomben auf diese Stadt und, so Gott will, auf keine Stadt der Welt. Aber sieh dir die Welt rundherum an! Wir leben momentan im Windschatten der Geschichte, und das schon seit langer Zeit. Aber sonst? Mord und Totschlag, Krieg und

Aufruhr, Terror und Gemeinheit. Bomben mehr als genug, inzwischen in Heimarbeit herzustellen.«

Mit Dr. Kuntze, der um diese Zeit wieder einmal im Hotel wohnte, sprachen sie über die Sparmaßnahmen und die Entlassungen bei der TESTA.

»Was wollen Sie? Das ist der Lauf der Welt. Man kann nicht immer expandieren und expandieren. Wir werden noch mehr Arbeitslose bekommen, und trotzdem produzieren wir in Zukunft im Ausland. Weil es billiger ist. Die Gewerkschaften mit ihren irrealen Ansprüchen schaden Arbeitgebern und Arbeitnehmern. Und ich bin sicher, die wissen das genau, nur sie geben es nicht zu. Wir eröffnen jetzt ein Zweigunternehmen in der Türkei, möglicherweise später sogar in China. Wenn mir einer mal gesagt hätte, dass ich auf meine alten Tage da noch herumgeistern muss. Lange mache ich das sowieso nicht mehr, sollen das die jungen Leute tun. Ich habe mir ein Haus auf Sylt gekauft, auch nicht gerade die billigste Ecke der Welt. Aber dort gefällt es mir und meiner Frau auch. Das Klima bekommt uns. Meine Frau und ich und unser Hund, wir können da sehr gut leben. Mein Sohn ist immer noch in Südafrika, dort gefällt es ihm nun wieder ausgezeichnet, und meine Tochter hat einen Neuseeländer geheiratet. Überlegen Sie sich mal die Entfernungen. Dazu hat man nun Kinder. Aber Julia findet es wunderbar in Neuseeland. Hier ist die Welt noch in Ordnung, schreibt sie in jedem Brief.«

»Und Sie wollen nicht dorthin gehen, wo die Welt noch in Ordnung ist?«, fragte Stephan.

»Für mein bisschen Lebenszeit, das mir noch bleibt, genügt mir unsere Welt hier. Ich bin Deutscher, bin in Berlin aufgewachsen, habe den Krieg mitgemacht, und zwar ausführlich, und nun möchte ich auch in diesem Land sterben, nachdem mich der große Orlog schon gnädig entlassen hat. Wir haben Julia in Neuseeland besucht, meine Frau und ich. Ist ja alles sehr hübsch, aber was soll ich da? Allein schon der Flug! Ich kann nicht ausrechnen, wie viele Jahre meines Lebens ich im Flugzeug verbracht habe. Damit ist Schluss. Wir gehen am Strand spazieren oder am Watt oder über die Sylter Heide, und mein Hund beobachtet fasziniert die Kaninchen. Davon gibt es auf der Insel jede Menge. Er jagt sie nicht einmal, er steht, hebt die rechte Vorderpfote, er zittert von den Ohren bis zur Schwanzspitze. Und wenn er schon zehn Kaninchen an diesem Tag gesehen hat, ist das elfte genauso aufregend. Und was glauben Sie, wie interessant das für mich ist!«

»Und wo haben Sie ihr Haus?«, fragte Stephan.

»Wo schon? In Kampen natürlich, wo es am teuersten ist. Aber wofür habe ich denn mein ganzes Leben lang gearbeitet. Besuchen Sie uns doch mal. Oder Sie können das Haus für einen Urlaub haben«, er lächelte Helga an. »Das täte Ihnen gut, Frau Müller, Sie sind viel zu blass. Wir sind ja jetzt noch nicht ständig da. Noch muss ich ja ackern. Wir haben dieses Jahr zum ersten Mal Weihnachten dort verbracht. War herrlich. Dieser Sternenhimmel! Wo sieht man denn noch so einen Himmel? Jaja, vielleicht in Neuseeland. Aber das ist nicht mein Himmel.«

»Wer kann sagen, ein Himmel ist sein Himmel«, meinte Stephan, und es klang sehr ernst.

Helga lächelte ihn an. Sie war von Zärtlichkeit erfüllt, wenn er bei ihr war. Seine Liebe, sein Verständnis halfen ihr, das Leben zu ertragen. Er, Cornelius und die Arbeit ermöglichten es ihr, mit den Tatsachen zu leben.

Stephan hatte ein kleines Appartement gemietet, und manchmal verbrachte sie dort die Nacht. Niemals schliefen sie zusammen im Haus von Cornelius.

Kurz nach dem Gespräch mit Dr. Kuntze sagte er: »Wir könnten wirklich in diesem Winter mal verreisen. Ich möchte ein paar Tage lang ungestört mit dir zusammen sein, Tag und Nacht.«

»Sag bloß nicht, ich soll Ski laufen.«

»Brauchst du ja nicht. Ich tue es ganz gern. Wir können auch im Schnee spazieren gehen. Es muss ja nicht Davos sein.«

»Sei nicht geschmacklos«, fuhr Helga ihn an.

»Verzeih mir, Geliebte. Also wie wäre es mit St. Moritz? Arosa? Waldhaus? Kenne ich alles. Ist schön ruhig und friedlich dort.«

Ruhig und friedlich hatten sie es dann wirklich, denn sie fuhren zu Susannes Onkel in den Chiemgau. Dort lag Schnee, wenn auch nicht viel, und manchmal nahm Stephan seine Skier und fuhr mit Susanne ins Gebirge. »Ohne dich macht es sowieso keinen Spaß«, sagte er, wenn er zurückkam.

»Höchst ungalant, dieser Herr«, sagte Susanne darauf. »Ich zeige ihm meine schönsten Abfahrten, und für ihn ist das Null. Die meiste Zeit redet er von dir, Helga. Und von Torsten.«

Von Torsten konnte man jetzt ungeniert sprechen, man musste sogar von ihm sprechen, es war wie ein Zwang, denn in diesem Jahr, irgendwann in diesem Jahr, würde er zurückkehren, das hatte er geschrieben. Alle hatten das Gefühl, sie mussten darauf vorbereitet sein. Denn, das sagte Susanne, die Ärztin: »Er muss Liebe vorfinden, ein Heim, und man darf diese Heimkehr auf keinen Fall dramatisieren.« Keiner von ihnen ahnte, in welchem Zustand Torsten heimkehren würde.

Anschließend fuhren Helga und Stephan noch eine Woche nach Bad Reichenhall ins Hotel Axelmannstein, wo sich Anne und Dirk Jansen gerade zu einem Winterurlaub aufhielten.

Das Hotel war schön wie immer, nur das Schwimmbad überheizt.

»Grässlich, so ein warmer Pool«, sagte Stephan. »Was haben die Leute nur davon, wenn sie wie in einer Badewanne herumpaddeln? Außerdem ist es höchst ungesund für Herz, Haut und Kreislauf.«

»Die Leute sind leider so verwöhnt«, meinte Helga. »Ich mag das überwärmte Wasser auch nicht. Man muss es auch viel zu stark chlorieren, sonst haben es die Bakterien zu leicht. Aber ich erlebe das im Miriam immer wieder, gehen wir mal unter achtundzwanzig Grad, beschweren sich immer ein paar, das Wasser sei viel zu kalt.«

»Die nächste Energiekrise kommt bestimmt«, sagte Dirk. »Dann werden die Leute froh sein, wieder in einem kühlen See oder im Meer baden zu können.«

»Ja, nur leider sind Seen und Meere bis dahin so verdreckt, dass man nirgends mehr wird baden können«, sagte Anne.

Schön waren die Spaziergänge im verschneiten Wald jenseits der Saalach, begleitet von Marco dem Zweiten.

»Wir hätten Mirco mitnehmen sollen«, sagte Helga. »Er hat sowieso zu wenig Bewegung. Es hätte ihm Spaß gemacht, im Schnee herumzulaufen mit seinem ... was ist Marco eigentlich für ihn?«

»Sein Bruder, ist doch klar.«

»Sicher hätte es Mirco Spaß gemacht«, sagte Stephan. »Aber wir können der Oma nicht auch noch den Hund wegnehmen.«

Pauline war achtundachtzig und Mirco inzwischen zehn. Natürlich redeten sie auch hier ständig von Torsten, und Dirk erinnerte sich genau an den Tag, an dem er Torsten kennenlernte. »Er war drei. Wir saßen unter der Linde und aßen Kartoffelpuffer mit Apfelmus.«

»Ich könnte den Kerl umbringen«, sagte Anne. »Jeder Mensch, der ein Kind entführt, gehört meiner Meinung nach auf den Elektrischen Stuhl. Es gibt noch viel schlimme Dinge auf der Welt; aber einem Kind oder einem Tier Böses anzutun, ist für mich das Schlimmste.«

»Ja, gewiss«, sagte Dirk darauf, »doch man stolpert immer wieder darüber, dass Torsten kein Kind mehr ist, es auch vor zwei Jahren nicht mehr war. Und alle Entführer, die es je gab, wollten Geld. Das macht einen so verrückt an diesem Fall. Und das Verrückteste sind für mich Torstens Briefe. Das, was er schreibt, lässt sich überhaupt nicht erklären. Ich habe in Hamburg einen Freund, der ist Psychiater, der hat gesagt, es wäre möglich, dass der Junge die Briefe unter Hypnose schreibt. Entschuldige, Helga.«

Helga nickte und lächelte, blickte hinauf in die schneebedeckten Äste der Bäume. Sie reagierte nicht mehr empfindlich, sie war diese Gespräche, diese Spekulationen inzwischen gewöhnt.

»Das haben wir alles schon durchexerziert«, sagte Stephan. »Bedrohung, Hypnose, Drogen, Folter, Gewalt – alles Erdenkliche haben wir bedacht. Aber die Briefe klingen so ungezwungen, besonders die beiden letzten. Sie sind ja auch von allen möglichen Experten untersucht worden, ob man an der Schrift oder dem Tonfall irgendwelchen Druck erkennen könnte. Er reitet, er hat einen Hund, er kriegt gut zu essen, offenbar bekommt er auch eine Art von Unterricht, und zu alledem schreibt er noch, ich bin frei, ich kann gehen, wohin ich will. Es ist wirklich zum Verrücktwerden.«

Helga bückte sich, schob den Schnee zwischen ihre Hände, formte einen Schneeball und warf ihn für den Hund weit voraus über den Weg. Marco stürzte ihm bellend nach.

Helgas Gesicht war unbewegt, die Wangen von der Winterluft gerötet. Sie sah gut aus, mehr noch, schön wie eine Frau, die geliebt wird, die in der vergangenen Nacht geliebt worden war, in den Armen des Mannes geschlafen hatte, der sie liebte.

Sie lächelte, als sie dem Hund nachsah. Keiner wusste von dem Hass, der ihr Herz zerriss. Und der Wunsch, zu töten, zu morden, und diesmal ganz bewusst und ganz gewollt, war das stärkste Gefühl, das sie beherrschte. Daran konnte auch Stephans Liebe nichts ändern.

Juni 1986

Der Beamte an der Passkontrolle blickte von dem Papier auf und sagte: »Ihr Pass ist abgelaufen.«

»Ja«, erwiderte der junge Mann lässig, »ich weiß. Aber erst seit einer Woche. Ich wollte schon vor vierzehn Tagen zurückkommen, aber es kam etwas dazwischen.«

Der Beamte las das Papier genau. Knut Müller, geboren am 12. Februar 1968 in Lüneburg.

In seinem Hinterkopf war irgendein vager Gedanke. Müller, Knut. Da war doch was? War da nicht irgendein Vorgang?

»Warten Sie bitte einen Moment, Herr Müller«, sagte er und wandte sich den anderen Passagieren zu, die eben mit der Maschine, die aus Miami kam, auf dem Rhein-Main-Flughafen gelandet waren.

Der junge Mann erhob keinen Einspruch, ging ein wenig zur Seite und wartete. Er sah gut aus, groß, schlank und blond, er war tadellos gekleidet, ein heller Anzug, ein blaues Hemd mit offenem Kragen. In der Hand trug er nur eine kleine Reisetasche.

»Kommen Sie bitte mit«, sagte der Beamte, nachdem er alle Passagiere abgefertigt hatte.

»Condenato!«, sagte der junge Mann namens Knut Müller verdrossen. »Wegen einer Woche so ein Theater.«

Im Zimmer seines Vorgesetzten legte der Beamte den Pass vor und erklärte kurz die Lage.

Auch dieser Beamte stutzte, überlegte. Auch er hatte das Gefühl, da sei mehr zu beachten als nur ein abgelaufener Pass.

»Nehmen Sie bitte Platz«, sagte er höflich zu dem jungen Mann. »Ich bin gleich zurück.«

Torsten setzte sich und lächelte. Hatte ihm Gérard das nicht prophezeit? An deutsche Gründlichkeit und Ordnung wirst du dich erst wieder gewöhnen müssen, hatte er gesagt.

Und ein wenig ärgerte sich Torsten auch. Hätte ihm Gérard nicht einen anderen Pass besorgen können?

Der Computer im Nebenraum wusste es genau. Über die Schulter des Beamten gebeugt las der Chef des Passamtes am Frankfurter Rhein-Main-Flughafen, was der Computer wusste. Anschließend telefonierte er sofort mit dem Frankfurter Polizeipräsidium. Er ließ sich Zeit mit der Rückkehr in sein Büro.

Der junge Mann saß auf dem Stuhl gegenüber dem Schreibtisch, er rauchte eine Zigarette und machte eine arrogante Miene.

»Nun?«, fragte er.

»Ich muss Sie bitten, noch eine Weile hierzubleiben.«

»Sie können mich doch nicht festhalten, nur weil der Pass vor einer Woche abgelaufen ist.«

»Deswegen nicht. Doch es liegt ein Passvergehen vor, Herr Müller. Dies ist nicht Ihr Pass. Sie heißen Torsten Müller, sind nicht achtzehn, sondern sechzehn Jahre alt, nicht in Lüneburg, sondern in Berlin geboren.«

»Alle Achtung«, sagte Torsten, »das haben Sie schnell herausgekriegt. Wie haben Sie das denn gemacht?«

Der Beamte lächelte und gab keine Antwort. Der andere Mann, der noch im Zimmer war, riss die Augen auf. Der entführte Junge, natürlich. Seine Daten und sein Bild hatten auch in diesem Büro gelegen.

»Madre de Dios!«, sagte Torsten belästigt. »Wie lange soll das denn dauern?«

»Wir warten auf die Kriminalpolizei.«

»Und was wird aus meinem Gepäck?«, fragte Torsten.

»Wir kümmern uns darum.«

»Es sind vier Koffer.«

Es waren vier Koffer von beachtlichem Gewicht, und als sie gebracht wurden, lächelte Torsten, ganz unbefangen. »Ich habe für jeden etwas mitgebracht«, sagte er, »für jeden von der Familie. Das gab ein ganz schönes Übergewicht.«

Unwillkürlich lächelte der Beamte auch. Ein netter Junge, dachte er, wie offen er ihn ansah. Entführt? Der war nicht entführt worden, der war einfach ausgerissen. Er hatte selbst einen Sohn, tüchtig in seinem Beruf, glücklich verheiratet, in diesem Jahr noch kam das erste Kind. Aber mit dreizehn war der einmal ausgerissen, zusammen mit einem Freund, aus Abenteuerlust, denn zu Hause und in der Schule war alles in Ordnung. Erst an der italienischen Grenze hatte man die Kinder aufgegriffen. War das eine Aufregung gewesen! Allerdings, da war die ermordete Frau in Hamburg. Und es war fast zwei Jahre her, dass Torsten Müller verschwunden war. Von der Frankfurter Kripo kamen Hauptkommissar Sigurd Graf von der Mordkommission und Hauptkommissar Schirmer vom Rauschgiftdezernat, so wichtig nahm man dort den Fall.

Ehe sie das Präsidium verlassen hatten, hatten sie ein Gespräch mit Hamburg geführt. Hauptkommissar Wildner war gerade nicht in seinem Zimmer, doch Graf bat, ihn schleunigst zu verständigen. »Und sagen Sie dem Kollegen, dass wir Torsten Müller mitnehmen ins Präsidium und dort festhalten werden, bis er kommt. Die nächste Maschine fliegt in vierzig Minuten, falls ihr das schaffen könnt in Hamburg.«

Der Kommissar hielt sich nicht lange mit der Vorrede auf.

»Sie sind Torsten Müller, im August 1984 von einem Gut in Holstein entführt worden, nach Hamburg verbracht und dort in einem verlassenen Lagerhaus für einige Wochen festgehalten worden, dann spurlos verschwunden. Ist das richtig so?«

»Nicht ganz. Ich wurde nicht von einem Gut entführt, sondern von Lütjenburg. Falls Sie wissen, wo das liegt.«

Graf lächelte. »Ich bin Hamburger«, sagte er. »Man hat Sie in einem Auto betäubt, stimmt das?«

»Ja. Als ich wieder zu mir kam, war ich in einem fensterlosen Raum, auf einem Lager angebunden.«

»Wissen Sie noch, in was für einem Gebäude sich dieser Raum befand?«

»Nein. Ich habe das Haus nie von außen gesehen. Aber es muss nahe der Elbe gewesen sein, denn ich hörte die Schiffe.«

»Wissen Sie, wer Sie entführt hat?«

»Diese hysterische Ziege und der schmuddelige Junge.«

»Der schmuddelige Junge ist derjenige, auf dessen Pass Sie hier einreisen wollten. Sie sehen intelligent aus, Herr Müller. Sie konnten nicht erwarten, dass das gut geht.«

Graf sprach mit dem Sechzehnjährigen wie mit einem Erwachsenen, höflich, korrekt, nicht unfreundlich, seine Miene war verbindlich.

»Wenn der blöde Pass nicht abgelaufen wäre, hätte kein Mensch was gemerkt«, sagte Torsten. »Ich bin selber schuld, ich wollte noch ein paar Tage in Miami bleiben, bei den Freunden von Don Esteban. Sie haben dort ein schönes Haus, und ich war vorher schon einmal für eine Woche da. Es hat mir gut gefallen. Und vor allem wollte ich mal durch die Everglades fahren.«

»Und? Haben Sie es getan?«

»Ja. War toll.«

Graf nickte. »Ich habe eigentlich auch vor, mir das einmal anzuschauen. Wir sprechen später davon. Kommen wir zurück nach Hamburg. Dieser schmuddelige Junge, er heißt Knut Müller, haben Sie den in Hamburg noch oft gesehen?«

»Überhaupt nicht. Nur die Frau war da. Und ein Mann. Den Jungen habe ich nie wiedergesehen.«

»Und wer war diese Frau?«

»Keine Ahnung. Später hat man mir erzählt, dass sie sich eingebildet hat, ich sei ihr Sohn. Sie war der Meinung, man hätte ihr das Kind, also mich, weggenommen, als es noch ein Baby war, und dann hätte sie jahrelang nach mir gesucht, und als sie mich gefunden hatte, nahm sie mich mit.«

»Eine höchst unglaubwürdige Geschichte. Würde eine Mutter ihr Kind gefesselt in einem Lagerhaus verstecken?«

»Die war nicht ganz dicht. Und äußerst hysterisch, das fand ich bald heraus. Manchmal heulte sie. Dann war sie stundenlang nicht da. Dann brachte sie mir wieder Schokolade mit oder Kuchen und zwang mich geradezu, das zu essen, obwohl mir immer schlecht wurde. Aber sie hat nie gesagt, dass sie meine Mutter ist.«

»Hätten Sie es denn geglaubt?«

»Bestimmt nicht. Ich wusste ja, wer meine Mutter ist. Nur – später habe ich dann erfahren, dass meine Mutter zwei Jahre in Amerika war, als ich klein war. Das habe ich nicht gewusst. Wenn man mich da mit einem anderen Kind vertauscht hätte ...« Torstens Augen flackerten unruhig. »Also ich meine, ich habe schon mal darüber nachgedacht.«

»Von wem haben Sie erfahren, dass Ihre Mutter in Amerika war?«

»Von Gérard.«

»Gérard, so. Hat Gérard einen vollständigen Namen.«

»Klar. Er heißt Gérard Duresnes.«

»Und wo wohnt er?«

»In Medellin. Da, wo wir alle waren.«

»Und wo ist das?«

Kommissar Schirmer, der am Fenster stand, sagte: »In Kolumbien. Dort leben die reichsten und brutalsten Bosse des Kokainhandels.« Kommissar Graf ließ seinen Blick durch das Zimmer wandern, sah jeden der vier Männer an, die außer ihm und dem Jungen im Raum waren, alle beobachteten den Jungen, alle waren gespannt und gleichzeitig ratlos. Das Tonband lief.

Kommissar Graf schob einen Zettel und einen Kugelschreiber über den Schreibtisch.

»Würden Sie bitte Ihren Namen schreiben.«

»Warum?«, fragte Torsten unsicher.

»Wir möchten Ihre Unterschrift mit den vorliegenden Unterschriften Torsten Müllers vergleichen.«

Torsten nahm den Kugelschreiber und schrieb seinen Namen. Seine Hand zitterte, der Schriftzug war nicht präzise.

»Bitte, noch einmal«, sagte Kommissar Graf.

Schirmer trat neben Torsten, als er zum zweiten Mal seinen Namen schrieb, sah genau zu, nahm dann den Zettel in die Hand. Als Torsten aufblickte, sah er ihm direkt in die Augen. Dann wandte er sich ab, ging wieder zum Fenster, dort spreizte er alle fünf Finger der linken Hand und nickte Graf zu.

Torsten Müller war drogensüchtig.

»Wo kommen Sie eigentlich her?«, fragte Graf mit abwesendem Blick.

»Aus Miami, das wissen Sie doch schon.«

»Vorher, meine ich. Sie wollten ein paar Tage in Miami bleiben. Wo waren Sie vorher?«

»Sie haben es doch gehört. In Kolumbien. Wir leben dort auf einer Hazienda in der Nähe von Medellin.«

»Aha. Wer ist wir?«

»Don Esteban, seine Frau, seine Tochter, sein Sohn. Gérard, Tonio, ihre Freunde. Eben alle Leute, die auf einer Hazienda leben. Viele Menschen arbeiten dort. Und die Truppe von Don Esteban natürlich.«

»Eine Truppe? Was für eine Truppe?«

»Die Leute, die uns bewachen.«

»Eine Art Privatarmee?«, fragte Schirmer vom Fenster her.

Torsten wandte sich zu ihm um. »So kann man es nennen, ja. Man braucht das dort. Es gibt viele Guerillas in den Bergen, die machen manchmal Überfälle.«

»Wem gehört die Hazienda?«

»Don Esteban.«

»Hat er noch einen Namen?«

»Ich kenne nur diesen. Alle nennen ihn so.«

»Was ist es für ein Mann?«

»Ein prima Mann. Groß und schlank, ein toller Reiter, Und sehr reich. Er hat zwei Rolls-Royce und noch viele andere Wagen. Und das Haus ist voller Diener, die einem jede Arbeit abnehmen.«

»Es hat dir offenbar dort gefallen?« Schirmer duzte den Jungen.

»Es ist wunderbar dort. Immer schönes Wetter, aber eine gute Luft, überall blüht es. Solche Blumen hatte ich noch nie gesehen.«

»Willst du wieder dorthin zurück?«

»Ja, später.«

Schirmer stand jetzt am Schreibtisch, dicht bei Torsten.

»Don Esteban hat also eine Frau, eine Tochter, einen Sohn – die kennst du alle?«

»Klar. Ich habe doch dort gewohnt.«

»Du hättest die Hazienda auch verlassen können?«

Torsten zögerte einen Moment.

»Ich hätte sie verlassen können, ja. Aber wo sollte ich hingehen? Ich hatte ja kein Geld. Und ich kannte mich ja in der Gegend nicht aus.«

»Nun, es gibt doch sicher in Medellin eine Polizei. Oder sogar ein deutsches Konsulat.«

Ein längeres Schweigen entstand. Alle warteten gespannt auf Torstens Antwort.

Dann sagte Torsten, und er sprach fast wie in Trance: »Gérard sagte mir ganz am Anfang, als ich hingekommen bin: Du kannst die Hazienda verlassen, du bist frei, du kannst gehen, wohin du willst. Doch du wirst nicht weit kommen. Don Esteban ist sehr mächtig. Kein Mensch wird einen Finger für dich rühren. Und kein Hahn wird nach dir krähen, wenn du tot im Straßengraben liegst.«

»Das ist natürlich auch eine Art von Freiheit«, warf Kommissar Graf ein. »Freiheit mit einer Drohung verbunden. Haben Sie es nicht so gesehen, Torsten?«

»Doch, klar. Aber sie waren alle so nett zu mir. Donna Dolores, das ist die Frau von Don Esteban, behandelte mich wie ihren eigenen Sohn.«

»Ach ja, Sie sagten, es gab einen Sohn und eine Tochter im Haus.«

»Es gibt zwei Söhne. Aber Miguel ist noch klein, gerade fünf. Aber mit Carlos war ich viel zusammen, er ist so alt wie ich. Und wir bekamen auch zusammen Unterricht, als ich richtig Spanisch gelernt hatte. Und Frasquita«, seine Stimme hob sich, »Frasquita ist überhaupt das schönste Mädchen, das ich je gesehen habe.«

»Die Tochter, nehme ich an.«

Torsten nickte. Plötzlich lachte er glucksend vor sich hin. »Gérard ist auch in sie verliebt. Aber er kriegt sie nicht. Nur der reichste und beste Mann der Welt kriegt Frasquita. Ich habe selber mal gehört, wie Don Esteban zu Gérard gesagt hat, du bist zwar mein Freund, aber du bist ein Lump, genau wie dein Bruder. Meine Tochter kriegst du nicht. Das konnte ich natürlich erst verstehen, nachdem ich Spanisch gelernt hatte.«

»Don Esteban sprach davon, dass Gérard einen Bruder hat?«, fragte Graf.

»Den kenne ich«, antwortete Torsten eifrig. »Der war mal im Schlosspark und sprach mit Mami. Sie konnte ihn nicht leiden.«

»Aha. Wie sah der denn aus, der Bruder?«

»Eigentlich genau wie Gérard. Nur hatte er blonde Haare.«

»Und der war nicht auf der Hazienda?«

»Nein.«

»Gérard kennt demnach Ihre Mutter nicht. Hat er irgendwann von ihr gesprochen?«

Torsten senkte den Kopf, seine Hand spielte nervös an seinem Revers herum, seine Augen waren gerötet.

»Er hat gesagt, meine Mami hat meinen Vater betrogen, als sie in Amerika war. Mit diesem Bruder.«

Wieder ein längeres Schweigen. Torsten hatte plötzlich Tränen in den Augen.

»Ich weiß das doch alles nicht«, flüsterte er. »Ich wusste ja gar nicht, dass sie in Amerika war.«

»Das ist ein großes Durcheinander, in das du da geraten bist, Torsten«, sagte Schirmer, in seiner Stimme klang Mitleid. »Das war alles schwer für dich zu verstehen.«

»Und heute weniger denn je«, fügte Graf hinzu. »Übrigens, da wir gerade von Verstehen sprechen«, sagte Schirmer, »du musstest ja erst Spanisch lernen, nicht wahr? Als du dort neu warst, und Gérard sagte, kein Hahn würde nach dir krähen, wenn du im Straßengraben liegst, hat er da deutsch mit dir gesprochen?«

»Nein. Tonio hat es übersetzt.«

Kommissar Graf fuhr sich mit der Hand über die Stirn. Es war warm im Zimmer, die Luft war stickig.

»Ich muss trotzdem noch mal zurück nach Hamburg. Diese Frau, die sich eingebildet hat, Sie seien ihr Sohn, haben Sie die vorher schon mal gesehen?«

»Doch. Mal beim Baden in der Hohwachter Bucht.«

»Daran können Sie sich gut erinnern?«

Torsten hob mühsam die Augen. »Natürlich. Ich bin doch nicht bekloppt.«

»Nun, es könnte ja sein, dass man Sie betäubt hat, dass Sie manches vergessen haben, Torsten. Wann hat sie denn gesagt, sie meinte, Sie seien ihr Sohn?«

»Das hat sie nie gesagt. Ich habe es erst später erfahren.«

»Und was geschah in diesem Lagerhaus in Hamburg? Sie sprachen vorhin davon, da sei noch ein Mann gewesen.«

»So ein kleiner Dicker.« Torsten stöhnte, er legte den Kopf in die Hände, seine Stirn war feucht. »Der war brutal. Er hat mich ein paarmal geschlagen.«

»Was war das für ein Mann? Sprach er Spanisch? Oder Deutsch?«

»Er hat nie gesprochen. Er hat mich geschlagen und gefesselt. Und ich war ja immer wieder weggetreten.«

Graf nickte. »Man hat Ihnen sicher Betäubungsmittel ins Essen oder in die Getränke gegeben. Es war Ihnen unmöglich, sich zu befreien?«

»Ich habe es versucht. Darum hat mich der Kerl ja geschlagen.«

»Und wie sind Sie aus dem Schuppen herausgekommen?«

»Das weiß ich nicht. Als ich wieder erwachte, war ich schon auf dem Schiff.«

In diesem Augenblick betrat Hauptkommissar Wildner den Raum im Frankfurter Polizeipräsidium. Er war so erregt wie selten in seinem Leben. Der Junge! Da war endlich dieser Junge. Endlich würde er ihn sehen.

Er blieb an der Tür stehen, die Männer begrüßten sich nicht, verständigten sich nur mit einem Blick.

»Auf einem Schiff?«, fragte Graf erstaunt. »Sie waren auf einem Schiff?«

»Auf einem Frachter. Als ich erwachte, waren wir schon mitten auf See.« Kindlich fügte er hinzu: »Ich war zum ersten Mal auf einem Schiff, mitten im Meer. Es war … war ganz wunderbar. Alle waren so nett zu mir.«

Wildner schlug sich mit der Hand vor die Stirn.

Ein Frachter! Die naheliegendste Sache der Welt, von Hamburg aus gesehen. Und sie hatten an allen Landesgrenzen und auf allen Flughäfen nachgeforscht.

Auf einen fragenden Blick von Graf schüttelte er den Kopf.

Und so fuhr Graf fort: »Sie haben also eine Seereise gemacht. Und das hat Ihnen gefallen?«

»Ja. Nach dem, was vorher war. Ich bekam so gut zu essen. Und alle waren so nett. Ich lag auf einem Deckstuhl und jeder kam und fragte, wie es mir ginge. Ich verstand sie ja nicht. Nur Tonio, mit dem konnte ich sprechen. Anfangs war mir immer schlecht, das kam wohl von der Zeit da in Hamburg. Und die Mittel, die sie mir gegeben hatten. Aber auf dem Meer wurde das dann bald besser. Ja, sie waren alle so nett.« Seine Worte verwirrten sich.

»Wollen Sie eine Tasse Kaffee?«, fragte Graf freundlich.

»Ja, gern.«

»Wie hieß denn das Schiff? Wissen Sie das noch?«

»Sie hieß Cosma Brenda, und sie fuhr nach Südamerika. Es war eine lange Reise. Die See war ganz ruhig. Tonio sagte, wir fahren die Südroute über den Atlantik, genau wie Kolumbus.«

»Unter welcher Flagge fuhr die Cosma Brenda?«, fragte Wildner von der Tür her.

Torsten gab ihm einen flüchtigen Blick.

»Unter der Flagge von Panama natürlich«, sagte er. »Wie jeder weiß, werden die meisten Schiffe bei uns ausgeflaggt.«

Graf grinste zur Tür hin, Wildner nickte grimmig. Torsten nahm den Becher mit Kaffee, den man ihm reichte, und trank durstig. Seine Hand zitterte, und er verschüttete ein wenig von dem Kaffee auf seinen hellen Anzug. Was ihn zu ärgern schien, denn er zog ein Taschentuch heraus und versuchte, die Flecken wegzuwischen. »Kein Problem«, sagte Graf, der selbst sehr elegant gekleidet war. »Wir lassen den Anzug reinigen.«

»Heißt das, ich muss hierbleiben?«

»Aber nein. Sie haben doch eine Menge Gepäck. Da ist sicher noch ein sauberer Anzug dabei. Sie können sich nachher umziehen. Wo wollten Sie denn heute hinfahren?«

»Zu meiner Mutter. Und zu meinem Opa.«

»Wissen sie, dass Sie kommen?«

»Nein. Ich wollte sie überraschen.« Er blickte zum Fenster. »Aber nun wird es ja schon Abend.«

»Im Juni bleibt es lange hell«, meinte Graf. »Wir bringen Sie dahin, wohin Sie wollen.«

»Und die Sache mit dem Pass?«

»Ist nicht so wichtig. Wie lange dauerte die Reise auf der Cosma Brenda?«

»Ach, drei Wochen ungefähr.«

»Die Cosma Brenda hat doch sicher manchmal angelegt.«

»Ja. In Tanger. Und in Madeira.«

»Haben Sie nicht versucht, an Land zu kommen?«

»Nein. Es gefiel mir auf der Cosma Brenda. Und ich war froh, dass ich diesen Leuten entkommen war.«

»Haben Sie nun gewusst, wer diese Frau war, die Sie entführt hat?«

»Tonio hat mir gesagt, es sei eine Verrückte und dass sie sich einbildet, meine Mutter zu sein. Und dass sie mich befreit hätten und dass ich auf keinen Fall zurückkehren könne, bis die Polizei diese Leute gefasst hat.«

»Und woher wusste Tonio das alles?«

»Er wusste es. Er hat gesagt, die spinnt. Und die macht das wieder. Hier bist du sicher.«

»Tonio sprach demnach Deutsch.«

»Seine Eltern sind Deutsche. Aber er ist in Kolumbien aufgewachsen.«

»Sie waren kein Kind mehr, Torsten, Sie waren immerhin vierzehn Jahre alt. Haben Sie nicht daran gedacht, dass Ihre Mutter sich Sorgen machen könnte?«

»Doch, natürlich. Das habe ich immer schon gedacht. Tonio hat gesagt, sie haben einen Funkspruch losgelassen, dass sie mich befreit hätten und dass ich in Sicherheit bin.«

Graf lehnte sich zurück. Der Junge drückte sich gewählt aus, aber er wurde immer nervöser.

»Darf ich mal austreten?«, fragte Torsten, nachdem alle eine Weile geschwiegen hatten.

»Gleich. Beantworten Sie mir nur noch eine Frage. Wie Sie vorher gesagt haben, war Tonio auch auf der Hazienda.«

»Ja, immer. Er sorgte für die Pferde. Wir sind oft zusammen geritten.«

»Wie alt ist Tonio denn?«

»Fünfundzwanzig. Don Esteban hat seinem Vater mal geholfen, als der in Schwierigkeiten war. Irgendwas mit der Polizei. Tonio sagte, er und seine Eltern würden Don Esteban ein ganzes Leben lang dankbar sein.«

Kommissar Graf wies auf die kleine Reisetasche, die Torsten nicht aus der Hand gelassen hatte.

»Hast du das Zeug da drin?«, fragte er.

Torsten schluckte. Graf sah den Kollegen Schirmer an, der nickte.

»Ich werde mit Torsten hinausgehen«, sagte er.

Er stützte Torsten, als sie das Zimmer verließen, in seinem Blick lagen Zorn und Wut und Mitleid.

Als die beiden das Zimmer verlassen hatten, stand Graf auf, er und Wildner gaben sich die Hand.

»Es ist ein Jahr und zehn Monate her, dass Torsten Müller verschwunden ist. Stimmt das ungefähr?«

»Ja. Es war Anfang August. Die tote Frau haben wir im Oktober gefunden. Wann er auf den Frachter gebracht wurde, lässt sich leicht feststellen.«

»Nehmen wir an, er ist Ende Oktober 84 auf dieser Hazienda angekommen, dann hat er dort ein Jahr und acht Monate verbracht. Zeit genug für einen aufgeweckten Jungen, Spanisch zu lernen. Noch dazu in einem so feudalen Haushalt. Zeit genug auch, ihn drogenabhängig zu machen.«

»Sie kennen seine Mutter nicht«, sagte Wildner. »Aber ich. Sie schicken ihr einen süchtigen Jungen nach Hause.

Das war's. Das war die Teufelei an diesem Plan. Zeit und Geduld und Geld.«

»Sie werden mir die Geschichte genau erzählen. Wollen Sie jetzt das Band hören?«

»Bitte.«

Die Heimkehr

Torstens Heimkehr verlief zunächst relativ undramatisch.

Helga war allein in ihrem Büro im Miriam, als die Telefonistin meldete, dass ein Gespräch aus Frankfurt für sie auf der Leitung sei.

»Wer ist es denn?«

»Hat er nicht gesagt. Aber es sei sehr dringend.«

»Also gut, geben Sie her.«

Kommissar Graf war selbst am Telefon und informierte sie mit wenigen Worten. Allerdings, wie es seine Art war, stellte er sich zunächst vor, sagte dann: »Bitte, gnädige Frau, erschrecken Sie nicht. Ich habe eine gute Nachricht für Sie.« Er hielt es für besser, so anzufangen und ihr die Einzelheiten zu verschweigen, das würde Wildners undankbare Aufgabe sein. »Kollege Wildner ist jetzt mit einem Wagen unterwegs, er dürfte in einer Stunde etwa bei Ihnen eintreffen. Er meinte, Sie würden Ihren Sohn lieber in Ihrem Haus begrüßen anstatt im Hotel. Ist das richtig so?«

Helga schwieg. Sie brachte kein Wort heraus. In diesem Jahr komme ich nach Hause, Mami.

Er kam wirklich? Lebend, heil und ganz?

»Ich kann den Kollegen telefonisch in dem Wagen erreichen«, fuhr Graf fort, als keine Antwort kam, »falls Sie eine andere Regelung wünschen.«

»Nein, nein, danke«, stammelte Helga. »Das ist ganz richtig so. Ich danke Ihnen. Ist er … ist er gesund?«

Ein wenig zögerte Graf mit der Antwort.

»Ja«, sagte er dann. »Nur vermutlich sehr müde. Er hat einen langen Flug hinter sich und war dann einige Stunden hier bei uns im Präsidium. Sie müssen das verstehen, gnädige

Frau. Es begann zunächst mit dem Pass.« Er berichtete kurz die Tatsachen, ohne auf die Einzelheiten des Gesprächs, das sie mit Torsten geführt hatten, einzugehen. »Wir hätten Sie früher anrufen können, gnädige Frau«, schloss er, »aber ich dachte mir, eine lange Wartezeit wäre nur qualvoll für Sie.«

»Ja, da haben Sie vielleicht recht. Danke. Vielen Dank.« Graf blieb eine Weile regungslos in seinem Sessel sitzen, nachdem er den Hörer hingelegt hatte. Er hatte Fantasie genug, um sich vorzustellen, was in dieser Frau jetzt vorging. Und er kannte nun auch ihre Vergangenheit. Es war eine zusätzliche Gemeinheit, dass man Torsten Lügen über seine Mutter erzählt hatte. Irgendwann musste er die Wahrheit erfahren, die ganze Wahrheit. Nicht gleich, nicht solange er so labil war. Später, wenn er geheilt war. Falls man ihn heilen konnte.

Auch Helga blieb wie gelähmt sitzen, nachdem sie den Hörer aufgelegt hatte. In ihrem Kopf rasten die Gedanken. Was war als Erstes zu tun? Cornelius verständigen? Nein, keinesfalls, entschied sie. Er war im Parkhotel, eine Kommission aus Brüssel tagte dort und speiste dort auch zu Abend. Im Miriam wurde die Kunstwoche vorbereitet, die ersten Teilnehmer waren schon da. Außerdem war eine japanische Reisegruppe an diesem Tag eingetroffen. Das lief auch ohne sie.

Sie musste nach Hause, sie musste Pauline schonend beibringen, dass Torsten an diesem Abend kommen würde. Sie blickte auf die Uhr. Es war kurz nach neun. Vielleicht lag Pauline bis dahin schon im Bett, sie ging jetzt manchmal früh schlafen. Fernsehen hatte seinen Reiz für sie verloren, es langweilte sie, weil sie oft den Zusammenhang nicht begriff.

Stephan! Sie griff wieder nach dem Hörer. Sie musste Stephan anrufen. Sie hatte versprochen, dass sie an diesem Abend zu ihm kommen würde. Nein. Sie zog die Hand wieder zurück. Er würde kommen, um ihr beizustehen. Aber er hatte hierbei nichts verloren, dieses Wiedersehen ging nur Torsten und sie an.

Warum hatten sie ihn so lange in Frankfurt im Präsidium behalten? Ach ja, der Pass! Als ob das von Wichtigkeit war in diesem Zusammenhang. Und wieso war der Kommissar aus Hamburg da? Das hätte sie alles den höflichen Herrn aus Frankfurt fragen müssen. Aber sie hatte ja kein Wort herausgebracht.

Irgendetwas stimmte an dieser Geschichte nicht, die er ihr erzählt hatte. Schließlich konnte es im Fall von Torsten Müller wirklich keine Rolle spielen, ob er einen falschen oder richtigen oder abgelaufenen Pass hatte. Und sie ließen ihn stundenlang bei der Polizei sitzen und hatten ihn sicher mit Fragen gequält. Ob er etwas zu essen bekommen hatte? Und selbstverständlich hätten die sie längst anrufen müssen. Eine Unverschämtheit war das.

Der Zorn machte sie lebendig, sie stand auf, dann griff sie nach dem Telefonhörer und rief die Küche an.

»Machen Sie mir bitte ein kleines Menü in einer Warmhaltetasche fertig. Eine Portion Lachs mit der Kräutersoße und dazu Reis. Und ... und ...« Sie überlegte, was hatten sie denn heute noch auf der Karte, was Torsten schmecken würde? »Und von diesen Spinatravioli. Und dann ... ja, dann ein Kalbsmedaillon und viel Gemüse.«

»Auch ein Nachtisch, Frau Müller?«

»Ja, natürlich. Was haben wir denn heute?«

»Wir haben frische Erdbeeren, wir haben Mousse au Chocolat, weiß und schwarz, wir haben Rote Grütze, wir haben Walnusseis mit Apfelcrêpes, wir haben ...«

»Schon gut. Eine große Schale voll Erdbeeren und Vanilleeis und Sahne dazu. Und eine Portion von der Mousse. Eine große Portion. Ich komme gleich hinunter. Leo soll mir das an den Wagen bringen.«

»Einen Moment, Frau Müller, wir müssen die Sachen erst zubereiten.«

»Ja, natürlich. Aber beeilt euch.«

Eine Stunde, hatte der Mann aus Frankfurt gesagt. War Blödsinn, was sie da machte, sie hätte etwas Kaltes bestellen sollen. Bis sie den Lachs zubereitet hatten und das Kalbsmedaillon ... nein, war schon gut so, sie würde in die Küche gehen und ihnen Beine machen.

Noch einmal der Gedanke an Stephan. Ob sie ihn doch anrufen sollte? Jetzt nicht. Später. Wenn sie wusste ... wenn sie was wusste? Sie stöhnte laut, dann verließ sie das Büro. Eigentlich war diese Viertelstunde nach dem Anruf aus Frankfurt das Aufregendste an dem ganzen Abend. Pauline nahm die Nachricht höchst gelassen entgegen.

Sie war noch auf, saß im Sessel, den Hund neben sich. »Na siehste«, sagte sie. »Hab ich doch immer gewusst. Da wird sich Mirco aber freuen.«

»Ja«, sagte Helga heiser. »Mirco wird sich freuen.«

Und ich? dachte sie. Ich habe auf einmal Angst.

Sie sah den blonden Mann vor sich, den Bruder von Milano. Ihre Hände wurden feucht. Er schickte ihr Torsten zurück? Einfach so? Vielleicht brachten sie Torstens Leiche. Nein, Unsinn, der hatte ja ganz vernünftig geredet, der Mann aus Frankfurt. Der falsche Pass. Aber wieso war Wildner dabei? Da stimmte doch etwas nicht. Sie hatten Torsten verhört, so war das doch. Wann war denn die Maschine aus Miami gelandet? Das hatte er nicht gesagt. Sie musste gleich den Flughafen anrufen und fragen.

Aber dazu blieb ihr keine Zeit mehr, durch das Fenster sah sie den Wagen heranrollen und vor dem Haus halten. Es war noch hell draußen, ein Mann saß am Steuer, hinten saßen zwei. Als sie ausstiegen, sah sie, es war Wildner, und dann – Torsten.

Sie versuchte, sich zu beherrschen, ging zur Haustür, öffnete sie weit, stand da, blickte ihrem Sohn entgegen. Torsten kam auf sie zu, er lächelte.

»Hallo, Mami«, sagte er.

Als hätten sie sich ein paar Tage nicht gesehen. Als käme er eben von Birkenfelde nach Hause.

Torsten legte leicht den Arm um sie, küsste sie auf die Wange. Er war gewachsen, er war jetzt größer als sie.

Sie brachte kein Wort hervor, das war auch nicht nötig, denn nun kam Mirco, er jaulte und bellte, er schrie geradezu vor Freude, und Torsten kniete bei ihm nieder und presste ihn an sich. Dann kam Pauline.

»Da ist unser Jungele ja«, sagte sie zufrieden und kein bisschen aufgeregt.

Wildner stand am Auto und sah sich das an. Er war ein abgebrühter Bursche, das brachte sein Beruf mit sich, aber jetzt würgte ihn etwas im Hals. Diese Frau an der Tür, und nun kam der Junge wieder. Hatte er je daran geglaubt, dass der Junge zurückkommen würde? Nein, hatte er nicht. Süchtig, na schön, aber er lebte und war wieder da. War ganz von selber wieder da, er und die Kripo und Interpol oder wer auch immer hatten nichts dazu tun können.

Der Fahrer lud die vier Koffer aus dem Wagen und brachte sie zur Tür. »So eine Menge Gepäck«, rief Pauline erstaunt. »Nee, so eine Menge Gepäck.«

Es ist mehr als absurd, dachte Wildner, da kommt ein entführtes Kind nach Hause mit Gepäck wie eine Filmdiva. Und die kleine Tasche, die er fest umklammert hielt. Am liebsten wäre er gleich wieder in den Wagen gestiegen und weggefahren.

Aber so einfach war das nicht zu machen. Er ging nun auch auf die Haustür zu, sagte: »Guten Abend, Frau Müller.«

»Kommen Sie bitte herein«, sagte Helga, »muss ja nicht jeder gleich sehen …« Denn auf der Straße gingen ein paar Spaziergänger vorbei, auch mit Hund, und schauten zur Tür des Hauses, auf den Wagen mit der Frankfurter Nummer, und Leute, die etwas davon verstanden, würden sicher erkennen, dass es sich um ein Fahrzeug der Polizei handelte.

Dann standen die vier Koffer in der Diele, der Fahrer ging wieder hinaus zum Wagen, und Helga sagte, nur um etwas zu sagen: »Aber Sie wollen doch nicht gleich wieder zurückfahren?«

»Nicht gleich«, sagte Wildner, »aber bald.«

»Vielleicht will der Fahrer etwas trinken«, sagte sie und sah dabei Pauline und Torsten an, die sich eng umschlungen hielten, von dem schwanzwedelnden Mirco umkreist.

»Später«, sagte Wildner. »Ja, also …« Er stockte, was sollte er ihr denn sagen? Was um Gottes willen?

»Bitte, kommen Sie doch rein«, sagte Helga und wies auf die offenstehende Tür zum Wohnzimmer. »Ich nehme an, Sie wollen mir erklären, was heute alles geschehen ist.«

»Ich dachte, der Kollege aus Frankfurt hat Sie angerufen?«

»Ja, hat er. Aber verstehen kann ich das Ganze nicht.«

Pauline und Torsten redeten jetzt aufeinander ein, gleichzeitig, dann lachten sie beide.

Mich hat er sehr kühl begrüßt, dachte Helga. Ich versteh das alles nicht, ich kann das nicht verstehen.

»Ich kann das nicht verstehen«, sagte sie hilflos zu Wildner.

»Verstehen kann ich es auch nicht«, erwiderte er und ging mit ihr ins Wohnzimmer. »Torsten war in Kolumbien, was wir ja schon vermutet hatten nach dem letzten Bericht von Mr. Grant.«

»In Kolumbien? Wieso eigentlich?«

»Gérard Duresnes hat ihn dorthin gebracht. Oder besser gesagt, hinbringen lassen. Wir wissen auch nur das, was Torsten uns heute erzählt hat. Er hat auf einer Hazienda gelebt, es ist ihm dort offensichtlich gut gegangen, er konnte sich frei bewegen, er hat …«

»Was heißt, er konnte sich frei bewegen? Warum ist er dann nicht weggelaufen?«

»Das konnte er nicht, er befand sich ja in einem fremden Land. Mehr als das, in einem fremden Erdteil, er wusste vielleicht nicht einmal, wo er sich befand. Und Geld hatte er auch nicht. Er war auf diese Leute angewiesen, und sie waren gut zu ihm.«

»Was für Leute denn noch? Und wie ist er überhaupt dahin gekommen?«

»Mit einem Schiff.«

»Mit einem Schiff«, wiederholte Helga töricht.

Kommissar Wildner war müde. Aber auch wieder erregt, unsicher vor den fragenden Augen dieser Frau.

»Alles, was wir wissen, haben wir heute von Torsten erfahren. Ich nehme an, er wird Ihnen das auch erzählen. Vielleicht nicht mehr heute. Er wird erschöpft sein. So nach und nach werden Sie vielleicht ...« er stockte wieder » ... alles erfahren.«

Pauline und Torsten, umkreist von Mirco, kamen jetzt auch ins Zimmer, Torsten war aufgekratzt, er lachte, er redete, in keiner Weise schien er die Situation ungewöhnlich zu finden.

»Das Jungele muss was essen«, sagte Pauline energisch. Der Gedanke an Essen war ein Rettungsanker.

»Ach ja«, sagte Helga. »Ich habe was mitgebracht.«

Sie ging zu ihrem Wagen, der noch auf der Straße stand, und brachte die große Warmhaltetasche herein.

»Eigentlich will ich gar nichts essen«, sagte Torsten freundlich und gab ihr einen kurzen unverbindlichen Blick. »Lieber was trinken.« Er aß dann den Lachs und Kommissar Wildner die Ravioli und das Kalbsmedaillon. Das Gemüse teilten sie sich, ebenso den Nachtisch. Pauline sah ihnen befriedigt zu, Helga saß in einem Sessel, etwas abseits, sah auch zu und fühlte sich wie ausgehöhlt. Dann kochte sie

Kaffee, holte den Fahrer herein, essen wollte er nichts, eine Tasse Kaffee trank er gern.

»Ja, wir müssen jetzt«, sagte Wildner. »Vielen Dank, das war hervorragend.«

»Und Sie müssen jetzt noch zurückfahren nach Frankfurt, das ist ja schrecklich«, sagte Helga.

»Ach, das macht nichts.«

»Sie hätten ja auch hier übernachten können.«

Gerede, leeres, sinnloses Gerede.

»Ich will morgen früh die erste Maschine nach Hamburg nehmen. Und ich möchte mich auch heute noch mit meinen beiden Kollegen in Frankfurt besprechen.«

»So spät noch? Wegen Torsten?«

Wildner nickte.

Und dann, sie standen schon draußen beim Wagen, dachte er, dass es unfair sei, sie so ahnungslos zurückzulassen.

Er sagte es ihr.

Helga stand eine Weile wie erstarrt auf der Straße, nachdem der Wagen weggefahren war. Torsten war süchtig. Milanos Rache aus dem Grab. Nach so vielen Jahren, ausgeführt von seinem Bruder.

»Was kann man da machen?«, hatte sie den Kommissar gefragt. »Man muss diese Leute festnehmen und bestrafen.«

»Liebe Frau Müller«, hatte er geantwortet, »es wäre schön, wenn man das könnte.«

Sie stand und starrte ins Nichts. Inzwischen war es dunkel geworden, ein warmer dunkler Juniabend, Rosen dufteten aus den Gärten rundherum. Und wie spielte sich das ab, wenn man einen süchtigen Sohn im Haus hatte? Wo bekam er das Zeug her? Wie wirkte es auf ihn? Wie ging man mit so einem Kind um? Und die Schule? Die Hotels? Und wie lange würde er damit am Leben bleiben?

Sie wandte sich um und blickte auf das Haus. Das Haus von Cornelius, das ihr Heim geworden war.

Das war nun zu Ende. Wieder einmal war alles zu Ende. Wohin ihr Weg führte, das wusste sie jetzt. Sie hatte Henri Duresnes getötet, und sie würde Gérard Duresnes töten. Das war gar nicht schwer, Torsten würde ihr sagen, wo sie diesen Mann finden könnte. Es würde eine Lust sein, ihn zu töten.

Langsam ging sie ins Haus, hörte Torsten lachen, hörte die Stimme von Pauline.

Das Telefon in der Diele klingelte, sie hob den Hörer ab.

»Ja?«

»Helga, wo bist du denn?«, fragte Stephan. »Ich warte auf dich.«

»Ich kann heute nicht kommen.«

»Warum denn nicht?«

»Torsten ist gekommen. Ich kann jetzt nicht weg.«

»Torsten ist gekommen? Ja, um Himmels willen, erklär mir mal …«

»Ich kann jetzt nichts erklären. Er ist da, es geht ihm gut, mehr ist dazu nicht zu sagen. Und bitte, komm nicht auf die Idee, hierherzufahren, ich werde dir die Tür nicht aufmachen.«

»Ja, aber warum denn um Gottes willen?«

»Weil –« und dann fiel ihr die richtige Antwort ein – »weil ich heute Abend mit meinem Sohn allein sein möchte. Ich hoffe, du verstehst das.« Behutsam legte sie den Hörer auf.

Es würde eine Lust sein, Gérard Duresnes zu töten. Genauso wie es eine Lust gewesen war, seinen Bruder zu töten.

Hass

Die Cosma Brenda war damals schon Anfang September ausgefahren, das ließ sich leicht ermitteln. Also war Torsten nicht so lange, wie man vermutet hatte, in dem Lagerhaus gefangen gewesen. Sehr viel später erst hatte man die tote Frau gefunden.

Die Cosma Brenda war ein ziemlich alter Kahn, sie fuhr die Südamerika-Route, musste dazwischen immer wieder mal in eine Werft, um überholt zu werden. Das war im Sommer 1984 geschehen, sie hatte demnach ziemlich lange im Hamburger Hafen gelegen. Auch das war leicht zu ermitteln, man bekam die Namen des Kapitäns und sämtlicher Besatzungsmitglieder, es waren nicht viele, sie fuhr mit nur zwölf Mann Crew die weite Strecke. Auch jetzt war sie wieder unterwegs. Der Kapitän war Portugiese, es gelang erst Monate später, ihn zu sprechen. Er erinnerte sich gut an den kranken Jungen, der in Hamburg an Bord gekommen war, zusammen mit Antonius Kaufmann, der die Fahrt gebucht hatte. Ein sehr freundlicher junger Mann, erinnerte sich der Kapitän. Er wollte das kranke Kind, das von den Pflegeeltern in Hamburg misshandelt worden war, zu seinem Onkel bringen. Ob noch jemand dabei gewesen war, als man das kranke, bewusstlose Kind an Bord brachte, daran erinnerte sich der Kapitän nicht. Sie hatten das Kind gepflegt, es hatte sich während der Reise gut erholt.

Die Fahrt hatte nicht drei Wochen, sondern über vier Wochen gedauert, durch das Mittelmeer, über den Atlantik, die Südroute, einige Häfen an der Ostküste des südamerikanischen Kontinents waren angelaufen worden, dann ging es durch den Panamakanal. In Cali waren Señor Kaufmann und der Junge von Bord gegangen.

In Hamburg wurde noch einmal das Leben und das Umfeld von Grete Kammer alias Evelyn Schulz erforscht. Torsten hatte man nach dem Mann befragt, der ihn geschlagen und gefesselt hatte. Ein kleiner Dicker, sehr stark, Muskeln, ja, mehr war aus Torsten nicht herauszubekommen. Dunkelhaarig, ja. Wie alt? Torsten wusste es nicht, vierzig bis fünfzig, entschied er schließlich. Er war betäubt gewesen, oder er hatte den Mann nur durch einen Tränenschleier gesehen. Und gesprochen hatte dieser Mann nie, weder Deutsch noch eine andere Sprache. Auch keine Ausrufe? Kein Fluch? Irgendeine Bemerkung? Nein, nie ein Wort oder einen Ton.

»Sie werden kaum für diese üble Tätigkeit einen aus Südamerika herübergeschickt haben«, meinte Kommissar Wildner. Irgendein Subjekt, das für Geld zu allem bereit war. Oder eben doch ein Bekannter der Evelyn Schulz?

»Kann sein, wir finden eines Tages seine Leiche irgendwo«, vermutete Wildner.

Es gab noch eine Mutter von Grete Kammer, sie lebte in der DDR in einem Altersheim, keine Geschwister, keine sonstigen Verwandten, Grete war ein uneheliches Kind gewesen, ihr Leben, soweit es sich zurückverfolgen ließ, höchst unerfreulich. Als sie nach Hamburg kam, war sie vierundzwanzig, sie war hübsch, und nach einer kurzen Zeit, die sie als Kellnerin auf der Reeperbahn verbracht hatte, begann ihr Weg in die Prostitution. Das war die Zeit, als es ihr am besten ging. Sie verdiente Geld, konnte sich schicke Sachen zum Anziehen kaufen, und da sie nicht ungebildet war, gelangte sie niemals auf die unterste Stufe. Ihr Zuhälter behandelte sie gut. In der Szene war sie beliebt.

Ein kleiner Dicker, dunkelhaarig mit kräftigen Muskeln? Kommissar Wildner erhielt auf diese Beschreibung nur ein mitleidiges Lächeln. Solche Typen gab es viele.

Ob Evelyn gekokst hatte? Ihr Zuhälter wehrte nicht etwa

entsetzt ab, er nickte betrübt. Ja, manchmal schon. Er hatte sie einmal furchtbar deswegen verprügelt.

»Man kann abwarten, bis die Mädchen dann kaputt sind«, sagte er, »aber zu verhindern ist es meist nicht. Heute erst recht nicht.«

Von allem, was man nun wusste, von allen Namen, die man kannte, hatte er keine Ahnung: Gérard Duresnes, Tonio Kaufmann, die Cosma Brenda, Kolumbien.

»Nie gehört, Herr Kommissar, ich schwöre es. Ich mache mir doch nicht selber mein Geschäft kaputt. Kindesentführung! Ich bin doch nicht verrückt.«

Sie wussten es nun alle, nur Pauline nicht. Magda, Cornelius, Simon und Stephan waren von Helga über die Tatsachen aufgeklärt worden, kurz und knapp, und ihre Ruhe, ihr unbewegtes Gesicht waren schlimmer, als wenn sie geweint und gejammert hätte.

Es war am vierten Tag nach Torstens Heimkehr, Cornelius und Stephan hatten ihn inzwischen gesehen, hatten mit ihm gesprochen, fanden ihn ein wenig fremd, was aber durch alles, was hinter ihm lag, verständlich erschien.

Sie waren draußen im Miriam, es war ein warmer Sommerabend, schwül, ein Gewitter lag in der Luft. Torsten hatte mit ihnen gegessen, dann hatte der Fahrer des Miriam ihn nach Hause gebracht, denn Torsten war müde und zerstreut, fahrig, er stieß ein Glas um, gab unsinnige Antworten.

»Torsten ist in keinem guten Zustand, finde ich«, sagte Magda. »Du hättest mit ihm fahren sollen.«

»Nicht nötig«, antwortete Helga kühl. »Die Oma ist ja da und Lucia. Wenn er zu Hause ist, wird es ihm gleich besser gehen.«

Stephan schwieg, betrachtete sie von der Seite. Er hatte kein Wort mit ihr allein gesprochen, seit Torsten zurückgekehrt war. Auch Cornelius beobachtete sie besorgt, das war eine Helga, die er einmal gekannt hatte, dieses starre Gesicht, die leeren Augen.

»Meinst du?«, fragte Magda. »Also mir gefällt er nicht. Irgendetwas stimmt mit ihm nicht.«

Darauf lachte Helga, ein hohes, fremdes Lachen, das keiner je von ihr gehört hatte.

»Wollt ihr ein paar Schritte mit mir in den Park gehen?«, fragte sie dann. »Es ist so schwül hier drin. Diese Klimaanlage funktioniert überhaupt nicht.«

»Sie funktioniert sehr gut«, widersprach Stephan. »Nur hat sich die Dame da drüben im ärmellosen roten Kleid beschwert, dass es zieht. Daraufhin wurde die Klimaanlage abgeschaltet.«

»Ach so«, sagte Helga.

Sie gingen schweigend in den Park, es war noch hell, Ende Juni gegen zehn Uhr abends.

Helga schwieg, blickte vor sich auf den Weg, sah keinen an, ihr Gesicht über dem schwarzen Kleid war eine starre Maske. Auch die anderen schwiegen betroffen, von einem unbestimmten Angstgefühl befallen.

»Ich hatte den Eindruck, du wolltest uns etwas sagen«, meinte Simon nach einer Weile.

»Ja, ich denke, ihr solltet das wissen.« Helgas Stimme war ruhig, ohne jede Emotion. »Magda sagte, Torsten gefällt ihr nicht, und ich hätte lieber mit ihm heimfahren sollen. Und ich sagte darauf, es wird ihm besser gehen, sobald er zu Hause ist. Dort hat er nämlich, was er braucht.«

»Dort hat er, was er braucht?«, fragte Cornelius befremdet. »Was meinst du damit?«

Helga blieb stehen.

»Schnee, Koks, Kokain, sein notwendiges Quantum Gift. Dann ist er bester Laune, vergnügt und munter, sehr gesprächig. Die Oma ist ganz beglückt, wenn er bei ihr sitzt, Lucia ist begeistert, und Gina, die gestern da war, nahm ihn in die

Arme und fand ihn unverändert, mio caro Torsten, sagte sie, lieb wie immer. Ich hätte dafür sorgen sollen, dass er eine Dosis nimmt, ehe er mit uns zum Essen geht. Aber ich wollte sehen, ob ihr etwas merkt. Darum habe ich heute Nachmittag seine Tasche versteckt. Ich weiß, dass er sie gesucht hat, und er weiß, dass ich sie weggenommen habe, deswegen hat er den ganzen Abend kein Wort mit mir gesprochen. Ich habe sie, ehe wir gingen, in sein Zimmer zurückgelegt.«

»Mein Gott«, sagte Simon.

Cornelius war grau im Gesicht geworden, er taumelte zurück, Magda legte den Arm um ihn.

Stephan streckte ebenfalls die Arme nach Helga aus, doch sie wich zurück.

»Ihr müsst das wissen«, wiederholte sie. »Und ich dachte eigentlich, ihr wäret von selbst darauf gekommen. Aber ich bin wohl der einzige Mensch hier, der ein wenig Erfahrung in diesen Dingen besitzt.«

Sie blickte um sich, kein Mensch weit und breit. Sie lehnte sich an den Stamm eines Ahorns, legte wie Hilfe suchend die Hände an die Borke des Baumes. Vor ihnen lag der kleine See.

»Unter diesem Baum habe ich den blonden Mann getroffen, hier sprach er mit mir. Es war der Bruder von Milano, wie wir nun wissen, er hat Torsten entführen lassen, nur aus dem einzigen Grund, um mich zu bestrafen. Aber es war nur der erste Teil der Strafe. Er hat mir Torsten scheinbar unversehrt zurückgeschickt, allerdings süchtig. Wohl versehen mit dem, was er für einige Zeit braucht. Und was wirst du machen, habe ich Torsten gestern gefragt, wenn das Zeug verbraucht ist? Das ist doch kein Problem, hat er mir geantwortet, wir sind doch keine armen Leute, ich brauche nicht kriminell zu werden, um einkaufen zu können. Und wo bitte, habe ich gefragt, kauft man so etwas? Im nächsten Supermarkt? Das kannst du mir überlassen, war seine Antwort, Hauptsache, ich habe Geld. Und du brauchst dir wirklich keine Sorgen zu machen, ich kann damit umgehen. Ich weiß genau, wie viel ich nehme. Na ja, sicher, habe ich gesagt, immer nach und nach ein bisschen mehr, sonst lässt die Wirkung nach. Ein wenig kenne ich mich aus. Daraufhin lachte er, ein böses hartes Lachen. Habe ich mir schon gedacht, sagte er. Also bitte, nun wisst ihr Bescheid.« Sie schwieg, blickte hinauf in den Abendhimmel, wo hinter den Bäumen über dem See der Mond zu sehen war, es war drei Tage nach Vollmond. In der Ferne grollte es wie leiser Donner.

»Ja, aber was machen wir denn da?«, fragte Magda und begann zu weinen. »Unser Kind! Unser einziges Kind!«

Helga streifte sie mit einem verächtlichen kurzen Blick. Langsam wurde Magda etwas albern.

»Alt wird er damit nicht werden«, fuhr Helga in ebenso kühlem Ton fort. »Ich habe übermorgen eine Verabredung mit dem Kommissar in Frankfurt, mit dem ich neulich am Telefon gesprochen habe. Ich nehme an, er wird mich beraten, was zu tun ist. Wie ihr wisst, gibt es Entziehungskuren.«

»Ich fahre mit«, sagte Stephan.

»Danke. Ist nicht nötig. Ich kann das allein.«

»Selbstverständlich fährt Stephan mit«, sagte Simon energisch.

Jetzt endlich sah sie Cornelius an, sah die Verzweiflung in seinem Blick, ihre Starre löste sich.

Sein Kind, sein einziges Kind. Sein einziger Enkel. Er würde ihn verlieren, wie er den Sohn verloren hatte.

Ich bin ja da, dachte sie trotzig. Er hat doch mich.

Sie trat dicht vor ihn hin.

»Ich werde alles lernen, was in diesem Fall erlernbar ist«, sagte sie, und sie sagte es nur zu ihm. »Wie man Torsten helfen kann. Falls man ihm helfen kann. Aber ich bin krank vor Hass. Und ich ersticke an meiner Schuld. Alles ist immer nur meine Schuld. Dass Andreas starb. Und was mit Torsten geschehen ist, geschah meinetwegen. Du musst mich hassen, Cornelius. Hättest du mich doch nie ... hättest du mich doch nie gesehen. Wäre ich doch nie in dein Leben gekommen.«

Cornelius hob beide Hände, um sie zu fassen, doch sie wich auch vor ihm zurück, presste sich an den Stamm des Ahorns.

»Du musst mich hassen«, wiederholte sie.

Eine Wolke zog über den Mond, der Donner kam näher.

»Es kommt ein Gewitter«, sagte Simon und versuchte, seiner Stimme Festigkeit zu geben. »Und bitte, Helga, rede nicht so unsinnig daher. Es ist gut, dass du uns alles gesagt hast. Weil du es allein nicht ertragen kannst und weil wir dir vielleicht helfen können. Wer weiß es noch außer uns?«

»Die Männer von der Polizei, sonst keiner. Und es soll auch sonst keiner wissen. Hier in der Stadt nicht, in den Hotels nicht. Vor allem mein Vater nicht. Und meine Geschwister nicht.«

»Dein Bruder ist Arzt«, sagte Stephan.

»Er ist Chirurg. Je mehr da hineinreden, umso unerträglicher wird es für mich. Irgendetwas wird mir einfallen. Irgendetwas. Die Schule – was macht man mit der Schule? Torsten muss wieder in die Schule gehen. Aber wie? Und wo? Obwohl das ja eigentlich gleichgültig ist, er wird ja doch nicht lange leben.« Ihre Stimme brach, ihre Hände umklammerten den Stamm des Baumes.

»Nein, Helga«, sagte Stephan ruhig und in sachlichem Ton, »so sehe ich das nicht. Torsten ist jung, und eine Entziehung muss möglich sein, vorsichtig und ohne Gewalt, damit es keine psychischen Folgen gibt. Und natürlich brauchen wir einen Arzt. Man muss sich schließlich von einem Fachmann beraten lassen. Ich weiß auch schon, wen. Ich habe einen Freund in Berlin, ein Psychologe, ich kenne ihn seit meiner Studienzeit. Er ist Spezialist auf diesem Gebiet. Ich werde ihn heute noch anrufen.«

»Das wirst du nicht«, schrie Helga. »Ich erlaube es nicht. Ich will keinen Psychologen, der an Torsten herumdoktert. Wenn du das tust, brauchst du mir nie mehr unter die Augen zu kommen.«

Simon legte Stephan die Hand auf den Arm.

»Gut, Helga«, sagte er. »Es soll nichts geschehen, was du nicht willst. Du bist überreizt, und das ist verständlich. Aber du musst schon erlauben, dass wir darüber nachdenken, da du uns jetzt alles gesagt hast. Ich sehe das auch nicht so aussichtslos. Wie wir wissen, gibt es eine Menge Drogenabhängige, auch in unserem Land. Und es gibt Erfahrungen auf diesem Gebiet. Sprich mit dem Mann in Frankfurt. Und lass Torsten vorerst in Ruhe, versuch es gelassen zu nehmen. Nur keine Panik.«

»Ich bin nicht in Panik«, sagte Helga. »Ich bin ganz ruhig, das seht ihr ja. Ich bin gar nicht einmal sehr überrascht. Was damals geschah in Amerika – also eigentlich kann so etwas nicht zu Ende sein. Einfach weg, als sei es nicht gewesen. Ich habe Andreas im Stich gelassen, als er mich gebraucht hat, ich war zu dumm und zu stolz, ich habe mich blödsinnig mit ihm herumgestritten, habe mich geweigert, mit ihm zu schlafen, ich hätte etwas tun müssen, etwas wirklich Vernünftiges. Ich habe einen Menschen getötet, und ich kann es bis heute nicht bereuen. Nicht eine Stunde habe ich es bereut. Und ich werde diesen anderen Kerl auch töten. Das ist das Einzige, was mir zu tun bleibt.«

Stephan griff nach ihrem Arm, der immer noch um den Baumstamm lag, er zog sie an sich, doch sie stieß ihn fort.

»Helga, ich bitte dich, steigere dich doch nicht so in Verzweiflung hinein. Bitte, Helga.«

Sie schüttelte seine Hand ab. »Verzweifelt? Aber ich bin nicht verzweifelt. Ich weiß genau, was ich tun werde. Und du tust besser daran, dich nicht mehr um mich zu kümmern. Und ich …« Ihre Augen öffneten sich weit, sahen nur noch Cornelius.

Er hatte kein Wort dazu gesagt. Jetzt wandte er sich ab, drehte ihnen den Rücken zu und ging langsam, leicht schwankend den Weg zurück durch den Park, auf das Hotel zu.

»Helga«, sagte Simon erschüttert, »wir können ihn jetzt nicht allein lassen. Geh ihm nach!«

»Ich?«, fragte Helga. »Das soll Magda tun. Mich kann er nur noch hassen.«

Hauptkommissar Sigurd Graf und Hauptkommissar Schirmer hatten sich beide Zeit genommen, um mit Torstens Mutter zu sprechen. Auch sie sprachen von Entziehung, von einer behutsamen Therapie.

»Es wäre besser, noch eine Weile damit zu warten«, meinte Schirmer. »Die neue beziehungsweise alte Umgebung, die Klimaumstellung machen Torsten sicher zu schaffen. Alles, was er erlebt hat in den letzten zwei Jahren, kommt ja doch einem Schock gleich. Und Sie müssen einen guten Arzt haben, wir können Ihnen einen empfehlen. Es ist eine gut geführte Klinik, in der solche Kuren gemacht werden. Aber warten Sie noch einige Wochen. Und quälen Sie ihn nicht mit Fragen oder Vorwürfen, das hilft doch nichts. Wie kommt er denn mit seiner Umgebung aus?«

»Soweit ganz gut. Mit seiner Oma versteht er sich glänzend, von Lucia ist er entzückt, das ist unser italienisches Hausmädchen. Am liebsten ist er mit dem Hund zusammen, die beiden sind unzertrennlich.«

»Da sehen Sie es ja. Würde man ihn jetzt wieder von dem Hund trennen, dann gäbe es eine Katastrophe.«

»Am wenigsten kann er mit mir anfangen. Er ist sehr zurückhaltend mir gegenüber, nicht so zutraulich und zärtlich wie früher. Es mag wohl das schlechte Gewissen sein.«

Die Beamten tauschten einen Blick, dann sagte Graf: »Da Sie nun schon so vieles wissen, sollten Sie vielleicht auch das noch wissen, um Torstens Haltung zu verstehen. Dieser Gérard hat Sie bei Ihrem Sohn schlechtgemacht, er hat ihm erzählt, Sie hätten ein Verhältnis mit seinem Bruder, also mit Henri Duresnes, gehabt und somit also Ihren Mann betrogen.«

»Gérard ist ein Genie«, sagte Helga. »Er hat wirklich an alles gedacht.«

»Torsten weiß nicht, was wirklich damals in Los Angeles geschehen ist. Er glaubt, der blonde Mann, den Sie einmal getroffen haben, und Torsten erinnert sich noch daran, dieser Mann sei Gérards Bruder gewesen. Einmal, gnädige Frau, wenn Torsten geheilt ist, was wir alle hoffen, müssen Sie ihm die Wahrheit sagen. Sie müssen ihm erzählen, was damals geschehen ist.«

Helga sah mit erloschenen Augen an den Männern vorbei. Sie kam sich vor wie nackt. Würde das denn niemals vorbei sein? Und wieder stieg der Hass in ihr hoch und erstickte sie fast.

»Übrigens«, sagte Graf ablenkend, »waren Torstens Hinweise in mancher Beziehung ganz nützlich. Kollege Wildner rief heute aus Hamburg an. Dieses Haus in Miami gehört offensichtlich einer Freundin von Gérard Duresnes und wird schon seit einiger Zeit bewacht, weil man vermutet, dass die Dame am Rauschgiftschmuggel beteiligt ist. Neben Interpol ist jetzt auch die Drug Enforcement Administration, das ist die Behörde für Drogenbekämpfung, in den Fall eingeschaltet, und vermutlich das FBI auch. Sollte Duresnes in nächster Zeit wieder einmal nach Miami kommen, und er selbst hat ja Torsten in der Privatmaschine von Don Esteban hinübergeflogen, wird man ihn möglicherweise erwischen.«

»Falls man ihm etwas nachweisen kann«, sagte Helga. »Und wie Sie mir selbst erzählt haben, ist dieser Don Esteban ein sehr reicher und mächtiger Mann. Eine Kaution für seinen Freund Gérard wird wohl immer zur Verfügung stehen.«

»Kann sein, kann auch nicht sein«, sagte Schirmer. »Wir sehen ja immer noch nicht klar, in welchem Verhältnis Duresnes zu dem Kolumbianer steht. Darüber wusste auch Torsten nichts. Vielleicht erzählt er Ihnen mal ab und zu etwas von dem Leben auf der Hazienda. Ohne dass Sie ihn drängen, selbstverständlich.«

»Selbstverständlich«, sagte Helga.

Stephan hatte sie nach Frankfurt gefahren, aber sie hatte nicht erlaubt, dass er sie ins Präsidium begleitete.

»Du bist weder mein Vater noch mein Bruder noch mein Mann«, hatte sie gesagt, »soll ich vielleicht sagen, mein Liebhaber ist mitgekommen, um mich zu beschützen.«

»Du bist sehr unfreundlich zu mir, Helga. Ich möchte dir helfen, und du behandelst mich wie einen Feind.«

Es war während der Fahrt gewesen, und sie hatte eine Hand auf sein Knie gelegt. »Verzeih mir«, sagte sie. »Ich habe zurzeit keinen größeren Feind als mich selbst. Ich bin ja froh, dass du da bist. Wen habe ich denn außer dir? Cornelius spricht kein Wort, er ist in seinem Zimmer im Hotel, er kommt nicht einmal ins Büro. Kannst du mir sagen, was ich mit ihm machen soll?«

»Es war nicht gut, dass du gesagt hast, er muss dich hassen. Du weißt, dass er dich liebt. Er hat sich mit mir mehr oder weniger abgefunden, aber du darfst ihm jetzt nicht eine Rolle aufdrängen, die er nicht verdient. Ich würde sagen, du kümmerst dich hauptsächlich um deine Arbeit, die Festspiele fangen bald an, und du holst Cornelius aus seiner Isolation, du schaltest ihn so weit wie möglich in die Arbeit ein. Torsten lässt du bei der Oma und der Italienerin und seinem Mirco. Wenn er jetzt ein ganz ruhiges und friedliches Leben hat, ohne irgendwelche Besonderheiten, wird er vielleicht von selber seinen Drogenkonsum einschränken. Bin ich naiv? Vielleicht. Aber ich denke mir das so. Ich werde ihn den nächsten Tagen fragen, ob er mal mit mir zum Schwimmen geht, nicht in den Hotelpool, sondern in Altenhausen, die haben dort ein schönes Schwimmbad, und es ist weit genug entfernt, dass er nicht ehemalige Schulkameraden trifft.«

»Danke«, sagte Helga. »Du bist so gut zu mir. Und bitte verzeih mir.«

»Ich habe dir nichts zu verzeihen. Ich liebe dich. Und wenn du gelegentlich eine Stunde Zeit hast für mich, meine schöne Müllerin, werde ich dich anbeten wie eh und je.«

»Schöne Müllerin«, wiederholte sie, »das hast du lange nicht mehr gesagt.«

Als sie aus dem Präsidium kam, höflich geleitet von Kommissar Graf, tigerte Stephan davor unruhig auf und ab. Helga stellte ihn vor.

»Ein Freund der Familie«, sagte sie.

Die Männer sahen sich an, sie waren gleich groß, gleich gut aussehend und fanden sich sympathisch. Und Sigurd Graf, ein Mann, der Frauen liebte und verstand, begriff sofort, dieser Freund war nicht nur ein Freund der Familie.

»Passen Sie gut auf die gnädige Frau auf«, sagte Graf zum Abschied. »Es ist keinem geholfen, und am wenigsten Torsten, wenn sie aufgibt.« Helga schwieg darauf.

Sie gingen die Friedrich-Ebert-Allee entlang, denn Stephan hatte den Wagen ein ganzes Stück entfernt in einer Seitenstraße parken müssen.

»Seltsamer Polizist«, sagte sie. »Kein Bulle, nicht?«

»Nein, gewiss nicht. Ein Gentleman.«

»Trotzdem hat er mir sagen müssen, dass Brüderchen Gérard mich bei Torsten madig gemacht hat. Genügte dem nicht, das Kind zu entführen, süchtig zu machen, nein, er musste ihm auch noch einreden, seine Mutter sei eine Ehebrecherin.«

»Ehebrecherin! Was für ein Wort!« staunte Stephan. »Wie aus der Bibel.«

»Vergiss nicht, dass ich die Tochter eines Pastors bin«, sagte Helga, und nun lächelte sie sogar.

Sie griff im Gehen nach Stephans Hand, er hielt sie fest.

»Erzähl mal, was du angestellt hast«, sagte er.

Sie berichtete von Gérards Lüge, und Stephan seufzte.

»Na, wenn schon. Kommt auch nicht mehr darauf an. Tut mir nur leid, was für ein Wirrwarr in Torstens Kopf herrschen muss. Lieber Himmel, was er alles erlebt hat! Hamburg, die Schiffsreise, das fremde Land, die fremden Menschen, die fremde Sprache, und jetzt auf einmal wieder hier. Also wenn du mich fragst, dann braucht er die Drogen jetzt sogar. Er könnte sonst gar nicht damit fertig werden.«

»Ich fürchte, er wird nie damit fertig werden. Und darum wird er die Drogen immer brauchen.«

»Wird er nicht. Da ist der Wagen. Wollen wir erst eine Kleinigkeit essen?«

»Wir essen im Miriam, wir beide allein. Bastian hat schon noch was für uns. Und dann werde ich mich um Cornelius kümmern.«

Stephan küsste sie, als sie im Auto saßen, und Helga erwiderte seinen Kuss sehr leidenschaftlich.

War alles wieder gut zwischen ihnen?

Er wusste nicht, dass sie begonnen hatte, Abschied zu nehmen.

Tränen

Im ersten Schreck rief Magda im Parkhotel an und verlangte Cornelius zu sprechen. Sie verzieh es sich ihr Leben lang nicht, dass sie gerade ihn angerufen hatte.

»Helga war doch gestern Abend bei mir«, begann sie stockend.

»Ja, ich weiß. Sie ist extra am Abend noch einmal in die Stadt gefahren. Was wollte sie denn? Ist es ein Geheimnis?«

»Cornelius, es ist ... also, ich weiß nicht, wie ich es sagen soll.«

»Na, sprich schon, ich habe es eilig, es ist eine Besprechung angesetzt.«

»Cornelius, sie hat die Pistole aus meinem Sekretär genommen. Sie ist nicht mehr da. Ich habe eben den Schlüssel zum Safe holen wollen, und da sah ich, dass die Pistole weg ist. Du weißt, die du mir mal gegeben hast.«

»Sie hat die Pistole mitgenommen? Und wo ist sie?«

»Sie ist weggefahren.«

»Weggefahren?«

»Ich habe eben bei euch draußen angerufen. Sie hat schon früh um acht mit einem Koffer das Haus verlassen. Sie muss verreisen, hat sie gesagt.«

Simon war Gott sei Dank an seinem Schreibtisch. Cornelius berichtete kurz. »Hast du eine Ahnung?«, fragte Cornelius.

»Nein. Aber ich werde sofort versuchen, Stephan zu erreichen. Er ist draußen bei dem Neubau in Langenmühl. Ich gebe dir Bescheid.« Cornelius hielt den Hörer in seiner zitternden Hand, er hatte nicht mehr die Kraft, ihn zurückzulegen, vor seinen Augen wurde es dunkel, sein Herz schlug wie rasend, Übelkeit würgte ihn, sein Kopf schwankte hin und her, dann sank er nach vorn, sein Kopf schlug auf die Schreibtischplatte auf, er war bewusstlos.

Dr. Susanne Rohde, die am Abend zuvor angekommen war und im Parkhotel übernachtet hatte, fragte in dieser Minute nach ihm.

»Der Herr Direktor dürfte in seinem Büro sein«, lautete die Auskunft von Herrn Haller. »Soll ich Sie anmelden, Frau Doktor?«

»Ja, bitte.«

Helga wusste nichts von ihrem Kommen, sie musste mit Cornelius beraten, wie man es am besten anfing, in Ruhe mit ihr zu sprechen, ihren Widerstand gegen die Einmischung der Familie zu überwinden.

Johannes und sie wussten seit einigen Tagen über die Situation Bescheid. Stephan Momsen hatte sie angerufen und berichtet. Sie hatten beraten, was sie tun sollten, und Susanne hatte gesagt: »Ich komme. Ich kann das besser. Und ich weiß auch schon, was wir tun werden.«

Herr Haller sagte: »Tut mir leid, die Leitung ist nicht frei. Gehen Sie doch einfach hinauf, Frau Doktor. Die große Tür gleich in der Mitte gegenüber der Treppe.«

Susanne hob Cornelius' Kopf von der Schreibtischplatte, prüfte seine Augen, fühlte den Puls, dann bestellte sie sofort einen Notarztwagen.

Stephan war auf dem Baugelände in Altenmühl, die Arbeiten hier waren noch im Anfangsstadium. »Holen Sie ihn sofort«, rief Simon ins Telefon, »und wenn ich sage, sofort, dann meine ich schneller als sofort.«

In rasendem Tempo fuhr Stephan in die Stadt, direkt ins Parkhotel, wo sich inzwischen sowohl Simon als auch Magda eingefunden hatten.

Magda weinte, Simon machte ein grimmiges Gesicht.

»So ein dummes Kind«, sagte er erbost. »Was hat sie denn jetzt vor?«

»Sie hat Cornelius umgebracht«, schluchzte Magda.

Stephan handelte schnell. Ein Anruf im Reisebüro, das für die Hotels arbeitete, unterrichtete ihn davon, dass in vierzig Minuten ein Direktflug von Frankfurt nach Rio de Janeiro starten würde. Ja, Frau Müller habe einen Flug gebucht.

»Das schaffe ich nicht mehr«, stieß Stephan hervor. Doch schon hatte er die richtige Idee, er wählte die Nummer des Polizeipräsidiums in Frankfurt.

Kommissar Graf war in seinem Zimmer. Er verhörte gerade einen Mann, den sie am Abend zuvor gefasst hatten, er stand im Verdacht, den Einbruch in einer Villa in Eschersheim vorgenommen und dabei die Besitzerin des Hauses getötet zu haben, die allein im Haus war und ihn überrascht hatte.

Auch Graf wusste sofort: Das schaffe ich nicht mehr.

Er rief den Rhein-Main-Flughafen an, ordnete an, dass eine Frau Helga Müller geborene Rohde nicht eingecheckt werden durfte, und falls schon geschehen, musste sie zurückgeholt werden.

»Ziehen Sie sie aus dem Verkehr und halten Sie sie fest, bis ich komme.«

»Mit welcher Begründung?«, fragte der diensthabende Polizist des Flughafens.

»Lassen Sie sich etwas einfallen. Ich komme, so schnell ich kann.«

Dann betrachtete er den mutmaßlichen Mörder, der ihm gegenüber saß. »Hat wenig Zweck, dass Sie weiter leugnen. Wir haben Ihre Fingerabdrücke gefunden.«

»Ist kaum möglich, Herr Kommissar.«

»Weil Sie Handschuhe getragen haben?«

»Weil ich gar nicht dort war. Wie hieß die Straße gleich?«

Jetzt sah der Kommissar Kriminalassistent Bollmann an. »Wenn Sie ein Geständnis von ihm kriegen, bis ich zurück bin, werde ich dafür sorgen, dass Sie befördert werden.«

Der mutmaßliche Mörder grinste. »Da kann der lange auf seine Beförderung warten.«

Graf fand Helga in der Polizeistation des Flughafens, sie war wütend. »Muss ich Sie vielleicht um Erlaubnis fragen, wenn ich verreisen will?«

»Allerdings.«

Neben ihr stand ein kleiner Koffer, eine Umhängetasche hatte sie über der Schulter.

»Wenig Gepäck für eine so weite Reise«, sagte der Kommissar. Er stand neben ihr, sah auf sie herab. Ihr blondes Haar glänzte, und am liebsten hätte er mit der Hand darüber gestrichen. Er war maßlos erleichtert, dass es ihm gelungen war, sie aufzuhalten.

»Was wollten Sie denn in Rio?«

»Das geht Sie nichts an.«

»Es sollte nur eine Zwischenlandung sein, nicht wahr?«

»Ich habe einen gültigen Pass und ein Visum. Sie können mich nicht hier festhalten.«

»Ein Visum für Kolumbien, nehme ich an.« Er wies auf die Tasche. »Wie sind Sie mit der Waffe durch die Kontrolle gekommen?«

»Ich bin ja nicht doof«, erwiderte Helga patzig. »Das fiel mir dann ein. Die Pistole ist in einem Schließfach. Ich werde mir drüben eine besorgen. Ich habe Geld genug dabei.« Ihre Stimme hob sich hysterisch. »Oder glauben Sie, ich bin nicht imstande, mir einen Revolver zu beschaffen.«

Er streckte die Hand aus. »Geben Sie mir den Schlüssel für das Schließfach.«

Helga blickte mit starrem Gesicht zu ihm auf.

»Eine gewisse Magda hat gemerkt, dass ihre Pistole verschwunden war, und nur Sie können sie genommen haben, gestern Abend. Sie hat Ihren Schwiegervater angerufen und es ihm erzählt.« Er machte eine kurze Pause. »Cornelius Müller liegt jetzt mit einem Herzinfarkt im Krankenhaus.«

Das brach Helgas Widerstand. Sie schlug beide Hände vors Gesicht, sie begann zu weinen.

»Meine Schuld«, stöhnte sie. »Immer meine Schuld.«

»Den Schlüssel bitte, gnädige Frau.«

Tränenblind kramte Helga den Schlüssel aus der Tasche, Graf nahm ihn und reichte ihn dem Polizisten, der stumm und staunend dem seltsamen Dialog gelauscht hatte.

Graf setzte sich und ließ ihr einen Moment Zeit, sich zu beruhigen.

»Ist er … ist er tot?«, flüsterte Helga.

»Als man mich anrief, lebte er wohl noch. Was haben Sie sich nur dabei gedacht, eine kluge Frau wie Sie? Sie fliegen nach Kolumbien, spazieren in die Hazienda, falls man Sie hineinlässt, was ich bezweifle, fragen nach Gérard Duresnes, und dann knallen Sie ihn nieder. So naiv können Sie doch gar nicht sein.«

»Es war mein einziger Gedanke, seit Torsten wieder da ist. Ich muss diesen Menschen töten.«

»Sie haben schon einmal einen Menschen getötet, es geschah im Affekt, Ihr Anwalt plädierte auf Notwehr, Sie wurden freigesprochen. Diesmal wäre es ein vorsätzlicher Mord gewesen. Ich stelle mir ein Gefängnis in Kolumbien nicht sehr angenehm vor.«

Er machte eine wirkungsvolle Pause. »Außerdem wären Sie sowieso zu spät gekommen. Man hat Gérard Duresnes im Hinterhof eines Hochhauses in Medellin tot aufgefunden. Erschossen.«

Helga sah ihn sprachlos an.

»Kollege Wildner rief mich heute Morgen an, eine halbe Stunde, ehe der Anruf von Herrn Momsen kam.«

»Er … er ist tot?«, stammelte Helga.

»Ja. So heißt es.«

»Aber … aber wieso? Gedanken können doch nicht töten.«

»Wohl kaum. Aber bedenken Sie, dass man dortzulande sehr schießfreudig ist, speziell in diesen Kreisen, mit denen wir es zu tun haben. Dieser Don auf seiner Hazienda hat eine eigene Armee und vielleicht auch sonst noch ein paar Killer, die das für ihn erledigen. Näheres wissen wir noch nicht. Dieser Don Esteban ist ein reicher und mächtiger Mann, auch wenn er seine Millionen mit dem Kokainhandel verdient. Interpol oder das FBI oder wer auch immer ist ihm jetzt auf sein feines Schloss gerückt, nachdem wir von Torsten viel erfahren haben. Ich bin ziemlich sicher, er hat Gérard selbst aus dem Weg räumen lassen. Kann sein, er hat erfahren, wozu er missbraucht wurde, als man das Kind zu seinem vermeintlichen Onkel auf die Hazienda brachte. Er ist selbst Familienvater, nicht wahr? Und ich bin sicher, dass seine Kinder nicht koksen. Kann auch sein, Gérard hat auf eigene Kasse gewirtschaftet, mit seiner Freundin in Miami beispielsweise. Und es soll auch noch einige andere Anlaufadressen dieser Art in den Staaten geben. Auf diese Weise wurde er zu einem Sicherheitsrisiko. Besteht auch noch die Möglichkeit, dass der schöne Gérard nun doch Frasquita zu nahe getreten ist.«

»Wer ist Frasquita?«, fragte Helga vollkommen verstört.

In diesem Augenblick brachte der Polizist die Pistole, vorsichtig in ein Taschentuch gewickelt.

Graf nahm sie ungeniert in die Hand.

»Ein Spielzeug«, sagte er. »Die müssten Sie dem Mann schon direkt unter die Nase halten, wenn Sie ihn damit töten wollen. Was sollte denn jene Magda damit anfangen?«

»Cornelius hat sie ihr mal gegeben, falls in die Galerie eingebrochen wird.«

»Na ja«, sagte Kommissar Graf.

Stephan kam hereingestürzt. »Helga!«, rief er. »Mein Gott, Helga!« Ohne auf die Männer zu achten, stürzte er vor ihrem Stuhl auf die Knie und umfing sie mit beiden Armen. »Da bist du ja!«

Der Kommissar lächelte gerührt.

»Da ist sie«, sagte er freundlich und betrachtete das Paar mit Wohlwollen.

Helga weinte nun hemmungslos. All die Tränen, die sie in den vergangenen Wochen nicht geweint hatte, brachen jetzt aus ihr heraus. Stephan hielt sie fest, und die drei Männer, die sich auf der Polizeistation befanden, sahen sie voll Mitleid an.

»Was ist mit Cornelius?«, fragte Helga, als sie wieder sprechen konnte. »Ist er tot? Habe ich ihn umgebracht?«

»Nein, nein, es ist nicht so schlimm. Es ist kein Infarkt, nur ein Zusammenbruch. Gott sei Dank war Susanne da und konnte gleich das Richtige veranlassen.«

»Susanne?«

»Sie ist gestern Abend gekommen.«

Stephan stand auf. Er streckte dem Kommissar die Hand hin.

»Ich danke Ihnen. Ich danke Ihnen tausendmal. Sie haben schnell gehandelt. Sonst wäre sie weg gewesen.«

»Ja, ab nach Rio. Ein weiter Flug. Außerdem ist dort jetzt Winter. Waren Sie schon einmal in Rio de Janeiro, Herr Momsen?«

»Nein. Ich muss da auch nicht hin.«

»Ich war dort. Eine Wahnsinnsstadt. Aber der Zuckerhut, natürlich, ist immer noch das Anschauen wert.« Er stand auf. »Ja, dann werde ich wohl hier nicht mehr gebraucht. Helga wird Ihnen erzählen, was ich heute aus Hamburg erfahren habe.« Er sagte einfach Helga, keinem fiel es auf. Vielleicht kam es daher, dass er auf einmal eine gewisse Zärtlichkeit für diese Frau empfand. Aber das ging ihm mit Frauen oft so, besonders wenn sie hübsch waren. Und so hilflos und verweint wie diese hier.

»Ich muss nun wieder«, sagte er. »Ich habe noch einen kleinen Nebenberuf. Wenn ich Weiteres höre aus Hamburg respektive aus Kolumbien, werde ich es Sie wissen lassen. Ich nehme an, Sie fahren jetzt nach Hause.«

»Ja, sofort. Habe ich Ihnen schon gesagt, wie dankbar ich Ihnen bin?«

»Das haben Sie.« Er dachte an den mutmaßlichen Mörder in seinem Büro. »Wissen Sie, wie erfreulich es ist für unsereinen, wenn man mal erfolgreich tätig wird? Oder sagen wir es deutlich: Wenn man ein Verbrechen verhindern kann.«

Dabei sah er Helga an und zog die Brauen hoch.

»Ich muss Ihnen wohl auch danken«, sagte Helga. »Für hier und heute. Aber Cornelius! Ich kann ihm nie wieder in die Augen sehen. Ich habe sein Vertrauen enttäuscht. Wenn er sterben würde, ich ... ich könnte es nicht überleben.«

Schon wieder liefen ihr die Tränen über die Wangen, ihre Augen waren gerötet, sie schniefte, Stephan reichte ihr sein Taschentuch.

»Fahren wir los«, sagte er. »Wir müssen uns um Cornelius kümmern. Was für ein Glück, dass Susanne da war!«

»Wer bitte ist Susanne?«

»Frau Dr. Rohde«, sagte Stephan. »Helgas Schwägerin. Sie ist Ärztin.«

»Glück muss der Mensch haben«, sagte der Kommissar cool. »Lassen Sie mich wissen, wie es Herrn Müller geht. Also dann!« Er wartete höflich ab, Helga streckte ihm die Hand hin.

»Ich schäme mich«, sagte sie.

»Ein wenig sollten Sie das tun«, sagte Graf freundlich. »Aber dann sollten Sie sich wieder den Tatsachen stellen. Sie werden jetzt viel Arbeit haben, wenn Ihr Schwiegervater krank ist und sich noch einige Zeit schonen muss.«

»Und ob sie Arbeit hat«, sagte Stephan. »Wir haben Festspiele zurzeit.«

»Ach ja, ich habe davon gehört. Soll ja sehr stimmungsvoll sein in dem alten Schloss. Ich wollte da immer schon mal hin.«

»Es würde uns freuen«, sagte Stephan. »Nicht, Helga?«

Helga nickte, es fiel ihr schwer zu sprechen, sie konnte sich nicht beherrschen, sie hatte nicht gewusst, dass sie so viel Tränen weinen konnte.

Als sie zum Parkplatz gingen, sagte Helga: »Ich habe meinen Wagen da.«

»Den lässt du erst mal stehen, du fährst mit mir. Wir finden schon einen, der ihn holt.«

»Und du belügst mich nicht? Cornelius lebt?«

»Er lebt. Und wenn er dich sieht, und du bist wie immer, dann wird es ihm gleich besser gehen.«

»Und was sagt Susanne?«

»Bisher ist sie nicht dazu gekommen, viel zu sagen.«

»Und wieso ist sie da?«

»Hör zu, mein geliebtes Herz! Ich habe dein Gebot gebrochen und habe deinen Bruder angerufen. Ich sehe nicht ein, warum man ihm nicht die Wahrheit sagen soll. Dein Vater, gut. Deinen Vater sollte man nicht beunruhigen. Aber Johannes? Er ist schließlich Arzt. Und ich habe erst gar nicht an Susanne gedacht, das ist so typisch männlich, nicht? Aber sie ist Ärztin, und sie ist eine so vernünftige Person. Du magst sie doch?«

»Ja, natürlich. Ich mag sie sehr gern.«

»Siehst du! Und warum soll nicht eine Stimme von außen unsere Quälerei unterbrechen. Na ja, ich meine, klingt so dumm, was ich sage, ich meine halt, wir können uns doch nicht einmauern mit dem kranken Torsten. Und du verstehst dich doch mit deiner Familie so gut. Und du kennst meine Ansicht ja, ich finde, man kann froh sein, wenn man Familie hat. Ich hoffe ja immer noch, dass deine Familie auch mal meine Familie wird.«

Helga lehnte sich ein wenig an ihn.

»Ach du«, sagte sie. Und dann: »Ich muss schrecklich aussehen.«

»Geht so. Während der Fahrt wird es besser. Dann werden wir uns nach Cornelius erkundigen oder ihn besuchen, falls das möglich ist. Und dann machst du dir ein neues Make-up, ist doch immer sehr hilfreich für eine Frau, wie ich weiß.«

»Und dann?«

»Dann kümmerst du dich erst mal um die Hotels. Schließlich habt ihr beide Läden voll. Ich werde Magda beruhigen und Herrn Peters. Und dann werden wir weitersehen.«

»Du hast denselben Namen wie dieser Mann.«

»Was für ein Mann?«

»Der in Kolumbien. Esteban ist ja wohl die spanische Form von Stephan.«

»Zu viel der Ehre. Um Gottes willen, wenn ich mir vorstelle, du würdest jetzt in diesem Flugzeug sitzen. Wie kannst du nur so etwas Blödsinniges tun, Helga.«

Helga schwieg. Nach einer Weile sagte sie: »Er hat ihn umgebracht.«

»Wer hat schon wieder wen umgebracht?«

»Don Esteban. Er hat Gérard getötet. Oder hat ihn töten lassen.«

»Wie bitte? Könntest du mir das näher erklären?«

»Er hat meinen Mord begangen.«

Hoffnung

Cornelius hatte keinen Infarkt erlitten, es war wirklich nur ein Schwächeanfall, doch er musste einige Tage in der Klinik bleiben. Als er Helga sah, ging es ihm wirklich gleich besser.

»Was habe ich dir angetan?«, sagte Helga an seinem Bett. »Was habe ich dir ein Leben lang angetan? Ich weiß nicht, ob du mir je verzeihen kannst.«

»Na, schon gut, bleib auf dem Teppich«, sagte Susanne, die bei dem Besuch in der Klinik dabei war, damit die Szene nicht zu ausführlich geriet und Cornelius nicht zu sehr erregte.

Einige Tage später saßen sie abends im Miriam beim Essen, ohne Torsten, der mit Lucia zu Gina und Paolo gegangen war, und Susanne entwickelte ihren Plan.

»Ich habe mir das jetzt angesehen«, sagte sie, »und habe mir das gründlich überlegt. Torsten ist keineswegs in einem so hoffnungslosen Zustand, wie du es siehst, Helga. Und was du vielleicht nicht weißt ist, dass ich mich in den letzten Jahren sehr gründlich mit Süchtigen beschäftigt habe, aus aktuellem Grund. Wenn du einverstanden bist, mache ich mit ihm Entziehung auf meine Art.«

»Und wie soll das aussehen?«, fragte Helga. Sie legte die Gabel klirrend auf den Teller, sie hatte wieder nur sehr wenig gegessen. Stephan betrachtete sie besorgt. Auch sie stand am Rande eines Zusammenbruchs.

»Hör gut zu«, sagte Susanne und aß mit Appetit weiter. »Ihr kennt das Gut von meinem Onkel Joseph im Chiemgau.« Sie lächelte Simon und Magda an, die bei ihnen am Tisch saßen. »Also ihr kennt es nicht, aber Helga und Stephan kennen es inzwischen. Schöne Gegend, gute Luft, ein landwirtschaftlicher Betrieb, Tiere, Pferde vor allem, das ist wichtig für Torsten. Er kann seinen Hund Mirco mitnehmen. Und die Oma kann auch mitkommen, wenn sie will.«

»Will sie sicher nicht«, warf Stephan ein. »Auch noch Bayern, das geht bei ihr ganz sicher über jede Toleranzgrenze.«

»Na gut, sie hat ja Bedienung, und Helga wird sich um sie kümmern. Ich lasse mich in der Klinik für längere Zeit beurlauben, oder ich nehme überhaupt meinen Abschied, denn ich will sowieso eine eigene Praxis aufmachen. Ich wohne für längere Zeit mit Torsten auf dem Gut. Und ich werde ihn entwöhnen, ganz langsam und vorsichtig. Helga, ich schwöre dir, ich kann das. Ich will nie mehr einen Patienten behandeln, wenn mir das nicht gelingt. Ich werde ihn umstellen auf harmlose Präparate, ich werde ihn beschäftigen auf dem Gut, ich werde ihm Gramm für Gramm das Gift abgewöhnen.«

»Das trauen Sie sich zu?«, fragte Simon.

»Das traue ich mir zu«, antwortete Susanne bestimmt. »Wenn ich das nicht kann, dann habe ich den falschen Beruf. Es ist eine neue Umgebung, auf dem Land hat er immer gern gelebt, siehe Birkenfeld und meinetwegen auch die Hazienda, dort hatte er das alles auch. Berge in der Nähe, er kann reiten, er ist nicht Begegnungen mit Bekannten oder Schulkameraden ausgesetzt wie hier, er kann später in Prien in die Schule gehen. Bitte, gut, ihr könnt sagen, ich sei ein Optimist. Aber man kann einen Menschen nicht heilen ohne Hoffnung. Kein Mensch kann gesund werden ohne Hoffnung auf seine Gesundheit. Er ist so jung. Und er ist gescheit. Ich schaffe das. Helga, ich schwöre dir, ich schaffe das. Du bekommst ihn wieder, vielleicht erst nächstes Jahr, aber dann wird er gesund sein.«

Eine Weile blieb es still um den Tisch, alle sahen Susanne an, sie sah hübsch aus, ihre Augen blitzten, es ging Kraft und Vertrauen von ihr aus.

»Ja«, sagte Simon, »da ist was dran. Ohne Hoffnung kann ein Mensch nicht leben. Das Leben ist voller Leid und Kummer und Enttäuschungen. Und selten bringt es Erfüllung. Schon wenn man nach dem Sinn des Lebens fragt, kommt man ins Stottern. Doch wie auch immer – Leben ist Hoffnung. Ob man eine Arbeit beginnt, eine Liebe, eine Ehe, ob man ein Kind zur Welt bringt, es geht nicht ohne Hoffnung. Und so alt wie ich jetzt bin, muss ich sogar sagen, auch zum Sterben braucht man Hoffnung. Die Hoffnung auf jene bessere Welt, die uns nach dem Tod verheißen wird. Aber noch leben wir. Helga, hast du verstanden? Hast du es nicht am eigenen Leib erfahren? Leben ist Hoffnung. Ich möchte es noch erleben, dass wir eines Tages hier sitzen, und Torsten ist bei uns, und er ist gesund, und er wird uns seine Pläne erläutern, wo er das nächste Hotel baut. Hast du mir genau zugehört, Helga?«

Helga lächelte, sie sah einen nach dem anderen an.

»Ich danke euch. Ich will es mir merken, Simon. Hoffnung, gut. Und wenn ein Mensch helfen kann, dann ist es Susanne. Das habe ich begriffen.«

»Alles bestens«, sagte Susanne. »Ein Dessert könnte ich noch vertragen. Und dann werde ich Johannes anrufen und ihm alles erzählen. Er muss ja einverstanden sein, wenn ich ihn für längere Zeit allein lasse.«

»So weit ist der Weg ja nicht von München in den Chiemgau«, meinte Stephan.

»Wie man's nimmt«, sagte Susanne. »Die Autobahn von München nach Salzburg ist kein Honiglecken. Aber es gibt eine erstklassige Zugverbindung von München nach Prien. Und manche Züge halten auch in Bad Endorf. Da kann ich ihn dann abholen. Und wisst ihr was? Ich freue mich schon darauf, wenn ich das erste Mal mit Torsten auf die Kampenwand fahre. Kein Mensch kann dort oben in dieser Luft an bescheuerte Drogen denken.«

Sie alle sahen Susanne an, sie war jung, strahlend, voller Leben, voller Kraft. Voller Hoffnung.

Stephan, der neben Helga saß, legte seine Hand auf ihre Hand. Sie sah ihn an, ihre Augen waren hell, nicht mehr tot und starr. »Sie schafft das«, sagte Stephan. »Glaub mir, sie schafft das.« Helga nickte.

Werkverzeichnis der im Heyne Verlag vorliegenden Romane von Utta Danella

Besuchen Sie auch die Website: www.uttadanella.de

> Bonusmaterial

HEYNE <

Die Autorin

Utta Danella gilt als eine der erfolgreichsten deutschsprachigen Schriftstellerinnen der Nachkriegszeit. Geboren und aufgewachsen in Berlin, begeisterte sich Utta Danella (eigentlich Utta Denneler) früh für Theater, Oper und Musik und nahm neben der Schule Schauspielunterricht, Tanz- und Gesangsstunden. Schon als 14jährige versuchte sie sich heimlich an einem ersten Roman und schrieb nach dem Abitur Beiträge für verschiedene Zeitungen und für den Rundfunk. Sie zog später nach München und veröffentlichte 1956 ihren ersten Roman *Alle Sterne vom Himmel*, nachdem das ursprünglich über 1000 Seiten umfassende Manuskript um die Hälfte gekürzt worden war. Obwohl sich nur ein bescheidener Erfolg einstellte, drängte Verleger Franz Schneekluth die Autorin, für die er auch das Pseudonym erfand, ihre schriftstellerische Arbeit fortzusetzen. Und mit ihrem vierten Roman *Stella Termogen* gelang Utta Danella schließlich der Durchbruch: Die Auflage stieg rasch auf über 100 000 Exemplare. Von da an reihte sich ein Bestseller an den anderen.
Utta Danella lebt nach wie vor in München. Im November 1998 verlieh ihr Bundespräsident Roman Herzog das Verdienstkreuz 1. Klasse des Verdienstordens der Bundesrepublik Deutschland. Sie verfasste insgesamt 43 Romane und gehört mit über 70 Millionen verkauften Büchern noch immer zur Topriege der Bestsellerautoren.

»Romane, die jeden verregneten Tag erhellen und alle Strandkorb- und Fernsehlangweilerei verscheuchen.«
Welt am Sonntag

»Deutschlands Auflagenkönigin.«
Bunte

Printtitel

Der blaue Vogel

Der blaue Vogel bringe den Bewohnern des Gutes Breedenkamp Glück und Wohlstand – so heißt es in einer alten Familienchronik. Doch seit der sagenumwobene Vogel verschwunden ist, scheint ein Fluch über der Familie zu liegen.
Als kleines Mädchen muss Christine miterleben, wie ihr eigener Vater zum Mörder ihrer geliebten Mutter wird. Auf dem Holsteiner Gut ihres Großvaters findet sie unweit der Ostsee eine Heimat, denn hier gibt es Menschen, die Christine lieben und die ihr helfen wollen, über die entsetzlichen Erinnerungen hinwegzukommen und neuen Lebensmut zu fassen. Von der Liebe aber will sie nichts wissen, denn die ist schließlich schuld an dem schrecklichen Tod ihrer Mutter. Als sie den Journalisten Julian Jablonka kennenlernt, erlebt sie dennoch einen wunderbaren Sommer der ersten Liebe, aus dem sie aber jäh herausgerissen wird: Die schwangere Christine erfährt, dass Julian bei einer Reportage im Kriegsgebiet ums Leben gekommen ist.

(Dieser Roman ist auch als E-Book erhältlich.)

Das Hotel im Park

Deutschland 1968. Es ist die Zeit der Studentenbewegung, der Kommunen und der freien Liebe. Die Studentin Helga und der Schauspielschüler Andreas schweben auf Wolke sieben und träumen von einem selbstbestimmten, glücklichen Leben. Doch der beeinflussbare Andreas verfällt dem Zauber eines falschen Freundes und übersieht dabei völlig die Verzweiflung seiner jungen Frau. Schließlich geht er sogar mit seinem fragwürdigen Freund nach Hollywood. Helga folgt ihrem Geliebten, um ihn zu retten – und gerät dabei selbst in einen Strudel fataler Ereignisse, der sie unaufhaltsam in die Tiefe reißt.

Das Hotel im Park ist ein vielfältiges Mosaik deutscher Geschichte der Nachkriegszeit, ein Epos der harten Aufbaujahre und des Generationenkonflikts, eine ergreifende Saga von glänzendem Erfolg und tragischem Schicksal.

(Dieser Roman ist auch als E-Book erhältlich.)

Der Maulbeerbaum

Einst stand der Maulbeerbaum im Hof des alten Hauses des Buchhändlers Matthias Wolff. Doch der Krieg vernichtete alles und riss die Familie auseinander. Charlotte, der jüngeren Tochter, gelingt mit ihrem Kind die Flucht in den Westen. Matthias selbst bleibt mit seiner Frau und der älteren Tochter Ricarda zurück. Sechzehn Jahre nach Kriegsende – seine Frau ist in der Zwischenzeit verstorben – fasst Matthias den Entschluss, seine Tochter Charlotte zu besuchen, und Ricarda begleitet ihn. Aber das Wiedersehen der Familie ist nicht ungetrübt, denn Ricarda hat nie vergessen, was ihre Schwester ihr einst angetan hat: Sie nahm ihr den Mann, den sie liebte.
Eine mitreißende Familiengeschichte der beliebten deutschen Autorin um das Schicksal zweier ungleicher Schwestern.

Vergiss, wenn du leben willst

Als die schöne Amerikanerin Cornelia Grant im verschlafenen Ferienort Dornburg auftaucht, fasziniert sie dessen Bewohner. Was niemand ahnt: Ein dunkles Geheimnis, das Cornelias Leben umschattet, trieb sie nach vielen Jahren zurück nach Deutschland, in ihre ehemalige Heimat. Hier verlebte sie inmitten der Schrecken des Zweiten Weltkrieges ein unvergleichliches Glück mit Simon, dem einzigen Mann, den sie je geliebt hat. Doch hier erlitt sie auch das schwerste Leid, das einer Frau widerfahren kann – und hier will sie jetzt nach Simons Mörder suchen, um dessen Tod zu sühnen. Dass sie nicht vergessen kann, wird ihr Unglück. Auch ihre Tochter Simone gerät in den Sog der Vergangenheit, als sie die Lebensgeschichte ihrer Mutter erforschen will. Und schließlich muss sie sich entscheiden, ob sie die Vergangenheit jemals vergessen und ruhen lassen kann.

Meine Freundin Elaine

Deutschland 1914. Blind vor Liebe heiratet die lebensfrohe junge Berlinerin Julia ihren Joachim – doch „des Kaisers schönster Leutnant“ kehrt völlig verändert aus dem Krieg zurück: Aus dem charmanten Draufgänger ist ein distanzierter, nachdenklicher Mann geworden, der nach dem Tod seines Bruders das Familiengut in Pommern bewirtschaften muss. Schon bald empfindet Julia ihre Ehe als Belastung, denn in das Landleben kann sie sich nur schwer einfügen. Sie vergeht vor Heimweh nach der Weltstadt Berlin – bis ihre geheimnisvolle Schulfreundin Elaine auftaucht und sie voller Tatendrang unterstützt. Julia ist erleichtert – und übersieht dabei völlig, welche Gefahr sie sich mit ihrer schönen Freundin ins Haus geholt hat.

Die andere Eva

Eva-Maria und Georg gehen nach Amerika, um dort gemeinsam ein neues Leben zu beginnen und zugleich Georgs Leidenschaft für das Glücksspiel zu entfliehen. Nun ist George, wie Georg sich in Amerika nannte, tot, und seine Witwe kündigt ihren Besuch in der ehemaligen Heimat an. Ungeduldig erwarten Georgs Vater Franz und sein Onkel Klaus Eva-Marias Ankunft. Doch die Ereignisse beginnen sich zu überschlagen, als eine völlige andere Eva als erwartet aus dem Flugzeug steigt, und das Leben der beiden Männer heillos auf den Kopf stellt.
Utta Danella verknüpft tragische und abenteuerliche Lebensgeschichten, sie erzählt von Sehnsucht nach Ferne und Heimat – und längst verloren geglaubten Gefühlen.

Eine Heimat hat der Mensch

Als junger GI kam der Amerikaner Richard Gorwess zur Zeit der Blockade nach Berlin, in das einstige Heimatland seiner Eltern. Dort erlebte er den Kampf ums Überleben der verzweifelten Bewohner. Und dort lernte er Carola kennen, die ihm Jahre später, kurz vor dem Bau der Mauer, nach Kalifornien folgte. Nur ein einziges Mal kehrte Carola noch in ihre Heimat nach Deutschland zurück, und verschwand dabei spurlos. Richard will herausfinden, was wirklich passiert ist, aber bei seiner Suche stößt er auf eine Mauer des Schweigens.

Eine Heimat hat der Mensch – das bewegende Thema in einem großen Roman der beliebten deutschen Autorin.

Ein Bild von einem Mann

Die beiden Schwestern Georgia und Karen Wieck könnten unterschiedlicher nicht sein, und dennoch verbindet die beiden jungen Frauen eine tiefe Zuneigung, die sie harmonisch miteinander leben lässt. Bis sich plötzlich alles ändern soll und das feste Band, das die beiden grundverschiedenen Schwestern zusammenhält, zu zerreißen droht: Die temperamentvolle Journalistin Karen hat sich in Südafrika in den attraktiven Gus Heinze verliebt, doch Georgia, die sensible Malerin, misstraut dem Mann und versucht, die beiden auseinander zu bringen.
Ein Unterhaltungsroman über Liebe und Eifersucht, der manch unerwartete und dramatische Wende nimmt.

Der schwarze Spiegel

Die vier Kinder der angesehenen Fabrikanten-Familie Ravinski haben allen Grund, Cora, der zweiten Frau ihres Vaters, Schlimmes an den Hals zu wünschen. Denn Cora hat nach Karl Ravinskis Tod nicht nur die Fabrik geerbt, von der die ganze Familie lebt, sondern obendrein auch noch das Schloss im Spessart, in dem die Kinder bei ihrer ge-

liebten Mutter aufgewachsen sind. Und sie hat damit gedroht, es zu verkaufen. Kein Wunder, dass Kommissar Graf die Familie verdächtigt, als Cora erschossen vor ihrer Pferdekoppel aufgefunden wird. Irene aber kann nicht glauben, dass eines ihrer Geschwister einen Mord begehen würde – selbst wenn sie Cora alle aus tiefstem Herzen hassten. Doch allein der schwarze Spiegel kennt das Geheimnis.
»Ein packender Roman mit sympathischen Menschen und kenntnisreichen Milieuschilderungen.« *Welt am Sonntag*

Jovana

Die junge Jovana scheint nicht vom Glück gesegnet zu sein: Ihre Mutter ist früh gestorben, ihre Stiefmutter straft sie mit Ablehnung, und ihre erste große Liebe Peter verlässt sie für eine andere. Jovana beschließt, ihr Leben zu beenden – doch dann begegnet ihr der Regisseur Steffen, der das faszinierende, traurige Mädchen nicht vergessen kann und ihr Talent erkennt. Mit Steffens Hilfe wird aus der unscheinbaren jungen Frau eine erfolgreiche Schauspielerin. Beide spüren von Anfang an, dass sie weit mehr verbindet als nur das berufliche Interesse. An der Seite des bedeutend älteren Mannes erlebt sie mehr Glück, als sie sich je erträumte. Doch wird ihr Glück von Dauer sein?

Die Frauen der Talliens

Die Frauen der Talliens neigen dazu, ungewöhnliche Wege zu gehen. So wie die schöne Barbara von Tallien: Sie sieht ihrer verstorbenen Mutter Barja so verblüffend ähnlich, dass sie überall die Schatten der Vergangenheit heraufbeschwört. Als sie glaubt, ihre große Liebe gefunden zu haben, kehrt sie dem Haus der Talliens den Rücken zu und verlässt ihre Familie. Doch Barbara muss feststellen, dass die Bindung an die Familie stärker ist als der vergängliche Traum ihrer Leidenschaft.

Der Schatten des Adlers

Durch tragische Verwicklungen und eine Sekunde des Jähzorns hat Severin Lanz alles verloren, was ihm etwas bedeutete: seine Frau, sein Kind, seinen Freund und obendrein seine Firma. Zwei Jahre lang saß er für seine Tat im Gefängnis, doch nach seiner Entlassung fällt es ihm schwer, den nötigen Mut für einen Neuanfang aufzubringen. Dann aber begegnet er der faszinierenden Irina und ist – ehe er es richtig begreift – abermals in einen Mordfall verwickelt. Doch dieses Mal geht es darum, die Frau zu schützen, die ihm den Glauben an die Liebe und an die Zukunft zurückgeben könnte.

Der Kuss des Apollo

Bei der opulenten Verfilmung von Amphitryon geschieht das Wunder: Geraldine wird von einem geheimnisvollen jungen Griechen geküsst – und aus der unscheinbaren Schauspielerin wird über Nacht ein Star. Geraldine ahnt, dass dieses Glück nur geliehen ist, und in ihren Tagträumen sieht sie immer wieder den mysteriösen jungen Mann. Doch in ihrem Herzen weiß sie, dass nur der Glaube an sich selbst Berge versetzen kann.

Wolkentanz

Mecklenburg nach Kriegsende. Erst haben Jochen und Els ihre Tochter verloren und nun sollen sie auch noch ihren Hof – und damit ihre Heimat – verlieren. Doch dann rettet Jochen eine schöne, rätselhafte Frau vor dem Ertrinken: Die Schauspielerin Constanze wollte sich das Leben nehmen, weil sie nach einer Vergewaltigung ein Kind erwartet. Jochen und Els überzeugen sie, das Kind zur Welt zu bringen – und ziehen das kleine Mädchen namens Cordelia schließlich als ihre eigene Tochter groß.
Ein bewegender Familienroman und ein faszinierendes Stück deutscher Zeitgeschichte.

Der Mond im See

Der Schweizer Ingenieur Walter lebt seit Jahren in Indien. Doch auch fern der Heimat hat er seine Jugendliebe Annabelle, für ihn »das schönste Mädchen der Welt«, nie vergessen können. Während eines Urlaubs in der Heimat kommt es zum Wiedersehen der beiden und der Zauber der Vergangenheit holt Walter wieder ein. Annabelle hat jedoch auf Wunsch ihres Vaters einen anderen Mann geheiratet. Und auch wenn sie mittlerweile getrennt von ihm lebt, ist es ungewiss, ob sie sich dieses Mal endgültig für Walter entscheiden kann.

Wo hohe Türme sind

Angèle wächst geliebt und behütet in ihrem böhmischen Schloss mit dem hohen Turm auf. Aber wo hohe Türme sind, da ist auch Wind, hat ihr Vater sie gelehrt. Und aus diesem Wind soll bald ein Sturm werden, der über Angèles bis dahin glückliches Leben fegt. Nach dem Krieg hat sie nicht nur ihre Eltern, ihre Freunde und ihren Mann verloren, sondern schließlich sogar ihre geliebte Heimat. Weit weg von ihrem Zuhause muss Angèle um ein neues Leben kämpfen, denn nicht nur sie leidet unter dem Verlust der Heimat, sondern auch ihre Tochter Blanca.

Unter dem Zauberdach

Eigentlich soll Julius Bentworth Jura studieren. Dann aber funkt ihm die Liebe dazwischen, und mit der Leidenschaft für die launische Schauspielerin Janine entdeckt er obendrein seine Leidenschaft fürs Theater. Er hängt das Studium an den Nagel und fasst ein neues Ziel ins Auge: Früher oder später will er den Hamlet spielen. Dass die passende Ophelia schon hinter den Kulissen wartet, das hat er allerdings nicht eingeplant.
Ein zauberhafter Liebesroman aus der funkelnden Welt des Theaters.

Der Sommer des glücklichen Narren

14 Jahre lang war der ein wenig verschrobene Schriftsteller Dodo mit seiner schönen Frau Rosalind glücklich. Doch dann verlässt sie ihn für einen anderen Mann. Für Dodo scheint eine Welt unterzugehen, ein Leben ohne seine Rosalind kann er sich nicht vorstellen. Zumindest bis er Steffi kennenlernt. Mit der lebenslustigen jungen Frau fühlt auch er sich noch einmal jung und kann sich einen Neuanfang vorstellen. Allerdings hat er die Rechnung ohne Rosalind gemacht – denn die steht auf einmal wieder vor seiner Tür.

Gestern oder Die Stunde nach Mitternacht

Lorena ist ein gefeierter Star, der alles erreicht hat: Ruhm, Ehre, Erfolg, Geld, Liebe und Macht. Und dennoch beschließt sie, sich das Leben zu nehmen. Die Angst zu versagen raubt ihr allen Lebensmut und stellt sie vor die schwerste Entscheidung ihres Lebens. Doch bevor sie den letzten, endgültigen Schritt wagt, lässt sie ihr Leben noch einmal Revue passieren. Sie erinnert sich an ihre Eltern, ihre Kindheit, ihre Karriere und die Vergänglichkeit des Showbusiness und begreift dabei fast zu spät, dass ihr das Leben doch noch etwas zu bieten hat.

Die Jungfrau im Lavendel

Einsam wächst die junge Adelige Virginia in einem strengen Klosterinternat auf. Ihre Mutter hat sie nie kennengelernt, und ihr Vater, der Oberst Stettenburg-von Maray, kümmert sich kaum um sie. An ihrem 18. Geburtstag jedoch soll sich Virginias Leben auf einen Schlag ändern: Sie bekommt von ihrem Vater ein wertvolles Familienschmuckstück – kurze Zeit später ist er tot. Dann taucht auch noch ein mysteriöser Mann auf, der ihr eine Mitteilung macht, die Virginias Leben aus den Fugen geraten lässt: Ihre Mutter ist gar nicht gestorben, sondern sie lebt – und sie will ihre Tochter kennenlernen.

Quartett im September

Erfolg hat die attraktive Vera bisher nur in ihrem Beruf – in der Liebe hingegen ist sie bis jetzt kläglich gescheitert. Sie beschließt, dem anderen Geschlecht abzuschwören. Genauso wie Robert: Auch er ist felsenfest davon überzeugt, dass die Liebe für ihn keine Rolle mehr spielt. Aber einer gemeinsamen Leidenschaft können sich die beiden nicht entziehen: ihrer Liebe zu Pferden – und so kommen sich Vera und Robert schnell sehr viel näher als eigentlich geplant.

Jacobs Frauen

Deutschland 1923. Fünf Jahre nach Kriegsende kehrt Jacob Goltz mit seiner Frau Madlon zurück in seine Heimat am Bodensee. Die schöne Belgierin sehnt sich hier nach einem geordneten Leben, nach Geborgenheit und nach einer eigenen Familie. Doch ihre Ehe wird rasch auf eine harte Probe gestellt: In Konstanz trifft Jacob die blutjunge Clarissa – und erliegt vom ersten Augenblick an ihrem Charme.
Ein bewegendes Familiendrama in der stürmischen Zeit zwischen den beiden Weltkriegen.

Tanz auf dem Regenbogen

Seine Freunde nennen es eine verrückte Laune, als der egozentrische Filmstar Veit Gregor beginnt, der schüchternen Elisabeth Avancen zu machen. Elisabeth ist weder eine Schönheit noch ist sie berühmt, aber ihre Unerfahrenheit fasziniert den Schauspieler. Er überschüttet sie mit Zuneigung – und zeigt ihr gleichzeitig die kalte Schulter. Elisabeths Hinwendung verwandelt sich in Abwehr, in Hass. Als jedoch mit Michael ein Mann in ihr Leben tritt, der sie aufrichtig liebt, schafft Elisabeth es nicht, sich von Veit zu lösen.